몬테크리스토 백작 3

몬테크리스토 백작 3

알렉상드르 뒤마

오증자 옮김

민음사

3권 차례

베르투치오 · 9

오퇴유의 집 · 17

복수 · 29

피바다 · 67

무제한 대출 · 86

점박이 회색 말 · 106

관념론 · 125

하이데 · 145

모렐 가족 · 153

피라무스와 티스베 · 169

독물학 · 187

로베르 르 디아블 · 213

주식의 등락 · 239

카발칸티 소령 · 259

안드레아 카발칸티 · 277

채마밭 · 297

누아르티에 드 빌포르 씨 · 315

유언 · 329

신호기 · 343

복숭아를 갉아먹는 들쥐로부터 정원사를 구해 내는 법 · 359

유령 · 375

만찬 · 390

거지 · 408

부부 싸움 · 423

결혼 계획 · 439

검사실 · 455

● 『몬테크리스토 백작』에 나오는 주요 인물들 ●

· **에드몽 당테스** 파라옹 호의 일등 항해사. 이프 성의 죄수였다가 14년 만에 탈옥하여 몬테크리스토 백작이 된다. 신드바드, 자코네 씨, 윌모어 경, 부소니 신부 등으로 가장한다.

· **파리아 신부** 로마 추기경의 비서였다가 체포되어 이프 성에 감금된 죄수. 에드몽 당테스의 결정적인 조력자.

· **메르세데스** 에드몽 당테스의 약혼녀. 나중에 모르세르 백작 부인이 된다.

· **페르낭 몬데고** 메르세데스의 사촌오빠. 나중에 모르세르 백작이 된다.

· **알베르 드 모르세르** 페르낭과 메르세데스의 아들

· **당글라르** 파라옹 호의 회계였다가 나중에 파리의 은행가로 성공하여, 남작 칭호를 얻는다.

· **제라르 드 빌포르** 검사. 누아르티에 드 빌포르의 아들로, 자신의 야망 때문에 당테스가 종신형에 처하게 한다.

· **가스파르 카드루스** 에드몽 당테스의 이웃. 양복장이였다가 퐁뒤가르 여관 주인이 되지만 살인을 저지른다.

· **루이 당테스** 에드몽 당테스의 아버지

· **모렐 씨** 파라옹 호의 선주

· **막시밀리앙 모렐** 모렐 씨의 아들

· **쥘리 모렐** 모렐 씨의 딸

· **누아르티에 드 빌포르** 나폴레옹을 신봉하는 급진파

· **르네 드 생메랑** 제라르 드 빌포르의 첫번째 부인

· **발랑틴** 제라르 드 빌포르와 르네 드 생메랑 사이의 딸. 막시밀리앙 모렐을 사랑한다.

· **바르톨로메오 카발칸티** 몬테크리스토 백작이 지어낸 가공의 인물

· **베네데토** 제라르 드 빌포르의 사생아. 바르톨로메오의 아들, 안드레아 카발칸티 공작으로 행세하지만 나중에 사기꾼에다 탈옥수임이 밝혀진다.

· **엠마뉘엘 레이몽** 모렐 상사의 직원. 나중에 쥘리 모렐과 결혼한다.

- 엘로이즈 제라르 드 빌포르의 두번째 부인
- 에두아르 엘르이즈와 제라르 드 빌포르의 아들
- 바롱 당글라르 당글라르의 아내
- 외제니 당글라르 당글라르의 딸. 결혼을 거부하고 자유를 찾아 떠난다.
- 루이즈 다르미 외제니의 성악 선생
- 카르콩트 카드루스의 아내. 마들렌이라고 불리기도 한다.
- 프란츠 데피네 왕당파인 케넬 장군의 아들. 알베르 드 모르세르의 친구이다.
- 보샹 《앵파르시알》의 편집장. 알베르 드 모르세르의 친구이다.
- 라울 드 샤토 르노 알베르 드 모르세르의 친구
- 당드레 왕당파 경시총감
- 드 보빌 감옥 순시관. 나중에 양육원의 수납 과장이 된다.
- 자코포 죈아멜리 호의 선원
- 파스트리니 로마의 호텔 주인
- 가에타노 로가의 선원
- 쿠쿠메토 산적 두목
- 카를리니 디가볼라치오 쿠쿠메토의 부하
- 리타 카를리니의 약혼녀
- 루이지 밤파 양치기 소년. 나중에 로마의 산적이 된다.
- 테레사 루이지 밤파의 약혼녀
- 알리 테베린 자니나의 총독
- 바실리키 알리 테베린의 아내
- 하이데 알리 파샤와 바실키의 딸로, 몬테크리스토 백작의 느예가 된다.
- 베르투치오 몬테크리스토 백작의 집사
- 바티스탱 몬테크리스토 백작의 시종
- 알리 누비아인으로 몬터크리스토 백작의 노예
- 아델몬테 신부 시칠리아의 신부

베르투치오

　그동안에 몬테크리스토 백작은 자기 집에 도착했다. 집까지는 육 분밖에 걸리지 않았다. 그러나 그 육 분 동안 이십여 명의 청년들은, 자신들이 사지 못했던 2만 프랑의 말을 산 이 굉장한 신사를 구경하려고 말들을 달려왔다. 그래서 백작은 그들 앞에 얼굴을 내놓게 되었다.
　알리의 눈으로 선택해서, 이제부터 몬테크리스토 백작의 저택이 될 그 집은 샹젤리제로 올라가는 길 오른쪽에 있었다. 그 집 앞뒤에는 안뜰과 정원이 있었다. 건물의 정면은 안뜰 한가운데에 빽빽이 서 있는 나무들에 가리어, 그 일부분이 보이지 않았다. 이 나무들 주위로 마치 두 개의 팔처럼 두 개의 작은 길이 좌우로 뻗어나, 문에서 현관까지 차를 인도하고 있었다. 현관 앞 계단은 이단으로 되어 있었고, 그 한단 한단 위에는 꽃이 가득한 도기 화병들이 놓여 있었다. 이 집은 넓은 지점 한가운데 덩그러니 홀로 서 있었고, 정문 말고 퐁티외 가로 난 또 하나의 문이 있었다.

마부가 부르기도 전에 문지기가 육중한 철문을 열었다. 백작이 오는 것을 집안에서 벌써부터 보고 있었기 때문이다. 이렇게 백작은 로마에서와 마찬가지로, 파리에서도 그리고 또 어디서든, 섬광처럼 신속하게 모든 시중을 받게 되어 있었다. 마부는 집안에 들어서자 속도도 늦추지 않고 반원을 그리며 마차를 안으로 몰았다. 문은, 마차 바퀴가 아직도 뜰 안의 작은 모랫길을 달리고 있는데, 벌써 도로 닫혀 버렸다.

마차는 현관 앞 층계 왼쪽에 섰다. 두 사람의 남자가 마차 문 앞에 나타났다. 그중 하나는 알리였다. 그는 놀랄 만큼 솔직한 기쁨으로 주인에게 미소를 보냈다. 그러나 몬테크리스토 백작은 알리에게 잠깐 시선을 보냄으로써 그 미소에 답했을 뿐이다.

또 한 사나이는 공손하게 인사를 한 다음, 차에서 내리는 백작을 거들기 위해 팔을 내밀었다.

「고맙네, 베르투치오」하고 백작은 세 단으로 된 마차의 발판을 가볍게 뛰어내리며 말했다.「그래, 공증인은?」

「작은 응접실에 와 있습니다」하고 베르투치오가 대답했다.

「그리고 명함은? 집 주소가 정해지는 대로 박으라고 그랬는데?」

「다 되어 있습니다. 팔레 루아얄에서 제일가는 조각사에게 가서 제가 보는 앞에서 원판을 만들게 했습니다. 제일 먼저 찍어낸 명함은, 백작님 분부대로 즉시 쇼세당탱 7번지의 하원의

원 당글라르 남작께 도냈습니다. 그리고 나머지는 모두 백작님 침실 벽난로 위에 놓아두었습니다」

「좋아, 지금 몇 시지?」

「네시입니다」

백작은 아까 모르세르 백작 집에서 차를 부르려고 응접실 밖으로 뛰어나갔던 그 프랑스인 하인에게 장갑과 모자와 단장을 내주었다. 그리고 길을 인도해 주는 베르투치오의 안내를 받아 작은 응접실로 들어갔다.

「이 방의 대리석들은 시원치 않은데」하고 몬테크리스토 백작은 말했다.「곧 다 치워버리게」

베르투치오는 허리를 굽혔다.

집사의 말대로 공증인은 작은 응접실에서 기다리고 있었다. 정직한 얼굴의 그 사람은 전에 파리의 이등 서기로 있었는데, 어찌어찌하다가 교외의 마을 공증인이 된 사나이였다.

「당신이, 제가 사려는 별장의 공증인이십니까?」하고 몬테크리스토 백작이 물었다.

「그렇습니다, 백작」하고 공증인이 대답했다.

「매매 계약서는 다 되어 있나요?」

「네」

「그럼, 그걸 가지고 오셨나요?」

「네, 여기 있습니다」

「좋습니다. 그런데 내가 사려는 그 집은 어디 있지요?」백작은 대수롭지 않은 듯, 반은 베르투치오에게 반은 공증인에게 이렇게 물었다.

집사는 잘 모르겠다는 듯한 몸짓을 했다.

공증인은 놀라운 듯이 백작을 쳐다보았다.

「아니, 그럼 백작께선 그 집이 어디 있는지도 모르신단 말씀입니까?」

「네, 모르고 있습니다」 백작이 대답했다.

「그럼, 어떤 집인지도 모르시겠군요?」

「제가 알 턱이 있습니까? 난 오늘 아침에 카디스에서 왔는데. 파리엔 이번에 처음 오는걸요. 프랑스에 발을 들여놓은 것도 이번이 처음입니다」

「그렇다면 모르시는 것도 무리는 아니군요」 하고 공증인은 대답했다. 「백작께서 사실 집은 오퇴유에 있습니다」

이 말을 듣자 베르투치오의 얼굴은 눈에 띄게 새파래졌다.

「그럼, 그 오퇴유라는 곳은 어느 쪽에 있습니까?」 하고 백작이 물었다.

「여기서 금방입니다」 하고 공증인이 말했다. 「파리에서 조금 더 가면 있는 불로뉴 숲 한가운데의 아주 아름다운 곳입니다」

「그렇게 가까운가요?」 하고 백작이 말했다. 「그렇다면 시골이랄 것도 없군요. 베르투치오, 어쩌다가 그렇게 파리와 가까운 곳에다가 집을 골라놓았지?」

「제게 하시는 말씀이십니까?」 집사는 이상한 표정을 지으며 소리쳤다. 「실은 그 집 고르는 건 제게 맡기신 게 아닙니다. 기억을 더듬어서 잘 생각해 보십시오」

「아, 참. 그렇지」 하고 백작은 말했다. 「이제 생각나는군. 내가 신문에서 광고를 보았었어. 그래서 그 별장이라는 이름에 그만 끌렸던 거야」

「아직 늦지는 않았습니다」하고 베르투치오는 성급하게 말했다.「다른 데를 찾아보라고만 하신다면, 앙기앵이라든가 퐁트네오로즈라든가 벨뷔 같은 데서 좀더 나은 집을 찾아볼 수 있을 겁니다」

「아니, 그럴 건 없어」하고 백작은 타평하게 말했다.

「모처럼 얻은 집이니 그냥 두지」

「백작 말씀이 옳습니다」하고, 사례금을 못 받게 될까 봐 겁이 났던 공증인이 부리나케 말했다.

「아주 좋은 곳이랍니다. 분수도 있고 울창한 숲도 있고. 오랫동안 그냥 내버려두었던 집이긴 하지간 건물도 아주 아늑합니다. 게다가 가구만 보더라도, 고물이긴 하지만 요새처럼 옛날 것을 귀하게 찾는 시대엔 오히려 가치있는 겠입니다. 이거 실례의 말씀을 드렸군요, 용서하십시오. 백작께선, 지금 시대 것들을 좋아하시는 것 같으니 말입니다」

「얘길 계속해 보시죠」하고 백작은 말했다.「그렇다면 살 만한 집이로군요」

「그 정도가 아니죠, 아주 훌륭한 집입니다」

「좋아, 그렇다면 이런 기회를 놓쳐선 안 되겠는데」하고 백작이 말했다.「그럼 계약서를 부탁드릴까요?」

이렇게 말하고 백작은 집의 소재지와 소유자의 이름이 기재되어 있는 곳을 흘끗 보더니 휙 서명을 했다.

「베르투치오, 공증인께 5만 5,000프랑 드리게」

집사는 비실비실 밖으로 나가더니, 지폐 뭉치를 들고 돌아왔다. 공증인은 법적 수속을 끝낸 후에야 돈을 받는다는 듯, 그 지폐 뭉치를 세어보았다.

「그럼, 모든 수속은 이제 끝난 거지요?」하고 백작이 물었다.

「다 끝났습니다」

「열쇠 가지고 오셨습니까?」

「열쇠는 그 집을 지키는 문지기가 가지고 있습니다. 백작께서 그 집으로 가신다고 편지를 써놓았습니다. 그건 여기 있습니다」

「좋습니다」

그러고 나서 백작은 머리로 공증인에게 〈당신은 이젠 필요 없으니, 가보십시오〉하는 듯한 표시를 했다.

「하지만」하고 정직한 공증인이 말을 건넸다.「백작께서 잘못 아시고 계신 것 같습니다. 전부 5만 프랑이면 됩니다」

「그럼, 당신 사례금은?」

「그 금액 속에 포함되어 있습니다」

「그러나 오퇴유에서 여기까지 오신 게 아닙니까?」

「네, 그야 그렇습지요」

「그렇다면 일부러 와주셨는데, 차비를 드려야 되지 않습니까?」하고 백작이 말했다. 그러고는 공증인에게 나가도 좋다는 몸짓을 했다.

공증인은 뒷걸음질 쳐 밖으로 나가면서 머리가 땅에 닿도록 절을 했다. 공증인 노릇을 시작한 뒤로 이런 손님을 대해 보기는 처음이었다.

「손님을 바래다 드리게」하고 백작은 베르투치오에게 말했다.

집사는 공증인의 뒤를 따라 밖으로 나갔다.

백작은 방안에 혼자 남게 되자, 곧 주머니에서 자물쇠가 채워진 책을 꺼냈다. 그리고 언제나 목에 걸고 다니는 조그만 열쇠로 그것을 열었다.

백작은 잠시 그 책을 뒤적이다가, 무엇인가 기록된 편지 한 장을 그 사이에서 찾아내어, 그것을 테이블 위에 있는 매매 계약서와 대조해 보았다. 그는 기억을 더듬으며 「으퇴유, 라 퐁텐 가 28번지. 맞았어, 바로 그거다」하고 말했다. 「자, 이제 이렇게 된 이상, 종교적인 공포로 자백시킬 것이냐? 아니면 육체적인 고통으로 자백시킬 것이냐? 어쨌든 한 시간 후면 모든 걸 알게 되겠지」나긋나긋한 손잡이가 달린 망치 같은 것으로 백작은 날카롭고도 길게 울리는 종을 울렸다. 「베르투치오!」

집사가 문 앞에 나타났다.

「베르투치오」하고 백작은 말했다. 「자넨, 전에 프랑스를 여행한 일이 있다고 말하지 않았나?」

「네, 몇 군데 가보았습니다」

「그럼, 파리 교외를 알고 있겠군?」

「아니올시다. 모릅니다」하고 집사는 대답했다. 그러나 인간의 감정의 동요를 너무나 잘 알고 있는 몬테크리스토 백작은, 베르투치오가 이렇게 말하면서 몸을 떨고 있는 게 심한 불안에서 온 것이라는 사실을 이내 알아챘다.

「유감인데, 자네가 파리 교외에 가본 일이 없다는 건」하고 백작이 말했다. 「실은 오늘 밤에 당장, 새로 산 그 집을 보러 갈 생각인데. 자네도 나와 같이 가서, 여러 가지 참고될 만한 얘기를 해주었으면 했었는데」

「오퇴유엘요?」그 거무튀튀한 얼굴빛이 거의 새파랗게 될 정도로 질려서 베르투치오가 소리쳤다. 「제가, 오퇴유엘 간다는 말씀입니까?」

「그래, 자네가 오퇴유에 간다는데, 그렇게 놀랄 게 뭔가? 내가 오퇴유에서 살게 되면, 자넨 내 집 사람이니 자네도 그곳으로 가게 되는 게 당연하지 않나?」

베르투치오는 주인의 오만한 시선 앞에 고개를 떨구었다. 그리고 꼼짝 않고, 아무 대답도 하지 못했다.

「여봐, 왜 그래? 마차를 준비시키고 싶은데, 내가 그것 때문에 벨을 또 한번 눌러야겠나?」 하고 백작은 말했다. 그때의 백작의 말투는 그 유명한 〈짐은 하마터면 기다릴 뻔했노라〉라는 말을 할 때의 루이 14세의 그것이었다. 베르투치오는 작은 응접실에서 현관까지 한달음에 뛰어나가, 쉰 목소리로 외쳤다.

「마차 준비!」

몬테크리스토 백작은 두세 통의 편지를 썼다. 마지막 편지를 봉하고 있을 때 집사가 들어왔다.

「마차가 문에서 기다리고 있습니다」 하고 그는 말했다.

「좋아, 그럼 자네도 장갑과 모자를 가져오게」 하고 백작이 말했다.

「저도 같이 가는 겁니까?」 베르투치오가 소리쳤다.

「물론이지. 난 그 집에서 머무를 생각이니까, 자네가 여러 가지 집안일을 지시해 주어야겠어」

백작의 명령에 말대답을 한 예는 지금까지 없었다. 집사는 단 한마디의 대꾸도 못하고 주인의 뒤를 따랐다. 백작은 마차에 오르자, 집사에게도 따라 오르라는 신호를 했다. 집사는 공손히 주인의 앞 자리에 앉았다.

오퇴유의 집

몬테크리스토 백작은, 베르투치오가 현관 앞 층계를 내려오면서 코르시카 사람들처럼 엄지로 십자가를 긋고 마차에 올라 자리에 앉으면서도 입속으로 짧은 기도문을 외는 것을 보았다. 호기심이 강한 사람이 아니면, 뜻하지 않게 갑자기 교외로 떠나는 백작의 행등에 대해서 이 점잖은 집사가 노골적으로 표시한 묘한 언짢은 기분을 그저 동정이나 하고 말았을 것이다. 그러나 백작은 호기심이 대단히 많은 사람이어서, 가지 않아도 좋다는 말은 절대로 베르투치오에게 하지 않았다.

이십 분 만에 마차는 오퇴유에 도착했다. 집사의 마음은 점점 더 흔들리고 있었다. 마을로 들어서자 베르투치오는 마차 한 귀퉁이에 틀어박혀 후들후들 떨면서, 창밖으로 스쳐가는 집들을 하나하나 살펴보고 있었다.

「라 퐁텐 가 28번지 앞에서 차를 세워」 백작은 이렇게 명령하며 싸늘한 눈으로 집사를 지켜보았다.

베르투치오의 얼굴에 땀이 흘렀다. 그러나 그는 백작의 명령에는 복종했다. 그는 마차 밖으로 몸을 내밀며 마부에게 소리쳤다.

「라 퐁텐 가, 28번지」

28번지는 이 마을의 제일 끝에 있었다. 마차가 달려오고 있는 사이에 밤이 되었다. 밤이라기보다는 실은, 번개를 머금은 시커먼 구름이 하늘을 뒤덮었고, 그것이 아직 밤이 오지 않은 어두움 속에서 무엇인가 극적인 사건이 일어날 것 같은 예감과 엄숙한 분위기를 자아내고 있었다.

마차가 섰다. 마부가 마차 문 앞으로 뛰어나와 문을 열었다.

「웬일이야? 자넨 안 내려오나, 베르투치오? 마차 안에 그냥 있을 작정인가? 그런데 도대체 오늘 저녁엔 무슨 생각을 그렇게 하는 거야?」

베르투치오는 급히 마차에서 내려와 백작에게 어깨를 내밀었다. 백작은 그 어깨에 몸을 기대며 세 단으로 된 마차의 발판을 하나씩 하나씩 내려왔다.

「문을 두드리고, 내가 왔다는 걸 알려」 하고 백작이 말했다.

베르투치오는 문을 두드렸다. 문이 열리고 문지기가 나타났다.

「무슨 일이시죠?」 하고 문지기가 물었다.

「영감, 새 주인께서 오셨소」 하고 마부가 말했다.

그리고 나서 공증인이 써준 승인서를 내주었다.

「아니, 그럼 이 집이 팔렸단 말씀입니까?」 하고 문지기가 물었다.「그래서 이제부턴 이분이 이 집에서 사시게 되나요?」

「그렇소」하고 백작이 말했다.「그러니, 내, 영감이 전주인만 생각하게 되지는 않도록 잘 보살펴주리다」

「원, 별말씀을 다 하십니다」하고 문지기가 말했다.

「전주인 생각 같은 건 추호도 안할 겁니다. 잘 만나뵙지도 못했는걸요. 여기 오셨다 가신 지도 오 년이 넘습니다. 이 집을 파시길 잘하셨지요. 그분에겐 아무 쓸모도 없는 집이었으니까요」

「전주인 이름은 무엇이었지?」하고 백작이 물었다.

「생메랑 후작이라는 분입니다. 이 집에 꽤 돈을 들이셨는데, 그 정도의 값은 못 받으셨을 겁니다」

「생메랑 후작이라!」하고 몬테크리스토 백작은 그 이름을 되뇌었다.「모를 이름 같지도 않은데」하고 그는 말했다.「생메랑 후작이라……」백작은 기억을 더듬는 것 같았다.

「나이가 많으신 분으로」하고 문지기는 말을 이었다.「부르봉 가에 충성을 바치셨지요. 따님이 한 분 있었는데, 빌포르라는 분에게 출가시키셨습니다. 빌포르라는 분은, 님과 베르사유에서 검사를 지내셨답니다」

몬테크리스토 백작은 베르투치오를 흘끗 보았다. 베르투치오의 얼굴은 그가 쓰러질까 봐 몸을 기대고 있는 벽보다도 더 창백해져 있었다.

「그런데 그 딸이 죽지 않았소?」하고 백작이 물었다.

「죽었다는 소문을 들은 것 같은데」

「예, 이십일 년 전에 돌아가셨습니다. 그후로 그 딱하신 후작님께선 이곳에 세 번밖에 오시지 않았습니다」

「고맙소, 고마워」몬테크리스토 백작은 마음을 가누지 못하는 집사의 태도로 보아 이 이상 줄을 잡아당기다가는 아주 끊어지고 말 것 같다는 생각이 들어,「고맙소 영감, 불이나 비춰주시오」하고 말했다.
「안내해 드릴까요?」
「아니, 그럴 건 없소. 불은 베르투치오가 비춰줄 테니」
이렇게 말하며 백작은 금화 두 닢을 문지기에게 주었다. 그런데 돈을 받은 문지기는 감사하며 연방 한숨을 내쉬었다.
문지기는 벽난로 선반 끝과 거기 붙어 있는 널판 위를 공연히 자꾸 찾아보더니,「초가 어디 갔을까?」하고 말했다.
「베르투치오, 마차의 램프를 하나 가져오게. 그리고 집안을 안내해 줘」하고 백작이 말했다.
집사는 아무 소리 못하고 시키는 대로 했다. 그러나 램프를 든 그의 손이 떨리는 것으로 보아, 그가 아주 괴로워하고 있다는 것을 이내 알 수 있었다.
두 사람은 꽤 넓은 아래층을 여기저기 둘러보았다. 2층에는 응접실과 목욕실과 침실 두 개가 있었다. 침실 하나는 정원으로 내려가는 나선 층계와 통해 있었다.
「오, 비상구가 다 있는데」하고 백작이 말했다.「이건 아주 편리한데. 베르투치오, 불을 좀 밝혀주게. 그리고 앞으로 가봐, 이 층계가 어디로 통하게 되어 있나 보세」
「백작님, 이건 정원으로 통하게 되어 있습니다」하고 베르투치오가 말했다.
「그걸 자네가 어떻게 알지?」
「그럴 거란 말씀입니다」

「그럼, 어디 확인해 보세」

베르투치오는 한숨을 내쉬고는 앞으로 걸었다. 과연 계단은 정원으로 나 있었다.

밖으로 통하는 문 앞에 오자 집사가 말을 멈췄다. 「왜 그러나, 베르투치오?」 하고 백작이 말했다.

그러나 그 말을 들은 당사자는 멍하니 정신이 나간 것 같았다. 초점을 잃은 그의 눈이 무서운 과거의 흔적이라도 찾으려는 듯이 주위를 살피고 있었다. 그리고 떨리는 두 손으로는 마치 끔찍한 추억을 쫓아버리기라도 하려는 것 같았다.

「왜 그래?」 하고 백작이 다그쳐 물었다.

「아닙니다, 아무것도 아닙니다」 하고 베르투치오는 안쪽 벽 한 귀퉁이를 손으로 짚으며 소리쳤다. 「용서하십시오. 더는 못 가겠습니다」

「그건 또 왜?」 거역할 여지를 주지 않는 백작의 목소리가 선명하게 되울려왔다.

「아시겠지만」 하고 집사가 말했다. 「이건 결코 우연한 일은 아닌 줄로 압니다. 파리에서 사신 집이 바로 오퇴유, 그러니까 오퇴유하고도 라 퐁텐 가 28번지입니다. 아, 저는 왜 저쪽 집에서 진작 모든 것을 말씀드리지 않았을까요? 그랬더라면 이렇게 절 억지로 이리 데려오시질 않으셨을 텐데요. 전 백작께서 구입하신 집이 이 집만은 아니길 바랐었습니다. 마치 오퇴유에는, 살인이 있었던 이 집 말고는 집이 없는 것같이 되었군요」

「아니, 아니」 몬테크리스토 백작이 갑자기 걸음을 멈추며 말했다. 「그게 무슨 끔찍한 소린가? 이런 사람 보게, 코르시카 근성이 대단한 자로구먼. 늘 그런 이상한 소리나 미신 얘기만 하니 말이야. 자, 어서 램프나 들고 정원으로 가보세. 나하고 같이 가는데 무섭긴 뭐가 무서워」

베르투치오는 다시 램프를 집어들고 백작의 말을 따랐다. 문을 여니, 희끄무레한 하늘이 보였다. 하늘에서 달은 자기를 뒤덮고 있는 구름의 바다를 헤치고 나오려고 애를 쓰고 있었지만 두꺼운 구름은 여전히 달을 막고 있었다. 어두운 구름의 물결은 잠시 달빛을 받아 환해지더니, 이내 다시 더 깜깜한 무한의 암흑 속으로 잠겨 가고 있었다.

집사는 발길을 왼쪽으로 돌리려고 했다.

「아니 아니」 하고 몬테크리스토 백작은 말했다. 「정원 길을 따라 가 보아선 뭘 해? 여기 잔디가 아름답군. 이리로 곧장 가 보세」

베르투치오는 이마에 흐르는 땀을 닦았다. 그러면서도 백작의 말엔 복종했다. 그러나 여전히 걸음은 왼쪽 길을 따르고 있었다.

몬테크리스토 백작은 반대로 오른쪽 길로 접어들었다. 숲이 무성한 곳까지 오자 그는 걸음을 멈추었다.

집사는 이 이상은 어쩔 수가 없었다.

「백작님, 저리 비키십시오」 하고 그는 외쳤다. 「제발, 가까이 가지 마세요. 거기가 바로 그 자리예요」

「그 자리라니?」

「그가 쓰러진 자리란 말씀입니다」

「베르투치오」 백작은 빙긋이 웃으며 말했다. 「정신 차려, 여긴 사르텐이나 코르트가 아니란 말야. 여긴 코르시카의 밀림이 아니라 영국식 정원이야. 좀 황폐해지긴 했지만, 그렇다고 그런 음산한 얘길 할 필요는 없어」

「백작님, 거기 서 계시면 안 됩니다. 제발 비키세요. 부탁입니다」

「아무래도 자네 미쳤군」 하고 백작은 냉담하게 말했다. 「베르투치오, 자네 정말 미친 거라면, 나한테 미리 얘길 하게. 큰일 나기 전에 정신 병원에 입원시켜 줄 테니까」

「아!」 베르투치오는 고개를 저으며 두 손을 마주 잡았다. 만약 백작이 더욱 깊은 흥미에 사로잡혀 이 소심한 사나이의 하찮은 행동 하나하나에까지 신경 쓰고 있었다면, 껄껄 웃어버리고 말았을 것이다.

「오! 큰일은 일어났는걸요」

「베르투치오」 하고 백작은 말했다. 「자넨 지금 줄곧 다른 몸짓을 하면서도 팔을 비비 꼬고, 마치 악마가 붙어서 떨어지지 않는 사람처럼 눈망울을 굴리고 있네. 나는 늘 가장 집요하게 떨어지지 않는 악마란 바로 비밀이라고 생각해 왔네. 난 자네가 코르시카 태생이라는 걸 알고 있었어. 또 난 자네한테 음산한 면이 있고, 항상 무엇인가 옛날의 복수 같은 것을 생각하고 있다는 것도 알고 있었고. 그래서 난 자네를 이탈리아로 보냈던 거지. 이탈리아는 그런 게 그런 대로 통하는 세계니까. 그러나 프랑스에서는 살인을 아주 지독한 악취미로 간주하고 있어. 여기에는 그런 자를 조사하기 위한 헌병이 있고, 그런 자를 처형하기 위한 재판관이라는 게 있고, 또 그런 자에게 복수하기 위한 사형대가 있어」

베르투치오는 두 손을 모았다. 그러나 이러한 갖가지 동작을 계속하면서도 램프만은 들고 있어서 일그러진 그의 얼굴은 뚜렷이 드러났다.

몬테크리스토 백작은 로마에서 안드레아의 사형을 지켜볼 때와 똑같은 눈으로 베르투치오를 지켜보고 있었다. 그러고 나서 그는, 이 가련한 사나이의 온몸을 또다시 오싹하게 하는 차가운 목소리로 이렇게 말했다.

「그렇다면 부소니 신부가 나한테 거짓말했군. 신부는 1829년 프랑스를 여행하고 와서 자네를 나한테 보냈는데, 그때 자네의 좋은 점만 적은 소개장을 같이 보내왔었지. 좋아, 그렇다면 신부한테 편지를 보내야겠군. 그래서 자네에 대한 책임을 지게 해야겠어. 그러면 이 살인 사건이라는 게 어떤 것인지 알게 될 거야. 그런데 베르투치오, 한 가지 미리 말해 두겠는데, 난 어느 나라에 가든지 그 나라에서 살 때엔 그 나라 법률에 따르는 버릇을 가지고 있어. 그리고 또 하나, 자네 때문에 내가 프랑스 경찰에 시끄럽게 걸려들고 싶지는 않다는 점을 말해 두겠네」

「오, 제발 그렇게 하진 말아주십시오. 전 충실히 백작님을 모셔오지 않았습니까?」하고 베르투치오는 절망적으로 외쳤다. 「전 여태까지 거짓말은 하지 않았습니다. 그리고 힘닿는 데까지는 좋은 일을 하느라고 애써 왔습니다」

「자네 얘기가 거짓말이라는 건 아냐. 그런데 어째서 그렇게 흥분하고 있지? 그건 분명 좋지 않다는 증거야. 마음이 정말 깨끗하다면 그렇게 얼굴빛이 새파래질 리도 없고, 손이 그렇게 떨릴 이유도 없는 거야……」

「하지만, 백작님」하고 베르투치오는 머뭇머뭇하면서 말을 이었다. 「백작님께서도 전에 제게 말씀하시지 않으셨습니까? 님 형무소에서 제 고해를 들으신 부소니 신부님이 백작님께 저를 보내실 때, 책망받을 만한 무거운 짐을 제가 가슴속에 가지고 있다는 얘길 하셨다고요」

「그야 그렇지. 그러나 자네를 나한테 보낼 때 자네가 좋은 집사가 될 것이라고 그러기에, 난 무슨 도둑질이라도 했었는 줄 알았지」

「백작님!」하고 베르투치오는 경멸 어린 어조로 말했다.

「아니면, 코르시카 사람이니까, 성미가 급해서 사람이라도 친 줄로 알고 있었지. 그 나라에선 사람 목숨 없애는 걸, 반어를 써서 친다고 하니까」

「사실은 그렇습니다. 바로 그겁니다. 백작님」베르투치오는 백작의 무릎 앞에 쓰러지며 소리쳤다.「네, 복수를 했던 것입니다. 맹세합니다만 단순한 복수였습니다」

「알았어. 하지만 한 가지 이해가 안 되는 점은, 어째서 이 집이 자네를 그처럼 흥분시키는가 하는 거야」

「백작님, 그야 당연하지 않습니까?」하고 베르투치오가 대답했다.「제가 복수를 한 것이 바로 이 집에서였으니까요」

「아니, 내 집에서?」

「예, 그렇지만 그때는 백작님의 댁이 아니었지요」하고 베르투치오는 고지식하게 대답했다.

「그럼 당시엔 이 집이 누구 것이었지? 문지기는 생메랑 후작 소유였다고 하던데」

「아니, 생메랑 후작한테 복수한 것은 아닙니다. 다른 사람한테 한 거지요」

「여길 또 오게 되다니 이상한 일도 다 있군」하고 백작은 생각에 잠긴 듯이 말했다.「그처럼 자네가 무섭게 후회하고 있는 그 사건이 일어났던 집엘, 뜻하지 않게 다시 오게 되다니!」

「백작님」 하고 집사는 말했다. 「이것도 다 운명이지요. 확실히 그렇습니다. 우선 백작님께서 사신 집이 하필이면 이 오퇴유, 그것도 제가 살인을 한 바로 그곳이라는 점에서 그러합니다. 백작님께선 또, 그 사나이가 내려갔던 층계를 타고 정원으로 내려오신 겁니다. 그리고 또, 백작님께선 그가 당한 바로 그 자리에 멈추셨습니다. 그리고 바로 그 옆의 이 플라타너스 나무 밑에는 그 사나이가 어린애를 파묻은 구덩이가 있습니다. 이 모든 것을 다 우연이라고 할 수는 없습니다. 이걸 우연이라고 한다면, 우연이란 게 하느님의 뜻과 너무나 같으니 말씀입니다」

「그렇다면, 하느님의 뜻이라고 해두지. 난 언제나 사람들이 하는 말을 그대로 믿는 버릇이 있단 말야. 더군다나 괴로워하는 사람에게는 항상 관용을 베풀어야 할 것 같다는 생각이 들지. 자 그럼, 정신을 차리고, 그 얘기나 해보게」

「이 이야길 전 꼭 한번 입 밖에 낸 일이 있었습니다. 전 부소니 신부에게 이 이야기를 했습니다. 이런 얘기란, 교회처럼 비밀이 지켜지는 곳에서만 할 수 있는 얘기지요」

「자, 그럼, 베르투치오」 하고 백작이 말했다. 「자네를 자네의 고해를 들어준 분한테 다시 보내주는 게 좋겠나? 그분한테 부탁해서 불로뉴 파나 생 베르나르 파의 수도승이 되는 게 어때? 그리고 거기서 자네의 비밀을 털어놓고 말이지. 난 그런 망령에 붙들려 괴로워하는 사람을 집에 두고 싶지는 않으니까. 내 집 사람이 저녁에 내 집 정원을 산책할 수가 없다면, 그건 곤란하지 않은가. 그리고 또, 솔직히 말해서 난 경찰서장이 집에 드나드는 덴 흥미가 없어. 왠지 알겠나? 이탈리아에서 경찰은 돈만 주면 가만히 있지만, 프랑스에서는 정반대거든. 돈을 주면 오히려 시끄럽게 한단 말야. 제기랄, 난 자네에게 다분히 코르시카 사람다운 데가 있고, 밀수업자 같은 면도 상당히 엿보이고, 또 자네가 집사로서는 아주 유능하리라고 생각했었지. 그런데 자네한텐 아직도 또 다른 많은 문제가 있군 그래. 그러니 베르투치오. 자넨 이제부턴 내 집 사람으로 쓸 수가 없겠네」

「오, 백작님」 집사는 이 위협적인 말어 부들부들 떨며 소리쳤다. 「말씀을 드려야만 그냥 써주시겠다면 얘길 하겠습니다. 모든 걸 말씀드리지요. 백작님께서 저를 내보내신다면, 전 사형장으로 가야 합니다」

「그렇다면 야긴 다르지」 하고 백작은 달했다. 「그러나 만약 거짓말하기만 허보게. 얘길 안한 것만 못할 테니까」

「아닙니다, 백작님. 제 목숨을 걸고 맹세하겠습니다. 모든 걸 다 말씀드리지요. 부스니 신부님도 실은 제 비밀의 한 부분밖엔 모르고 계시니까요. 그러나 백작님, 우선 그 플라타너스 밑에서만은 비켜 서십시오. 부탁입니다. 저것 보십시오. 달이 구름을 하얗게 비추려고 하고 있습니다. 그런데 그 자리에 서서, 외투로 몸을 감싸시고, 게다가 그 외투가 꼭 빌포르 씨의 외투와 비슷하고 보니……」

「뭐라고?」 하고 몬테크리스토 백작은 소리쳤다. 「빌포르 씨라고?」

「그분을 아십니까?」

「전에 님에서 검사로 있던 사람 말이지?」

「네, 맞습니다」

「생메랑 후작 따님하고 결혼한 사람 말이지?」
「그렇습니다」
「법조계에선 청렴 강직하고 엄격하기로 이름 났던 사람 아닌가?」
「그런데, 백작님」 베르투치오가 소리쳤다. 「그 나무랄 데 없다는 평판을 받는 그 사람이……」
「그래서?」
「실은 비인간적인 사람입니다」
「쓸데없는 소리 말게, 그럴 리가 있나?」 하고 백작은 말했다.
「하지만 제 말이 사실인 걸요」
「정말이야?」 백작이 말했다. 「그렇다고 할 만한 증거라도 있나?」
「예, 증거가 있었다고 말할 수 있지요」
「그런데 지금은 서투르게 그 증거를 놓치고 말았단 말이지?」
「예, 그렇지만 잘 찾아보면 다시 나타날 수도 있는 겁니다」
「그래?」 하고 백작은 말했다. 「그렇다면 베르투치오, 그 얘길 해보게. 흥미가 생기기 시작하는군」

백작은 이렇게 말하고 루치아의 소곡을 입속으로 읊조리면서 벤치에 가서 앉았다. 베르투치오는 기억을 더듬으며 그의 뒤를 따랐다.

베르투치오는 지금 백작 앞에 서 있다.

복수

「백작님, 어디서부터 얘길 시작할까요?」하고 베르투치오가 물었다.

「아무데서나 시작하게」하고 백작이 대답했다. 「어차피 난 아무것도 모르니까」

「그렇지만 부소니 신브님한테서 이야기를 들으셨을 텐데요……」

「응, 군데군데 듣긴 했지만 그게 벌써 칠팔 년 전 얘기라서 전혀 생각이 안 나는데」

「그럼, 얘길 죽 해도 지르하지 않으시겠습니까?」

「그래, 해봐. 오늘 석간 신문 대신 듣지」

「1815년의 일입니다」

「어」하고 백작은 말했다. 「1815년이라면 옛날 일이로군」

「그렇지 않습니다. 세세한 점까지 다 생생해서 제겐 어제 일 같은걸요. 제게는 형이 하나 있었습니다. 형은 황제 폐하의 군인이었지요. 형은 코르시카 사람들만으로 편성된 연대의 중위까지 지내었었습니다. 형은 제게는 단 하나밖에 없는 친구이기도 했지요. 제가 다섯 살이고 형은 열여덟 살일 때 우리는 고아가 되었으니까요. 그래서 형은 저를 마치 자식처럼 길러왔지요. 1814년 부르봉 왕조 때 형은 결혼했는데, 황제 폐하가 엘바 섬에서 돌아오자 다시 군대에 들어갔죠. 그뒤 워털루에서 가벼운 부상을 입고, 루아르 강 뒤쪽까지 군대와 함께 후퇴했습니다」

「베르투치오, 그건 마치 백일천하 때 이야기 같군」 하고 백작이 말했다. 「그 역사는 이미 끝났다고 생각되는데」

「죄송합니다. 그러나 이 첫 부분의 얘기가 꼭 필요해서요. 지루하시더라도 참고 들으시겠다고 약속하셨기에」

「그래, 계속해. 난 약속은 지키는 사람이니까」

「그런데 어느 날 저희 집에 편지가 한 통 날아왔습니다. 저희는 그때 코르시카 곶 끝에 있는 롤리아노라는 조그만 마을에 살고 있었지요. 편지는 형한테서 온 것이었습니다. 편지에는, 군대가 해산되어 자기는 지금 샤토루, 클레르몽 페랑, 르퓌에, 님을 거쳐서 돌아오고 있는 중이니, 돈을 갖고 있으면 님에 있는 우리가 아는 여인숙 주인한테로 갖다 달라는 내용이었습니다. 그 주인과 저는 어느 정도 관계가 있었지요」

「밀수품을 사고 파는 관계 말이지?」 하고 백작이 말을 받았다.

「예, 하지만 먹고 살아야 할 게 아닙니까?」

「그야 물론이지. 자 그럼 계속해 봐」

「아까도 말씀 드렸지만, 전 형을 정말로 사랑하고 있었습니다. 그래서 형한테 돈을 보내지 않고, 제가 직접 가져가기로 작정했습니다 그때 저껜 1,000프랑 가량의 돈이 있었습니다. 그래서 500프랑은 형수인 아순타에게 남겨두고, 나머지 500프랑을 가지고 님으로 떠났습니다. 그건 어려운 일이 아니었지요. 저한텐 배도 한 척 있었고, 가다가 바다에서 짐을 싣는다는 구실도 있었으니까요. 만사가 다 척척 들어맞아 갔지요. 그런데 짐을 싣고 나자 바람이 거꾸로 일어서, 사오 일이 지나도록 강엘 도착하지 못했습니다. 그러다가 얼마 후에 배가 겨우 기슭에 닿긴 했지만, 아를까지 거슬러 올라갔기 때문에 벨가르드와 보케르 사이에 배를 매어두고, 님으로 걸어가야 했습니다」

「이제야 이야기가 제대로 되어가는군」

「예, 용서하십시오. 곧 아시게 되겠지만, 꼭 필요한 얘기라서 말씀드리는 겁니다. 그런데 그때는 바로 그 유명한 남프랑스의 학살이 있던 때였지요. 그때 트레스타이옹, 트뤼페미, 그라팡이라는 세 흉한이 보나파르트 당원이라는 혐의가 있는 사람은 모조리 거리에서 학살했었지요. 이 학살 얘기는 백작님께서도 들어보셨겠지요?」

「대강은 들었지. 그때 난 프랑스에선 아주 먼 곳에 있었으니까. 자, 얘길 계속해」

「님에 와서는, 문자 그대로 핏속을 걸어다녀야만 했습니다. 그저 댓 발자국마다 시체들이었으니까요. 살인자들이 떼를 지어 다니며 죽이고 약탈하고 불지르고 하던 판이었지요. 그런

살육의 장면을 보니 몸서리가 나더군요. 뭐 저 자신을 생각해서가 아니었습니다. 저야 코르시카의 고기잡이에 불과하니까 두려워할 일은 없었습니다. 제가 밀수업자이긴 해도 그 당시가 오히려 우리 밀수업자들에겐 아주 좋은 시절이었거든요. 그러나 제 형은 황제의 군인이고, 또 군복에 견장까지 달고 루아르 군에서 돌아오는 길이지 않습니까. 이건 위험천만일 것이라는 생각을 하니 겁이 덜컥 나더군요.

그래서 여인숙 주인한테 달려갔습니다. 가보니, 제 예감이 들어맞았더군요. 형은 그 전날 밤에 도착했는데, 숙박을 청하러 간 여관 문 앞에서 맞아죽었던 것입니다.

전 가해자를 찾느라고 무진 애를 썼습니다. 그러나 아무도 그 이름을 대주지 않더군요. 그만큼 모두들 겁을 먹고 있었지요. 전 그때 프랑스 경찰을 생각해 냈습니다. 프랑스 경찰은 무서워하는 게 없다고 들은 적이 있었거든요. 그래서 저는 검사한테 갔습니다」

「그래, 그 검사가 빌포르라는 사람이었구먼?」 하고 백작은 아무렇지도 않은 듯이 물었다.

「예, 맞습니다. 그 사람은 그때, 마르세유에서 검사 대리로 있다가 그리로 막 온 것이었습니다. 직무에 대한 열성이 대단해서 승진을 한 거죠. 사람들 말로는, 황제가 엘바 섬에서 돌아온 것을 최초로 정부에 고해 바친 사람 중의 하나라더군요」

「그래서」 하고 백작은 말을 이었다. 「그 사람한테 갔었겠지?」

「전 가서 이렇게 말했습니다. 〈검사님, 실은 제 형이 어제 밤 거리에서 학살당했습니다. 그런데 누가 죽였는지를 알 길이 없어서, 그걸 좀 조사해 주십사고 온 것입니다. 검사님께선 이곳 사법 관헌에서 제일 높으신 어른이십니다. 관헌이 보호해 주지 못한 인간의 복수를 해주는 것이, 곧 관헌이 베풀어야 할 일이 아닌가 해서 왔습니다.〉

〈형이 누군데?〉 하고 검사는 묻더군요.

〈코르시카 대대의 중위올시다.〉

〈그럼, 약탈자(나폴레옹을 말함——옮긴이)의 부하란 말이지?〉

〈프랑스 군대의 군인입니다.〉

〈그래? 검으로 섬긴 사람이, 검으로 목숨을 잃은 거로군.〉

〈그건 오해올시다. 형은 단도에 찔려 죽은 것입니다.〉

〈그래, 날더러 어떡하란 말이야?〉 하고 검사가 말했습니다.

〈아까도 말씀드렸지만, 제 형의 원수를 갚아달라는 겁니다.〉

〈상대는 누군데?〉

〈살인자들 말씀입니다.〉

〈그 살인자들을 내가 안단 말인가?〉

〈검사님께서 찾아주셨으면 합니다.〉

〈그래서 어쩌겠다는 거야? 자네 형은 누구와 싸우기라도 하다가 격투 끝에 쓰러진 거겠지. 군인 출신이라는 자들은 걸핏하면 흥분한단 말야. 제정 시대에는 그래도 괜찮았지만, 지금은 그게 좋지 않게 된단 말야. 그래서 우리 남프랑스 사람들은 군인이나 과격한 사람들이라면 질색을 하지.〉

〈검사님〉 하고 제가 또 이렇게 말했지요.

〈제가 이렇게 와서 사정하는 건 저 때문이 아닙니다. 저야 울든가 복수하든가 하면 다 되지만, 제 형에겐 아내가 있습니다. 그러니, 만약 제 몸에까지 불상사가 생기는 날엔 불쌍한 제 형수는 굶어죽을 거예요. 여태까지는 순전히 형이 벌어서 먹고 살았으니까요. 조금이라도 좋으니, 그 여자를 위해서 정부의 은급이라도 얻어주시면 고맙겠습니다.〉

〈혁명에는 으레 재난이 따르게 마련인 거야〉 하고 빌포르 씨는 말했습니다.

〈자네 형은 이번 혁명의 희생이 되었어. 재난이라고 할 수 있겠지. 그렇다고 정부가 자네 가족에게 어떻게 해주어야 할 의무는 없어. 나폴레옹의 도당들이 세력을 쥐고 있던 시기에 놈들이 왕당파 사람들한테 한 복수를 조사해 보면, 자네 형이 오늘쯤 사형 선고를 받고 있을는지도 모르지. 그러니까 이번 일도 지극히 당연한 일이라고 볼 수 있지. 말하자면 보복의 법칙이라는 게 바로 그런 거니까.〉

〈아니, 무엇이라고요? 법관이라는 분이 그런 말씀을 하실 수 있습니까?〉

〈과연 코르시카 사람들은 다 정신이 돌았군〉 하고 빌포르는 대답했습니다. 〈아직도 나폴레옹을 황제로 알고 있으니 말야. 자넨 지금이 어떤 시대인 줄을 모르고 있군 그래. 그런 얘긴, 두 달 전에 하러 왔어야 했어. 지금은 늦었어. 자, 돌아가. 가지 않겠다면 끌어내게 할 테야.〉

저는 한번 애원해 보면 혹시 어떻게 될 수도 있지 않을까 싶어서 잠시 그의 얼굴을 살펴보았습니다. 그러나 그 사나이의 얼굴은 마치 돌처럼 차가웠습니다. 그래서 저는 그의 곁으로 다가가서 낮은 목소리로 이렇게 말했습니다.

〈그럼, 좋습니다. 즈르시카 사람들이 어떤 사람들인지 아신다고요? 그렇다면 코르시카 사람은 자기가 한 말을 어떻게 지키는가도 아시겠군요. 제 형이 보나파르트 당원이니까 그를 죽인 것도 잘한 짓이라고 생각하신다지요. 당신은 왕당파니까 말이에요. 그렇다면, 나도 보나파르트 당원이니까, 한마디 해두어야겠습니다. 당신은 내가 죽일 것이오. 지금 이 순간부터 나는 당신에게 복수할 것을 선언했습니다. 그러니 조심하세요. 가능한 한 몸을 조심하란 말씀이오. 다음에 우리가 다시 만나기만 하면, 당신에겐 그게 마지막일 테니 말이오.〉

저는 이렇게 말하고 나서 그가 놀라움에서 깨어나기도 전에 문을 열고 도망쳐 나왔습니다」

「흥」하고 백작은 말했다.「이렇게 고지식한 얼굴을 한 사람이 그런 소릴 했단 말이지, 베르투치오. 게가가 감히 검사한테 말야. 놀랐는데! 하지만 그 사람이 그 복수라는 말의 뜻이라도 알았을까?」

「알고말고요. 그후부턴 나를 사방으로 찾게 했는걸요. 다행히 저는 몸을 잘 숨겼기 때문에 들키지 않았지요. 그는 겁이 났던 것입니다. 님에 더 오래 있어서는 안 되겠다고 생각했는지 전임을 청했습니다. 대단한 권력의 소유자였으니, 베르사유로 발령받았지요. 그러나 아시겠지만, 복수를 맹세한 코르시카 사람에게 거리가 멀고 가까운 건 문제가 되지 않습니다. 그 사람의 마차가 아무리 속력을 내서 잘 달려도, 제가 반나절만 걸으면 쫓아갔으니까요.

문제는 놈을 그대로 죽이는 것만이 아니었습니다. 죽일 수 있는 기회는 얼마든지 있었지요. 그러나 놈을 죽이더라도 내가 들키거나 잡혀서는 안 되겠더란 말씀입니다. 그후로 저에겐 제 자신의 생활이란 게 없었습니다. 저는 형수를 돌보고 먹여 살려야 했었으니까요. 석 달 동안을 저는 빌포르를 노리고 다녔습니다. 정말 그의 일거수 일투족을 살폈습니다. 일요일 날 그가 잠깐 산책을 나가더라도, 그가 가는 곳마다 제 눈이 따라다녔으니까요. 그가 가는 곳마다 저도 따라갔었지요. 그러다가 그는 살짝 오퇴유엘 오게 되었습니다. 그의 뒤를 따라와 보니 바로 이 집으로 들어오더군요. 그런데 다른 사람들처럼 거리로 난 정문으로 들어오질 않고 말도 탔다가 마차도 탔다가 하며, 타고 온 것들은 여인숙에 맡겨놓고, 바로 저 작은 문으로 들어왔습니다」

몬테크리스토 백작은 베르투치오가 말한 그 문이 어둠 속에서도 보이는 듯이 고개를 끄덕여보였다.

「그러니, 전 이젠 베르사유에 더 이상 있을 필요가 없게 되었습니다. 저는 오퇴유에 와서 자리를 잡고, 여러 가지 조사를 시작했습니다. 그자를 잡으려면 함정을 여기다 파놓아야겠다고 생각했기 때문입니다. 이 집은, 아까 문지기가 백작님께 얘기한 대로, 빌포르의 장인인 생메랑 후작의 집이었습니다, 후작은 마르세유에 살고 있었기 때문에 이 별장이 필요없게 된 것입니다. 그래서 이 집을 어느 젊은 미망인에게 빌려주었다고들 하는데, 그 여자는 그저 남작 부인으로만 통하고 있었지, 이름은 다들 모르고 있었습니다.

정말 어느 날 밤에 담 위로 넘겨다 보니, 젊고 아름다운 여자가 혼자서 정원을 산책하고 있더군요. 그런데 그 정원은 다른 집 창에서는 전혀 보이지 않는 곳이었습니다. 그 여자는 그 조그만 문 쪽을 자꾸 쳐다보더군요. 그래서 난 그 여자가 그날 밤, 빌포르를 기다리고 있다는 것을 알았습니다. 꽤 어두운데도 얼굴을 알아볼 수 있을 정도로 그 여자가 가까이 왔을 때 자세히 보니 여자는 열여덟이나 열아홉 살 정도 되어 보였고, 키는 크고 금발이었습니다. 여자는 화장복을 입고 있어서 몸의 윤곽이 그대로 드러났는데, 보니까 임신중이더군요. 산달이 가까운 것 같았습니다.

조금 있으려니까, 저 작은 문이 열리더니 사람이 하나 들어오더군요. 여자가 급히 그 사나이에게로 달려갔고, 둘은 서로를 와락 얼싸안고 뜨겁게 포옹했습니다. 그러고는 함께 집으로 들어갔습니다.

그 사나이가 바로 빌포르였지요. 그때 저는, 빌포르가 돌아갈 때는 분명히 밤일 거고, 또 그가 이 정원을 꼭 혼자서 지나갈 것이라고 생각했습니다.

「그래」 하고 백작이 물었다. 「그 여자 이름은 나중에 알았나?」

「몰랐습니다」 하고 베르투치오는 대답했다. 「여자 이름을 얻어들을 틈이 없었다는 걸 곧 아시게 될 겁니다」

「계속해 봐」

「그날 밤」 하고 베르투치오는 말을 이었다. 「검사를 죽일 생각만 있었다면 죽일 수도 있었을 겁니다. 그러나 저는 이 정원을 샅샅이 알지는 못했습니다. 그래서 혹시 단번에 죽이지 못해서 누가 소리를 듣고 뛰어오면 도망칠 수 없을까 봐 겁이 났습니다. 그래서 그들의 다음 번 밀회를 기다리기로 하고, 만사를 놓치지 않고 지켜볼 요량으로 담 쪽 거리를 보고 있는 작은 방을 하나 얻어서 들어갔습니다.

　사흘 뒤 저녁 일곱시쯤 하인이 마차를 타고 그 집에서 나와, 세브르로 가는 길을 따라 말을 달리는 것이 보였습니다. 분명히 베르사유로 갈 거라고 생각했는데, 그런 게 아니었습니다. 세 시간 뒤에 먼지투성이가 되어 돌아오더군요. 볼일을 다 끝낸 모양이었습니다.

　그러고 나서 십 분쯤 지나니, 이번에는 다른 사람 하나가 망토로 몸을 감싼 채 걸어서 정원의 작은 문을 열고 들어오더니, 이내 문을 도로 닫더군요.

　저는 급히 아래로 내려갔습니다. 꼭 빌포르의 얼굴을 본 것은 아닌데도 가슴이 뛰었습니다. 그 사나이가 빌포르라고 믿었던 것입니다. 저는 길을 건너, 담 모퉁이에 세워놓은 돌 위에 올라가서 처음으로 정원 안을 넘겨다보았습니다.

　이번에는 그냥 바라만 보고만 있을 수가 없어서, 주머니에서 단도를 꺼내어 칼 끝이 날카로운 것을 확인하고는 담을 넘었습니다.

　저는 우선 만일의 사태에 대비하기 위해 문으로 달려가 보았습니다. 그자는 조심한답시고 자물쇠를 이중으로 단단히 잠그긴 했지만, 열쇠는 문 안쪽에 그대로 남겨놓았더군요.

　그러니까 그쪽으로 도망가는 건 문제가 아니었습니다. 저는 주위의 상태를 살펴보았습니다. 정원은 장방형이었고, 그 한가운데로 보드라운 영국 잔디를 깐 잔디밭이 죽 뻗어 있었습니다. 그리고 잔디밭 모서리마다 가을 꽃이 듬성듬성 피어 있었고, 잎이 무성한 나무들이 빽빽이 들어서 있었습니다. 건물에서 작은 문으로 가거나 문에서 집으로 들어가려면, 그러니까 들어갈 때든 나올 때든 간에 빌포르는 반드시 이 나무 숲 옆을 지나가야만 했죠.

그때가 구월 하순이었습니다. 바람은 세게 불고 있었고, 창백한 달빛은 하늘을 휙휙 스쳐가는 커다란 구름에 자꾸 가리어진 채 집 안으로 통하는 작은 길의 모래를 하얗게 비춰주고 있었습니다. 그러나 저 빽빽한 숲속까지는 달빛이 비치지 않아서, 그 속에 한참 숨어 있더라도 들킬 염려는 없었지요.

저는 빌포르가 지나가리라고 생각되는 장소에 숨어 있었습니다. 그런데 제가 그곳에 가자마자, 머리 위로 나뭇가지를 흔들던 시끄러운 바람 소리에 섞여 무슨 신음 소리 같은 것이 들려오는 것 같았습니다. 백작님께서도 아시겠지만, 아니 어쩌면 전혀 모르실지도 모르겠지만, 사람을 죽이려고 때를 기다리는 사람에겐 주위에서 나지막한 무슨 소리가 들리는 것만 같은 법입니다. 그렇게 두 시간이 지났는데, 저는 그 사이에 그런 신음 소리를 여러 번 들은 것 같았습니다. 그러고는 자정을 알리는 소리가 울려 왔습니다.

그 마지막 울림이 아직도 쓸쓸하게 울리고 있을 때, 조금 아까 우리가 내려온 비상구의 창문에 불빛이 비치었습니다.

그러더니 문이 열리면서 아까 그 망토를 입은 사나이가 다시 나타났습니다. 무서운 순간이었습니다. 그러나 오래전부터 이 순간을 마음먹고 기다리고 있었던 터라, 조금도 마음은 흔들리지 않았습니다. 저는 칼을 칼집에서 뽑아 달려들 자세를 취했습니다.

그 망토의 사나이는 제 앞으로 곧장 왔습니다. 그러나 그가 밝은 곳으로 나오는데, 보니까 그는 오른손에 무기를 들고 있는 것 같았습니다. 저는 겁이 덜컥 났습니다. 싸울 게 무서워서가 아니라, 성공을 못할까 봐 그랬던 겁니다. 그가 내 몇 발자국 앞에까지 왔을 때에야 저는 제가 무기인 줄 알고 있던 것이 실은 한 자루의 삽이었다는 것을 알았습니다.

저는 빌포르가 왜 삽을 들고 나왔는지를 알 수가 없었습니다. 그런데 그는 나무 숲 가장자리에 와서는 발을 멈추고 주위를 한번 둘러본 후에, 구덩이를 파기 시작했습니다. 그때서야 저는, 빌포르가 삽질을 하는 데 거추장스러울까 봐 망토를 잔디밭 위에 벗어놓았는데 그 망토 속에 어떤 물건이 들어 있다는 것을 알았습니다.

솔직히 말씀드리자면, 이렇게 되자 저에게는 증오심 가운데에서도 약간의 호기심이 생겨났습니다. 저는 빌포르가 여기에 무엇을 하러 왔는가가 궁금했습니다. 저는 숨을 죽이고 가만히 기다렸습니다.

한 가지 생각이 그때 머리에 떠올랐는데, 검사가 하는 행동을 살펴보니 그 생각이 맞더군요. 검사는 망토 밑에서 길이가 두 자, 폭이 여덟 치쯤 되는 조그만 상자를 꺼내었습니다.

저는 그가 그 상자를 땅 속에 파묻은 다음, 다시 흙을 메우는 것을 가만히 보고만 있었습니다. 그는 새로 덮은 흙 위를 발로 밟아 흔적을 없애버렸습니다. 그때 저는 그에게로 달려들어 그의 앞가슴에 칼을 꽂으며 이렇게 말했습니다.

〈조반니 베르투치오다! 내 형을 위해서 너의 목숨을, 그리고 내 형수를 위해선 네 재산을 받으러 온 것이다. 어때? 내 복수가 철저하다는 걸 알겠지?〉

저는 그가 이 말을 들었는지 못 들었는지를 몰랐습니다. 아마 못 들었던 것 같아요. 그 친구 소리도 한번 듯 지르고 푹 쓰러졌으니까요. 저는 뜨거운 그의 피가 내 손과 얼굴로 쭉 솟아오르는 것을 느꼈습니다. 그러나 저는 흥분해서 정신이 없었기 때문에, 그 피로 몸이 뜨거워지기는커녕 온몸이 차갑게 식어버리는 것 같았습니다. 저는 순식간에 땅 속에 있는 상자를 파내어, 내가 꺼내간 것을 다른 사람들이 알지 못하게 구덩이를 메우고 삽은 담 너머로 던져버린 다음, 문으로 뛰어나왔습니다. 그리고 밖에서 문을 이중으로 잠근 후에 열쇠를 가지고 도망쳐 나왔습니다」

「잘했어!」하고 백작은 말했다. 「그러니까 조그만 살인 사건에 도둑질까지 겹친 셈이군」

「아닙니다」하고 베르투치오는 대답했다. 「복수에 그저 경품 하나쯤 덧붙인 셈이었지요」

「그래 돈은 꽤 들어 있었겠지?」

「그런데 그게 돈이 아니었더란 말씀입니다」

「그랬었지」하고 백작은 말했다. 「어린애 얘기를 했던 것 같은데?」

「맞습니다. 저는 급히 강가로 달려가서 언덕에 앉아, 궤짝 속에 든 것이 무엇인가 얼른 알아보고 싶어서 자물쇠를 칼로 땄지요.

궤짝 속엔 갓난애가 린네르로 된 배내옷에 싸여 있었습니다. 얼굴이 새빨갛고 손이 보랏빛으로 된 것을 보니, 목이 졸려서 질식했던 것이 틀림없었습니다. 그러나 아직 체온이 남아 있는 그 어린 것을 발밑으로 흐르는 강 속에 선뜻 버릴 순 없었습니다. 그런데 즈금 뒤 심장 근처가 약하게나마 뛰는 것을 느낄 수 있었습니다. 그래서 어린애를 동여맸던 끈을 풀어주고는 이런 경우에 의사가 할 수 있는 일을 했습니다. 전에 바스티아 병원에서 간호사 노릇을 했던 적이 있었거든요. 폐 속으로 부지런히 바람을 넣어주었습니다. 십오 분쯤 정신없이 그렇게 했더니 숨을 쉬더군요. 그리고 어린애가 가느다랗게 소리를 내더군요.

그래서 저는 그만 저도 모르게 소리를 질렀습니다. 물론 좋아서 지른 거지요. 〈하느님은 나를 저주하시지 않을 것이다. 사람의 목숨을 죽인 나에게 그 대신 다른 생명 하나를 구해 주도록 허락해 주셨으니까〉 하고 저는 생각했지요」

「아이를 기를 생각은 추호도 없었습니다. 그러나 파리에는 그런 불쌍한 어린애들을 받아주는 양육원이 있다는 것을 알고 있었지요. 시의 입구를 지나갈 때 저는 그 어린애를 길에서 주웠다고 말했습니다. 그러면서 양육원으로 가는 길을 물었지요. 궤짝이 있으니까 제 말을 그냥 믿어주더군요. 그리고 어린애의 배내옷만 보아도 이 아이가 돈 있는 집 자식이라는 것도 알 수 있었고요. 제 몸에 묻어 있던 피도 어린애한테서 묻은 것같이 보였습니다. 그러니까 별로 시끄럽게 굴지 않고 양육원을 가르쳐주더군요. 양육원은 앙페르 가 끝에 있었습니다. 저는 우선 배내옷을 두 쪽으로 갈라, 배내옷에 붙어 있던 두 개의 글자를 하나는 어린애에게 남겨놓고 하나는 제가 가졌습니다. 그러고는 어린애를 양육원 수용구에 내려놓은 뒤, 곧바로 벨을 울려놓고 저는 도망쳐 나왔습니다. 보름 뒤에 저는 다시 롤리아노에 돌아왔습니다. 그리고 아순타에게 이렇게 말했지요.

〈형수님. 기뻐해 주세요. 형은 죽었습니다. 그러나 제가 그

원수를 갚았어요.〉

그랬더니 아순타는 그게 무슨 소리냐고 묻더군요. 그래서 그 얘기를 모조리 들려주었지요.

그 얘기를 듣자 아순타는 〈조반니, 그 아이를 데려오지 그랬어요. 부모 없는 그 아이를 우리가 부모 대신 기를 수 있을 게 아니에요? 베네데토라고 이름을 지어주고, 그러면 하느님도 우리에게 정말로 복을 내려주실 텐데〉라고 하더군요.

대답 대신 저는 가지고 온 아이의 배내옷 자락을 내주었습니다. 우리가 혹 부자라도 되는 날엔 가서 찾아올 수 있도록 그걸 가지고 있었던 겁니다」

「그 요에 무슨 자가 찍혀 있었는데?」하고 백작은 물었다.

「H와 N이었습니다. 그리고 그 위에는 남작 표지의 관이 찍혀 있었지요」

「허! 대단한데, 베르투치오. 문장의 전문 용어를 다 알고 있으니. 문장학은 그래, 어디서 배웠나?」

「백작님, 뭐든지 다 백작님 댁에서 배운 거지요」

「얘길 계속해 보게. 알고 싶은 게 두 가지가 있으니」

「그게 뭡니까!」

「그래서 그 사나아이가 어떻게 됐나 하는 것하고, 그런데 베르투치오, 자네, 그 아이가 사내아이였다는 얘긴 안했던가?」

「안했습니다. 그 애길 한 기억은 없습니다」

「아, 그랬던가? 난 그렇게 들은 줄 알고 있었지. 내가 착각했구먼」

「아니올시다. 백작님 말씀이 옳습니다. 그애는 사실 사내아이였으니까요. 그런데 아까 두 가지를 알고 싶으시다고 그러셨는데, 또 한 가지는 뭡니까?」

「응 그건, 자네가 님 형무소로 잡혀 들어가서 고해 신부를 만나게 해달라고 그래서, 부소니 신부가 그 요구에 따라 갔을 때는 무슨 죄를 짓고 있었는가 하는 거지」

「그 얘긴 상당히 길어질걸요」

「길어지면 어때? 이제 열시밖에 안 됐는데. 자네도 알다시피, 난 아직 자리에 들지도 않았고 또 자네도 별로 자고 싶지는 않을 텐데」

베르투치오는 허리를 굽혔다. 그리고 다시 얘기를 시작했다.

「실은 한편으로는 머릿속에서 떠나지 않는 그 고통스러운 기억들을 몰아내기 위해서, 그리고 다른 한편으로는 불쌍한 제 형수를 먹여 살리기 위해서 저는 다시 부지런히 밀수를 했습니다. 혁명 뒤에는 으레 경계가 허술해지기 때문에 사업은 훨씬 순조롭게 잘돼 나갔지요. 특히 남프랑스 해안은 아비뇽이나 님이나 위제스 같은 데서는 폭동이 그칠 날이 없었기 때문에 경계가 더욱 심하지 않았습니다. 저희는 정부가 베풀어준 이러한 일종의 휴전 상태를 이용해서 연안 각지와 모조리 연결하게 됐습니다. 형이 맞아 죽은 후론 저는 님 거리에는 다시는 들어서고 싶지가 않았습니다. 그랬더니 우리와 거래하던 그 여관 주인이 우리가 자기네 집엘 가지 않는 것을 보고 우리에게 와서는, 벨그라드에서 보케르로 가는 길에 퐁뒤가르라는 이름의 지점을 내었다고 했습니다. 그래서 우리는 에그모르트 마르티그, 부크에서 상품을 넣어두는 창고를 열두어 개쯤 가지게 되었죠. 여차하면 그것이 때로는 세관이나 헌병들을 피할 수 있는 피신처도 되지요. 머리가 조금만 움직이고 게다가 용기까지 있으면, 밀수는 상당히 수지가 맞는 장사지요. 그뒤로 저는 헌병이나 세관에 걸려들까 봐 산 속에서 살았습니다. 왜냐하면 일단 재판소에만 끌려 들어가면, 모든 과거가 들춰지게 마련이기 때문입니다. 그렇게 되면 밀수한 담배나 통관 허가증 없는 브랜디 통 말고도, 그보다 더 무거운 죄가 드러나게 될 테니까요. 그래서 저는 잡히는 것보다는 차라리 죽는 게 낫다고 생각해서, 깜작 놀랄 일들을 했습니다. 그리고 결정을 빨리 내리고 용단 있게 척척 일을 해내야만 하는 우리 같은 사람들에겐 몸조심하려고 애쓰는 것이 무엇보다도 큰 장애물이라는 것을 수없이 깨닫게 되었지요. 사실, 한번 목숨을 내던져 본 사람들은 보통 사람들과는 다르게 됩니다. 말하자면, 다른 사람들은 이미 자기 상대가 될 수 없다고 생각한단 말씀입니다. 그리고 그런 결심을 한 사람은 그때부터 당장 힘이 열 배가 되고, 자기 세계가 확 넓어진 것처럼 생각하게 되는 법입니다」

「그건 철학인걸, 베르투치오!」 백작이 불쑥 이렇게 말했다. 「그러니 별의별 걸 다 해본 셈이군」

「원 별말씀을 다 하십니다」

「아냐, 아냐. 하지만 열시 반이니, 철학 얘긴 좀 늦은 감이 들지만 그 외엔 불만 없네. 자네 얘긴 옳다고 생각하니까, 어떤 철학에나 다 하는 이야기는 아니네」

「그러니까, 활동 범위가 점점 넓어지고 수입도 점점 늘어갔지요. 아순타는 아주 뛰어난 살림꾼이어서, 우리들의 조그맣던 살림이 꽤 모이게 되었습니다. 그러던 어느 날, 제가 일을 나가려고 하니까 아순타가〈다녀오세요. 돌아왔을 땐, 나도 깜짝 놀랄 일을 준비해 놓고 있을 테니까〉 하고 말을 하더군요.
 그게 뭐냐고 암만 물어봐도 가르쳐주질 않았습니다.
 아순타는 아무 말도 안해 주려고만 하기에, 저는 그대로 떠나왔습니다.
 길은 거의 육 주일이나 걸렸습니다. 루카에서는 기름을 싣고 리보르노에서는 영국 솜을 실었습니다. 그러고는 무사히 상륙했지요. 그래서 이익도 보고, 아주 기분이 좋아서 돌아왔습니다.
 집에 돌아와 보니, 글쎄 아순타의 방안에서 제일 눈에 뜨이는 곳에 한 칠팔 개월쯤 된 어린애가 하나 있질 않겠습니까? 어린애는 그 방의 다른 가구들보다 비교적 호화스러운 요람 속에 들어 있었지요. 저는 반가워서 소리를 질렀습니다. 검사를 죽인 이후로 괴로웠던 일은, 다만 그 아이를 버린 것뿐이었으니까요. 사람을 죽였다는 일 때문에 후회해 본 일은 없었습니다.
 이러한 모든 것을 눈치 챈 아순타는 제가 없는 틈을 타서, 반쪽짜리 배내옷을 가지고, 아이를 양육원에 갖다준 날짜와 시간을 잊어버리지 않게 기록해 두었다가, 파리로 떠났던 것입니다. 그래서 어린애를 돌려달라고 하니, 아무 소리 없이 돌려주더라는 것입니다.
 아! 정말이지, 그때 그 아이가 요람 속에서 잠들어 있는 것을 보니 가슴이 뿌듯해 오며 눈물이 핑 돌더군요.
 〈형수님, 형수님은 정말 훌륭한 여자시군요. 하느님의 은혜가 있으실 겁니다〉라고 저는 소리쳤습니다」
 「하지만 그건 자네의 철학보다는 덜 정확한데」 하고 백작은 말했다.「다만 자네의 생각이 그랬을 따름이니까」

「백작님 말씀이 옳으십니다」하고 베르투치오가 말을 이었다.「실은 하느님께서는 제게 그 아이를 맡기심으로써 제 죄를 벌하신 것입니다. 세상없이 씨가 나쁜 아이라 하더라도 그렇게 일찍부터 싹이 나타날 수는 없을 것입니다. 그렇지만 아무도 그애를 잘못 키웠다고는 말하지 못할걸요. 제 형수는 그애를 무슨 귀족의 자식처럼 길렀으니까요. 얼굴이 예쁘게 생긴 데다, 전체적으로 피부가 뽀얗고, 눈은 중국 도자기처럼 파란색이었죠. 여간 조화를 잘 이룬 얼굴이 아니었습니다. 단지 지나치게 짙은 금발이 얼굴 모습에 이상한 인상을 주었죠. 그것이 반짝반짝하는 눈과 짓궂은 미소를 더욱 심하게 드러내는 것이었습니다. 불행히도 〈빨강 머리는 아주 선한 사람이거나 아니면 아주 악한 사람〉이라는 속담이 있습니다. 그런데 베네데토의 경우엔 그 속담이 들어맞았습니다. 어렸을 때부터 그놈은 벌써 나쁜 기질만 보였습니다. 하긴 처음에 어머니가 오냐오냐 하면서 길러서 그를 더욱 그렇게 만든 셈이긴 하지요. 그 녀석 어머니는 20킬로미터나 떨어진 시장까지 가서 처음 나온 과일이며, 맛있는 과자를 사오곤 했었으니까요. 그런데 그 녀석은 파르마의 오렌지나 제노바의 통조림보다는 옆집 울타리를 넘어서 도둑질해 온 밤이나, 그 집 곳간에 말려놓은 사과 같은 걸 더 좋아했지요. 우리 집 과수원에도 사과나 밤은 얼마든지 있었는데도 말입니다.

베네데토가 대여섯 살 됐을 때의 일입니다. 이웃집 바실리오가 지갑 속에 있던 돈 1루이가 없어졌다고 투덜거렸습니다. 백작님께서도 아시겠지만, 코르시카는 도둑놈이라곤 없는 곳입니다. 그래서 바실리오도 늘 지갑이나 보석 상자를 잠그지 않고 다녔던 것입니다. 아마 계산을 잘못한 모양이라고 그랬더니, 그 사람은 분명히 그 돈은 없어진 것이라고 우겨댔습니다. 그날 베네데토는 아침부터 집에 없었습니다. 그래서 집에선 몹시 걱정하고 있었는데, 저녁 무렵에 원숭이 한 마리를 끌고 들어오질 않겠습니까. 어느 나무 밑에 매어 있는 것을 보고 데려왔다고 하더군요.

사실 한 달 전부터 그 녀석은, 무슨 생각이 들었던지 원숭이를 가지고 싶어 안달했습니다. 그 즈음에 요술쟁이가 롤리아 노엘 왔던 일이 있었는데, 그 아이 요술쟁이가 원숭이를 여러 마리 데리고 곡예를 하는 것을 재미있어하더니, 아마 거기서 그런 엉뚱한 생각을 해냈던 모양입니다.

〈이 근처 숲에 원숭이는 없어. 더군다나 나무에 원숭이가 매여 있을 리가 없으니, 어디서 났는지 대라〉고 제가 말했지요.

그래도 베네데토는 계속 거짓말을 하더군요. 거짓말도 아주 세세한 데까지 잘 꾸며대서, 그것이 정말이냐 아니냐보다도 그 녀석의 상상력에 감탄할 지경이었습니다. 저는 약이 올라서 화를 내는데, 그 녀석은 싱글싱글 웃는 거예요. 그래서 막 달려들 기세를 취했더니, 뒷걸음질을 치면서 이렇게 말하는 겁니다.

〈날 때릴 수 있을 줄 알고? 무슨 권리로 날 때리겠다는 거야? 진짜 아버지도 아니면서.〉

그 녀석한테 감추려고 그렇게 조심하던 탄생의 비밀을 누가 가르쳐주었는지는 아무래도 알 수가 없었습니다. 어쨌든 어린 애의 노골적인 대답을 듣고, 하도 어이가 없어서 전 때리려고 들었던 팔을 그냥 축 늘어뜨렸습니다. 그러니까 아이가 이긴 셈이지요. 그때 승리한 후로 아이는 점점 대담해져 갔고, 아이가 나빠지면 나빠질수록 형수의 사랑은 더욱 깊어갔습니다. 아순타의 돈은, 형수의 힘으로는 이겨낼 수 없는 변덕과, 이젠 막아낼 기력조차 없는 그 녀석의 낭비에 몽땅 다 탕진되고 말았습니다. 제가 롤리아노에 있을 때에는 그래도 눈으로 못 볼 정도는 아니었습니다. 그러나 제가 그곳을 떠나기만 하면, 그 녀석은 당장 우리 집 주인이 되어서 모든 걸 다 엉망으로 만들어버렸습니다. 나이가 겨우 열한 살이었는데도 그 녀석 친구라는 놈들은 모두 열여덟에서 스물씩 된 바스티아, 코르트의 불량배들이었습니다. 그리고 아주 고약하고 심한 짓들만 해서, 경찰에서도 주의를 해오곤 했었지요.

저는 겁이 났습니다. 조사를 해보면, 나쁜 일들이 전부 드러날 것만 같았습니다. 바로 그 즈음에 저는 어떤 중요한 일로 코르시카를 떠나게 되었습니다. 그런데 한참 생각해 보니, 아무래도 그사이에 불상사가 일어날 것 같은 예감이 들었습니다. 그래서 그걸 막느라고 베네데토를 데리고 가려고 했습니다. 또 그 녀석의 정신이 아주 썩어버리지만 않았다면 밀수업자들의 고되고 부지런한 생활이나 배 안에서의 엄격한 규율 같은 것으로 그 썩어가는 근성을 고쳐볼 수도 있지 않을까 했던 거죠.

그래서 저는 베네데토를 따로 불러서 나와 함께 가지 않겠냐고 물어보았습니다. 그리고 꼬마 아이의 마음을 끌 수 있을 만한 여러 가지 달콤한 얘기를 들려주었죠.

그 녀석은 내가 한참 하고 싶은 얘기를 다 하고 나자, 깔깔거리고 웃는 것이었습니다.

복수 **49**

〈같잖은 소리 하지도 말아요, 아저씨(그 녀석은 기분이 좋을 때면 저를 이렇게 불렀었지요). 내 생활을 아저씨 생활로 바꾼단 말예요? 이렇게 기가 막히게 한가하고 좋은 생활을 그만두고 아저씨가 하고 있는 그 무시무시한 일을 하란 말예요? 밤엔 추워서 떨다가 낮엔 또 더워서 못 견디고, 그저 밤낮으로 숨어서만 살다가, 들키는 날엔 총질을 당해야 하고, 그런 걸 돈 몇 푼 벌자고 한단 말이죠? 돈이야 난 얼마든지 있는걸 뭐. 아순타 아줌마는 내가 달라기만 하면 주니까. 내가 바보예요, 아저씨 말을 듣고 따라가게?〉

저는 그 녀석이 당돌하게 이치를 따지는 데 그만 기가 막혀서 아무 소리도 못했습니다. 베네데토는 다시 제 친구들한테로 놀러 가더군요. 그러고는 그애들한테 나를 바보라고 하면서 손가락질하는 것을 멀리서도 알 수 있었습니다」

「대단한 아인데!」 하고 백작이 중얼거렸다.

「그게 내 자식이었더라면」 베르투치오의 대답이었다. 「내 자식이었더라면, 아니 내 조카만 되었더라도 바른 길로 끌어 보았을 겁니다. 양심이 힘을 내줄 테니까요. 그러나 아비를 죽여놓고 그 자식을 때리려고 한다는 생각이 드니, 야단을 칠 수도 없었습니다. 저는 형수에게 여러 가지를 충고해 주었습니다. 형수는 우리 사이에서 무슨 말이 날 때면 언제나 그 불량한 놈의 편을 들어주었지요. 형수는 꽤 많은 돈이 여러 번 없어졌다고 하더군요. 그래서 저는 우리의 얼마 안 되는 재산을 안전하게 감출 수 있는 장소를 가르쳐주었습니다. 저에게도 나름대로 생각이 있었습니다. 베네데토는 읽기나 쓰기, 셈을 완전히 알고 있었습니다. 그 녀석이 어쩌다가 공부를 하기만 하면, 다른 아이들이 일 주일에 배울 것을 하루에 다 해냈으니까요. 방금 말씀드렸지만 제겐 생각이 있었지요. 저는 그 녀석을 어느 원양 항해선의 서기로 집어넣을 생각이었습니다. 그 녀석한테는 아무 말 않고 있다가 갑자기 끌고 가서 배를 태울 작정이었지요. 그리고 선장한테 모든 걸 맡아달라고 부탁해 놓으면, 그 다음부터 그애의 장래는 그 녀석 자신한테 달린 것이라고 생각한 거죠. 이렇게 계획하고 나서 저는 프랑스로 떠났습니다. 그런데 그때는 1829년이라서, 일이 점점 힘들게 되어버렸습니다. 세상이 다시 평정되자 연안 감시가 다시 어느 때보다도 더 철저해지고 엄해졌던 겁니다. 게다가 또 보케르 시장이 섰던 때라, 감시는 일시적으로 더욱 엄중해졌지요.

처음에는 일이 아무 탈 없이 잘 진전되어 갔었지요. 저희는 배 밑바닥을 이중으로 해서 그 속에 밀수품을 가득 실은 배를, 보케르에서 아를에 이르는 론 강 기슭에 가득 매여 있는 배들 사이에 끼어놓았습니다. 그곳에 와서 저희는 밤이 될 때까지 기다렸다가 수입 금지품들을 육지로 내렸습니다. 그리고는 전부터 저희와 연락이 되어 있는 사람들과, 저희가 짐을 두는 장소를 마련해 둔 여인숙의 주인들을 끼고 그것들을 마을로 운반하기 시작했습니다. 그런데 일이 잘되는 바람에 우리가 경계를 게을리 해서 그랬던지, 아니면 배신한 놈이라도 생겨서 그랬던지 어느 날 오후 다섯시쯤 차라도 한잔 마시려고 하는데, 견습 선원 하나가 질겁해 가지고 달려와서는 세관 분대가 우리 쪽을 향해 오고 있다고 했습니다. 그런 분대라면 실은 그렇게 깜짝 놀랄 것은 못 되었습니다. 당시는 분대들이 모두 수시로 론 강가를 돌아다니고 있을 때였으니까요. 그러나 그분대가 사람 눈을 피해서 살그머니 오고 있더라는 그 선원 아이의 말은 마음에 걸리지 않을 수 없었습니다. 우리는 순식간에 도망갈 준비를 했습니다. 그러나 때는 이미 늦었습니다. 수색의 목표가 되고 있던 우리 배가 벌써 포위당한 것입니다. 자세히 보니 세관들 사이에 헌병들도 몇 명 끼어 있더군요. 다른 군인들 같았으면 얼마든지 태연할 수 있는 저였지만, 헌병을 보니 겁이 덜컥 났습니다. 선창으로 내려가서는 창문으로 빠져나와 물 속으로 뛰어들었습니다. 전 물 속에 잠겨 한참씩 있다가 겨우 숨을 쉬면서 헤엄을 쳤습니다. 그런 식으로 사람들 눈에 띄지 않고 론 강과, 보케르에서 에그모르트에 이르는 운하를 연결하고 있는 어느 수로까지 왔습니다. 거기까지만 오면 살아난 거죠. 거기서는 남의 눈에 뜨이지 않고 수로를 따라 걸어갈 수 있었으니까요. 그래서 무사히 운하까지 왔습니다. 사실 제가 그 길로 그렇게 가게 된 것은 우연한 일이 아니라, 전부터 생각해 두었던 것이었습니다. 아까도 말씀드렸지만 님의 여관 주인이, 벨그라드에서 보케르로 가는 길에 조그만 여인숙을 차리고 있었기 때문입니다」

「그래」하고 백작은 말했다. 「기억하고 있어. 그 주인이 자네하고 거래하는 남자라고 그랬지?」

「그렇습니다」 베르투치오가 대답했다. 「그런데 칠팔 년 전에 그 사람이 옛날에 마르세유에서 양복상을 하던 사람에게 가게를 넘겨 버렸습니다. 그런데 이번 사람은, 양복상을 하다가 실패한 뒤로 다른 장사를 해서 돈을 모아볼까 하던 사람이었거든요. 물론 먼젓번 주인과 우리 사이의 약속은 그대로 물리기로 했었지요. 그러니까 저는 그 새 주인한테 숨겨달라고 부탁할 작정으로 간 거지요」

「그 사람 이름은 뭔데?」 베르투치오의 얘기에 다시 흥미를 느끼는 듯이 백작이 물었다.

「가스파르 카드루스입니다. 그런데 그 남자는 카르콩트 마을 여자와 결혼해서 살고 있었지요. 그 마을 이름대로 그 여자를 불렀는데 그것 말고는 그 여자 이름이 뭔지는 모르겠습니다. 그 여자는 불쌍하게도 말라리아에 걸려서, 기운이 다 빠져 죽어가고 있었지요. 그런데 주인이라는 남자는, 마흔에서 마흔 다섯 정도 된 건장한 사내로, 우리에게 어려운 일이 닥칠 때면 늘 재기와 용기를 보여주던 사람이었습니다」

「그런데 그 일이 있었던 것이」 하고 몬테크리스토 백작은 물었다. 「언제였다고 그랬지?」

「1829년입니다」

「몇 월이었지?」

「6월이었습니다」

「6월 초? 말?」

「6월 3일 저녁이었습니다」

「그래!」 하고 몬테크리스토 백작이 말했다. 「1829년 6월 3일이라……. 좋아, 그래서 어떻게 됐지?」

「그래서 저는 숨겨달라고 할 작정으로 카드루스에게 갔습니다. 아무 일 없을 때라도 저희는 한길로 난 문으로는 들어가지 않기로 하고 있었습니다. 저도 그 관례를 깨뜨리고 싶지 않아서, 뒤뜰의 울타리를 넘었습니다. 그러고는 오그라진 올리브 나무와 야생 무화과 나무 사이를 기어서, 혹시 다른 손님이 들어와 있지나 않나 걱정하며 다락방으로 살짝 기어 들어갔습니다. 그 방은 전에도 여러 번 푹신한 침대에서라도 자는 듯 푸근한 기분으로 밤을 지낸 일이 있는 곳이지요. 그 다락방은, 여관 아래층의 넓은 방과는 널판으로 된 칸막이 하나로 갈려 있었죠. 그리고 거기에 구멍이 뚫려 있어서, 기회가 나면 저희는 그 구멍을 통해 와 있다는 것을 알리곤 했었지요. 저는 만약 카드루스가 혼자 있으면 제가 온 것을 알려주고, 세관들이 나타나서 식사를 다 못했기 때문에 그에게 밥을 얻어먹을 생각이었습니다. 그리고 그때 막 일려고 하던 폭풍을 이용해서 론 강 기슭까지 다시 가, 배와 배에 타고 있던 친구들의 소식을 알아볼 생각이었습니다. 그래서 우선 다락방으로 기어올라갔지요. 정말 그때 그러기를 잘했지요. 바로 그때 카드루스는 어느 낯선 사람과 같이 있었으니까요.

저는 아무 소리도 내지 않고 가만히 때를 기다렸습니다. 제가 뭐 그 주인의 비밀을 몰래 염탐하려고 해서가 아니라, 도무지 다른 방도가 없어서 그랬지요. 게다가 그런 일이야 그때까지 수없이 해왔던 거고요.

카드루스와 함께 들어온 사람은 분명 그 지방 사람은 아니고, 남프랑스 지방 사람이었습니다. 보케르 시장에 보석을 팔러 와서는, 유럽 각처에서 상인들이며 손님들이 몰려들어 시장이 열리는 한 달 동안 10만 내지 15만 프랑의 매상을 올리는 장사꾼 중의 하나였습니다.

카드루스가 부리나케 앞서 들어오더군요. 그러더니 아래층 방이 다른 때와 마찬가지로 비어 있고 개만 아래층을 지키고 있는 것을 보자, 아내를 불렀습니다.

〈여봐 카르콩트! 그 신부 얘기가 가짜는 아냐. 다이아몬드는

진짜래.〉

좋아서 떠드는 소리가 들려왔습니다. 그러더니 이내, 피로와 병으로 축 늘어진 여자의 무거운 발길에 층계가 삐걱거리는 소리가 났습니다.

〈뭐라고요?〉 죽은 사람보다도 더 창백한 얼굴로 여자가 묻더군요.

〈다이아몬드가 진짜란 말야. 여기 오신 이분이 파리에서도 일류에 드는 보석사이신터, 당장 5만 프랑에 사시겠대. 그런데 단지, 이 다이아몬드가 확실히 우리 것인지를 아셔야겠다는 거야. 그러니까, 나도 말씀드렸지만, 당신도 이 다이아몬드가 어떻게 해서 기적적으로 우리 손에 들어오게 됐는지를 말씀드리란 말야. 그런데 참. 선생님 좀 앉으십시오. 날씨가 무척 더우니, 시원한 걸 좀 갖다드리겠습니다.〉

보석상은 여인숙의 내부며, 어느 귀족의 보석 상자에서 나왔음직한 그 보석을 자기에게 팔려는 사람들의 너무 초라한 모습을 유심히 살펴보고 있었습니다.

〈부인, 얘기를 해보시죠〉 하고 보석상은 카르콩트에게 말했습니다. 여자의 남편이 혹시 무슨 눈짓이라도 해서 여자의 얘기에 영향을 끼쳐서는 안 되겠다고 생각해서, 남편이 없는 틈을 타 두 사람의 얘기가 꼭 들어맞는지 안 맞는지를 확인해 보고 싶었던 모양입니다.

〈아이구 글쎄, 깜짝 놀랐지 뭡니까?〉 하고 여자는 수다스럽게 말을 늘어놓았습니다. 〈꿈에도 생각하지 못했던 하느님의 은혜였지요. 글쎄, 선생님, 얘길 좀 들어보십시오. 우리 집 양반이 1814년인가 15년에 에드몽 당테스라는 선원과 가깝게 지낸 일이 있었답니다. 글쎄, 우리 집 양반은 그 사람 일을 까맣게 잊어버리고 말았는데, 그쪽에선 그렇질 않았지 뭡니까. 그래 가지곤, 죽을 때 우리 집 양반한테 아까 보신 그 다이아몬드를 남겨주었지요.〉

〈그런데 그 사람은 이 다이아몬드를 어떻게 해서 가지게 되었을까요? 감옥에 들어가기 전부터 갖고 있었던가요?〉 하고 보석상이 묻더군요.

〈아니죠.〉 여자의 대답이었습니다. 〈그런 게 아니라, 그 사람이 감옥에 있을 때 어떤 영국 부자를 사귀었다나 봐요. 그런데 같은 감방에 있던 그 영국인이 병이 났는데 당테스가 그 사람을 제 친동기간같이 간호해 주었대요. 그래서 감옥에서 나올 때 그 영국인이 당테스에게 그걸 주었다는군요. 그런데 당테스는 그 사람만큼 운이 없어서 감옥에서 그냥 죽었는데, 죽을 때 그걸 신부님한테 맡기면서 우리에게 주라고 유언했대요. 그런 걸 그 신부님이 오늘 아침에 우리 집엘 와서 주고 가셨죠.〉

〈얘긴 똑같군〉 하고 보석상은 중얼거리더니, 〈그러니까, 결국 그 얘긴 정말인 것 같군요. 처음엔 정말 같질 않았지만. 그런데 값이 맞질 않아서.〉

〈뭐라고요? 값이 맞질 않는다고요? 제가 말씀드린 값으로 사시는 걸로 알고 있었는데요〉 하고 카드루스가 소리쳤습니다.

〈그러니까, 전 4만 프랑으로 말씀드렸는데.〉 보석상이 말했습니다.

〈4만 프랑이오?〉 이번엔 카르콩트가 소리쳤습니다.

〈그 값으로 드릴 순 없어요. 신부님은 5만 프랑은 나간다고 그랬는걸요. 테를 빼고도 말예요.〉

〈그 신부 이름이 뭐죠?〉하고 상대방은 끈덕지게 물어보더군요.

〈부소니 신부대요.〉여자의 대답이었습니다.

〈그럼, 프랑스 사람은 아니로군요?〉

〈만투바 지방의 이탈리아 사람 같던데요.〉

〈그 다이아몬드 좀 봅시다, 다시 한번 봐야겠으니. 보석이란 한번만 봐서는 잘못 보는 수가 있으니까.〉

카드루스는 주머니에서 조그맣고 새까만 케이스를 꺼내서 그것을 열어, 보석상에게 주었습니다. 꼭 조그만 개암만한 다이아몬드를 보자 지금도 눈에 선합니다만, 카르콩트의 눈이 탐욕으로 번쩍이더군요」

「그래, 그 얘길 몰래 들으니 어떤 생각이 들던가?」하고 몬테크리스토 백작이 물었다.「그런 터무니없는 얘기가 정말같이 믿어지던가?」

「예, 저는 카드루스가 나쁜 놈이라고 생각지는 않습니다. 더군다나 그 사람이 죄를 지었다거나 도둑질 같은 것을 했다고는 생각지 않았습니다」

「그렇다면 자네도, 자네가 해온 일에 비하면 훨씬 선량한 마음을 가진 사람이란 말이로군 그래. 그런데 자네도 그 문제의 에드몽 당테스라는 사람을 알았었나?」

「모릅니다. 그때 처음 들었고, 그후 님 형무소에서 부소니 신부님을 만났을 때 신부님께 한번 더 들었을 뿐입니다」

「그래? 그럼, 또 얘길 계속해 보지」

「보석상은 카드루스에게서 반지를 받아 든 뒤, 자기 주머니에서 조그만 강철 핀셋과 조그만 구리로 된 저울 한 쌍을 꺼냈습니다. 그러고는 다이아몬드를 물고 있던 금테를 벌려서, 그 다이아몬드를 집어냈습니다. 그것을 저울 위에다 세밀하게 달아보더군요.

〈4만 5천 프랑까지 드리죠. 그러나 그 이상은 한 푼도 더 드릴 수 없습니다. 이 다이아몬드의 값이 그 정도라서, 돈도 그것밖에 가져오지 않았으니까요.〉 그 말을 듣자, 카드루스는 〈아 그야 문제가 되나요? 보케르까지 제가 따라가서, 나머지 5천 프랑을 받아오면 되는걸요〉 하더군요.

그랬더니 보석상은 반지와 다이아몬드를 카드루스에게 도로 돌려주며 말했습니다.

〈천만에, 그 이상의 값어치는 나가지 않습니다. 더군다나 다이아몬드에 흠까지 있는데 그 값으로 흥정을 하다니. 오히려 내가 손해보는 것 같은 걸요. 처음 봤을 땐, 흠을 못 봤는데. 하지만 어쨌든 약속은 약속이니까, 4만 5천 프랑이라고 말했던 건 지키겠어요.〉

〈그 다이아몬드를 반지에 도로 끼워주세요〉 하고 카르콩트가 날카롭게 말했습니다.

〈그러죠〉 하며, 보석상은 다이아몬드를 반지에 다시 박아놓았습니다.

〈그럼, 좋습니다. 다른 데 팔지요〉 하고 카드루스는 케이스를 다시 주머니에 넣으며 말했습니다.

〈그렇게 하시죠. 그러나 다른 사람은 나처럼 그렇게 호락호락하게 넘어가지 않을걸요. 댁에서 얘기한 그 정도만 가지고는 믿지 않을 겁니다. 댁 같은 분이 5만 프랑짜리 다이아몬드를 갖고 있다는 게 보통 일은 아니니까요. 관에 보고할 겁니다. 그러면 부소니 신부란 사람을 찾아내지 않으면 안 되겠지요. 2천 루이나 하는 다이아몬드를 남한테 줄 신부는 아마 없을 걸요. 그보다 더 위에서 손을 뻗치게 되면 당신은 교도소로 가는 거예요. 만약 죄가 없는 게 확실히 드러난다 하더라도, 서너 달은 갇혀 있다가 나오게 될 걸요. 다이아몬드는 서기과 근처에서 없어져 버릴지도 모르죠. 그렇지 않다 하더라도 5만에서 5만 5천 프랑까지 할지 모르는 이 다이아몬드가 3프랑짜리 가짜가 돼서 당신 손에 돌아올 겁니다. 그러니, 사실 이걸 사는 쪽도 어느 정도의 위험은 각오하는 겁니다.〉 그 말을 듣고 카드루스와 그의 처는 눈짓으로 서로 의논하더군요.

〈그래도 안 되겠습니다. 우리는 5천 프랑을 포기할 만큼 부자는 아니니까요〉 하고 카드루스가 말하니까 보석상은,

〈좋도록 하십시오. 그러나 난 보시다시피 이렇게 현금을 가지고 왔습니다〉 하더군요.

그러고는 한쪽 주머니에서 금화를 한 움큼 꺼내서 카드루스의 앞에 내놓았습니다. 번쩍번쩍하는 금화를 보자 카드루스의 눈은 휘둥그레졌습니다. 보석상이 이번에는 다른 쪽 주머니에서 지폐 뭉치를 꺼내 보이더군요.

카드루스의 머릿속에선 치열한 투쟁이 벌어지고 있음에 틀림없었습니다. 지금 손 안에서 이리 돌리고 저리 돌리는 가죽 케이스의 값어치가 지금 자기 눈을 유혹하는 저 막대한 금액과는 아무래도 맞지 않는 것같이 생각되는 것 같았습니다. 그는 아내 쪽을 돌아보며 낮은 목소리로 말했습니다.

〈어떡한다?〉

〈팔아버려요. 저 사람, 다이아몬드를 못 사가지고 그냥 보

케르로 돌아가면, 거기 가서 우릴 밀고할 거예요. 그리고 저 사람 말마따나, 누가 알아요? 부소니 신부를 영영 찾아낼 수 없을는지?〉

〈그럼, 좋습니다!〉 하고 카드루스가 말했습니다. 〈4만 5천 프랑에 드리죠. 그런데 안사람은 금 사슬을 하나 가지고 싶어 하고, 전 은 버클 하나만 있었으면 하는데요.〉

보석상은 지금 말한 물건들의 견본이 든 길고 납작한 케이스 하나를 주머니에서 꺼냈습니다.

〈난 원래 일은 깨끗하게 하는 사람이니까. 자, 고르시오.〉

여자는 5루이쯤 되어보이는 금 사슬을 하나 고르고, 남자는 은 버클을 골랐습니다. 돈으로 치면 15루이는 되겠더군요.

〈이만하면 섭섭하진 않으실 겁니다〉 하고 보석상이 말했습니다. 그러나 카드루스는 〈신부님은 5만 프랑짜리라고 그랬는데〉 하면서 중얼중얼하더군요.

〈자, 어서 이리 내요! 어지간한 양반이로군!〉 보석상은 주인의 손에서 다이아몬드를 뺏다시피 하며 말했습니다. 〈4만 5천 프랑을 준다는데. 그 돈이면 매년 이자가 500리브르 아냐? 나 같은 사람도 눈이 벌게져서 찾을 만한 거금을 한몫에 버는 셈인데, 그래도 군소릴 하다니.〉

〈그래, 그 4만 5천 프랑은 어디 있습니까?〉 하고 카드루스가 쉰 목소리로 말했습니다.

〈자〉 보석상은 이렇게 말하며 금화 1만 5천 프랑과 지폐 3만 프랑을 내놓았습니다.

〈가만히 계십시오. 불 좀 켜고요. 깜깜해서, 잘못 셈하면 안 되니까요〉 하고 카드루스가 말했습니다.

보석 값을 흥정하는 동안 밤이 되었습니다. 그리고 어두움과 함께 한 삼십 분 전쯤부터 금방이라도 폭풍우가 일 것 같았습니다. 우레 소리가 멀리서 나직하게 들려왔습니다. 그러나 보석상, 카드루스, 카르콩트 이 세 사람 모두는 돈에 눈이 멀어 그 소리에는 정신이 안 가는 것같이 보이더군요. 저까지도 그 금화며 지폐를 보고, 이상한 유혹을 느꼈으니까요. 그리고 저는 꿈을 꾸는 것만 같았고, 또 흔히 꿈을 꿀 때 그렇듯이 발이 한자리에 묶여 말을 안 듣는 것 같았습니다.

카드루스는 금화와 지폐를 세고 또 세었습니다. 그러더니 그것을 아내에게 주더군요. 그랬더니 이번엔 그 아내가 돈을 세고 또 세었습니다. 그러는 동안, 보석상은 다이아몬드를 램프 불에 이리저리 비춰보고 있었습니다. 다이아몬드는 번쩍번쩍 빛을 발했습니다. 그 빛에 취해 보석상은, 폭풍우가 일기 전에 치는 번개 대문에 창문이 환하게 번쩍이는 것조차도 모르고 있더군요.

〈자, 다 세어보셨소?〉 보석상이 물었습니다.

〈네〉 하고 카드루스는 대답했습니다. 〈카르콩트, 서류 가방 내놔. 그리고 지갑도 가져오고!〉

카르콩트는 장롱에서 낡은 가죽 가방과 지갑을 꺼내 왔습니다. 그들은 기름 먹은 편지 몇 통을 그 가방에서 꺼내더니, 그 자리에 테이블 위에 있는 지폐를 채워넣었습니다. 지갑 속에는 6리브르와 에퀴 두서너 장이 들어 있더군요. 그게 아마 이 가난한 살림의 전 재산이었던 것 같았습니다.

〈자, 그럼〉 하고 카드루스가 말했습니다 〈한 만 프랑쯤 손해 보게 하신 셈이지만, 그렇더라도 저녁 식사나 같이 하지 않

으시겠습니까? 이건 진심으로 하는 말입니다.〉

〈고맙습니다〉 보석상이 대답했습니다. 〈그러나 시간도 꽤 늦었으니, 보케르로 돌아가봐야 하겠습니다. 집사람이 걱정할 테니까요〉 그러면서 시계를 꺼내보더니, 〈이거 야단 났는걸, 벌써 아홉시가 다 됐으니! 자정 안엔 보케르에 닿지 못하겠는걸! 자, 그럼 안녕히들 계시오! 혹시 부소니 신부 같은 사람이 또 나타나거든, 나를 또 부르시오.〉

〈일주일만 지나면 보케르엔 안 계시지 않나요! 장이 다음주엔 문을 닫잖아요〉 하고 카드루스가 말했습니다.

〈아니, 그건 문제가 아니에요. 파리로 편지를 하면 되니까요. 팔레 루아얄의 피에르 가 14번지, 조아네스라고 하면 돼요. 올 만한 일이라면 내 언제든지 올테니까요.〉

그때 천둥 소리가 우르릉 나면서 번개가 눈이 부실 정도로 크게 쳤기 때문에, 램프 불빛이 거의 꺼지다시피 됐습니다.

〈아니, 하늘이 저런데 떠나시려고요?〉 하고 카드루스가 말했습니다.

〈천둥 같은 건 무섭지 않아요〉 하고 보석상이 대답했습니다.

〈도둑도 안 무서우세요?〉 카르콩트가 물었습니다. 〈시장까지 가는 길이 위험한걸요.〉

〈흥, 도둑놈들이라면 이게 있습니다〉 하며 조아네스는 주머니에서 탄환이 꽉찬 권총 두 자루를 꺼내 보였습니다. 〈짖기가 무섭게 물어뜯는 개지요. 이 다이아몬드를 노리는 최초의 두 놈에게 이걸 먹여줄 겁니다.〉

그때 이상하게도 카드루스와 그의 아내는 서로 마주보게 되었습니다. 그들에게도 어떤 무서운 생각이 떠오른 것 같았습니다. 〈자 그럼, 안녕히 가십시오〉 하고 카드루스가 말했습니다.

〈고맙습니다〉 보석상이 말했습니다.

그러고는 낡은 장에 기대어 놓았던 지팡이를 들고 밖으로 나갔습니다. 그가 문을 열자 바람이 휙 하고 몰려들어, 하마터면 램프 불이 꺼질 뻔했습니다.

〈어이고! 굉장한 날씨르군. 이런 날씨에 이십 리를 걸어가야 한다니!〉

〈그러니까 가지 마시라니까요. 여기서 주무세요〉 하고 카드루스가 말했습니다.

〈네, 가지 마세요. 시중은 잘 들어드릴 테니까요〉 카르콩트도 떨리는 목소리로 말했습니다.

〈아니에요, 보케르에 가서 자야죠. 자, 안녕히 계십시오.〉

카드루스는 문 어귀까지 천천히 걸어갔습니다.

〈하늘이고 땅이고 하나도 안 보이는군요.〉 벌써 집 밖으로 나가 있는 보석상이 말했습니다.

〈오른쪽으로 가야 합니까? 왼쪽으로 가야 합니까?〉

〈오른쪽입니다.〉 하고 카드루스가 말했습니다. 〈길을 잃을 염려는 없을 겁니다. 양쪽으로 나무들이 늘어서 있으니까요.〉

〈그래요? 알겠습니다.〉 보석상은 벌써 멀리 가서, 목소리가 분명히 들리지 않았습니다.

〈문 닫아요.〉 카르콩트가 말했습니다. 〈천둥 칠 때, 문이 열려 있으면 싫어요.〉

〈더군다나 집에 돈이 있으니 말이지.〉 카드루스는 자물쇠를 이중으로 채우며 대답했습니다.

안으로 들어온 그는 장롱으로 가서 지갑과 가방을 도로 꺼냈습니다. 그러더니 그들은 세번째로 금화와 지폐를 다시 세어 보았습니다. 가물가물하는 램프 빛에 비친 그 탐욕스러운 두 사람의 얼굴 표정은, 그런 표정은 전 정말 처음 보았습니다. 특히 그 여자의 얼굴은 정말 추하더군요. 늘 열에 떠서 떨리던 몸은 그날따라 더 심하게 떨렸고, 가뜩이나 창백하던 얼굴은 꼭 죽은 사람처럼 새파랐습니다. 그런데도 움푹 들어간 눈은 번득번득하더군요.

〈당신, 그 사람한테 왜 자고 가라고 그랬죠?〉 카르콩트가 나지막한 소리로 물었더니, 카드루스는 섬뜩해서 몸을 떨며,

〈그야……그야……보케르까지 고생스럽게 가서 잘 거야 없으니까 그랬지.〉

〈응, 그랬구려〉 하고 여자는 뭐라 말할 수 없는 표정을 지으며 말했습니다. 〈난 또, 다른 생각이 있어서 그랬다고.〉

〈아니, 이게?〉 하고 카드루스가 소리를 지르더니, 〈아니, 그런 생각을 어떻게 한단 말야? 설령, 그런 생각이 들었더라도 왜 입 밖에 내는 거야?〉라고 하더군요.

〈아무려나 매한가지지 뭐.〉 카르콩트는 잠깐 가만히 있더니 말했습니다. 〈당신은 사내가 아녜요.〉

〈내가 뭐 어쨌다는 거야?〉

〈당신이 사내 대장부였다면, 그 사람을 이 집에서 내보내지 않았을 거란 말예요.〉

〈이게!〉

〈그것도 못하면, 그 사람이 보케르에 발을 들여놓지 못하게는 해야 한단 말예요.〉

〈저것 좀 봐!〉

〈길은 구부러져서 빙 돌게 되어 있는데, 그 사람은 그 길로 간단 말예요. 그런데 운하를 따라가면 지름길이 있지 않아요?〉

〈이봐, 하느님이 노하신 거야. 자, 저 소릴 들어봐!〉

바로 그때, 두시무시한 천둥 소리와 함께, 푸르스름한 번갯불이 방 전체를 확 비췄습니다. 그러고 나서 우레 소리는 차차 약해지더니, 마치 이 저즈받은 집을 마지못해 떠나는 듯이 사라져 버렸습니다.

〈하느님!〉 카르콩트는 성호를 그으며 말했습니다.

바로 그때, 두서운 우레 소리가 끝난 후에 항상 따르는 침묵을 깨뜨리고, 문을 흔드는 소리가 들렸습니다.

카드루스와 카르콩트는 몸을 떨면서 깜짝 놀라 서로 마주 보았습니다.

〈누구요?〉 카드루스는 일어서며, 테이블 위에 널려 있는 금화와 지폐를 한데 모아 손으로 덮고 소리쳤습니다.

〈나예요〉 하는 목소리가 들려 왔습니다.

〈내가 누구요?〉

〈날 모르겠소? 보석상 조아네스란 말요.〉

〈흥, 그것 봐요〉 카르콩트는 무시무시한 미소를 빙그레 띠며 말했습니다. 〈내가 하느님을 노엽게 했다고? 그 하느님이 저 사람을 우리한테 도로 보내주셨는데?〉

그새 얼굴이 새파래진 카드루스는 숨을 헐떡이며 의자에 다시 주저앉았습니다. 그와는 반대로, 카르콩트는 의자에서 몸을 일으켜 뚜벅뚜벅 문 앞으로 가서 문을 열며,

〈어서 들어오세요〉 하고 말했습니다.

〈아이구〉 하며 비에 흠박 젖은 조아네스가 이렇게 말했습니

다. 〈암만해도 이놈의 날씨가 오늘 밤에는 보케르로 가지 말라는 모양이에요. 무모한 짓은 그저 되도록 일찍이 단념해야 하는 법인데. 카드루스 영감, 아까 자고 가라고 하셨죠? 하룻밤 묵고 가려고 도로 돌아왔습니다.〉

카드루스는 이마에 흐르는 땀을 닦으며 무어라고 속으로 중얼거렸습니다. 카르콩트는 보석상이 들어오자, 문을 이중으로 단단히 잠갔습니다.

피바다

 안으로 들어온 보석상은 이상한 눈으로 주위를 살펴보았습니다. 그러나, 떠나기 전과 다른 수상한 느낌을 일으킬 만한 것도 없었고, 또 설령 그런 일이 있었다 하더라도 그것을 드러낼 만한 것은 없었습니다.
 카드루스는 여전히 금화와 지폐를 두 손으로 덮고 있었고, 카르콩트는 한껏 유쾌한 얼굴로 손님에게 미소를 지어보였습니다.
 〈행여나 계산이 틀렸을까 봐 굉장히 걱정되셨던 모양이군요. 내가 떠난 뒤에도 그걸 또 셈해 보신 걸 보니.〉
 〈천만에요. 이런 재산을 손에 넣게 되다니 암만해도 정말 같지가 않아서요. 눈앞에 놓고 그 증거를 보지 않으면, 아직도 꿈 속에 있는 것 같은 기분이라서.〉

보석상은 빙그레 웃으면서 묻더군요.

〈댁에 지금 손님들이 들어 계십니까?〉

〈없습니다〉하고 카드루스가 대답했습니다. 〈저희 집에선 손님을 재우진 않습니다. 시내하고 너무 가까운 곳이라서, 아무도 여기서는 묵질 않아요.〉

〈아, 그래요? 그렇다면, 제가 상당히 폐를 끼치는 셈이로군요.〉

〈폐라니요?〉카르콩트가 상냥하게 웃으면서 말했습니다. 〈원, 별말씀을 다 하십니다.〉

〈그럼 재워주시겠습니까?〉

〈이층 방에서 주무세요.〉

〈하지만 거긴 두 분이 주무시는 방이 아닙니까?〉

〈괜찮아요. 그 옆 방에도 침대가 하나 더 있으니까요.〉

카드루스는 눈이 휘둥그레져서 아내를 쳐다보더군요. 보석상은 카르콩트가 손님의 몸을 녹여주려고 벽난로에 지핀 나뭇단에 등을 대고, 무엇인가를 콧노래로 부르고 있었습니다.

그동안 여자는 테이블 위에 테이블 보를 펼쳐놓고 그 한구석에 얼마 안 되는 먹다 남은 저녁상을 차리고, 날계란 서너 개를 더 갖다 놓았습니다.

다시 카드루스는 지폐는 가방 속에, 그리고 금화는 지갑에 넣은 다음, 그것들을 모두 장롱 속에 갖다 넣었습니다. 그러고 나서는, 생각에 잠긴 듯이 침울하게 방안을 왔다갔다하다가, 가끔 고개를 들어 보석상을 쳐다보곤 했습니다. 보석상은 불 앞에 그대로 앉아, 김이 나는 한쪽 몸이 다 마르면 또 다른 쪽으로 몸을 돌리고 있었습니다.

〈자〉 하고 카르콩트는 포도주 병을 상 위에 놓으며 말했습니다. 〈식사를 하시고 싶으시면 아무 때라도 하세요.〉

〈당신은요?〉 하고 조아네스가 물었습니다.

〈나요? 난 밤참은 안 먹습니다.〉 카드루스가 이렇게 대답하자, 카르콩트는 당황해서,

〈저흰 저녁을 늦게 먹었는걸요〉 하더군요.

〈그럼, 저 혼자서 먹는 겁니까?〉 보석상이 물었습니다.

〈저흰 시중이나 들어드리죠〉 하고 카르콩트는 여느 때와는 달리, 돈을 내고 먹는 손님들한테까지도 하지 않던 친절한 말투로 대답했습니다.

가끔 카드루스는 아내를 휙 돌아보았습니다.

폭풍우는 여전했습니다.

〈저 소릴 좀 들어보세요. 저 소릴〉 하고 카르콩트는 말했습니다. 〈돌아오시길 정말 잘 하셨죠.〉

〈그러나 밥 먹는 동안에라도 좀 뜸해지면, 다시 가봐야죠.〉

보석상이 이렇게 말하자, 카드루스는 머리를 저으며 이렇게 대답했습니다.

〈웬걸요, 북풍이니까 내일까진 안 멎을 겁니다.〉

그러고는 한숨을 휘 내쉬었습니다.

보석상은 다시 식탁 앞에 와 앉으며,

〈한데 있는 사람들은 혼나겠는걸.〉

〈그럼요. 밤새 고생할 겁니다〉 하고 카르콩트는 말했습니다.

보석상은 밥을 먹기 시작했습니다. 카르콩트는 마치 신경을 몹시 쓰는 주부인 양 조그만 데까지 일일이 시중을 들어주었습니다. 평상시엔 그렇게도 톤덕스럽고 까다롭던 그녀였건만, 그

날엔 친절과 예절의 표본이기라도 한 것 같았습니다. 만약 보석상이 그 여자를 전부터 알았더라면, 여자의 이 돌변한 태도에 깜짝 놀라 분명히 어떤 의혹을 품었을 것입니다. 한편 카드루스는 아무 말도 하지 않고 여전히 방안을 왔다갔다하면서, 손님을 쳐다보는 일조차 망설이는 것 같았습니다.

식사가 끝나자 카드루스는 문을 열러 가서, 〈폭풍우가 이제 멎는 것 같습니다〉라고 말했습니다.

그때 마치 그의 말을 뒤엎으려는 듯이, 무서운 우레가 집 전체를 뒤흔들더니, 바람을 타고 빗줄기가 집 안으로 획 몰려들어 램프 불을 꺼버렸습니다.

카드루스는 문을 도로 닫았습니다. 카드루스는 다 꺼져가는 벽난로 불에 초를 당기며 보석상에게 이런 소릴 하더군요.

〈자, 피곤하실 텐데, 제가 침대에 흰 시트를 깔아놓았으니, 이제 올라가서 푹 주무세요.〉

조아네스는 폭풍이 수그러들지 않는 것을 확인하기 위해 잠시 더 머물러 있더니, 폭풍도 비도 점점 더해 가는 것을 깨닫자, 두 사람에게 잘 자라는 인사를 하고 층계를 올라갔습니다.

그가 제 머리 위를 지나갔기 때문에, 층계를 디딜 때마다 삐걱거리는 소리가 들렸습니다.

카르콩트는 탐욕 어린 눈으로 그를 지켜보고 있었습니다만, 카드루스는 그를 등진 채 그쪽은 쳐다보지도 못하고 있었습니다.

그후로 수없이 제 머리에 떠오르던 그 사건들을 제 눈으로 직접 보고 있던 그 당시에는 오히려 조금도 충격을 받지 않았습니다. 결국, 다이아몬드 얘기만은 좀 이상하게 생각되었지만, 그밖의 모든 일은 지극히 당연한 것같이 생각되었습니다. 그래서 전 몇 시간 잠을 잔 후에, 밤이 깊어지면 그곳을 떠날 생각이었습니다. 몸도 몹시 피곤했고, 게다가 폭풍이 일단 잠자길 기다려야 했거든요.

위층의 방에서는, 보석상이 가능한 한 편안하게 잘 자려고 잠자리를 준비하는 소리가 들렸습니다. 조금 있더니, 침대 소리가 났습니다. 보석상이 자리에 누운 것입니다.

저는, 저도 모르게 눈이 감겨왔습니다. 별다른 의혹 같은 것도 없었기 때문에, 애써 자지 않으려고 노력할 필요가 없었습니다. 잠들기 전에 마지막으로 부엌 안을 한 번 들여다보았더니, 카드루스는 긴 테이블 옆에 놓인, 시골 여인숙에서 흔히 볼 수 있는 의자 대용의 나무 걸상에 앉아 있더군요. 저를 등지고 앉아 있었기 때문에 얼굴 표정은 보이지 않았지만, 설령 이쪽을 보고 앉아 있었다 하더라도 머리를 두 손에 파묻고 있어서 얼굴 표정은 아무러도 볼 수가 없었을 것입니다.

카르콩트는 잠깐 자기 남편을 쳐다보더니 어깨를 한번 으쓱하고는, 그의 맞은편에 와서 앉았습니다.

바로 그때, 다 꺼져가던 불길이 마지막 하나 남은 마른 나무에 붙어서 어둡건 실내가 한번 확 밝아졌습니다. 카르콩트는 계속해서 남편을 응시하고 있었지만, 남편이 그대로 꼼짝도 않는 것을 보자, 남편에게 손을 뻗쳐 그의 이마를 건드렸습니다.

카드루스는 몸서리를 치더군요. 여자가 무어라고 입술을 놀리는 것 같았지만, 그 소리가 너무 낮았던 때문인지, 아니면 잠에 취해서 제 감각이 마비되어 버렸기 때문인지, 어쨌든 얘기 소리는 저한테까지는 들리지 않았습니다. 마치 안개 속에 있는 것을 보는 것만 같았습니다. 꿈을 꾸기 시작하고 있구나 하는, 처음 잠이 들 때의 그 막연한 기분이 들고 눈이 스르르 감기자, 이내 의식을 잃어버리고 잠이 들어버렸던 것입니다.

 잠이 깊이 들었던 저는, 갑자기 울린 총소리와 무서운 비명에 놀라 후다닥 잠에서 깨었습니다. 침실 마루 위에서 비틀비틀하는 발소리가 들려왔습니다. 그러더니 바로 제 머리 위 계단에서 무엇인가가 쾅 쓰러지는 소리가 났습니다.

 저는 그때까지도 잠에서 완전히 깨질 못했습니다. 신음 소리가 나더니, 싸움이라도 하는 듯한 낮은 비명이 들렸습니다.

 먼젓번 소리보다 더 긴 단말마의 비명이 약한 신음 소리로 변했을 때에야 저는 정신이 번쩍 들었습니다.

 저는 팔을 짚고 일어나 눈을 떠보았으나, 깜깜해서 아무것도 보이질 않았습니다. 이마에 손을 대어보니, 계단 마루에서 이마 위로, 뜨뜻한 비가 철철 흘러내리는 것같이 느껴졌습니다.

 그 무서운 소리가 그치자, 이번에는 사방이 쥐죽은 듯이 조용했습니다. 머리 위에선 사람이 걸어가는 발소리가 들려왔습니다. 그 발소리에 계단이 삐걱삐걱 소리를 냈습니다. 남자는 아래층 방으로 내려와 벽난로 앞으로 가서, 초에 불을 붙였습니다.

 그 사나이가 바로 카드루스였습니다. 얼굴은 새파랗게 질려 있었고 셔츠는 피투성이였습니다.

 초를 켠 뒤 그는 다시 계단을 급히 올라갔습니다.

 그러고 나자, 다시 빠르고 불안한 발소리가 들려왔습니다.

 잠시 후에 그가 다시 내려왔습니다. 그는 손에 상자 하나를 들고 있더군요. 케이스 속에 다이아몬드가 분명히 들어 있는 것을 확인하고 나자, 어느 주머니에 넣을까 잠시 망설이고 있었습니다. 그러더니 주머니에 넣는 것은 안심이 안 되는지, 다이아몬드를 붉은 수건에 싸서, 그 수건을 목에 둘렀습니다.

 그러고는 장롱으로 달려가 그 안에서 지폐와 금화를 꺼냈습니다. 지폐는 바지 앞 주머니에, 금화는 저고리 주머니에 각각 넣고, 셔츠를 두서너 장 꺼낸 뒤 문으로 달려가 어둠 속으로 자취를 감춰버렸습니다. 그제서야 모든 일을 분명히 알 수 있겠더군요. 저는 마치 제 자신이 죄를 짓기라도 한 듯이, 방금 일어난 일에 대해 가책을 느꼈습니다. 신음 소리가 또 들려왔습니다. 그 불쌍한 보석상이 아직 죽지 않은 모양이니, 제가 손을 쓰면 가만히 사태를 보고만 있던 죄가 어느 정도는 보상될지도 모른다는 생각이 들더군요. 그래서 저는, 그때까지 제가 자고 있던 다락방과 아래층 방을 막고 있던 허술한 판자를 어깨로 밀어보았습니다. 그랬더니, 판자가 무너지며 아래층 방이 확 터졌습니다. 저는 촛불 있는 데로 달려갔습니다. 그리고 계단을 뛰어오르려 보니, 층계에 사람이 가로 쓰러져 있었습니다. 그게 바로 카르콩트의 시체였습니다.

 제가 들은 총소리는 바로 그 여자에게 쏜 것이었습니다. 총알이 목을 사정없이 뚫어서, 앞뒤 상처에서 피가 콸콸 쏟아져 나올 뿐만 아니라, 입으로도 피를 토해 내고 있었습니다. 여자는 완전히 숨이 끊어져 있었습니다. 저는 시체를 성큼 건너 앞으로 나갔습니다.

 방안은 끔찍할 정도로 난장판이었습니다. 가구가 몇 개 쓰러져 있었고, 불쌍한 보석상이 움켜쥐고 있던 시트도 방바닥에 끌려 있더군요. 그는 머리를 벽에 박고, 땅바닥에 쓰러져 있었습니다. 가슴에 난 세 군데나 되는 큰 상처에서 피가 쏟아져 나와, 온통 피바다에 잠겨 있더군요.

네번째 상처에는 긴 식칼이 꽂혀 있었는데, 칼자루밖에 안 보였습니다.

저는 또 한 자루의 권총 위를 밟고 걸어갔습니다. 쏘지는 않은 거였지만, 화약은 아마 젖어 있었을 겁니다.

저는 보석상 앞으로 갔습니다. 아직 죽지는 않았더군요. 제 발소리와 마루가 흔들리는 소리에, 그는 사나운 눈을 뜨고 잠시 저를 노려보더니, 무슨 말을 하려는 듯이 입술을 움직거렸습니다. 그러나 이내 숨이 끊어졌습니다.

이 끔찍한 광경을 대하니, 정신이 어리벙벙해졌습니다. 이젠 누구에게 구원을 청할 수조차 없게 되자, 그저 달아날 생각밖엔 안 나더군요. 저는 두 손으로 머리를 움켜쥐고, 무서워서 윽 하는 소리를 지르며 계단으로 뛰어갔습니다.

아래층에는 대여섯 명의 세관 관리와 헌병이 두서너 명 있었는데, 모두들 무장을 하고 있었습니다.

저는 체포되었습니다. 그러나 반항하려고조차 하지 않았죠. 정신을 차릴 수도 없었으니까요. 저는 뭐라고 얘길 하려고 했지만, 분명치 않게 우물우물 지껄였을 뿐입니다.

세관 관리들이랑 헌병들이 제게 손가락질을 하더군요. 그래서 눈을 내리뜨고 보니, 제 몸은 온통 피투성이였습니다. 계단 마루로 해서 제 몸에 무엇인가 뜨뜻한 것이 흘러내리는 것 같던 게, 바로 카르콩트의 피였단 말씀입니다.

저는 제가 숨어 있던 곳을 손가락으로 가리켰습니다.

〈그게 뭐 어쨌다는 거지〉 하고 헌병이 물었습니다.

그랬더니 세관 관리 하나가 가서 보고는,

〈저길 통해서 나왔다는 얘기겠죠〉 하고 말하며, 정말로 제가 빠져나온 구멍을 가리켰습니다.

그제서야 사람들이 저를 살인범 취급을 하고 있다는 것을 알았습니다. 그러니까, 목소리도 다시 나오고, 힘도 새로 생기더군요. 그래서 저는 나를 꽉 붙잡고 있던 사람들의 손을 뿌리치고 소리쳤습니다.

〈제가 아닙니다. 제가 아니에요!〉

헌병 두 사람이 기총을 제게 대었습니다.

〈움직이면, 쏜다!〉

〈그렇지만, 전 정말 아니에요〉 하고 또 소리쳤지요. 그랬더니, 그들은 〈얘기가 있으면, 님 법정에 가서 하면 되지 않아? 지금은 따라만 와! 그리고 한마디 얘기해 두는데, 반항하면 가만두지 않겠다!〉

사실은 반항을 하려던 것도 아니었습니다. 전 그저 놀라고 무섭기만 해서 정신이 없었으니까요. 그들은 제게 수갑을 채우고 말 꽁무니에 매어, 님으로 끌고 갔습니다.

나중에 알고 보니, 사실은 세관 관리 하나가 계속 저를 미행했던 겁니다. 그러다가 그 집 근처에서 저를 놓친 것입니다. 분명 그 집에서 밤을 지내려니 생각하고, 그 관리는 제 동료들을 부르러 갔었던 거죠. 그래서 동료들하고 같이 왔는데, 바로 그때 총소리가 났으니, 저는 꼼짝없이 충분한 증거 앞에 잡히고 만 것입니다. 그러니, 제가 아무리 죄가 없다고 그래보았댔자, 어려울 거라는 사실을 깨달았지요.

사태가 이쯤 되고 보니, 일말의 희망이란 예심판사에게 부탁해서, 그날 낮에 퐁뒤가르 여인숙에 왔던 부소니 신부라는 사람을 사방으로 찾아달라는 것밖엔 별 도리가 없었습니다. 만약에 카드루스가 그 얘기를 꾸며내서, 부소니 신부라는 사람이 실재 인물이 아니라면, 카드루스 자신이 붙잡혀서 모든 것을 고백하지 않는 한, 제 목숨은 달아나게 되는 것입니다.

그로부터 두 달 동안, 이건 그 판사의 명예를 위해서 말씀드립니다만, 사방으로 그 사람을 찾아보아 주었습니다. 저는 그때는 이미 희망을 잃고 말았습죠. 카드루스는 잡히지 않았고, 저는 마침내 1심 공판을 받게 되어 있었습니다. 그랬는데 글쎄, 9월 8일, 그러니까 사건이 있은 지 석 달 닷새째 되는 날에, 제가 이젠 단념을 하다시피 한 그 부소니 신부가, 자기를 만나고 싶어한다는 죄수 한 사람을 위해 일부러 형무소까지 왔더란 말입니다. 신부님 말씀이 그 소식을 마르세유에서 듣자, 부랴부랴 저를 만나주러 왔다는 것입니다.

그러니 제가 얼마나 감격해서 신부님을 맞이했겠습니까. 저는 제가 본 광경을 그분에게 얘기했습니다. 마음이 조마조마해 가지고 다이아몬드 얘기를 꺼냈지요. 그랬더니 글쎄 제 예상과는 반대로 그 얘기가 정말이었던 것입니다. 그리고 또 제가 생각하던 것과는 반대로, 신부님은 제가 한 얘기 하나하나를 다 시인해 주었습니다. 그때 저는 그분의 따뜻한 자비심에 감동해서, 그리고 또 그분이 제 고향의 풍습을 이해하고 있다는 걸 알고서는 그분의 사랑에 넘치는 입에서 제가 저지른 단 하나밖에 없는 그 죄도 용서받을 수 있으리라고 생각해서, 오퇴유에서 일어난 사건을 상세하게 고백했습니다. 마음에 감동을 받고 고백한 그 얘기가 결과적으로는 마치 제가 그것을 노리고 한 것처럼 되어버렸습니다. 그건 무슨 말씀인고 하면, 제가 꼭 고백을 하지 않아도 될 그 첫번째 살인 얘기를 듣고, 신부님은 제가 두번째 살인, 즉 카드루스네 집에서 생긴 살인은 제가 한 것이 아니라는 것을 인정해 주었단 말씀입니다. 그러고는 헤어질 때, 그분은 저게 희망을 가지라고 말하고 또 제가 죄가 없다는 것을 재판관들한테 설득시키기 위해서, 할 수 있는 일은 다해 보겠다고 약속을 했습니다. 그러더니 옥중의 대접이 점점 부드러워졌습니다. 그리고 저는 제 재판이, 그때 마침 열리고 있던 다른 공판이 끝날 때까지 연기되었다는 사실을 알고, 그분이 정말로 제 일에 애를 써주셨다는 사실을 깨닫게 되었습니다.

그사이에, 하느님 덕분으로, 카드루스가 외국에서 잡혀서 프랑스로 끌려왔습니다. 그자는 모든 것을 자백하고, 살인을 생각하게 한 것도, 더구나 그것을 충동한 것도 자기가 아니었다고 말했습니다. 그래서 그놈은 종신 징역형을 받고, 저는 무죄가 되었습지요」

「그럼, 부소니 신부의 편지를 가지고 나한테 온 것이 바로 그때였나?」하고 백작이 물었다.

「그렇습니다. 그분은 참 저한테 대단한 관심을 보여주었습니다. 그래서 제게 말씀하시기를, 〈밀수입 같은 걸 하면 당신 신세를 망칠 거요. 그러니 감옥에서 나가거든, 그짓은 그만두는 게 좋을 거요.〉

〈그럼, 어떻게 삽니까? 더군다나 제 불쌍한 형수를 먹여 살릴 길이 있어야죠〉하고 말했더니, 신부님 말씀이, 〈내게 참회를 한 사람 중에 나를 아주 신뢰하는 분이 있소. 그분이, 믿을 만한 사람이 있거든 하나 알선해 달라고 그랬는데, 어떻

소, 그리로 가볼 생각은 없소? 내 얘길 해줄 테니.〉

〈아, 신부님! 그건 정말 고마운 말씀이십니다.〉

〈그런데, 나중에 나를 실망시키지 않게 하겠다고 맹세할 수 있겠소?〉

저는 맹세를 하려고 손을 내밀었습니다.

〈그런 건 필요없소. 난 코르시카 사람들이 어떤 사람들인지 알고 있고, 또 좋아하니까. 자, 이게 소개장이오.〉

신부님은 몇 줄 쓱쓱 쓰시더니, 제게 주셨습니다. 백작님께 그때 갖다드린 게 바로 그것입니다. 저는 그 소개장 때문에 백작님의 일을 거들어드리게 된 거지요. 좀 건방진 얘기입니다만, 여태까지 제게 무슨 불만이라도 가져보신 일이 있으십니까?」

「아니」하고 백작이 대답했다. 「솔직히 말해서, 자넨 훌륭한 일꾼이야. 신뢰할 만하지는 못하지만」

「백작님, 제가요?」

「그래, 자네가 말이야, 형수랑 얻어다 기른 아이가 있었다면서, 언제 한 번이나 그 얘길 해본 일이 있었나?」

「백작님, 그건, 제 인생에 있어서 가장 슬픈 얘기를 하지 않으면 안 되기 때문입니다. 저는 코르시카로 떠났습니다. 아시겠지만, 어서 가서 형수를 만나, 위로를 해주고 싶었으니까요. 그런데 롤리아노에 가보니, 집안에 무슨 일이 일어났는지 슬픔에 잠겨 있었습니다. 알고 보니, 사실 끔찍한 일이 일어나서, 이웃 사람들까지 지금도 잊지를 못하고 있으니까요. 불쌍한 제 형수는 제가 말한 대로, 베네데토에게 달라는 대로 돈을 주지 않았다는군요. 그런 걸 그 녀석은 걸핏하면 집에 있는 돈을 몽땅 빼가려고만 했답니다. 어느 날 아침에는, 형수를 위협하고는 하루 종일 얼굴을 보이지 않았대요. 그래, 형수는 울고불고했답니다. 형수는 그 녀석을 친아들처럼 생각했으니까요. 밤이 되어도 형수는 잠을 못 자고 그 녀석을 기다렸답니다. 밤 열한시가 되니까 베네데토가 늘 같이 다니는 미친놈들 둘을 데리고 돌아왔지요. 그래 형수가 그 녀석을 반기려고 팔을 벌렸더니, 놈들은 형수를 붙잡고──그중의 한 놈이 필경 그게 그 지긋지긋한 녀석이었을 겁니다──소리를 지르면서, 〈야, 이제 시작해 볼까. 돈 있는 데를 안 대곤 못 배길걸〉하더랍니다.

그런데 이웃집 바실리오는 바스티아에 가고 없어서, 그 집에는 그의 아내만 집을 지키고 있었답니다. 그래서 우리 집에서 일어난 일을 보고 들은 게 그 여자 외엔 아무도 없었지요. 나머지 두 녀석은 형수를 꽉 붙잡고 있었고요. 형수는 설마 그 녀석들이 그런 끔찍한 짓이야 하랴 싶어 고문을 하려는 놈들에게 웃어 보였다는 겁니다. 다른 녀석은 문이며 창을 잠그고 오더니, 형수가 심상치 않은 분위기에 겁이 나서 소리를 지르려 하자 입을 틀어막더라는 것입니다. 그러더니 아순타의 발을 불 옆으로 끌고 가서, 돈을 감춘 장소를 대라고 하더랍니다. 그런데 형수가 끌려가지 않으려고 몸부림을 치는 바람에 형수의 옷에 불이 붙어버렸다는군요. 그랬더니, 놈들은 자기네들한테도 불길이 올까 봐 형수를 그냥 내팽개쳐 버리더래요. 형수는 온몸에 불이 붙은 채로 문으로 달려갔지만 문은 잠겨 있었지요. 그래서 이번엔 창으로 뛰어갔는데, 창문도 잠겨 있었고요. 그러자, 옆집 부인이 무서운 소리를 들은 것 같았답니다. 그게 형수가 사람을 살리라고 외치는 소리였지요. 그러더니, 이내 그 소리가 희미해지며, 신음 소리로 변하더랍니다. 그래 그 이튿날 아침 공포와 불안 속에 하룻밤을 지낸 바실리오 부인은 겁이 나는 것을 용기를 내어 집을 뛰쳐나와, 경찰에 가서 사정을 말하고 저희 집 문을 열어달라고 했답니다. 문을 뜯고 들어가 보니, 아순타는 불에 타서 반쯤 새카맣게 돼가지고, 그래도 숨은 아직 끊어지지 않았더랍니다. 장롱은 억지로 부숴서 열려져 있고, 돈은 없어졌더랍니다. 베네데토란 놈은 그때 롤리아노를 떠나가지고, 다시는 돌아오지 않았습니다. 그후는 저도 그 녀석을 한 번도 보지 못했을 뿐 아니라, 소문조차 듣지 못했습니다. 제가 백작님 댁엘 간 것은」하고 베르투치오는 천천히 말을 이었다. 「그 슬픈 소식을 들은 후였습니다. 제가 베네데토 얘기를 안 한 것은, 그 녀석은 이미 없어진 놈이고, 형수도 세상을 떠난 이상, 말씀드릴 필요도 없을 것 같아서 그런 겁니다」

「그래, 자넨 그 사건을 어떻게 생각했나?」하고 몬테크리스토가 물었다.

「제가 저지른 죄의 대가라고 생각합니다」 베르투치오가 대답했다. 「아! 그놈의 빌포르란 놈들의 씨알머리는 정말 저주받은 것들입니다」

「나도 그렇게 생각해」 백작은 침통한 어조로 중얼거렸다.

「이젠」 하고 베르투치오는 말을 계속했다. 「그 이후로는 한 번도 와본 일이 없는 이 집의 정원에서, 그것도 한 인간을 죽인 일까지 있는 이 장소에서, 백작님께서 이상하게 생각하실 만큼 제가 이상한 거동을 한 이유를 아시겠지요? 전, 제 바로 앞에, 제 발밑에, 빌포르가 아이를 묻으려고 파놓은 구덩이

속에 빌포르 자신이 묻혀 있는 게 아닐까 하는 생각이 났던 겁니다」

「사실, 그럴 수도 있겠지」 백작은 지금까지 앉아 있던 벤치에서 몸을 일으키며 말했다. 「그런데 실은」 하고 백작은 낮은 목소리로 이렇게 말했다. 「그 빌포르가 죽지 않았는지도 모르지. 어쨌든 부소니 신부는 자네를 내게 보내길 잘했어. 그리고 또, 자넨 그 얘길 나한테 하길 잘했고. 나도 자네의 그런 일을 그리 나쁘게 생각한다든가 하지는 않을 테니까. 그런데, 베네데토란 놈은, 이름이 잘못 지어졌지만 (〈베네데토〉는 선량한 사람이라는 뜻이다 ── 옮긴이) 그후에 찾아볼 생각을 해본 일은 없나? 그 녀석이 어떻게 됐는지 알아보려고도 안했나?」

「안했습니다. 설혹 그 녀석 있는 데를 알았더라도 가보긴커녕, 괴물이라도 만난 듯이 이쪽에서 오히려 피했을 겁데요. 다행히, 아무데서도 그놈 소식은 못 들었습니다. 죽었으면 하고만 있습지요」

「그런 건 바라지도 말지, 베르투치오」 백작이 말했다. 「나쁜 놈들은 그렇게 죽지도 않아. 하느님이 복수 같은 것을 위해서, 그런 놈들을 보호해 주시는 모양이야」

「그래도 좋습니다」 하고 베르투치오가 대답했다. 「저는 그저 다시는 그놈 얼굴을 보지 않게 해달라고만 빌고 있습니다. 이젠」 그는 머리를 숙이며 말을 이었다. 「모든 걸 다 말씀드렸습니다. 그러니까, 백작님께선, 제가 저 세상에 가면 하느님이 판관이 되시듯이, 이 세상에서 저를 재판해 주실 분입니다. 무슨 말씀으로든 저를 위로해 주지 않으시겠습니까?」

「그렇지. 난 이렇게 얘길 해줄 생각인데. 아마 부소니 신부도 나와 같은 얘길 하겠지만, 자네가 죽인 그 빌포르란 사람은, 그가 자네에게 한 일과 또 그 외의 다른 일들 때문에 벌을 받을 만한 사람이야. 베네데토가 만약 살아 있다면, 아까도 말했지만, 하느님 대신 복수를 한 후에 이번엔 그 녀석 자신이 벌을 받을 거야. 사실 자네한텐, 잘못은 하나밖에 없어. 생각해 보게. 자네가 그 아이를 살려놓았다면, 어째 그 아이를 제 어머니한테 돌려주질 않았나? 죄가 있다면, 바로 그거야, 베르투치오」

「맞습니다. 그게 죄도 아주 큰 죄였습지요. 그 점에서 전 비겁한 놈이었습니다. 일단 아이를 살려놓았으면, 할 일은 하나밖에 없는 거지요. 백작님 말씀마따나, 그 아이를 제 어머니한테 돌려주어야 했던 겁니다. 그러나 그러려면, 아이 어머니를 찾아보아야 되고, 그렇게 되면, 제가 혐의를 받아 어쩌면 제 신상이 위태로워졌을는지도 모릅니다. 전 죽고 싶지가 않았습니다. 형수 때문이기도 했고, 또 하나는 복수를 하고도, 이쪽은 아무 일 없이 의기양양해지고 싶어하는 우리 코르시카 사람들의 천성적인 자존심 때문이었습지요. 그런데 실은, 단순히 살고 싶다는 생의 애착 때문이었는지도 모르지요. 전 제 형처럼 그렇게 용감한 사나이는 아니니까요」

베르투치오는 두 손으로 얼굴을 가렸다. 몬테크리스토 백작은 표현할 수 없는 이상한 시선으로 그를 한참 동안 바라보고 있었다.

그러고 나서, 몹시 엄숙한 침묵이 잠시 흐른 후에, 「이 사건을 마지막으로 훌륭하게 결말을 지으려면, 베르투치오」 하고 백작은 평시에는 볼 수 없었던 침통한 어조로 말했다. 「내 얘기를 잘 들어두는 게 좋을 거야. 〈모든 악에는 두 개의 약이 있다. 시간과 침묵이 그것이다.〉 이 말은 부소니 신부의 입에서 수없이 들어온 말이야. 자 이젠 베르투치오, 나 혼자 잠깐 정원을 산책하게 내버려두어 주게. 그건, 그 무대에 직접 참여했던 자네에겐 가슴 아픈 고통이겠지만, 내게는 이 집 값을 배로 올려주는, 거의 즐겁다고까지 말할 수 있는 감동을 주는 이야기야. 베르투치오, 나무란 그늘이 생겨야 사람의 마음을 유쾌하게 해주고, 그늘은 또 그 속에 꿈과 환영이 가득 차 있을 때라야만 사람의 마음을 끄는 법이야. 난 단지 사방이 벽으로 둘러싸인 빈터를 하나 산다는 기분으로 이 정원을 손에 넣었는데, 그게 그렇질 않단 말야. 이 공지는 계약서에는 적혀 있지 않은 망령이 우글우글하는 정원이니까. 그런데 난 그런 망령들을 좋아하거든. 난 여태까지 산 사람이 하루에 할 수 있는 나쁜 짓을 죽은 사람이 육천 년이나 걸려서 했다는 얘기는 들어본 일이 없어. 자, 베르투치오, 자넨 들어가서 편안히 자게. 만약 자네의 참회 신부가 자네의 임종시에 저 부소니 신부만큼 관대하지 못하거든, 내가 이 세상에 살고 있는 한 나를 부르게. 내가 자네의 영혼이 영원이라고 불리는 괴로운 여정에 오를 준비가 다되어 있을 때, 자네의 영혼을 고이 잠들게 할 말들을 해줄 테니」

베르투치오는 백작 앞에 공손히 머리를 숙인 후 한숨을 쉬며 물러갔다.

몬테크리스토 백작은 혼자 남게 되자, 서너 발 앞으로 걸어 나가면서, 「이 플라타너스 근처에는」 하고 중얼거렸다. 「어린애를 매장했던 구덩이가 있고, 저쪽에는 정원으로 들어오는 조그만 문이 있다. 저 귀퉁이에는 침실로 통한 비밀 계단이 있다. 이런 건 수첩에 기록해 둘 것까진 없어. 내 눈앞에는, 내 주위에는, 내 발밑엔 하나의 그림이 부각되어 있으니까. 생생한 그림이」

백작은 마지막으로 한 번 더 정원을 돈 후에, 마차 쪽으로 갔다. 백작이 생각에 잠겨 있는 것을 보자, 베르투치오는 아무 소리 없이 마부 옆에 가서 앉았다.

마차는 다시 파리를 향해 달렸다.

그날 밤, 샹젤리제의 저택에 도착하자, 몬테크리스토 백작은 마치 그 집에서 오랫동안 살아온 사람처럼 집안을 두루 돌아다녔다. 그는 내내 앞서 가고 있었지만, 단 한 번도 문을 잘못 연다거나 자기가 가려고 하는 방향으로 곧장 통하게 되어 있지 않은 복도나 층계를 가본 일이 없었다. 알리는 한밤중에 집안을 두루 살피는 백작의 뒤를 따랐다. 백작은 베르투치오에게 집안의 장치며 방들의 배치 같은 것에 관한 여러 가지 지시를 내렸다. 그러고 나서 시계를 꺼내더니 주의를 게을리하지 않는 알리를 향하여, 「열한시 반인데. 하이데가 제 시간에 도착하겠지? 프랑스 시녀들한테 미리 그걸 알려줬나?」

알리는 하이데를 위해서 준비된 방을 손으로 가리켰다. 저만치 떨어져 있는 그 방은 문을 벽걸이로 가려놓았기 때문에, 집 전체를 둘러보는 사람도, 그곳에 사람이 들어 있는 객실과 방 두 개가 있는 거처가 있을 줄은 생각도 못할 정도였다.

알리는 그쪽으로 손을 뻗어, 왼쪽 손의 손가락 셋을 보이더니, 이번엔 그 손을 쫙 펴고, 그 위에 머리를 대고 눈을 감으며 자는 시늉을 해보였다.

「그래?」 알리의 그러한 말에 익숙해 있는 백작이 말했다.

「셋이 침실에서 기다리고 있다는 얘기지?」

「네」 하고 알리는 고개를 끄덕여 대답했다.

「마님께서는 오늘 밤 퍽 곤하실 거야」 하고 백작은 계속해서 말했다. 「그냥 자고 싶을 테니 아무도 말을 걸지 말도록 해야 해. 프랑스 시녀들은 새 주인한테 가서 인사만 하고 물러가도록 하고. 넌 하이데가 프랑스 시녀들하고는 상종하지 못하게 감시하고」

알리는 허리를 굽혀 절을 했다.

이윽고 문지기를 부르는 소리가 들려왔다. 철문이 열리자, 마차가 마당 길을 달려와 현관문 앞에 와서 멎었다. 백작이 아래로 내려왔다. 이내 현관문이 열렸다. 백작은 금실로 가득 수를 놓은 푸른 비단 망토로 얼굴을 싸고 있는 젊은 부인에게 손을 내밀었다.

부인은 백작이 내민 손을 잡고, 경의와 애정에 찬 표정으로 그 손에 입을 맞췄다. 두 사람은 무엇인가 두어 마디 주고받았다. 부인의 목소리는 다정했다. 백작의 음성은 은은하고도 무게가 있었다. 그것은 마치 옛날 호메로스가 신들의 입을 통해 말을 시키는 것 같았다.

그러고 나서 붉은 촛불을 든 알리를 앞세우고, 그 젊은 부인은 자기 침실로 안내를 받았다. 그 부인이 다름 아닌 이탈리아에서 늘 백작과 동반하던 그 아름다운 그리스 여자였던 것이다. 이어서 백작은 자기 거처로 돌아갔다.

밤 열두시 반, 집안의 불이 모조리 꺼져 있었다. 모두들 잠이 든 모양이었다.

무제한 대출

　이튿날 오후 두시쯤, 훌륭한 두 마리의 영국 말이 끄는 마차 한 대가 몬테크리스토 백작의 저택 앞에 와서 멎었다. 푸른 연미복에 같은 색의 비단 단추와 굵은 금줄이 달린 흰 조끼에다 개암빛 바지를 입은 신사였다. 머리는 새까맣고 눈썹까지 길게 늘어져서 제 머리같이 보이질 않는 데다가, 이마의 주름을 감추려고 했으나 제대로 가려지질 않아, 그 주름과 머리 색깔이 전혀 어울리지 않았다. 그는 쉰에서 쉰댓쯤 된 나이를 마흔 살쯤으로 보이게 하려고 애쓴 것 같았다. 그는 남작 문장을 단 마차 문에서 머리를 내밀고, 마부에게 몬테크리스토 백작이 집에 계신가 문지기에게 가서 물어보라고 말했다.
　마부가 돌아오기를 기다리며, 그 사나이는 거의 실례가 될 정도로 집의 모습이며 정원이며 그곳을 왔다갔다하는 하인들의 제복을 뚫어져라 바라다보고 있었다. 사나이의 눈은 반짝반짝 빛나고 있었다. 그러나 그것은 재기에 찬 눈이 아니라 교활한 눈이었다. 입술은 하도 얇아서, 입 밖으로 나와 있는 게 아니라 입 안으로 말려 들어간 것만 같았다. 게다가 넓게 툭 튀어 나온 광대뼈는 영락없이 교활한 성품을 드러내고 있었다. 이마는 움푹 들어갔고 상스러운 큰 귀를 훨씬 지나서 뒤통수가 툭 튀어나와 있었다. 그의 거창한 머리 모양이며 셔츠에 달려 있는 커다란 다이아몬드라든가, 저고리 단추 구멍과 구멍 사이로 늘인 약장 때문에 속인들의 눈엔 신분이 대단한 사람으로 보이겠지만, 인상학자들이 본다면 누구든지 어딘지 불쾌하기 짝이 없어질 그런 얼굴이었다.

마부가 수위실 쿤을 노크했다.

「여기가 몬테크리스토 백작 댁이십니까?」

「그렇소」하고 쿤지기가 대답했다. 「그런데……」하며 그는 알리에게 눈으로 물었다.

알리는 고개를 좌우로 흔들었다.

「그런데라니요?」마부가 물었다.

「백작님이 보이시질 않습니다」하고 문지기가 대답했다.

「그럼, 여기 저희 주인 되시는 당글라르 남작의 명함이 있습니다. 몬테크리스토 백작님께 전해 주시고, 저희 주인께서 의회에 나가시는 길에 백작님을 뵙고자 일부러 들르셨다고 말씀해 주십시오」

「나는 직접 각하께 말씀드리지 못하니까 이 하인이 전해 줄 겁니다」하고 문지기가 말했다.

마부는 다시 마차 쪽으로 돌아갔다.

「어떻게 됐어?」 당글라르가 물었다.

마부는, 방금 자기가 당하고 온 일을 적이 부끄러워하며 문지기가 대답한 것을 그대로 주인에게 전했다.

「그래?」하고 주인은 말했다.

「자기를 각하라고 부르게 한다든가, 몸종밖엔 가서 얘기도 못한다는 걸 보니, 무슨 왕자라도 되는 것 같군. 하지만 아무려면 대수냐, 내게서 받을 돈이 있으니 제가 돈이 필요하면 싫어도 날 만나러 오겠지」

그러고 나서 당글라르는 다시 마차 안으로 깊숙이 앉으며 길 건너에까지 들릴 만큼 큰소리로 마부에게 외쳤다.

「의사당으로 가자!」

마침 알맞게 연락을 받은 몬테크리스토 백작은 자기 방의 블라인드를 통해서 남작의 모습을 내다보았다. 그리고 굉장히 정밀한 망원경으로, 아까 이 집이며 정원이며 하인들의 제복을 유심히 살펴보던 당글라르 못지않게 남작을 자세히 관찰하고 있었다.

「확실히」그는 역겨운 듯이, 망원경을 상아 케이스 속에 도로 넣으며 중얼거렸다. 「추악한 인간이군. 한 번만 척 봐도, 그 납작한 이마엔 뱀이 서린 게 보이고, 저 툭 튀어나온 뒤통수는 독수리 같고, 저 뾰족한 코는 꼭 말똥가리 같단 말야」

「알리!」하고 그는 소리쳤다. 그리고 구리로 만든 종을 한 번 두드렸다. 알리가 나타났다.

「베르투치오를 불러!」

그러자 바로 그 순간에 베르투치오가 들어왔다. 「부르셨습니까?」

「응」하고 백작이 말했다.「조금 아까 우리 집 문 앞에 와서 섰던 마차 보았나?」

「보았습니다. 아주 훌륭한 말이었습니다」

「내가 파리에서 제일가는 말을 구하라고 그랬는데」백작이 눈살을 찌푸리며 말했다.「파리에 내 말하고 똑같은 말이 두 필이나 또 있네. 게다가 그 말이 우리 집 마구간에 있지 않단 말일세」

백작이 눈살을 찌푸리며 목소리의 어조가 엄한 것을 보고 알리는 머리를 숙였다.

「그건 네 잘못은 아냐, 알리」백작이 아라비아어르 말했다. 그 목소리며 그 얼굴에서는 도저히 나올 성싶지 않은 부드러운 어조였다.

「넌 영국 말은 모를 테니까」

알리의 얼굴이 다시 평온해졌다.

「백작님」하고 베르투치오가 말했다.「지금 말씀하신 말은 파는 게 아니었습니다」

몬테크리스토 백작은 어깨를 으쓱 하고는,「돈을 낼 수 있는 자에겐, 모든 것이 다 상품인 거야」

「백작님, 당글라르 씨는 그 말 두 필을 만 6,000프랑에 사신 겁니다」

「그럼, 그 사람한테 3만 2,000프랑을 주겠다고 했으면 됐을 게 아냐? 그 사람은 은행가야. 은행가란 본전의 곱절이 되는 기회는 놓치려고 하질 않을 거야」

「백작님, 진심으로 하시는 말씀이십니까?」베르투치오가 물었다.

무제한 대출

백작은 감히 자기에게 그런 질문을 할 수 있는 사람이 있다는 데 깜짝 놀란 듯이 집사를 바라보았다.

「오늘 밤에, 내가 어디 방문할 데가 있는데」 하고 백작이 말했다. 「그 말 두 필에 새 마구를 씌워서, 내 마차에 매어놓도록!」

베르투치오는 절을 하며 물러갔다. 문 앞까지 오자, 그는 발을 멈추고, 「몇 시에 방문을 하시겠습니까?」 하고 물었다.

「다섯시에」 백작이 말했다.

「지금이 두시입니다. 각하」 집사가 용기를 내서 말했다.

「알고 있어」 몬테크리스토 백작의 대답은 그저 그뿐이었다.

그러더니 알리 쪽을 돌아다보며, 「말을 전부 마님 앞으로 끌고 가서, 제일 마음에 드시는 걸 고르시라고 전해. 그리고 나하고 만찬을 드시겠는가 어떤가도 알아오고. 같이 드시겠다면, 식사는 그쪽에서 하는 거야. 아래로 내려가거든, 시종을 내게 보내도록 하고」

알리가 사라지자마자, 이번에는 시종이 들어왔다.

「바티스탱」 하고 백작이 말했다. 「네가 내 집에 온 지도 일년이 됐다. 그동안은 시험 기간이었어. 자, 그런데 넌 합격이야」

바티스탱은 절을 했다.

「남은 건 단지, 나도 네 마음에 드는가 하는 것뿐야」

「백작님! 무슨 말씀을 그렇게 하십니까」 바티스탱이 당황해서 말했다.

「끝까지 얘길 들어」 하고 백작이 말을 이었다. 「넌 일년에 1,500프랑을 받고 있어. 그건 날마다 목숨을 걸고 싸우는 용감하고 근면한 장교의 월급이란 말야. 그리고 식사도 너보다 늘 많은 사무에 시달리고 있는 국장이나 과장 같은 사람들이 바라고 있는 정도의 식사야. 넌 또 하인의 몸이면서도, 네 옷이며 주위의 자질구레한 것들을 거들어주는 하인들이 또 있어. 그뿐인가, 넌 연 1,500프랑의 급료 외에도, 내 몸에 쓰는 물건들을 살 때 슬쩍슬쩍 하는 돈이 1,500프랑은 넘는단 말야」

「오! 백작님!」

「바티스탱, 그렇다고 내가 뭐라는 건 아냐. 그도 무리는 아닐 테니까, 그런 건 이젠 그 정도로 그치는 게 좋을 거야. 네가 운이 트여서 이렇게 좋은 자리를 차지하고 있지만, 그런 자린 다른 데선 절대로 찾지 못할 테니까. 난, 내가 부리는 사람들을 때리거나 욕을 하거나 화를 내지는 않아. 언제나 잘못은 용서해 준다. 그러나, 태만하다든가 일을 잊어버린다든가 하는 것은 용서하지 않는다. 내 명령은 언제나 간단해. 그러나 항상 명확하지. 그리고 난, 내 명령이 잘못 전달되니 두 번이고 세 번이고 다시 말해 주겠어. 내게는 내가 알고 싶은 것을 알아볼 만큼의 돈은 있어. 그리고 또 난 매우 호기심이 많은 사람이란 말야. 이건 미리 알아두도록. 그러니까, 만약에 네가 내 얘기를 좋든 나쁘든 간에 입을 놀린다든가 내 행동을 이러니 저러니 얘기한다든가 내가 하는 일을 지켜본다든가 하는 날엔, 그 즉시로 해고할 줄로 알아. 난 내 하인들에게, 주의는 꼭 한 번만 준다. 이게 네가 주의해야 할 점이다. 가도 좋아」

바티스탱은 절을 하고, 물러가려고 서너 발 내디뎠다.

「그런데, 참」 하고 백작이 말을 이었다. 「너한테 한 가지 얘기해 둘 것을 잊었는데, 난 해마다 내가 부리는 사람들을 위해서 얼마간의 돈을 따로 둔다. 해고당한 사람은 물론 그 돈을 타지 못하지. 그 대신 내 집에 그대로 남아 있는 사람, 즉 내가 죽은 뒤에 그 돈을 받을 권리가 있는 사람들은 받을 거야. 너도 내 집에 온 지 일년이 됐으니 네 재산도 이미 모아지고 있어. 자네도 그것을 받을 수 있길 바라네」

프랑스어를 하나도 모르는 알리는 이 말을 듣고도 아무렇지도 않았지만, 프랑스 하인을 상대해 본 사람들이라면 이 말이 바티스탱에게 준 효과를 능히 짐작하고도 남을 것이다.

「매사에 각하의 뜻에 맞도록 노력하겠습니다」하고 바티스탱은 말했다.「그리고 알리를 본받겠습니다」

「아, 그건 안 돼」백작은 대리석처럼 싸늘하게 말했다.

「알리는 좋은 점도 많지만, 단점도 많은 사람이야. 그러니, 이 사람을 표본으로 삼아선 안 되지. 알리는 예외야. 이 사람은 급료도 받지 않고, 하인도 아니야, 노예니까. 내 개란 말야. 그러니까 만약에 알리가 제 할 일을 안하는 날엔 해고하는 게 아니라 죽이는 거야」

바티스탱의 눈이 휘둥그레졌다.

「거짓말인 줄 아나?」하고 백작이 물었다.

백작은 방금 바티스탱에게 프랑스어로 한 얘기를 똑같이 알리에게 되풀이했다. 알리는 그 얘기를 듣더니, 빙그레 웃으며 주인 앞으로 와서 무릎을 꿇었다. 그리고 정중하게 그 손에 입을 맞추었다.

이러한 교훈은 바티스탱을 극도로 놀라게 했다. 백작은 바티스탱에게는 나가도록 하고, 알리에게는 자기를 따라오라는 신호를 했다. 백작과 알리는 서재로 들어가, 그곳에서 한참 동안 얘기를 했다.

다섯시에, 백작은 종을 세 번 쳤다. 종을 한 번 치는 것은 알리를, 두 번은 바티스탱을, 그리고 세 번은 베르투치오를 부르는 신호였다.

집사가 들어왔다.

「말은?」하고 백작이 물었다.

「마차에 매어놓았습니다, 각하」베르트치오가 대답했다. 「제가 모시고 가는 겁니까?」

「아니, 마부하고 바티스탱에게 알리면 돼」

백작이 아래로 내려오니, 아침에 당글라르의 마차에 매여 있던 말들이 그의 마차에 매어 있었다.

백작은 말들을 한 번 쳐다보았다.

「과연 훌륭하군」하고 그는 말했다.「사길 잘했어, 좀 늦긴 했지만」

「각하」하고 베르투치오가 말했다.「그 말을 손에 넣느라고 아주 혼이 났습니다. 게다가 비싸긴 또 굉장히 비쌌그요」

「그렇다면 말이 신통칠 않단 말인가?」백작이 어깨를 으쓱 하며 물었다.

「각하 마음에만 드신다면, 더할 나위가 없습지요」하고 베르투치오는 말하였다.「그런데 어디로 행차를 하시는지요?」

「쇼세당탱 가의 당글라르 남작 댁으로」

계단 꼭대기에서 이러한 대화를 마치고, 베르투치오가 계단을 내려가려고 한 발 내딛는데,「잠깐」하고 백작이 그의 발길을 막으며 말했다.「내가 해안 지대에 땅이 좀 필요한데, 노르망디에. 어디 르아브르와 불로뉴 사이 같은 데 말야. 범위는 제한하지 않겠으니, 단, 땅을 사게 되면 거기 조그만 항구가 하나 필요해. 배가 들어와서 머무를 수 있는 만 같은 거 말이지. 배의 홀수(吃水)는 15피트야. 그리고 밤이건 낮이건 간에 아무때고 마음 내킬 때, 신호만 하면 언제라도 출항할 수 있도록 해. 여기저기 공증인한테 알아보아서, 지금 내가 말한 그런 조건의 토지를 찾아보아 주게. 그런 곳이 나타나기만 하면 곧 가보고, 자네 맘에 들면 자네 명의로 계약을 하게. 배는 지금 페캉으로 가는 길이지?」

「저희가 마르세유를 떠나던 날 밤에, 바다로 나가는 것을 제가 보았습니다」

「그리고, 요트는?」

「마르티그에 그냥 있으라고 명령했습니다」

「좋아! 그럼 수시로 배와 요트의 선장들하고 연락을 취하도록. 잠이나 자고 있으면 안 될 테니까」

「그럼 기선은 어떡할까요?」

「샤롱에 있는 것 말인가?」

「네」

「아까 그 두 척의 범선과 똑같은 명령을 내리도록」

「알겠습니다」

「그 땅을 사거든, 즉시 북프랑스 가도와 남프랑스 가도에 십리만큼씩 말을 대기시켜 놓도록」

「알아들었습니다」

백작은 만족한 표정으로 계단을 내려와 마차 안으로 뛰어올랐다. 마차는 그 훌륭한 말에 끌려 빠른 걸음으로 은행가의 집 앞까지 계속 달렸다.

당글라르는 어느 철도에 관한 상담회를 주재하고 있었다.

그때 몬테크리스토 백작의 방문이 전해졌다. 회의는 거의 끝나 가던 참이었다.

백작이라는 말에, 그는 일어섰다.

「여러분」하고 좌중의 여러 사람들에게 말했다. 그들 중에는 상원이나 하원의 당당한 의원들도 여럿 있었다.

「저 잠깐 실례해야겠습니다. 실은 로마에 톰슨 앤드 프렌치 상사에서 내게 무제한 대출을 해도 좋다는 몬테크리스토 백작이란 사람을 보내왔습니다. 외국의 거래처에서 여태 이런 우스운 농담을 해온 상사는 없었는데, 아시겠지간, 저는 호기심에 사로잡혀 지금도 궁금하기만 합니다. 그래서 오늘 아침에 그 백작이라는 사람 집엘 들러보았죠, 그게 진짜 백작이라면, 그렇게 돈이 많을 리 없지 않습니까? 그런데 그 백작이라는 양반은 뵐 수가 없다는 겁니다. 몬테크리스토라는 자, 마치 자기가 무슨 전하나 절세 미인이기라도 하듯이 뻐기는 꼴이라니. 샹젤리제의 그자가 사는 집은 내 눈으로 직접 보았지만, 제법 깨끗해 보이던데요. 그러나 무제한 대출이란 놈은」하고 당글라르는 천박한 웃음을 띠며 말을 이었다.「확실히, 대출을 받는 은행가로선 후끈 달아오르게 하는 거지요. 그래서 한시바삐 그 친구를 만나보고 싶은 겁니다. 속고 있는 기분이에요. 그러나 그쪽에선 상대방이 어떤 인간인지 모르고 있는 거예요. 최후로 웃는 사람이 크게 웃는 법이거든요」

남작은 콧구멍을 벌름거리며 이렇게 수선스러운 말을 마치고는 손님들 곁을 떠나 쇼세당탱 가에서도 이름 난 백색과 금빛으로 장식한 객실로 들어갔다.

그는 그 방에 들어선 손님이 대번에 기가 죽도록 하기 위해 그리로 안내하라고 일러두었던 것이다.

백작은 선 채로, 알바네와 파토리의 모사화 몇 장을 쳐다보고 있었다. 은행가가 진본인 줄로 알고 산 것으로, 천장을 뒤덮은 번지르르한 금빛 장식과 비슷한 분위기를 이루고 있었다.

당글라르가 들어오는 소리에 백작은 몸을 돌렸다.

당글라르는 가볍게 고개를 끄덕이고는 금박이 박힌 흰 사틴으로 테를 두르고 금으로 도금한 나무의자를 가리키며 앉으라는 표시를 했다.

백작이 앉았다.

「몬테크리스토 씨이십니까?」

「그럼 댁이 하원의원이시며 레지옹도뇌르 훈장을 받으신 당글라르 남작이십니까?」하고 백작이 말했다.

몬테크리스토 백작은 남작의 명함에 쓰인 모든 칭호를 그대로 되뇌었다.

당글라르는 이 뜻밖의 질문에 움찔해서 입술을 깨물었다.

「이거 실례했습니다. 처음부터 작위를 붙여서 말씀드렸어야 했는데, 용서하십시오」하고 남작이 말했다. 「그러나 아시다시피 지금은 민주 정치의 세상이고, 또 제가 바로 민중의 대변자의 한 사람이어서」

「그래서」하고 백작은 말했다. 「자신을 남작이라고 부르는 습관만은 그대로 둔 채 남을 백작으로 부르는 습관은 없애버리셨다는 말씀이시군요」

「아니, 특별히 그런 생각은 없습니다」당글라르는 대수롭지 않게 대답했다. 「그저, 하찮은 공적이 있었다고 해서 저를 남작이라고들 부르고 레지옹도뇌르까지 준 거죠……」

「그럼, 몽모랑시 씨나 라파예트 씨처럼 그 칭호를 다 포기하셨군요? 거, 아주 훌륭한 모범을 보이셨습니다」

「아니, 아주 그런 건 아니지요」 당글라르는 난처한 듯이 다 답했다. 「하인들을 위해선, 아시겠지만……」

「아, 그렇군요. 댁에서 부리는 사람들에겐 각하라고 부르게 하고, 신문기자들에겐 〈군〉이라, 과연 입헌 치하에서 융통성이 많으시군요. 예, 저도 잘 알 것 같습니다」

당글라르는 입술을 깨물었다. 그리고 이 방면에서는 아무래도 몬테크리스토 백작과는 겨룰 수 없음을 깨닫자, 이번에는 좀더 자기의 전문 분야로 얘기를 돌려보았다.

「그런데 백작」 당글라르는 약간 고개를 숙이며 말했다.

「톰슨 앤드 프렌치 상사에서 통지를 받았는데요」

「그 소릴 들으니 마음이 놓입니다. 남작 댁에서 부리시는 사람들이 부르는 대로 저도 남작이라 부를 테니 용서하십쇼. 결국 남작이니 하는 것이 아직도 남아 있는 나라의 좋지 않은 습관이긴 하지만요. 이제 앞으론, 남작 같은 건 생기지 않는 세상이니 말입니다. 어떻든 안심입니다. 저 자신은 소개하지 않아도 될 테니까요. 그게, 늘 여간 난처한 일이 아니니까요. 그런데, 통지를 받으셨다고 그러셨지요?」

「네, 받았습니다」 하고 당글라르가 말했다. 「그런데, 실은 그 편지의 내용을 분명히 모르겠군요」

「아, 그러세요?」

「그래, 백작께 설명을 좀 들어보려고 댁에 들렀었지요」

「알고 있습니다. 자, 말씀해 보십시오. 들어드리겠습니다」

「그 편지가」 당글라르가 말했다. 「여기 있는 걸로 아는데(당글라르는 주머니를 뒤졌다) 아, 여기 있군요. 이 편지에 의하면 몬테크리스토 백작께, 저의 상사에서 무제한 대출을 해드리도록 되어 있습니다」

「그래, 남작께선, 어느 점이 애매하단 말씀이십니까?」

「애매한 덴 없습니다. 단지 그 무제한이란 단어가……」

「그건 프랑스어가 아닌가요? ……하긴, 그 편지를 쓴 사람들이 영국계 독일인이긴 합니다마는」

「아, 아닙니다. 문장이야 나무랄 데 없지요. 그러나, 장부 기록이란 면에서 볼 때, 그게 그렇질 않습지요」

「그럼 톰슨 앤드 프렌치 상사가」 백작은 될 수 있는 대로 소박한 표정으로 물었다. 「남작 생각엔 그렇게 믿을 만한 데가 아닌 모양이로군요? 그렇다면, 야단났는걸! 난 그 상사에 돈을 넣어둔 것이 있는데」

「아, 믿을 만하긴 합니다」 당글라르는 거의 비웃는 듯한 미소를 띠며 대답했다. 「그러나 무제한이란 말의 의미가, 금융 면에선 대단히 막연한 것이라서……」

「말하자면 그 의미가 무제한이란 말씀이신가요?」 백작이 물었다.

「바로 그겁니다. 그래 그 점을 여쭈어보고 싶었던 거지요. 그리고 그 막연하다는 것은, 의심스럽다는 얘긴데, 현인들 말이 의심스러운 일엔 손을 대지 말란 얘기가 있지요」

「그러니까」 하고 백작이 말을 이었다. 「톰슨 앤드 프렌치 상사는 혹 바보 같은 짓을 할 수 있을지 몰라도, 당글라르 상사는 그 본을 따르지 않을 거라는 말씀이로군요」

「그건 또 무슨 말씀이십니까?」

「예, 필경 그럴 겁니다. 톰슨 앤드 프렌치 상사는 숫자 같은 건 문제로 하지 않고 일을 하는데, 당글라르 씨께선 거래에 한계를 긋는단 말씀이로군요. 방금 말씀하신 대로, 현자이시니까……」

「백작」하고 은행가는 오만하게 대답했다

「아직 아무도 제 금고의 돈을 계산해 본 사람은 없었습니다」

「그렇다면」하고 백작이 냉담하게 대답했다. 「아무래도 내가 처음인가보군요」

「그건 또 무슨 말씀이신가요?」

「제게 설명을 요구하셨으니까, 그걸 보면, 어느 정도 망설이시는 걸 알 수 있을 것 같아서요……」

당글라르는 입술을 깨물었다. 이 사나이에게 두번째로 얻어맞은 셈이다. 그것도 이번에는 자기 전문 분야에서 말이다. 빈정거리는 상대방의 깍듯한 예의도 실은 가식에 지나지 않았고, 거의 무례에 가까웠다.

그와는 반대로, 몬테크리스토 백작 쪽에서는, 이를 데 없이 부드러운 미소를 띠고 있었다. 그리고 필요할 경우엔 소박한 태도까지도 보일 수 있었는데, 그것이 그의 입장을 유리하게 해주었다.

「그러면」하고 당글라르는 잠시 입을 다물고 있더니 말했다. 「제 은행에서 받으실 것으로 생각하시는 금액을 말씀해 보시죠」

「하지만」몬테크리스토 백작은 이 토론에서도 단 한 걸음도 양보하지 않겠다는 듯이 이렇게 말했다. 「제가 댁의 은행에서 무제한 대출을 원한다고 말씀한다면, 그것은 제가 얼마나 필요한지 정확하게 모르고 있었기 때문이지요.」

은행가는 이번에야말로 상대방을 압도할 수 있는 기회가 왔다고 생각했다. 그는 안락의자에 번듯이 기대 앉아, 의젓하고 거만한 미소를 빙그레 띠며, 「아, 백작, 걱정 마시고 맘껏 말씀해 보십쇼」 하고 말했다. 「당글라르 은행에 돈이란 게 한도가 있기는 하지만, 막대한 요구액에도 응할 수는 있습니다. 100만 프랑이라도 청하실 건가요?」

「뭐라고 말씀하셨죠?」 백작이 물었다.

「100만 프랑이라고 말씀드렸습니다」 하고 당글라르는 무지에서 오는 용기를 한껏 발휘하며 되풀이 말했다.

「100만 프랑으로 뭘 하게요?」 백작이 말했다. 「농담은 그만 두시죠. 겨우 100만 프랑쯤 필요하다면, 그 정도의 돈 때문에 대출을 부탁하겠습니까? 100만 프랑이라, 100만 프랑 정도는 언제나 지갑이나 여행용 가방 속에 넣고 다닙니다」

이렇게 말하고 백작은 명함이 들어 있는 조그만 수첩에서, 국민 은행의 50만 프랑짜리 자기앞 수표 두 장을 꺼냈다.

당글라르 같은 인간은 바늘로 그냥 찔러만 가지고는 안 되고, 죽도록 패야 할 그런 위인이었다. 그래서 이 뜻하지 않게 한 대 친 것이 효과를 보았다. 은행가는 몸이 후들후들하며 현기증이 났다. 그는 눈동자가 커지고 얼떨떨한 눈으로 몬테크리스토 백작을 바라보았다.

「정말, 톰슨 앤드 프렌치 상사를 믿지 못하고 계시군요」 하고 백작은 말했다. 「아니 그래도 좋습니다. 그럴 수도 있다고 미리 생각했었으니까요. 그리고 제가 아무리 이런 일엔 문외한이라 하더라도, 저도 이미 준비는 다해 두었었습니다. 이걸 보십시오, 당신한테 보낸 편지하고 똑같은 편지가 두 통이나 또 있습니다. 한 통은 비엔나의 레슈타인 운트 에스코레스에서 로스차일드 남작한테 보낸 것이고, 또 한 통은 런던의 카링 상사가 라피트 씨에게 보낸 겁니다. 그러니 한마디로 말씀해 주시죠. 그럼, 심려는 끼쳐드리지 않을 테니까요. 전 이 두 상사 중에 어디든지 가면 되니까요」

승부는 끝난 것이다. 당글라르는 보기 좋게 넘어지고 말았다. 그는 백작이 손가락 끝으로 내민 런던과 독일에서 온 편지들을 눈에 띄게 떨리는 손으로 받았다. 그리고 세심하게 그 편지의 서명 여부를 확인해 보았다. 만약 당글라르가 정신이 나가 있다는 것을 몬테크리스토 백작이 깨닫지 못했다면 그러한 태도에 크게 모욕을 느꼈을 것이다.

「아이고! 대단하십니다. 이 세 서명은 모두 수백만 프랑의 가치가 있는 겁니다」하고 당글라르는, 지금 눈앞에 있는 황금과 권력의 화신이라고도 할 수 있는 이 사람에게 절이라도 하려는 듯이 몸을 일으켰다. 「은행에 무제한 대출이 셋씩이나 되니! 백작, 용서하십시오. 절대로 못 믿는 건 아닙니다. 다만 너무 놀라울 뿐이지요」

「아니지요, 댁의 상사 같은 데서 그렇게 놀라실 건 못 됩니다」백작은 깍듯이 겸손하게 말했다. 「그럼, 제게 돈을 좀 보내주실 수 있으시겠죠?」

「예, 말씀하십시오, 얼마든지 응해 드리겠습니다」

「그럼」하고 백작은 말을 이었다. 「이젠 서로 양해가 되신 거지요?」

당글라르는 고개를 끄덕였다.

「그럼 절 의심하실 점은 없으시겠죠?」

「원, 백작님도!」하고 당글라르는 외쳤다.「언제 제가 백작님을 의심했던가요?」

「그렇진 않았죠, 그저 증거를 보고 싶으셨던 것뿐이죠. 그럼」하고 백작은「피차에 양해도 됐고 저를 의심하시지도 않으신다니, 이젠 첫 해의 총액을 한 번 정해 볼까요? 600만이면 어떨까요?」

「600만이라! 좋습니다」당글라르는 숨이 막히는 것 같은 기분이었다.

「필요할 경우엔」백작은 기계적으로 말을 이었다.

「금액을 올리기로 하지요. 그러나 제가 프랑스엔 일년만 있을 예정이니, 일년 동안에 그 액수는 넘지 않을 것 같습니다…… 그건 그때 봐야 알겠지만…… 그럼, 우선 내일 500만 프랑만 보내 주십시오. 내일은 제가 정오까지는 집에 있을 겁니다. 하지만 만약 제가 없다 하더라도 제 집사한테 영수증을 맡겨놓겠습니다」

「돈은 내일 아침 열시에 댁으로 보내드리겠습니다」당글라르가 대답했다.「금화로 드릴까요? 지폐로 드릴까요? 아니면 은화를 쓰시겠습니까?」

「금화하고 지폐를 반씩 보내주십시오」

이렇게 말하고 백작은 자리에서 일어섰다.

「그런데 백작님, 한마디 솔직히 말씀드리고 싶은 것은」하고 이번에는 당글라르가 입을 열었다.「전 유럽의 대재벌은 모조리 알고 있다고 생각했었는데, 백작의 재산이 그렇게 막대하리라곤 솔직히 전혀 모르고 있었습니다. 최근에 모으신 건가요?」

「아니죠」백작이 대답했다.「근래가 뭡니까, 상당히 오래된 재산인 걸요. 그런데, 우리 가문의 대대로 내려오는 보물이라 손을 대지 못하게 되어 있었지요. 그래서 이자가 이자를 낳아 원래 있던 재산의 세 곱이 되었습니다. 그러다가 유언자가 정해 놓은 기간이 불과 이삼 년 전에 끝났지요. 그러니까, 제가 그 돈을 만진 것도 불과 몇 해밖엔 안 됐습니다. 따라서 남작께서 모르고 계신 것도 무리는 아니십니다. 앞으로는 좀더 아시게 되겠지요」

백작은 이 말을 하면서, 전에 프란츠 데피네가 그렇게 몸서리가 나도록 무서워하던 그 싸늘한 미소를 띠었다.

「백작과 같은 취미와 의향을 가지신 분은」 하고 당글라르가 말을 이었다.「파리에서 이내 우리 같은 빈약한 부자들을 압도할 정도의 호사를 보여주실 겁니다. 그런데, 아까 제가 이리로 들어올 때 저의 집 그림들을 보고 계시던 것으로 보아, 그림에 관심이 대단하신 모양인데, 어디, 제 화랑을 한번 들러보시지 않으시렵니까? 모두 옛날 건데, 이름 있는 대가들의 작품입니다. 전 현대 화가들을 좋아하지 않으니까요」

「맞습니다. 그 사람들은 일반적으로 말해서 큰 결점을 하나 가지고 있습니다. 옛것이 될 만한 시간적 여유를 아직 갖지 못한 점 말입니다」

「그럼 토르발센, 바르톨로니, 카노바의 조각 작품들을 보시지 않겠습니까? 모두 외국 작가들인데, 전 프랑스 작가들은 별로 좋아하질 않아서요」

「그 사람들에게 어떠한 가혹한 생각을 하고 계시더라도, 전 괜찮습니다. 그 사람들은 당신네 동족이니까요」

「아니, 그런 얘기는 다 나중에, 우리가 좀더 가까워지게 되면 그때 하기로 하십시다. 오늘은 백작께서 용서해 주신다면, 제 처를 소개해 드리고 싶습니다. 이렇게 서둘러서 죄송합니다. 그러나 백작 같은 손님은 한 집안 식구 같은 생각이 들어서요」

몬테크리스토 백작은 그의 부탁을 받아들인다는 표시로 몸을 숙여 인사를 했다.

당글라르는 벨을 눌렀다. 으리으리한 제복을 입은 하인이 나타났다.

「마님 계시냐?」 당글라르가 물었다.

「예, 계십니다!」

「혼자 계시더냐?」

「아닙니다, 손님이 계십니다」

「손님이 있는 앞에서 백작님을 소개해도 괜찮겠습니까? 신분을 감추시려는 건 아니지요?」

「아닙니다, 남작」 백작은 웃으면서 대답했다. 「그럴 권리는 제게는 없으니까요」

「마님과 같이 계신 분은 누구지? 드브레 씬가?」 하고 당글라르는 아무렇지도 않게 물었다. 그러나 당글라르 가정의 비밀을 이미 알고 있는 백작은 속으로 빙그레 웃었다.

「네, 드브레 씨입니다」 하인이 대답했다.

당글라르는 고개를 끄덕였다. 그리고 몬테크리스토 쪽을 보고, 「뤼시앵 드브레 씨는 오래전부터 저의 집안의 친구로, 내무 대신 비서관을 하고 있는 사람이지요. 제 처는 저와 결혼을 하면서는 이젠 구족이 아니게 되었지만, 그전엔 세르 비에르가의 딸로, 육군 대좌 드 나르곤 후작의 미망인입니다」

「부인은 아직 뵐 영광을 갖지 못했지만, 뤼시앵 드브레 씨는 전에 만난 일이 있습니다」

「그러세요?」당글라르가 말했다.「도대체 어디서요?」

「알베르 드 모르세르 댁에서요」

「아, 백작께선 그 젊은 자작을 알고 계시군요?」

「사육제 때 로마에 같이 있었지요」

「아, 그랬군요」 하고 당글라르가 말했다.「로마에서 산적인가 도둑놈들인가를 폐허에서 만난 적이 있었다는 이상한 모험담을 들은 일이 있었던 것 같습니다. 그때 기적적으르 거길 빠져나왔다지요? 그 얘기를 이탈리아에서 돌아왔을 때 제 처랑 제 딸에게 얘기하는 것 같더군요」

「마님께서 기다리십니다」하인이 다시 와서 말했다.

「자, 그럼 제가 앞장 서서 방을 안내해 드리겠습니다」하고 당글라르는 절을 하며 말했다.

「그럼 전 따라만 가겠습니다」백작이 말했다.

점박이 회색 말

  남작은 백작의 앞에 서서 사치스럽고 저속한 취미로 휘황하게 번쩍거리는 방들을 지나, 당글라르 부인의 거실까지 갔다. 팔각형의 방이었다. 벽에는 붉은 새틴 천의 벽장이 있고, 그 위는 인도의 모슬린으로 덮여 있었다. 의자들은 금빛의 오래된 나무의자로, 고풍스러운 천으로 싸여 있었다. 문 위에는 부셰풍의 전원 풍경이 그려져 있었다. 그리고 원형 액자에 든 아름다운 두 장의 파스텔화가 유일하게 품위 있어 보였다. 물론, 이 방은 당글라르와 유럽에서도 가장 뛰어나고 이름 난 건축가 중의 한 사람의 설계로 이루어진 것이었고, 그 장식만이 남작 부인과 뤼시앵의 생각이었다. 집정관 정부(프랑스 대혁명 후에 집권한 정부——옮긴이) 시대의 해석 방법 그대로 고대 미술을 예찬하고 있던 당글라르는, 초라하고 애교 있는 이 방을 몹시 경멸하고 있었다. 그리고 이 방에 당글라르가 들어오려면, 꼭 누구와 동행하는 것이 조건이었다. 그러니까 사실은, 당글라르가 누구를 소개하는 것이 아니라, 자신이 오히려 소개를 받는 셈이 되고, 손님의 용모가 남작 부인의 마음에 드느냐 안 드느냐에 따라서 그의 대우가 결정되는 판이었다.

당글라르 부인은, 훌륭한 피아노 앞에 앉아 있었다. 부인은 나이가 서른여섯인데도 아직 아름다운 얼굴이었다. 뤼시앵 드브레는 탁자 앞에 앉아서 앨범을 뒤적이고 있었다.

드브레는 백작이 들어오기 전에, 백작에 관한 여러 가지 얘기를 부인에게 들려줄 여유가 있었다. 몬테크리스토 백작이 알베르의 집 오찬 때에 손님들에게 어떤 인상을 주었는가는 이미 알고 있으리라. 그 인상이 뚜렷한 것은 아니더라도, 드브레의 머릿속에 남은 인상이 어느 정도 남작 부인에게 전달되었다. 당글라르 부인의 호기심은 이미 오래전에 알베르에게서 자세히 들은 얘기와 또 방금 뤼시앵 드브레의 입에서 나온 새 사실들에 자극을 받아 지금 절정에 달해 있었다. 따라서 피아노와 앨범의 배치로 보더라도, 그것은 자기들의 세심한 주의를 드러내지 않으려는 사교상의 하찮은 기교에 지나지 않았다. 그러므로 남작 부인은 미소를 띠며 당글라르를 맞았다. 그런 일은 보통때는 없는 일이었다. 그리고 부인은 백작의 인사에 대해 예의를 갖추면서도 지극히 다정한 태도를 보였다.

드브레도 백작과는 안면이 있는 사람으로 대접했고, 당글라르에게는 퍽 친숙한 사이처럼 인사를 나누었다.

「여보」 하고 당글라르가 말했다. 「몬테크리스토 백작이시오. 백작께선 로마의 거래처로부터 간곡한 소개를 가지고 오셨소. 내가 한마디만 입을 열면, 대번에 아름다운 모든 여성들의 인기를 모으게 될 그런 분이오. 백작께선 파리에 일년간 머무르실 작정으로 오셨는데, 그동안에 600만 프랑을 쓰실 작정이오. 그러니 앞으로는 매일 밤 무도회나 만찬회나 야회 같은 것을 계속해서 베푸실 것 같소. 제 집에서도 조그만 연회가 있기만 하면, 백작, 반드시 초대하겠습니다. 그러니, 백작께서도 연회가 있을 때마다 저희를 잊지 말아주시기 바랍니다」

이 소개는 지극히 교양 없는 찬사로 끝났다. 그러나 한 사나이가, 왕후의 재산과도 겨룰 수 있을 만한 막대한 돈을 일년 동안에 소비하려고 파리에 온다는 것은 그리 흔한 일이 아니므로, 남작 부인은 백작을 한번 쓱 훑어본 뒤 뭔가 흥미로운 눈빛을 보였다.

「언제 도착하셨는데요?」 부인이 물었다.

「어제 아침에 왔습니다」

「소문에는, 여느 때와 마찬가지로 세계의 어느 끝에서 오셨다고 들었는데요?」

「이번에는 카디스에서 왔습니다」 하고 백작은 간단 명료하게 대답했다.

「아이고! 아주 기후가 나쁜 곳에 계셨군요. 파리는 여름이 아주 좋지 않은데요. 이젠 무도회도 모임도 연회도 아무것도 없게 되지요. 이탈리아 가극은 런던에 가 있고 프랑스 가극은 어딜 가도 있지만 파리에만 없습니다. 그리고 프랑스 극장도 지금은 아무데도 없지요. 그러니까, 오락이라고는, 샹 드 마르스나 사토리 같은 데로 멀리 말을 타고 나가는 길밖엔 없지요. 말은 놀리실 수 있으시겠죠?」

「부인」 하고 백작은 말했다. 「만약 누가 파리에서 하는 일들을 저한테 잘 가르쳐준다면, 저는 모조리 다 할 생각입니다」

「백작께선 말을 좋아하시나요?」

「제 생애의 일부분을 동양에서 보냈습니다. 그런데 동양인들은, 아시다시피 이 세상에서 중요하게 생각하는 것은 단 두 가지밖에 없습니다. 그건, 말과 여자들의 미모이지요」

「어머나, 백작께선 여자를 앞세우고 다니셔도 좋지 않겠어요?」

「이런 걸로도 다시겠지만 방금 제가 프랑스의 관습을 가르쳐 줄 선생이 하나 필요하다고 한 것도 실은 그래서 그런 겁니다」

바로 그때 당글라르 부인이 아끼는 시녀가 들어와서 무엇인가 부인에게 귓속말을 했다.

당글라르 부인은 얼굴이 새파래지더니, 「설마!」 하고 말했다.

「그렇지만 정말입니다, 마님」 하고 시녀가 대답했다.

당글라르 부인은 그의 남편 쪽으로 몸을 돌리고, 「그게 정말이에요?」

「뭐가?」 당글라르는 크게 당황해하며 물었다.

「이애가 한 말이 말예요······」

「뭐랬기에 그래?」

「마부가 마차에 말을 매놓으려고 마구간엘 갔더니, 마구간이 비어 있더래요. 도대체 어떻게 된 거예요?」

「자, 내 말을 좀 들어보오」 하고 당글라르가 말했다.

「그래요, 듣겠어요. 무슨 말씀을 하시려는지 알고 싶으니까요. 여기 있는 분들에게 판결을 부탁할 생각기에요. 우선 어떻게 된 영문인지를 들어보기로 하지요. 제 얘길 좀 들어들 보세요」 하고 남작 부인은 말을 이었다.

「당글라르 남작은 마구간에 열 마리의 말을 가지고 있습니다. 그런데, 그 말 중 두 마리는 제 거지요. 그 두 마리는 파리에서 제일 훌륭한 기막힌 말입니다. 드브레 씨, 당신은 아시죠, 그 회색 점박이 말이에요. 저는 제 마차를 내일, 빌포르 부인이 보아로 가신다기에 빌려드리기로 약속을 했단 말입니다. 그런데 글쎄, 갑자기 그 두 마리 말이 없어졌다지 않습니까. 이건 분명, 당글라르 남작이 그 말로 몇천 프랑의 이득을 보려고 파신 걸 거예요. 아이, 치사한 인간! 그저 투기나 하려는 그런 족속이지 뭐예요?」

「여보」 하고 당글라르가 말을 받았다. 「그 말들은 너무 원기가 지나쳐요, 이제 겨우 네 살이니까. 당신이 그걸 타는 걸 보면, 도무지 무서운 생각이 들어서」

「뭐라고요?」 남작 부인이 말했다. 「당신은 제가 한 달 전부터 파리에서 제일가는 마부를 부리고 있다는 걸 아시잖아요. 그것도 말하고 같이 팔지 않았다면 말이에요」

「이봐요, 내 그와 비슷한 말을 구해 보지, 더 좋은 말이 있으면 더 좋은 걸로 사고. 그러나 이번엔 조용하고 온순한 말로 말이오」

남작 부인은 극히 멸시하는 듯한 얼굴로 어깨를 으쓱해 보였다.

당글라르는 이러한 부인의 태도를 부부로서의 허물 없는 태도 이상으로는 생각지 않는 듯이, 몬테크리스토 쪽을 보며 「정말이지, 좀더 일찍 백작을 알게 되었더라면 좋았을걸 하는 생각입니다」 하고 말했다. 「이제 댁은 다 정리를 하셨는가요?」

「물론이죠」 백작이 대답했다.

「그랬더라면 제가 그 말들을 백작께 권했을 텐데요. 그것도 아주 거저 넘긴 셈입니다. 그러나 아까 말씀드린 대로 그것들을 치워버리고 싶었던 겁니다. 그 말은 젊은이들이나 탈 수 있는 말이니까요」

「고맙습니다」 하고 백작이 말했다. 「그런데 전 실은 오늘 아침, 상당히 좋은 말을 그리 비싸지 않게 사버렸군요. 드브레 씨, 좀 봐주시겠습니까? 당신은 말에 대해선 잘 아실 테지요」

드브레가 창가로 가는 동안에 당글라르는 그의 아내 곁으로 갔다.

「여보, 생각을 좀 해보구려」 하고 당글라르는 낮은 목소리로 말했다. 「그 말을 엄청난 값으로 달라는 사람이 왔더란 말이오. 어떤 미친 놈인지는 몰라도, 오늘 아침에 집사를 내게 보내왔습디다. 그 장본인이 누군지는 몰라도, 아무튼 난 그 덕으로 만 6,000프랑을 벌었단 말이오. 그렇게 화난 얼굴 하지 말아요. 내 그중 4,000프랑은 당신 주고, 2,000프랑은 외제니를 줄 생각이니까」

당글라르 부인은 무서운 눈으로 남편을 노려보았다.

「아니, 이건!」 하고 드브레가 소리를 질렀다.

「왜 그러세요?」 부인이 물었다.

「틀림없어요. 저건 부인 말이에요. 부인 말이 백작 마차에 매여 있단 말이에요!」

「내 말이 매여 있다고요?」 부인이 소리쳤다.

그러고는 창가로 달려갔다.

「정말 제 말이에요」 하고 부인은 말했다.

당글라르는 어이가 없었다.

「그게 정말입니까?」 몬테크리스토 백작은 놀란 시늉을 하며 말했다.

「설마!」 하고 당글라르가 중얼거렸다.

남작 부인은 드브레의 귀에다 무엇인가 소곤거렸다. 그러더니, 이번에는 드브레가 백작 곁으로 다가왔다.

「부인께서, 남작이 그 말을 얼마에 파셨는지 알아달라고 하십니다」

「확실히는 모르지만」 하고 백작이 대답했다. 「그건, 우리집 집사가 제 맘대로 한 일이라서…… 분명 3만 프랑이라고 한 것 같은데요」

드브레는 몬테크리스토 백작의 대답을 남작 부인에게 가서 전했다.

당글라르가 얼굴이 새파래지고 당황해하는 모습을 보고 백작은 안됐다는 듯한 표정을 지었다.

「남작」 하고 그는 말했다. 「여자들이란 참 은혜를 모르는 사람들이로군요. 남작께서 그렇게 마음을 써주셨는데도 부인께선 조금도 마음이 움직이시질 않으셨으니 말입니다. 은혜를 모른다기보다는, 제멋대로라고나 할까요? 하지만 할 수 없지 않습니까. 인간이란 어쨌든 자기를 해치는 사람을 싫어하는 법이니까요. 그러니까, 가장 간단한 방법은 무슨 짓을 하든 제멋대로 하게 내버려두는 겁니다. 만약 몸을 상하게 된다 하더라도, 그건 자기 책임이니까요」

당글라르는 아무 대답도 하지 않았다. 그는 지금 머지않아 다가올 비참한 부부 싸움을 걱정하고 있었다. 벌써부터 찌푸려진 남작 부인의 눈살은 마치 올림푸스 산의 제우스의 눈살처럼 폭풍우를 예고하고 있었다. 사태가 점점 험악해진다고 생각되자, 드브레는 일이 있다는 핑계로 자리를 떴다. 몬테크리스토 백작은 오랫동안 그곳에 머물러서 모처럼 이 집안에 파고 들어오려는 계획을 망쳐서는 안 되리라 생각하고 그 또한 당글라르 부인에게 인사를 하고 남작 한 사람만을 부인의 분노 앞에 남겨놓고 물러났다.

〈좋아!〉 백작은 돌아오면서 생각했다. 〈들어가 보려고 한 데까지는 들어간 거야. 이젠 그 집안의 평화는 내 손아귀에 있는 거다. 그리고 대번에 당글라르의 마음과 그 여자의 마음을 사로잡게 되겠군. 잘됐어! 그런데〉 하고 그는 계속 중얼거렸다. 〈외제니 당글라르 양을 소개받지 못했군. 진짜로 제일 만나고 싶은 게 그 딸인데. 하지만〉 하고 백작은 예의 그 독특한 미소를 띠며 생각했다. 〈우린 다 같이 파리에 와 있으니 만날 기회는 얼마든지 있어…… 그건 나중으로 미루자.〉

이런 생각을 하며 백작은 마차를 타고 집으로 돌아왔다. 두 시간 후에 당글라르 부인은 몬테크리스토 백작으로부터 다정한 편지 한 장을 받았다. 편지의 내용은, 백작이 이제 파리의 사교계에 첫 발을 들여놓은 마당에 아름다운 부인의 마음을 상하게 하고 싶지 않으니 부디 그 말을 도로 받아달라는 부탁이었다.

말에는, 그날 아침에 부인이 본 그 마구들이 달려 있었다. 다만 말 귀를 장식한 장미꽃마다 백작은 다이아몬드를 하나씩 박아놓았다.

당글라르 역시 편지를 받았다.

백작은 편지에서 당글라르에게, 부인에게 백만장자로서의 기분을 낸 것을 용서해 달라고 하고, 말을 돌려보내는 방법을 동양식으로 한 것을 양해해 달라고 썼다.
  그날 밤, 백작은 알리를 데리고 오퇴유로 떠났다.
  이튿날 세시경에, 알리는 자기를 부르는 벨 소리를 듣고 백작의 방에 들어섰다.
  「알리」하고 백작이 말했다. 「너, 가끔 올가미를 잘 던지는 재주가 있다고 그랬었지?」
  알리는 고개를 끄덕여 그렇다고 대답했다.
  「호랑이도 그렇게 해서 잡을 수 있나?」
  알리는 역시 고개를 끄덕였다.
  「사자도?」
  알리는 밧줄을 던지는 시늉을 하고 또 올가미에 졸린 짐승 소리를 흉내 냈다.
  「좋아, 알겠어」하고 백작이 말했다. 「그럼, 사자 잡아본 일이 있단 말이지?」
  알리는 자랑스럽게 고개를 끄덕였다.
  「그럼, 미친 듯 달리는 말 두 필도 잡을 수 있겠군?」
  알리는 빙그레 웃었다.
  「응, 그럼 얘길 들어봐」하고 백작이 말했다. 「조금 있다가 말 두 필이 끄는 마차가 한 대 지나갈 거야. 어제 내가 샀던 그 말이야. 치여 죽는 한이 있더라도, 그 마차를 우리 집 문 앞에서 멈추게 해야 돼」
  알리는 거리로 내려가 거리의 포석 위에 줄을 그어놓았다. 그러고는 다시 안으로 들어와, 그것을 지켜보고 있던 백작에게 그 줄을 가리켰다. 백작은 알리의 어깨를 다정하게 두드려 주었다. 그것은 알리에게 고맙다고 말하는 표시였다. 그러고 나서 알리는 집과 거리의 모퉁이에 있는 돌에 가서 장죽으로 담배를 피웠다. 백작은 그 뒷일은 내버려두고 집안으로 들어갔다.

그러나 다섯시쯤, 다시 말하면 마차가 지나가기를 기다리는 시간이 가까워오자, 백작은 눈에 뜨이게 초조해하기 시작했다. 그는 거리 쪽으로 난 방안을 왔다갔다하며, 간간이 귀를 기울였다. 그런가 하면 또 때때로 창가로 가서 알리가 담배 연기를 내뿜는 것을 내려다보았다. 알리가 담배 연기를 규칙적으로 뿜어내는 것을 보아 이 중책만을 열심히 생각하고 있음을 알 수 있었다.

갑자기 마차 바퀴가 굴러오는 소리가 멀리서 나더니, 금세 벼락같이 다가왔다. 마차 한 대가 나타났다. 마부는 미친 듯이 날뛰며 달리는 말들을 진정시키려고 애썼지만, 말은 막무가내였다.

마차 안에서는, 한 젊은 부인이 일고여덟 살 난 사내아이를 꼭 껴안고, 너무나 무서워 소리도 못 지르고 정신을 잃고 있었다. 마차 바퀴 밑에 돌 하나만 끼거나, 나뭇가지에만 걸려도 마차는 산산조각이 날 형편이었다. 마차는 큰길 한가운데를 달려오고 있었다. 여기저기서 그것을 보고 공포의 소리를 지르는 소리가 들려왔다.

갑자기 알리가 장죽을 내려놓더니, 주머니에서 밧줄을 꺼내 획 던졌다. 그 밧줄은 왼쪽 말의 앞다리를 세 번 휘감았다. 달리던 그 기운으로 말은 서너 발 질질 끌려가더니 곧 마차 앞채를 부러뜨리며 쓰러지고 말았다. 그러고는 또 한 마리의 말이 선 채로 앞으로 달리려는 힘을 눌러버렸다. 그러자 마차가 움직이지 못하는 그 순간을 이용해서 마부가 자리에서 뛰어내렸다. 그러나 그보다 빨리 알리는 그 억센 손으로 나머지 말의 콧마루를 잡아챘다. 말은 비명을 지르며, 쓰러져 있던 말 옆에 경련하며 넘어졌다. 이 모든 일이, 겨우 총알이 목적물을 맞힐 정도의 시간 동안 벌어졌다.

그러나 또한 그사이에 이 사건이 일어난 장소 바로 앞의 집에서, 한 사나이가 하인들을 죽 거느리고 달려나올 수가 있었다. 사나이는, 마부가 마차 문을 열자마자, 그 안에 있던 부인을 안아 내렸다. 부인은 한 손으로는 마차 안의 쿠션을 꽉 움켜잡고, 또 한 손으로는 기절한 아들을 가슴에 꼭 그러안고 있었다. 백작은 그 두 사람을 응접실로 안아다가 장의자 위에 누였다.

「부인, 이젠 염려 마십시오」 하고 백작은 말했다.

제정신이 든 부인은 대답 대신 자기 아들을 가리켰다. 여자의 눈빛은 어떠한 기도보다도 더욱 호소력이 있었다.

과연 어린애는 아직도 혼수 상태였다.

「알고 있습니다, 부인」 백작은 어린애를 살펴보며 말했다. 「하지만 안심하십시오. 다친 데는 없으니까요. 그저 놀라서 기절을 했을 뿐입니다」

「여보세요」 하고 어머니는 소리쳤다. 「절 안심시키시느라 그러시는 게 아닙니까? 저 얼굴빛을 좀 보세요. 새파랗게 질려 있지 않아요. 아이고, 애야, 에두아르! 엄마한테 대답 좀 해 봐라. 여보세요, 의사 좀 불러주세요. 그저 아이만 살려준다면 누구한테든지 재산 같은 건 다 드려도 됩니다」

백작은, 눈물을 흘리고 있는 아이 어머니에게 손으로 안심하라는 표시를 했다. 그리고 상자 하나를 열어, 그 속에서 금박을 한 보헤미아 유리병을 꺼냈다. 병 속에는 핏빛 같은 빨간 액체가 들어 있었다. 백작은 그것을 한 방울 어린애 입술에 떨어뜨렸다.

　그러자 어린애는 아직 낯빛은 창백했지만, 눈을 떴다.

　그것을 보자 어머니는 거의 실성한 사람처럼 좋아했다.

　「여기가 어딥니까?」하고 어머니는 소리쳤다.「그렇게 무서운 일을 당하고 났는데, 이렇게 기쁘게 해준 분은 도대체 누구실까요?」

　「부인」하고 백작은 대답했다.「여긴 부인의 슬픔을 덜어드릴 수 있게 된 것을 무한히 행복하게 생각하는 사람의 집입니다」

　「아유, 글쎄, 쓸데없는 호기심에서」하고 부인은 말했다.「하도 온 파리가 당글라르 부인의 말이 훌륭하다고들 이야기하기에, 생각 없이 저도 그걸 한번 타볼 생각이 났던 거지요」

　「아니, 뭐라고요?」백작은 짐짓 깜짝 놀란 듯이 소리쳤다.「그 말이 바로 당글라르 부인의 말이었습니까?」

　「네, 그래요. 그런데, 남작 부인을 아십니까?」

　「당글라르 부인 말씀이죠? 알고 말고요. 그리고 그 말이 하마터면 부인을 위험하게 해드릴 뻔한 걸 구해 드린 것을 무한히 기쁘게 생각합니다. 그 위험이, 어느 정도는 제게도 책임이 있으니 말입니다. 실은 그 말은, 제가 어제 당글라르 남작한테서 샀었습니다. 그런데 그 부인께선 말이 팔린 걸 몹시 서운해하시는 것 같기에, 어제 제가 부인께 선물로 돌려보냈지요」

「아니, 그럼 선생님이 바로 몬테크리스토 백작이신가요? 남작 부인이 어제 그렇게 많이 얘기하던……」

「그렇습니다, 부인」

「그러세요? 전 엘로이즈 드 빌포르입니다」

백작은, 처음 듣는 이름인 듯 인사를 했다.

「아이고, 제 남편이 얼마나 고마워하실까!」 하고 엘로이즈가 말했다. 「백작께선 저희 두 사람의 목숨을 구해 주셨으니까요. 백작께선 그이에게 아내와 아들을 살려 보내주신 거예요. 백작께서 이렇게 친절하게 도와주시지 않았더라면, 저흰 분명 죽었을 겁니다」

「정말이지, 아까 부인께서 당하실 뻔한 위험을 생각하면 지금도 소름이 끼칩니다」

「백작님, 제발 남편이 백작님의 은혜에 보답할 수 있도록 허락해 주세요」

「부인」 하고 백작이 대답했다. 「제발 칭찬이나 보상 같은 걸로 알리를 우쭐하게 하진 말아주십시오. 그런 버릇을 길러주고 싶지가 않아서요. 알리는 제 노예지요. 두 분을 구해 드린 것은 곧 저를 구해 준 거나 다름없습니다. 그리고 알리로선 저를 섬기는 것이 그의 의무인걸요」

「하지만 그 사람은 목숨을 걸었던 게 아닙니까」 하고 빌포르 부인은 이 주인의 말투가 이상하게 사람을 위압하는 것을 느끼면서 말했다.

「부인, 전 그의 목숨을 구해 주었습니다」 백작이 대답했다. 「그러니까 그의 목숨은 제 것이나 다름없죠」

빌포르 부인은 입을 다물었다. 이처럼 깊은 인상을 주는 이 사나이에 대해서 곰곰이 생각을 하고 있는 것 같았다.

침묵이 흐르고 있는 사이에, 백작은 지금 이 부인이 껴안고 있는 어린애를 관찰할 수 있었다. 마르고 조그마한 체구에 빨간 머리의 아이들에게서 흔히 볼 수 있듯이, 살갗이 하얀 아이였다. 그러나 잘 곱슬거리지 않는 짙은 색 머리털이 툭 나온 이마를 덮고 있어서, 어린아이다운 심술이 가득 밴 눈을 한층 더 두드러져 보이게 했다. 이제 겨우 핏기가 다시 도는 입은 입술이 얇고 커다랬다. 여덟 살밖에 안 된 이 아이의 얼굴은, 적어도 열두어 살은 돼 보였다. 아이는 정신이 들자 대뜸 어머니를 홱 뿌리치고, 약병이 들어 있는 상자 쪽으로 다가갔다. 그러더니 언제나 제멋대로 자란 아이처럼 누구의 허락도 받지 않고 약병의 뚜껑을 열려고 했다.

「그건 만지면 안 돼요!」 하고 백작이 당황해서 말했다. 「그 약은 냄새만 맡아도 위험해」

빌포르 부인은 새파랗게 질려가지고, 아들의 팔을 막아 자기 쪽으로 끌어왔다. 그러나 그 공포가 가라앉자마자 부인은 상자 쪽으로 흘끗 의미 깊은 시선을 보냈다. 그것을 백작은 놓치지 않았다.

바로 그 순간에 알리가 들어왔다.

빌포르 부인은 탄가운 표정으로 아들을 더 꼭 안으며 「에두아르야」 하고 말했다. 「이 친절한 사람이 말야, 아주 용감한 일을 해주었단다. 우리를 태우고 막 달리던 말하고, 이제 다 부서지게 된 마차를 막아보려고 목숨을 걸었어. 고맙다고 그러렴, 저 사람이 아니었더라면 지금쯤 우리는 둘 다 죽어 있을 거야」

아이는 입술을 삐쭉 하고 깔보는 듯 얼굴을 돌리며, 「아주 기분 나쁘게 생겼는데」 하고 말했다.

백작은 이 아이의 행동이 바로 자기가 예상하던 대로구나 생각하고는 빙그레 웃었다. 빌포르 부인은 아이를 꾸짖었다. 그러나 그 미지근한 태도로 미루어보아, 만약 이 에두아르가 에밀이었을 경우, 그것은 장 자크 루소의 마음에 들지는 않았을 것 같았다.

「이봐」 하고 백작은 알리에게 아라비아 말로 말했다. 「이 부인이 어린애한테 자기들 목숨을 구해 준 데 대해서 감사 인사를 하라고 했어. 그랬더니 아이 대답이, 네가 아주 기분 나쁘게 생겼다는 거야」

알리는 그 총명한 얼굴을 잠시 돌려 아이를 바라보았다. 그 얼굴에는 겉으로는 아무 표정도 드러나지 않았으나, 콧마루가 한 번 바르르 떨린 것으로 보아, 백작은 알리가 몹시 기분이 상했다는 것을 알아챌 수 있었다.

「백작님」 하고 빌포르 부인은 이젠 자리를 뜰 양으로 몸을 일으키며 물었다. 「늘 이 집에 계시겠지요?」

「아닙니다, 부인. 이 집은 제가 임시로 머무는 집이고, 제가 늘 있을 본집은 샹젤리제 가 30번지입니다. 그러고 보니 이젠 정신도 다시 차리셨으니 돌아가시려는군요. 방금 그 말을 제 마차에 매놓으라고 일렀습니다」 백작은 어린애를 보고 웃으면서 말했다. 「기분 나쁘게 생긴 이 알리가 댁까지 모셔다드릴 겁니다. 아까 그 마차의 마부는 마차를 수선하도록 여기 남겨놓으시지요. 수선만 끝나면, 제 말을 붙여서 직접 당글라르 부인께 보내드리겠습니다」

「그런데」 하고 부인은 말했다. 「아까 그 말이 끄는 마차를 다시 타는 것은 겁이 나네요」
「염려 마십시오. 보시면 아시겠지만, 알리가 끌면 그 말도 양처럼 순해집니다」

사람들이 말을 다시 일으켜 세웠다. 알리가 향초를 먹인 스펀지를 손에 들고 가서, 땀과 거품으로 범벅이 된 말의 콧마루를 문질렀다. 그러자 말은 숨을 헐떡이며 잠깐 동안 전신을 부르르 떨었다.

마차가 부서지며 요란한 소리가 나는 통에 집 앞에 모여든 수많은 사람들 앞에서, 알리는 말을 백작의 마차에 매고 고삐를 모아 마부 자리에 올라앉았다. 사람들은 아까 마치 회오리 바람에 말려든 듯 날뛰던 말을 지금 알리가 무섭게 채찍질을 하며 모는 것을 보고는 깜짝 놀랐다. 게다가 그 유명한 회색빛 점박이가 이젠 화석처럼 굳어서 걸음도 제대로 못 걸었다. 그래서 빌포르 부인이 집으로 돌아가기까지는 거의 드 시간이나 걸려야만 했다.

집에 돌아와 가족들의 놀라움이 일단 가라앉자, 빌포르 부인은 당글라르 부인에게 다음과 같은 편지를 썼다.

친애하는 에르민

저는 조금 전어, 우리가 어제 그렇게 많이 얘기하던 바로 그 몬테크리스토 백작의 도움으로, 나와 내 아들의 목숨을 기적적으로 건졌습니다. 오늘 내가 그분을 뵙게 되리라곤 꿈에도 생각하지 못했지 뭐예요. 어제 당신은 그분 얘기를 열을 올려 했습니다. 그래서 저는 어리석게도 그분을 퍽 우습게 생각했었답니다. 그러나 오늘 저는 당신의 그 감격이 그분의 진정한 가치에 비하면 아무것도 아니라는 것을 깨달았습니다. 당신의 점박이들은 라느라그 거리에서 마치 발광이라도 난 듯이 미쳐 날뛰었습니다. 그래서 저와 에두아르는 한길가의 나무에 부딪혀 산산조각이 날 뻔했었죠. 그런데 마침 그때 어느 아라비아 사람이, 누비아 태생의 흑인이 날뛰는 말을 붙잡았습니다. 그게 바로 백작의 하인이었죠. 물론 백작의 지시였겠지만, 어쨌든 그 흑인은 목숨을 걸었던 겁니다. 정말 그가 말에 밟혀 죽지 않은 것은 기적입니다. 그러자, 이번에는 백작이 몸소 달려와, 저와 에두아르를 자기 집으로 실어다가는, 혼수 상태에 있던 아들을 깨어나게 했습니다. 그러고는 자기 마차로 우리 집까지 데려다주었습니다. 당신의 마차는 그분이 내일 보내줄 겁니다. 그 일이 있은 후로는 당신의 말들이 상당히 약해졌다는 걸 아시게 될 겁니다. 꼭 얼이 빠진 것 같아요. 사람의 손에 눌려버리게 된 것이 아무래도 견딜 수 없다는 것 같이 보여요. 백작께서는 제게, 말을 이틀 동안 집에서 쉬게 하고 양식으로 보리를 먹여주면, 전처럼 기운이 세져서 다시 사나워질 것이라고 당신에게 전해 달라더군요.

안녕히 계십시오. 제 산책에 대해선 감사드리고 싶지 않군요. 그러나 생각해 보면, 당신의 말이 변덕을 부린 것으로 당신한테 원한을 갖는다는 것은 은혜를 모르는 일인 것 같습니다. 왜냐하면 그 말이 그렇게 변덕을 부려서 제가 몬테크리스토 백작을 알게 되었으니까요. 그 유명한 이국인은, 그분의 수백만의 재산은 별도로 하고도, 상당히 매력적이고 호기심이 가는 분입니다. 나는 이 문제를 연구해 볼 생각입니다. 설령 당신의 말을 타고 다시 숲으로 산책을 나가지 않으면 안 되더라도 말입니다.

에두아르도 굉장히 용기를 가지고 이번 사고를 이겨냈습니다. 기절을 하긴 했었지만 단 한 번도 소리를 지르지 않았고, 또 정신이 든 뒤에드 눈물 한 방울 흘리지 않았으니까요. 이런 소릴 하면 당신은 내가 자식에 대한 사랑이 지나치다고 생각할 것입니다. 하지만 그 아이는 몸이 그렇게 약하고 섬세한데도 정신은 아주 강한 아이입니다.

발랑틴이 외제니한테 안부 전해 달랍니다.

엘로이즈 드 빌포르

추신: 어떻게 해서든지, 당신 집에서 몬테크리스토 백작을 한번 만나게 해주셨으면 고맙겠습니다. 꼭 그분을 다시 만나보고 싶습니다. 남편에게 그분을 한번 찾아가 봐달라고 했습니다. 아마 그분도 그렇게 할 거예요.

그날 밤, 오퇴유의 그 사건은 모든 사람들의 화제가 되었다. 알베르는 그 얘기를 자기 어머니에게 했고, 샤토 르노는 경마 클럽에서, 그리고 드브레는 대신의 객실에서 이야기했다. 보샹까지도 신문의 가십난에다 스무 줄가량의 기사를 써서, 그 영웅적인 외국인을 상류 부인들 앞의 용맹스러운 기사로 소개했고, 백작에 대한 경의를 표했다. 빌포르 부인에게는 많은 사람들이 명함을 보내왔다. 때를 보아서 나중에 다시 부인한테서 직접 그 굉장한 사건을 자세히 듣기 위해서였다. 한편 빌포르는 그의 부인의 말대로, 검은 연미복에 흰 장갑을 끼고 예장을 갖추어, 그날 밤으로 마차를 몰았다. 마차는 샹젤리제 가 30번지의 저택 앞에서 멎었다.

관념론

 만약 몬테크리스토 백작이 좀더 오래전부터 파리의 사교계에서 살아왔다면, 이 빌포르의 방문이 어느 정도의 가치가 있는가를 완전히 이해할 수 있었을 것이다.
 현재의 왕이, 정계이건 방계이건 간에, 그리고 또 현 정부가 정리론파(正理論派)이건 자유주의건 또는 보수주의적이건 간에, 궁중에서의 빌포르의 평판은 언제나 능란한 사람으로 되어 있었다. 정치적으로 실각해 본 일이 없는 사람이 일반적으로 능란하다는 평판을 받듯이 빌포르 역시 그러한 평을 받고 있기 때문에 많은 사람들에게 미움을 받지만, 반면에 일부 사람들로부터는 굉장한 지지를 얻고 있었다. 그러나 누구에게서도 사랑은 받지 못하고 있던 빌포르였다. 그는 사법계에서는 상당히 높은 지위를 차지하고 있어서, 마치 옛날의 아르네(파리 최고재판장——옮긴이)나 모레(유명한 사법관——옮긴이)에 비할 만한 자리를 유지하고 있었다. 젊은 아내와, 전처 사이에 난 이제 겨우 열여덟 살밖에 안 된 처녀가 주관하고 있는 그의 살롱은, 파리에서도 거의 완벽한 살롱 중의 하나였다. 그 안에서는 전통이며 예의에 대한 존중이 옛날 그대로 지켜지고 있었다. 엄격한 예의며, 정부의 방침에 대한 절대적인 복종, 이론이나 이론가에 대한 철저한 경멸, 관념론과 관념론자에 대한 깊은 증오, 이러한 것이 빌포르의 공사(公私) 생활의 기본이었다.

빌포르는 단순히 사법관일 뿐만 아니라, 거의 외교관이라고도 할 수 있는 사람이었다. 빌포르는 언제나 옛 궁정과의 관계를 장중한 어조로 경의를 표하며 이야기하기 때문에 현 궁정으로부터 존경을 받게 되었다. 그는 또한 많은 것을 알고 있기 때문에, 사람들로부터 존경받았을 뿐만 아니라 종종 그에게 의견을 들으러 오는 사람들도 있었다. 만약 그가 그 자리에서 밀려나기만 하면 그런 일은 아마 없어질 것이다. 그런데 그는 마치 군주의 말을 듣지 않는 봉건 시대의 영주처럼, 도저히 무너뜨릴 수 없는 요새에서 살고 있었다. 그 요새란 것이 곧 검사라는 직책이어서, 그 자리를 이용하여 여러 가지 이익을 얻고 있었다. 그리고 그가 그 자리를 떠난다는 것은, 그로서는, 지금까지의 엄정한 중립의 입장을 버리고 대의원으로라도 나서려고 하기 위해서라면 모르되, 생각도 해본 일이 없었다.

일반적으로 빌포르는 누군가를 찾아가거나 누군가가 찾아오는 일이 극히 드물었다. 방문할 일이 있으면 그의 아내가 대신하는 것이었다. 이는 사교계에서도 인정받고 있는 일이었다.

말하자면 사법관이라고 하는 중대하고도 많은 일 때문에 그런 것으로 되어 있었지만, 사실 그것은 그의 으만에서 오는 타산이었으며 귀족주의 정신에서 나오는, 〈스스로 가치 있는 사람의 티를 내라, 그러면 남도 그 가치를 인정할 것이다〉 하는 격언을 적용한 것에 불과한 것이었다. 〈너 자신을 알라〉는 그리스 격언은 오늘날 그보다 백 배는 더 유효한 〈남을 알라〉는 처세술로 바뀌어 있었다. 빌포르는 친구들에게는 강력한 배경이 되었다. 자기 적에게 그는 교활하고도 신랄한 적수였다. 아무 상관이 없는 사람들에게는 인간의 탈을 쓴 법률의 우상처럼 되어 있었다. 오단한 태도, 감정이 드러나지 않는 표정, 광채 없이 희미하지만 무례할 정도로 사람을 꿰뚫어 보며 무엇인가를 찾아내려는 듯한 시선, 이러한 이미지는 네 차례의 혁명을 통해서 확고하게 굳어졌다.

빌포르는 프랑스에서는 매우 얌전하고 특출난 사람이라는 평판이었다. 그는 해마다 무도회를 개최했지만, 자기 자신은 그 자리에 십오 분밖엔 얼굴을 내밀지 않았다. 말하자면, 왕이 궁정 무도회에 참석하는 시간보다도 사십오 분이나 짧은 시간을 할애할 뿐이었다. 극장이든 음악회이든 그 외에도 공중이 모이는 장소엔 어떤 곳에도 나타나는 일이 없었다. 가끔, 아니 극히 드문 일이지만 휘스트(트럼프 놀이의 일종—옮긴이)를 할 때는 으레 그 사람에게 알맞는 상대를 골라야 했다. 이를테면 대사라든가 대사제(大司祭)라든가 공작이라든가 의장이라든가 혹은 공작 미망인이라든가 하는 따위의 상대였다.

지금 몬테크리스토 백작의 집 앞에서 마차를 멈춘 사람이

관념론 127

바로 그런 인물이었다.

하인이 빌포르의 방문을 알리러 왔을 때, 백작은 커다란 테이블에 몸을 구부리고, 상트페테르부르크에서 중국까지 가는 여정을 지도 위에서 살피고 있었다.

검사는 법정에 들어설 때와 같은 엄숙하고 딱딱한 걸음으로 들어왔다. 이 사람이야말로, 바로 옛날 마르세유에서 검사 대리로 있을 때 본 그 인물이었다. 시간은 언제나 그 법칙을 충실히 지키기 때문에, 그자를 위해서라고 특별히 그 흐름을 변경하지는 않았다. 후리후리하던 옛 모습이 지금은 바싹 말랐고, 창백하던 얼굴은 누래졌으며, 깊은 눈은 푹 파여 있었다. 눈 위에 걸려 있는 금테 안경은 마치 그의 얼굴의 한 부분 같아 보였다. 흰 넥타이를 제외하곤, 옷은 완전히 검은색이었다. 그리고 그 음산한 복장의 색조를 깨뜨린 것은 단지 붉고 가는 리본뿐이었다. 그것은 단춧구멍에 끼여 있어서 붓 끝으로 피를 한 줄 그어놓은 것 같았다.

백작은 호기심을 억제하기는 했지만, 인사할 때의 그의 표정에 상대방에 대한 관심이 역력히 드러났다. 한편 빌포르는 남을 믿지 않을 뿐만 아니라, 특히 사회적인 화려한 행운 같은 것은 생각하지도 않았다. 검사는 이 외국인(사람들이 백작을 이렇게 부르기 시작했다)을, 마치 교황청의 고관이 그러듯, 『아라비안 나이트』 속의 술탄처럼 생각하지 않고, 필경 무엇인가 새로운 사업을 뚫어보려고 온 사기꾼이나 거주 범위를 이탈해 나온 전과자쯤으로 생각하려 했다.

「실은」 빌포르의 어조는, 변론시에 사법관이 일부러 날카롭게 뽑는 그러한 소리였다. 그러한 어조가 그의 일상 대화에서도 불쑥불쑥 나왔다. 그러나 그는 그 버릇을 고치지 못했고 또 애써 고치려 들지도 않았다 「어제 저의 안사람과 자식놈에게 베풀어주신 은공을 감사하고 왔습니다. 저는 그 예를 갖출 의무가 있고, 또 제 감사의 뜻을 말씀드리고자 온 것입니다」

이러한 말을 하면서도, 그 매서운 눈길은, 평상시의 그 거만한 기세를 버리지 못했다. 그는 이 말을 어깨나 고개 하나 까딱 않고 꼿꼿이 서서 검사로서의 음성으로 또박또박 발음했다. 그러한 태도가 바로, 앞에서도 말한 대로 그에게 아부하는 사람들이 그를 살아 있는 법의 화신이라고 부르게 된 이유였다.

「아닙니다」 이번에는 백작이 얼음장같이 냉정하게 말했다. 「어머니를 위해서 아들의 목숨을 구해 드리게 된 것을 저로서는 대단히 기쁘게 생각합니다. 모성애처럼 성스러운 것은 없다고 하니까요. 그런데, 그런 행운이 제게도 온 것입니다. 그런 걸 이제 와서 인사까지 오실 필요는 없었는데요. 그건 저로서는 분에 넘치는 영광입니다. 듣자 하니, 빌포르 씨께선 좀처럼 방문 같은 건 안하신다니 들씀입니다. 그러니, 이 명예도 귀중하거니와, 제 마음속의 기쁨은 더욱 말할 수 없습니다」

백작의 이러한 뜻밖의 태도에, 빌포르는 몸에 걸친 갑옷 밑으로 총알을 맞은 병사처럼 소스라치게 놀랐다. 그리고 사람을 깔보는 듯한 빌포르의 입술 모양은 마치 그가 처음에는 몬테크리스토 백작이 예의도 모르는 신사라고 생각했던 것 같았다.

그는 이렇게 말이 꽉 막히자, 그 중단된 화제를 이어보려고 사방을 둘러보았다.

그는 아까 들어올 때 백작이 들여다보고 있던 지도가 눈에 띄었다. 그는 말머리를 돌려보았다.

「지도를 연구하고 계십니까? 흥미있는 학문이죠. 더군다나 선생같이, 소문에 의하면 이 지도 위에 새겨진 수많은 나라를 다닌 분에겐 말씀입니다」

「그렇습니다」하고 백작은 대답했다. 「당신이 매일 개개의 인간에 관해서 생각하는 바를 저는 인류 전체를 두고 연구해 보고자 하는 겁니다. 말하자면 생리학적 연구지요. 제게는 부분에서 출발해서 전체로 내려오는 것보다는, 전체에서 출발해서 부분으로 내려오는 일이 훨씬 쉽지요. 대수 공식에도 그런 게 있지 않습니까? 기지수(旣知數)에서 미지수(未知數)로 풀어가라, 미지수에서 기지수로는 가지 말라고 말입니다…… 그건 그렇고 어쨌든 앉으십시오」

이렇게 말하면서 백작은 손으로 안락의자를 가리켰다. 검사는 그것을 손수 앞으로 끌어내야만 했다. 이에 반해서 백작은, 아까 검사가 들어올 때 앉아 있었던 그 의자에 그냥 앉기만 하면 되었다. 백작은 창을 등지고, 지금 화제의 대상이 되고 있는 지도 위에 팔을 괴며, 손님 쪽으로 몸을 반쯤 돌렸다. 이렇게 해서 화제는, 경우는 달랐지만 상대방에서 볼 때에는 모르세르 가와 당글라르 가에서 벌어진 것과 똑같은 상황에 놓이게 되었다.

「철학적이시군요」하고 빌포르는 잠시 말이 없다가, 다시 이야기를 시작했다. 그는 침묵하는 동안에, 마치 무서운 적수를 만난 장사처럼 기운을 모았던 것이다. 「그런데 말씀입니다, 만약 제가 당신처럼 이렇다 할 일이 없는 처지라면, 좀더 재미있는 일을 하려고 할 겁니다」

「그럼요」하고 백작은 말했다. 「인간이란 현미경에 비춰본다면, 정말 더러운 송충이 같은 존재지요. 그런데 빌포르 씨께선 방금 제가 아무 일도 안한다고 말씀하셨는데요, 그럼 한번 생각해 볼 문젠데. 빌포르 씨께선 무슨 일을 하고 있다고 생각하십니까? 좀더 분명히 말씀드리자면, 빌포르 씨는 지금 자신이 하는 일이 과연 무엇을 하고 있다고 말할 만한 가치가 있다고 생각하십니까?」

빌포르는 이 이상한 적수에게 또 한 번 크게 당하고는 더욱 깜짝 놀랐다. 검사가 이렇게 신랄하게 비꼬는 소리를 들은 것은 실로 오랜만이었다. 아니, 좀더 정확하게 말하자면 이 정도로 심한 아이러니한 상황에 처한 것은 난생 처음이었다.

검사는 이 말에 대답을 해야만 했다.

「선생」 하고 그는 말했다. 「당신은 외국인입니다. 그리고 당신이 말씀했듯이, 인생의 일부분을 동방의 여러 나라에서 보내셨습니다. 그렇기 때문에 그러한 미개한 지방에서는 적당하게 취급해 버리는 범인 처벌 문제가, 우리나라에서는 얼마나 신중하고 치밀하게 취급되고 있는가를 모르고 계실 겁니다」

「아니죠, 그건 저도 알고 있습니다. 옛날의 pede claudo(호라티우스의 말. 〈보복은 필연적〉이라는 뜻이다——옮긴이)라는 말이군요. 저는 그걸 알고 있습니다. 왜냐하면, 저는 특히 각국의 사법 제도를 조사해서, 각국의 형법과 자연법을 비교한 적이 있으니까요. 그래서 한마디 말씀드리고 싶은 것은 그러한 미개한 국민들이 가지고 있는 법률, 다시 말하면 그 돈수형(復讐刑) 쪽이 제 생각에는 가장 신의 뜻에 맞는 것 같다는 점입니다」

「그러한 법률이 채택된다면」 하고 검사는 말했다. 「저희 나라의 법전도 훨씬 간략해지겠지요. 그렇게 된다면, 확실히 우리 사법관들은 방금 당신께서 말씀하신 대로, 대단한 일 같은 건 없어지게 되겠지요」

「그런 시기가 올 겁니다」 하고 백작이 말했다. 「인간의 발명이란, 복잡한 것에서 단순한 것으로 향해 나아가고 있으니까요. 그리고 단순한 거야말로 가장 완벽한 것이 아니겠습니까?」

「그런 시대가 올 때까지는」 하고 검사가 말했다. 「우리나라의 법전은 갈리아 풍속법, 로마법, 프랑스의 관습법에서 온 모순에 가득 찬 조문과 병행해서 존재할 것입니다. 그리고 그러한 여러 가지 법률의 지식은, 아시리라고 믿습니다만, 오랜 세월을 소비하지 않고서는 얻을 수 없을 것이요, 또 그 지식을 얻으려면 오랜 연구가 필요할 테고, 또 일단 지식을 얻게 되면, 이번엔 그것을 잊어버리지 않기 위해 상당한 정신력이 필요할 게 아닙니까」

「동감입니다. 그런데 당신은 프랑스 법전에 관해서만 알고 계시지만 저는 세계 각국의 법전을 잘 알고 있습니다. 영국, 터키, 일본, 인도의 법률도 제게는 프랑스 법전이나 마찬가지로 익숙하지요. 그래서 제가 아까 비교적인 의미에서, 아시겠지만 모든 것이 다 상대적인 거니까요, 지금까지 제가 해온 일과 비교해 볼 때, 당신이 하시고 있는 일은 아무것도 아니라고 말씀드린 겁니다. 그리고 제가 지금까지 공부해 온 것과 비교해 볼 때, 당신은 아직 배울 것이 많다는 얘기지요」

「그렇다면 그렇게 많이 배우셨다는 건 도대체 무엇 때문에?」 빌포르가 깜짝 놀라서 물었다.

몬테크리스토 백작은 빙그레 웃었다.

「알겠습니다」하고 그는 말했다.「세상 사람들이 당신을 뛰어난 사람이라고 떠드는 이유를 알겠습니다. 당신은 매사를, 인간에게서 시작해서 인간에게로 귀의한다는, 사회에 있어서 물질적이고 비속한 면간 보시는군요. 말하자면, 당신은 인간의 지식으로 생각할 수 있는, 보다 좁고 보다 국한된 견지에서만 사물을 보고 있다는 겁니다」

「그 설명을 좀 해주실까요?」빌포르는 점점 더 놀라서 말했다.「무슨 말씀을 하시는 건지…… 분명히 모르겠는데요」

「제 얘기는 이런 겁니다. 당신은 각국 사회의 조직을 보시고 계십니다. 그러나 기계의 움직임만 보고 계신 것이지, 그 기계를 움직이는 귀한 직공은 보지 못하고 계시다는 겁니다. 당신은 자신의 눈앞이나 주위에, 대신이나 왕이 서명한 사령장을 가진 지위 있는 사람들만 보고 계십니다. 그러한 높은 지위의 사람이나 대신이나 왕 위에 하느님이 그런 지위 대신 어떤 사명을 내려주신 사람들이 있어도, 당신의 근시안으로는 그런 사람들은 보지 못한다는 말씀입니다. 약하고 불완전한 기관밖엔 갖지 못한 인간에게는 그것도 당연한 결과겠지요. 토비(장님이 된 후에 하느님의 은혜를 입어 다시 광명을 찾았다는 유태인──옮긴이)는 시력을 돌려주러 온 천사를 그냥 예사- 청년인 줄로 알았지요. 아크라(5세기경의 유명한 정복자──옮긴이)를 많은 사람들이 자기네들을 전멸시킬 사람으로 보지 못하고, 그냥 예사 다른 정복자 중의 하나인 줄 알고 있었습니다. 사람들은 그들 스스로가 자신의 입으로 하늘의 사명을 띠고 왔다는 사실을 밝히지 않으면, 그 사실을 몰랐더란 말씀입니다. 그래서 토비는 〈나는 하늘의 천사다〉하고, 아티라는 〈나는 하느님이 만드신 망치〉라는 말을 해야만 했던 겁니다. 그래야만 자신들의 신성이 사람들에게 알려졌으니까요」

「그럼」하고 점점 정신이 얼떨떨해진 빌포르는 지금 자기와 얘기하는 사람이 마치 하늘의 계시를 받은 사람이거나 혹은 미친 사람이라고 생각되어 이렇게 물었다. 「당신은 자신이, 지금 인용한 그 이상한 인간들 같은 존재라고 생각하십니까?」

「물론이죠」하고 백작은 냉담하게 말했다.

「실례했습니다」빌포르는 아연해서 말을 이었다. 「실은, 제가 이렇게 지식이라든가 지혜가 상식을 훨씬 넘어선 위대한 학자의 집에 오게 된 줄은 정말 모르고 있었습니다. 저희처럼 현대 문명에 묻혀버린 불쌍한 인간들에게는, 당신처럼 거대한 재산을 가진 분이, 이건 소문입니다만, 세상의 상식으로 보아, 그렇게 부유한 분이 사회에 관한 고찰이라든가 철학적인 공상에 몰두해서 시간을 낭비한다는 것은, 확실히 생각할 수 없는 일입니다. 그러한 일은 이 세상의 부귀에서 밀려난 인간들이 그저 기분이나 가라앉히려고 하는 걸로만 알고 있었으니까요」

「그래요?」하고 백작이 대답했다. 「그렇다면 당신은 지금의 그 높은 자리에 오르게 될 때까지는, 그러한 특수한 예를 본 일조차도 없으셨단 말입니까? 정밀하고 명확한 것을 필요로 하는 직업을 가지고 계시면서, 지금 눈 앞에 있는 인물이 어떤 인간인지를 대번에 알아볼 만한 안식을 가지고 있지 않으셨던가요? 사법관이란, 법률의 정확한 적용자라든가 복잡한 소송의 교활한 해석자이기 전에, 우선 인정을 잴 줄 아는 하나의 저울이나 또는 다소간에 늘 화합물이 생기는 것을 면치 못하는 개개인의 영혼을 다룰 줄 아는 시금석(試金石)이 되어야 하지 않을까요?」

「잠깐」 하고 빌포르는 달했다. 「놀랐는데요. 그런 얘기를 제게 하는 사람은 당신이 처음입니다」

「그건 당신이 밤낮 상습적인 테두리 안에서만 갇혀 살았기 때문입니다. 그리고 신의 눈에 보이지 않는 듯한, 또는 예외적인 인물이 무수히 모인 고도의 사회로 뛰어오르려고 하지 않았기 때문입니다」

「그럼 그런 사회가 존재하고, 또 눈에 보이지 않는 그런 예외적인 사람들이 우리 사회에 있다고 생각하시는가요?」

「물론이죠. 당신은 공기라는 게 눈에 보이십니까? 우리가 늘 마시고 있고, 또 그게 없으면 살지 못하는 공기 말입니다」

「그렇다면, 지금 말씀하신 그런 인물들이 우리 눈엔 보이지 않는단 말씀이십니까?」

「물론 보이죠. 하느님이 그런 인간들에게 모습을 보이게 해주실 때는 보이고말고요. 손으로 만질 수도, 옆으로 바싹 다가설 수도 있고, 얘길 걸면 대답도 하지요」

「허어!」 하고 빌포르는 웃으면서 말했다. 「만약 니가 그런 사람을 만나게 된다면, 좀 일러주셨으면 좋겠는데요」

「미리 다 일러드린 겁니다. 조금 아까도 제가 말씀드렸는데 한번 더 말씀드리죠」

「그렇다면 그건 당신 자신의 얘기시로군요?」

「그렇습니다. 제가 그러한 특별한 인간입니다. 제가 알고 있는 한 오늘날까지 그 누구도 지금의 나 같은 지위에서 그들을 본 일은 없었습니다. 왕들의 영토는 산이나 강으로, 또는 다양한 관습으로 인해서, 혹은 언어의 변화에 의해 각각 그 한계가 있기 마련입니다. 그러나 제 왕국은 이 세계만큼이나 넓지요. 왜냐하면 저는 이탈리아 사람도 아니요, 프랑스 사람도 아니요, 인도 사람도 아니요, 스페인 사람도 아니기 때문입니다. 저는 하나의 세계인입니다. 어느 나라도 제가 태어난 것을 보지 못했습니다. 오직 하느님만이 제가 어느 나라에서 죽게 될지 아십니다. 저는 모든 나라의 풍습을 받아들이고, 모든 나라의 언어를 씁니다. 당신은 제가 완벽한 프랑스어를 말하고 있으니, 제가 프랑스 사람인 줄 아실 겁니다. 그런데 제가 데리고 있는 누비아인 알리는, 제가 아라비아 사람인 줄 알고 있거든요. 제 집사인 베르투치오는 저를 로마 사람인 줄 알고 있습니다. 제 노예인 하이데는 저를 그리스 사람으로 생각하고 있습니다. 그러니 아시겠지요? 그 어느 나라 사람도 아니며, 그 어느 나라 정부의 보호도 요구하지 않고, 제 동포라는 인간은 하나도 갖지 않은 제게, 저 권력 있는 사람들이 갖지 않으면 안 될 거리낌이라든가, 또는 약한 사람들을 꼼짝 못하게 하는 장애 같은 것들이, 어떠한 영향력도 행사하지 못하는 겁니다. 제겐 적이라곤 단지 두 가지가 있을 뿐입니다. 그러나 그것들이 저를 정복한다는 얘긴 아닙니다. 그 적이란 〈거리〉와 〈시간〉이죠. 그런데 제삼의 적이, 그놈이 가장 무서운데, 그것은 언젠가는 죽지 않으면 안 될 인간의 숙명이 있습니다. 제가 걸어가는 도정에, 제가 지향하는 목표를 채 달성하기도 전에 제 길을 막을 수 있는 것은 오직 그것 하나뿐이죠. 그 외의 모든 것은 예견할 수 있었지요. 인간이 운명이라고 부르는 것, 이를테면 파멸이라든가 변화라든가. 우연한 사건 같은 것들을 저는 전부 예측할 수가 있었습니다. 그리고 때때로 그런 것이 저한테도 일어난다 하더라도, 저를 거꾸러뜨리진 못하지요. 제가 죽지 않는 한은, 저는 늘 지금의 저와 같을 것입니다. 그러니까 저는, 당신이 아직 왕한테서도 들어보지 못했던 얘기들을 할 수 있었던 거죠. 왜냐하면 왕들은 당신을 필요로 하고 있고 그 밖의 다른 사람들은 당신을 두려워하니까요. 이렇게 가소로운 사회 조직에서야 누구나 이런 생각을 할 수 있겠죠, 〈언제 내가 검사한테 걸려들지 될지도 모르지 않나?〉 하고 말입니다」

「하지만 당신은 어떻게 감히 그런 소릴 하실 수 있습니까? 당신이 프랑스에 살고 있는 한은 어쩔 수 없이 프랑스 법률 아래에 있습니다」

「그건 저도 알고 있습니다」 하고 백작이 대답했다. 「그러나 저는 어느 나라에 가야 할 일이 있을 땐, 우선 저만의 방법으로 무슨 일이건 부탁을 하야 할 사람과 제가 주의를 해야 할 사람들을 미리 조사해 둡니다. 그래서 저는 그들에 관해 본인들만큼이나, 또는 본인들 이상으로 잘 알아버리게 됩니다. 이번에 제가 만나게 된 검사 각하에 관해서도, 그 직업이 어떻든 간에 분명 저보다 더 난처하게 될 일이 있으리라는 결론을 얻었습니다」

「그 말씀은 곧」 하고 빌포르는 쭈뼛쭈뼛하며 말을 받았다. 「당신 말을 따르자면, 인간의 성품이란 약한 것이기 때문에 모든 인간은 무엇이건 잘못을 범했다는 그런 말씀이신가요……?」

「잘못이라든가…… 또는 죄악이라든가」 하고 몬테크리스토 백작은 대수롭지 않은 듯이 대답했다.

「그렇다면, 당신만이 자신의 동포라고 인정치 않는 인간들 가운데서…… 아까 그렇게 말씀하셨죠?」 빌포르는 약간 어조가 변하며 말했다. 「당신만이 완전하다는 말씀인가요?」

「아니죠, 완전하단 말은 아닙니다」 하고 백작이 대답했다. 「다만 사람들이 속을 들여다볼 수 없는 그런 인간이란 것뿐입니다. 그러나 얘기가 마음에 드시지 않는다면, 이 얘긴 그만두지요. 당신은 속을 들여다볼 수 없는 저를 두려워하고 계십니다. 그러나 저는 사법관으로서의 당신을 그 이상으론 두려워하고 있지 않습니다」

「아니, 아니」 하고 빌포르는 후퇴하는 듯한 기미를 보이고 싶지 않다는 듯이, 황급하게 말했다. 「아닙니다. 지금의 그 훌륭하고 거의 숭고하다 할 만한 말씀만으로도, 보통 수준보다는 훨씬 높은 데까지 제가 올라간 것 같습니다. 이건 뭐 보통 얘기가 아니라, 토론인데요. 그런데 당신도 아시겠지만, 소르본에서 강의를 하는 신학자들이나 철학자들이 서로 논쟁을 할 때 보면, 가끔 굉장히 지독한 사실들을 아무렇지도 않게 떠드는 걸 볼 수 있습니다. 우리도 지금 여기에서 사회종교학과 종교철학 얘기를 하고 있다고 가정하면, 이건 좀 신랄한 얘기 같지만, 이렇게 얘기할 수 있겠지요. 〈형제여, 그대는 너무 오만하다. 그대는 다른 사람들보다 우수한지는 모르지만, 그러나 그대 위에는 하느님이 계시느니라〉 하고 말입니다」

「하느님은 모든 사람들의 위에 계십니다!」 이렇게 대답하는 몬테크리스토 백작의 억양이 너무나 심각해서 빌포르는 자기도 모르게 몸이 오싹해졌다.

「저는 인간에 대해서는 오만합니다. 인간이란 뱀 같은 존재라서 그 위를 지날 때 곧 그놈을 발로 짓밟아 죽이지 않으면, 이내 기어오르는 법입니다. 그러나 하느님 앞에서 저는 그 오만을 버립니다. 하느님은 저를 허무 속에서 건져주어, 지금의 저를 만들어주셨기 때문입니다」

「그렇다면 백작, 저는 백작을 존경하겠습니다」

빌포르는, 이 이상한 대화를 하는 동안, 여태껏 이 낯선 상대방에게 〈당신〉이라고만 불러오다가, 이번에야 비로소 귀족적인 호격을 붙였다. 「당신이 정말로 그렇게 강하고 훌륭하고 성스럽고 남이 들여다볼 수 없는 그런 분이라면, 이렇게 되면 백작께서 얘기하신 그대로가 되는 셈입니다만, 오만해지셔야지요. 남을 정복하려면 응당 그래야만 하는 법이니까요. 그런데 무슨 야심 같은 게 있으실 텐데요?」

「한 가지 있지요」

「뭔데요?」

「다른 사람들에게도 일생에 한 번은 일어나는 일이지만, 저역시 옛날에, 악마의 힘으로 이 세상에서 제일 높은 산꼭대기까지 올라갔던 일이 있습니다. 거기까지 올라가자 악마는 내게 전 세계를 보여주며, 옛날 그리스도에게 말했듯이, 내게〈인간의 자식이여, 나를 경배하기 위해 너는 무엇을 하겠느냐?〉고 말하더군요. 나는 한참 동안 생각해 보았습니다. 사실 오래전부터 하나의 무서운 야심이 내 마음을 사로잡고 있었으니까요. 그래서 나는 대답했습니다. 〈나는 지금까지 신의 섭리라는 말을 들어왔다. 그러나 그것을 여태 본 일도 없거니와 그와 비슷한 것도 보질 못했다. 그래서 결국 신의 섭리란 존재하지 않는다고 생각하게 되었다. 나는 나 자신이 신의 섭리가 되고 싶은 것이다. 왜냐하면 내가 알고 있는 한, 이 세상에서 가장 아름답고, 위대하고 숭고한 것은 자기 손으로 상벌을 주는 일이라고 생각되기 때문이다.〉

그랬더니 악마는 고개를 떨어뜨리고 한숨을 쉬더니 이렇게 말하더군요. 〈그건 잘못된 생각이야. 신의 섭리는 존재한다. 다만 그것이 네 눈에 보이지 않을 뿐이다. 그것이 안 보이는 이유는, 신으로부터 나온 것이기 때문에, 그 아버지인 신과 마찬가지로, 눈에 보이지 않는 것이다. 너는 여태까지 그 비슷한 것도 보지 못했다. 그건 또, 신의 섭리란, 항상 보이지 않는 방법으로 움직이고, 사람의 눈에 뜨이지 않는 길을 걸어가기 때문이다. 내가 너를 위해서 할 수 있는 일이란, 너를 신의 사도 중의 하나로 만들어주는 일이다.〉 흥정은 이렇게 해서 끝났습니다. 그 교섭으로 나는 내 영혼을 잃어버리게 되었지요. 그러나, 그건 아무래도 좋습니다」하고 백작은 다시 말을 이었다. 「다시 흥정을 해야 할 경우라도, 나는 여전히 그렇게 할 겁니다」

빌포르는 이루 말할 수 없이 놀란 얼굴로 백작을 바라보았다.
「백작, 당신은 양친이 계십니까?」
「안 계십니다. 저는 이 세상에서 혼자입니다」
「안됐습니다」
「그건 왜요?」 백작이 물었다.
「그럼, 당신도 자신의 그 오만을 깨뜨릴 만한 일을 당하게 됐을 테니까요. 죽음밖에는 두려운 게 없다고 그러셨죠?」
「죽음이 두렵다고 한 말은 아닙니다. 단지 죽음만이 나를 저지할 수 있을 뿐이라고 말했습니다」

「그럼 늙는 건 어떻습니까?」

「내 사명은 내가 늙기 전에 다 끝날 겁니다」

「미치는 건요?」

「내가 미치는 지경까지 가지는 않을 겁니다. 당신은 이런 격언을 알고 계실겁니다. 〈같은 범죄를 가지고 다시는 벌하지 않는다 Non bis in idem〉라는 말이 있지 않습니까? 이건 범죄에 관한 격언이니 결국, 당신이 쓰는 방법이겠군요」

「하지만」 하고 빌포르가 말을 받았다. 「죽음이라든가, 늙는다는 것, 또는 미치는 것 외에도 두려운 것들은 있습니다. 이를테면, 중풍 같은 것만 해도 그렇죠, 그건 생명에는 지장이 없다 하더라도, 그 병은 한 번 걸리기만 하면 그만입니다. 그래도 당신이라는 분은 그대로 살아 있는 거죠. 아리엘처럼 천사에게 손을 댈 수는 있지만, 하나의 생명 없는 물체, 말하자면 카리방처럼 짐승에 가까운 생명에 지나지 않게 됩니다. 조금 아까 제가 말씀드린 대로, 그것을 보통 말로는 간단히 중풍이라고 일컫습니다. 백작, 백작의 뜻을 이해할 수 있고, 또 당신의 그 주장을 주체적으로 번복시킬 생각이 있는 그런 상대자를 한번 만나보고 싶으시면 어느 날 저의 집엘 한번 와보시겠습니까. 제가 제 아버지를 소개해 드리겠습니다. 누아르티에 드 빌포르라고 부르는데, 아버지는 프랑스 혁명 당시의 열렬한 자코뱅 당원의 한 사람으로, 그러니까, 가장 센 조직체에 헌신하던 대담 무쌍한 인간이었지요. 그 양반은, 당신처럼 세계 각국을 다 보시진 못했지만, 세계에서 가장 강대한 나라 중의 하나를 전복시키는 데 힘을 쓴 사람입니다. 그리고 또 당신처럼, 자기가 신이 보낸 사람이라거나, 지고(至高)한 실재(實在)로부터 파견된 사도요, 신의 섭리라곤 안 그랬지만, 운명으로부터 보내진 인간이라고 스스로 말하던 분이었습니다. 그런 분이 뇌혈관 파열로 그 모든 것이 파멸된 것입니다. 그것도 하루나 한 시간에라도 걸린 게 아니라, 단 일 초 사이에 그렇게 된 거지요. 그 전날까지는, 옛 자코뱅 당원, 옛 원로원 의원, 옛 카르보나리 당원으로서, 단두대쯤 일소에 붙이고 대포나 자객쯤은 코웃음치던 누아르티에 씨지요. 그리고 프랑스도 그분의 눈엔 혁명과 맞붙어서 싸우는 한 개의 커다란 장기판으로밖엔 보이지 않아서, 피옹이며 투르며 기사며 여왕(모두 장기의 말 이름이다——옮긴이)도, 왕이 밀려나게만 되면 모조리 없어져버릴 것으로만 생각했던 겁니다. 이렇게 무섭던 누아르티에 씨가 그 이튿날부턴, 그냥 불쌍한 누아르티에 씨가 됐습니다. 몸도 못 쓰는 늙은이가 돼버려서, 집안에서도 제일 미약한 손녀, 발랑틴이 하라는 대로만 해야 하는 신세가 돼버렸지요. 말 한마디 못하고 몸이 싸늘해진 시체나 마찬가지였습니다. 고통도 받고 있지 않고 살아 있지만 결국 물체가 변화하듯이 그런 도정을 기다리는 것에 불과한 겁니다」

「그것 참 안됐습니다」하고 백작이 말했다. 「그런 건 제 눈이나 제 머리로 생각해 볼 때, 조금도 신기한 일은 못 됩니다. 전 의학 공부를 좀 했습니다. 그래서 내 동료들과 마찬가지로, 여러 번 살아 있는 사람과 죽은 사람에게서 그 영혼을 조사해 본 일이 있습니다. 영혼이라는 것은, 신의 섭리와 마찬가지로 눈에는 보이지 않지만, 마음속에는 뚜렷이 있는 것입니다. 소포클레스, 세네카, 성(聖) 오귀스탱 등 수백 명의 작가

들이 산문이나 운문으로, 지금 당신이 말씀하신 것과 같은 비교를 해왔습니다. 저도 아버지가 당하고 있는 고통이 그 아들의 심정에 큰 변화를 가져올 수 있다는 것은 알고 있습니다. 일부러 절 오라고까지 하시니. 한번 가서 그 무서운 광경을 보여주시면, 제가 좀 겸손한 마음을 갖게 되는 데 도움이 될 줄로 압니다. 온 가족이 그 일 때문에 퍽 슬프시겠습니다」

「그렇습니다. 그러나 하느님은 하나의 커다란 보상을 제게 주셨습니다. 그렇게 노인께서 몸을 끌며 무덤으로 내려가는 반면에, 한쪽에선 두 아이들이 나날이 커가고 있으니까요. 그중의 하나가 발랑트이라고, 제가 르네 드 생메랑과 처음으로 결혼해서 생긴 아이이고, 또 하나가 바로 당신이 생명을 구해 주신 에두아르라는 아이지요」

「그런데, 당신은 하느님이 베풀어주시는 보상이란 걸 어떻게 생각하시는지요?」하고 백작이 물었다.

「전 이렇게 생각합니다」하고 빌포르가 말했다.「제 아버지는 혈기가 넘쳐서, 인간계의 정의에는 위배되지만 신의 정의에는 끌려들어갈 수 있는 어떤 과오를 범했습니다. 그래서 하느님은 단지 한 인간만을 벌하기 위해서, 그분 하나만을 때리신 겁니다」

몬테크리스토 백작의 입술에는 미소를 띠고 있었지만, 가슴속에는 무서운 분노가 일고 있었다. 만약 빌포르가 그 소리를 들을 수 있었더라면 질겁해서 도망쳤을 것이다.「그럼, 이만 실례하겠습니다」하고, 아까부터 일어선 채로 이야기를 하고 있던 검사가 또 이렇게 말했다.「이젠 가봐야겠습니다. 처음 만나뵙고 퍽 경탄하고 갑니다. 이 일은, 저를 좀더 아시게 되면 아마 마음에 드실 줄로 압니다. 왜냐하면 저도 결코 보통 평범한 인간은 아니니까요. 그리고 제 안사람도 당신을 영원한 친구로 생각하더군요」

 백작은 고개를 숙여 답례했다. 그리고 서재의 문까지만 검사를 바래다주었다. 빌포르는 하인 둘을 앞세우고 마차로 갔다. 하인들은 주인이 손짓을 하자 부리나케 마차 문을 열었다. 검사의 모습이 보이지 않게 되자「자, 그럼」하고 백작은 지금까지 꾹 눌러오던 가슴속에서 억지로 한숨을 휘 내쉬며 말했다.「자 그런 독소는 충분하다. 그걸 가슴속으로 잔뜩 들이마셨으니, 이번엔 해독제를 찾아가 볼까」

 그는 벨을 한 번 울렸다.

「마님께 올라가겠다」하고 알리에게 말했다.「삼십 분 후엔 마차를 대기시키도록!」

하이데

몬테크리스토 백작은, 메레 가에 살고 있는 사람으로서 새로 사귄, 아니 사로 사귀었다기보다는 차라리 오래전부터 알고 있다고 할 수 있는 사람들을 잘 알고 있는 터이다. 그것은 물론 막시밀리앙과 쥘리와 엠마뉘엘이다.

이제부터 떠나오려고 하는 이 즐거운 방문, 이제부터 보내게 될 행복한 몇 시간을 생각해 보니, 지금까지 걸어오던 지옥 속으로 마치 천국의 광명이 비쳐 들어오는 것 같아서, 빌포르의 모습이 보이지 않게 되자, 백작의 얼굴에는 지극히 아름다운 평화의 빛이 되살아났다. 그래서 벨 소리를 듣고 달려온 알리는, 모처럼 기쁨에 넘친 주인의 환한 얼굴을 보면서, 주인의 주위를 감돌고 있는 그 즐거운 생각을 방해하지 않으려는 듯 숨을 죽여 발끝으로 가만가만 물러 나왔다.

정오였다. 백작은 하이데에게 가기 전에 한 시간 정도 여유를 두었다. 그것은 마치, 그처럼 오랫동안 고통당한 가슴에 기쁨이 너무 갑자기 닥쳐와서는 안 된다는 듯, 또는 무엇인가 격한 감동을 당하기 전에는 마음의 준비가 필요하듯이, 그러한 즐거운 감격을 받아들이기 위해서는 어느 정도의 준비 기간이 필요했다.

그 아름다운 그리스 여자는, 앞에서도 말한 바와 같이 백작의 거처에서 완전히 떨어진 방에 기거하고 있었다.

그 여자의 거처는 동양풍으로만 장식되어 있었다. 마루에는 두꺼운 터키 양탄자가 깔려 있었고, 벽에는 금박의 천이 늘어져 있고, 방마다 큰 소파가 둘레를 빙 둘러 있고, 그 위에는 아무데나 갖다 깔 수 있는 쿠션들이 여러 개 놓여 있었다.

하이데에게는 프랑스 시녀 셋과 그리스 시녀 하나가 있었다. 프랑스 시녀 셋은 제일실에 있어서, 황금 벨 소리만 나면 곧 달려가서 그리스 시녀에게서 명령을 전갈받도록 되어 있었다. 그리스 시녀는 이 세 명의 프랑스 시녀들에게 주인의 명령을 전할 정도의 프랑스 말밖에는 알지 못했다. 백작은 이 세 명의 시녀에게 하이데를 여왕처럼 모시라는 명령을 했다.

하이데는 이 건물 안에서도 가장 구석방을 쓰고 있었다. 그 방은 원형 화장실과도 같이 광선이 천장으로만 들어왔고 햇빛은 장밋빛 유리창을 통해서만 들어왔다. 여자는 은으로 수놓은 푸른 사틴 쿠션에 누워 소파 뒤로 몸을 반쯤 기대고, 오른팔을 부드럽게 뒤로 올려 머리를 펴고, 왼손으로는 입술에다 산호 튜브를 갖다 대고 있었다. 튜브 속에는 수연통의 부드러운 관이 끼여 있어서, 여자가 가볍게 들이마시면 연기가 안식향(安

息香)의 물에 향기가 배어 입까지 올라왔다.

　동양 여자에게는 지극히 자연스러운 자세지만, 프랑스 여자가 그렇게 한다면 아마 상당히 부자연스러울 것이다.

　입고 있는 옷은, 이피로스(그리스 북서부와 알바니아 남부의 해안 지역이다——옮긴이) 여자의 복장이었다. 장미꽃으로 수놓은 흰 사틴 바지 아래로 귀여운 발이 보였는데, 금과 진주로 장식된, 끝이 구부러진 조그만 샌들을 신고 있었다. 그 발은 움직이지만 않는다면 마치 대리석으로 만든 발 같았다. 푸른빛과 흰빛의 긴 줄무늬가 있는 상의는 팔 있는 부분을 터놓은 넓은 소매에, 은 단춧구멍의 단추는 진주였다. 코르셋과 같은 옷은 가슴을 확 내놓도록 재단이 되어 있어, 목이며 가슴 윗부분이 다 드러나 보이고, 유방 밑엔 세 개의 다이아몬드 단추가 있었다. 코르셋의 아래 부분과 바지의 윗부분은 멋쟁이 파리지엔들도 부러워할, 긴 비단 술을 느린 화려한 색깔의 허리띠에 가려 보이지 않았다. 머리에는 진주를 박은 조그만 금빛 둥근 모자를 한쪽으로 비스듬히 쓰고 있었다. 그리고 그 비스듬히 기울어진 쪽 밑 부분에, 아름다운 붉은 장미 한 송이가 검다 못해 푸른빛이 도는 여자의 머리카락 속에서 눈길을 끌었다.

　여자의 얼굴로 말하자면, 비로드같이 검고 큰 눈에 오똑한 코, 그리고 산호빛 입술에 진주같이 흰 그리스 여성으로서의 완벽한 미를 갖추고 있었다.

　게다가 이러한 아름다움 위에 싱싱한 젊음이 향기롭게 활짝 피어 오르고 있었다. 하이데는 열아홉이나 스물쯤 되어 보였다. 백작은 그리스 시녀를 불러, 하이데에게 들어가도 좋으냐고 알아보게 하였다.
 하이데는 대답 대신에, 시녀에게 문 앞에 늘어진 방장을 걷어 올리라고 말했다. 그러자 네모진 문틀 속에 마치 한 점의 화폭처럼, 아름다운 여자가 누워 있는 것이 드러났다. 백작은 들어갔다.
 하이데는 수연통을 들고 있던 왼쪽 팔로 몸을 일으켰다. 그리고 백작에게 손을 내밀면서 웃었다.
「웬일이십니까?」 여자는 스파르타와 아테네 처녀들 특유의 낭랑한 목소리로 말했다. 「웬일로 들어와도 괜찮겠느냐고 사람을 보내 물으셨어요? 이젠 제 주인이 아니신가요? 전, 이젠 백작님의 노예가 아니란 말씀이십니까?」
 이번에는 백작 쪽에서 미소를 지었다.
「하이데, 당신은……」
「오늘은 왜 다른 때처럼 〈너〉라고 부르질 않으세요?」 하고 그리스 처녀는 말을 막았다. 「제가 무슨 잘못이라도 저질렀습니까? 그렇다면 저를 책망해 주실 것이지, 절 〈당신〉이라고는 부르지 말아주세요」
「하이데」 백작은 말을 이었다. 「우린 지금 프랑스에 와 있어. 그러니까, 넌 이젠 자유의 몸이야」
「자유라니, 뭐가 자유란 말씀이신가요?」 여자가 물어보았다.
「자유로이 내게서 떠날 수 있다는 거지」
「백작님 곁을 떠나다니…… 왜 백작님 곁을 떠나야만 되나요?」
「그건 나도 모르겠어. 우린 이제부터 많은 사람들을 만나게 되겠지」

「전 아무도 만나고 싶지 않아요」

「그리고 네가 훌륭한 청년들을 많이 만나게 돼서, 그중에 마음에 드는 사람이 나타나면, 그땐 나도……」

「전 여태까지 백작님보다 더 훌륭한 남자는 만나본 적이 없어요. 지금까지 제 마음에 들었던 분은 아버지하고 백작님뿐이에요」

「그야」 하고 백작은 말했다. 「네가 여태까지 얘길 해본 사람이 아버지와 나밖엔 거의 없었으니까 그렇지」

「그래요! 하지만 다른 사람들과 얘기할 필요가 있나요? 아버님은 저를 〈귀여운 하이데〉라고 부르셨고, 당신은 저를 〈사랑스런 하이데〉라고 부르시지요? 그리고 또 두 분이 다 저를 〈어린 것〉이라고 부르십니다」

「하이데, 넌 아버님에 대해 기억하고 있니?」

하이데는 방그레 웃었다.

「아버님은 여기 계십니다」 하고 여자는 눈과 가슴 위에 손을 얹으며 말했다.

「그럼, 난 어디 있지?」 백작이 웃으면서 물었다.

「당신은」 하고 하이데는 말했다. 「어디고 안 계신 데가 없지요」

백작은 하이데의 손에 입을 맞추려고 했다. 그러나 순진한 하이데는 손을 빼고 이마를 내밀었다.

「자 하이데, 이젠」 하고 백작이 말했다. 「넌 자유의 몸이 된 거야. 넌 네가 주인이고, 네가 여왕이야. 이런 옷도 벗어버리고 싶으면 벗어도 좋아. 어디고, 네가 있고 싶을 때만 있으면 돼. 나가고 싶으면 나가는 거야. 마차 한 대는 늘 너를 위해서 말을 매어둘 테니까. 알리와 미르토는 네가 어딜 가든지 데려갈 수가 있고, 그들은 네 말에 따르도록 되어 있다. 단지, 부탁이 한 가지 있는데」

「뭔데요?」

「네 출신에 대해서만은 비밀을 지켜야 해. 네 과거 얘기만은 한마디도 하지 않도록. 그리고 어떤 경우에라도, 그저 훌륭하신 네 아버님의 이름이나, 불쌍하신 어머님 이름을 입 밖에 내서는 안 된다」

「제가 이미 말씀드리지 않았어요? 전, 아무도 만나지 않을 거예요」

「하이데, 내 얘길 들어봐. 이렇게 동양식으로 들어앉아만 있는 건, 파리에선 안 될 거야. 그러니까, 로마와 피렌체나 미랑, 그리고 마드리드에서처럼, 이 북쪽 나라에 와서는 또 여기 생활에 익숙하도록 길을 들이지 않으면 안 돼. 네가 여기서 계속 살게 되든, 혹은 다시 동양으로 돌아가든 말이야」

하이데는 눈물이 글썽해서 백작을 쳐다보았다.

그리고 대답하기를, 「우리가 다시 동양으로 돌아가게 되든지 말이지요? 그렇죠?」

「그래」 하고 백작은 대답했다. 「너도 알다시피 내 쪽에서 너를 떠나지는 않을 거야. 나무가 꽃에서 떨어져 나가는 법은 없어, 꽃이 나무에서 떨어져 나가지」

「전 절대로 당신 곁을 떠나지 않을 거예요」 하이데가 말했다. 「전 당신 없인, 절대로 살 수 없을 테니까요」

「모르는 소리! 앞으로 십년만 있으면 난 늙는 거야. 그리고 넌, 그때 한창 젊을 거고」

「저의 아버지는 허연 수염이 길게 나 있었는 걸요. 그래도 전 아버지가 좋았어요. 그리고 나이가 예순이신데도 내 눈엔, 내가 만난 어떤 젊은 남자들보다도 멋있었어요」

「어쨌든 네가 여기 정이 들 것 같은가?」

「여기 있으면, 백작님을 볼 수 있는 거죠?」

「그럼, 날마다 볼 수 있지」

「그런데 그런 질문은 왜 하세요?」

「응, 네가 싫증이 날까 봐 그래」

「아뇨. 아침이면 백작님께서 와주시겠지 하고 생각하고, 저녁이면 오셨던 일을 돌이켜 생각하는 걸요. 혼자 있을 때도 여러 가지 추억이 많아요. 멀리 한도스며 올림푸스 산이 보이는 드넓은 전망, 그 거대한 모습들을 생각하지요. 게다가 제 마음속에는 아무리 생각해도 지칠 줄을 모르는 세 가지 감정이 있는 걸요. 슬픔과 사랑과 그리고 감사 말이에요」

「하이데, 넌 정말로 에피루스의 처녀로서 손색이 없는, 아름다운 여자로구나. 너는, 네 나라 여신들의 피를 이어받고 있어. 안심해도 좋아 난 네 젊음이 없어지지 않도록 해줄게. 네가 나를 아버지처럼 좋아하고 있으니, 난 너를 딸처럼 사랑해주면 되는 거야」

「그건 달라요. 전 아버지를, 지금 제가 백작님을 사랑하는 것처럼 사랑하지는 않았어요. 제가 백작님께 느끼는 사랑은 전혀 달라요. 아버지가 돌아가셨을 때 전 죽지 않았습니다. 그러나, 만약 당신이 돌아가신다면, 나도 죽을 거예요」

백작은 다정한 미소를 지으며 하이데에게 손을 내밀었다. 여자는 여느 때처럼, 그 손에 입술을 대었다.

이윽고 백작은, 이제부터 모렐과 그 가족을 만나러 갈 생각으로, 다음과 같은 핀다로스(고대 그리스의 가장 위대한 서정시인이다——옮긴이)의 시 구절을 중얼거리며, 밖으로 나갔다.

〈청춘은 꽃이요, 사랑은 그 열매이어라…… 그 열매 서로 성숙한 후에 거두는 수확자는 행복할지니!〉

명령대로 마차가 준비되어 있었다. 백작이 오르자 마차는 여느 때와 같이 곧장 달려갔다.

모렐 가족

 몇 분 후에 백작은 메레 가 7번지 앞에 도착했다.
 하얗고 밝은 그 집에는 뜰이 있었고 작은 나무들은 제법 아름다운 꽃을 가득 피웠다.
 문을 열어준 문지기를 보자, 백작은 이내 그 사람이 코클레스 영감이란 것을 알아보았다. 그러나, 코클레스는 애꾸눈인 데다가, 하나밖에 없는 그 눈마저도 지난 구 년 사이에 아주 시력이 약해져 있었기 때문에, 백작의 얼굴을 알아보지 못하였다.
 마차가 현관까지 들어가려면, 돌로 꾸민 연못 분수의 물줄기를 피하기 위해 한 바퀴 빙 돌지 않으면 안 되게 되어 있다. 그 연못은 상당히 화려하고 아름다워서, 이 거리 주민들의 질투까지 샀으며, 그 때문에 이 집을 〈작은 베르사유〉라고까지 부르게 되었다.

물론 연못 속에는 빨갛고 노란 물고기들이 무수히 많았다.

부엌과 지하실에서 한 층 올린 이 집은, 아래층 외에 층이 둘 더 있었고, 다락방도 있었다. 이 집안의 젊은이들은, 커다란 아틀리에와 뜰 구석쪽, 다시 말하면 뜰 한복판에 있는 두 개의 정자를 이 집과 함께 샀던 것이다. 엠마뉘엘은 이 집을 한 번 척 보고, 그 가치를 높이 평가했다. 그는 이 집과 정원의 절반을 자기가 있을 곳으로 정해 놓고, 거기에 선을 하나 그었다. 말하자면 자기가 있는 곳과 빌려 쓰고 있는 아틀리에며, 정자며, 거기에 부속된 정원 사이에 담을 쌓아 놓았던 것이다. 이렇게 해서 그는, 얼마 안 되는 돈으로 자기가 살 집을 마련하여, 포부르생제르맹 부근에 주택을 가지고 편안한 마음으로 집안에 들어앉을 수가 있었다.

식당은 참나무로 되어 있었다. 객실은 마호가니와 푸른 비로드, 그리고 침실은 시트로니에와 녹색 다마스크 천으로 꾸며져 있었다. 그 외에, 사실상 공부를 하는 것은 아니나, 엠마뉘엘의 서재가 하나, 그리고 음악은 모르지만, 쥘리의 음악실이 하나 있었다.

3층은 막시밀리앙이 전부를 쓰고 있었다. 그곳에는 누이의 방들과 똑같은 방들이 있었는데, 식당만은 당구장으로 되어 있어서, 그는 친구들을 그리로 불러들이고 있었다.

막시밀리앙은 자기가 직접 말 손질하는 것을 감독하면서, 정원 입구에서 담배를 피우고 있었다. 그때 백작의 마차가 문 앞에 와서 멎었다.

앞에서도 말한 대로, 코클레스가 문을 열어주었다.

바티스탱은 마차에서 내려, 몬테크리스토 백작이 오셨는데

에르보 부처와 닥시밀리앙과 모렐 씨를 만나뵐 수 있겠느냐고 물었다.

「몬테크리스토 백작이라고?」하고 모렐은 담배를 내던지고 손님 앞으로 달려왔다. 「물론 만나보실 수 있고말고요! 감사합니다. 정말 감사합니다. 약속을 잊지 않으셨으니 말입니다」

청년 사관은 백작의 손을 정답게 꽉 쥐었다. 그래서 백작도 청년이 이처럼 솔직하게 반겨주는 것을 오래하지 않았다. 그리고, 자기를 무척 기다려즈었고 또 열렬히 환영해 주고 있다는 사실을 분명히 느낄 수 있었다.

「어서 들어오세요, 어서요」하고 모렐이 말했다. 「제가 안내해 드리겠습니다. 백작 같은 분을 하인이 모시고 가서야 되겠습니까? 제 누이는 정원에서 시든 장미를 꺾고 있습니다. 매부는 누이 곁에서 《프레스》와 《데봐》(둘 다 신문 이름——옮긴이)를 읽고 있지요. 실은, 제 누이가 있는 곳에는 4미터 이내에 반드시 매부가 있지요. 그리고 또한, 이공 대학에서 말하는 대로 그 〈역(逆)〉도 성립되지요」

발소리를 듣고 스물대여섯 된 젊은 부인이 머리를 들었다. 여자는 비단 실내복을 입고, 정성껏 장미 나무를 손질하고 있었다. 이 부인이 바로 옛날의 쥘리 양이었다. 그리고 지금은 그 톰슨 앤드 프렌치 상사의 대리인한테서 얘기를 들어서 아는, 엠마뉘엘 에르보 부인이 된 것이다.

여자는 낯선 손님이 와 있는 것을 보고 깜짝 놀라 소리를 질렀다. 막시밀리앙이 껄껄 웃기 시작했다.

「그냥 계속해」하고 그는 누이에게 말했다. 「백작께선 파리에 오신 지 이삼 일밖엔 안 되셨지만, 메레 가의 연금으로 사는 프티 부르주아의 여자들이 어떤지를 다 알고 계시니까. 혹 모르신다면, 네가 보여드려야 할 게 아냐?」

「아이, 어쩌면!」하고 쥘리가 말했다. 「백작님을 이런 식으로 모셔오다니, 오빠가 한 짓이었군요. 오빠는 귀여운 누이 생각은 조금도 안하니까요…… 페늘롱! 페늘롱!……」

벵갈 산 장미 화단을 삽질하고 있던 노인 한 사람이 삽을 땅에 박아놓고, 모자를 손에 든 채 가까이 왔다. 그는 될 수 있는 대로, 입 안에서 씹던 담배를 보이지 않게 깊숙이 밀어넣었다. 아직도 숱이 많은 그의 머리는 흰 머리가 희끗희끗 보였다. 그러나 구릿빛 얼굴이며 번쩍번쩍 빛나는 눈 속에는, 적도의 태양에 그을고, 태풍에 꺼멓게 탄 늙은 선원의 모습이 역력했다.

「부르셨습니까? 쥘리 아가씨」하고 그는 말했다. 페늘롱은 아직도 자기 주인의 딸을 쥘리 아가씨라고 부르고 있었다. 그에게는 아무래도 에르보 부인이라는 말이 나오질 않았다.

「페늘롱」하고 여자는 말했다. 「엠마뉘엘에게 가서 귀한 손님이 오셨다고 전해 줘요. 오빠는 백작님을 객실로 안내하세요」

이렇게 말하고 여자는 백작을 돌아보며,

「저 잠깐 실례해도 괜찮습니까?」하고 말했다.

그러고는 백작의 대답도 기다리지 않고, 여자는 나무들 뒤로 뛰어가 옆의 작은 길로 해서 집안으로 들어가 버렸다.

「이거 원」하고 백작은 말했다. 「집안을 떠들썩하게 해드려서 미안하군요」

「저것 보십시오」모렐이 웃으면서 말했다. 「매부는 또 매부대로 저기서 작업복을 프록코트로 바꿔 입고 있습니다. 메레

가에서는 당신을 다 알고 있으니까요」

「퍽 행복한 가정처럼 보이는군요」 백작은 진심인 듯이 말했다.

「네, 그렇습니다. 제가 보증하지요. 이 집에선 행복의 조건 가운데 부족한 거라곤 하나도 없습니다. 저 사람들은 젊고 기운도 넘치고 서로 사랑하고 있으니까요. 게다가 연 2만 5천 리브르라는 수입이 있습니다. 상당히 많은 돈을 가진 사람들 축에 들기는 하지만 마치 로스차일드 같은 대부호가 된 기분이지요」

「2만 5천 리브르라면 적지 않은 돈입니다」

몬테크리스토 백작의 이 다정한 말투는, 막시밀리앙에게는 마치 아버지의 목소리처럼 가슴에 스며들었다. 백작은 또 이렇게 말했다. 「그렇지만, 그 정도로 만족하고 있지는 않을 것입니다. 이번에는 백만장자가 될 걸요. 그런데, 매부께서는 직업이 변호사인가요? …… 아니면, 의사신가요?」

「실업가입니다. 그리고 저의 아버지의 상사를 이어받았지요. 아버지는 50만 프랑의 재산을 남겨놓고 돌아가셨습니다. 그래서 그 반은 제가 가지고, 나머지 반은 누이에게 주었습니다. 저희는 동기가 단 남매뿐이니까요. 그런데 매부는 누이와 결혼할 당시 재산이라곤 청렴한 성품과 똑똑한 머리뿐이었습니다. 그러나, 자기도 아내만큼의 재산을 가지고 싶었던 거예요. 그래서, 그는 열심히 일해서 25만 프랑을 모았습니다. 그걸 모으는 데 육 년이 걸렸지요. 그 모습이란 참 눈물이 날 지경이었죠. 그렇게 부지런한 두 사람이 마음을 합치면 굉장한 재산도 모을 수 있었을 텐데 아버님이 경영한 상사의 전통을 조금도 바꾸지 않겠다는 고집을 부려서 남들은 이삼 년이면 될 것을 육 년씩이나 걸렸습니다. 그러한 용기 있는 희생적 정신에 관해서는 누구도 부정할 수 없기 때문에 마르세유에서는 칭찬들이 자자하지요. 그런데, 어느 날에 엠마뉘엘은 계산을 막 끝낸 아내한테 와서, 〈쥘리〉 하고 이렇게 말했습니다. 〈여기 코클레스한테서 받은 100프랑짜리 꾸러미가 있소. 이걸로 우리가 목표로 해온 25만 프랑이 다 된 거야. 어때, 당신은 이제부턴 이 정도로 만족하겠소. 내 얘길 들어봐요. 우리 상사는 일년에 100만 프랑의 거래를 해서 4만 프랑의 이익을 올리고 있소. 그런데, 우리가 생각만 있다면, 한 시간 후에 우리 고객을 30만 프랑에 팔 수가 있단 말이오. 이봐요. 여기 드로네 씨한테서 편지가 와 있는데, 이 편지에 우리 상사의 고객을 자기네한테 넘겨주면, 그 대가로 그 돈을 주겠대, 어떻게 하지?〉 그랬더니 제 누이의 말이 〈모렐 상사는 모렐 집안의 사람이 하지 않으면 안 될 거예요. 지금까지의 곤경을 헤쳐나가면서, 아버님의 이름을 손상시키지 않았다는 것만으로도 30만 프랑의 가치는 있을 거예요.〉

〈나도 그렇게는 생각하고 있었어〉 하며 엠마뉘엘이 말했습니다. 〈그래도 한번 당신 의견을 들어봐야겠기에.〉

〈그럼, 이렇게 하면 어때요. 이제 들어올 건 다 들어오고, 어음도 다 지불했으니 이제는 이 반달 분의 계산 밑에 선을 긋고, 셈을 일단 마감하면 어떨까요? 그렇게 선을 긋고 해봅시다.〉 그래서 두 사람은 그 자리에서 그렇게 했습니다. 그때가 세시였습니다. 그러자 세시 십오분쯤 고객 한 사람이 와서, 배 두 척을 보험에 넣겠다고 신청했습니다. 그것은 현금으로 만 5천 프랑이라는 이익이 생기는 일이었지요. 엠마뉘엘은 손님에게, 〈이 보험에 대해서는 저희 동업자인 드로네 씨에게 가서 말씀드려 주셨으면 고맙겠습니다. 실은, 저희는 그 일을 그만두었습니다.〉

〈아니, 언제부터요?〉 손님은 놀라서 물었습니다.

〈한 십오 분 됐습니다.〉

막시밀리앙은 웃으면서 얘기를 계속했다. 「이렇게 해서 제 누이와 매부는, 연 수입이 2만 5천 리브르가 되버린 것입니다」

백작은 청년의 말을 듣는 동안 점점 가슴이 뿌듯해져 왔다. 그가 얘기를 막 끝냈을 때, 엠마뉘엘이 모자와 프록코트로 정장을 갖추고 나타났다. 그는 상대방의 신분을 알고 있는 사람처럼 인사를 했다. 그러고 나서, 백작에게 꽃이 만발한 정원 담을 한 바퀴 빙 돌게 한 다음 집안으로 안내했다. 객실에는 벌써 자연목의 손잡이가 들린 커다란 일본 호병에 활짝 핀 꽃들이 가득 있어서 그 향기가 방안을 진동했다. 쥘리는 겨우 십 분 동안 자리에 알맞는 옷으로 갈아입고, 애교 있는 모자를 쓰고 화장까지 모두 마친 뒤, 백작을 맞으려고 입구에 나와 있었다.

바로 곁에는 새장에서 새들이 재재거렸다. 인조 흑단 나무와 아카시아 로즈 가지가, 푸른 비로드 커튼의 둘레를 열매로 둘러치고 있었다. 이 아늑한 작은 방에서는 모든 것이, 새들의 지저귐으로부터 방 주인들의 미소에 이르기까지 평화로운 분위기가 넘치고 있었다.

백작은 이 집안에 발을 들여놓으면서부터, 이미 이러한 행복한 기분에 자신도 젖어버리고 말았다. 그래서 그는, 서로 인사말들이 끝나고, 일동이 일단 중단된 화제를 다시 잇기 위해 그의 말을 기다리는 것도 잊어버리고, 마치 꿈을 꾸는 듯 조용히 있었다.
 백작은 자기가 가만히 있는 것이 예의에 어긋난다고 생각되자, 애써 지금까지의 공상에서 벗어나며,「부인」하고 입을 열었다.
「죄송합니다. 제가 너무 감동이 커서 그렇습니다. 제가 지금 여기서 느낀 이 평화와 행복에 늘 젖어 있는 부인께서는 제가 이러는 게 이상하게 생각되시겠지요. 그러나 저 같은 사람에게는 사람의 얼굴에서 만족한 그림자가 보이는 것이 너무 신기해서, 그래서 부인과 바깥양반의 얼굴을 정신없이 보고 있던 것입니다」
「사실, 저희는 정말 행복합니다」하고 여자는 다시 말을 이었다.「그러나 또 오랫동안 고생도 많이 했었지요. 행복해지기까지 저희만큼 고생을 많이 한 사람도 드물 겁니다」
 백작의 얼굴에는 호기심의 빛이 떠올랐다.
「전에 샤토 르노 씨도 얘기한 거지만, 저희 집안에는 여러 가지 일이 많이 있었지요」하고 막시밀리앙은 말했다.
「백작님, 당신같이 높은 신분에서 불행이나 화려한 행복을 많이 보아온 분은 이러한 가정 내의 사소한 얘기에는 흥미가 없으실 겁니다. 그러나 방금 쥘리가 말한 대로, 이렇게 조그만 울타리 속에 갇힌 일이긴 하나, 정말 쓰라린 고통을 많이 맛보았습니다」
「그런데 하느님께서 다른 사람들한테 그러시듯이, 이 집안의 고통에도 위안을 베풀어주셨다는 얘긴가요?」하고 백작이 물었다.
「그렇습니다」쥘리가 말했다.「그렇다고 말씀드릴 수 있지요. 왜냐하면 하느님께서 저희에게 마치 선택된 자들에게나 베푸실 수 있는 일을 해주셨으니까요. 하느님은 저희에게 천사를 보내주셨습니다」

백작의 얼굴이 확 달아올랐다. 그는 마음속에 일어나는 감동을 감추느라 기침을 하며 손수건을 입에 갖다댔다.

「빨간 요람 속에 태어나서(왕자를 뜻함——옮긴이) 바랄 거라곤 아무것도 없는 사람들은」 하고 엠마뉘엘이 말했다. 「산다는 행복이 어떤 것인지 모를 것입니다. 마찬가지로 사나운 바다에 떠도는 배에 목숨을 내맡겨보지 못한 사람은, 맑은 하늘의 진가를 모릅니다」

백작은 일어섰다. 그러고는 목소리를 내면 그 떨림 때문에 지금 자기 가슴속에서 소용돌이치고 있는 감정의 동요가 드러날까 봐, 아무 대답도 않고 방안을 뚜벅뚜벅 걸었다.

「저희들이 너무 열을 내서 얘기하는 게 우습지요?」 하고 막시밀리앙은 백작을 눈으로 지켜보며 말했다.

「아닙니다」 백작은 얼굴이 창백해지면서, 한 손으로는 두근거리는 가슴을 꾹 누르고, 또 한 손으로는 청년에게 수정으로 만든 구형(球型) 덮개를 가리켰다. 그 밑에는 비단 지갑 하나가 검은 비로드 쿠션에 소중하게 놓여 있었다.

「사실은, 저 지갑이 웬 걸까 생각하고 있었습니다 무슨 편지 같은 것하고, 훌륭한 다이아몬드가 들어 있는데요」

막시밀리앙은 엄숙한 얼굴로 대답했다.

「그건 저희 집 가보 중에서 제일 귀중한 겁니다」

「과연 굉장히 아름다운 다이아몬드로군요」 하고 백작은 대답했다.

「오빠는 그게 10만 프랑의 값이 나가는데도, 저 다이아몬드의 값에 대해선 얘기를 하지 않는답니다. 저 지갑 속에 있는 것이, 아까 말씀드린 그 천사의 유물이라고만 말씀드리고 싶은 거지요」

「무슨 말씀인지 잘 모르겠군요. 그러나 부인, 그렇다고 여쭈어볼 수도 없는 일이고」 백작은 고개를 숙이며 말했다. 「죄송합니다. 무례한 말씀을 드리려던 것은 아니었는데, 그만」

「무례하시다뇨? 원, 천만의 말씀이십니다! 오히려 그 말씀을 드릴 기회를 주셔서 기분이 좋습니다. 만약 저 지갑이 회상을 일으켜주는 그 훌륭한 일을 비밀로 한다면 그걸 저렇게 남의 눈에 뜨이게 놓아두지 않을 것입니다. 저는 저 지갑을 세상에 광고를 해서 누군지 모를 그 친절한 분이 우리 앞에 나타나 주셨으면 하고 있습니다」

「아, 그러세요?」 백작은 목멘 듯한 소리로 말했다.

「이것은」 하고 막시밀리앙은 수정 케이스를 들어, 정중하게 비단 지갑에 키스하며 말했다. 「이것은 우리를 죽음에서 구하고, 우리를 파멸에서 구해 내신 분의 손에 닿았던 것입니다. 그분의 은혜가 아니었다면, 가난과 비탄에 싸여 있던 비참한 우리들이 오늘날 사람들로부터 행복하다는 소리를 듣진 못했을 것입니다. 그리고 이 편지는……」 막시밀리앙은 그 지갑에서 편지 한 장을 꺼내 백작에게 보이며 말했다. 「이 편지는 바로 제 아버지께서 마지막으로 절망적인 결심을 하시던 날, 그분이 써 보내신 편지입니다. 그리고 이 다이아몬드도 그 친절한 분이 제 누이의 지참금으로 쓰라고 보내준 겁니다」

백작은 편지를 열어 형언할 수 없이 즐거운 표정으로 그것을 읽었다. 그것은 바로 전에, 쥘리에게 선원 신드바드라는 이름으로 부친 편지였다.

「모르는 사람이라고 말씀하시는데, 당신한테 그런 일을 베푼 사람이 누군지를 아직 모르고 계시단 말입니까?」

「그렇습니다. 아직 그분하고 악수할 기회도 갖지 못했지요. 그러나 저희는 하느님께, 제발 그런 은혜를 입게 해달라고 기도해 왔지요」 하고 막시밀리앙은 말했다. 「그런데 이 사건에는 저희들이 아직 이해할 수 없는 이상한 일이 하나 있습니다. 모든 일이 마치 마술사의 손처럼 보이지 않는 강력한 힘에 의해서 전개된 것입니다」

「오!」 하고 쥘리가 말했다. 「저는 그분의 손에 닿았던 이 지갑에 키스할 수 있듯이, 어느 날인가는 그분의 손에도 키스를 할 수 있으리라는 희망을 버리지 않고 있어요. 사 년 전 일이었습니다. 페늘롱은 트리에스테에 있었지요. 페늘롱이란, 백작께서 아까 보신, 손에 삽을 들고 있던 선원 말입니다. 그 사람은 부갑판장에서 정원사가 됐지요. 그런데 페늘롱이 트리에스테에 있을 때인데, 부두에서 어떤 영국인이 요트를 타러 가는 것을 보았답니다. 그런데 그 사람이 바로 1829년 6월 5일에 저희 아버지를 찾아왔던 분이고, 9월 5일에 제게 이 편지를 써 보낸 분임에 틀림이 없다는 겁니다. 페늘롱이 보기엔, 그 영국인이 바로 그분이라는 겁니다. 그러나 감히 말을 붙일 용기가 없었답니다」

「영국인이라고요?」 백작은 꿈꾸는 듯이 말했다. 그리고 쥘리의 시선이 거북한 듯, 「영국인이라고 그러셨죠」 하고 물었다.

「네」 막시밀리앙이 대답했다. 「저희 집에 톰슨 앤드 프렌치 상사의 대리인이라고 그때, 영국인이 한 명 찾아왔었죠. 그래서 전에 백작께서 알베르 드 모르세르 씨 댁에서, 그 톰슨 앤드 프렌치 상사가 백작의 거래 은행이라고 말씀하셨을 때, 제가 그렇게 깜짝 놀란 겁니다. 이것은 아까도 말씀드렸지만, 1829년에 일어난 일입니다. 그런데 백작께선 그 영국인을 아십니까?」

「그런데, 그 톰슨 앤드 프렌치 상사에서는 끝내 당신네한테 그런 일을 해준 적이 없다고 부인한다면서요?」

「그렇습니다」

「그렇다면 그 영국인이라는 사람은 당신의 아버지께서 잊어버리고 마셨지만, 저쪽에서는 그에 보답할 기회를 찾고 있다가 그런 일을 꾸몄던 게 아닐까요?」

「그러한 경우라면, 글쎄요. 무슨 일이건 다 그럴싸하게 생각되는군요. 설령 그것이 기적 같은 일일지라도 말입니다」

「그 사람 이름은 뭐죠?」 백작이 물었다.

「그런데」 하고 쥘리는 백작을 유심히 바라보며 대답했다.

「다만, 편지 맨 밑에다 〈선원 신드바드〉라는 서명만 해놓았지, 그 외의 다른 이름은 써놓질 않았거든요」

「과연 그건 진짜 이름이 아니겠군요. 가명이겠지요」

그러자 백작은 쥘리가 자기를 점점 더 심히 쳐다보며, 자기의 목소리의 어조를 듣고 재빨리 그것을 파악해 내려고 하는 것을 눈치 채고, 「어떻습니까?」 하고 말을 이었다. 「그 사람이 키가 저만하지 않습니까? 아니면 저보다 약간 크고, 좀더 꽉 끼게 입고, 늘 손에 연필을 들고 다니지 않던가요?」

「네! 그럼, 백작께선 그분을 알고 계시군요?」 쥘리는 기쁨에 눈을 반짝이며 소리쳤다.

「아닙니다」하고 백작은 말했다.「그저 상상해 보았을 뿐입니다. 저는 윌모어 경이라는 사람을 알고 있었는데, 그 사람이 그런 식으로 친절한 행동을 하고 다녔었지요」

「자기 이름은 알리지도 않고요?」

「묘한 사람으로, 이 세상에 감사 같은 것이 있다는 것을 믿지 않았지요」

「어쩌면!」하고 쥘리는 벅찬 음성으로 말하며 두 손을 모았다.「그렇다면 그 불행한 사람은 무엇을 믿을 수 있었을까요?」

「적어도 제가 그 사람을 알고 있을 당시엔, 그는 믿는 것이라곤 아무것도 없었습니다」하고 백작은 말했다. 그는 쥘리의 마음속에서 우러나온 이 말에 지금은 완전히 마음이 움직이고 있었다.「그러나 아마 그때 이후로는 감사라는 것이 존재한다는 것을 믿을 만한 일이 있었던 것 같습니다」

「그럼, 당신은 그분을 알고 계시군요?」엠마뉘엘이 물었다.

「오! 만약 백작께서 그분을 알고 계시다면」하고 쥘리가 소리쳤다.「저희를 그분한테 데려다주시겠습니까? 그분을 보여주시고, 어디 계신가 가르쳐주실 수 있으시겠지요? 오빠, 엠마뉘엘, 정말이지 우리가 그분을 만나기만 한다면 그분은 인간의 마음속의 감사라는 것을 믿게 될 거예요」

백작은 두 눈에서 눈물이 흐르는 것을 깨달았다. 그는 여전히 객실 안을 왔다갔다했다.

「부탁입니다!」하고 막시밀리앙이 말했다.「그분에 관해서 아시고 계신 게 있거든, 우리한테 있는 대로 얘길 좀 해주세요」

「유감스럽게도」백작은 목소리로 번져나오는 그의 감동을 억제하면서 말했다.

「만약 당신들에게 친절을 베푼 그 사람이 바로 윌모어 경이라면, 그 사람은 영영 만날 수 없을 겁니다. 나는 그 사람과 이삼 년 전에, 팔레르모에서 헤어졌습니다. 그때, 그 사람은 굉장히 먼 곳으로 떠났었지요. 아마 다시는 돌아오지 않을 겁니다」

「아, 어쩌면 그렇게 잔인한 말을 하십니까?」 하고 쥘리는 겁에 질려 소리쳤다. 이 젊은 부인의 눈에서는 눈물이 흘렀다.

「부인」 하고 몬테크리스토 백작은 여자의 볼에 흐르는 눈물방울을 뚫어지게 바라보며 이렇게 말했다.

「만약 윌모어 경이 이런 광경을 보았더라면, 아마 그 사람도 인생을 사랑하고 싶은 기분이 나겠지요. 부인께서 흘리신 눈물은 틀림없이 그 사람과 이 세상의 사이를 화해시킬 수 있을 것입니다」

이렇게 말하며, 백작은 쥘리에게 손을 내밀었다. 쥘리는 백작의 시선과 그 어조에 끌려들어 그에게 손을 내주었다.

「그럼, 그 윌모어 경이란 분은」 하고 쥘리는 마지막으로 또 한 번 희망을 걸고 말했다. 「고향이 있나요? 가족이나 친척이라도 있을까요? 알고 있는 사람도 있었나요? 어떻게 해서, 저희들도……」

「아닙니다. 찾을 생각은 그만두시는 게 좋을 겁니다」 하고 백작은 말했다. 「제가 무심히 한 말 때문에 자꾸 여러 가지 생각을 하지는 마십시오. 아니, 어쩌면 윌모어 경은 부인께서 찾으시는 그 사람이 아닌지도 모르니까요. 그는 제 친구였습니다. 그래서 그 사람의 비밀은 제가 다 알고 있지요. 그런 일이 있었다면, 제게 얘길 했을 텐데요」

「그럼, 백작께 아무 얘기도 안하셨던가요?」

「네, 이 얘기는 전혀 못 들었습니다」

「무엇인가 그 비슷한 얘기도 못 들으셨나요?」

「못 들었습니다」

「그렇지만 백작께선 아까 대뜸 그분 이름을 대지 않으셨어요?」

「그건…… 그럴 경우엔 여러 가지로 상상해 보게 되니까요」

「이봐요」 하고 막시밀리앙이 백작의 편을 들어주었다. 「백작의 말씀이 옳아. 아버지께서도 종종 얘기하시지 않았어? 그런 행복을 우리에게 준 것은 결코 영국인이 아닐 거라고 말야」

몬테크리스토 백작은 몸을 떨었다.

「아버지께서 그런 말씀을 하셨던가요?…… 그 모렐 씨가?……」 하고 그는 다급하게 물었다.

「아버지께선 그 일을 기적이라고 말씀하셨습니다. 아버지께서는 그 은인이 우리를 위해서 무덤 속에서 나온 거라고 말씀하셨지요. 아, 그건 기가 막힌 미신이지요. 저는 그런 건 믿지 않았지만, 미신치고는 정말 가슴을 울리는 미신이었어요. 저는 아버지의 마음속에 있는 그런 믿음을 깨뜨리고 싶진 않았습니다. 아버지께선 당신이 퍽 사랑하시던 친구의 이름을, 그때는 이미 잃어버리고 만 친구의 이름을 나지막이 입 밖에 내시면서, 그분을 수없이 생각하셨습니다. 그러더니, 이윽고 임종이 가까워져서, 곧 영생이 시작되려 할 때 무덤 저쪽에서 빛이 비쳐와 아버지의 혼을 비추자, 그때까지는 추측에 지나지 않던 그 생각이 하나의 뚜렷한 확신으로 변했던 겁니다. 그래서 마지막으로 숨을 거두시면서, 〈막시밀리앙, 그건 에드몽 당테스야!〉 하고 돌아가셨지요」

이 말을 듣자, 점점 창백해지던 백작의 얼굴은 무섭게 새파래졌다. 전신의 피가 심장으로 몰려서, 말이 나오질 않았다. 그는 마치 시간을 잊고 있었다는 듯이 시계를 꺼냈다. 그리고 모자를 들고, 에르보 부인에게 당황한 얼굴로 불현듯 인사를 하고, 엠마뉘엘과 막시밀리앙의 손을 잡으며, 「부인」하고 말했다.

 「가끔, 뵐 수 있게 해주십시오. 댁이 참 마음에 들어서요. 후하게 대접해 주신 것도 감사합니다. 이렇게까지 저 자신을 잊을 수 있었던 건 몇 해 만에 처음입니다」

 그러고는 성큼성큼 밖으로 걸어 나갔다.

 「몬테크리스토 백작이란 사람, 참 이상한 인물이군」하고 엠마뉘엘이 말했다.

 「그래요」막시밀리앙이 대답했다.

 「그렇지만, 내가 보기엔 친절한 사람이고, 게다가 우리를 좋아하는 건 확실한 것 같애」

 「정말!」하고 쥘리가 말했다.「그분 목소리는 귀에 익은데. 그래서 그 목소리를 듣는 게 처음이 아니라는 생각이 두세 번 들었어」

피라무스와 티스베

포부르생토노레 가를 삼분의 이쯤 지나가면, 이 부유한 거리의 아름다운 저택들 가운데서도 유난히 아름다운 어느 저택 뒤에 넓은 후원이 하나 펼쳐져 있다. 후원 안의 잎이 무성한 마로니에는 높은 벽을 지나서까지 솟아 있어, 봄이 오면 그 붉고 흰 꽃들이 사각의 기둥 위에 나란히 서 있는, 홈이 패인 두 개의 돌화병에 떨어지는 것이었다. 그 양쪽 벽기둥 사이에는 루이 13세 시대의 철문이 서 있었다.

그 두 개의 돌 화병 속에서는 아름다운 제라늄이 바람 부는 대로, 대리석 같은 잎사귀와 새빨간 꽃잎을 나부끼고 있었지만, 이 집의 주인은 벌써 오래전부터 이 집의 건물과 거리 쪽으로 난 나무가 있는 안뜰과 지금 설명한 철문으로 갇힌 후원만을 자기들이 쓰게 된 후로는, 그 커다란 철문을 닫아버렸던 것이다. 그리고 전에는 그 철문 저쪽에 지금 있는 토지와 나란히, 약 1아르팡 가량의 채소밭이 있었다. 그런데 우연히 투기심이라는 마력에 빠진 주인이 그 채소밭 끝에 길을 하나 내고 싶었던 것이다. 그래서 그 도로가 아직 생기기도 전에 벌써 번쩍번쩍하는 철판에 거리 이름을 새겨놓고, 주인은 이 채소밭을 한길로 면한 주택지로 팔아, 파리에서도 유명한 포부르생토노레라는 대로와 한바탕 경쟁을 시켜볼 생각이었던 것이다.

그러나 한마디로 말해서 투기하는 건 인간이지만, 사실상 일을 처리하는 것은 돈인 법이다. 그리하여, 그 거리도 이름밖에 못 얻고, 세상에 나오자 이내 사라져버리고 말았던 것이다. 그래서 채소밭을 산 사람은 그 돈을 다 지불한 후에, 다시 그것을 팔아보려 했으나 생각했던 값은 받을 수 없게 되었다. 결국 어느 때인가는 필시 값이 올라, 여태까지의 손해며 깔아두었던 자본을 벌충하고도 남을 날이 올 것이라고 생각하고, 당분간 그 땅을 연 500프랑에, 야채 재배자들에게 세를 놓고 만 것이다. 연 500프랑이라면, 5푼밖에는 안 되는 돈이다. 5할에도 불평이 많은 이 세상이니만치, 그 정도는 과히 좋은 편은 아니었다.

그러나 그건 그렇다 치고, 지금 말한 대로 그 채소밭에 붙어 있는 후원의 철문은 폐쇄된 채로 문돌쩌귀는 녹슬어 있었다. 그뿐이 아니었다. 천한 야채 재배인들이 귀족적인 이쪽의 내부를 흘끔흘끔 들여다보지 못하도록, 창살에 높이가 6척이나 되는 나무판을 세워놓았다. 그러나 그 판은 이가 꼭꼭 맞춰져 있지 않았기 때문에, 그 틈으로 슬쩍슬쩍 내부를 들여다볼 수 있었다. 그러나 그 집은 상당히 엄격한 집안이었기 때문에 그 정도로 들여다보는 것은 하나도 겁낼 필요가 없었다.

　채소밭에는 양배추, 홍당무, 무, 완두콩, 멜론 대신 지금은 커다란 토끼풀만 잔뜩 나 있었다. 이렇게 내팽개쳐진 땅도 토끼풀 때문에 이 땅이 아주 잊혀지고 만 것은 아니라는 것을 알 수 있다. 한길 쪽으로 비죽이 난 조그맣고 낮은 문으로 사방이 담으로 둘러싸인 채소밭에 들어갈 수가 있었다. 그런데, 이 땅을 사용하는 재배인들은 야채가 잘 되지 않는다는 이유로 땅을 그냥 내버려두어서, 지난 일주일째부터는 지금까지의 5푼의 수입조차도 들어오지 못하고, 이제부터는 이때 수입이라곤 전혀 없게 되어버렸다.

　저택 쪽은 앞에서 말한 대로 마로니에가 담 너머까지 높이 서 있었다. 그러면서도 나무 사이사이로는 꽃이 향기로운 다른 나무들이 가지를 내밀어 바깥 공기를 들이마실 수 있었다. 담 한쪽 모퉁이에, 나뭇잎이 유난히 무성해서 햇빛도 거의 새어 들어올 수 없게 된 곳에, 커다란 돌 벤치 하나와 정원 의자가 몇 개 있었다. 그것으로 보아, 그 자리가 이 집 사람들이 같이 모이거나 또는 사람 있는 데를 피해 찾아드는 장소인 듯했다. 그것은 집 건물에서는 약 백 보쯤 떨어진 곳에, 짙은 녹음 속에 푹 파묻혀서 눈에 뜨이지도 않았다. 이렇게 신비스럽게 보이는 장소가 휴식처로 선택된 것은 하나도 이상하지 않았다. 그곳은 햇볕이 없는 그늘이어서, 아무리 뜨거운 여름에도 항상 서늘하고, 새 소리가 아름다운 데다가 집과 거리에서, 다시 말하면 잡무와 소음에서 뚝 떨어져 있기 때문이다.

　파리의 따뜻한 어느 봄날 저녁이었다. 그 돌 벤치는 책 한

권과 우산 하나, 재봉 상자 하나, 그리고 수를 놓기 시작한 바티스티 손수건이 한 장 놓여 있었다. 벤치에서 멀지 않은 철문 옆의 판 앞에 한 소녀가 서서, 판 사이에 눈을 대고 그 틈으로 앞서 말한 그 황폐한 후원을 내다보고 있었다.

바로 그때 채소밭의 작은 문이 소리도 없이 열렸다. 그러자 키가 크고 건장하게 생긴 젊은 남자가 나타났다. 그는 거친 작업복에 비로드 모자를 쓰고 있었지만, 검은 수염과 머리가 얌전하게 손질이 되어 있어, 그 허름한 옷차림과 어울리지 않았다. 그는 누가 자기를 엿보지나 않나 주위를 한 번 획 둘러보고 나서, 문을 닫고 급히 철문 쪽으로 갔다.

기다리던 사람이 나타난 것을 본 소녀는 설마 상대가 그런 차림으로 나타나리라곤 생각하지 못했었기 때문에, 움찔 놀라 뒤로 물러섰다. 그러나 청년은 벌써부터 문틈으로 사랑하는 사람만이 가질 수 있는 빠른 시선으로, 여자의 흰 옷과 푸르고 긴 허리띠가 나부끼는 모습을 보았던 것이다. 그는 판 쪽으로 뛰어와, 그 나무 틈에 입을 갖다대고 말했다.

「겁내지 말아요, 발랑틴, 나요」

소녀가 가까이 다가섰다.

「어머나! 당신이」 하고 소녀는 말했다. 「오늘은 어떻게 이렇게 늦게 오셨어요? 이제 곧 밤참 시간 아니에요? 그리고 밤낮 나만 감시하는 계모와 내 뒤만 밟고 있는 하녀며, 이리로 수를 놓으러 오려고만 하면 훼방을 놓는 동생 눈을 피하느라고 얼마나 고생했다고요. 게다가 이 수도 좀처럼 끝날 것 같지 않아서 정말 걱정이에요. 늦게 오시게 된 이유를 얘기하고 나선, 어째서 그런 차림을 하시게 됐는지 설명 좀 해주세요. 그렇게 입으셔서 하마터면 못 알아볼 뻔 했는걸요」

「발랑틴」하고 청년은 말했다.「당신은 내가 사랑할 상대로서는 너무나 신분이 높아요. 그러면서도 만나뵐 때마다, 사랑한다는 말을 안할 수가 없군요. 그래야만 내가 한 말의 여운이 당신을 안 만날 때까지도 오래오래 울려서 내 가슴을 다정하게 달래주니까요. 지금 당신이 나를 책망해 주신 것은 감사하오. 그 책망은 당신이 나를 기다리고 있었다고는 감히 말할 수 없더라도, 당신이 내 생각을 하고 있었던 것만은 사실인 것을 증명해 주기 때문이오. 당신은 내가 어째서 늦었는지, 그리고 왜 이렇게 변장을 했는지 얘기해 보라고 그랬죠? 얘기하지요. 나는 직업을 바꾸었습니다」

「직업이라니요? 막시밀리앙, 그게 무슨 말씀이세요? 우리의 지금 입장이 그런 농담을 할 정도로 한가하다고 생각하세요?」

「오, 내 인생이라고 할 수 있는 일을 어찌 농담으로 할 수 있겠어요? 하지만, 난 이젠 밭 가운데를 달린다든지, 담을 기어오르는 일에는 지치고 말았습니다. 게다가 언젠가 당신이 말했듯이 당신 아버지께서 나를 도둑놈이라고 생각하시기라도 한다면 어쩌나 하면서 겁이 난 겁니다. 그렇게 되면, 프랑스 군 전체의 명예를 더럽히는 일이 될 테니까 말입니다. 게다가 또 여긴 포위할 만한 조그만 요새 하나도 없고, 방어해야 할 방사(防舍) 하나 없는데, 알제리아 기병 대위인 나가 이 주위를 빙빙 돌아다니는 것을 누가 보면 어떡하나 생각하면, 몸이 오싹해지는군요. 그래서 난 이제부터 채소 재배인이 될 생각입니다. 그래서 그 직업에 갖는 옷을 입은 거예요」

「어떻게 그런 터무니 없는 생각을 하셨을까요!」

「아니죠. 오히려 내 일생 중에서 가장 현명한 일을 했다고 생각합니다. 그렇게 되면 우리는 안전하게 살 수 있을 테니까요」

「그래, 도대체 어떻게 하셨다는 거예요?」

「이렇게 된 겁니다. 나는 이 땅의 임자를 찾아갔지요. 가보니 여태까지 이 땅을 빌려 쓰던 사람들과의 계약은 끝났더군요. 그래, 내가 새로 세를 낸 거죠. 그러니까 발랑틴, 이 토끼풀 밭은 이젠 내것입니다. 이 풀밭에 오막살이를 하나 짓고, 이제부터는 당신의 바로 곁에 살아도 아무도 간섭하지 않는다는 거지요. 아, 난 정말 기쁘고 행복해서 어쩔 줄을 모를 지경입니다. 아시겠어요? 발랑틴, 이런 것을 돈으로 살 수 있을 줄 아시오? 안 되죠, 안 돼요. 그래요. 이런 즐거움, 이런 행복, 이런 기쁨, 아마 내가 내 생애에서 십년은 감해 주어도 아깝지 않을 이 밭을 위해 내가 얼마를 치렀는지 아십니까? 한 번 맞혀보세요……. 일년에 150프랑이죠. 그것도 석 달에 나누어서 내는 거예요. 그러니 앞으로는 아무것도 겁낼 게 없습니다. 내가 지금 서 있는 곳은 내 땅입니다. 나는 내 담에 사다리를 세우고, 그 위로 내다볼 수가 있습니다. 그리고 또 나는 망보는 사람의 눈을 피하지 않고도 당신을 사랑한다고 말할 권리가 있는 거죠. 그러나 이런 옷차림에 모자를 쓴 가난한 품팔이꾼 입에서 그런 소리를 듣는 것이 당신 자존심을 상하게 한다면, 얘기는 또 다릅니다」

발랑틴은 이 뜻하지 않은 기쁨에, 숨을 죽이고 환성을 올렸다. 그리고는 곧, 「하지만, 막시밀리앙」하고 슬픈 듯이, 마치 지금까지 그의 마음을 비춰주던 햇빛이 짓궂은 구름에 가린 듯 말했다. 「그렇게 되면, 우린 너무 자유로워지는 게 아닐까요? 너무 대담하게, 지나치게 행복에 취해 버리는 게 아닐까요. 너무 안전한 나머지, 그 때문에 우리가 망쳐버리는 건 아닐까요?」

「당신은 어떻게 그런 소리를 하십니까? 당신을 알게 된 후로 내 생각과 내 생활은 온통 당신의 생각과 당신의 생활을 따르고 있는데, 그런 내게 그런 소릴 하시다니요? 어째서 당신은 나를 신용하지 되었나요? 내가 당신 때문에 행복해진 것을 알기 때문이 아닐까요? 어떤 막연한 직감으로, 아무래도 당신이 위태로운 지경에 빠지게 될 것 같다고 말씀하셨을 때, 나는 내 온갖 성의를 당신에게 바치지 않았던가요? 그것도 나는 당신에게 나를 바칠 수 있다는 행복 이외에, 내가 또 당신에게 무엇을 바랐나요? 그후로 당신을 위해서라면 죽어도 좋다는 사람들 사이에서 특별히 나를 택하신 것을 후회하실 만한 일을 내가 말로나 행동으로나 단 한 번이라도 보여드린 일이 있었던가요. 당신은 데그네 씨와 약혼을 했고, 그건 아버지께서 정해 주신 것이라고 달했습니다. 그 일은 거의 확정적인 것이나 다름없었습니다. 왜냐하면 빌포르 씨는 일단 자기가 원한 일은 틀림없이 이루는 분이니까요. 그래서 나는 그늘 속에 숨어 있었던 겁니다. 그리고 모든 것은 내 의사도 아니요, 당신의 의사도 아닌 오직 하느님의 뜻, 하느님의 섭리에 달린 것입니다 그런데 당신은 나를 사랑해 주신 겁니다. 나를 불쌍히 생각해 주신 겁니다. 그리고 당신은 그것을 말해 주셨습니다. 그 다정한 말을 듣고 얼마나 고마웠는지 모릅니다. 그 말을 가끔 되풀

이해 주십시오. 내가 부탁하는 것은 그뿐입니다. 그 말을 들으면 나는 모든 것을 잊을 수 있으니까요」

「그래서 그런 대담한 생각을 해내신 거로군요. 그리고 그것이 나를 이렇게 즐겁고 불행하게 한 것이로군요. 저는 이따금씩 생각합니다. 그전처럼 계모가 나를 학대하고, 자기 아이만을 맹목적으로 편애하는 것 때문에 슬퍼하며 지내는 편이 더 나았는지, 아니면 당신을 만난 후로 지금과 같은 위험에 찬 행복을 맛보는 편이 더 나은지 생각해 본답니다」

「위험이라고요!」하고 막시밀리앙은 소리쳤다.「당신은 어쩜 그렇게 가혹하고 부당한 말을 할 수 있습니까? 당신은 저만큼 당신에게 절대적인 노예를 보신 적이 있으십니까? 가끔은 당신에게 말을 걸어와도 괜찮다고 말하셨습니다. 그러나 뒤를 따라오면 안 된다고 하셨지요. 그래서 나는 그대로 했습니다. 내가 이 울 안으로 몰래 드나들고, 이 문을 통해서 당신과 얘기할 수 있게 되고, 또 얼굴은 못 보더라도 이렇게 가까이 있게 된 후로 내가 당신에게 심지어 옷자락 한번 이라도 철장 사이로 만지게 해달라고 한 적이 있었던가요? 내 젊음이나 내 힘으로 이까짓 아무것도 아닌 담이라도, 내 언제 한 발이라도 넘어보려 한 적이 있었던가요? 당신 태도가 너무 엄격하다고 군소리 한마디 해본 일이 없었고, 내 욕심을 큰소리로 말해 본 적도 없었습니다. 나는 내가 한 약속에 마치 옛날 기사들처럼 꽁꽁 묶여 있었습니다. 적어도 이 점만은 인정해 주십시오. 내가 당신을 부당하다고 생각하지 않도록 말입니다」

「그건 사실이에요」발랑틴은 두 판 사이로 가는 손가락을 내밀며 말했다. 남자는 그 손가락에 입술을 갖다 댔다.「정말 당신은 정직한 친구예요. 하지만 막시밀리앙, 당신이 하신 그 행동은 모두가 당신 자신을 위해 생각해 낸 일이 아닐까요? 당신도 잘 알고 계시지 않았어요? 노예란 자기에게 무언가 바라는 것이 생기게 되는 날이면, 그 길로 모든 것을 잃어버리지 않으면 안 된다는 걸 말예요. 당신은 제게 오빠로서의 사랑을 약속하셨습니다. 친구라곤 없는 제게, 아버지조차도 잊어버리고만 제게, 계모한테는 학대받고, 그리고 의지할 곳이라고는 몸도 쓰시지 못하고 말도 못하고, 얼음처럼 식은 몸으로 내 손목 한번 잡아주시지 못하고, 한쪽 눈으로만 겨우 얘기를 하시고, 심장에 남아 있는 얼마 안 되는 피로 나 하나만을 위해서 살고 계신 할아버지밖엔 없는 제게 당신은 오빠처럼 사랑해 주시겠다고 약속하신 거예요. 저는 저보다 강한 사람들의 희생물이며 원수 같은 존재입니다. 그리고 의지할 수 있는 친구라고는 송장이 다 된 할아버지밖엔 없으니, 전 정말 운명의 조롱거리밖엔 안 되는 사람입니다. 아, 막시밀리앙, 정말 저는 불행해요. 당신이 당신 자신을 위해서가 아니라 나를 위해서 나를 사랑해 주시는 것을 알 것 같군요」

「발랑틴」 청년은 깊은 감동의 빛을 보이며 말했다.

「난 이 세상에서 오직 당신만을 사랑한다곤 말할 수 없을 것이오. 나는 누이와 매부도 사랑하고 있으니까요. 그러나 그것은 조용하고도 정돈된 감정으로 사랑하는 것이기 때문에, 내가 당신에게 느끼는 감정과는 전혀 다르오. 당신을 생각할 때마다 나는 피가 끓어오르고, 가슴은 부풀고, 심장은 터질 것만 같습니다. 그러나 이러한 힘과 정열과 초인적인 강렬한 힘은 오직 당신을 사랑하는 데만 써서, 어느 날인가 당신이 필요로 하실 때가 올 때까지, 힘을 길러둘 것입니다. 프란츠 데피네 씨는 앞으로 일년 동안은 여기 없을 것이라고 하니, 그동안에 기회가 오겠지요. 여러 가지 일이 우리들을 도와주게 되겠지요. 그러니까 희망을 갖자는 겁니다. 희망을 갖는 일은 얼마나 유쾌하고 기분 좋은 일입니까! 그러나 발랑틴, 당신은 나를 이기적이라고 책망하시는데, 그럼 지금까지 내게 당신은 어땠었나요? 아름답고 차디찬 순결한 비너스에 지나지 않았습니다. 나의 이러한 헌신과 복종과 자제에 대해 당신은 내게 무엇을 약속해 주셨던가요? 당신은 아무것도 약속해 주지 않았습니다. 당신은 또 나에게 무엇을 허락해 주셨던가요? 허락해 주신 것도 정말 얼마 안 되지요. 당신은 내게 데피네 씨 얘기를 하고는, 어느 날인가는 당신이 그의 곁에 가야 한다고 생각하며 한숨을 지었습니다. 그렇다면 발랑틴, 그것이 당신 머릿속에 있는 전부였나요? 그렇다면 얼마나 답답한 일입니까? 나는 당신에게 내 목숨을 걸고, 내 영혼을 바치고, 또 눈에 보이지 않는 내 가슴속의 고통까지도 당신을 위해 뛰고 있습니다. 그리고 내가 당신에게 모든 것을 바치고, 만약 당신을 잃어버리면 죽으리라 생각까지 하고 있을 때, 당신은 다른 이의 사람이 될 생각만 하며, 조금도 놀라지 않으니 말입니다! 오, 발랑틴, 발랑틴! 만약 내가 당신이라면, 그리고 지금 내가 당신을 사랑하고 있다는 것을 당신이 확실히 느끼듯이 누가 나를 사랑하고 있다고 느낄 수만 있다면, 나는 백 번이라도 이 철문 틈으로 손을 내밀어, 불쌍한 막시밀리앙의 손을 잡고 이렇게 말했을 겁니다. 〈이 세상에서는 물론, 저 세상에서까지도 막시밀리앙, 나는 오직 당신의 것이에요〉라고」

발랑틴은 아무 대답도 하지 않았다. 그러나 청년은 소녀가 한숨을 지으며 우는 소리를 들었다. 막시밀리앙의 마음에 이내 반응이 일어났다

「오, 발랑틴, 발랑틴!」하고 그는 소리쳤다.「내 말에 마음이 상했다면 잊어주시오!」

「아니에요, 당신 말씀이 옳아요」하고 여자는 말했다.

「하지만 난 거의 남의 집이나 다를 바 없는 이 집에서 버려진 불쌍한 존재여요. 아버지께선 남이나 다름없는 걸요. 그리고 내 마음도 나를 억압하는 강철 같은 사람들의 마음 때문에, 십년 전부터 시시각각으로 부서져버리고 말았어요. 이렇게 내가 고통받고 있는 사실을 아는 사람은 아무도 없고, 이런 얘기조차 당신말고는 얘기해 본 적이 없어요 남들이 겉으로 보기에는 내가 모든 게 다 좋고, 사랑받고 있는 것처럼 보이지만, 실은 모두가 내게는 적이랍니다. 세상 사람들은, 〈빌포르 씨는 사람이 너무 신중하고 엄격해서, 딸한테 상냥하지 않겠지만, 빌포르 부인만 좋은 어머니라면 행복할 거야〉라고들 얘기하지요. 그러나 그건 모르는 소리예요. 아버지는 나한테는 관심조차 주지 않고 내버려두고 있고, 계모는 악착같이 나를 증오하고 있어요. 그것도 얼굴에 미소를 띠면 띨수록 그만큼 더 속으로는 지독히 증오하는 거죠」

「당신을 증오하다니! 발랑틴, 어찌 당신을 증오할 수가 있단 말이오?」

「하지만!」하고 발랑틴는 말했다.「그런 증오심은 따지고 보면 무리는 아닐 겁니다. 계모는 자기 친아들 에두아르를 너무나도 사랑스러워하니까요」

「그래서?」

「당신하고 돈 문제를 얘기하고 싶진 않지만, 계모가 나를 미워하는 이유도 아마 그 때문일 거예요. 계모에게는 자기 재산이 없어요. 그런데 나는 친어머니한테서 받은 재산이 상당한데다가 또 앞으로 생메랑 외조부한테서 받을 재산까지 합치면, 두 배 이상이 될 거예요. 계모는 그 재산이 탐나는 거지요. 아! 만약 내가 그 재산의 반을 계모에게 드릴 수 있고, 그 대신에 아버지 집에서 정말 딸같이만 살 수 있다면, 난 당장에라도 그렇게 할 겁니다」

「불쌍한 발랑틴!」

「네, 저는 사슬에 매여 있는 듯한 기분이에요. 그리고 또, 내 스스로도 나 자신이 상당히 약한 사람이기 때문에 그러한 사슬에나 매여 있어야 그나마 지탱할 수 있을 것 같고, 그것을 끊기가 겁이 나요. 게다가 아버지의 뜻을 어겼다간 야단이 나실 겁니다. 아버지는 제겐 무서운 분입니다. 당신에게도 그럴 것이고, 왕에게까지도 강경하실 분이에요. 여태까지 비난받을 만한 일이라고는 한 번도 없었고, 또 누구의 공격도 받을 수 없는 지위에 계시니까요. 오, 막시밀리앙! 분명히 말해 두지만 난 싸울 수 없어요. 그런 싸움 때문에, 나뿐 아니라 당신까지도 위험해질 수 있으니까요」

「그렇지만, 발랑틴!」 하고 막시밀리앙이 말을 이었다. 「그렇게까지 절망할 필요가 있나요? 어째서 앞날을 그렇게 비참하게 내다본단 말이오?」

「하지만 지금까지의 일을 생각해 보면 어쩔 수 없어요」

「그러나 생각해 보세요. 사실 난 귀족의 입장에서는 당신과 걸맞는 훌륭한 배필은 못 될 겁니다. 하지만 여러 가지 점에 있어서 당신이 살고 있는 사회와 교섭도 있었습니다. 프랑스 내에 두 개의 프랑스가 있던 시대는 이제 지났습니다. 왕정 시대의 격식 높던 가문도 지금은 제정 시대의 가족 속에 용해되어 버리고 말았습니다. 창을 지니던 귀족들이 대포로 이룩한 귀족들과 하나가 되고 말았습니다. 나는 물론 대포로 된 귀족의 가문이고, 군 방면에서는 앞날이 창창하고, 뻔하지만 내 맘대로 할 수 있는 재산도 있습니다. 그리고 내 아버님께선 우리 고장에서 여태까지 보기 드물게 정직하기로 이름난 실업가로 지금도 존경받고 있습니다. 발랑틴! 내가 우리 고장이라고 한 것은 당신도 거의 마르세유 사람이나 같기에 한 말이에요」

「마르세유 얘긴 말아주세요. 마르세유라는 말만 들어도 어머니 생각이 나요. 어머니는 천사 같은 분이었기 때문에, 누구나 애석하게 생각하고 있답니다. 어머니는 이 세상에 살던 그 짧은 시간에 이 딸을 극진히 보살펴주셨지만, 하늘 나라로 영원히 올라가신 지금도 나를 지켜주실 거예요. 아, 만약 어머니만 살아 계시다면 난 아무것도 두려울 게 없어요. 그러면 난 어머니에게 당신을 사랑한다는 얘기를 할 것이고, 어머니는 우리를 보호해 주실 텐데!」

「하지만, 발랑틴!」 하고 막시밀리앙이 말했다. 「단약 당신 어머니께서 살아 계시다면, 난 당신을 사귀지도 못했을 겁니다. 만약 어머니께서 살아 계시다면, 당신은 행복할 것이고 행복한 발랑틴은 나 같은 사람을 높은 데서 경멸하는 눈으로 내려다볼 테니까요」

「오!」 하고 발랑틴이 목소리를 높였다. 「이번엔 당신이 심술

궂은 말씀을 하시는군요!…… 그런데, 저 한 가지 듣고 싶은 얘기가 있어요」

「무슨 얘긴데요?」 막시밀리앙은 발랑틴이 망설이는 것을 보며 물었다.

「저……」 하고 소녀는 말을 이었다. 「전에 마르세유에 살 때, 제 아버지와 당신 아버지 사이에 무슨 좋지 않은 문제가 있었나요?」

「아뇨. 내가 알기엔 그런 일은 없었습니다. 그저, 당신 아버지께서 열렬한 왕당파였던 데 반해서, 우리 아버지는 보나파르트 편에 기우셨던 것뿐이지요. 두 분이 서로 의견이 맞지 않았다면 그 점이었을 겁니다. 그런데 그건 왜 묻죠?」

「얘길 해드리죠」 하고 소녀는 대답했다. 「아무래도 알아두시는 게 좋을 것 같으니까요. 바로 당신이 레지옹도뇌르 훈장을 타게 된 소식이 신문에 나던 날이었습니다. 우리는 모두 할아버지(누아르티에) 방에 있었지요. 그리고 거기엔 또 당글라르 씨도 있었어요. 전에 그분 마차를 탔다가 말이 뛰는 바람에 제 계모와 동생이 죽을 뻔한 일이 있었던 당글라르 씨 말이에요. 아시죠? 저는 모두들 당글라르 양의 결혼식 얘기를 하고 있는 동안에, 할아버지께 큰소리로 신문을 읽어드렸습니다. 바로 당신에 관한 기사를 읽고 있는데, 전날 아침에 당신한테서 그 소식을 들어서 전 미리 다 알고 있었죠. 그 기사를 읽을 때, 정말 행복했어요……. 하지만, 한편으로는 당신 이름을 큰소리로 발음하니 떨리기도 했지요. 그 기사를 빼고 그냥 넘겨버려도 남이 이상하게만 생각하지 않는다면, 난 그대로 그 대목을 넘겨버렸을 겁니다. 그래서 나는 용기를 내서 읽었죠」

「발랑틴!」

「그런데 글쎄, 당신 이름이 나오자, 아버지가 고개를 돌리시더군요. 나는 모두들 그 이름을 듣고서, 마치 벼락이라도 맞은 듯이 깜짝 놀랄 줄 알고 있었지요. (나 참 바보지요?) 그런데, 아버지가 몸을 떠시는 것 같았어요. (내가 분명 잘못 봤는지는 몰라도 말예요) 그리고 당글라르 씨까지도 떠는 것 같았어요.

〈모렐이라〉 하고 아버지가 말씀하시더군요. 〈가만있자!〉 (아버지는 이맛살을 찌푸리며 말했어요) 〈그게, 마르세유의 모렐 집안 녀석인가? 보나파르트 당원으로 미쳐서 날뛰던 집안 아냐? 1815년에 그렇게 시끄럽게 굴더니.〉

〈그렇습니다〉 하고 당글라르 씨가 대답하더군요. 〈그게 필경 그전 선주의 아들일 겁니다.〉」

「그게 정말이오?」 막시밀리앙이 물었다. 「그래, 그랬더니 당신 아버지께선 뭐라고 하십디까?」

「아! 무서운 일이에요. 말씀드릴 수가 없군요」

「괜찮으니, 얘길 해봐요」 하고 막시밀리앙은 웃으며 말했다.

「아버지께선 여전히 눈살을 찌푸리시며, 〈놈들의 황제는 그런 미친놈들을 어디에 배치해야 할지 다 알고 있었던 거야. 황제는 그런 놈들을 대포밥이라고 불렀는데, 격에 꼭 맞는 이름이지. 이번 새 정부 역시 그런 훌륭한 방침을 잘 활용하는 건 기분 좋은 일이지. 알제리아 점령은 바르 그 때문이겠지만, 그 점은 정부를 축복할 일이야. 희생이 크긴 하겠지만〉 하시겠죠」

「그건 좀 지나친데」 하고 막시밀리앙이 말했다. 「그러나, 아버지께서 하신 말씀에 얼굴을 붉힐 필요는 조금도 없어요. 그 점에 있어선, 저의 아버지가 당신의 아버님한테 지지 않았으니까요. 아버지는 늘 이렇게 말씀하셨죠. 〈황제 폐하께서도 여러 가지 좋은 일을 생각해 내셨는데, 왜 재판관이나 변호사들로 연대를 하나 만들어서 제일 선두에 내보내시질 않으셨을까?〉 하고 말입니다. 그러나 여러 가지 아름다운 표현 방법이라든가, 생각에는 그 어느 쪽에도 우열이 없습니다. 그런데 아버지께서 그런 말씀을 하시니까, 당글라르 씨는 뭐라고 합디까?」

「아! 그분요. 그 독특한 음침하고 불쾌한 웃음을 웃기 시작하더군요. 그리고 조금 있다가 두 분은 곧 자리를 떴어요. 그때, 저는 할아버지만이 깜짝 놀라시는 걸 보았어요. 하지만 막시밀리앙, 불쌍한 중풍 환자인 우리 할아버지의 감정의 움직임은 나말고는 아무도 눈치 채지 못한답니다. 그래서 전 할아버지 앞에서 얘기한 그 화제가 할아버지의 기분에 크게 영향을 주었다는 것을 (아무도 할아버지는 이젠 염두에도 두고 있지 않으니까요) 알 수 있었습니다. 그리고 할아버지는 나폴레옹 황제를 상당히 좋아하셨던 것 같아요」

「사실 말이지」 하고 막시밀리앙은 말했다. 「제정 시대엔 상당히 알려졌던 이름이었지요. 당신 할아버지께선 원로원 의원이셨습니다. 그리고 발랑틴, 당신도 아는지 모르지만, 왕정복고 때에 있었던 보나파르트 파의 모든 음모에는 거의 다 관계하고 있었습니다」

「네, 저도 가끔 그런 소문을 슬쩍슬쩍 듣고 이상하게 생각했지요. 할아버지는 보나파르트 당원인데, 아버지는 왕당파니 말이에요. 하지만 그게 어떻단 말이죠? 그래서 저는 할아버지 곁으로 다시 갔습니다. 할아버지는 제게 눈으로 신문을 가리키셨지요. 〈왜 그러세요, 할아버지? 기쁘세요?〉 하고 물었더니, 할아버지께서는 고개를 끄떡여 그렇다고 하시더군요.

〈아버지가 지금 하신 말씀 말이죠?〉 내가 물었습니다.

그랬더니 이번에는 아니라고 고개를 저으셨습니다.

〈그럼, 당글라르 씨가 하신 말씀이오?〉

할아버지는 여전히 고개를 저으셨지요.

〈그럼 모렐 씨가(전 감히 막시밀리앙이라고는 못했지요) 레지옹도뇌르 훈장을 타게 된 것 말씀이세요?〉

할아버지께선 그제야 그렇다는 몸짓을 하셨습니다.

믿어지세요, 막시밀리앙? 당신을 아시지도 못하는 그분이 당신이 레지옹도뇌르 훈장을 받게 되었다고 좋아하시니 말입니다. 아마 노망이신가 보죠. 그러나 어쨌든 할아버지가 그렇게 말씀하셨기 때문에 전 할아버지가 더 좋아졌어요」

〈이상한데〉 하고 막시밀리앙은 생각했다. 「아버지는 날 미워하시는데, 할아버지께선 그 반대로…… 당파에 대한 사랑과 증오! 이상한데……」

「쉿!」 발랑틴이 갑자기 소리쳤다. 「숨으세요, 도망가세요, 어서! 누가 와요」

막시밀리앙은 살 있는 데로 달려가, 사정없이 토끼풀을 베기 시작했다.

「아가씨! 아가씨!」 나무 뒤에서 부르는 소리가 들렸다. 「마님께서 찾으십니다. 아가씨를 부르세요. 응접실에 손님이 오셨어요」

「손님이?」 발랑틴이 움찔 놀라며 물었다. 「손님이라니 누군데?」

「굉장하신 분입니다. 귀족이라는데 몬테크리스토 백작이시랍니다」

「곧 갈게」 발랑틴은 큰소리로 말했다.

몬테크리스토라는 이름을 듣자, 철문 저쪽에 서 있던 청년은 가슴이 섬뜩했다. 발랑틴의 〈곧 갈게〉라는 말은 언제나 그들의 밀회의 작별을 뜻하기 때문이었다.

「그런데!」 막시밀리앙은 삽에 몸을 기대며, 생각에 잠겨 혼자 중얼거렸다. 「몬테크리스토 백작이 빌포르 씨를 어떻게 알고 있을까?」

독물학

지금 빌포르 부인에게 온 것은 정말 몬테크리스토 백작이었다. 그는 검사 빌포르 씨의 방문에 대한 답례로 찾아온 것이다. 백작의 이름을 듣자, 온 집안이 발칵 뒤집힌 것이 당연했다.

백작이 왔다고 알려왔을 때 빌포르 부인은 객실에 있었다. 부인은 백작을 다시 한번 치하하려고 아들을 불렀다. 에두아르는 지난 이틀 동안 그 위대한 인물에 관한 얘기를 귀가 아프게 들었기 때문에, 허둥지둥 달려왔다. 그것은 백작에게 감사하라고 부른 어머니의 말에 복종하기 위해서가 아니라, 단순한 호기심에서 무엇인가 농담의 재료라도 얻을 양으로 온 것이다. 그 소리를 듣자, 소년의 어머니는, 「아니, 이런 개구쟁이를 봤나! 그래도 머리가 그렇지 잘 도는 게 기특하니, 용서해 주어야지!」하고 말했다.

우선 인사가 오간 후에, 백작은 빌포르 씨의 안부를 물었다.
「주인은 오늘 사법 대신 댁 만찬에 갔지요」라고 젊은 부인은 대답했다.
「방금 나갔는데요. 백작님을 못 뵙게 된 것을 퍽 섭섭해하실 겁니다」
백작보다 앞서 와 있던 손님 둘은, 백작을 열심히 구경하고 나서, 예의상으로나 또 호기심에서나, 적당한 시간을 지체한 후에 물러났다.
「그런데, 네 누인 도대체 뭘 하는 거냐?」 하고 빌포르 부인은 에두아르에게 물었다. 「백작께 인사드려야 할 테니 가서 일러라」
「부인, 따님이 계신가요?」 백작이 물었다. 「아직 어리겠군요?」
「주인의 딸이지요」 부인이 대답했다. 「전실의 딸이지요. 다 큰 예쁜 처녀랍니다」
「그런데 우울하죠」 하고 에두아르는 아름다운 앵무새 털을 모자에 꽂으려고, 새의 꼬리에서 털을 뽑으면서 말참견을 했다. 금빛 홰에 앉아 있던 새는 괴로운 듯이 소리를 질렀다.
그 말에 빌포르 부인은 그저 한마디,
「에두아르, 조용히 해!」 할 뿐이었다. 「하긴, 이애 말이 틀리진 않습니다. 늘 제가 걱정하는 말을 들어서 하는 소리지요. 사실 말씀이지, 딸아이는 저희가 어떻게든지 해서 기분을 좋게 해주려고 해도, 원래 성질이 울적한 데다가 말이 없는 애여서, 그 때문에 그애의 예쁜 얼굴까지 망치는 수가 많으니까요. 그런데 에두아르, 네 누이가 오질 않는구나. 좀 가보고 와라」

「누나가 없는 데만 찾아다니니까 그렇지」

「어디로 찾으러 갔는데?」

「할아버지한테」

「누이가 거기 없단 말이냐?」

「있을 리가 있나? 없지. 없어 없어. 거긴 없단 말야」 에두아르는 노래라도 하는 듯한 어조로 대답했다.

「그럼, 어디 있단 말이냐? 알거든 말해 봐라」

「마로니에 나무 밑에 있어」 심술궂은 소년은 어머니가 소리를 지르거나 말거나 앵무새에게 아주 좋아하는 산 파리들을 주면서 대답했다.

빌포르 부인은 하녀를 불러 발랑틴이 있는 곳을 가르쳐주려고, 종 쪽으로 손을 뻗었다. 바로 그때 발랑틴이 들어왔다. 과연 발랑틴의 얼굴은 슬퍼 보였다. 그리고 자세히 들여다보면, 소녀의 눈속에는 눈물 자국이라도 남아 있을 것 같았다. 이야기의 진행을 서두르는 바람에 정식으로 독자에게 소개가 되지 않은 발랑틴, 그녀는 지금 열아홉 살, 키가 크고 날씬한 처녀였다. 밝은 밤색 머리에 짙은 푸른 눈의 소녀는 걸음걸이가 나른해 보이지만 뚜렷한 우아함을 잃지 않는 점이 꼭 어머니를 닮았다. 희고 가는 손, 진주빛 목덜미, 수시로 창백해지는 뺨은 잠깐만 보아도, 시인들이 즐겨 물에 비친 백조와 같다고 비유하는, 저 아름다운 영국 여자처럼 아름다웠다.

발랑틴은 들어오면서 그동안 수없이 얘기를 들어온 그 외국사람이 계모 곁에 있는 것을 보았다. 그러자 조금도 꾸밈이 없는 태도로 눈도 내리깔지 않고, 우아하게 인사를 했다. 그 점이 더욱 백작의 주의를 끌었다.

백작이 자리에서 일어났다.

「주인의 전실 딸인 빌포르 양입니다」 빌포르 부인은 소파에 앉은 채 몸을 굽히고, 발랑틴을 가리키며 백작에게 말했다.

「이분은 몬테크리스토 백작. 중국의 왕이요, 코친차이나의 황제올시다」 하고 짖궂은 어린 녀석이 누이를 흘끗 보면서 말했다.

이번에는 빌포르 부인도 얼굴이 새파랗게 질렸다. 부인은 이 집안의 화근덩어리인 아들 에두아르에게 화를 낼 뻔했다. 그러나 그와는 반대로 백작은 미소를 띠며, 소년을 재미있는 듯이 바라보았다. 그것을 보고 소년의 어머니는 어쩔 줄 모르고 기뻐하며 감격하였다.

「하지만, 부인」 백작은 다시 얘기를 계속하려고 빌포르 부인과 발랑틴을 번갈아보면서 말을 이었다. 「두 분 다, 전에 어디서 뵌 일은 없었을까요? 아까도 잠깐 그 생각을 했는데요. 그리고 방금 따님께서 들어오시는 것을 뵙자, 여태까지는 희미했던 기억에(이런 말씀, 용서하십시오) 한 줄기 빛이 떠오르는 것같이 느껴지더군요」

「그럴 리는 없을 겁니다, 백작. 이애는 사교계를 별로 좋아하지 않아서, 저흰 거의 나다니는 일이 없답니다」 하고 부인은 대답했다.

「사교계에서 뵌 일은 없었습니다. 따님뿐 아니라 부인이나 이 귀여운 장난꾸러기 도령도 말입니다. 파리의 사교계는 전 아직 모르니까요. 이미 말씀드린 줄로 알고 있습니다만, 제가 파리에 온 것은 며칠 안 되니까요. 좀 생각을 더듬어보겠습니다……. 잠깐만」

 백작은 기억을 더듬는 듯이 손을 이마에 갖다댔다.

「아닙니다, 그건 집 밖에서였지요……. 그건…… 글쎄요……. 아무래도 제 기억엔 아름다운 태양과 종교적 축제와 관련이 있는 것 같군요…… 따님은 손에 꽃을 들고 있었습니다. 아드님은 정원에서 커다란 공작을 쫓아가고 있었고…… 그리고 부인께선 포도 시렁 밑 같은 데 계셨습니다……. 부인, 부인께서도 생각을 좀 해주십시오. 지금 제가 드린 말씀을 듣고 뭐 생각나는 게 없으십니까?」

「생각이 안 나는데요」하고 부인은 대답했다.「하지만 혹 다른 데서 뵌 일이 있다면, 저도 백작님을 기억할 수 있을 텐데요」

「백작께선 아마 저희들을 이탈리아에서 보신 게 아닐까요?」 하고 발랑틴이 수줍은 듯이 말했다.

「아, 정말 이탈리아였던 것 같군요. 그럴 것 같은데요」하고 백작이 대답했다.「아가씨께선 이탈리아에 여행을 해보신 일이 있으십니까?」

「어머니하고 이태 전에 갔었습니다. 의사가 제 폐가 좋지 않은 것 같다고 걱정해서 나폴리의 공기를 마셔보라고 권했습니다. 그래서 볼로냐의 페루자와 로마에도 갔었지요」

「아, 그렇군요!」하고 백작은 마치 그 한마디만으로 기억이 떠오른 듯이 소리쳤다.「페루자에서였군요. 성체제(聖體祭) 날 포스트 여관 뜰에서 우연히 부인과 아가씨와 도련님을 뵈었습니다. 거기서 만났었군요. 이제야 생각이 납니다」

「페루자는 저도 생각이 납니다. 그리고 포스트 여관이며, 지금 말씀하신 축제랑」 하고 빌포르 부인은 말했다. 「그러나 아무리 생각을 더듬어보아도, 부끄럽습니다만, 기억력이 나빠서요. 백작님을 뵌 기억은 없군요」

「이상한데요, 저도 기억이 안 나는군요」 발랑틴이 그 아름다운 눈으로 백작을 쳐다보며 말했다.

「아! 난 생각나는데!」 에두아르가 말했다.

「생각이 나도록 도와드리지요」 백작이 다시 입을 열었다. 「그날은 아주 뜨거웠습니다. 여러분들은 축제 때문에 시간에 대지 못하는 마차를 기다리고 있었지요. 그래서 아가씨께선 정원 안으로 깊이 들어가시고, 에두아르는 새 뒤를 쫓아갔지요」

「엄마, 그 새, 내가 잡았잖아!」 하고 에두아르가 말했다. 「내가 새 꽁지에서 깃털을 세 개 뽑았지」

「그리고 부인, 부인께선 포도 시렁 밑에 계셨습니다. 부인께선 돌 벤치 위에 앉아서 지금 말씀드린 대로 따님과 아드님이 사라져버리고 없는 상당히 오랫동안 누군가와 얘기를 하고 계셨었는데, 생각 안 나십니까?」

「아, 그렇게 말씀하시니」 하고 젊은 부인은 얼굴이 새빨개지며 대답했다. 「이제 생각이 나는군요. 긴 털외투를 입은 분하고…… 아마 그분이 의사였을 겁니다만」

「맞습니다. 부인, 그 사람이 바로 저였습니다. 전 그 여관에 이 주일째 묵고 있었는데, 열병에 걸렸던 하인과 황달이 든 그 집 주인을 제가 고쳐주었지요. 그래서 모두들 저를 굉장한 의사처럼 생각하고 있었습니다. 여러 가지 얘기를 꽤 오랫동안 했었지요. 페루지노(유명한 이탈리아 화가——옮긴이)나 라파엘에 대한 얘기, 또 풍속 습관이며, 그리고 저 유명한 아쿠아

토파나(aquatofana, 독약의 이름――옮긴이) 같은 얘기, 그리고 그 약에 관해서는 페루자에서도 몇 사람 말고는 아직 아무도 모른다는 얘기를 했었지요」

「아, 그랬습니다」부인은 불쑥 대답했으나, 그 대답에는 불안한 빛이 역력했다.「생각납니다」

「그때 하신 말씀이 자세히 생각나진 않지만」백작은 침착하게 말을 계속했다.「한 가지 지금도 생각나는 것은 부인께서도 그때 다른 사람들처럼 저를 잘못 보시고, 따님의 건강에 관한 것을 물으셨지요」

「하지만 백작께선 정말 의사가 아니셨습니까? 여러 사람의 병을 고쳐주셨으니 말입니다」

「부인, 모리에르나 보마르셰 같으면 그 문제에 대해 이렇게 대답할 겁니다. 전, 제가 의사가 아닙니다. 제가 환자를 고친 것이 아니라, 환자 쪽에서 병이 나은 것이라고 말입니다. 다만 한 가지 말씀드릴 수 있는 것은 전 화학과 자연 과학 연구에 있어서는 꽤 깊이 파고들었습니다. 전문가로서가 아니라 아마추어로서였지만」

바로 그때, 여섯시를 알리는 종이 울렸다.

「어머, 여섯시로구나」빌포르 부인은 눈에 뜨이게 당황해서 말했다.「발랑틴, 할아버지 식사 준비가 됐는지 가보렴」

발랑틴은 자리에서 일어나 백작에게 인사하고 아무 소리 없이 나가버렸다.

「부인, 제가 있어서 따님을 내보내신 게 아닙니까?」백작은 발랑틴이 나가자 이렇게 물었다

「천만에요」부인은 성급히 말했다.「실은 불쌍한 저애 할아

버지께 얼마 안 되는 초라한 식사를 시켜드릴 시간이랍니다. 그걸 잡숫고 겨우 목숨을 유지하시는 거지요. 들으셨겠지만, 제 시아버님께선 정말 딱하게 되셨답니다」

「아, 빌포르 씨한테서 말씀 들었습니다. 중풍이시라고요」

「글쎄, 그렇답니다. 노인께선 조금도 움직이시질 못하십니다. 그저 영혼만이 인간의 형태를 한 기계 속에서 눈을 뜨고 있을 뿐, 그것도 희미하게 깜빡깜빡해서 금세 꺼지려는 램프 같답니다. 용서하세요. 집안의 불행한 얘기만 해드려서 죄송합니다. 백작께선 화학자시라는 말씀을 하시던 참이었는데요」

「아니, 그런 말씀은 아니었습니다. 부인」 하고 백작은 웃으면서 대답했다. 「그와는 정반대죠. 전 동양에서 살 생각이었기 때문에 한번 미트라다테스 왕(해독제의 발견자──옮긴이)처럼 돼보고 싶어서, 그래서 화학을 연구했던 겁니다」

「폰투스의 왕, 미트라다테스」 굉장히 좋은 그림책에서 초상화를 오려내면서 놀고 있던 꼬마가 말했다. 「아침마다 크림을 넣은 독약을 한 잔씩 먹던 그 사람 말이지?」

「에두아르! 넌 참 고약한 아이로구나!」 빌포르 부인은 아들의 손에서 망가진 앨범을 빼앗으며 말했다. 「넌 정말 어쩔 수 없는 아이로구나, 왜 이렇게 성가시게 구니? 어서 나가봐. 할아버지 계신 데 가서 누이하고 같이 있거라」

「그 앨범은 이리 줘」 에두아르가 말했다.

「앨범이라고?」

「응, 그것 말야」

「너, 이 그림들은 왜 오려냈니?」

「재미있으니까 그랬지 뭐」

「자, 어서 가, 어서!」

「앨범 안 주뜬 안 갈라」 소년은 언제나 양보할 즐을 모르는 게 습관이 되어서, 커다란 안락의자에서 꼼짝도 않고 말했다.

「자, 그 대신 얼른 나가야 한다」 빌포르 부인이 말했다. 부인은 아들에게 앨범을 주었다. 소년은 어머니에게 끌려서야 밖으로 나갔다.

백작은 눈으로 부인을 지켜보았다.

「아이가 나간 다음에 문을 닫는지 볼까」 하고 백작은 중얼거렸다.

빌포르 부인은 아들이 나가자, 조심스레 문을 닫았다. 백작은 전혀 그것을 눈치 채지 못한 체했다.

그러고 나서 부인은 잠깐 주위를 둘러본 다음에 다시 긴 의자에 와서 앉았다.

「이런 말씀드려 실례가 될지 모르겠습니다만」 하고 백작은 예의 그 친절한 태도로 말했다. 「부인께선 장난을 좋아하는 귀여운 아드님께 퍽 엄하신 것 같군요」

「그러지 않을 수가 없어서요」 빌포르 부인은 어머니다운 침착한 말투로 대답했다.

「에두아르 군이 미트라다테스 왕에 관한 것을 아까 외었는데, 그건 코르넬리우스 네포스(기원전 1세기경의 로다의 역사가——옮긴이) 중에 있는 문구였지요」 하고 백작은 말했다. 「그것을 인용하려던 것을 막으셨습니다. 그런 걸 보면, 에두아르 군의 가정교사는 아드님과 공연히 시간을 낭비한 건 아니었고, 또 아드님도 나이에 비해서 퍽 조숙한 편임을 알 수 있겠습니다」

독물학 **195**

「사실」하고 부인은 칭찬받은 것이 기분이 좋아서 대답했다. 「그애는 재주가 있는 것 같아요. 뭐든지 생각만 있으면 다 외우는 아이니까요. 그저 한 가지 결점이 있다면, 너무 제 맘대로만 하려는 것이지요. 그런데 아까 저애가 얘기한 것 말씀입니다. 미트라다테스 왕은 그렇게 예방을 한 것 같은데, 정말 그런 예방이 효용이 있었을까요?」

「그렇다고 볼 수 있습니다. 저도 나폴리, 팔레르모, 이즈미르 같은 데서 독에 지지 않으려고 예방을 했습니다. 그렇게 안 했다면 아마 서너 번은 목숨을 잃었을 겁니다」

「그래, 그 방법을 생각해 내셨나요?」

「그렇습니다. 완전한 방법이지요」

「그래요, 백작께선 페루자에서도 그 비슷한 말씀을 하셨지요」

「제가 그랬던가요?」 백작은 깜짝 놀란 듯이 말했다. 「전 전혀 잊어버리고 있던 사실입니다」

「제가 그때, 똑같은 독약이 북쪽 사람과 남쪽 사람들에게 똑같이 작용을 하느냐고 물었었지요. 그랬더니 백작께선 차고도 둔중한 체질을 가진 북쪽 사람에게는 풍만하고 활동적인 체질의 남쪽 사람의 경우보다 효과가 덜하다고 말씀하셨습니다」

「그렇습니다」 하고 백작은 말했다. 「저는 러시아 사람들이 나폴리 사람이나 아라비아 사람들 같았으면 먹고 죽었을 식물을 먹고도 끄떡도 안하는 것을 수차례 봤습니다」

「그렇다면 그 효과가 동양인한테보다도 우리 유럽 사람들에게 더 확실하단 말씀이군요. 우리 나라와 같이 안개와 비가 많은 곳에서는 위도가 낮은 더운 지방보다는 조금씩 독을 마시는

데에 익숙해진다는 말씀이로군요」

「물론입니다. 점점 익숙해지는 그 독에 대해서 미리 예방이 되어 있지 않으면 말입니다」

「네, 알겠습니다. 그런데 어떻게 익숙해지는지요? 아니, 그보다도 백작께서 어떻게 익숙해지셨는지요?」

「그야 간단하지요. 그건 이를테면 사람들이 자기에게 어떤 독약을 쓸 것인가를 미리 알고 있다고 가정해 보십시다……. 가령 그 독약이 용담독 brucine이라고 가정한다면……」

「용담독은 안고스투라에서 빼내는 것이 아닙니까?」 빌포르 부인이 물었다.

「그렇습니다」 하고 백작은 대답했다. 「그러고 보니, 그런 건 가르쳐드릴 필요도 없겠습니다. 정말 대단하십니다. 여자로서 그런 상식을 갖춘 분은 극히 드문데요」

「네, 사실은」 하고 부인은 말했다. 「전 신비학(神秘學)에 대단한 흥미를 가지고 있습니다. 그건 마치 시처럼 상상력을 불러일으키고, 또 대수의 방정식처럼 수로 분해되거든요. 자, 얘기를 계속 들려주십시오. 참, 재미있는 말씀이신데요」

「자, 그럼 또」 백작이 말을 이었다. 「예를 들어 그 독약이 용담독이라고 가정해 보십시다. 그런데, 그것을 부인께서 첫날에는 1밀리그램을 마시고, 다음날엔 2밀리그램, 그렇게 해서 열흘이 되면 10밀리그램을 마시게 된다고 합시다 그 다음에 1밀리그램을 늘리면, 이십 일째에는 30밀리그램이 됩니다. 그 양은 부인에겐 아무 지장이 없는 양이지만, 미리 단련이 되어 있지 않은 사람이 단번에 마신다면 상당히 위험한 양이지요. 이렇게 해서 한 달만 지나면, 같은 병의 물을 마시면서 그

물을 나누어 마신 상대자를 죽일 수가 있습니다. 그래도 부인 쪽에서는 그 물 속에 무엇인가 나쁜 것이 들어 있었구나 하는 정도로 밖엔 느껴지지 않을 것이란 말씀입니다」

「다른 해독법도 알고 계신가요?」

「다른 건 모릅니다」

「전 미트리다테스 얘기를 여러 번 읽었지만」 하고 빌포르 부인은 생각에 잠긴 듯이 말했다. 「그냥 얘기인 줄만 알고 있었는데요」

「천만에요. 그건 일반 역사의 경우와 달리 확실히 진짜입니다. 그러나 부인께서 지금 물어보신 얘기는 공연히 한번 물어 보신 건 아닌 줄로 압니다. 왜냐하면 이태 전에 이미 지금과 같은 질문을 하신 걸로 보아, 미트리다테스 얘기는 상당히 오래전부터 부인의 머릿속에 있었다고 볼 수 있으니까요」

「그건 사실입니다. 저는 처녀 시절에 식물학과 광물학을 좋아해서 공부했지요. 그리고 후에 동양인들의 연애가 꽃으로 설명되는 것과 마찬가지로, 동양 민족의 역사며 개인의 생활 같은 것이, 약초의 사용으로 설명되고 있음을 알자, 저도 남자로 태어나 플라멜(15세기경 프랑스의 연금술사——옮긴이)이나 폰타나(18세기 이탈리아의 과학자——옮긴이)나 카바니스(18세기 프랑스의 철학자, 의사, 생리학자——옮긴이) 같은 사람이 되었으면 얼마나 좋았을까 하는 생각을 했었습니다」

「게다가 동양인들은」 하고 백작이 말을 이었다. 「미트리다테스처럼 몸을 보호하는 무기로만 사용하지 않고, 비수같이 사람을 위협하는 데도 쓴답니다. 그들의 손에서는 과학이 단지 하나의 방어 무기일 뿐만 아니라 종종 남을 공격하는 무서운 무기가 되기도 합니다. 다시 말하면 어떤 사람들은 자신의 육체적인 고통을 고치는 데 쓰기도 하지만, 어떤 사람들은 자기들의 적에게 쓰지요. 아편이라든가, 벨라돈나 풀이라든가, 안고스투라라든가, 독사 나무라든가, 체리라우렐 같은 것을 가지고, 그 사람들은 언젠가는 자기네들을 떨게 할 것을 잠재우기 위해서 씁니다. 이를테면 여기서 여러분들이 착한 여자들이라고 말하는 이집트 여자나 터키 여자, 또는 그리스 여자들은 모두 의사가 혀를 내두를 정도의 화학 지식을 가지고 있고, 또 신부들을 깜짝 놀라게 할 정도의 심리학 지식을 가지고 있습니다」

「그래요?」 빌포르 부인은 이런 얘기를 듣자, 눈이 이상하게 빛났다.

「그렇습니다, 부인」 하고 백작은 계속해 말했다 「동양의 신비한 드라마들은 모두 사랑을 불러일으키는 식물로부터 죽음을 가져오는 식물에 이르기까지, 그리고 천국을 펼쳐 보이는 식물에서부터 지옥으로 떨어뜨리는 식물에 이르기까지, 이렇게 서로 얽히고 풀리고 하는 것입니다. 인간의 기질 속에 육체적으로나 정신적으로 변덕이나 여러 가지 기이한 기분이 있는 것과 마찬가지로, 그러한 약에도 여러 가지가 있습니다. 더 나아가서 말씀드리자면, 그러한 화학자의 기술은 사랑을 갈망할 때나 복수하려고 할 때, 때에 따라서 묘약이나 독약으로 적당히 배합할 수 있지요」

「하지만, 백작」 하고 부인이 말했다. 「그렇다면, 백작께서 사셨던 동양의 사회는 그 나라에서 일어난 이야기들처럼 정말 그렇게 신비스러운 것일까요? 사람을 죽이고도 벌을 안 받을 수가 있습니까? 정말로 갈랑(18세기 말 프랑스의 동양학자. 『아라비안 나이트』의 프랑스어 번역자의 한 사람——옮긴이) 씨가 말한 것처럼, 바그다드는 바소라 같은가요? 황제나 대신이나 그 사회를 지배하고 있는 사람들, 즉 우리 프랑스에서 정부라고 부르는 한 기구를 형성하고 있는 사람들은 하룬 알 라시드나 자파르같이 독살자를 용서해 줄 뿐 아니라 그 일을 잘 치른 사람에게 재상 자리까지 주고, 그가 한 일을 금옥의 문자로 새기게 해놓고, 심심할 때마다 읽는단 말씀이신가요?」

「아닙니다. 그런 황당무계한 일은 동양에서도 이젠 없습니다. 동양에서도 이름이나 복장이 다를망정 경찰관이나 예심 판사, 검사, 그리고 감정인들이 있습니다. 교수형도 있고, 참죄(斬罪)도 있고, 죄인 몸에 말뚝을 박아 죽이는 재미있는 형벌도 있지요. 그런데 범인들의 속임수가 여간이 아니어서, 용케 법의 눈을 피해 여러 가지 계획을 교묘하게 성공시키지요. 우리나라에서는 사람을 미워하든가, 물건에 욕심이 나서 적을 죽여버리든가, 할아버지를 없애려는 바보는 쥐가 들끓어서 잠을 잘 수 없다며, 약종상에서 가명으로 (사실은 그게 진짜 자기 이름을 대는 것보다 들키기가 더 쉬운 법인데) 비소를 5, 6그램 삽니다. 좀 약은 놈 같으면 이런 식으로 약종상을 대여섯 군데 다니죠. 그래서 그 결과로 대여섯 배쯤 자기 얼굴을 남에게 더 알려버리게 됩니다. 약을 얻게 되면, 이번에는 그 상대나 할아버지에게 마치 매머드나 마스토돈(둘 다 원시 동물——옮긴이)이라도 죽일 만큼 다량의 비소를 씁니다. 그래서 비소를 먹은 사람이 온 거리가 진동할 만큼 요란한 신음 소리를 내게 하지요. 그러면 경찰과 헌병들이 떼로 몰려옵니다. 곧 의사를 불러옵니다. 의사는 죽은 사람의 배를 가르고, 위와 장 속에 비소가 있는 것을 발견허 냅니다. 그러면 다음날 신문마다 모조리 가해자와 피해자의 이름이 나고, 그 사실을 코도하지요. 그날 저녁으로 약종상이 출두해서, 〈그 사람에게 비소를 판 건 저올시다〉 하고 말합니다. 비소를 판 사람의 얼굴을 모른다고 말할 수가 없어서, 보여주는 대로 다 그 사람이 틀림없다고 말합니다. 이렇지 그 멍텅구리는 체포되고 감금되어 심문을 당하고 대질을 당하고, 머리가 어리벙벙해진 채 판결디 나고, 사형대의 이슬이 되고 맙니다. 범인이 좀 괜찮은 여자일 경우엔 종신형을 받습니다. 이것이 우리 북방인이 말하는 화학에 대한 지식이라는 거죠. 하지만, 데뤼(18세기의 득살범으로 교묘하게 도망다녔으나 마지막에 단두대에 올랐다──옮긴이)는 지금 얘기한 것보다는 훨씬 나은 방법을 썼지요」

「하지만 달리 구슨 방도도 없지 않나요?」 하고 부인은 웃으면서 말했다. 「누구나, 자기 능력 안에서밖엔 못하는 거니까요. 누구나, 메디치 가나 보르자(이탈리아의 화가──옮긴이)가의 비밀을 알고 있는 건 아니지 않아요?」

「그런데 말씀입니다」 하고 백작은 어깨를 으쓱하면서 말했다. 「어째서 그런 어리석은 짓을 하는지 말씀드릴까요? 그건 이 나라의 연극이죠. 이건 다만 극장에서 상연되는 연극의 각본만 읽고 말씀드리는 거지만, 병 속에 있는 것을 마시거나 반지의 보석 속에 박혀 있는 것을 깨물면, 이내 뻣뻣해져서 쓰러지는 겁니다. 오 분만 지나면 막이 내리죠. 그리고 구경꾼들은 뿔뿔이 흩어집니다. 그러니까 그런 살인을 한 다음에 살인자가 어떻게 되는지는 구경꾼들은 생각하지도 못합니다. 식대(飾

帶)를 두른 경찰의 모습도, 부하들을 넷씩이나 달고 다니는 헌병 하사의 모습도 나타나지 않으니까, 머리가 텅 빈 바보 같은 인간들은 그렇게 하면 만사가 잘 될 줄로 아는 거죠. 그러나 프랑스를 잠깐 떠나서, 알레포나 카이로, 나폴리나 로마만 가 보더라도 그렇진 않습니다. 거기선 피둥피둥하고 싱싱하고 혈색이 넘치는 사람들이 거리를 걸어다니는 걸 볼 수 있을 겁니다. 그러나 지나는 길에 절름발이 악마라도 만났다고 칩시다. 그럼 분명 이런 얘기를 들려줄 것입니다. 〈저 사나이는 삼 주일째 독을 먹었습니다. 앞으로 한 달만 있으면 완전히 죽을 겁니다.〉」

「그러면 페루자에서 실종됐다던 그 아쿠아토파나의 비밀이라도 알아냈다는 말인가요?」하고 부인은 말했다.

「아, 부인, 이 세상에서 영원히 비밀로 남는 일은 없습니다. 기술이란 것은 자꾸 자리를 옮기면서 이 세상을 일주하는 겁니다. 이름만 바뀔 뿐인데, 단지 그것만으로 세상 사람들은 속는 거지요. 그러나 그 결과는 늘 마찬가지입니다. 독이란 놈은 그 성격에 따라서 체내의 특정한 부분에 반드시 명중하는 놈입니다. 어떤 것은 위에서, 어떤 것은 뇌에서, 또 어떤 것은 장에서 활동하게 되어 있습니다. 독이 기침을 일으켰다고 합시다. 그런데 그 기침은 폐렴을 일으키거나, 버젓이 의사의 책에 수록되어 있는 다른 병을 일으킵니다. 기침만으로도 완전히 목숨을 잃기도 합니다. 설령 그것으로 목숨을 빼앗기진 않는다 하더라도, 무식한 의사의 처방으로 결국은 목숨을 잃게 되는 수가 있지요. 의사란 대개가 약물에 대한 지식이 적으니까요. 그래서 병을 낫게 하는 수도 있지만, 병을 악화시키는 경우도 있습니다. 이렇게 되면 사람 하나가 기술적으로 법에 조금도 저촉됨이 없이 죽음을 당하게 됩니다. 따라서 재판소가 아무리 조사를 해보아도 전혀 단서가 잡히질 않습니다. 이건 무서운 화학자라고 불리는 제 친구인 시칠리아의 타오르미나 섬의 아델몬테 사제가 한 말입니다. 그 사람은 이탈리아에서 행해지는 이러한 현상을 깊이 연구했지요」

「무서운 일이군요. 그러나 참 대단하군요」 하고 부인은 잔뜩 주의를 기울여, 꼼짝도 않고 말했다. 「전 솔직히 말해서 그런 얘기는 다 중세에 꾸며낸 얘기인 줄 알았는데요」

「그건 그렇지요. 그러나 오늘날에 와선 그러한 것이 더 진보되었습니다. 이를테면 〈시간〉의 문제, 여러 가지 장려의 문제, 상패라든가, 훈장이라든가, 몽티옹 Monthyon 상 등이 다 사회를 보다 완전한 것으로 도달하게 하려는 노력이 아니겠습니까? 그런데 인간은 곧 하느님처럼 마음대로 창조하고, 마음대로 파멸시킬 수 있을 때 완전해지는 것이겠지요. 그런데 인간은 지금 모든 것을 파괴할 수 있게 되었습니다. 그러니까 반쯤은 길이 닦인 셈이지요」

「그렇다면」 부인은 여전히, 자기가 바라는 방향으로 이야기를 돌리며, 「보르자, 메디치, 르네, 루제리 가의 사람들, 그리고 그보다는 시기적으로 좀 늦지만 트렝크 남작 같은 사람이 사용한 독약들은 현대 연극이나 소설에 많이 나왔다고 생각하는데요……」

「그건 다 예술적인 것이었습니다. 다만 그럴 뿐이죠」 하고 백작이 대답했다. 「도대체 진정한 학자라는 사람이 평범하게 한 개인만을 상대로 만족할 수 있다고 생각하십니까? 그렇지 않지요. 화학은 비약을 좋아합니다. 이렇게 말해도 된다면, 줄타는 재주를, 그리고 변덕을 좋아합니다. 그래서 방금 말씀드린 아델몬테 신부도, 그 점에 관해선 놀랄 만한 실험을 했었습니다」

「그래요?」

「그렇습니다. 그중의 한 가지만 예를 들어보지요. 신부는 야채, 꽃, 과일이 가득한 훌륭한 정원을 하나 가지고 있었습니다. 그는 그 정원에서 제일 좋은 야채, 예를 들면, 양배추 한 포기를 골라 사흘 동안 비소가 섞인 물을 주어보았습니다. 사흘째 되던 날에 양배추는 병이 들어 노랗게 되더랍니다. 잘라 내버려야 할 때가 온 거지요. 그러나 다른 사람 눈에는 그것이 아주 잘 자라서, 잘 익어 보였던 것입니다. 아델몬테 신부만이 그 양배추가 독을 먹은 것을 알 수 있어서, 그것을 집으로 가져왔습니다. 그리고 토끼 한 마리를 붙잡았지요. 신부는 야채나 꽃이나 과일들을 모으는 열성 못지않게 토끼와 고양이와 생쥐도 길렀지요. 그래서 토끼 한 마리에게 그 양배추 잎을 한 잎 먹여보았더니, 토끼는 죽었습니다. 이걸 가지고 어느 예심 판사가 무슨 말을 하겠습니까. 마장디나 플루랭스(둘 다 당시 프랑스의 생리학자——옮긴이) 같은, 사람들이 자기 집에서 토끼나 생쥐, 고양이를 죽였다는 사실을 일일이 조사하는 검사가 어디 있겠습니까? 절대로 없습니다. 이렇게 해서 토끼는 죽었습니다. 관청에서는 모르게 말입니다. 토끼가 죽자, 신부는 식모에게 토끼 배를 가르라고 해서 그 내장을 거름더미에 던져 버렸습니다. 그런데 그 거름더미에 앉아 있던 암탉이 버린 창자를 먹자, 비실비실하더니 이튿날 죽고 말았습니다. 암탉이 죽으려고 괴로워서 버둥거리고 있을 때, 독수리란 놈이 (아델몬테 신부가 살던 지방에는 독수리가 많았습니다) 그곳을 지나다가 죽은 암탉을 채어가서 먹어 치웠습니다. 그러고 나서 사흘 후엔 독수리란 놈도 가엾게도 계속 기분이 나빠서 하늘을 높이 날다 아찔하여 땅에 툭 떨어졌고 그곳이 댁의 양어장이었다고 생각해 보십시다. 양어장에 있던 열기며 뱀장어, 바다두렁허리 같은 놈들이 독수리한테 달려들어 아귀아귀 먹어치웁니다. 그 이튿날 댁의 식탁에 네번째로 독을 먹은 이 뱀장어가 나오고, 열기와 바다두렁허리가 나온다고 생각해 봅시다. 식사를 대접받은 손님은 다섯번째로 독을 먹게 되어서 그후 팔구 일 지나면, 배가 아프고 가슴이 조이고 유문(幽門)에 종양(腫瘍)이 생겨서 결국 죽어버릴 겁니다. 해부한 의사들은 〈신장염이나 장티푸스입니다〉라고 말하겠지요」

「하지만 지금, 차례차례로 독이 옮아간 과정을 말씀하셨는데, 그건 어떤 죽은 일 때문에 그런 과정이 틀어지는 수도 있지 않을까요? 이를테면 독수리가 마침 양어장 위를 지나가지 않았다든가, 또는 지나치더라도 양어장을 비껴가서 떨어지면 말입니다」 하고 말했다.

「그게 바로 기술이라는 거지요. 동양의 대 화학자가 되려면, 우선 기회를 마음대로 조정할 줄 알아야 합니다. 그렇게 되면, 다 제대로 들어맞는 거지요」

빌포르 부인은 무슨 생각이 난 듯이 귀를 기울였다.

「그렇지만」 하고 부인은 말했다. 「비소는 불멸성을 지니고 있지 않아요? 어떤 방법으로 먹든 간에, 일단 먹어서 한 사람을 죽일 정도의 양이 들어가면, 반드시 체내에 남아 있지 않습니까」

「그렇습니다」하고 백작은 외쳤다.「바로 그겁니다. 실은 저도 그와 똑같은 말을 아델몬테 신부에게 했었죠. 그랬더니 신부는 잠깐 생각하더니 웃으면서, 시칠리아의 속담 하나를 인용하더군요. 아마 프랑스에도 그런 격언이 있으리라고 생각하는데, 이런 겁니다. 〈세계는 하루에 이루어진 것이 아니라, 일주일이 걸린 것이니라. 그러니 이번 일요일에 오라〉 그래서 그 다음 일요일에 다시 갔습니다. 이번엔 양배추에 비소를 주는 대신 스트리키니네가 들어 있는 소금 용액, 학자들이 스트리크노스 고루브리나라고 하는 것을 주더군요. 그랬더니 이번에는 양배추가 조금도 병들어 보이질 않았습니다. 따라서 토끼는 조금도 이상해 보이지 않았습니다. 그런데 오 분쯤 지나자 토끼가 죽더군요. 그것을 또 암탉이 먹자, 이튿날 암탉도 죽었습니다. 이번에는 독수리가 할 일을 우리가 해보았지요. 암탉의 배를 갈라보았습니다. 특별한 증상 같은 건 전혀 없었습니다. 그저 전체적인 징후밖엔 보이지 않더군요. 내장을 다 살펴보아도 특수한 증상이 나타나지 않았습니다. 신경 계통의 흥분뿐이었습니다. 뇌일혈의 흔적 외엔 아무것도 없었습니다. 다시 말하면, 닭은 독물 중독으로 죽은 것이 아니라 졸도로 죽은 거지요. 닭에겐 그런 일이 거의 없겠지만 말씀입니다. 그러나 인간 사회에서 그런 일은 빈번히 일어나지 않습니까」

빌포르 부인은 점점 더 깊은 생각에 빠지는 듯했다.

「그러나」하고 빌포르 부인은 말했다.「그러한 것을 화학자들밖에 할 수 없다는 것이 퍽 다행스러운 일입니다. 보통 사람들도 다 할 수 있다면, 이 세상 사람의 반은 독살을 당할 게 아닙니까」

「그렇죠. 화학자나, 화학에 관심이 많은 사람들이나 할 수 있겠죠」하고 백작은 대수롭지 않은 듯이 대답했다.

「그러나」하고 부인은 애써 머릿속의 생각을 떨쳐버리려는 듯이 말했다.「아무리 일을 교묘하게 꾸몄다 하더라도, 죄는 역시 죄가 되겠지요. 그리고 또 설령 사람의 눈은 용케 빠져나갈 수 있다 하더라도 하느님의 눈은 피할 수 없을 겁니다. 동양 사람들은 양심의 문제에 있어서는 우리보다 훨씬 태평한 모양이로군요. 그리고 감히 지옥이라는 것도 없다고 생각하는 모양이죠」

「아닙니다, 부인. 그런 생각은 부인과 같은 정직한 분에게만 있는 일입니다. 그러나 그러한 생각도 이치를 잘 따져보면, 곧 없어져버릴 때가 올 것입니다. 인간의 사고의 나쁜 면은, 저 장 자크 루소가 말한 역설 속에 잘 요약되어 있는 것 같습니다. 〈오천 리 밖에 있는 중국 관리 같으면, 손가락 끝으로도 죽여버릴 수 있다〉(눈에 보이지 않는 곳에 있는 사람쯤은 인정에 구애될 것도 없으니, 아무렇지도 않게 죽여버릴 수 있다는 뜻——옮긴이)는 말입니다. 사람의 일생이 바로 그런 짓을 하느라 소비되고 있습니다. 그러니까 지혜란 것도 그러한 것을 생각하기 위해서 사용되고 있다고 볼 수 있지요. 동족의 가슴에 별안간 칼을 꽂으러 간다든가, 또는 이 지상에서 영원히 사라지게 하기 위해서 방금 얘기한 것같이 비소를 먹이는 놈들은 거의 없습니다. 그런 짓을 하는 인간은 머리가 돌았거나, 바보일 것입니다. 그런 짓을 하려면, 피가 36도가 되고, 맥박은 90으로 뛰고, 정신이 정상 상태를 떠나야만 합니다. 그런데 언어학에서 볼 수 있듯이, 하나의 언어를 완화시킨 동의어로 바꾸어서, 비열한 살인을 하는 대신에 단지 한 개의 장해물만 제거한다고 해봅시다. 말하자면 순수하게 부인의 앞길의 방해물을 제거한다고 해요. 그렇다 하더라도 마음의 충격을 받거나 폭력을 쓰지 않고, 또 상대방에게 어떤 괴로움도 연상시키지 않을 뿐만 아니라, 그 고통의 광경을 보고 자기가 도살자가 된 듯한 기분을 느끼지도 않게 될 경우라면 어떻겠습니까. 피도 흘리지 않고, 소리도 내지 않고, 별로 괴롭히지도 않고, 곧 일이 일어나리라는 두려움이나 위험도 없이, 대번에 일을 당한다고 하면 어떻겠습니까. 〈사회의 안녕을 흐려놓지 말라〉고 하는 인간 사회의 법의 제재에서 피할 수 있게 되는 셈이죠. 동양인들은 이렇게 해서 척척 일을 해내는 겁니다. 신중하고 냉정한 사람들이니까요. 중대한 계획일 경우에는 시간의 문제 같은 건 거의 염두에도 두지 않습니다」

「하지만, 양심이라는 게 남아 있지 않습니까」하고 부인은 목소리를 떨며 억지로 참는 듯, 한숨을 내쉬고 말했다.

「그렇습니다」하고 백작은 말했다.「다행히 거기엔 양심이라는 게 있지요. 그게 없으면 퍽 불행합니다. 좀 거친 일을 하고 난 후에는 늘 그 양심이라는 것이 손을 뻗칩니다. 즉 양심이란 놈이 나타나서, 여러 가지 그럴 듯한 구실을 찾아내지요. 그러나 그것을 그럴 듯하다고 정의내리는 것도 우리 자신이란 말입니다. 그런데 그러한 이론이 아무리 그럴 듯해서 안전을 보장해 준다고는 하지만, 그저 그 정도일 뿐이고 목숨까지 보장하기에는 좀 불충분한 경우가 많습니다. 그 예가 바로 리처드 3세의 경우입니다. 그는 에드워드 4세의 두 왕자를 없애고 나서, 소위 양심에 의해서 훌륭한 구실을 얻은 것으로 생각합니다. 그는 이렇게 생각했을 겁니다. 〈잔인하게 국민을 박해하던 왕의 아들들이며, 그 아버지로부터 악덕을 물려받은 그자들을, 나만은 그들의 어린 나이의 소행으로도 알아볼 수 있었다. 영국 국민의 복지를 위해서 장차 필연코 불행을 가져올 이 두 왕자가 있다는 건 아무래도 큰 방해가 아닐 수 없다〉고 말입니다. 한편 저 맥베스 부인의 경우도 그렇습니다. 셰익스피어가 무어라고 하든 간에, 자기 남편 대신에 아들에게 왕위를 주려고 한 그 부인도 양심이라는 게 있었으리라 봅니다. 아! 모성애란 확실히 하나의 커다란 미덕입니다. 실로 강력한 동기입니다. 따라서 많은 경우, 단지 그것 때문만으로 용서를 받습니다. 덩컨을 죽인 후, 만약 맥베스 부인에게 양심이 없었다면, 그녀는 퍽 불행했었을 겁니다」 빌포르 부인은 백작이 그 독특하고도 노골적인 아이러니로 이야기하는 이 무서운 교훈과 무시무시한 역설을 줄줄이 늘어놓는 것을 열심히 듣고 있었다.

이윽고 잠시 침묵이 흐른 뒤에, 「백작」 하고 부인이 말했다. 「백작께선 참 대단한 이론가시군요. 그리고 굉장히 창백한 빛으로만 이 세상을 보시는 것 같아요. 인간을 증류기를 통해서 들여다보시기 때문에 세상을 그렇게 판단하시는 게 아닐까요? 백작 말씀이 옳다고 생각합니다. 백작께선 대 화학자이십니다. 제 아들한테 먹이신 그 영약, 먹자마자 이내 정신을 회복하던 그 영약은……」

「아! 부인, 그런 걸 너무 믿으시면 안 됩니다」 하고 백작은 말했다. 「아드님께선 그 약을 한 방울만 마시고 다시 정신이 든 것입니다. 그러나 세 방울을 마시면, 피가 폐로 전부 몰려

폐가 심하게 뛰게 되고, 만약 여섯 방울을 마시면 숨을 못 쉬게 되어, 그때 그 상태보다도 훨씬 더 심한 혼수 상태에 빠지게 됩니다. 열 방울을 마시면 죽는 거지요. 부인, 그때 아드님께서 그 약병을 만지려고 했을 때 제가 급히 병을 치웠던 일, 이제 아시겠습니까?」

「그럼, 그게 무서운 독약이었나요?」

「원, 천만에요. 우선 이 점을 아셔야 합니다. 독은 원래 없습니다. 의사들은 상당히 강한 독을 사용하고 있으니까요. 그러니까, 약을 쓰는 방법에 따라서 사람을 살리는 묘약이 되기도 한다는 말씀입니다」

「그럼, 그때 그 약은 무엇이었나요?」

「그것은 그 아델몬테 신부가 지어준 희한한 묘약입니다. 그 사람은 그 약의 사용법도 가르쳐주었지요」

「그러세요?」하고 부인은 말했다.「그럼, 그건 필경 아주 좋은 경련 진정제겠군요」

「굉장한 겁니다. 그때 보신 대로지요」하고 백작은 대답했다.「저도 종종 그 약을 쓰지요. 물론 신중히 주의를 기울입니다만」하고 백작은 웃으면서 덧붙여 말했다.「그러시겠죠」부인도 같은 어조로 대답했다.「저처럼 신경질적이고, 걸핏하면 기절하는 사람은 아델몬테 같은 분한테 부탁해서 자유롭게 숨을 쉴 수 있게, 그리고 언제 숨이 탁 끊어져서 죽어버릴지 몰라서 걱정하지 않도록 무슨 좋은 방법을 생각해 주십사 하고 부탁하고 싶은데요. 그렇지만 그런 걸 프랑스에서 구하기는 어려울 테고, 또 아델몬테 신부님이 일부러 저를 위해 파리까지 와주시지는 않을 테니, 우선 플랑세 씨의 진정제로 견디는 수

밖엔 없겠지요. 그렇게 되면, 박하와 호프만 수(水)가 저한테는 굉장히 중대한 구실을 하게 되겠지요. 이것 보세요. 이것이 저를 위해서 일부러 만든 정제예요. 두 알을 하나로 만든 거지요」

백작은 부인이 내민 대모 상자를 열어보았다. 그리고 아마 추어이긴 하나 약을 감정하기라도 하려는 듯이, 냄새를 맡아 보았다.

「아주 훌륭합니다」하고 백작은 말했다. 「그러나 이건 꼭 삼켜야만 되겠군요. 그러면 정신을 잃은 사람에게는 곤란하겠는데요. 그러니까 제 약이 더 낫겠군요」

「그렇고말고요. 더욱이 그 약은 제가 그 효과를 똑똑히 확인했으니 그쪽이 물론 더 좋다고 생각됩니다. 하지만 제가 처방법을 여쭈어보는 건 실례가 되겠지요?」

「아닙니다, 부인」하고 백작은 자리에서 일어서며 말했다. 「기꺼이 가르쳐드릴 용의가 있습니다」

「어머!」

「단, 이 점만은 기억해 두셔야겠습니다. 이건 아주 조금만 쓰면 약이 되지만, 많이 쓰면 독이 됩니다. 요전번에도 보셨지만, 한 방울만 먹으면 정신이 돌아옵니다. 그러나 대여섯 방울쯤 되면 영락없이 죽습니다. 그것도 유리컵에 들어 있기 때문에 맛이 조금도 변치 않고, 따라서 그만큼 효과는 무서운 겁니다. 그렇지만 여기까지만 말씀드리겠습니다. 제가 무슨 충고라도 하는 것 같아서요」

시계가 여섯시 삼십분을 알렸다. 부인의 만찬에 초대받은 여자 손님이 왔다고 알려왔다.

「만약 오늘 만나뵌 것이 두번째가 아니라 세번째, 네번째라고 한다면」 하고 빌포르 부인은 말했다. 「그리고 단지 은혜를 입은 사람으로서만이 아니라 백작님이 저를 친구로 여겨주신다면, 오늘 저녁 만찬에 모시고 싶은데요. 한 번쯤 거절하신다고 해서 그냥 물러나진 않을 생각입니다」

「호의는 감사하게 생각합니다」 하고 백작이 대답했다. 「그런데 어길 수 없는 선약이 있어서요. 실은 친구 되는 그리스 왕녀 한 분이 아직 그랜드 오페라를 못 보셨다기에 안내하기로 약속해 놓았습니다. 오늘 저녁에 제가 같이 간다고 그쪽에서 굳게 믿고 있으니, 가보아야겠습니다」

「그럼, 가보셔야지요. 그러나 그 약 처방만은 잊지 말아주세요」

「잊을 리가 있겠습니까! 부인. 그걸 잊어버린다면 오늘 부인과 나눈 이야기들을 모두 잊어버려야겠지요. 그러나 그런 일이 있을 수 있겠습니까?」

백작은 인사를 하고 밖으로 나갔다.

빌포르 부인은 생각에 잠겼다.

〈참 이상한 사람인데〉 하고 여자는 생각했다. 「암만해도 저 사람의 세례명이 바로 아델몬테 같애」

한편 몬테크리스토 백작의 입장에서 보면 그가 생각하던 결과보다 수확이 훨씬 컸다.

그는 밖으로 나가면서 말했다. 「자, 땅이 좋으니 뿌린 씨가 싹이 나지 않을 리 없겠지」

이튿날, 백작은 부인에게 약속한 처방을 보내주었다.

로베르 르 디아블

 오페라에 간다는 구실은 더할 나위 없이 훌륭한 것이었다. 그것은 바로 그날 밤의 아카데미 루아얄 드 뮈지크(오페라 극장을 말함——옮긴이)는 평판이 높았기 때문이다. 르카쇠르는 오랫동안 공연을 쉬다가, 그날 밤부터 다시 베르트람 역을 맡게 되어 있었다. 그래서, 여느 때와 마찬가지로 이 인기 있는 작곡가의 작품은 파리에서도 가장 화려한 관객들을 모조리 끌어들였다.

 모르세르는 다른 부유한 집 청년들과 마찬가지로 특별석을 가지고 있었지만, 그 외에도 아는 얼굴들을 찾아가면 여남은 자리쯤은 즉석에서 얻을 수가 있었다. 게다가 또 그는 특별석에서도 마음대로 자리를 잡을 수 있는 특권을 가지고 있었다.

 샤토 르노의 자리는 모르세르의 좌석 옆에 있었다.

보샹은 신문 기자라는 특권 때문에, 자유로이 극장을 드나들며 아무 곳에나 앉을 수 있었다.

그날 밤, 뤼시앵 드브레는 대신의 좌석을 마음대로 이용해도 좋다는 허락을 받았다. 그래서 그 자리를 모르세르 백작에게 주려고 했지만, 메르세데스가 거절을 하는 바람에 당글라르에게 돌리기로 했다. 그리고 만약 당글라르 부인과 딸이 그 자리에 온다면, 자기도 그날 밤 극장으로 가서, 거기서 만나게 될지도 모른다는 말을 해두었다. 당글라르 집 여자들은 그의 뜻을 대번에 받아들였다. 돈 많은 사람처럼 공짜 표를 탐내는 사람도 없을 것이다.

당글라르 자신은 대신과 정견의 차이가 있고, 또 반대 당원이라는 입장 때문에 그 자리에는 갈 수 없다고 말했다. 그래서 당글라르 남작 부인은 뤼시앵에게 그 자리에 와주지 않겠느냐고 편지를 썼다. 물론 딸 외제니와 둘이서만 오페라에 갈 수 없었기 때문이다.

사실 정말 여자들만 둘이서 갔더라면, 말이 많았을 것이다. 그러나 당글라르 양이 어머니와 애인을 동반하고 오페라에 왔으니 조금도 문제가 되지 않았다. 모든 일은 그저 세상이 하는 대로 해야만 한다.

막이 올랐다. 여느 때와 마찬가지로, 장내는 거의 텅 비어 있었다. 그리고 연극이 시작된 후에 들어오는 것이 파리의 유행이기도 했던 것이다. 그러므로, 제1막은 미리 들어와 있는 사람들에게는 연극을 보거나 듣는 것이 아니라, 늦게 들어오는 사람들을 구경하거나 그들의 문 여닫는 소리와 얘기 소리밖에는 듣지 못하고 지나가게 마련이다.

「어!」 알베르가, 제1열의 옆문이 열리는 것을 보다가 갑자기 소리를 질렀다.

「아니 G…… 백작 부인 아냐?」

「G…… 백작 부인이 누군데?」 샤토 르노가 물었다.

「뭐라고? 남작, 그런 질문을 하다니, 용서할 수 없는데! G…… 백작 부인이 누구냐그?」

「아, 참 그렇지!」 하고 샤토 르노가 말했다.

「그, 멋있는 베니치아 여자 말이지?」

「그래, 그래」

바로 그때 G…… 백작 부인이 알베르를 알아보고 방긋 웃으면서 인사했다.

「저 여잘 알고 있나?」 샤토 르노가 물었다.

「응」 알베르가 대답했다.

「로마에서 프란츠한테 소개를 받았지」

「그럼 로마에서 프란츠가 자네한테 베푼 그 호의를 자넨 나에게 베풀지 않겠나?」

「응, 좋아!」

「쉿!」 하고 누가 주의시켰다.

두 청년은 음악을 들으려고 열심히 귀를 기울이는 관객들은 아랑곳없다는 듯이 다시 얘기를 계속했다.

「저 여자, 샹 드 가르스의 경마에 왔던데」 하고 샤토 르노가 말했다.

「오늘?」

「응」

「그래 참, 오늘 경마가 있었지. 자네도 걸었었나?」

로버르 르 디아블 **215**

「응, 아주 조금, 50루이」

「그래, 누가 이겼어?」

「〈노틸뤼스〉였어. 내가 바로 그놈한테 걸었는데」

「그런데, 경마가 셋 있었지?」

「그래, 경마 클럽의 상품이라고 해서, 금잔[金盃]이 나왔더군. 그런데, 참 이상한 일이 있었어」

「뭔데!」

「쉿!」 하고 또다시 관객이 주의를 주었다.

「뭔데 그래?」 하고 알베르가 또 물었다.

「전혀 모를 무명의 말과 기수가 나타나서 몽땅 따버렸단 말야」

「어떻게 해서?」

「이렇게 된 거야. 아무도 밤파라는 말과 조브라는 이름으로 나온 기수한텐 관심을 갖지 않았는데. 글쎄 갑자기 기가 막힌 밤색 말에, 단단하게 생긴 자그마한 기수가 달려오더군. 주머니에 납을 스무 근이나 넣어놓았는데, 그런 건 아무것도 아니더란 말야. 결승점에 들어왔을 때는 같이 뛴 아리엘과 바르바로를 저만치 떨어뜨리고 도착했어」

「그 말과 기수가 누구인지를 몰랐단 말이지?」

「모르겠어」

「뭐라고 그랬더라, 그 말 이름이……」

「밤파야」

「그래」 하고 알베르는 말했다. 「그렇다면 자네보단 내가 머리가 더 좋은데. 난 그 말이 누구 것인지 아는데」

「좀 조용히들 하쇼!」 아래 객석에서 세번째로 소리를 질렀다.

이번에는 노한 소리로 고함을 크게 질렀기 때문에, 두 청년도 그것이 자기들을 향해 지른 소리임을 깨달았다. 두 사람은 잠시 주위를 살펴보며 이 군중들 사이에서 자기들에게 그렇게 무례한 소리를 지른 것이 누구인가 찾아보았다. 그러나 아무도 다시는 그러지 않았다. 그래서 두 청년은 무대 쪽을 바라보았다.

　그때 대신의 좌석 문이 열렸다. 당글라르 부인과 그 딸이 뤼시앵 드브레와 함께 들어와서 자리에 앉았다.

　「아, 아!」 하고 샤토 르느가 말했다. 「자작, 자네가 아는 사람들이 아닌가. 왜 그렇게 오른쪽을 자꾸 돌아보나? 저쪽에서 자넬 찾고 있는데」

　알베르가 고개를 돌리자, 마침 당글라르 부인의 눈과 마주쳤다. 부인은 부채로 이쪽에 인사를 보내왔다. 외제니 양은 그 커다란 검은 눈을 아래층으로는 거의 돌리지도 않았다.

　「사실, 난」 샤토 르노가 말했다. 「서로 격이 어울리지 않는다는 점 외에는 전혀 납득이 안 가는데, 그렇다고 그 점 때문에 자네가 그렇게 크게 고민하는 것 같지도 않고. 그러니 자네하고 저 아가씨가 결혼하기에 맞지 않다는 것 말고는, 자네가 저 당글라르 양을 싫어하는 이유를 난 도무지 모르겠단 말야. 굉장히 예쁘지 않아?」

　「예쁘기야 굉장히 예쁘지」 하고 알베르가 말했다. 「그러나 솔직히 말해서, 난 아름답다는 점에선 말야, 무엇인가 우아하고 화사하고 좀 여자다운 것이 좋거든」

　「그게 바로 젊다는 얘기야」 하고 샤토 르노는 말했다. 그는 자기 나이가 서른이라는 것으로 해서, 알베르에게는 마치 아버지라도 되는 것처럼 말했다. 「젊은 사람들은 절대로 만족이라는 걸 모르거든. 무슨 소리야? 모처럼 〈사냥하는 디아나〉(루브르 미술관에 있는 여신 디아나의 조각——옮긴이) 같은 색시를 골라주었는데도 이러쿵저러쿵하니 말야」

「맞았어, 바로 그 점이란 말야. 난 밀로나 카푸아의 비너스 같은 여자를 좋아하거든. 밤낮 님프의 무리 사이에 둘러싸여 있는 〈사냥하는 디아나〉는 두려워. 자칫하면 나를 악테온(디아나가 목욕하는 것을 본 죄로 사슴이 되었다——옮긴이)으로 취급할지도 모르겠으니」

사실 그 처녀를 보면, 방금 한 알베르 드 모르세르의 말을 이해할 수 있을 것이다. 과연 당글라르 양은 아름다웠다. 그러나 그 아름다움이란 알베르의 말마따나 딱딱한 느낌을 주는 그런 아름다움이었다. 머리카락은 칠흑같이 새까맣지만, 자연스럽게 곱슬곱슬한 머릿결은 어딘지 모르게, 그 머리를 마음대로 어루만지려는 손길을 거역하는 구석이 있는 듯싶었다. 눈빛 역시 머리처럼 칠흑이었다. 이따금 눈살을 찌푸리는 것이 옥에 티랄까, 나무랄 데 없이 아름다운 눈썹에 둘러싸인 눈과 그 눈길은 부인의 것이라고 보기 힘들 정도로 총명한 느낌이 들었다. 코는 마치 조각가가 헤라(제우스의 처. 결혼의 여신——옮긴이)에게라도 붙여줄 만큼 균형이 잡혀 있었다. 단지 입만은 너무 큰 듯했지만, 아름다운 이가 보이고, 창백한 얼굴빛에 비해 지나칠 정도로 새빨간 입술 때문에 더욱 두드러져 보였다. 마지막으로 입 한쪽 끝에 까만 점이 하나 있었다. 자연적으로 생겼다고 보기엔 너무 커서, 얼굴 전체에 결정적으로 굳은 인상을 주었고, 바로 그 때문에 알베르가 질려버린 것이다.

당글라르 양은 그밖의 다른 점에서는 지금 묘사한 얼굴 모습과 퍽 잘 어울렸다. 샤토 르노의 말대로 확실히 〈사냥하는 디아나〉와 꼭 같았다. 그러나 당글라르 양의 아름다움에는 그보다 더욱 꿋꿋하고 힘있는 무엇이 있었다.

한편 교육면에서 보더라도 설혹 무엇인가 나무랄 데가 있다면, 그것은 그녀의 얼굴이 어떻게 보면 좀 남성적이라는 점일 것이다. 과연 당글라르 양은 두세 가지 외국어를 알며, 그림도 잘 그리고, 또 시도 짓고 음악도 알았다. 그중에서드 특히 음악에는 상당히 열심이었다. 그녀는 궁핍했지만 분명 훌륭한 가수가 될 수 있으리라는 평을 듣는 학교의 한 친구와 함께 배웠다. 소문에는 어느 유명한 작곡가가 그 소녀에게 거의 부모와 다름없는 관심을 가지고, 이 다음에 그 목소리로 틀림없이 큰 돈을 벌 수 있으리라는 희망을 가지고 열심히 음악 공부를 시킨다는 것이었다.

그 젊은 가수는 루이즈 다르미라는 소녀였는데, 언젠가는 무대에 서게 되리라고 생각한 당글라르 양은 그 친구를 집으로는 불러들였지만, 결코 밖에까지 같이 다니지는 않았다. 더구나 루이즈는 당글라르의 집에서는 친구라는 독립된 지위를 가지고 있지 못했기 때문에, 그저 보통 가정교사보다 좀더 나은 대우밖에는 받지 못했다.

당글라르 부인이 자리에 들어서고 얼마 되지 않아서 막이 내렸다. 사람들은 삼십 분간의 긴 막간을 이용해서 휴게실로, 혹은 아는 사람들을 찾으러 자리를 떠났기 때문에, 아래층은 거의 텅 비어 있었다.

알베르와 샤토 르노는 막이 내리자 제일 먼저 일어서서 나갔다. 알베르가 이렇게 급히 일어서는 이유가 자기들에게 인사를 하려고 오는 것이려니 생각한 당글라르 부인은 딸에게 그들이 올 것이라는 얘기를 귓속말로 해주었다. 당글라르 양은 가볍게 미소를 띠며 고개를 끄떡여 보였다. 그러나 바로 그때, 외제니 양의 생각을 완전히 묵살해 버리려는 듯이, 알베르는 제1열 옆 자리에 나타났다. 그것은 G…… 백작 부인의 자리였다.

「어머나! 당신이었군요」 G…… 백작 부인은 오랜 친구 사이기라도 한 듯이, 아주 친숙한 태도로 알베르에게 손을 내밀며 말했다.

「이렇게 날 알아보고, 제일 먼저 찾아와 주시니 정말 고마운데요」

「부인」 하고 알베르는 대답했다. 「부인께서 파리에 와 계신 줄 알았더라면, 그리고 주소를 알았더라면 이렇게 늦게 찾아뵙진 않았을 겁니다. 그건 그렇고, 제 친구 한 사람을 소개해 드릴까 하는데, 이 사람은 샤토 르노 남작입니다. 파리에서는 보기 드문 신사지요. 그리고 참, 방금 이 친구한테서 부인께서 샹 드 마르스 경마에 가셨었다는 얘기를 들었습니다」

샤토 르노가 고개 숙여 인사했다.

「아, 경마에 가셨었군요?」 하고 백작 부인이 물었다.

「네, 부인」

「그럼」 하고 부인은 성급하게 말을 이었다. 「경마 클럽상을 탄 말이 누구 것인지 아세요?」

「모르겠는데요」 하고 샤토 르노가 대답했다. 「그렇지 않아도, 조금 전에 저도 알베르에게 그걸 물었습니다」

「그렇게 알고 싶으십니까?」 하고 알베르가 물었다.

「뭐가요?」

「말 임자가 누군가 하는 것 말입니다」

「그럼요, 알고 싶어 죽겠어요…… 누군가 짐작해 보세요…… 하지만, 그걸 알 수가 있을라고요? 그런데 혹 자작께선 아시는 수가 있나요?」

「부인, 얘길 시켜보십시오. 한번 생각해 보라고요」

「그럼, 생각해 보세요. 전 그 훌륭한 밤색 말과 붉은 모자를 쓴 기수를 보자 대번에 마음이 끌려, 그 말과 기수를 위해 내가 내 재산의 반쯤이라도 건 듯이 기도했답니다. 그래서 그 말이 다른 말들을 물리치고 결승점에 다다랐을 때는 그만 미친듯이 손뼉을 쳤지요. 그런데 글쎄, 제가 집에 돌아오니까 저의 집 층계에 그 기수가 와 있질 않겠어요. 저는 그 기수도 우연히 나와 같은 집에 묵고 있나 보다 생각했는데, 응접실 문을 여니까 그 금잔이 눈에 띄질 않겠어요. 누군지 모르던 그 말과 그 기수가 탄 그 상 말이어요. 그러니 제가 얼마나 놀랐을지 생각해 보세요. 그 컵에는 조그만 종이 쪽지가 들어 있었는데 그 쪽지에는 〈G…… 백작 주인에게, 루드벤 경〉이라고 적혀 있었어요」

「그래, 바로 그거야」하고 알베르가 말했다.

「아니, 바로 그거라뇨? 대체 무슨 얘긴지 모르겠군요」

「루드벤 경임에 틀림이 없을 거라는 말씀입니다」

「루드벤 경이라니요?」

「그때 그 흡혈귀 말입니다. 아르젠티나 극장에서 본 그 사람 말이에요」

「어머, 어쩌면!」 백작 부인이 소리쳤다. 「그래, 그 사람이 여기 있단 말씀인가요?」

「그렇습니다」

「그럼, 당신이 그 사람을 보셨단 말인가요? 그 사람을 만나고, 그 사람 집에도 가고?」

「제가 아니라, 저와 아주 친한 친구가 만났던 겁니다. 이 샤토 르노 군도 만났습니다」

「그래, 경마에 이긴 게 그 사람이라는 확증은 뭐죠?」

「그 말이 밤파라는 이름이었거든요」

「그런데요?」

「전에 저를 볼모로 잡아갔던 유명한 산적의 이름을 잊어버리셨나요?」

「아 참, 그렇군요!」

「그때, 몬테크리스토 백작이 나를 기적적으로 그 산적한테서 구해 주었던 것입니다」

「그랬죠, 참」

「그 산적 이름이 밤파였거든요. 그렇다면 그게 바로 그 산적이라는 게 납득이 가시겠죠!」

「그런데, 그 컵을 왜 나한테 보냈을까요?」

「그건, 우선 제가 그 사람한테 부인 얘기를 자주 해왔고, 또 한 가지는 동포를 만나게 돼서 반갑고, 게다가 동포인 부인께서 자기에게 관심을 가져주는 게 기뻤기 때문일 것입니다」

「그런데 우리가 그분에 관해서, 쓸데없는 소리를 함부로 한 얘기를 설마 그분한텐 안하셨겠죠?」

「그건 장담을 못하겠는데요. 그 컵을 루드벤 경의 이름으로 보내온 걸 보면……」

「아이, 무서워라. 그럼 분명히 그 사람은 나를 혼낼 거예요」

「그 사람이 부인한테 한 일이 어디 적에게 하는 방법인가요?」

「그렇진 않습니다」

「그렇다면야 뭐가 걱정이십니까?」

「그래, 그 사람이 파리에 있나요?」

「그렇습니다」

「평판은 어때요?」

「일주일 간은 여러 가지 소문이 많았습니다. 그런데 영국 여왕의 대관식과 마르스 양의 다이아몬드 도난 사건이 일어나는 바람에 그후로는 얘기가 그리로 몰려버리고 갔지요」

「이봐」하고 샤토 르노가 말했다. 「백작은 자네 친구란 말야. 그래서 자네가 그렇게 생각하고 있는 거야. 부인, 이 알베르가 하는 말은 믿지 마십시오. 지금 파리에는 몬테크리스토 백작 얘기가 자자합니다. 으선 맨 처음에, 당글라르 부인에게 3만 프랑짜리 말을 보냈습니다. 그 다음 빌포르 부인의 목숨을 구해 줬습니다. 그러니까, 코르세르가 한 얘기와는 반대로 제가 보기엔 지금도 파리에서는 백작에 대한 얘기들을 하고 있습니다. 뿐만 아니라, 또 백작이 계속해서 그런 비범한 일을 한다면, 지금으로서는 그게 그 사람의 일상적인 태도 같지간, 아마 한 달 후엔 모두들 백작 얘기 말고는 다른 얘기는 아예 안하려고 들 걸요」

「그럴지도 모르지」알베르 드 모르세르가 말했다.

「그건 그렇다 치고, 러시아 대사의 특별석을 산 건 도대체 누굴까?」

「어느 특별석 말이에요?」백작 부인이 물었다.

「제1열의 기둥 사이에 있는 것 말입니다. 아무래도 다른 사람에게 넘어간 것 같아요」

「글쎄」하고 샤토 르노가 말했다.

「제1막 때 거기 누가 있었나?」

「어디?」

「그 자리에 말야」

「아무도 없었는데요」백작 부인이 말했다. 「난 아무도 못 봤어요, 그런데」부인은 먼젓번 얘기로 다시 말머리를 돌리며, 「경마에 이긴 것이 정말 당신이 말하는 그 백작일까요?」

「확실합니다」

「그럼, 그 컵을 내게 보낸 사람도?」

「틀림없을 겁니다」

「하지만 전 그분을 모르는데요」백작 부인이 말했다.

「그러니까, 그 컵은 다시 돌려보냈으면 좋겠어요」

「아, 그런 짓은 하지 마십시오. 그럼, 아마 다른 것을 또 보낼 겁니다. 그때는 사파이어로 만든 것이라든가, 루비로 조각한 것이라든가. 그 사람은 으레 그런답니다. 그러니 하는 수 있습니까? 그 사람은 그러려니 해야죠」

그때, 제2막의 시작을 알리는 종이 울렸다. 알베르는 제자리로 돌아가려고 자리에서 일어섰다.

「나중에 또 뵐 수 있을까요?」부인이 물었다.

「방해만 되지 않는다면, 막간에 또 오겠습니다. 혹시 파리에서 제가 도움이 될 일이 있나 여쭈러 오지요」

「저」하고 부인이 말했다. 「매주 토요일 밤에 리모리 가 22번지에 있는 저희 집에서 친구들을 만나곤 하니, 두 분 다 오실 수 있으면 오세요」

두 청년은 인사하고 자리를 떴다.

자리로 들어선 그들은 관객이 모두 일어서고 모든 시선이 어느 한쪽으로 쏠려 있는 것을 보았다. 그들도 어느새 다른 사람들의 시선을 따라 러시아 대사의 자리로 눈길을 보냈다. 서른다섯에서 마흔쯤 된 검은 양복을 입은 남자가 동양풍으로 차린 여자와 함께 러시아 대사의 자리에 들어선 것이다. 여자의 아름다움이 뛰어난 데다가 그 화려한 옷차림이 굉장해서, 그처럼 많은 사람들이 잠시 시선을 그리로 돌렸던 것이다.

「아니!」하고 알베르가 말했다. 「몬테크리스토 백작하고 그 그리스 여자 아닌가?」

사실 그들은 백작과 하이데였다.

잠시 후에는 그 젊은 여인이 아래층 관객들뿐 아니라, 모든 관객의 주목의 대상을 받았다. 특별석의 부인들은 좌석 밖으로 허리를 굽히고 불빛에 별처럼 반짝이는 하이데의 다이아몬드들을 바라보았다.

제2막은 이렇게 술렁술렁한 가운데 상연되었다. 마치 이 많은 사람들의 모임 속에 무슨 사건이라도 일어난 것같이 술렁거렸다. 그러나 누구 한 사람 조용히 하라고 소리치는 사람도 없었다. 이 젊고 아름답고 황홀한 여자야말로 가장 신기한 구경거리였기 때문이다.

이번에는 당글라르 부인이 알베르에게 손짓을 했다. 다음 막간에는 이쪽으로 찾아가겠다는 뜻이 분명했다. 알베르 드 모르세르는 곧 눈치 챘다. 자기를 기다리고 있는 사람이 있다는 것을 알면서 상대방을 더 이상 기다리게 할 수 없는 노릇이었다. 막이 내리자, 그는 급히 당글라르 부인의 자리로 갔다.

그는 두 여자에게 인사한 다음, 드브레에게 손을 내밀었다.

당글라르 부인은 상냥한 미소로 그를 맞아주었다. 외제니는 언제나처럼 냉담했다.

「사실은 말이지」하고 드브레가 말했다.「밑천이 딸려서 자네한테 구원을 청하려던 참이었네. 부인께서 자꾸 저 백작에 관한 질문을 하시는데, 어디 살며, 어디서 왔는지, 또 어디로 갈 것인지를 물으시거든. 하지만 난 칼리오스트로(이탈리아의 유명한 사기꾼──옮긴이)가 아니란 말일세. 그래 궁여지책으로 〈모르세르한테 물어보십시오. 그 사람 같으면 백작 일은 환하게 아니까요〉라고 말씀드렸거든. 그래서 부인께서 자네를 오라고 하신 거야」

「글쎄, 이럴 수가 있어요?」하고 남작 부인은 말했다.

「기밀비가 50만 프랑이나 되는데, 그 정도밖엔 모른다니, 될 말이에요?」

「하지만, 부인」하고 드브레가 말했다.「설령 제게 50만 프랑이나 되는 기밀비가 있다 하여도 몬테크리스토 백작에 관한 조사보다는 다른 데 써야 할 게 아닙니까. 그 사람은 한갓 벼락부자로밖엔 보이지 않습니다. 그 외엔 아무 의미도 없으니까요. 자, 이젠 얘기를 알베르에게 넘겼으니, 두 분이 잘 해보십시오. 이젠 전 모르겠습니다」

「하지만 엉터리 벼락부자라면 3만 프랑씩이나 하는 말을 두 필이나, 그것도 하나에 5,000프랑짜리 다이아몬드를 네 개나 귀에 달아서 나한테 보내진 않았을 거예요」

「아, 그 다이아몬드 얘기요?」 모르세르가 웃으면서 말했다. 「그건 그 사람의 버릇입니다. 포촘킨(러시아의 여제(女帝) 예카테리나 2세의 애인이자 총신――옮긴이)처럼 그 사람은 늘 주머니에 다이아몬드를 가지고 다니지요. 그리고 프티 세(프랑스 동화에 나오는 인물――옮긴이)가 길에다 조약돌을 뿌리듯이 다이아몬드를 가는 곳마다 뿌린답니다」

「아마 광맥이라도 발견한 모양이죠?」 당글라르 부인이 말했다. 「그 사람이 우리 주인의 은행에서 무제한 대출을 하고 있다는 사실을 아세요?」

「처음 듣는 얘긴데요」 하고 알베르가 말했다. 「하지만 있을 법한 얘기지요」

「게다가 그 사람은 주인한테, 파리에는 일년쯤 체류할 예정인데, 그동안에 600만 프랑을 쓸 생각이라고 그랬다는군요」

「익명으로 여행중인 페르시아 왕인가 보죠」

「그리고 그 여자 말이에요. 뤼시앵 씨」 하고 외제니가 말했다. 「그 여자 얼마나 예쁜지 보셨어요?」

「과연 여자에 관해서 그처럼 공평하게 볼 줄 아는 사람은 내가 아는 한 당신밖엔 없을 겁니다」

뤼시앵은 코안경을 한쪽 눈에 갖다 댔다.

「기가 막힌데!」 하고 그는 말했다.

「알베르 씨, 저 여자가 누군지 아시겠어요?」

「외제니 양」 알베르는 거의 직접 자기에게로 온 이 질문에 대답했다. 「저 이상한 인물과 마찬가지로, 저가 조금은 알고 있습니다. 저 여자는 그리스 여자입니다」

「그건 옷차림만 봐도 알 수 있어요. 그 정도는 여기 있는 모든 사람들이 다 알고 있는 거죠」

「안됐습니다. 안내인이 아무것도 몰라서요. 그러나 솔직히 말씀드리면, 제가 알고 있는 것은 고작 그것뿐입니다. 그밖에 제가 알고 있는 것이라고는 그 여자가 음악을 하는 여자라는 것뿐입니다. 왜냐하면 어느 날인가 그 백작 댁에서 점심을 먹는데 분명 그 여자가 타는 듯한 구즐라 소리를 들은 일이 있으니까요」

「그럼, 그 백작은 손님을 잘 청하는가요?」 당글라르 부인이 말했다.

「그럼요. 아주 자주 청한답니다」

「그럼, 우리도 주인 양반한테 말해서 그 사람을 만찬이나 무도회에 초대를 하라고 그래야겠는데요. 그러면 그쪽에서도 우리를 초대할 게 아니에요?」

「네, 부인께서 그 사람 집에 가신다고요?」 드브레가 웃으면서 물었다.

「안 될 게 뭐 있어요? 남편하고 같이 갈 텐데」

「하지만, 그 불가사의한 백작이란 사람은 독신입니다」

「그래도 좀 보세요, 그렇지도 않잖아요」

이번에는 당글라르 부인이 아름다운 그리스 여자를 손으로 가리켰다.

「그 사람한테 들은 얘기지만 저 여자는 노예입니다. 자네도 생각나지, 모르세르. 그때 자네 집에서 점심을 먹을 때 말야?」

「하지만 뤼시앵」 하고 당글라르 부인은 말했다. 「꼭 공주 같아 보이지 않아요?」

「『아라비안 나이트』의?」

「『아라비안 나이트』라고는 말하지 않았어요. 그런데, 어째서 저렇게 공주처럼 보일까요? 저 다이아몬드들 때문일 거예요. 다이아몬드로 휩싸여 있지 않아요」

「다이아몬드가 너무 많군요」외제니가 말했다.「다이아몬드가 없었다면 오히려 더 예뻤을 텐데요. 목과 손목이 드러나는 게 더 좋았을 거예요」

「넌 예술가로구나. 얘를 좀 보세요」하고 당글라르 부인은 말했다.「이렇게 금방 열중해 버리지 않아요?」

「아름다운 건 다 좋아해요」외제니가 말했다.

「그럼, 저 백작은 어떻게 생각하십니까?」드브레가 물었다.「백작도 나쁘지는 않은 것 같은데요」

「백작요!」하고 외제니는 마치 아직 백작은 볼 생각은 하지도 않았다는 듯이「얼굴이 너무 창백해요」하고 대답했다.

「바로 그겁니다」알베르가 말했다.「저 창백한 얼굴 속에 우리가 찾고자 하는 비밀이 있는 겁니다. G…… 백작 부인은 흡혈귀라고 말하지만」

「그럼, G…… 백작 부인이 파리로 돌아왔나요?」당글라르 부인이 물었다.

「바로 저쪽 측면 좌석에 있지 않아요?」외제니가 말했다.「거의 우리하고 정견으로 앉아 있는데요. 저기, 저 아름다운 금발의 여인이 바로 그분이에요」

「아, 참 그렇군요」당글라르 부인이 말했다.「알베르 씨, 한 가지 해주셔야 할 일이 있는데」

「어서 말씀하십시오, 부인」

「저 몬테크리스토 백작을 찾아가서, 그분을 이리로 모셔오는 겁니다」

「그건 왜요?」 외제니가 물었다.

「얘길 좀 하게 말이다. 넌 만나보고 싶지 않니?」

「아뇨, 조금도」

「참 이상도 하다!」 부인이 중얼거렸다.

「아니, 어쩌면 저쪽에서 먼저 올 것 같습니다」 알베르가 말했다. 「저것 보십쇼. 지금 부인을 보고, 인사하고 있지 않습니까?」

당글라르 부인은 상냥스럽게 웃어 보이며 백작에게 답례했다.

「자, 그럼」 하고 알베르가 말했다. 「제가 한번 나서볼까요? 가서 얘길 해볼 여유가 있는가 보고 오지요」

「그분 자리로 가보세요. 간단한 것을 가지고 뭘 그러세요?」

「하지만, 인사가 없어서요」

「누구하고 말이에요?」

「저 그리스 미인하고 말씀입니다」

「그 여자는 노예라면서요?」

「네, 그렇지만, 부인께서 공주 같다고 그러시지 않았어요?⋯⋯ 아니, 제가 나가는 걸 보고, 저쪽에서도 나와주었으면 좋겠는데」

「그럴지도 몰라요. 어서 가보세요」

「그럼, 가보죠」

알베르 드 모르세르는 인사를 하고 밖으로 나갔다. 과연 알베르가 백작의 좌석 앞을 지나가는데 문이 열렸다. 백작이 알리에게 아라비아 말로 몇 마디 이르자, 복도로 나와 서 있다가 알베르의 팔을 잡았다.

알리는 다시 문을 닫고, 그대로 문 앞에 서 있었다. 복도에는 이 아라비아 사람을 둘러싸고 사람들이 들끓었다.

「과연」하고 몬테크리스토 백작이 알베르에게 말했다.「당신네 파리는 이상한 도시군요. 파리 사람들도 묘한 사람들이고, 마치 아라비아 사람을 처음 본 것처럼 떠드니 말이에요. 뭐가 뭔지 몰라 어리둥절해하는 불쌍한 알리 주위로 몰려드는 저 사람들을 좀 보십시오. 하지만 파리 사람이 튀니스나 콘스탄티노플이나 바그다드, 또는 카이로에 가더라도 저렇게 둘러싸이진 않을 것을 보증할 수 있습니다」

「결국 동양인들은 모두 사리를 아는 사람들이라서, 볼 만한 가치가 있는 게 아니면 구경하지 않는단 말씀이로군요. 하지만 알리가 저렇게까지 사람들의 인기를 끌고 있는 이유는 그가 당신의 사람이기 때문입니다. 지금 당신은 문제의 인물이니까요」

「어째서지요?」

「그야 백작이 하신 행동들 때문이지요. 당신은 1,000루이짜리 말을 선사했고, 검사 댁 가족의 목숨을 구해 주셨습니다. 게다가 또 브라크 소령이라는 이름으로, 아메리카 산 작은 원숭이 같은 기수를 순종 말에 태워 금잔을 타셨는가 하면, 이번엔 또 그 잔을 아름다운 부인에게 주시지 않으셨습니까?」

「그런 바보 같은 소리는 다 어디서 들으셨습니까?」

「우선 첫째로 당글라르 부인한테서 들었지요. 부인은 지금 저 특별석에서 백작께 뵙고 싶어서 야단입니다. 아니, 차라리 그보다도, 백작께서 부인의 좌석에 오시는 것을 남한테 보이고 싶은 거지요. 두번째는 보샹 씨의 신문입니다. 그리고 세번째는 제 상상력이지요. 자신의 신분을 감추고 싶으시다던 백작께서, 어째 말을 〈밤파〉라는 이름으로 내놓으셨나요?」

「아, 그렇군요」하고 백작이 말했다. 「그건, 정말 경솔했는데요. 그런데 참, 한 가지 묻고 싶은 게 있는데, 아버님 모르세르 백작께선 가끔 오페라에도 오십니까? 유심히 찾아보아도 통 안 보이시니」

「아마 오늘 밤에 오실 겁니다」

「어느 자리로 오십니까?」

「남작 부인의 자리겠지요」

「저 부인과 같이 온 그 아름다운 여자가 그분의 따님이신가요?」

「그렇습니다」

「아, 그러세요? 축하합니다」

알베르는 빙그레 웃었다.

「그 얘긴 나중에 자세히 합시다. 그런데, 음악은 어떻게 생각하십니까?」

「무슨 음악을요?」

「방금 들으신 음악 말입니다」

「네, 인간인 작곡가의 손으로 만들어지고, 고(故) 디오게네스(그리스의 철학자 옮긴이)의 말마따나, 날개 없는 두발 달린 새들이 부르는 것으로는 상당히 훌륭한 것이라고 말할 수 있겠지요」

「허어! 대단하십니다. 그런 말씀을 하시는 걸 보니, 백작께선 마치 천상의 일곱 개의 합창이라도 마음대로 들으실 수 있는 것같이 생각되는데요」

「어쩌면 그럴지도 모르죠. 훌륭한 음악을 듣고 싶을 때는, 자작, 난 한숨 잡니다」

「그렇다면 여기 오시길 잘 하셨습니다. 한숨 주무십시오. 백작, 사실 오페라란 잠이나 자기 위해서 만들어진 것이니까요」

「그런데 정말이지 당신네 나라 음악은 참 시끄럽군요. 지금 말씀드린 대로 한잠 자려면, 좀 조용해야만 합니다. 그리고 나선 또 어떤 약이 필요합니다……」

「아, 그 유명한 하시시 갈입니까?」

「그렇습니다. 자작, 당신도 음악이 듣고 싶으실 때는 저의 집 만찬에 들러보십시오」

「하지만 벌써 전에도 점심을 먹으러 갔다가 들은 일이 있습니다」하고 알베르가 말했다.

「로마에서였던가요?」

「그렇습니다」

「아, 그건 하이데가 구즐라를 탄 것이었지요. 제 나라에서 멀리 망명온 그 불쌍한 여자는 가끔 자기네 나라 곡을 들려주면서 나를 위로해 준답니다」

알베르는 그 이상은 아두 말도 하지 않았다. 백작 쪽에서도 잠자코 있었다.

그때 종이 울렸다.

「그럼, 실례하겠습니다」백작은 자기 자리 쪽으로 돌아가며 말했다.

「네, 어서 가보십시오!

「G…… 백작 부인께는 부인이 말하는 흡혈귀가 안부 전한다고 전해 주십시오」

「남작 부인한테는, 그럼?」

「부인께서만 허락해 주신다면 오늘 저녁에 잠깐 인사나 드리러 가겠노라고 전해 주십시오」

제3막이 시작되었다. 3막이 진행되는 동안에, 약속대로 모르세르 백작이 당글라르 부인 자리에 나타났다. 백작은 유별나게 관객들의 눈을 끌게 하는 사람은 아니었다. 그래서 그가 자리로 들어온 것을 안 사람은 그의 좌석 근처 사람들뿐이었다.

그러나 몬테크리스토 백작 쪽에서는 모르세르 백작이 들어온 것을 놓치지 않고 보았다. 그의 입술에는 가벼운 미소가 떠올랐다.

일단 막이 오르자, 하이데에게는 무대 외엔 아무것도 눈에 들어오지 않았다. 초심자면 누구나 그렇듯이, 그녀는 귀에 들려오고 눈에 보이는 것에만 그저 열중하고 있을 뿐이었다.

제3막은 그저 그렇게 지나갔다. 노블레, 쥘리아, 르루의 세 여배우가 늘 하는 앙트르샤(춤 출 때 두 발을 마주치며 공중으로 뛰는 무용——옮긴이)를 추었다. 그라나다 왕은 로베르 마리오에게 도전을 당했다. 이윽고 이 당당한 국왕은 딸의 손을 끌고, 자기 비로드 망토를 보여주기 위해서 무대 위를 한바퀴 돌았다. 그러고는 막이 내렸다. 관객석의 사람들은 이내 휴게실과 복도로 몰려나왔다.

백작도 자리에서 나왔다. 그리고 잠시 후에는 당글라르 부인의 자리에 나타났다.

남작 부인은 자기도 모르게 그만 반갑고 놀라서 가볍게 소리를 질렀다.

「자, 백작, 어서 이리로 오세요」하고 당글라르 남작 부인이 말했다. 「언젠가 편지는 보내드렸지만 그래도 한시 바삐 만나뵙고 인사를 드리고 싶었습니다」

「원, 부인께서도」 하고 백작이 말했다. 「아무것도 아닌 일을 뭘 여태까지 기억하고 계십니까? 전 벌써 잊어버리고 말았는걸요」

「네, 백작, 또 게다가 그 이튿날은 그 말 때문에 큰일 날 뻔했던 제 친구 빌도르 부인을 구해 주셨는데, 어찌 그런 걸 잊어버릴 수 있겠습니까?」

「그건 제가 감사받을 일이 아니올시다. 빌포르 부인을 구해 드린 것은 제 하인 알리입니다. 아라비아 사람이지요」

「그럼」 하고 이번에는 모르세르 백작이 말했다. 「제 아들을 로마 산적들한테서 구해 준 것도 바로 그 알리였던가요?」

「아니, 그건 다릅니다」 하고 몬테크리스토 백작은 장군이 내민 손을 잡으면서 말했다. 「그 일은 제가 인사를 받아도 될 만한 일입니다. 하지만 그 사건은 벌써 장군께서 치하해 주셨고, 또 저도 감사하게 받아들인 일입니다. 또 인사를 하신다면 오히려 제가 부끄럽습니다. 자, 그럼, 부인, 따님께 저를 소개해 주시지요」

「아, 이름만으로는 벌써 소개한 것이나 다름없습니다. 요 이삼 일 동안은 백작 얘기만 해왔으니까요. 자, 외제니」 남작부인은 딸 쪽으로 고개를 돌리며, 「몬테크리스토 백작님이시다」 하고 말했다.

백작이 허리를 굽혔다. 당글라르 양은 고개를 까딱해 보였다.

「참, 아름다운 여자하고 오셨는데, 따님이신가요?」 하고 외제니가 물었다.

「아닙니다」 백작은 이 너무나 솔직하고 놀랄 만큼 대담한 질문에 놀라 말했다.「불쌍한 그리스 여잔데 제가 후견인이지요」
「이름이 뭔데요?……」
「하이데입니다」백작이 대답했다.
「그리스 여자라!」모르세르 백작이 중얼거렸다.
「네, 그렇대요」하고 당글라르 부인이 대답했다.「당신, 전에 알리 테베린 궁전에서 그렇게 공을 많이 세우셨을 때도 저렇게 아름다운 의상을 보신 일 있으세요?」
「아, 그럼」하고 몬테크리스토 백작이 말했다.「자니나에서 근무하신 적이 있으셨던가요?」
「네, 파샤 군대의 검열관으로 있었던 적이 있습니다」하고 모르세르가 대답했다.「제가 가지고 있는 얼마 안 되는 재산도 솔직히 말씀드리면, 그때 그 유명한 알바니아 왕의 호의로 얻은 것이지요」
「저것 좀 보세요!」당글라르 부인이 또 입을 열었다.
「어디?」모르세르가 웅얼거렸다.
「저기 말입니다」몬테크리스토 백작은 이렇게 말하며, 모르세르 백작을 팔로 그러안듯이 좌석 밖으로 몸을 내밀었다.
바로 그때, 이리저리 백작을 찾던 하이데의 눈은 창백한 백작의 얼굴 옆에 백작에게 안기듯이 앉아 있는 모르세르의 얼굴을 보았다.
그것은 이 소녀의 얼굴에 마치 메두사의 머리라도 대한 듯한 강한 효과를 나타내었다. 여자는 몸을 앞으로 약간 내밀어 두 사람을 삼킬 듯이 노려보았다. 그러더니 가느다랗게 소리를 지르며 몸을 다시 뒤로 돌렸다. 그 비명 소리는 여자 가까이에 있는 사람들과 알리에게까지 들렸다. 알리는 그 소리에 이내 문을 열었다.

「어머나」하고 외제니가 말했다.「같이 오신 여자분에게 무슨 일이 생긴 모양인데요. 백작, 기분이 좋지 않아 보여요」

「그렇군요」하고 백작이 대답했다.「그러나 걱정하실 건 없으십니다. 하이데는 아주 신경질적인 소녀여서, 냄새에도 퍽 민감하지요. 비위에 맞지 않는 향수 냄새만 맡아도 기절할 정도니까요. 하지만」하고 백작은 주머니에서 약병을 하나 꺼내며「여기 약이 있습니다」하고 말했다. 백작은 남작 부인과 그 딸에게 한꺼번에 고개를 숙여 인사하고, 백작과 드브레와는 악수를 나눈 다음, 남작 부인의 자리를 떠났다.

백작이 다시 제자리로 돌아왔을 때, 하이데는 아직도 얼굴이 새파랗게 질려 있었다. 그리고 그가 나타나자마자, 백작의 손을 잡았다.

몬테크리스토 백작은 하이데의 손이 촉촉하면서도 얼음처럼 싸늘하다는 것을 깨달았다.

「같이 얘기하신 분이 누구예요?」하고 소녀가 물었다.

「모르세르 백작이야」백작이 대답했다.「너의 아버지 밑에서 일을 하고 있었던 그 사람 같이야. 아버지 덕분에 한 밑천 잡았다고 솔직하게 고백하더군」

「아니, 어쩌면 그렇게 뻔뻔스러울까!」하이데가 소리쳤다. 「바로 아버님을 터키 사람들한테 팔아먹은 그 장본인인데. 그 재산이야말로 아버님을 배반하고 얻은 돈이어요. 그 사실을 모르시고 계셨던가요?」

「그 얘긴 벌써 에페이로스에서도 잠깐 들어서 알고 있지」하고 백작은 대답했다.「하지만, 자세한 내막은 일일이 모르니, 돌아가서 그 얘기나 들어볼까? 재미있는 일이 있을 것 같군」

「네, 그래요! 정말 가요, 가야겠어요. 더 이상 저 인간을 마주 보고 있으면 제가 죽을 것만 같아요」

이렇게 말하며 하이데는 자리에서 벌떡 일어나, 진주와 산호로 수놓은 흰 캐시미어 망토를 둘러쓰고, 막이 오르려는데 급히 밖으로 나갔다.

「저것 보세요. 저 사람은 다른 사람들이 하는 대로 하는 법이 없어요」하고 백작 부인은 자기 곁으로 돌아온 알베르에게 이렇게 말했다.

「저 사람은 〈로베르 르 디아블〉의 3막은 엄숙하게 듣더니, 진짜 보아야 할 제4막은 막이 오르려는 판에 나가버리지 않아요」

주식의 등락

이렇게 해서, 몬테크리스토와 만난 지 며칠 만에 알베르 드 모르세르는 샹젤리제의 저택으로 백작을 찾아갔다. 그 집은 벌써 궁전과 같은 당당한 풍모를 드러내고 있었다. 백작은 워낙 막대한 재산이 있었으므로, 잠깐씩 머무는 집들까지도 이렇게 훌륭하게 꾸며놓았다.

알베르는 당글라르 부인의 인사를 구두로 전하러 온 것이다. 그런데 부인은 그전에 벌써 옛 이름으로 에르민 드 세르비외 당글라르 남작 부인이라는 서명을 한 편지를 띄워놓았던 것이다.

알베르는 뤼시앵 드브레를 데리고 왔는데, 드브레는 알베르의 말에 덧붙여서 자기도 두세 번 인사를 되풀이했다. 그것은 물론 공식적인 인사가 아니었지만, 백작의 날카로운 눈이 그런 말 뒤에 숨은 뜻을 모를 리 없었다.

 백작에게는, 뤼시앵 드브레가 이중의 호기심이 움직여서 찾아왔다는 사실과 또 그 호기심의 절반은 쇼세당탱 가의 주인이라는 점에서 생긴 호기심이라는 것까지 꿰뚫어보는 것 같았다. 과연 백작의 짐작으로는 당글라르 부인이 자기에게 3만 프랑짜리 말을 보내고, 100만 프랑이나 하는 다이아몬드를 몸에 붙인 그리스 여자 노예를 데리고 오페라에 나타날 수 있는 이 남자의 집을 자기 눈으로는 볼 수 없으니, 언제나 마음대로 이용할 수 있는 드브레의 눈을 빌려서 그 보고를 들을 심산인 것 같았다.

 그러나 백작은 이러한 드브레의 방문과 남작 부인의 호기심 사이의 관계 같은 것은 조금도 눈치 채지 못한 척했다.

「당글라르 남작하고는 늘 연락이 있으십니까?」하고 백작은 알베르에게 물었다.

「네, 전에 말씀드린 대로 그렇습니다」

「그럼, 일이 잘돼 가는군요?」

「그럼요, 아주 잘돼 가지요」드브레가 대답했다.

「다 된 얘기인 걸요」

 여기까지 말한 드브레는 그 정도로만 얘기해 두면 그 다음엔 참견을 안해도 될 것이라고 생각했던지, 대모로 만든 큰 안경을 눈에 대고 단장 끝에 달린 금 손잡이를 만지작거리며, 방 안에 걸린 무기와 유화들을 구경하기 시작했다.

「아, 그래요?」하고 백작은 말했다.「난 전에 들은 얘기로 보아선 그리 쉽게 성사가 되리라곤 생각하지 못했습니다」

「웬걸요! 세상일은 다 남이 모르는 사이에 진행되어 가는 걸요. 이쪽에선 생각도 않고 있는 일을 저쪽에선 이쪽 생각만 잔뜩 하고 있는 수가 있으니까요. 그래서 깜짝 놀라 정신을 차리고 돌아다보면 그땐 벌써 일은 한창 진행되어 버린 후가 되지요. 제 아버님과 당글라르 씨는 스페인 전쟁에 출정했었지요. 제 아버지는 군대에서 복무했고 당글라르 씨는 군수품을 취급했었습니다. 그 전쟁 덕분에, 혁명으로 파산한 아버지와 그때까진 재산이라곤 한 푼도 없던 당글라르 씨가 기반을 잡았지요. 아버지는 정치적으르 또 군사적으로 기반을 잡았고, 그분은 정치적으로 경제적으로, 기초를 쌓으신 것입니다」

「아, 그랬군요」하고 백작은 말했다.「제가 당글라르 씨를 찾았을 때도 그 얘기를 들었습니다」이렇게 말한 백작은 앨범을 뒤적거리고 있는 뤼시엥을 한 번 흘끗 쳐다보더니 다시 말을 계속했다.「게다가 외제니 양도 아름다운 분이던데요? 이름이 외제니였지요, 아마?」

「상당히 예쁩니다. 아니, 굉장한 미인이지요」하고 알베르는 대답했다.「하지만 전 그런 미인은 싫습니다. 전 그만한 가치가 없으니까요」

「마치 벌써 남편이라도 된 것같이 말씀하시는군요!」

「천만에요!」하며 알베르는 뤼시엥이 무엇을 하고 있는지 살피려는 듯, 주위를 한 번 둘러보며 말했다.

「그런데 제가 보기엔」백작이 목소리를 낮추며 말했다.

「이 결혼이 썩 마음에 드시질 않는 것 같아 뵈는군요」

「당글라르 양은 저에 비해서 너무 돈이 많습니다」하고 알베르는 말했다.「전 그게 겁이 나는 거죠」

「원!」하고 백작은 말했다.「당치도 않은 구실이십니다. 당신은 그럼 부자가 아니란 말씀이신가요?」

「제 아버지는 연 약 5만 프랑의 수입이 있습니다. 제가 결혼하면 그중에서 아마, 만이나 만 2천쯤은 주시겠죠」

「과연 그건 그리 대단한 건 아니로군요. 더군다나 파리에선 말입니다」 하고 백작이 말했다. 「하지만 이 세상은 돈만이 전부가 아닙니다. 고귀한 이름이라든가 사회적인 지위 같은 것도 그에 못지않은 거니까요. 당신은 이름도 훌륭하고 사회적 지위도 대단하십니다. 게다가 모르세르 백작께선 군인이었습니다. 그러니, 세상은 이 바야르(15-16세기에 걸친 프랑스의 전설적인 용장(勇將)──옮긴이)의 강직과 뒤게클랭(14세기 프랑스의 용장──옮긴이)의 청빈이 결합되는 것을 보고 기뻐할 것입니다. 무용이야말로 가장 아름다운 햇빛이며, 그 빛에 비쳐져야만 비로소 고귀한 검이 더욱 귀하게 빛나는 것입니다. 저는 그런 뜻에서 이 결합이야말로 가장 잘 어울리는 결합이라고 생각합니다. 당글라르 양은 당신에게 부귀를 드릴 것이고, 당신은 당글라르 양에게 명예를 드릴 수 있습니다」

알베르는 고개를 끄덕이며 잠시 생각에 잠겼다.

「사정이 또 하나 있습니다」 하고 그는 말했다.

「사실」 하고 백작이 말했다. 「저로서는 그렇게 예쁘고 돈 많은 처녀에게 반감을 가지시는 이유가 납득이 잘 안 가는군요」

「오!」 하고 알베르는 말했다. 「만약 반감이 있다면, 그 모든 게 제 탓만은 아닙니다」

「그럼, 또 다른 무슨 이유가 있습니까? 아버지께선 이 결혼을 안하신다고 하셨잖아요?」

「어머니 쪽에 이유가 있지요. 어머니는 신중하고 확고한 눈을 가진 분입니다. 그런데 어머니께서 이 결혼을 별로 탐탁해 하시지 않습니다. 어머니께선 뭔가 당글라르 가에 대해서 경계를 하고 있습니다」

「아, 그러세요?」 백작은 짐짓 힘을 주며 말했다.

「그 뜻은 알 것 같군요. 어머님께서는 뛰어난 신분이신 데다가 귀족이며, 또 자신이 퍽 우아한 분이시니까 투박하고 거친 평민과는 손을 잡기가 선뜻 마음이 내키지 않으시는 것도 당연한 일입니다」

「과연 그게 그 때문인지는 저도 모르겠습니다」 하고 알베르는 말했다. 「다만 제가 아는 바로는 이 결혼이 만일 성사되면, 어머니께서 퍽 우울해하실 겁니다. 실은 이 일 대문에 벌써 육 주일 전에 의논을 하기로 했었습니다. 그런데 제가 하도 골치가 아파서……」

「정말로 아프셨단 말입니까?」 백작이 빙그레 웃으면서 물었다.

「그럼요! 아마 겁이 났던 것이겠지요……. 그래서 두 달 후에 모이기로 했지요. 서두를 필요는 없으니까요. 전 아직 스물한 살도 채 못 되었고, 외제니도 이제 겨우 열일곱 살이거든요. 그런데 그 두 달 후라는 것도 이제 한 주일밖엔 안 남았습니다. 이번엔 일을 당해야지요. 백작께선 상상도 못하시겠지만, 전 정말 난처합니다…… 아, 백작께선 자유의 몸이시니 얼마나 좋으십니까?」

「정 그러시다면 결혼을 안하면 되지 않습니까? 도대체 그걸 누가 막는단 말입니까?」

「어이구! 제가 당글라르 양과 결혼을 안하면 제 아버님께서 여간 실망하지 않으실 겁니다」

「그럼 결혼하세요」 백작은 이상하게 한 번 어깨를 으쓱하며 말했다.

「그래요」 하고 알베르가 대답했다. 「하지만 어머니께선 실망 이상으로 슬퍼하실 겁니다」

「그렇다면 하지 마십쇼」 하고 백작은 말했다.

「그렇게 해보겠습니다. 저와 의논을 해주시겠죠? 그리고 할 수만 있다면 절 이 곤경에서 구해 주시겠죠? 아, 훌륭한 제 어머니를 슬프게 해드리지 않을 수만 있다면, 아버지하곤 사이가 나빠져도 괜찮을 것 같습니다」

백작은 고개를 돌렸다. 그는 크게 감동을 받은 것 같아 보였다.

「아니!」 하고 백작은 드브레에게 말을 걸었다. 드브레는 객실 한 귀퉁이의 푹신한 안락의자에 파묻혀 앉아 오른손에는 연필을 그리고 왼손엔 수첩을 들고 있었다.

「뭘 하고 계십니까? 푸생(17세기 프랑스 화가——옮긴이)의 스케치를 하고 계십니까?」

「저 말씀입니까?」 드브레가 침착하게 물었다. 「네? 스케치요? 전 유화를 참 좋아하지요. 그런데 지금은 그게 아닙니다. 그림과는 정 반대로 계산하고 있지요」

「계산을요?」

「네, 계산을 하고 있습니다. 알베르, 이건 자네와도 간접적으로 관계가 있는 거야. 나는 지금 최근의 아이티 주(株)가 올라감으로써, 당글라르 가가 얼마나 돈을 벌 것인가를 계산하고 있는 중이야. 단 사흘 동안에 206프랑에서 409프랑으로 올랐거든. 그 용의주도한 은행가는 206프랑에 잔뜩 사들였어요. 아마 30만은 벌었을 거야」

「그 양반한테 그 정도쯤은 그다지 대단하게 들어맞은 게 아니야」알베르가 맡했다.「올해 스페인 공채로 100만 프랑이나 벌지 않았어?」

「이봐, 알베르」하고 뤼시앵이 말했다.「그런 소릴 하면, 몬테크리스토 백작께서 이탈리아 사람처럼, 〈Danaro e santita Meta della meta〉(돈 얘기와 품행이 방정하다는 것은 반의 반만 들으면 된다는 뜻——옮긴이)라고 하실 것 아닌가. 하지만 그만해도 굉장히 번 걸세. 난 그런 얘기를 하라고만 하면, 그저 어깨를 으쓱해 보이는 수밖엔 별 도리가 없단 말야」

「아이티 주 얘기를 하셨지요?」백작이 물었다.

「아이티 주는 보통 증권과 전혀 다릅니다. 그것은 프랑스의 투기계의 에카르테(두 사람이 하는 트럼프의 일종——옮긴이)지요. 부여트(트럼프 놀이의 일종——옮긴이)가 좋아지고, 휘스트(트럼프 놀이의 일종——옮긴이)가 좋아집니다. 그리고, 또 보스턴(트럼프 놀이의 일종——옮긴이)에 열중하게 되지요. 그러나 그 모든 것에 싫증이 날 때가 옵니다. 그때 거기서 돌아가는 것이 에카르테입니다. 요리로 치면 전채(前菜) 같은 것이 겠지요. 당글라르 씨는 어제 406프랑에 팔아서 30만 프랑을 벌었습니다. 오늘까지만 기다렸더라면, 250프랑으로 떨어져서 30만 프랑을 버는 대신, 2만 내지 2만 5,000은 잃었을 겁니다」

「그런데, 어째서 409프랑에서 205프랑으로 떨어졌을까요?」백작이 물었다.「저는 주식 시장의 속셈은 전혀 모르고 있어서요」

「그건」 하고 알베르가 웃으면서 말했다. 「여러 가지 정보가 잇달아 들어와도, 서로 같은 게 전혀 없기 때문입니다」

「그래도」 하고 백작이 말했다. 「당글라르 씨는 단 하루에 30만 프랑을 벌었다가, 잃기도 하는 판이 아닙니까. 그러니 굉장히 부자인 셈이지요?」

「일을 벌이는 것은 당글라르 씨가 아닙니다」 하고 뤼시앵이 날카롭게 말했다. 「당글라르 부인입니다. 부인은 정말 무서운 게 없는 분이니까요」

「그렇지만 드브레, 자넨 분별도 있고, 또 정보망이 밝으니까. 그 정보가 어느 정도 신빙성이 있는지 알고 있단 말일세. 그러니 부인이 하는 일을 막을 수도 있지 않나?」 모르세르가 빙그레 웃으면서 이렇게 말했다.

「그렇지만 남편도 막지 못하는 판인데, 내가 그걸 어떻게 막는단 말인가?」 하고 드브레가 물었다 「자네도 남작 부인의 성미를 알지 않나? 아무도 그녀에게 영향을 줄 사람을 없을걸. 그분은 자기가 하고 싶은 대로만 하는 사람이니까」

「그래? 만약 내가 자네 입장에 있다면」 하고 알베르가 말했다.

「그렇다면?」

「내가 그 성격을 고쳐놓을 텐데. 그럼 장차 사위 될 사람을 구원해 주는 셈이 되지」

「고치긴 어떻게 고쳐?」

「그야 간단하지. 부인한테 하나 가르쳐줄 게 있어」

「가르쳐줄 거라니?」

「그래 자넨 대신 비서관이니까, 정보에 관해서는 대단한 권력을 가지고 있단 말이야. 자네가 한번 입을 열면, 주식 중개인들이 부리나케 자네의 말을 속기하지. 그러니 부인한테 계속해서 십여만 프랑 가량의 손해를 보게 하는 거야. 그렇게 되면 부인도 생각이 좀 신중해질걸」

「무슨 소린지 잘 모르겠는데」 뤼시앵이 입속으로 우물우물 말했다.

「아주 단순한 얘긴데 뭘 그래?」 알베르는 순진하게 말했다. 그 얼굴에는 꾸밈이라곤 전혀 없어 보였다. 「언제 한번, 자네 밖엔 아무도 모르는 사실을, 무슨 전보 통신 같은 것을 부인한테 알려주라는 말일세. 예를 들면, 앙리 4세가 어제 가브리엘(루이 4세의 총비(寵妃) ── 옮긴이)의 저택에 나타났다든가 하는 소식 말이야. 그렇게 되면 주가가 올라가지. 그리고 부인은 그 기회를 놓치지 않고 일을 크게 벌인단 말일세. 그런데 그 이튿날 보샹이, 자기 신문에 이런 기사를 써보라지. 〈소식통이 전하듯이, 그저께 앙리 4세 폐하께서 가브리엘 저택을 방문하셨다는 사실은 전혀 사실 무근임. 폐하께서는 퐁뇌프(왕궁 앞에 있는 다리 ── 옮긴이)를 건너신 일이 없음〉 이렇게 말야」

뤼시앵 드브레는 쓴 웃음을 지었다. 백작은 겉으로는 무관심한 체했으나, 사실 그들의 얘기를 한마디도 빼놓지 않고 들었다. 그리고 사람의 마음을 꿰뚫는 듯한 그 눈은 당글라르 부인이 신임하고 있는 이 비서관의 당황한 얼굴 속에 숨어 있는 비밀까지 들여다보는 것 같았다. 알베르는 전혀 그것을 눈치채지 못했기 때문에 뤼시앵은 서둘러서 이번 만남을 끝내기로 했다.

그는 기분이 매우 언짢았다. 백작은 그를 배웅하면서 무엇인가 낮은 목소리로 몇 마디 얘기를 했다. 그러자 뤼시앵은 그 말에 이렇게 대답했다.

「기꺼이 받아들이겠습니다, 백작」

백작은 다시 알베르에게로 되돌아왔다.

「그런데, 생각해 보니까」 하고 백작은 알베르에게 말했다. 「아까 드브레 씨 앞에서, 장모님이 되실 당글라르 부인을 그렇게 말씀하신 것은 좀 잘못하신 것 같아요」

「백작」 하고 알베르가 말했다. 「앞으로는 제발 그런 말씀은 말아주십시오」

「그럼, 정말로 이렇다 할 까닭도 없는데, 어머님께서는 그렇게까지 이 결혼을 반대하고 계신 건가요?」

「네, 남작 부인도 저의 집엔 거의 드나들질 않을 정도니까요. 그리고 제 어머님께서도 두번 다시는 당글라르 부인을 방문하시지 않으셨고요」

「그렇다면」 하고 백작은 말했다. 「이젠 당신한테 솔직하게 얘기할 용기가 생겼습니다. 당글라르 씨는 저와 거래하고 있는 은행가입니다. 빌포르 씨도 제가 우연한 기회에 그분을 도와드린 일이 있어서, 감사하는 뜻으로 제게 퍽 친절하게 대해 주셨습니다. 그런 점으로 미루어보아서, 제게 만찬회나 야회 같은 것을 계속해서 베풀어줄 것 같습니다. 그러니 이쪽에서는 너무 거창하게 대접을 받기도 겸연쩍고, 또 선수를 치고 싶기도 하고 해서, 당글라르 부처와 모르세르 부처를 오퇴유에 있는 제 별장으로 초대할 생각입니다. 그런데 만약 그 만찬에 제가 당신과 부모님들을 함께 초대한다면 무슨 결혼 상담을 위한 모임 같은 느낌이 들 게 아닙니까. 거기다가 또 당글라르 씨가 따님까지 데리고 오신다면, 적어도 어머님께서는 그렇게 생각하시지 않겠어요? 그래서 당신은 초대하지 않겠습니다. 어머님께서 절 증오하실까 봐서요. 저로서는 노여움을 사고 싶지 않거든요. 그러니 앞으로 혹 기회가 있을 때마다 어머님께서 저를 나쁘게 생각하시지 않도록 간곡히 말씀드려 주십시오」

「저로선」 하고 알베르가 말했다. 「백작께서 그렇게까지 솔직하게 말씀해 주신 것을 감사하게 생각합니다. 저를 초대하지 않으시는 것도 이해하겠습니다. 백작께선 제 어머님한테 잘 보이고 싶다고 그러셨지요? 어머님께선 벌써 당신을 정말로 좋게 생각하고 있습니다」

「그렇게 생각하시오?」 백작이 진지하게 물었다.

「네, 그건 확실합니다. 전번에 백작께서 저희 집을 다녀가신 후에 어머님과 한 시간 동안이나 당신 얘기를 했었지요. 자, 다시 지금 얘기로 돌아갑시다. 만약 어머니가 백작께서 생각해 주신 그런 배려를 눈치 챈다면, (저 자신이 어머님께 그 얘길 해드리겠지만 말입니다) 더할 나위 없이 고맙게 생각할 겁니다. 반면에 아버지께선 화를 내시겠지요」

백작이 웃기 시작했다.

「그럼, 당신하곤 얘기가 된 셈입니다」 하고 백작은 알베르에게 말했다. 「하지만 생각해 보면 화를 내는 것은 비단 당신 아버님만이 아닐 겁니다. 당글라르 부처도 내가 상당히 짓궂은 사람이라고 생각할 겁니다. 그분들은 내가 당신과 퍽 친하다는 사실과 또 내게는 당신이 파리 사람으로서는 가장 오래된 친구라는 것을 알고 있습니다. 그런데 내 집에서 당신이 보이지 않으면 어째서 당신을 초대하지 않았는가 물어보겠지요. 그러니

주식의 등락 249

선약을 하나 마련해 두세요. 그리고 그것을 두어 자 글로 적어 보내주십시오. 아시다시피 은행가라는 사람들은 글자로 씌어 있는 것이 아니면 신용을 안하는 법이니까요」

「아니, 그보다 더 좋은 수가 있습니다」 하고 알베르가 말했다. 「어머니께선 제가 바닷바람을 좀 쐬었으면 하십니다. 그런데 만찬은 언제죠?」

「토요일입니다」

「오늘이 화요일이라, 좋습니다. 그럼 내일 저녁에 출발하죠. 모레 아침이면 트레포르에 도착합니다. 백작, 이렇게 모든 사람들을 다 편안하게 해주시려고 애쓰시다니, 정말 친절하십니다」

「저를 너무 과대평가하시는군요. 저는 여러분들을 즐겁게 해드리고 싶은 따름입니다. 그저 그뿐이죠」

「초대장은 언제 보내셨는데요?」

「오늘 보냈습니다」

「그럼, 됐습니다! 전 지금 곧 당글라르 씨 댁에 뛰어가서, 내일 어머니하고 제가 파리를 떠난다는 사실을 알려두겠습니다. 당신은 못 만난 것으로 해두고요. 그러니까 만찬회 초대는 전혀 모르는 것이 됩니다」

「그건 안 됩니다! 오늘 여기 온 것을 드브레 씨가 보지 않았습니까? 그 사람이 보았는데!」

「아 참, 그렇군요!」

「오히려 저를 만나서 형식에서 벗어난 초청을 받았는데, 당신은 트레포르로 떠나게 되었기 때문에, 솔직하게 거절했다고 해두는 편이 낫습니다」

「그렇군요. 그럼, 그렇게 합시다. 그런데 당신은 내일 제 어머님을 만나보실 생각은 없으십니까?」

「내일까지요? 그건 어렵겠는데요. 게다가 준비에 한창 바쁘실 텐데, 제가 간다는 것은 방해가 될 테니까요」

「백작께선 앞으론 좀더 잘해 주셔야 합니다. 이제까지 당신은 참 친절한 분이었습니다. 그런데 이번엔 존경할 만한 분이 돼주셔야겠어요」

「그렇게 훌륭한 인물이 되려면 도대체 어떻게 해야 됩니까?」

「어떻게 해야 되느냐고요?」

「네, 그걸 얘기해 주십시오」

「그러지요. 오늘 당신은 공기처럼 자유로운 몸이십니다. 오늘 저녁에 저한테 오셔서 단찬을 드시죠. 당신하고 어머니하고 저뿐입니다. 이제까진 어머니를 그저 얼굴이나 보셨을 겁니다. 이번엔 가까이서 코시게 될 겁니다. 어머닌 확실히 훌륭한 여자지요. 한 가지 유감스러운 일은, 어머니보다 한 스무 살쯤 아래인 여자들 사이에 어머니 같은 여자가 없다는 겁니다. 그러나 좀 있으면 결국 모르세르 백작 부인과 자작 부인(알베르는 모르세르 자작 칭호를 받게 된다──옮긴이)이 생길 겁니다. 제 아버님은 오늘 저녁엔 집에 없을 거예요. 오늘 저녁에는 위원회가 있어서 아버지는 회계 검사관 댁에서 만찬을 하실 겁니다. 오세요, 오셔서 여러 가지 여행 얘기나 하십시다. 전세계를 구경하신 백작께서 재미있는 모험담들을 들려주십시오. 그리고 요전날 오페라에 데리고 오셨던 그 그리스 여자 얘기도 해주시고요. 당신은 말로는 노예라고 하시지만, 꼭 공주같이 취급하시던데요. 우리는 이탈리아어나 스페인어로 얘기합시다. 제 뜻을 받아들여 주세요. 어머니도 고맙게 생각하실 겁니다」

「감사합니다」하고 백작은 말했다.「매우 정중한 초대입니다만, 응해 드리지 못해서 죄송합니다. 저는 당신이 생각하시듯이 그렇게 자유로운 몸은 아니올시다. 실은 대단히 중요한 일로 사람을 만나기로 되어 있습니다」

「아니, 잠깐! 아까 백작께서는 만찬회 얘기 끝에, 비위에 맞지 않는 일은 어떻게 잘라버리는지 제게 가르쳐주셨습니다. 제게도 증거가 하나 필요합니다. 다행히도 저는 당글라르 씨 같은 은행가는 아닙니다. 그러나 경고해 드리겠습니다만, 남의 말을 신용하지 않는 점에 있어서는 그분에 못지않습니다」

「그럼, 그 증거를 보여드리지요」하고 백작은 말했다.

그러고 나서 백작은 종을 울렸다.

「흠!」하고 모르세르가 말했다.「어머니와 함께 식사하는 것을 거절하신 것이 벌써 두번째입니다. 의식적으로 그러시는군요, 백작?」

백작은 몸을 부르르 떨었다.

「아닙니다! 그렇게는 생각하지 마십시오. 자, 여기 이렇게 증거가 있지 않습니까?」

바티스탱이 들어왔다. 그는 문 앞에 선 채로 명령을 기다리고 있었다.

「오늘 오신 건, 제가 전혀 모르고 있었던 일이지요?」

「당신은 과연 이쪽에서 아무 소리 못하게 하는 데는 기가 막힌 명수이십니다」

「적어도 저는 오늘 당신이 저를 만찬에 초대하리라고는 꿈에도 생각하지 못했습니다」

「아, 하긴 그렇습니다」

「자, 바티스탱…… 오늘 아침에 내가 자네를 서재로 불렀을 때, 내가 뭐라고 그랬더라?」

「다섯시가 되면, 문을 닫아두라고 하셨습니다」

「그 다음엔?」

「오! 이젠 됐습니다. 백작……」 알베르가 말했다.

「아니, 아니, 전 당신한테서 받은 정체 불명의 사나이라는 평판만은 반드시 벗어나야겠습니다. 언제까지나 만프레드(바이런의 극시 중의 인물——옮긴이) 역을 하기란 그리 즐거운 일이 아니니까요. 저는 유리 집 같은 데서라도 살고 싶은 심정입니다. 자, 그럼, 바티스탱…… 그 다음 얘기를 계속하지」

「그 다음엔 바르톨로메오 카발칸티 소령님과 그 아들 외엔 아무도 들여보내지 말라고 말씀하셨습니다」

「들으셨지요? 바르톨로데오 카발칸티 소령이라고, 이탈리아의 아주 오래된 귀족 태생인데, 그 가계에 관해선 단테가 오지에(17세기 프랑스의 유명한 족보학자——옮긴이)만큼 여러 가지로 조사해 보았다는 얘기가 있습니다……. 기억하시는지 모르겠습니다만, 단테의 「지옥계」 제10가에 나오죠. 게다가 그 아들이라는 사람도 당신 나이 또래인데, 아주 멋쟁이 청년입니다. 그리고 당신과 같은 자작 칭호를 가진 사람으로 아버지의 돈 수백만을 가지고 지금 파리의 사교계에 나타났지요. 소령은 오늘 저녁, 이탈리아어에서는 콘티노(자작——옮긴이)라고 불리는 자기 아들 안드레아를 내게 데려오기로 했습니다. 저한테 그 아들을 맡기겠다는 겁니다. 본인한테 무슨 특별한 재주가 있다면 뒤에서 밀어줄 생각입니다. 당신도 힘을 빌려주시겠습니까?」

「물론이죠! 그런데, 그 카발칸티 소령이라는 분은 당신의 옛 친구이신가요?」하고 알베르가 물었다.

「아니지요. 소령은 대단히 예절바르고, 겸손하고, 또 사려가 깊은 훌륭한 귀족입니다. 이탈리아에는 그런 사람들이 많은데, 모두들 아주 오래된 가문의 후손들이지요. 소령하고는 피렌체와 볼로냐와 루카에서 여러 번 만난 적이 있는데, 이번엔 파리에 왔다는 소식을 알려온 것입니다. 여행중에 사귄 친구들이란 퍽 요구가 많은 법입니다.

어떤 기회에 한번 우연히 보여준 우정을 그저 아무데서나 요구하니까요. 상대방이 누구든 간에, 한 시간 가량 함께 지낸 문명인은 마치 마음속을 다 줄 수 있는 친구로 생각해 버리지요. 이번에 오는 카발칸티 소령은 한번 더 파리를 구경하고 싶다는 거예요. 제정 시대에 모스크바로 얼어붙으러 갔을 때(나폴레옹의 모스크바 원정에 참전했음을 뜻한다——옮긴이) 지나가며 파리를 본 일이 있었다더군요. 저는 소령에게 만찬을 대접할 것이고, 그쪽에서는 제게 아들을 맡기겠다는 겁니다. 난, 소령의 아들을 돌보아주기로 약속했습니다. 나는 뭐든지 그가 하고 싶은 대로 하라고 내버려둘 생각입니다. 그것으로 서로 비기는 거지요.」

「참 잘됐습니다!」알베르가 말했다. 「당신은 후견인으로 모시고 싶은 분이니까요. 자 그럼, 전 가보겠습니다. 일요일에 돌아오겠습니다. 그런데 참, 프란츠가 편지를 했더군요」

「아, 그래요?」백작이 말했다. 「그래, 여전히 이탈리아가 좋답니까?」

「제가 보기엔 그런 것 같더군요. 다만 당신이 그곳에 안 계셔서 유감인 모양이에요. 프란츠 말이, 당신은 로마의 태양이니 당신이 없으면 로마가 온통 흐려진다는 겁니다. 비가 온다는 말까지 나올 것 같은 편지던데요」

「그럼 프란츠 씨는 저를 다시 다정하게 생각해 주는 모양이지요?」

「아뇨, 반대로 당신을 아주 기상천외하고 이상한 분으로 알고 있지요. 그래서, 당신이 안 계신 것을 섭섭해하는 겁니다」

「기분 좋은 청년인데요!」 하고 백작은 말했다. 「난 처음 만나던 날 밤 그분이 어떤 종류의 만찬이든지 좋다고 하면서 제 초대를 선선히 받아들였을 때, 대뜸 마음에 들었습니다. 데피네 장군 아드님이시죠?」

「그렇습니다」

「1815년에 비참하게 돌아가신 바로 그분이신가요?」

「네, 보나파르트 당원 손에 돌아가셨죠」

「그랬군요! 정말 그분은 마음에 들어요. 그분한텐 아직 결혼 얘기가 없습니까?」

「있지요. 빌포르 씨 따님하고 결혼하게 되었죠」

「아, 그래요?」

「네, 제가 당글라르 양과 결혼하지 않으면 안 되듯이 말입니다」 알베르가 웃으면서 말했다.

「비웃으시는군요?」

「그렇습니다」

「왜 비웃는 거죠?」

「그 사람의 결혼도 저와 당글라르 양의 경우와 마찬가지인 것 같아서 그러는 거지요. 그런데 백작, 마치 여자들이 남자 얘기를 하듯이 우리도 여자 얘기만 했군요. 이래서야 되겠습니까?」

알베르는 자리에서 일어섰다.

「가시려고요?」

「가겠느냐고 물으시다니 참 친절하시군요. 벌써 두 시간 동안이나 폐를 끼쳐드렸는데, 가겠느냐고 물으실 수 있으시다니. 백작, 당신은 정말 이 세상에선 제일 친절하신 분입니다. 그리고 댁의 하인들까지도 훈련이 참 잘 되어 있습니다! 특히 바티스탱 말입니다. 전 아직 그런 사람을 한번도 부려보지 못했죠. 저희 집 사람들은 꼭 테아트르 프랑세즈의 하인들을 본 따 놓은 것 같아요. 마치 대사라곤 단 한마디밖에 없는데 자꾸 무대 앞에 나오려고 하는 배우들 같단 말씀입니다. 혹시 그 사람을 안 쓰시게 되면, 제게 보내주십시오」

「그렇게 하지요」

「그뿐이 아닙니다. 잠깐 기다려주십시오. 사려가 깊다는 그 루카 출신의 카발칸티 디 카발칸티(카발칸티를 좀더 정중하게 부르기 위한 호칭——옮긴이) 각하께 제 인사 말씀 전해 주십시오. 그리고 만일 아드님을 결혼시키실 생각이 있으시면 적어도 어머니 쪽만이라도 유복하고 품위 있는, 그리고 부친의 위력으로 남작 부인 정도는 될 만한 여자를 찾아주도록 하십시오. 물론 그 일은 저도 도와드리겠습니다」

「오!」하고 백작은 말했다. 「거기까지 생각하고 계시군요?」

「그렇습니다」

「그러나, 이 세상은 꼭 생각한 대로만 되는 것은 아닙니다」

「오, 백작!」하고 알베르는 외쳤다. 「앞으로 십년만이라도 당신 덕분에 독신으로 지닐 수 있다면 얼마나 좋겠습니까? 그러면 저는 당신을 지금보다도 훨씬 더 좋아할 겁니다!」

「안 될 거야 없겠지요」 백작은 엄숙하게 말했다.

알베르를 보내고 나서, 백작은 방으로 돌아와 벨을 세 번 울렸다.

베르투치오가 나타났다.

「베르투치오」하고 백작이 말했다. 「토요일에 오퇴유 별장으로 손님을 청했네」

베르투치오는 몸이 오싹해졌다.

「알겠습니다」

「그래서 자네가 필요해」하고 백작은 말을 이었다. 「만사를 적절하게 준비해 주게. 그 집은 아주 훌륭한 집이야. 훌륭하게 해야 해」

「그러려면 장식을 모두 갈아야만 할 겁니다. 벽지도 아주 낡았으니까요」

「그럼 모두 바꾸도록 하지. 단, 붉은 다마스크를 늘어뜨린 침실만은 바꾸지 말게. 그 방은 지금 상태 그대로 두어야 하네」

베르투치오는 대답 대신 허리를 굽혔다.

「정원도 손을 대면 안 돼. 그러나 앞마당 같은 데는 뜯어고치고 싶으면 뜯어고쳐도 돼. 예전 모습을 알아볼 수 없을 정도로 해놓아도 좋아」

「마음에 드시도록 최선을 다하겠습니다. 만찬에 대해서도 지시해 주시면 더욱 안심이 되겠습니다」

주식의 등락 257

「응, 그렇군」하고 백작은 말했다.

「자넨, 파리에 온 뒤로는 늘 어릿어릿하고 겁을 먹은 것처럼 보이는군. 하지만, 자넨 나라는 사람을 모르나?」

「하지만, 각하. 누구를 초대하시는 것인지 말씀해 주실 수 없을까요?」

「아직은 몰라. 그리고 그걸 자네가 알 필요도 없고. 〈루쿨루스, 루쿨루스 가(家)에서 만찬하다〉면 되는 거야」(루쿨루스는 로마의 장군. 어느 날 식탁에 진수성찬이 없는 것을 보고, 집사에게 〈너는 오늘밤 루쿨루스가 루쿨루스 가에서 만찬을 한다는 것을 잊어버리고 있었나〉하고 야단친 것으로 유명하다── 옮긴이)

베르투치오는 인사를 하고, 밖으로 나갔다.

카발칸티 소령

　백작은 루카 태생의 소령이 방문한다는 것을 핑계로 알베르의 만찬 초대를 거절했지만, 그 점에 있어서는 백작도 바티스탱도 알베르에게 결코 거짓말을 한 것은 아니었다.
　곧 일곱시가 되었다. 베르투치오는 백작의 명령대로 두 시간 전에 오퇴유로 떠나고 없었는데, 그때 마차 한 대가 백작의 저택 문 앞에 와서 멈추더니, 쉰셋쯤 되어보이는 남자를 하나 내려놓고는 마치 부끄러운 듯이 쏜살같이 달아났다. 마차에서 내린 사람은 유럽에서는 영원히 없어지지 않을 것처럼 생각되는, 검은 테를 두른 녹색 프록코트를 입고 있었다. 푸른 나사의 넓은 바지에, 에나멜 칠도 엷어지고 창이 너무 두껍기는 하지만 아직도 상당히 깨끗해 보이는 장화, 사슴 가죽 장갑, 헌병 모자를 연상케 하는 모자, 본인이 좋아해서 일부러 댄 것이 아니라면 쇠목걸이같이 보이는 흰 테를 두른 검은 칼라. 문 앞에 나타난 이 사나이는 이런 어마어마한 복장을 하고 있었다. 그는 초인종을 누른 후 몬테크리스토 백작 댁이 샹젤리제 가 30번지가 아니냐고 물은 다음, 문지기가 그렇다고 대답하자 안으로 들어가 문을 닫고 입구 계단 쪽으로 걸어갔다.

자그마하고 모가 난 머리에 희끗희끗한 머리털, 텁수룩한 반백 수염의 이 사나이를 보자, 방문객의 인상을 미리 듣고 현관 밑에서 그를 기다리던 바티스탱은, 이내 그 사람이 기다리던 손님임을 알아보았다. 그래서 손님이 이 영리한 하인에게 자기 이름을 대기가 무섭게, 손님이 왔다는 소식이 몬테크리스토 백작에게 전해졌다.

손님은 가장 간소한 객실로 안내되었다. 백작은 그를 기다리고 있다가 웃으며 나와 그를 맞았다.

「오, 어서 오십쇼! 기다리고 있었습니다」

「정말입니까! 각하께서 저를 기다려주셨습니까?」

「그렇습니다. 오늘 저녁 일곱시에 오신다는 것을 알고 있었지요」

「제가 온다는 걸요? 그걸 알고 계셨습니까?」

「그럼요」

「아, 참 다행입니다. 실은, 그런 배려를 잊어버리지나 않았나 해서 걱정을 하고 있었습니다」

「배려라니요?」

「제가 온다는 것을 알려드리는 것 말입니다」

「천만에요! 다 알고 있었지요!」

「하지만, 잘못 알고 계신 건 아닐까요?」

「틀림없습니다!」

「오늘 저녁 일곱시에 각하께서 기다리시는 사람이 분명 저입니까?」

「그렇습니다. 혼인해 볼까요?」

「아, 정말 저를 기다리신 것이라면 일부러 확인까지 해보실 건 없습니다」하고 루카 사람은 말했다.

「아니, 확인해 봅시다」

루카 사람은 약간 불안해 보였다.

「자!」하고 백작은 말했다.「당신은 바르틀로메오 카발칸티 후작이 아니십니까?」

「바르톨로메오 카발칸티」 루카 사람은 반가운 듯이 되뇌었다.「그렇습니다. 그게 바로 접니다」

「전에 오스트리아 군에서 소령으로 복무하셨지요?」

「제가 소령이었던가요?」 상대방은 쭈뼛쭈뼛하며 반문했다.

「그렇습니다」 백작이 대답했다. 「소령이었습니다. 당신이 이탈리아에서 가지고 계시던 계급을 프랑스에서는 소령이라고 부릅니다」

「좋습니다」 루카 사람이 말했다.「그 점엔 이의가 없습니다. 아시다시피……」

「그리고 당신이 여기 오신 것은 당신 개인의 의사가 아닙니다」하고 백작이 말을 이었다.

「네, 맞습니다」

「누군가의 지시를 받고 오신 것입니다」

「그렇습니다」

「저 친절하신 부소니 신부가 보내신 거지요?」

「바로 그렇습니다!」 소령은 기뻐하며 소리쳤다.

「그럼 편지를 가져오셨나요?」

「네, 여기 있습니다」

「그렇지, 그걸 이리 주십시오」

백작은 편지를 받자 겉봉을 뜯고 내용을 읽었다.

소령은 깜짝 놀란 듯이 눈이 휘둥그레져서 백작을 쳐다보았다. 그리고 신기한 듯이 방 구석구석을 둘러보다가 다시 주인에게로 눈을 돌렸다.

「틀림없이 그 다정한 신부님의 편지군요.〈카발칸티 소령은 루카의 당당한 귀족이며 피렌체의 카발칸티 가의 후예로〉」하고 백작은 편지를 읽어 내려갔다.〈연 수입 50만 프랑의 재산을 가지고 있으며〉」

백작은 편지에서 눈을 떼고 눈인사를 했다.

「50만 프랑!」하고 백작은 말했다.「굉장합니다! 카발칸티 씨!」

「50만 프랑이라고요?」하고 소령이 물었다.

「그렇게 씌어 있습니다. 틀림없을 겁니다. 부소니 신부는 유럽의 대 재산가의 일이라면 가장 많이 알고 있는 사람이니까요」

「그럼, 50만 프랑이라고 해둡시다」하고 소령은 말했다.「하지만 정말 그렇게까지는 안 될 겁니다」

「그건 당신의 집사가 훔쳐내서 그렇습니다. 뭐 그런 일은 세상에 흔히 있는 일 아닙니까?」

「덕분에 저도 눈을 떴습니다」하고 소령이 정중하게 말했다.「그놈을 내쫓겠습니다」

백작은 계속해서 편지를 읽었다.

「〈단, 그의 행동에서 한 가지 빠진 것이 있으니〉」

「아, 그렇습니다. 한 가지 빠진 게 있지요!」 소령은 한숨을 쉬면서 대꾸했다.

「〈잃어버린, 사랑하는 아들을 찾는 일이오〉」

「사랑하는 아들 」

「〈그의 아들은 가문에 원한을 품은 자나 집시의 손에 어릴 적에 유괴된 것으로 보이고〉」

「다섯 살 때였지요」 소령은 긴 한숨을 내쉬고 하늘을 쳐다보며 말했다.

「안됐네요!」 백작이 말했다.

「〈이 사람이 십오 년 동안이나 찾았지만 소용이 없었던 그 아들을 백작께선 찾아주실 수 있으리라고 생각하여, 나는 그에게 희망과 생기를 되찾아주었소〉」

소령은 표현할 수 없는 불안한 표정으로 백작을 쳐다보았다.

「제가 찾아보겠습니다」 백작이 대답했다.

소령이 벌떡 일어섰다.

「오, 오!」 하고 그가 말했다. 「그럼 이 편지 내용이 모두 사실입니까?」

「그럼, 당신은 그걸 의심하고 계셨나요?」

「아닙니다. 그럴 리가 있겠습니까? 근엄하시고 신앙 속에서 사시는 부소니 신부님 같은 분이 어찌 그런 농담을 하시겠습니까? 그런데 아직 다 읽지 않으신 것 같은데요」

「그렇군요」 백작이 말했다. 「추신이 있군요」

「그렇습니다」 소령이 되뇌었다. 「네…… 추…… 신…… 이 있지요」

「〈카발칸티 소령이 거래 은행에 예금을 이체시키는 수고를 덜기 위해 그에게 여비로 2,000프랑의 어음을 보내며, 귀하가 소생에게 지불할 4만 8,000프랑을 그에게 신용 대출해 주실 것을 요망함〉」

소령은 겉으로 보기에도 불안한 눈으로 이 부분을 읽었다.

「좋아!」 백작은 이 한마디뿐이었다.

「좋다고 그랬겠다!」 하고 소령은 중얼거렸다. 그러고는 「저……」 하고 말을 이었다.

「네, 무슨 말씀이죠?」 백작이 물었다.

「저, 그 추신 말씀입니다만……」

「그 추신이 어떻단 말씀이신지?」

「그것도 편지의 다른 내용과 마찬가지로 받아들이시는가 해서요」

「물론이죠. 신부님과는 돈 관계가 있습니다. 제가 신부님께 갚아드릴 액수가 정확히 4만 8,000프랑인지 아닌지는 모르겠습니다만, 우리 두 사람 사이엔 몇 푼 안 되는 돈 같은 것은 문제도 아니지요. 아니, 그렇다면 소령께선 이 추신을 상당히 심각하게 생각하고 계셨군요?」

「네, 실은」 하고 소령은 대답했다. 「부소니 신부의 서명만 믿고 있었기 때문에, 돈을 따로 준비하지 않았습니다. 그러니까 혹 그 문제가 순조롭게 풀리지 않는 날엔 파리에서 퍽 곤란해지는 거지요」

「당신 같은 분이 어딜 가신들 곤란을 당하시겠습니까?」 백작이 말했다. 「농담이시겠죠!」

「하지만 파리엔 아는 사람이라곤 단 한 명도 없으니까요」

「그러나 당신을 알고 있는 사람들이 있는걸요」

「하긴 저를 알아주는 사람들이 있긴 하죠. 그래서……」

「말씀하십시오」

「그래서 그 4만 3,000프랑을 제게 주시는 것입니까?」

「청구하시는 대로 드리겠습니다」

소령은 어리둥절해서 눈이 휘둥그레졌다.

「자, 앉으십시오」백작이 말했다.

「정말, 제가 정신이 나갔군요…… 십오 분씩이나 서 계시게 하다니」

「아니, 상관없습니다」

소령은 안락의자를 하나 끌어다가 앉았다.

「이젠」하고 백작이 말했다.「뭘 좀 드셔야죠? 헤레스로 하실까요, 아니면 포르트나 알리칸테라도?」

「모처럼 권하시니, 그럼 알리칸테로 하겠습니다. 제가 좋아하는 포도주입니다」

「꽤 좋은 알리칸테가 있습니다. 비스킷을 내올까요?」

「네, 그럼 비스킷하고 같이 들겠습니다」

백작이 벨을 울렸다. 바티스탱이 나타났다.

백작은 바티스탱 앞으로 가서「어때……?」하고 낮은 목소리로 물었다.

「젊은이도 저기에 와 있습니다」하인도 같은 어조로 속삭였다.

「좋아, 그런데 어느 쪽으로 들여보냈지?」

「말씀하신 대로 푸른 객실로 데려다 놓았습니다」

「됐어! 자 그럼, 알리칸테하고 비스킷을 가져오게」

바티스탱은 방은 나갔다.

「정말이지」 하고 소령이 말했다. 「폐를 끼쳐드려서 죄송합니다」

「원, 별말씀을!」

바티스탱이 포도주와 잔과 비스킷을 가지고 들어왔다.

백작은 잔 하나에 술을 가득 부었다. 그리고 다른 잔 하나에는 병에 든 새빨간 액체를 몇 방울 따랐다. 병에는 거미줄과 그밖에도 얼굴의 주름살보다도 더 오래된 것임을 뚜렷하게 드러내는 여러 가지 표적들이 나타나 있었다.

소령은 잔 두 개 가운데서 자기 잔을 용케 알아내어 술이 가득 든 잔과 비스킷 하나를 들었다.

백작은 바티스탱에게 쟁반을 손님의 손이 닿는 곳에 놓아두라고 말했다. 손님은 우선 입술 끝으로 알리칸테를 맛보고는, 만족한 듯이 얼굴을 찌푸려 보였다. 그리고 비스킷 한쪽을 가만히 잔 안에 담갔다.

「이젠」 하고 백작이 말했다. 「당신은 루카에 사시고, 돈도 많으시고, 귀족이신 데다 사람들의 존경까지 받고 계십니다. 그러니, 행복한 사람이 가질 수 있는 조건은 모조리 가지고 계신 셈이군요」

「모두 가지고 있지요」 소령은 비스킷을 삼키며 대답했다.

「단, 당신의 행복에 꼭 한 가지가 빠져 있다고 말씀하셨죠?」

「네, 단 한 가지뿐입니다」

「아드님을 찾는 일이라지요?」

「아!」 소령은 비스킷 한쪽을 더 집으며 말했다. 「하지만, 그 한가지야말로 제게는 가장 큰 괴로움이었지요」

소령은 품위 있게 눈을 하늘로 향하고 크게 한숨을 내쉬었다.

「그런데, 카발칸티 씨」하고 백작은 말했다.「그처럼 애태우고 계신 그 아드님은 도대체 어떤 사람인가요? 얘기를 듣자니, 당신은 쭉 독신으로 계신 모양이던데요」

「네, 다들 그렇게 알고 있지요」하고 소령은 대답했다.

「그리고, 저 자신도……」

「알겠습니다」하고 백작이 말했다.「당신 자신도 그런 소문을 그대로 내버려둔 거로군요. 젊었을 때의 죄를 세상 사람들의 눈에서 감추고 싶으셨던 거겠지요」

소령은 몸을 일으켰다. 그리고 지극히 침착하고 위엄 있는 표정으로, 태도를 확실하게 하기 위해서인지, 또는 상상을 움직여보려는 것인지, 백작을 한번 흘끗 쳐다보고 겸손하게 눈을 내리깔았다. 백작은 계속해서 입술에 미소를 잃지 않고 친절한 호기심을 나타내 보였다.

「그렇습니다」하고 소령은 말했다.「모든 사람의 눈에서 그 잘못을 감추려고 했지요」

「그건 당신 자신을 위해서 그랬던 건 아니겠지요?」하고 백작이 말했다.「남자야 그런 일쯤에는 초연할 수 있는 법이니까요」

「네, 물론 저 때문은 아니죠」소령은 웃으면서, 고개를 저으며 대답했다.

「그럼, 아이 어머니 때문이었겠군요?」백작이 말했다.

「그렇죠, 아이 엄마 때문이었죠」소령은 이렇게 말하며, 세번째 비스킷을 집었다.「불쌍한 그애 어미를 위해서 그랬던 겁니다」

「자, 좀 드시죠!」백작은 알리칸테를 한 잔 더 따르며 말했다.「마음이 아프신 모양이니」

「불쌍한 어미였지요!」소령은 이렇게 중얼거리며 의지의 힘으로 눈물을 짜낼 수 있는지를 시험해 보는 것 같았다.

「물론, 이탈리아의 일류 가문의 규수였겠지요?」

「피에졸레의 귀족 태생이었습니다. 피에졸레 말씀입니다」

「이름은요?」

「이름을 알고 싶으십니까?」

「천만에요!」하고 백작이 말했다.「이름을 대실 필요도 없는걸요. 전 다 알고 있으니까요」

「백작께선 뭐든지 다 알고 계시다고요」하고 소령은 고개를 숙이며 말했다.

「올리바 코르시나리지요?」

「올리바 코르시나리!」

「후작 부인이었지요?」

「후작 부인이었습니다」

「그리고, 집안의 반대를 무릅쓰고 결혼을 하셨지요?」

「네, 그렇습니다. 결국 그렇게 됐습니다」

「그런데」하고 백작은 말을 이었다.「당신은 정식 서류를 가지고 계셨던가요?」

「서류라니요?」

「올리바 코르시나리 양과의 혼인 증명서와 아드님의 출생 증명서 말입니다」

「출생 증명서요?」

「네, 아드님 안드레아 카발칸티의 출생 증명서 말입니다.

안드레아라고 하셨지요?」

「네, 아마 그럴 겁니다」 소령이 대답했다.

「아니, 아마 그럴 거라니요?」

「잃어버린 지가 하도 오래돼서, 어째 단언할 수가 없군요」

「그러시겠군요」 백작이 말했다. 「하지만 그 서류들은 가지고 계시겠죠?」

「그런데 백작, 이거 어쩌죠? 그런 서류들이 필요하다는 것을 미처 몰랐기 때문에 무심코 그냥 왔습니다」

「그럼 큰일인데요!」 백작이 말했다.

「그게 꼭 필요합니까?」

「절대로 필요합니다!」

소령은 이마를 긁적거렸다.

「아, 그렇게 꼭 필요한 것을!」

「물론이죠, 만약 여기서 당신 결혼의 효력이나, 아드님이 있느냐 없느냐에 대해서 의심하려는 사람이라도 나타난다면!」

「그렇군요! 그런 의심을 할 수도 있겠군요!」

「그렇게 되면 아드님에게는 난처한 일이 되는 겁니다」

「너무도 치명적인 일이지요」

「그렇게 되면, 그것 때문에 좋은 결혼을 놓치는 수도 있겠지요」

「아, 그렇겠군요!」

「아시겠지만, 프랑스에서는 그런 것이 퍽 까다롭습니다. 이탈리아에서처럼 단 둘이 신부님한테 가서 〈저희는 서로 사랑합니다. 그러니 결혼하게 해주십시오〉라고만 해서는 안 됩니다. 프랑스에서는 민법상의 결혼이라는 게 또 있습니다. 그리고 그 민법상의 결혼을 하려면 신분을 증명하는 서류가 필요하지요」

「이거 큰일났군요. 그 서류들이 없으니 말입니다」

「다행히 그걸 제가 가지고 있습니다」

「당신께서?」

「그렇습니다」

「당신이 그걸 가지고 계시단 말씀입니까?」

「가지고 있습니다」

「아니, 이럴 수가 있나?」 하고 소령이 말했다. 모처럼 온 이번 여행이 서류가 없어서 수포로 돌아가는 것이 아닌가 걱정이 되던 그는, 그 일로 인해서 4만 8,000프랑의 돈 문제까지도 틀어질까 봐 겁이 났던 것이다. 「이건 정말 꿈같은 일입니다. 암, 그렇고말고요」 그는 다시 말을 이었다. 「정말 꿈같은 일입니다. 전혀 생각지 못했던 일이군요」

「네, 그렇지요. 하나에서 열까지 모조리 생각할 수야 있나요. 하지만 다행히 부소니 신부님께서 당신을 위해서 그걸 챙겨주신 거지요」

「아니, 그렇게 친절하실 수가!」

「용의주도하신 분이지요」

「기가 막힌 분이군요」 하고 소령이 말했다. 「그래, 그분이 서류를 당신에게 보내셨나요?」

「여기 이겁니다」

소령은 감탄의 표시로 두 손을 모았다.

「당신은 몬테 카티니의 산타 파우라 사원에서 올리바 코르시나리 양과 결혼하셨습니다. 이것이 신부님의 증명서입니다」

「아, 네, 분명 이겁니다」 소령은 놀란 듯이 백작을 쳐다보며 말했다.

「그리고 이것은 안드레아 카발칸티 씨의 세례 증명서. 사라베차의 신부가 서명한 것입니다」

「네, 모두 정식으로 되어 있군요」 소령이 말했다.

「그럼 이 서류들을 가져가십시오. 제겐 필요 없으니까요. 이것을 아드님께 드리십시오. 잘 보관하겠지요」

「그렇군요! ……하지만 만약에 그 녀석이 이걸 잃어버리는 날엔……」

「만약 잃어버린다면?」 백작이 물었다.

소령이 말했다. 「그땐 본국에 편지를 보내야 하겠지요. 새로 만들려면 시간이 많이 걸릴 테니 말입니다」

「정말 힘든 일이겠군요」 백작이 말했다.

「거의 불가능하지요」 소령이 대답했다.

「서류의 가치를 알아주셔서 대단히 고맙습니다」

「돈 주고도 바꿀 수 없는 것이지요」

「그런데, 어머니 되시는 분은?」 하고 백작이 물었다.

「어머니 되는 사람이라……」 소령은 불안한 듯이 백작의 말을 되뇌었다.

「코르시나리 후작 부인 달입니다」

「이것 참」 하고 소령은 또다시 난처한 지경에 빠져들어가는 듯이 말했다. 「그 여자가 필요할까요?」

「아뇨」 백작이 말했다. 「게다가 그분은 이디……?」

「네」 소령이 말했다. 「그 여잔 벌써……」

「돌아가셨나요?」

「네, 그렇습니다」 소령이 성급히 대답했다.

「저도 알고 있습니다」 백작이 말을 이었다. 「십년 전에 돌아가셨지요?」

「하지만 전 지금도 울고 있습니다」 이렇게 말하며 소령은 주머니에서 네모난 손수건을 꺼내어 우선 양쪽 눈을 번갈아 닦았다.

「할 수 없지요. 우린 뭐 죽지 않나요?」 하고 백작이 말했다. 「그런데 카발칸티 씨, 당신이 십오 년 전부터 아드님과 헤어져 있었다는 사실을 프랑스에서는 말할 필요가 없습니다. 집시가 아이들을 데려간다는 얘기는 이 나라에선 별 흥미가 없으니까요. 그러니까 당신은 아들을 시골 학교에 보내서 공부를 시키고 있었는데, 이젠 그 공부를 파리의 사교계에서 마치게 하고 싶다는 생각에서, 부인께서 돌아가신 후 여태껏 살아온 비아 레조를 떠나오신 것으로 해두면, 그것으로 충분합니다」

「그렇게 생각하십니까?」

「물론이죠」

「그럼 그렇게 하겠습니다」

「그리고 만일 누가 당신이 아드님을 잃어버린 사실을 알고 있을 경우엔……」

「아, 그땐 뭐라고 그러죠?」

「나쁜 가정교사가 집안의 적들에게 매수되어서……」

「코르시나리 집안의 원수들 말인가요?」

「물론이죠…… 당신네 가문의 대를 끊어버리기 위해, 아드님을 유괴해 갔다고 말하면 됩니다」

「정말 그렇군요. 외아들이었으니까요」

「자 그럼, 모든 일이 다 제대로 되었고, 당신도 이젠 기억이 모두 되살아났으니 생각이 어긋날 일도 없습니다. 그런데 한 가지 당신을 깜짝 놀라게 할 일이 있는데, 짐작하시겠습니까?」

「좋은 일인가요?」 소령이 물었다.

「아, 과연!」 하고 백작이 말했다. 「아버지의 눈이나 마음은 속일 수가 없군요」

「흠!」 소령이 말했다.

「은연중에 짐작하게 해드렸는지, 그보다는 당신 스스로 그 사람이 와 있는 것을 짐작하셨는지 모르겠군요」

「그 사람이라니요?」

「당신 아드님, 안드레아 씨 말입니다」

「그럴 줄 알았습니다」 소령은 아주 침착하게 말했다.

「그럼 그애가 여기 있습니까?」

「바로 이 집에 있습니다」 백작이 말했다. 「조금 아까 하인이 들어와서, 아드님이 왔다는 걸 알려주었습니다」

「아, 그래요! 아, 그래요!」 소령은 이런 감격적인 소리를 낼 때마다, 프록코트의 장식을 여몄다.

「카발칸티 씨!」 백작이 말했다. 「그토록 감격하시는 심정은 알겠습니다. 그런데 좀 진정하시지요. 그리고 아드님에게도 그처럼 기다리고 기다리던 상봉에 앞서 마음의 준비를 하게 해야겠습니다. 그쪽도 당신 못지않게 초조할 테니까요」

「그렇군요」

「그럼, 한 십오 분 후에 만나기로 하지요」

「그럼 당신이 데려다주시겠습니까? 당신이 직접 그애와 저를 만나게 해주시겠단 말씀입니까?」

「아닙니다. 전 부자가 상봉하는 자리에 끼고 싶지는 않습니다. 두 분만 만나십시오. 그러나 안심하십시오. 설령 선뜻 가슴에 와 닿는 게 없다 하더라도, 아드님임에는 틀림없을 테니까요. 아드님은 이 문으로 들어올 겁니다. 금발인, 좀 지나친 듯한 금발인 상냥하고 잘 생긴 청년이지요」

「그런데」 하고 소령이 말했다. 「저는 부소니 신부가 주신 2,000프랑밖엔 안 가져왔는데요. 그 돈도 오다가 여비로 써서……」

「그러니 돈이 필요하시단 말씀이군요…… 카발칸티 씨, 그것도 무리는 아니군요. 그럼, 아예 계산을 해버리기로 합시다. 여기 1,000프랑짜리 여덟 장이 있습니다」

소령의 눈이 홍옥처럼 빛났다.

「이제 4만 프랑만 돌려드리면 되겠군요」 하고 백작이 말했다.

「영수증을 써드릴까요?」 소령은 프록코트 안주머니에 지폐를 넣으면서 말했다.

「그럴 필요는 없습니다」 백작이 말했다.

「하지만, 부소니 신부님께 그만큼 지불이 되었다는 것을 알려드려야 하지 않습니까?」

「그럼 나머지 4만 프랑을 마저 받으신 후에 그 돈 전부에 대한 영수증을 써주십시오. 정직한 사람들 사이에선 사실 그런 건 필요없습니다만」

「그야 그렇지요」 소령이 말했다. 「정직한 사람들 사이에선 사실 그런 게 필요없지요」

「그런데, 마지막으로 한마디 드릴 말씀이 있는데요」

「말씀해 보십시오」

「제가 충고 한마디 해도 괜찮겠습니까?」

「네, 말씀해 주십시오」

「그 양복은 안 입으시는 편이 나을 것 같아서요」

「이 옷이오?」 소령은 자신 있다는 태도로 자기 옷을 내려다 보며 말했다.

「네, 그 옷은 비아 레조 사람들이 요즘도 입고 다니는 옷이고 우아하기도 하지만, 여기 파리에서는 벌써 오래전에 유행이 지나버렸지요」

「그럼, 야단났군요」

「아니, 그 옷이 꼭 마음에 드시면, 돌아가실 때는 도로 입으셔도 됩니다」

「그럼, 뭘 입어야 하죠?」

「트렁크 속에 가져오신 것을 찾아 입으시죠」

「트렁크요? 전 여행 가방이 하나밖엔 없는데요」

「직접 가져오신 건 그뿐이겠지요. 짐이 되는 건 귀찮으니까요. 게다가 군인 출신이시니까, 가벼운 차림으로 다니시는 게 좋으실 겁니다」

「네, 맞습니다. 그래서……」

「그러나 당신은 용의주도하신 분이니 트렁크는 미리 보내시지 않았습니까? 그 짐들이 어제 리슐리외 가의 프랑스 호텔에 도착했습니다. 숙소를 거기다 정하셨지요?」

「그럼, 그 트렁크 속에?」

「당신은 세심하지 하인을 시켜 당신에게 필요한 건 트렁크 속에 모두 넣어놓게 하셨을 겁니다. 그러니까 외출복이나 군복도 넣었겠지요. 중요한 곳에 가실 경우엔 군복을 입으시는 게 좋을 겁니다. 훈장도 꼭 다십시오. 프랑스에서는 모두들 훈장을 비웃지만, 그러면서도 다 달고 다니니까요」

「그럼, 됐습니다! 아주 좋습니다!」 소령은 경탄에 경탄을 금치 못하며 왔다갔다했다.

「자, 그럼」 백작이 말했다. 「아무리 격한 감동이라도 받아들일 수 있는 각오가 되셨을 겁니다. 그러니, 이젠 아드님을 만나볼 준비를 하십시오」

그리고 백작은 좋아서 정신을 못 차리는 소령에게 상냥하게 고개를 숙이고는, 벽걸이 뒤로 사라졌다.

안드레아 카발칸티

몬테크리스토 백작은, 조금 전에 바티스탱이 〈푸른 객실〉이라고 말한 바로 옆방으로 들어갔다. 그곳에는 제법 옷을 우아하게 입은 늘씬한 청년 한 사람이 백작보다 먼저 와 있었다. 그는 약 삼십 분 전에 이륜 다차로 이 집 문 앞에 내린 것이다.

바티스탱은 이내 그를 알아보았다. 금발에 적갈색 수염, 칠흑의 눈을 가진, 키가 큰 청년이었다. 그리고 불그레한 얼굴빛과 눈이 부실 정도로 깨끗한 피부가 모두 백작이 일러준 인상 그대로였다.

백작이 객실로 들어섰을 때, 청년은 소파 위에 아무렇게나 누워서 금 손잡이가 달린 단장 끝으로 장난 삼아 장화를 툭툭 치고 있었다.

백작을 보자 청년은 얼른 일어났다.

「몬테크리스토 백작이십니까?」청년이 물었다.

「그렇습니다」백작이 대답했다. 「그리고 당신은 안드레아 카발칸티 백작이 아니십니까?」

「네, 안드레아 카발칸티 백작입니다」청년은 이렇게 대답하면서 거침없는 태도로 인사했다.

「저한테 보내는 소개장을 가져오셨겠지요?」하고 백작이 물었다.

「소개장 얘기는 아직 말씀 못 드렸는데요. 실은 그 서명이 참 이상해서요」

「선원 신드바드라는 서명이지요?」

「그렇습니다. 그런데 전 『아라비안 나이트』에 나오는 신드바드 외에 그런 이름을 가진 사람은 알지 못하는데요」

「그렇습니다! 그건 『아라비안 나이트』에 나오는 사람의 후손이지요. 돈이 아주 많은 제 친구로, 보통 이상하다는 정도를 넘어서 거의 미친 사람 같은 친구입니다. 본명은 윌모어 경이지요」

「아, 그렇군요!」하고 안드레아가 말했다. 「이젠 모든 걸 알겠습니다. 바로 그 영국 사람이군요. 제가 만난…… 거기서…… 정말 잘됐습니다…… 백작, 그럼 뭐든지 시키시는 대로 하겠습니다」

「지금 그 말씀이 정말이라면」백작은 웃으면서 말했다.

「그럼 어디, 당신과 당신 가정에 대한 얘기를 좀 해주시겠습니까?」

「아, 해드리고말고요」청년은 마치 자기 기억에 대해 자신이 있다는 듯 선뜻 대답했다. 「백작 말씀대로, 저는 바르톨로메오 카발칸티 소령의 아들, 안드레아 카발칸티입니다. 피렌체의 황금 문서에 기록되어 있는 카발칸티 가의 후손이지요. 저의 가정은, 지금도 아버지가 50만 프랑의 연금을 받고 있어서 꽤 유복한 편이긴 하나, 지금까지 수없이 많은 불행을 겪어 왔습니다. 저 자신도 대여섯 살 때 못된 가정 교사에게 유괴를 당해서, 그후 십오 년째 아버지를 만나뵙지 못했습니다. 제가 철이 들고 자유로운 몸이 되고 나서는 열심히 아버지를 찾아보았지만, 허사였습니다. 그러던 중에 당신의 친구 신드바드 씨로부터 편지를 받고, 아버지께서 파리에 계신다는 소식을 알았습니다. 그리고 또 그 편지에는, 당신을 찾아가면 아버지 소식을 알게 될 거라고 쓰여 있었어요」

「정말, 얘길 들으니 퍽 흥미진진한 일이로군요」백작은 악의 천사 같은 이 아름답고 거침없이 활달한 얼굴을, 므슨 속셈이 있는 듯이 만족스런 표정으로 쳐다보며 말했다. 「만사를 신드바드 씨 말대로 하길 잘하셨습니다. 아버지께선 여기서 당신을 정말 기다리고 계시니까요」

백작은 이 방에 들어온 후 계속 청년에게서 시선을 떼지 않았으며, 그 청년의 침착한 시선과 또렷또렷한 음성에 감탄하고 있었다. 그러나 청년은, 아무렇지도 않게 〈정말로 아버지께서 여기서 당신을 기다리고 계십니다〉라고 한 말에는 펄쩍 뛰면서 소리를 질렀다.

「아버지가? 여기서요?」

「그렇습니다」백작이 대답했다. 「아버지 바르톨로메오 소령 말입니다」

청년의 얼굴 위에 떠올랐던 공포의 빛이 이내 가셨다.

「아, 네, 맞습니다」 하고 청년이 말했다. 「바르톨로메오 카발칸티 소령이 제 아버지입니다. 그런데 그분이, 제 아버지께서 여기 계시단 말씀인가요?」

「그렇습니다. 그리고 한마디 덧붙일 것은, 제가 방금 당신의 아버지를 만나고 오는 길이라는 거죠. 오래전에 잃어버렸다는 아드님 얘기를 듣고 저도 퍽 마음이 아팠습니다. 정말이지, 그 때문에 겪은 아버지의 슬픔과 근심과 기대는 그야말로 감동적인 한 편의 시라고 할 수 있겠지요. 그런데 어느 날 아버지한테, 아들을 돌려주거나 아들이 있는 곳을 알려주는 대신 막대한 돈을 내놓으라는 유괴범들의 편지가 왔다고 합니다. 아버지께선 무슨 일이건 하실 수 있는 분이시지요. 그래서 그쪽에서 요구한 돈을, 이탈리아 입국 허가 여권과 함께, 피에몬테 국경으로 보냈답니다. 당신은 남프랑스에 계셨지요?」

「네」 안드레아는 눈에 띄게 당황한 얼굴로 대답했다. 「네, 전 남프랑스에 있었습니다」

「마차가 니스에서 당신을 기다리게 되어 있었죠?」

「네, 그랬습니다. 전 그 마차를 타고 니스에서 제노바로, 제노바에서 토리노, 토리노에서 샹베리, 샹베리에서 퐁 드 보부아쟁, 그리고 또 퐁 드 보부아쟁에서 파리로 온 것입니다」

「잘됐습니다! 아버지께서는 도중에 당신을 만나고 싶었던 겁니다. 아버지께서도 같은 길로 오셨으니까요. 그래서 당신이 오게 된 길도 그렇게 계획한 것이지요」

「하지만」 안드레아가 말했다. 「혹 도중에 절 만나셨다 하더라도, 아버지께선 저를 알아보지 못하셨을 걸요. 아버지와 떨어진 후에 제 모습이 변했을 테니까요」

「하지만 한 핏줄인걸요」 백작이 말했다.

「네, 하긴 그래요」 청년이 대꾸했다. 「핏줄은 못 속인다는 생각을 미처 못했군요」

「그런데」 백작이 말했다. 「지금 카발칸티 후작이 걱정하시는 게 있습니다. 당신이 아버지와 떨어져 사는 동안 당신이 무슨 일을 했는지가 마음에 걸리는 겁니다. 그동안 유괴범이 당신을 어떻게 다루었는지, 즉 그들이 가문에 알맞는 적당한 존경을 표시했는지 또는 육체적 고통에 비하면 백 배나 더 괴로운 정신적 고통을 주어 당신의 타고난 재능을 줄어들게 하지는 않았는지, 그리고 당신이 세상에 나와서 자신의 신분에 맞는 지위에 되돌아왔을 때 그것을 훌륭히 지탱해 나갈 수 있을까 하는 따위의 불안이지요」

「백작」 청년은 당황해서 중얼거렸다. 「누군가 거짓말이라도 퍼뜨려서……」

「내가 처음으로 당신 얘기를 들은 것은, 자선사업가인 제 친구 윌모어 경에게서였습니다. 그때 그 사람은 당신이 뭔가 퍽 곤란한 입장에 놓여 있을 때 만났다고 했지만, 그것이 어떤 처지였는지는 물어보지 않았지요. 전 원래 남의 일에 호기심이 많은 사람은 아니니까요. 그러나 윌모어 경은 당신의 불행에 퍽 마음이 움직였다고 하더군요. 그러니까 결국 그의 마음을 움직인 것은 당신이었던 셈이죠. 그는 당신이 사교계에서 잃어버렸던 위치를 회복시켜 주고 싶고, 또 아버지를 찾아주고 싶고, 반드시 찾아주겠다고 말하더군요. 그러더니 과연 당신 아버님을 찾아낸 모양이에요. 아버지께서 여기 오 계시니까. 그러고는 어제, 당신이 온다는 소식을 알려오고, 동시에 당신의 재산 상태에 관해서도 여러 가지를 알려주었습니다. 이게 전부입니다. 정말 윌모어 경이란 친구는 좀 이상한 사람입니다. 그러나 또 그 사람은 확실한 사람이고, 금광이라고 할 만큼 돈이 많아 아무리 이상한 짓을 하더라도 파산할 염려는 없는 사람입니다. 그래서 나도 그가 말한 것을 그대로 따르겠다고 약속을 했던 거지요. 그러니, 내가 묻는 것을 언짢게 생각지는 말아주십시오. 앞으로는 내가 당신을 뒤에서 조금이나마 돌봐 주어야 할 입장에 있기 때문에, 당신에 관해서 알고 싶을 뿐입니다. 당신의 의사와는 관계없이 일어났던 여러 가지 불행한 일들이 걱정되어 그러는 거지요. 물론 그 때문에 당신에 대한 존경이 조금도 감소되지는 않겠지요. 하지만 그러한 불행 때문에, 당신의 재산이나 그 이름이면 충분히 훌륭한 위치를 차지하게 될 이 사회에서, 당신이 혹 소외감을 가지게 되지나 않을까 걱정이 되어서 이러는 겁니다」

청년은 백작의 이야기를 들으면서, 차츰 다시 용기를 회복하여 대답했다.「백작, 그 점에 대해서는 안심하십시오. 저를 아버지에게서 멀리 떨어진 곳으로 데려간 유괴범들은 나중에 저를 다시 아버지에게 큰돈을 받고 넘길 생각이었는지, 제 가치를 고스란히 보존시켰고 오히려 되도록 저의 자질을 향상시키려 했습니다. 그래서 저는 꽤 훌륭한 교육을 받았습니다. 로마 시장에 비싼 값으로 팔기 위해 주인이 문법학자, 의사, 철학자로 키운 중앙아시아의 노예와 같은 대우를 받았지요」

백작은 만족한 듯이 미소를 띠었다. 그는 안드레아 카발칸티에게서 이 정도의 얘기를 들으리라고는 예상치 못했던 것 같았다.

「게다가」 하고 청년은 말을 이었다.「만약 제게 교육상으로나 사교계의 관례상으로 부족한 점이 있다 하더라도, 태어날 때부터 청년 시절에 이르기까지 계속되어 온 제 불행을 고려해서 양해해 주시기를 바랄 뿐입니다」

「좋습니다」 백작은 대수롭지 않게 대답했다.「그거야 마음 내키는 대로 하시면 될 겁니다. 당신은 자유의 몸이니 그건 당신 자신의 문제지요. 그런데 이 점만은 분명히 알아두십시오. 저는 당신의 그런 여러 가지 사정에 대해선 단 한마디도 입 밖에 내지 않을 생각입니다. 그건 마치 소설 같은 이야기 아닙니까. 그런데 세상이란, 노란 종이 두 장 사이에 끼인 소설은 환영하지만, 살아 있는 인간의 가죽으로 제본된 소설은, 그것이 비록 당신의 경우처럼 금으로 장식된 것이라 할지라도 이상하게 경계를 하거든요. 실례가 되겠습니다만 이 점이 퍽 어렵다는 사실을 알려드리려는 겁니다. 당신의 이 가슴 아픈 사연을 누구한테든 이야기하는 날에는, 그게 어느 틈에 터무니없는 얘기로 변해서 세상에 퍼지게 된다는 말씀입니다. 그렇게 되면, 당신은 그만 앙토니(뒤마의 희곡『앙토니』의 주인공. 사생아로 태어나, 사회의 차별에 대한 분노로 한 여자를 유혹하여 살해하고 만다——옮긴이)와 같이 되고 말겠지요. 더구나 이제 앙토니의 시대는 낡아빠진 고물처럼 취급되고 있지요. 물론 처음에는 사람들의 호기심을 모을 수는 있겠지요. 그러나 사람이란 누구나 밤낮 남들의 관심 대상이 되어 이러쿵저러쿵하는 말을 듣는 건 좋아하지 않습니다. 그렇게 되면 당신도 곧 진저리가 날 겁니다」

「과연 백작 말씀이 옳습니다」 청년은 백작의 줄기찬 시선에 자기도 모르게 얼굴빛이 새파래지며 말했다. 「사실 그게 참 곤란하거든요」

「그러나, 그렇다고 그 일을 그리 심각하게 생각할 필요는 없습니다」 백작이 말했다. 「혹시 무엇인가 잘못을 저지르게 될까 봐 자꾸 피하다간, 오히려 터무니없는 짓을 저지르게 되는 수가 있으니까요. 그럴 필요 없이, 아주 간단한 행동 방침만 하나 세우면 됩니다. 더욱이 당신같이 총명한 사람 같으면 말입니다. 그것이 결국 당신의 이익과 관련이 있으면 있을수록, 그런 방침을 세우기란 쉬워지는 겁니다. 남에게 증언을 얻는다든가, 또는 훌륭한 친구를 갖는다든가 해서 과거의 어두웠던 면을 지워버리고 극복해야 합니다」

안드레아는 눈에 띄게 당황하는 모습을 보였다.

「물론 저는 당신을 보증하는 일에 나서겠습니다만」 하고 백작은 말했다. 「저는 아무리 친한 친구라도 일단 의심하는 버릇이 있습니다. 동시에 다른 사람들에게도 의심을 하도록 하지요. 그래서 비극 배우들의 말을 빌리자면, 필요없는 역할을 하는 그런 사람이지요. 그러니 까딱하면 욕만 먹게 되지 않을까 걱정이 됩니다만, 그건 쓸데없는 일이겠죠」

「하지만, 백작」 안드레아가 대담하게 말했다. 「저는 윌모어 경한테서 소개장까지 받았고……」

「그건 그렇습니다」 백작이 대답했다. 「윌모어 경은 당신의 청춘 시절이 파란만장했다는 사실도 알려주었거든요. 오!」 하고 백작은 안드레아가 몸을 움찔하는 것을 보며 말했다. 「그렇다고 제가 당신한테서 참회를 듣자는 건 아닙니다. 그리고 루카에서 아버님 카발칸티 후작을 오시게 한 것도, 당신이 따로 누구의 도움도 받지 않게 하려고 한 것입니다. 이제 곧 아버님을 만나시게 되겠지만 말입니다. 아버님께선 약간 완고하고 딱딱한 듯한 인상을 주지만, 군복 때문에 그렇게 보이는 거죠. 십팔 년이나 오스트리아 군에서 복무하고 있으니 그것도 무리는 아니지요. 우린 오스트리아 사람들은 관대하게 봐주니까요. 어쨌든 간에 아버님은 좋은 분임에는 틀림없습니다」

「아! 그렇게 생각하십니까? 전 아버님과 떨어진 지가 하도 오래되어서, 아버지에 대한 기억이 전혀 없어요」

「그리고 또, 돈 있는 사람은 매사에 다 좋게 보이는 법입니다」

「그럼 저의 아버지는 정말 부자인가요?」

「백만장자입니다…… 연 수입이 50만 프랑이죠」

「그럼」하고 청년은 근심스러운 듯이 물었다.「저도…… 괜찮은 신분이 될까요?」

「아주 좋은 신분이 되지요. 당신이 파리에 계신 동안엔 일년에 5만 프랑은 드릴 겁니다」

「그렇다면 언제까지라도 파리에 있겠습니다」

「하지만 인생이 어디 뜻대로만 됩니까? 생각은 사람이 하지만 결정은 하느님이 내리시는 걸요……」

안드레아는 한숨을 쉬었다.

「하지만」하고 그는 말했다.「제가 파리에 있는 한, 그리고…… 피치 못할 사정으로 이곳을 떠나게 되지 않는 한, 지금 말씀하신 그 돈이 제게 들어오는 건 확실한가요?」

「물론이죠」

「아버지가 주시는 건가요?」 안드레아가 성급하게 물어보았다.

「그렇죠. 그러나 그것은 윌모어 경의 보증에 의한 것이지요. 윌모어 경은 아버님의 의뢰를 받고, 파리에서 아주 확실한 은행가 당글라르 씨의 은행에 월 5,000프랑의 신용 계좌를 열어 주었습니다」

「그런데 저희 아버지께선 파리에 오래 계실 작정이신가요?」 안드레아가 불안한 듯이 물었다.

「며칠밖엔 못 계실 겁니다」 백작이 대답했다. 「근무 관계로 이삼 주일밖엔 자리를 비울 수가 없답니다」

「오, 훌륭하신 아버지!」 아버지가 곧 떠난다는 소리에, 안드레아는 반색을 하며 이렇게 말했다.

「그래서」 백작은 안드레아의 이 말투를 잘못 알아들은 사람처럼 이렇게 말했다. 「두 분께서 만나는 시간을 더 이상 지체시켜 드리고 싶지 않습니다. 그럼, 아버님을 만나뵐 준비는 되셨습니까?」

「물론입니다」

「자, 그럼 객실로 들어가십시오. 아버님께서 당신을 기다리고 계실 겁니다」

안드레아는 백작에게 정중하게 인사하고 객실로 들어갔다.

백작은 눈으로 청년의 뒤를 쫓았다. 그리고 청년의 모습이 사라지자 그림틀에 달려 있는 용수철을 눌렀다. 그러자 그 속의 그림이 틀에서 밀려나면서 교묘하게 만들어진 좁은 틈 사이로 객실 안이 들여다보였다.

안드레아는 객실로 들어가자 문을 닫고, 소령 앞으로 걸어갔다. 소령은 발소리가 다가오는 소리에 자리에서 일어섰다.

「아, 아버지!」 안드레아는 큰소리로 닫힌 문 이쪽에 있는 백작에게까지 들릴 정도로 소리쳤다. 「아버님이시죠」

「오, 너냐!」 소령은 장중한 목소리로 대답했다.

「그렇게 오래 떨어져 있었는데」 하고 안드레아는 계속 문 쪽을 바라보며 말했다. 「이렇게 다시 만나뵙게 되다니, 정말 반갑습니다!」

「정말, 오래도 떨어져 있었지」

「아버지, 한번만 안아주십시오!」 안드레아가 말했다.

「오냐!」

두 사람은 마치 테아트르 프랑세즈의 무대에서 포옹하듯, 서로의 머리를 어깨 위에 얹으며 얼싸안았다.

「이젠 정말 다시 만난 겁니다」 안드레아가 말했다.

「그렇구나」

「이제 다시는 헤어지지 않을 수 있겠지요?」

「암, 그렇고말고. 그런데 너도 이젠 프랑스를 제2의 고향으로 생각하느냐?」

「그렇습니다」 하고 청년은 대답했다. 「졸대로 파리는 떠나고 싶지 않습니다」

「하지만 난, 너도 알다시피, 루카를 떠나선 살 수 없다. 그러니 될 수 있는 대로 빨리 이탈리아로 돌아가야 돼」

「그렇지만 떠나시기 전에 제 혈통을 증명하는 데 필요한 서류들은 남겨두고 가십시오」

「암, 물론이지. 내가 그것 때문에 일부러 왔는데. 그걸 너한테 주려고 얼마나 애를 써서 너를 찾아왔다고. 또다시 그런 일을 하려면 아마 나 나머지 생을 전부 바쳐야 할 거다」

「그 서류들은 어디 있는데요?」

「여기 있다」

안드레아는 빼앗듯이 달려들어 아버지의 혼인 증명서와 자기 자신의 세례 증명서를 손에 쥐었다. 그리고 정말 착한 아들답게 그것을 열심히 펴더니, 깊고도 자연스러운 홍미를 보이며 재빠르게 그리고 놀랄 만큼 능숙하게 읽어 내려갔다. 서류를 다 읽고 나서 그의 얼굴은 이루 말할 수 없는 기쁨의 빛으로 번쩍였다. 그리고 이상한 미소를 띠고 소령을 쳐다보면서,「아니!」하고 뛰어난 토스카나 말(이탈리아 방언의 하나——옮긴이)로 말했다.「그럼, 이탈리아에는 징역 제도가 없습니까?」

소령은 깜짝 놀라 몸을 일으켰다.

「그게 무슨 말이냐?」

「이런 서류들을 위조해도 죄가 안 되니 말입니다. 아버지, 프랑스에서는 이런 짓의 반만 해도 툴롱(형무소——옮긴이)에서 오 년은 썩어야 합니다」

「도대체 그게 무슨 소리냐?」소령은 근엄한 표정을 잃지 않으려고 애쓰며 말했다.

「카발칸티 씨」안드레아는 소령의 팔을 꽉 쥐며 말했다.「내 아버지 노릇을 하는 데 얼마나 받았죠?」

소령이 무엇인가 말을 하려는데 안드레아가,「쉿!」하고 소리를 죽여 말했다.「내가 먼저 내 쪽 얘기를 해드리지. 난 당신 아들 노릇을 하는 대신 연 5만 프랑을 받기로 되어 있소. 그러니까 내 쪽에서 당신이 내 친아버지가 아니라는 말은 입 밖에 내지 않을 거요」

소령은 불안한 듯이 주위를 살펴보았다.

「염려 말아요. 우리 외엔 아무도 없으니」 안드레아가 말했다. 「그리고 이탈리아어로 하면 되지 않소」

「그럼, 좋아! 나는」 하고 소령이 말했다. 「난 일시불로 만 프랑 받게 되어 있어」

「카발칸티 씨, 당신은 이런 요술 같은 얘기를 믿소?」

「전엔 안 믿었지만, 지금은 믿어」

「그럴 만한 무슨 증거가 있습니까?」

소령은 안주머니에서 금화를 한 움큼 꺼내며,

「어때, 이만하면 확실한 증거 아냐?」

「그럼, 나도 나한테 한 약속을 믿어도 좋을까요?」

「믿어도 좋을 거야」

「그리고 백작은 그걸 지킬까요?」

「꼭 지킬 거야. 단, 이 목적을 달성하기 위해선 우리도 우리 역할을 잘해 내야지」

「그건 어떻게 하면 되는 거죠?」

「난 다정한 아버지 노릇을 하고……」

「난 착한 아들 노릇을 한단 말이죠?」

「놈들이 자넬 내 아들로 만들어놓을 생각이니까……」

「놈들이라니, 누구 말이에요?」

「그야 나도 모르지. 자네한테 편지 쓴 놈들이지 뭐」

「그럼, 당신은 안 받으셨어요?」

「받았지」

「누구한테서요?」

「부소니 신부라는 사람한테서」

「그자는 당신을 모르지요?」

「한 번도 만나본 일이 없는 사람이야」
「편지엔 뭐라고 씌어 있었어요?」
「설마 자네가 나를 배반하진 않겠지?」
「그럴 리가 있어요? 서로 이해(利害)가 같은데」
「그럼, 읽어봐」
소령은 편지를 청년에게 내주었다.
안드레아가 낮은 소리로 그것을 읽었다.

   귀하는 빈한하고, 귀하를 기다리는 것은 오직 불행한 노후뿐입니다. 그러한 귀하는 부자는 못 되더라도 최소한 자립이라도 하고 싶지는 않으신지?
   즉시 파리로 떠나십시오. 그리고 샹젤리제 가 30번지의 몬테크리스토 백작을 찾아가 귀하와 코르시나리 후작 부인 사이에서 생긴, 다섯 살 때 유괴당한 아들을 찾아달라고 하십시오.
   아들의 이름은 안드레아 카발칸티.
   필자의 호의에 당신이 의심을 품지 않도록 다음과 같은 것을 동봉합니다.
   1. 피렌체 시, 고치 씨 지불, 토스카나 화(貨) 2,400프랑 어음 한 장.
   2. 몬테크리스토 백작 앞으로의 소개장 한 통. 백작으로부터는 4만 8,000프랑을 받을 수 있도록 수배하겠음.
   백작 댁에는 5월 26일 저녁 일곱시에 도착할 것.
부소니 신부

「이거로구나!」

「이거라니, 무엇 말인가?」 소령이 물었다.
「나도 이것과 비슷한 편지를 받았거든요」
「자네도?」
「네, 저도요」
「부소니 신부한테서?」
「아니오」
「그럼, 누구한테서?」
「영국 사람인데 월모어 경이라는 사람이에요. 선원 신드바드라는 이름으로 통하고 있는데요」
「그래, 내가 부소니 신부를 모르듯이 자네도 그 사람을 모른단 말이지?」
「네, 몰라요. 하지만 당신의 경우보다는 내가 좀 나은 편이죠」
「그럼 만나보았단 말인가?」
「네, 한번요」
「어디서?」
「그것만은 말할 수 없어요. 그렇게 되면, 당신한테 모든 걸 다 가르쳐주는 게 되니까요 그럴 필요는 없어요」
「그래, 그 편지엔 뭐라고 적혀 있던가?」
「읽어보세요」

귀하는 빈한하고, 귀하의 장래 역시 암담할 뿐이오. 귀하는 이름도 얻고 자유의 몸으로 부유하게 살고 싶지는 않으신지?

「흐흠!」 청년은 몸을 흔들면서 중얼거렸다. 「그걸 말이라고 묻는 건가?」

　　제노바 문을 통과해서 니스 시를 떠나, 그곳에 준비되어 있는 마차를 타시오. 토리노, 샹베리, 퐁 드 브보아젱을 통과하시오. 5월 26일 오후 일곱시에 출두해서, 샹젤리제 가 30번지의 몬테크리스토 백작 댁으로 가 아버지의 면회를 요구하시오.
　　귀하는 바르톨로메오 카발칸티 후작과 레오노라 코르시나리 후작 부인의 아들이 되는 거요. 그것은 후작에게서 받을 서류에 기재된 바로, 그 서류에 의해 귀하는 그 이름으로 파리의 사교계에 출입할 수 있을 것이오.
　　귀하의 지위는 연 5만 프랑의 수입으로 유지될 것이오.
　　니스 시의 은행가 페레아 씨가 지불한 5천 프랑의 어음과 몬테크리스토 백작 앞으로 소개장 한 장을 동봉함. 백작에게는, 귀하의 필요에 응해 원조를 베풀어줄 것을 의뢰해 놓았음.
　　　　　　　　　　　　　　　　　선원 신드바드

「흠!」하고 소령은 말했다.「그거 아주 괜찮은데!」
「그렇죠?」
「자네, 백작을 만났나?」
「방금 만나고 오는 길이에요」
「그래 백작이 승인하던가?」
「네, 모두」
「무엇인가 마음에 짚이는 데가 없나?」
「모르겠는데요」
「필경, 이 일에 누군가 사기당한 사람이 있어」

「하지만 분명 당신이나 저는 아니지 않아요?」

「물론 아니지」

「그렇다면……」

「어쨌든, 그야 우리가 알 바는 아니잖아?」

「그렇죠. 나도 그 얘길 하려던 참이에요. 어디 끝까지 잘해 봅시다. 둘이 힘을 합해서 말이에요」

「그래, 좋아. 나가 자네하고 한패가 되기에 손색이 없다는 것을 알게 될 거야」

「저도 그 점은 의심해 본 적이 없습니다, 아버지」

「그래, 내가 아버지 노릇을 훌륭히 하지」

백작은 바로 그 순간을 택해서 객실로 들어갔다. 백작의 발소리가 나자, 두 사람은 덥석 서로 끌어안았다. 백작은, 포옹을 하고 있는 두 사람 앞에 나타났다.

「어떻습니까, 후작!」하고 백작은 말했다. 「기대하시던 대로의 아드님을 만나신 모양이죠?」

「아, 백작! 정말 전 가슴이 뿌듯하도록 반갑습니다」

「그리고 청년, 당신은?」

「아, 백작! 저도 행복해서 목이 메어옵니다」

「행복한 아버지요, 행복한 아들이십니다!」백작이 갈했다.

「그저 단 한 가지 섭섭한 것은」소령이 말했다. 「제가 곧 파리를 떠나지 않으면 안 된다는 겁니다」

「오! 카발칸티 씨」백작이 말했다. 「몇몇 친구들에게 소개를 시켜드릴 생각입니다. 그때까진 떠나지 않으셨으면 하는데요」

「네, 백작님의 지시대로만 하겠습니다」소령이 말했다.

「자, 그럼 이번엔, 안드레아 씨, 털어놓고 말씀을 드리시지요」

「누구에게요?」

「아버님께 말입니다. 재정 상태를 설명해 드리셔야죠」

「아, 이런!」하고 청년이 말했다.「급소를 찌르시는군요」

「들으셨습니까? 카발칸티 씨?」백작이 말했다.

「물론 들었습니다」

「무슨 뜻인지 아시겠습니까?」

「알고말고요」

「돈이 필요하다는군요. 아드님께서」

「그러니, 저더러 어떻게 하라는 말씀이십니까?」

「돈을 드려야지요」

「제가요?」

「물론이죠」

백작은 두 사람 사이로 끼여들었다.

「자!」하며 백작은 안드레아의 손에 돈뭉치를 쥐어주었다.

「이게 뭡니까?」

「아버지께서 드리는 겁니다」

「아버지께서요?」

「네, 방금 돈이 필요하다고 그러시지 않았어요!」

「그랬습니다. 그런데요?」

「그래서, 아버지께서 이 돈을 당신에게 드리는 겁니다」

「제 수입에서 제하실 건가요?」

「아닙니다. 우선 자리를 잡는 데 필요한 비용으로 드리는 겁니다」

「아, 아버지 고맙습니다」

「쉿!」 하고 백작이 말했다.

「아버지께선 이 돈이 자신의 주머니에서 나온다는 사실이 알려지는 것을 꺼리십니다」

「이렇게 세심하게 생각해 주셔서 감사합니다」 안드레아는 이렇게 말하며 돈뭉치를 바지 주머니에 넣었다.

「이젠 됐습니다」 백작이 말했다. 「자, 돌아가셔도 좋습니다」

「그럼, 언제 또 만나뵙게 되죠?」 카발칸티가 물었다.

「아 참, 정말 언제 또 볼 수 있죠?」 이번에는 안드레아가 물었다.

「토요일엔 만나실 수 있습니다……. 네, …… 토요일이 좋겠습니다. 마침 토요일에, 오퇴유의 퐁텐 가 28번지의 제 별장에서 몇몇 손님들과 만찬을 같이하기로 되어 있습니다. 더욱이 그중에서도, 당신과 거래하게 될 은행가 당글라르 씨가 오실 테니 소개해 드리죠. 금융 거래상 두 분 다 그 사람하고는 인사를 해두시는 것이 좋을 겁니다」

「예장을 해야 할까요?」 스령이 조그만 소리로 물었다.

「예장을 하셔야지요. 군복에 훈장을 달고 짧은 바지를 입으시면 됩니다」

「그럼, 저는요?」 안드레아가 물었다.

「아, 당신은 간단하게 차려 입는 편이 좋을 겁니다. 검은색 바지에 에나멜 구두, 흰 조끼, 검은색이나 푸른색 야회복, 그리고 긴 넥타이를 매시는 게 좋겠죠. 옷은 브랭이나 베로니크 상점에 얘기하시죠. 주소를 모르시면, 바티스탱한테 물으면 가르쳐줄 겁니다. 당신같이 돈이 있는 사람은 되도록 수수하게 입는 편이 오히려 더 돋보이는 법이니까요. 말을 사시려거든 드브뢰 가게에서 사세요. 그리고 마차를 구하시려거든 바티스트 상점으로 가시고요」

「몇 시에 가면 좋을까요?」 청년이 물었다.

「여섯시 반쯤이면 좋겠죠」

「알겠습니다. 그럼 그때 뵙겠습니다」 소령은 모자에 손을 얹으며 말했다.

카발칸티 부자는 백작에게 인사를 하고 방을 나섰다.

백작은 창가로 갔다. 두 사람은 서로 팔을 끼고 앞마당을 지나가고 있었다.

「정말」 하고 그는 말했다. 「비참한 친구들이로군! 저 친구들이 정말 부자지간이 아닌 게 유감 천만인데!」

그러고 나서 잠깐 동안 침울하게 생각에 잠겼다.

「자, 이젠 모렐 씨 집으로 가자!」 하고 그는 말했다.

「불쾌한 것은 미운 것보다 더 참을 수 없군」

채마밭

 자, 이젠 다시 저 빌포르 씨 집 옆에 붙어 있는 울타리 안으로 돌아가자. 그러면, 마로니에로 둘러싸인 그 철문 뒤에서, 이미 낯익은 사람들을 볼 수 있을 것이다.
 이번에는 막시밀리앙이 먼저 와 있었다. 그는 담장에다 한쪽 눈을 대고, 깊은 정원의 나무와 나무 사이로 혹시 사람의 그림자가 나타나지 않는지, 또는 정원의 길 위에서 발소리가 나지는 않는지 엿보고 있었다.
 이윽고 기다리고 기다리던 신발 소리가 들려왔다. 그런데 한 사람이 아니라 두 사람의 그림자가 다가오고 있었다. 발랑틴이 늦은 것은, 당글라르 부인과 외제니가 왔기 때문이었다. 그러자 발랑틴은 약속을 놓치지 않을 생각으로 당글라르 양에게 정원을 산책하자고 말한 것이다. 마음을 태우고 있을 막시밀리앙에게 약속 시간에 늦은 것은 자기 잘못이 아니라는 것을 보여주기 위해서였다.

청년은 연인들만이 가질 수 있는 직감으로 곧 모든 사정을 깨닫고, 비로소 마음을 놓았다. 발랑틴은 목소리가 들릴 정도로 가까이 오지는 않았지만, 자기가 왔다갔다하는 것을 그가 볼 수 있는 거리에서 산책을 했다. 그리고 그의 옆을 지나칠 때마다, 옆의 친구의 눈에 띄지 않게 철문을 흘끗 쳐다보며, 〈좀 참으세요, 제 잘못은 아니니까요〉 하고 말을 전했다.

막시밀리앙은 지그시 참고 기다렸다. 그리고 두 처녀의 대조적인 모습에 깜짝 놀랐다. 한쪽은 금발의 소녀. 꿈꾸는 듯한 눈에 마치 아름다운 버드나무처럼 나긋나긋한 데 비해서, 그 옆의 갈색 머리의 소녀는 오만한 눈매에 뻣뻣한 모습이 마치 포플러 같은 인상이었다. 그리고 이 정반대의 두 소녀 중에서 적어도 막시밀리앙의 마음을 더 끈 것은, 두말할 것도 없이 발랑틴이었다.

한 삼십 분쯤 산책을 하더니, 두 소녀는 안으로 사라졌다. 막시밀리앙은 당글라르 부인이 이제 돌아갈 거라는 걸 알 수 있었다.

과연 얼마 안 있어, 발랑틴이 혼자 나타났다. 혹시 어느 무례한 사람의 눈에 자기가 다시 돌아오는 것을 들킬까 봐 천천히 걸어오고 있었다. 그리고 철문 쪽으로 곧장 오질 않고, 안 보는 체하면서 나무 숲을 유심히 살펴 제일 구석진 곳을 찾아, 벤치 위에 가서 앉았다.

이렇게 미리 주의하고 나서야 소녀는 철문 쪽으로 갔다.

「안녕, 발랑틴!」 하는 목소리가 들려왔다.

「네, 막시밀리앙. 기다리셨죠? 하지만 그 이유는 다셨죠?」

「그래요. 당글라르 양이더군. 난 당신이 그 여자와 그렇게 친한 줄은 모르고 있었는데요」

「누가 친하다고 그러던가요?」

「누가 그런 게 아니라, 당신이 그 여자와 팔을 끼고 걷는 모습이라든가, 같이 얘기하는 태도를 보고 제가 혼자 그렇게 느낀 것이지요. 마치 서로 마음을 털어놓고 지내는 기숙사 친구 같더군요」

「서로 속마음을 얘기하기는 해요」 발랑틴이 말했다. 「외제니는 알베르 모르세르 씨와의 결혼이 마음에 내키지 않는다고 저에게 고백했고, 또 저는 저대로 프란츠 데피네 씨하고 결혼하는 것이 퍽 불행한 것처럼 얘기했지요」

「발랑틴!」

「그래서」 하고 소녀가 말을 계속했다. 「당신 눈에, 저하고 외제니가 서로 마음을 털어놓고 지내는 사이처럼 보였을 거예요. 전 제가 사랑할 수 없는 남자 얘기를 할 때는, 항상 마음속으로 제가 사랑하는 사람을 생각하거든요」

「당신은 정말로 매사에 착한 여자예요. 당신은 당글라르 양이 가지고 있지 못한 것을 한 가지 지니고 있어요. 그것은, 마치 꽃에 있어서의 향기나, 과일의 단맛과 같이, 여자가 가지고 있는 설명할 수 없는 매력입니다. 꽃이 그저 아름답기만 하다든가, 과일이 그저 잘 익기만 해선 안 되는 것과 마찬가지지요」

「당신이 저를 사랑하시기 때문에, 모든 걸 그렇게 보아주시는 거겠지요」

「아니에요. 장담할 수 있습니다. 저는 방금 두 분을 다 보고 있었습니다. 그리고 솔직히 말해서, 당글라르 양의 아름다움은 인정합니다. 그러나 어떤 남자도 그녀를 사랑하게 되지는 않을 것 같습니다」

「그건 막시밀리앙, 제가 그 옆에 있었기 때문에 당신이 공정함을 잃으셨던 거예요」

「아닙니다……. 그건 그렇다 치고…… 한 가지 물어보고 싶은 게 있어요. 그건, 외제니 양에 대해서 생각나는 일이 좀 있어서 그러는 겁니다」

「오! 어떤 것인지는 몰라도, 아마 잘못 생각하고 계신 거겠지요. 그런데 남자들이 우리 여자들을 비평하는 것은 결코 용서해 드릴 수 없어요」

「그것도, 그분과는 전혀 다른 생각을 가지고 있군요」

「그건 대체로, 우리들의 판단은 다분히 감정적이기 때문이에요. 그건 그렇다 치고, 아까 물으시던 애길 하시죠」

「외제니 양이 알베르 씨와의 결혼을 원치 않는 것은, 따로 사랑하는 사람이 있어서 그러는 걸까요?」

「막시밀리앙, 전 외제니와 친하지 않다고 말씀드리지 않았나요?」

「그렇지만」 막시밀리앙이 말했다. 「서로 친하지도 않은데 속마음을 이야기한단 말인가요? 당신도 그 여자한테 그 문제를 물어본 일이 있죠? 그것 보세요. 웃고 있는데」

「그렇다면, 우리 사이가 서로 막혀 있는 게 아무렇지도 않은 일이란 말이에요?」

「자, 그 여자가 뭐라고 그러던가요?」

「사랑하고 있는 사람은 없다고 그러던데요」 하고 발랑틴이 말했다.

「그저 결혼이 싫다는 거예요. 자유롭게 아무에게도 구속받지 않는 생활을 하는 게 소원이래요. 그래서 아버지가 파산이라도 해서 자기는 친구인 루이즈 다르미 양처럼 예술가가 되었으면 한다더군요」

「그것 보세요!」

「그게 어떻단 말이에요?」 발랑틴이 물었다.

「아무것도 아닙니다」 막시밀리앙이 싱긋 웃으면서 대답했다.

「그렇다면, 이번엔 왜 당신이 웃기만 하시죠?」

「뭐, 당신도 알고 있으면서」

「그럼, 이젠 전 가도 되겠지요?」

「아니, 아니, 가면 안 돼요. 자, 이젠 다시 우리들 얘기로 돌아갑시다」

「정말 그렇게 해요. 겨우 십 분밖엔 같이 있지 못할 테니까요」

「아니!」 막시밀리앙이 깜짝 놀라서 소리쳤다.

「네, 그래요. 놀라시는 것도 무리는 아니지만」 발랑틴이 쓸쓸하게 말했다. 「모처럼 행복해지는 당신에게 생활이란 것이 이렇게 괴롭다니! 저 자신이 미워요」

「그런 건 문제도 되지 않아요, 발랑틴. 저는 이 정도로도 행복하니까. 그리그 이렇게 오래 기다리더라도, 당신을 단 오 분간이라도 만날 수가 있고 당신의 말소리를 한마디라도 들을 수 있다면, 그리고 하느님께서 이렇게 우리 둘을 서로 알게 해주신 것, 그것도 거의 기적적으로 맺어주신 것도, 모두 우리들은 서로 헤어지지 않으리라는 깊고 영원한 확신을 주는 거니까요」

「고마워요. 우리 두 사람을 위해 희망을 가져주세요. 그것만으로도 전 절반은 행복해지니까요」

「그런데 발랑틴, 왜 그렇게 빨리 돌아가려고 하는 거요?」

「저도 몰라요. 어머니가 제 재산의 일부에 관계되는 얘기가 있으니 오라는군요. 아! 재산 같은 건 차라리 다 가져갔으면 좋겠어요. 전 너무 재산이 많으니까요. 그 대신 제게서 돈을 다 가져가고 난 다음엔, 제발 저를 좀 가만히 자유롭게 내버려두어 주었으면 좋겠어요. 당신은 제가 가난해지더라도 절 사랑하시겠지요?」

「아, 그야 물론이지요. 돈이 있건 없건 그게 무슨 상관이지요? 나의 발랑틴이 내 곁에 있어주고, 또 아무도 당신을 제게서 빼앗아 가지만 않는다면, 돈 같은 건 문제가 못 됩니다. 그런데 발랑틴, 혹시 어머니께서 하시겠다는 얘기가 당신 혼담은 아닐까요?」

「그렇진 않을 거예요」

「하지만 제 말을 좀 들어봐요. 만약 그렇더라도 조금도 겁낼 것은 없어요. 내가 살아 있는 한, 전 절대로 다른 여자에겐 가지 않을 테니까요」

「당신, 그런 말씀을 하시면 제가 안심할 거라고 생각하세요?」

「내가 잘못했소! 당신 말이 옳아요. 제가 무례한 소리를 했나 보오. 사실 제가 하고 싶었던 얘기는, 요전에 알베르 군을 만났다는 얘기였는데」

「그래서요?」

「당신도 아다시피, 프란츠 군은 그의 친구이지 않겠소?」

「그래요. 그런데요?」

「그런데 알베르 군이, 프란츠 군이 보낸 편지를 받았다는군요. 편지엔, 프란츠 군이 곧 돌아오겠다고 썼더랍니다」

발랑틴은 얼굴빛이 새파래지며, 손으로 철장을 잡았다.

「아! 만약 그렇다면!」하고 발랑틴은 말했다.「그렇지만 어머니가 그런 얘기를 하실 리는 없어요」

「그건 어째서요?」

「그 이유는…… 저도 모르겠지만…… 어쩐지 어머니는 그 결혼을 드러내놓고 반대는 안하시지만, 흡족해하는 것 같지는 않아요」

「그래요? 발랑틴, 그렇다면 난 빌포르 부인을 존경하고 싶어지는데요」

「오! 막시밀리앙, 그렇다고 그렇게까지 성급해하실 건 없어요」발랑틴은 쓸쓸하게 웃으며 말했다.

「어머니가 이 결혼에 호의를 갖지 않는다면, 그 혼담을 깨뜨리기 위해서라도 다른 혼담에 귀를 기울이실 게 아니오?」

「그렇게는 생각하시지 마세요, 막시밀리앙. 어머니가 꺼리시는 것은 남편 될 사람이 아니에요. 어머니는 결혼 그 자체를 원치 않으시는 거예요」

「뭐라고요? 결혼 그 자체라고요? 그렇다면 그렇게 결혼을 싫어하는 분이 왜 자신은 결혼을 하신 거지요?」

「막시밀리앙, 당신은 내 말을 못 알아들으시는군요. 일년 전에 제가 수도원에 들어가겠다고 말한 적이 있었어요. 어머니는 뭐라고 하긴 했지만, 끝국은 제 의견을 기꺼이 승낙하셨어요. 아버지도 동의를 하셨고요. 아마 분명 어머니가 부추기셨겠지요. 저를 못 가게 말린 것은, 불쌍한 할아버지뿐이었어요. 막시밀리앙, 당신은 제 할아버지께서 저를 바라보시는 눈길을 상상도 못하실 거예요. 할아버지는 이 세상에서 저 하나만을 사랑하고 계세요. 그리고 또 이런 소리를 하는 것이 나쁜 짓이라면 하느님께 용서를 빌어야겠지만, 할아버지를 사랑하는 사람도 이 세상에는 저 하나밖엔 없고요. 그런 할아버지께서 제 결심을 들으시고 저를 쳐다보시는데, 그 눈에는 저를 책망하시는 빛이 역력했어요. 하지만 원망 한마디 안하시고, 한숨 한번 쉬시지 않고, 굳어버린 볼 위로 눈물만 주르륵 흘리시는데, 그때 그 절망의 빛이 얼마나 컸던지 당신은 짐작도 못하실 거예요. 아! 그때 저는 일종의 후회 같은 것을 느꼈지요. 그래서 그만 할아버지 발 밑에 쓰러지며 이렇게 말했어요. 〈할아버지, 용서하세요! 무슨 일이 있더라도 전 할아버지 곁을 떠나지 않겠어요!〉 하고요. 그랬더니, 할아버지께선 하늘을 쳐다보시는 것이 아니겠어요! …… 막시밀리앙, 전 어떤 괴로운 일도 참을 수 있어요. 그때의 할아버지의 눈을 보니, 어떤 일이든 참을 수 있을 것 같은 기분이 들었던 거예요」

「발랑틴! 당신은 정말 천사요. 비록 하느님을 불신한 사람들이긴 해도 어쨌든 아라비아 원주민들을 함부로 찔러 쓰러뜨린 나 같은 사람이 어떻게 당신 같은 천사를 만나게 되었는지 모르겠군요. 그렇다면, 정말 그렇다면, 빌포르 부인께선 당신의 결혼을 반대해서 무슨 이익이 있는 것일까요?」

「조금 아까, 제게는 돈이 너무 많다는 얘기 못 들으셨어요? 저는 제 생모의 유산으로, 연 5만 프랑 가량의 수입이 있어요. 그리고 제 외할아버지와 외할머니 생메랑 후작과 후작 부인한테서도 아마 그 정도의 유산을 받게 되겠지요. 그리고 친할아버지께서도 저 하나만을 상속인으로 정하고 싶어하시는 게 분명해요. 그러니까 그러한 저한테 비하면, 동생 에두아르는 어머니 재산밖엔 못 가질 테니 아주 가난한 셈이죠. 그런데 어머니는 에두아르를 몹시 사랑하거든요. 그래서, 만약 제가 수도원으로 들어가면 아버지께선 후작과 후작 부인의 재산과 또 제 재산을 모두 물려받게 되니까, 결국은 제 재산 전체가 에두아르한테로 가게 되지요」

「아니, 그렇게 젊고 아름다우신 어머니가 그렇게 욕심이 많다니!」

「하지만 막시밀리앙, 그건 어머니 자신을 위한 것은 아니에요. 아들을 위해서 그러시는 거죠. 그러니까 당신이 그걸 어머니의 결점으로 생각하고 비난하지 않고 모성애로 보신다면 미덕이 아니겠어요?」

「그럼, 발랑틴」 하고 막시밀리앙이 말했다. 「당신 재산의 일부를 에두아르데게 주면 어떨까요?」

「어떻게 그런 소리를 할 수 있겠어요?」 하고 발랑틴이 말했다. 「입으로는 밤낮 욕심이 없다는 소리만 하시는걸요」

「발랑틴, 나는 당신에 대한 사랑을 언제나 신성하게 생각하고 있었어요. 그래서 모든 신성한 것을 대하듯이, 그것을 존경의 베일로 싸서 마음속에 간직하고 있었지요. 이 세상의 누구도, 심지어는 제 누이조차도 지금까지 가슴속에 감추어둔 이 사랑을 모르고 있습니다. 그런데 발랑틴, 우리들의 사랑을 제 친구 한 사람에게 얘기해도 좋을까요?」

「친구에게요?」 여자가 갈했다. 「아니! 그 소리를 들으니 몸이 떨려오는데요. 친구라니요? 어떤 친구요?」

「발랑틴, 제 얘길 좀 들어봐요. 당신은 여태까지 어떤 사람한테 몹시 마음이 끌린 적이 있었소? 처음 만나는 사람인데도 어쩐지 오래전부터 아는 사람 같아서, 언제 어디서 본 사람인가 하고 생각해 보지만 그 장소나 때가 생각나지 않아서, 혹시 전생에 알았던 사람인데 그때의 인상이 좋았기 때문에 기억이 되살아난 것은 아닌가 하고 생각된 때가 없었느냔 말이오」

「네, 그런 일이 있어요」

「바로 그거예요. 난 그 이상한 사람을 처음 만났을 때, 곧 그런 느낌이 들었어요」

「이상한 사람이요?」

「그래요」

「그럼, 오래전부터 알고 계신 분인가요?」

「안 지는 이제 겨우 일주일이나 열흘 됐지만」

「안 지 일주일밖에 안 된 사람을 친구라고 하세요?」

「물론 이치를 따지자면 당신 말이 맞아요. 하지만 당신이 어떻게 생각하더라도, 제가 본능적으로 느낀 그 감정은 변함이 없어요. 제 생각엔, 앞으로 제게 일어날 좋은 일은 모조리 그 사람과 관계가 있을 것 같아요. 그리고 그의 깊은 눈이 그것을 알아내고, 그의 억센 손이 그것을 인도해 줄 것 같은 생각이 드는군요」

「그럼, 예언자 같은 사람인가요?」 발랑틴이 웃으면서 말했다.

「사실」 하고 막시밀리앙이 말했다. 「전 종종 그 사람이…… 특히 좋은 일은 다 내다보는 눈을 가진 것같이 생각될 때가 있어요」

「오! 그래요?」 발랑틴이 슬픈 듯이 말했다. 「그럼, 그분을 저에게도 소개해 주세요. 전 여태 괴로움만 당해 왔으니, 그 대신 앞으로는 사랑받고 살게 될까 좀 여쭈어보게요」

「당신도 아는 사람인데!」

「저도요?」

「그래요. 바로 어머니와 동생의 생명을 구해 주신 분이에요」

「몬테크리스토 백작이오?」

「바로 그분이에요」

「그래요?」 발랑틴이 소리쳤다. 「하지만 그분은 절대로 제 친구는 될 수 없을 거예요. 어머니하고 아주 친한 분이니까요」

「백작이 당신 계모의 친구라고요? 제 직감이 그렇게 틀리리라고는 생각하지 않았는데…… 분명 당신이 잘못 알고 있는 거요」

「오, 막시밀리앙! 당신은 모르고 계시군요. 요즈음 저희 집에서 세력이 있는 사람은 에두아르가 아니라. 그 백작이에요. 어머니는 그분을 모든 지식의 총화라고 하면서 열렬히 쫓아다니고, 아버지께서도 고고한 사상을 그렇게 잘 이야기하는 분도 없을 것이라고 하시면서 그분에 대한 찬양이 대단하세요. 에두아르는 하느님처럼 떠받들지요. 백작의 검은 눈이 무섭다고는 하면서도, 그분만 나타나면 당장에 달려가 그분의 손을 펴 보지요. 그러면 그 속에는 언제나 굉장한 장난감이 들어 있지요. 저희 집에서의 백작은 빌포르 씨 집에 온 손님이 아니라, 자기 집이나 다름없다시피 되어버린 걸요」

「그렇다면, 발랑틴! 사정이 정말 당신 말대로라면, 당신은 백작이 나타남으로써 생기는 영향을 벌써 짐작했거나, 아니면 곧 짐작하게 되겠지요. 그분은 이탈리아에서 알베르를 만났어요. 그것은 그를 산적들의 손에서 구해 주기 위해서였지요. 그리고 그분은 또 당글라르 부인을 만났습니다. 이번엔 부인에게 굉장한 선물을 드리려고 했습니다. 당신 어머니와 동생이 그분의 저택 앞을 지났는데, 이번엔 그분의 하인 누비아 사람이 그들을 구해 주지 않았어요? 그분은 확실히 사물들에게 영향을 미치는 힘을 가지고 있습니다. 저는 여태까지 그러한 간단한 취미가 그처럼 숭고하고 장엄한 결과와 연결된 예를 본 일이 없습니다. 그분이 저를 보고 웃을 때는 아주 부드러워서, 남들이 그분의 미소를 무섭게 느낀다는 사실을 잊어버리게 되지요. 오, 발랑틴! 그분이 당신을 보고 미소를 띤 일이 있었나요? 당신을 보고 웃는 얼굴을 보면, 당신도 즐거워질 거요」

「저를 보고요?」 소녀가 말했다. 「천만에요, 막시밀리앙, 그분은 저를 쳐다보시지도 않는걸요. 웃기는커녕, 어쩌다가 그분 옆을 지나게 될 때도 그분은 저를 외면하세요. 그분은 절대로 착한 분이 아니에요. 아니면 사람의 마음속을 꿰뚫어 보는 눈이 없으시던가요. 그렇지도 않다면, 당신이 그분을 잘못 보고 계신 거예요. 만약 정말로 그분이 착한 분이라면, 이 집 한가운데서 혼자 슬퍼하는 저를 그 힘으로 보호해 주셨을 게 아니에요? 그리고 또, 당신 말대로 그분이 그렇게 태양 같은 분이라면, 제 마음을 한줄기 햇빛으로라도 따뜻하게 해주셨을 게 아니에요? 당신은 그분이 당신을 사랑한다고 그러시지만, 그걸 어떻게 아세요? 남자들이란, 당신처럼 키가 크고 긴 수염에 큰 칼을 찬 사람을 보면 다정한 얼굴을 하지요. 그러나 눈물을 흘리는 가련한 소녀쯤은 아무렇지도 않게 짓밟거든요」

「오, 발랑틴! 당신이 오해하고 있는 거예요. 확실합니다」

「만약 그렇지 않다면 말이에요. 막시밀리앙, 만약 그분이 저를 외교적으로 취급했다면, 다시 말해서 이 집에서 어떻든 추대를 받는 존재라면, 당신이 그렇게 칭찬을 하시는 그 부드러운 미소로 단 한번이라도 저를 쳐다보았어야 했을 게 아니에요? 그런데 그렇질 않거든요. 그분은 제가 불행하다는 것은 알고 있어요. 그리고 제가 아무 역할도 하지 못한다는 것을 알고, 제게는 주의도 기울이지 않아요. 그러니, 누가 알아요? 나중에는 어머니나 아버지나 에두아르의 환심을 사려고, 자기가 할 수 있는 범위 안에서 저를 학대하기까지 할지 알 수 없잖아요? 하지만, 전 솔직히 말해서 아무 까닭 없이 두시를 당해야 할 여자는 아니거든요. 당신도 그렇게 말씀하시잖았어요? 어머나, 이런 소릴 자꾸 하다니…… 용서하세요_ 소녀는 막시밀리앙의 표정을 보더니 이렇게 다시 말을 이었다. 「전 좋지 않은 여자예요. 그분께 이렇게 마음에도 없는 소리를 했으니 말이에요. 사실, 당신이 하신 얘기가 제게도 영향이 미친 것만은 부정할 수 없어요. 그리고 그분이 저한테까지 사실은 영향을 미치고 있다는 것도 인정하고요. 하지만 그렇다 하더라도, 좋은 생각을 해치거나 손상시키는 결과밖엔 되지 않아요」

「알았소, 발랑틴」 청년은 한숨을 쉬면서 달했다. 「그 얘긴 이제 그만 합시다. 그분께는 아무 얘기도 안할 테니」

「어떡하죠? 마음이 언짢아지셨나 봐요. 아! 당신의 손을 붙잡고 용서라도 빌 수 있었으면! 그런데, 전 확실한 것을 알고 싶어요. 도대체 몬테크리스토 백작이 당신을 위해서 무슨 일을 하셨단 말이에요?」

「무슨 일을 해주셨는가를 물으면 곤란하군요. 물론 겉으로 드러나는 일은 아니었습니다. 그러니까 아까도 얘기했지만, 그 사람에 대한 호감은 순전히 직감적인 것일 뿐 이렇다 할 이유는 없어요. 이를테면, 태양이 저한테 해주는 것이 있나요? 구체적으로야 없지요. 그것은 저를 따뜻하게 해주고, 또 그 빛으로 당신을 볼 수 있게 해주지요. 그뿐입니다. 또 향기는 제게 어떤 일을 해주었나요? 그것은 제 오관 중의 하나를 즐겁게 해줄 뿐입니다. 어째서 이 향기가 좋냐고 물으시면 이밖에는 더 할말이 없습니다. 제가 그분한테서 느끼는 우정, 또 그분이 저를 대하는 우정은 사실 이상한 것입니다. 이러한 예기치 못하던 우정에는 우연 이상의 무엇이 있다고 마음속에서 은밀한 소리가 말하는 것 같습니다. 그분의 아주 사소한 행동이나 숨겨져 있는 생각 하나하나에 이르기까지, 웬일인지 제 행동과 생각과 어떤 관계가 있는 것처럼 생각돼요. 발랑틴, 이런 소리를 또 하면 웃으실지 모르겠지만, 그분을 알고 난 뒤로는 제 신상에 일어나는 좋은 일은 모두 그분 때문에 생긴 것처럼 느껴지는군요. 하지만 난 여태까지 그런 보호자 없이도 삼십 년이나 살아오지 않았습니까? 그건 그렇다 치고, 예를 들면 이런 일이 있었습니다. 그분은 저를 토요일 만찬회에 초대했지요. 그건 여태까지의 우리 두 사람 사이로 보아 지극히 당연한 일이에요. 그런데 그후에 무슨 소리를 들었는지 알아요? 당신 아버님도 초대를 했고, 따라서 어머니도 가실 거래요. 그러니까 저는 당신 부모님들을 만나게 될 텐데, 그러한 인연으로 해서 장래에 무슨 일이 생길지 누가 알아요? 물론 이것은 겉으로 보기엔 아주 단순한 상황입니다. 그러나 저는 거기서 무엇인가 깜짝 놀랄 일이 생길 것만 같아요. 이상한 희망이 생기는군요. 아무래도, 모든 것을 다 꿰뚫어 볼 수 있는 눈을 가진 백작이 일부러 저를 당신 부모님들과 만나게 해주려는 것 같아요. 그래서 전 가끔, 그분의 눈이 혹시 당신에 대한 제 사랑을 이미 알고 있는 게 아닌가 하고 눈치를 살필 때가 있답니다」

「아무래도 제겐, 당신이 꿈이라도 꾸고 있는 것처럼 느껴지는군요」 발랑틴이 말했다. 「그리고 그런 얘기만 듣고 있자니, 당신의 정신이 이상한 것이 아닌가 해서 걱정이 되는군요. 그 만찬회에 무엇인가 우연 이상의 것이 있다고요? 그건 정말 다시 생각해 주세요. 절대로 밖엘 나다니시지 않는 아버지께선 그 초대를 수없이 거절하셨어요. 그런데 어머니는 어떻게 해서든지 그 엄청난 백만장자의 집을 보시고 싶다고 해서 겨우 아버지를 설득시켰거든요. 막시밀리앙, 전 이 세상에서 당신과 산송장 같은 할아버지밖엔 구원을 청할 사람이 없어요. 돌아가신 어머니 외엔 의지할 분이 없다고요!」

「그 말은 정말 옳다고 생각돼요, 발랑틴. 확실히 옳리가 있는 말이고」 하고 막시밀리앙이 말했다.

「그러나 언제나 제게 무상한 힘을 가지고 있던 당신의 그 부드러운 음성에, 오늘만은 제가 설복되질 않는군요」

「당신 말씀도 마찬가지예요」 발랑틴이 말했다. 「좀더 다른 얘기를 들려주신다면 또 몰라도……」

「그런 예라면 하나 있어요」 청년은 주저하면서 말했다. 「그런데 발랑틴, 사실 이건 나 자신도 그렇게 생각하지단, 앞서 들었던 예보다도 더 말이 되질 않는 것 같아서……」

「그래요?」 발랑틴이 웃으면서 말했다.

「하지만」 막시밀리앙이 계속해서 말했다. 「십년이나 군대 생활을 계속해서 〈앞으로 가!〉라든가 〈뒤로 가!〉 같은 마음속에 떠오르는 아주 조그만 영감의 실마리로 총알이 살짝 옆으로 스쳐가서 생명을 구하고, 이러한 영감과 느낌으로 살아온 나 같은 사람이, 그것을 확실한 것으로 믿고 있는 거요」

「막시밀리앙, 총알이 아슬아슬하게 스쳐 지나간 것이 제 기도 때문이라고는 왜 생각지 않으세요? 당신이 그쪽에 가 계실 동안은, 제가 하느님이나 어머니께 기도 드리는 것은 저를 위해서가 아니었어요. 당신을 위해서였지요」

「그래요, 당신을 알게 된 후로는 그렇죠」 막시밀리앙이 웃으면서 말했다. 「하지만, 제가 당신을 알기 전에도 군대에 있었잖아요?」

「심술 궂으셔라. 어쨌든 제 덕을 입고 있다고 생각하고 싶진 않으신 거죠? 자, 그건 그렇고, 아까 당신 생각에도 터무니없는 것 같다던 그 얘기나 다시 하세요」

「그러죠. 이 판자 틈으로 저 말들을 좀 보세요. 저 나무에 매여 있는 새 말요. 제가 타고 온 것인데」

「아! 참 훌륭하군요!」 발랑틴이 말했다. 「그런데 왜 이 철창 옆으로 데려오지 않으셨어요? 그랬더라면 얘기라도 해 보았을 것을」

「사실 저건 당신이 보시다시피 굉장히 비싼 말이오」 막시밀리앙이 말했다. 「당신도 알겠지만, 제 재산이라는 게 제한되어 있고, 또 저는 분별이 있는 사람이오. 그런데 어느 날 말 가게에서 저 훌륭한 메데아를 발견했단 말이에요. 아, 〈메데아〉라고 이름을 지었어요. 그래서 값이 얼마냐고 물었더니, 4,500프랑이라는 거예요. 물론 저는 더 이상 말을 황홀하게 쳐다볼 수는 없어서 그 집을 나왔지요. 정말이지 마음이 아팠어요. 왜냐하면 저놈이 저를 상냥하게 바라보면서 머리를 갖다 대고 비비더니, 저를 태우고 아주 다정하고 멋있게 빙빙 돌아다니질 않겠어요? 그날 밤 집에 친구들이 왔어요. 샤토 르느며 드브레, 그리고 당신이 모르길 다행인 친구 녀석들이 대여섯 되었지요. 부요트(트럼프 놀이의 일종——옮긴이)를 하자고들 그러더군요. 전 노름은 안해요. 돈을 잃을 만큼 부자도 아니고, 또 돈을 따고 싶을 정도로 가난하지도 않으니까요. 하지만 제 집에서 모인 거니까 하는 수 없이 트럼프를 가지러 나갔지요. 막 테이블에 앉는 참인데, 그때 몬테크리스토 백작이 나타났습니다. 그는 자리에 앉자 카드 놀이를 했습니다. 제가 땄지요. 발랑틴, 실은 솔직히 말하기 거북하지만, 제가 5,000프랑 땄어요. 모두들 자정에야 돌아갔습니다. 전 아무래도 참을 수가 없어서 마차를 타고 곧장 말 가게로 갔습니다. 가슴을 두근거리며, 얼굴이 확확 달면서 초인종을 눌렀습니다. 문 열러 나온 사람은 아마 저를 미친 놈으로 알았을 거예요. 문이 열리자마자 안으로 뛰어 들어갔으니까요. 마구간으로 가서 말 매어두는 곳을 쳐다보았어요. 아! 고맙게도 메데아는 꼴을 먹고 있더군요. 저는 안장 있는 데로 달려가서 말 등에다 안장을 올려놓고 굴레를 씌웠지요. 메데아는 아주 의젓하게 순순히 응하더군요. 그러고는 어안이 벙벙해하는 상점 주인의 손에 4,500프랑을 쥐어주고는 돌아왔지요. 돌아왔다기보다는 밤새 샹젤리제를 산책했어요. 그런데 백작 방의 창문에 불이 켜져 있질 않겠습니까? 커튼 뒤엔 백작의 그림자가 보이는 것 같았어요. 발랑틴, 저는 꼭 백작이 제가 말을 가지고 싶어하는 것을 알고, 그 말을 사게 하려고 일부러 져준 것만 같아요」

「막시밀리앙」 발랑틴이 말했다.

「당신은 정말 환상을 잘 그리는 사람이군요…… 당신은 저를 오래 사랑할 것 같지 않아요…… 당신처럼 그렇게 시적인 사람은 이렇게 우리의 단조로운 사랑 속에 빠져버리지는 못할 거예요…… 아니, 누가 절 부르지 않나요? 저것 보세요」

「오, 발랑틴」 막시밀리앙이 말했다. 「창살 틈으로 새끼손가락을 내밀어주오, 입을 맞추게」

「막시밀리앙, 우린 언제까지나 이렇게 두 개의 목소리, 두 개의 그림자라고 하지 않으셨어요?」

「그럼, 좋을 대로 하세요」

「당신 말씀대로 해드렸으면 좋겠어요?」

「물론이죠」

발랑틴은 그곳에 있던 벤치 위에 올라갔다. 그리고 창살 틈으로 새끼손가락을 내미는 대신 손 전체를 내밀었다.

막시밀리앙은 환성을 질렀다. 그리고 자기도 경계석 위로 뛰어올라가, 그 그립던 손을 잡고 뜨거운 입술을 갔다 대었다. 그러나 이미 그 조그만 손은 그의 손에서 빠져나갔다. 그리고 갑자기 경험한 이 감정의 동요에 놀랐던지, 여자가 뛰어 도망가는 소리가 들려왔다.

누아르티에 드 빌포르 씨

 당글라르 부인과 그 딸이 떠난 후, 그리고 방금 이야기한 발랑틴과 막시밀리앙이 서로 이야기를 나누고 있는 사이에 검사 빌포르 씨 집에서는 다음과 같은 일이 일어났다.
 빌포르 씨는 부인과 함께 아버지 방으로 들어갔다. 발랑틴이 어디 있는가는 다 아는 터.
 빌포르 씨 부처는 노인에게 인사를 하고 이십오 년도 넘게 이 집에서 시중을 들고 있는 늙은 하인 바루아를 밖으로 내보냈다. 그러고 나서, 두 사람은 노인 옆에 앉았다.
 누아르티에 씨는, 바퀴가 달린 커다란 안락의자에 앉아 있었다. 집안 사람들이 아침이면 노인을 이 의자에 앉혔다가 저녁이 되면 의자에서 데려 내가는 것이다. 노인의 의자 앞에는 커다란 거울이 하나 있어서 방 안 전체를 비추고 있었다. 그리하여 부자유한 몸을 움직이지 않아도 노인은 방 안으로 누가 들어오며 누가 나가는지 그리고 주위에 무슨 일이 일어나고 있는지를 다 볼 수 있었다. 노인은 죽은 사람처럼 꼼짝 않고, 그 총명하고도 생생한 눈으로 빌포르 부부를 바라보았다. 그 엄숙한 격식을 차린 그들의 모습으로 보아, 무엇인가 뜻하지 않은 공식적인 일이 있다는 것을 노인은 직감할 수 있었다.

이미 사분의 삼은 무덤 속에 묻혔다고 볼 수 있는 이 산송장 같은 노인에게는, 오직 시각과 청각의 두 감각만이 마치 두 개의 불꽃처럼 아직도 살아서 움직이고 있었다. 이 두 개의 감각 중 하나만이 이 석상에게 생명을 불어넣어 주는, 내부의 생명을 밖으로 나타내는 역할을 했다. 그리고 이 내부의 생명을 드러내는 눈길은, 마치 밤중에 사막에서 길을 잃은 나그네에게 침묵과 어둠 속에서 아직 살아 있는 사람이 있음을 알려주는, 멀리서 반짝이는 한 점의 등불과도 같았다.

그러므로, 비록 어깨 위로 길게 늘어진 머리털은 완전히 하얗게 세었지만, 아직은 시커먼 눈썹 아래 있는 노인의 검은 눈, 다른 모든 기관이 죄다 마비되고 다만 그것만이 살아남아 있는 그 눈 속에는, 이 노인의 육체와 정신 속에 충만한 모든 활동력, 모든 기지, 모든 힘과 모든 지혜가 집중되어 있었다. 사실 노인은 이미 팔을 들 수도, 소리를 낼 수도, 몸을 움직일 수도 없었다. 그러나 그 완강한 눈빛 하나로, 마비된 다른 모든 기능을 보충할 수가 있었다. 그는 그 눈으로 명령도 하고, 그 눈으로 감사의 뜻도 표시했다. 마치 산 사람의 눈을 가진 송장과도 같았다. 그리고 그 눈 속에서 때로는 분노가 불타고, 또 때로는 기쁨으로 빛나는 그 대리석과도 같은 얼굴은, 가끔은 더 없이 무섭게 느껴지는 것이었다. 이 불쌍한 중풍 환자의 말을 알아듣는 것은 단지 세 명뿐이었다. 그것은 빌포르와 발랑틴과 앞서 말한 늙은 하인뿐이다. 그러나 빌포르는 꼭 와야만 하는 경우가 아니면 아버지를 찾아오는 일이 극히 드물었고, 아버지를 보러 와서도 아버지의 말뜻을 알아듣고 일부러 그를 기쁘게 해주려고는 하지 않았다. 그래서 노인은 오직 손녀 한 사람에게서만 행복을 찾을 수 있었다 그리고 발랑틴은 성실과 사랑과 인내의 힘으로, 노인의 눈길 하나만으로도 노인이 생각하는 모든 것을 이해할 수 있게 되었다. 발랑틴은 목소리로 나오지 않는 노인의 말, 다른 사람은 아무도 이해할 수 없는 그 말에, 온갖 목소리와 표정과 진심을 가지고 대답해 주었다. 이렇게 해서 이 젊은 처녀와 이른바 흙이 다 된 노인, 아니 거의 먼지로 변해 버린 듯한 노인 사이에는 아직도 생생한 대화가 오갈 수 있었다. 하지만 지금 이렇게 흙이 되다시피 한 노인은 아직도 광범위한 지식과 놀랄 만한 통찰력과 굽힐 줄 모르는 완강한 의지가, 지금은 남을 복종시킬 만한 의지의 힘이 없어진 육체 속에 아직도 남아 있었다.

이렇게 해서, 발랑틴은 자신의 생각을 노인에게 이해시키기 위하여 노인의 생각도 이해해야 한다는 곤란한 문제를 해결할 수 있었다. 그리하여 이런 노력의 결과로 일상 생활에 관한 한, 노인의 살아 있는 영혼이 무엇을 원하고 있는가, 그리고 반은 무감각하게 되어버린 이 송장 같은 노인이 필요로 하는 것이 무엇인가를 대개는 거의 정확하게 파악할 수가 있었다.

그의 늙은 하인으로 말하자면, 앞서 말한 대로 그는 이십오 년간이나 노인을 섬겨왔으니 노인의 습성은 너무도 잘 알고 있어서, 누아르티에 노인이 거의 일을 시킬 필요조차 없을 만큼 다 알아서 했다.

빌포르 씨는 아버지와 얘기를 하러 올 경우, 그 이상한 화제를 시작하기 위하여 지금 말한 두 사람 중 어느 누구의 도움도 필요로 하지 않았다. 이미 말한 바와 같이, 빌포르 자신이 노인의 말뜻을 완전히 이해할 수 있었기 때문이다. 그러면서도 별로 그런 기회를 이용하지 않았던 것은, 노인과의 대면이 따분하기도 하고 관심도 없었기 때문이다. 빌포르는 딸을 정원으로 내보내고, 하인 바루아를 물러가 있게 했다. 그리고 자기는 노인의 오른쪽에 앉고 아내는 왼쪽에 자리를 잡게 했다.

「아버님, 발랑틴을 데리고 오지 않고, 또 바루아를 내보낸 것을 이상하게 생각진 마십시오. 실은 저희가 의논하려는 일이, 딸아이나 하인 앞에서 얘기할 성질의 것이 아니라서 그런 겁니다. 저희 두 사람이 아버님께 보고드릴 게 하나 있습니다」

이렇게 말을 꺼내는 동안, 누아르티에 노인의 얼굴에는 아무런 표정의 변화도 없었다. 그에 반해서 빌포르의 눈은 노인의 마음속을 깊이 꿰뚫어 보려는 것 같았다.

「이 보고에」 하고 빌포르 검사는 냉담하게, 마치 어떠한 이의도 받아들일 수 없다는 듯한 어조로 말을 이었다.

「저나 제 처는, 아버님께서도 분명 찬성해 주실 줄로 믿고 있습니다」

노인의 눈은 여전히 아무런 표정도 나타내지 않았다. 그는 그저 듣고만 있을 뿐이었다.

「아버님」 하고 빌포르가 말했다. 「발랑틴을 결혼시키려고 합니다」

밀랍으로 만든 얼굴도, 이 보고를 들었을 때의 노인의 얼굴보다 더 차가워질 수는 없을 것이다.

「결혼식은 삼 개월 내로 하게 될 겁니다」하고 빌포르가 말했다.

노인의 눈은 여전히 아무 표정도 없었다.

이번에는 빌포르 부인이 급히 다음과 같은 말을 했다.

「저희들은 아버님께서 이 소식은 반겨주시리라고 생각했습니다. 아버님께선 늘 발랑틴을 사랑해 주시니까요. 그러니까 저희 생각엔 그저 신랑 될 사람의 이름만 알려드리면 될 줄로 압니다. 발랑틴에게는 더할 나위 없이 좋은 혼처지요. 재산도 있고, 가문도 좋고, 몸가짐이며 취미가 틀림없이 그애에게 적합하다고 생각되어서요. 게다가 아버님께서 모르시는 이름도 아니에요. 데피네 남작, 프란츠 드 케넬이랍니다」

빌포르는 아내가 이야기를 하고 있는 동안, 여느 때보다도 더 주의 깊은 눈으로 노인을 지켜보았다.

빌포르 부인의 입에서 〈프란츠〉라는 이름이 나오자, 빌포르가 너무나 잘 알고 있는 노인의 그 눈이 부르르 떨렸다. 그리고 눈시울이, 무슨 말을 하려고 할 때의 입술처럼 벌어지면서, 그 속에서 번갯불 같은 것이 스치고 지나갔다. 아버지와 프란츠의 아버지 사이에 정치적인 반목이 있었던 것을 알고 있던 검사는, 노인의 흥분과 동요를 이내 이해할 수 있었다. 그러나 그런 눈치는 조금도 보이지 않고, 그는 아내가 하다 만 이야기를 계속했다.

「아버지」하고 그는 말했다. 「아버님도 아시다시피, 발랑틴도 이제 곧 열아홉 살이 됩니다. 그러니 이젠 사람 구실을 시

켜야지요. 물론 이 혼담이 있을 때 아버님 생각을 안한 건 아
닙니다. 그리고 젊은 사람들이 살림하는 데 저희들과 같이 사
는 건 거북할 텐데, 발랑틴이 유난히 아버님을 좋아하고, 아
버님께서도 그애를 사랑하시는 것 같으니, 아버님께서 그애들
하고 같이 사시도록 발랑틴의 남편 될 사람과도 얘기가 되어
있습니다. 그러니까 아버님께선 여태까지의 습관을 하나도 바
꾸실 것도 없고, 오히려 이제 한 아이가 아니라 두 아이가 아
버님 시중을 들어 드리게 되는 셈이지요」

　노인의 눈빛이 시뻘게졌다.

　분명 노인의 머릿속에서는 무엇인가 무서운 일이 일어나고
있었다. 분명 고통과 분노의 외침이 목구멍까지 치밀어 올랐을
것이다. 그런데 그 소리를 터뜨리지 못하니, 그만 그의 목구멍
이 꽉 메어버린 것이다. 그래서 노인의 얼굴은 시뻘게지고 입
술은 새파래졌다.

　빌포르는 조용히 창을 열면서 말했다.

　「방이 퍽 덥군요. 더운 건 몸에 좋지 않을 텐데요」

　그러고는 다시 제자리로 돌아왔으나 앉지는 않았다.

　「이 혼담은」 하고 빌포르 부인이 덧붙여 말했다. 「데피네 씨
랑 그 가족들도 다 좋아하시는 것 같아요. 가족이래야 백부하
고 백모뿐이지만요. 프란츠 어머니는 프란츠를 낳고 곧 돌아가
셨고, 아버지는 1815년에, 프란츠가 겨우 두 살밖에 안 되었
을 때 암살당했으니까요. 그래서 프란츠는 뭐든지 제 뜻대로
다 할 수 있게 되었지요」

　「그런데, 그 암살 사건이 참 이상해서」 하고 빌포르가 말했
다. 「아직도 범인을 모르고 있습니다. 여러 사람에게 혐의가

가고 있기는 하지만」

노인은 무엇인가 애를 쓰는 듯 입술에 미소 같은 것이 떠올랐다.

「그런데」 빌포르가 말을 이었다. 「만약 그 범인이 정말로 죄를 지은 진짜 범인으로서, 살아선 인간의 재판을 받지 않으면 안 되고 죽어선 신의 심판을 받지 않으면 안 될 진짜 범인이 우리 같은 입장이 되면, 정말 다행한 일일 겁니다. 딸을 프란츠 데피네와 결혼시킴으로써 혐의를 모면할 수 있을 테니까요」

노인은, 다 망가진 그 몸으로는 생각도 못할 만큼 벅찬 힘으로 자신을 진정시켰다.

「그래, 알겠다」 노인은 빌포르에게 눈으로 이렇게 대답했다. 그러나, 그 눈은 깊은 경멸과 냉정한 분노를 함께 나타내고 있었다.

빌포르는 노인의 눈의 표정을 다 알고는 가볍게 어깨를 한 번 으쓱해 보이는 것으로 그 시선에 대답했다.

그러고는 아내에게 일어나라는 눈짓을 했다.

「그럼, 아버님」 하고 빌포르 부인이 말했다. 「이만 실례하겠어요. 그리고 인사를 드리러 에두아르를 올려보내도 될까요?」

노인은, 승낙의 뜻을 나타낼 때는 눈을 감고, 거절할 때는 눈을 몇 번 끔뻑끔뻑해 보이며, 무언가 요구할 것이 있으면 눈을 하늘로 향해 치켜 뜨곤 했다.

또 발랑틴을 부르고 싶을 때면 오른쪽 눈 하나만 감고, 바루아를 부를 때엔 왼쪽 눈을 감기로 되어 있었다.

빌포르 부인의 말에, 노인은 급히 눈을 끔뻑거렸다.

분명한 거절의 뜻을 대하자, 빌포르 부인은 입술을 깨물었다.

「그럼, 발랑틴을 보낼까요?」하고 부인이 물었다.

「그래」 노인은 대뜸 눈을 감아 보였다.

빌포르 부부는 인사를 하고 밖으로 나갔다. 그리고 발랑틴을 불러 오도록 했다. 그러나 발랑틴은 그날 해가 지기 전에 노인의 곁에서 해야 할 일이 있다는 것을 미리 알고 있었다.

빌포르 부부가 나간 후, 발랑틴은 아직도 흥분이 가시지 않은 새빨간 얼굴로 노인의 방으로 들어왔다. 발랑틴은 노인을 보자, 그가 얼마나 괴로워하고 있으며 자기에게 할말이 얼마나 많은가를 첫눈에 알 수 있었다.

「오, 할아버지!」하고 소녀가 소리쳤다. 「무슨 일이 있었나요? 누가 할아버지를 화나게 해드렸나 봐요. 화나신 것 같아요」

「그렇다」 노인은 눈을 감아 보였다.

「누구 때문에 화가 나셨어요? 아버지 때문에? 아니에요? 그럼, 어머니 때문인가요? 그것도 아니에요? 그럼, 저 때문인가요?」

노인은 그렇다는 눈짓을 했다.

「제가 어떻게 했길래요, 할아버지?」 발랑틴이 소리쳤다.

노인은 그 말에는 아무런 대꾸도 안했다. 발랑틴이 또다시 물었다.

「오늘은 할아버지를 지금 처음 만나는 건데요. 누가 와서 제 얘길 했군요?」

「그렇다」 노인의 시선이 대답했다.

「아니, 무슨 일인데요? 분명히 말씀드리겠지만…… 아! 아버지하고 어머니가 왔다 가셨죠? 그렇죠?」

「그래」

「그분들이 하신 얘기 때문에 화가 나셨군요? 무슨 얘길 하셨는데요? 제가 가서 물어브고 할아버지께 변명을 할까요?」

「아니다, 그럴 필요 없다」 노인이 눈으로 말했다.

「그래도 걱정이 되는걸요. 도대체 뭐라고 그러셨는데요?」

발랑틴은 잠시 생각을 하더니, 노인의 옆으로 와서 낮은 소리로,

「이제 알겠어요. 제 결혼 얘기를 하셨죠?」

「그렇다」 노인은 노한 시선으로 대답했다.

「이젠 알겠어요. 그동안 제가 아무 말도 안해서 노하신 거죠. 할아버지껜 아무 말씀도 드리지 말라고 그랬거든요. 그리고 저한테까지도 아무 얘기도 안해 주셨어요. 저는 그저 어쩌다가 그 비밀을 알게 된 것뿐이에요. 그래서 아무 말씀도 안 드렸던 거예요. 할아버지, 용서해 주세요」

또다시 무표정하게 고정된 노인의 시선이 이렇게 대답하는 것 같았다.

「내가 마음이 괴로운 것은, 네가 아무 말도 안했기 때문만은 아니다」

「그럼 뭣 때문에 그러세요?」 소녀가 물었다. 「제가 할아버지를 저버릴 거라고 생각하시는 건가요? 제가 결혼을 하면 할아버지를 잊을까 봐서요?」

「아니다」 노인이 대답했다.

「그럼, 제가 결혼해도 할아버지를 저희들이 모시기로 데피네 씨가 승낙했다고 그러셨나요?」

「그렇다」

「그런데 뭘 그러세요?」

노인의 시선이 한없이 부드러워졌다.

「할아버지 마음은 알겠어요」 발랑틴이 말했다. 「할아버진 저를 아끼시니까 그러시는 거죠?」

노인은 그렇다는 표시를 했다.

「그런데 제가 혹시 불행해지지나 않을까 걱정이 되시는 거죠?」

「그렇다」

「할아버진 프란츠 씨가 싫으세요?」

노인의 눈이 〈싫다, 싫어〉하는 표정을 세 번 네 번 되풀이했다.

「그래서 슬퍼하시는 거군요?」

「그래」

「할아버지!」 발랑틴은 노인 앞에 무릎을 꿇고 노인의 목을 끌어안으며 말했다. 「저도 슬퍼요. 저도 프란츠 데피네 씨는 싫으니까요」

노인의 눈에 반가운 빛이 스쳤다.

「제가 수도원에 들어가려고 했을 때 할아버지가 노하셨었죠? 생각 나세요?」

한줄기 눈물이 노인의 메마른 눈시울을 적셨다.

「그건 바로」 하고 발랑틴이 말했다. 「이번 결혼이 하기 싫어서 도망가려고 했던 거예요」

노인의 숨결이 높아졌다.

「이번 결혼이 그렇게까지 마음 아프세요? 아! 할아버지께서 저를 도와주실 수 있다면, 그리고 우리 두 사람이 힘을 모아 그분들의 계획을 무너뜨릴 수 있다면, 얼마나 좋겠어요? 하지만, 할아버지께선 정신도 생생하시고 의지도 확고하시지만, 그분들에겐 아무 힘도 없으시잖아요. 싸워야 할 경우엔 저나 마찬가지로, 아니 저보다도 더 힘이 약하시단 말예요. 아! 힘있고 건강하신 때라면 제겐 더할 나위 없이 든든한 보호자가 되어주실 수 있었을 텐데! 그러나 지금은 저를 이해하시고, 저와 함께 기뻐하시고 슬퍼하시는 것밖엔 아무 일도 못하시지 않아요? 하기야, 그것만이 하느님께서 다 걷어가시고 단 한 가지 잊어버리고 제게 남기신 마지막 행복이지만요」

이 말을 듣고 있던 노인의 눈에는, 몹시 비웃는 듯하면서도 깊은 생각에 잠긴 듯한 표정이 떠올랐다. 발랑틴은 그 눈에서 다음과 같은 말을 읽을 수 있는 것 같았다.

「모르는 소리! 난 아직도 널 위해 힘을 쓸 수 있어」

「할아버지께선 저를 위해서 무슨 일인가를 해주실 수 있으세요?」 발랑틴이 노인의 생각을 말해 보았다.

「그래」

누아르티에 씨는 눈을 하늘로 향했다. 그것은 노인이 무엇인가 요청이 있을 때의 표현이라는 것이 두 사람 사이의 약속이었다.

「뭘 말씀이세요?」

발랑틴은 잠깐 머릿속으로 생각한 후에, 짐작되는 생각을 입 밖에 표현해 보았다. 그러나 무슨 소리를 해도 노인은 그저 〈아냐〉라고만 대답했다.

「그럼」하고 소녀는 말했다.「이젠 마지막 수단을 써봐야겠는데요. 전 정말 바보로군요」

그러고 나서 발랑틴은 미소를 띤 얼굴로 알파벳을 A부터 N까지 하나하나 대며 노인의 눈에 물어보았다. N까지 대자 누아르티에 씨는 〈그거다〉라는 표시를 했다.

「아!」 발랑틴이 말했다. 「할아버지가 말씀하시려는 게 N자로 시작되는 단어로군요. N자를 조사해 볼까요? 자, N자 다음에는 무엇이 필요하실까요? Na, Ne, Ni, No」

「바로 그거야, 그거」 노인이 말했다.

「No요?」

「그래」

발랑틴은 사전을 가져다 노인의 책상 위에 놓았다. 그리고 사전을 펼쳤다. 다음에는 노인의 눈이 책상 위를 주시하는 것을 보면서 사전의 단어들을 죽 훑어내렸다. 노인이 지금과 같은 불행한 상태에 빠지게 된 후 육 년 동안 연습한 결과, 이러한 방법이 가장 손쉬운 방법이라는 것을 깨닫게 되었다. 소녀는 이 방법으로, 노인 자신이 사전 속에서 찾아내는 것만큼이나 빨리 노인의 생각을 알아낼 수 있었던 것이다.

〈Notaire〉라는 단어에서 그는 〈그만〉이라는 신호를 했다.

「Notaire라니」 소녀는 말했다. 「할아버지, 공증인 Notaire이 필요하세요?」

노인은 자기가 필요한 것이 바로 다름 아닌 공증인이라는 표시를 했다.

「그럼, 공증인을 찾으러 보낼까요?」 처녀가 물었다.

「그래라」 노인이 대답했다.

「아버지께도 알릴까요?」

「그래야지」

「급한가요?」

「암」

「그럼 곧 공증인을 불러오도록 하겠어요. 지금 원하시는 건 그뿐이신가요?」

「오냐」

발랑틴은 달려가서 하인을 불렀다. 빌포르 씨나 빌포르 부인을 할아버지 방으로 모셔오라고 이르기 위해서였다.

「이젠 됐지요?」 발랑틴이 말했다. 「이젠 괜찮으실 거예요. 그렇죠? 그 말을 찾기가 어려우셨던가 보죠?」

소녀는 마치 어린애를 대하듯이 노인을 보고 미소를 지었다.

빌포르 씨가 바루아의 안내로 되돌아왔다.

「왜 그러시죠?」 빌포르 씨는 노인에게 물었다.

「할아버지께서 공증인이 필요하시대요」

이 뜻밖의 이상한 요구를 듣자 빌포르 씨는 노인의 눈을 쳐다보았다.

「그렇다」 노인은 확고하게 대답했다. 그 대답에서 노인은, 발랑틴의 도움과 이지는 자기가 바라는 것이 무엇인가를 알게 된 하인의 조력만 있으면, 얼마든지 싸울 수 있다는 굳은 태세를 보이는 것 같았다.

「공증인이 필요하시다고?」 빌포르가 다그쳐 물었다.

「그래」

「공증인은 왜요?」

노인은 그 말에는 대답하지 않았다.

「공증인은 왜 필요하시단 말씀이세요?」 빌포르가 다시 물었다.

노인의 시선은 고정된 채로 아무 대꾸도 없었다. 그것은 곧 끝까지 자기 뜻대로 해보겠다는 결의였다.

「일을 망쳐놓으시려고 그러십니까?」 빌포르가 말했다. 「지금 와서 뭘 어쩌시려고요?」

「그렇지만」 바루아는 늙은 하인들에게서 흔히 볼 수 있는 고집으로 이렇게 말했다. 「영감님께서 공증인을 원하시는 건, 분명 공증인이 영감님께 필요해서 그러시는 겁니다. 그러니 제가 가서 불러오겠습니다」

바루아에게 주인이라고는 누아르티에 씨밖엔 없었다. 따라서 노인의 의사가 거부된다는 것은 결코 용납할 수 없는 일이었다.

「그렇다, 공증인을 불러오라는 거야」 노인은 도전적인 태도로 눈을 지그시 감으며, 어디 내 뜻을 거역하나 보자는 듯한 표정을 지었다.

「그렇게까지 꼭 필요하시다면, 공증인을 불러오십시다. 그러나 저도 제 입장을 공증인한테 해명하고, 아버님의 경우도 얘길 하겠습니다. 그렇지도 않다면, 아주 우스워질 테니까요」

「그건 어떻든 간에」 하고 바루아가 말했다. 「전 공증인을 부르러 가겠습니다」

그리고 나서 늙은 하인은 의기양양하게 밖으로 나갔다.

유언

바루아가 방을 떠날 때, 노인은 발랑틴을 의미심장하게 쳐다보았다. 발랑틴은 그 시선이 무엇을 의미하는지 알 수 있었다. 빌포르도 그것은 알 수 있었다. 빌포르의 얼굴이 어두워지며 이맛살이 찌푸려졌다.

그는 의자를 가져다가, 노인의 방에서 자리를 잡고 기다렸다.

누아르티에 노인은 전혀 무관심한 눈으로 빌포르의 거동을 바라보았다. 그러나 한편 발랑틴에게는, 아무 걱정 말고 그대로 방에 있으라고 말했다.

사십오 분쯤 후에, 하인이 공증인을 데리고 돌아왔다.

우선 인사가 끝나자 빌포르는 이렇게 말했다. 「그런데 당신을 오시라고 한 것은 바로 여기 계신 제 아버님 누아르티에 드 빌포르 씨입니다. 전신 불수가 되셔서 수족도 움직일 수 없고 말도 못하십니다. 그러니까 저희들이나 겨우 아버님께서 생각하시는 것을 단편적으로 알 수 있을 뿐이죠」

 노인은 눈으로 발랑틴을 불렀다. 그 부르는 태도가 너무나 진지하고 명령적이어서, 발랑틴은 즉시 이렇게 대답했다.

「전, 할아버님이 하시는 말씀을 다 알아들을 수 있습니다」

「사실입니다」바루아가 거들었다.「모두 알아듣습지요. 아까 이리로 오실 때 제가 말씀드린 대로, 아가씨께선 전부 알아들으십니다」

「실롑니다만 선생님, 그리고 아가씨」하고 공증인은 빌포르와 발랑틴을 쳐다보며 말했다.「이것은 공증인으로서 무엇인가 위험한 책임을 지지 않고선 경솔하게 수속할 수가 없는 경우인 것 같습니다. 증서가 효력을 가지기 위한 제1 조건으로서, 공증인은 그것을 쓰게 한 분의 의사를 완전히 이해했다는 확신이 필요합니다. 그런데 저로서는 말을 못하시는 분의 찬성이나 불찬성에 관해서 전혀 확신을 가질 수 없군요. 본인이 말을 안한다는 것 때문에 그분의 희망이나 거부를 확실히 인정할 수 없으니, 제 직무란 완전히 무익한 것이며, 만약 그것을 시행하게 되면 위법이 되는 겁니다」

 공증인은 나가려고 한걸음 뒤로 물러섰다. 검사의 입술에는 눈에 띄지 않는 승리의 미소가 떠올랐다. 한편 노인은 뭐라 표현할 수 없는 고뇌의 표정으로 발랑틴을 바라보았다. 그래서 발랑틴은 얼른 공증인의 앞을 가로막았다.

「선생님, 제가 할아버지와 하는 말은 쉽게 알 수 있는 말들입니다. 그리고 제가 그 말을 알아들을 수 있듯이, 선생님께서도 곧 알아들으실 수 있습니다. 제가 방법을 일러드릴 테니까요. 선생님의 양심에 전혀 거리낌이 없게 되려면 도대체 어떻게 하면 좋을까요?」

「증서가 유효하게 되기 위해서 필요한 것이 충분히 있으면 됩니다」 하고 공증인은 대답했다. 「다시 말하면 찬부(贊否)에 대한 확신이 제게 필요한 거지요. 육체가 병이 들어 있는 경우에도 유언은 되지만, 정신만은 맑아야 하니까요」

「그렇다면 선생님, 단 두 가지의 신호만 알면, 할아버지께서 지금 온 정신을 다 기울여 말씀하실 얘기를 이해하실 수 있습니다. 말도 할 수 없고 손가락 하나 까딱하실 수 없는 할아버지께선, 〈그렇다〉를 말하고 싶으실 땐 눈을 감으시고, 〈아니다〉 하실 때에는 눈을 몇 번 깜빡거리시지요. 할아버지하고 얘기하실 땐 그것만 아셔도 충분합니다. 자, 한번 시험해 보세요」 그때 노인이 발랑틴을 바라보는 시선에는 사랑과 감사의 정이 가득 차 있어서 공증인까지도 그것을 이내 알 수 있었다.

「지금 손녀께서 얘기한 말뜻을 알아들으셨습니까?」 하고 공증인이 노인에게 물었다.

노인은 부드럽게 눈을 감았다가 잠시 후에 다시 떴다.

「그럼, 노인께선 손녀가 말한 것을 인정하시는 겁니까? 다시 말하면, 지금 손녀 분이 설명해 줬듯이, 당신은 그 두 가지 신호로 당신의 생각을 전달할 수 있단 말씀입니다」

「그렇소」 하고 노인은 역시 같은 표시를 했다.

「저를 부르신 게 노인이십니까?」

「그렇소」

「유언장을 만드시려고요?」

「그렇지」

「그러면 제가 유언장을 만들지 않고 그냥 가면 안 될까요」

노인은 황급히 여러 번 눈을 깜빡거렸다.

「자, 이젠 선생님」 소녀가 물었다. 「안심하셔도 괜찮으시겠죠?」

그러나 공증인이 채 대답도 하기 전에, 빌포르는 그를 한쪽으로 끌고 갔다.

「선생」 하고 그는 말했다. 「제 아버님처럼 저렇게 육체적으로 심한 타격을 입은 사람이, 정신적으로는 전혀 타격을 입지 않을 수 있다고 생각하십니까?」

「제가 걱정하는 것은 그런 것은 아닙니다」 공증인이 대답했다. 「전 다만, 어떻게 해야 저분의 생각을 짐작할 수 있을 것인가, 그 점이 걱정될 뿐입니다」

「그건 보시다시피 불가능하지요」 빌포르가 대답했다.

발랑틴과 노인은 이들의 대화를 듣고 있다가, 노인이 발랑틴에게 단호한 시선을 보냈다. 그것은 물론 발랑틴에게 반박해 달라고 요구하는 시선이었다.

「선생님」 발랑틴이 말했다. 「그 점은 염려하실 것 없습니다. 할아버지의 생각을 알아듣는 일이 설령 힘들거나, 아니 사실은 힘든 게 아니지만 선생님께 어려울 것같이 생각하신다 하더라도, 제가 그 점에 대해서는 의구심이 없도록 밝혀드릴 테니까요. 전 육 년째 할아버지를 모시고 있지만, 그동안 단 한번이라도 할아버지가 말씀하시는 뜻을 제가 못 알아들어서 그 뜻이 그대로 무시된 일이 있었는지는 할아버지께서 직접 말씀하실 수 있습니다」

「없었지」 노인이 대답했다.

「그럼, 어디 해봅시다」 공증인이 말했다.「노인께선 발랑틴 양을 통역으로 택하시겠습니까?」

노인은 그러겠다는 표시를 했다.

「좋습니다. 자, 그럼 노인께서 제게 원하시는 게 뭡니까? 어떤 증서를 꾸며드릴까요?」

발랑틴은 알파벳을 T까지 모조리 불러주었다.

T에 이르자, 누아르티어 노인은 웅변적인 눈짓을 하여 발랑틴의 말을 막았다.

「노인께서 원하시는 단어의 첫자가 T라……」 공증인이 말했다. 그렇다면, 원하시는 게 무언지 알겠습니다」

「가만 계셔보세요」 발랑틴이 말했다. 그리고 나서 할아버지 쪽을 보며,

「Ta…… Te……」

노인은 이 두번째 말에서 손녀의 말을 막았다.

그러자 발랑틴은 사전을 집어들었다. 그리고 공증인의 주의 깊은 시선 앞에서 페이지를 넘겼다.

「Testament」 노인의 눈이 멎은 곳에서 소녀의 손가락이 멎었다.

「Testament! 유언이라!」 공증인은 소리를 높였다.

「이젠 알겠습니다. 노인께선 유언을 하시고 싶으신 겁니다」

「그렇소」 노인은 그렇다는 표시를 수없이 반복했다.

「놀라운데요! 그렇죠?」 하고 공증인이 어리둥절해 있는 빌포르에게 말했다.

「과연 놀랍습니다」 빌포르가 대답했다.「아마 그 유언의 내

용은 더 놀라울 걸요. 왜냐하면 조항 하나하나가 한마디 한마디 제 딸의 지혜를 빌려야만 서류 위에 씌어질 테니까요. 하지만 발랑틴은 제 아버님의 불명료한 의사를 정확하게 전달하기에는, 이 유언에 너무 많은 이해 관계를 갖고 있습니다」

「아니, 아니」노인이 신호했다.

「뭐라고요?」빌포르가 말했다. 「발랑틴이 아버님의 유언에 이해 관계가 없단 말씀이십니까?」

「없지」노인의 대답이었다.

「선생님」하고 공증인이 말했다. 그는 지금 이 실험에 정신이 팔려, 이 재미있는 사건을 세상에 떠들어댈 생각이었다.

「아까까진 불가능하게 생각됐지만, 이쯤 되면 하나도 어려울 게 없다는 생각이 듭니다. 그리고 이 유언은 하나의 비밀 유언이 되는 겁니다. 다시 말하면, 그것이 일곱 사람의 증인 앞에서 낭독되고, 유언자에 의해 증인들 앞에서 승인되고, 그리고 역시 증인들 앞에서 공증인의 손으로 봉인되는 이상, 법률적으로 인정되고 또한 유효한 겁니다. 시간 문제에 있어서는, 보통 유언서보다 조금 더 걸리겠지요. 우선 제일 먼저 규정에 따르는 것은 형식입니다만, 이것은 다른 경우와 다를 것이 없습니다. 내용은, 유언자의 재산 상태를 관리하고 그것을 잘 알고 계신 당신들이 대부분을 제공해 주셔야겠지요. 그리고 그 증서를 완벽하고 나무랄 데 없게 하기 위해서는, 아주 완전한 공정성을 갖추어야만 합니다. 관습엔 어긋나는 일이지만, 제 동료 한 사람한테 도움을 청해서 증서를 제작하는 데 입회를 해주도록 부탁하는 겁니다. 어떻습니까? 만족하십니까」공증인은 노인을 보며 이렇게 말했다.

「그렇소」 노인은 자기의 뜻을 상대방이 이해해 준 것이 고마워서 반갑게 대답했다.

〈도대체 무얼 어쩌겠다는 거지?〉 높은 신분에 있느니만큼 자신을 자제해야만 했지만, 과연 아버지가 바라는 것이 무엇인지를 도무지 짐작할 수 없었던 빌포르는 이렇게 생각했다.

그는 공증인이 말한 두번째 공증인을 부르러 보낼 생각으로 몸을 돌렸다. 그러나 그때는 모든 것을 듣고, 또 주인의 생각을 이미 눈치 챈 바루아가 벌써 떠나고 난 뒤였다.

그러자 검사는 아내를 불러오라고 일렀다.

십오 분 후에는 일동이 노인의 방에 모여 있었다. 두번째 공증인도 왔다.

두 사람의 공증인은 서로 몇 마디 간단한 말을 주고 받더니, 사무적인 의논을 끝냈다. 우선 노인을 향해서 막연하고도 평범한 유언의 형식을 읽어주었다.

계속해서 노인의 지능 검사라도 하려는 듯이 첫번째 공증인이 노인을 향해서,

「유언서란 것은, 어떤 개인의 이익을 위해서 만들어지는 것입니다」하고 말했다.

「그렇소」 누아르티에의 말없는 대답이었다.

「노인께서는 노인의 재산이 어느 정도 액수에 달하는지 알고 계십니까?」

「알고 있지」

「그럼, 지금부터 수를 점점 늘려서 불러보겠습니다. 노인의 재산 액수까지 달하면, 거기서 제 말을 멈추어 주십시오」

「그러지」

이 질문에는 어떤 숙연한 무엇이 있었다. 그리고 지능과 육체의 투쟁이 이처럼 두드러지게 나타났던 일은 없었다. 숭고하다고까지는 말할 수 없을지 모르나 적어도 그것은 진기한 풍경임에는 틀림이 없었다.

일동은 빌포르를 중심하여 둘러앉았다. 두번째 공증인은 테이블에 앉아, 서류를 쓸 만반의 준비를 하고 있었다. 첫번째 공증인은 노인 앞에 서서, 질문을 계속했다.

「재산이 30만 프랑은 넘습니까?」 하고 그는 물었다.

노인은 그렇다는 시늉을 했다.

「40만 프랑이십니까?」 공증인이 계속해 물었다.

누아르티에 씨는 전혀 움직임을 보이지 않았다.

「50만?」

여전히 부동 자세.

「60만? 70만? 80만? 90만 프랑?」

노인이 그렇다고 대답했다.

「90만 프랑입니까!」

「그렇소」

「부동산인가요?」 공증인이 물었다.

노인은 아니라는 표시를 했다.

「공채 증서인가요?」 노인은 그렇다는 표시를 했다.

「노인께서 그것을 가지고 계신가요?」

노인이 바루아에게 눈짓을 하자, 바루아가 밖으로 나가더니, 잠시 후에 조그만 상자를 하나 가지고 들어왔다.

「이 상자를 열어봐도 좋습니까?」 공증인이 물었다.

노인은 그러라고 대답했다.

공증인이 상자를 열었다. 그 속에는 90만 프랑의 공채 증서가 나왔다.

첫번째 공증인은 증서를 한장 한장 그의 동료에게 내주었다. 액수는 노인이 말한 그대로였다.

「됐습니다」하고 그는 말했다.「노인의 지능의 힘은 완전 명료합니다」

그러고 나서, 다시 노인에게로 돌아서며,

「그렇다면」하고 말을 이었다.「노인께선 90만 프랑의 자본을 갖고 계십니다. 또한 현재와 같이 그 자본을 투자해 놓으셨다면, 연 4만 프랑의 수입은 될 것입니다」

「그렇소」노인이 대답했다.

「이 재산을 누구한테 남겨주시겠습니까?」

「오!」하고 빌포르 부인이 말했다.「그야 뭐 뻔한 일이죠. 아버님께선 손녀만 귀여워하시니까요. 발랑틴은 육 년째 할아버지를 간호해 왔습니다. 그랬으니, 그동안의 극진한 간호 덕분으로 지금은 할아버지 사랑을, 사랑이라기보다는 감사의 기분을 온통 차지하게 되었지요. 그동안의 헌신적인 간호의 보상으로 발랑틴이 상을 타게 되는 건 당연한 일이겠죠」

노인의 눈이 반짝였다. 그것은 빌포르 부인이 추측한, 자신의 의도에 절대로 속지 않는다는 것 같았다.

「그럼, 노인께선 이 90만 프랑을 발랑틴 양에게 물려주시겠습니까?」하고 공증인이 물었다. 그는 그 조문을 그대로 기재해 버려도 되리라고 생각했지만, 그래도 노인의 동의를 확인하고, 그 동의를 이 묘한 장면의 입회인들 모두에게 확인시키고 싶었던 것이다.

발랑틴은 한 걸음 뒤로 물러서더니, 눈을 내리깔고 울고 있었다. 노인은 사랑에 찬 눈으로 잠시 손녀를 바라보았다. 그러고 나서, 공증인 쪽을 보고, 지극히 의미심장한 표정으로 눈을 끔쩍거려 보였다.

「그럼, 아닙니까?」 공증인이 물었다. 「발랑틴 드 빌포르 양을 총괄 상속자로 삼지 않으시겠습니까?」

누아르티에 노인은 아니라는 뜻을 표시했다.

「제 말을 못 알아들으신 게 아닙니까?」 공증인이 깜짝 놀라 외쳤다. 「분명히 그렇지 않다는 뜻입니까?」

「아니야」 노인이 같은 대답을 되풀이했다.

발랑틴은 고개를 들었다. 발랑틴은 깜짝 놀란 것이다. 상속자가 아니라는 것 때문이 아니라, 노인이 이러한 감정을 표시하게 되다니, 도대체 자기가 어째서 할아버지에게 그런 감정을 일으키게 했는가, 그것이 놀라웠던 것이다.

그러나 노인은 깊은 애정에 찬 눈으로 발랑틴을 쳐다보았다. 그래서 소녀는 그만 큰소리로 이렇게 말했다.

「오! 할아버지! 전 알겠어요. 할아버지께선 제게 재산만 안 주시는 거지, 마음은 늘 제게 주시는 거지요?」

「암, 물론이지!」 노인은 눈을 감으며 대답했다. 발랑틴은 그 표정에서 노인의 감정을 능히 알아볼 수 있었다.

「고맙습니다」 하고 소녀는 중얼거렸다.

한편, 노인의 이 거절은 빌포르 부인의 가슴속에 뜻하지 않은 희망을 불어넣었다. 부인은 노인의 앞으로 다가서며,

「그럼, 아버님, 그 재산은 손자인 에두아르에게 남겨주시겠지요?」 하고 물었다.

노인의 눈이 무섭게 끔적거렸다. 그는 사뭇 증오의 뜻을 표시했다.

「그것도 아닙니까?」 공증인이 말했다. 「그럼, 여기 계신 아드님 빌포르 씨에게 물려주시려고요?」

「아니야」 노인이 대답했다.

두 공증인들은 어리둥절해서 서로 얼굴을 마주보았다. 빌포르와 그 부인은 얼굴이 확 달아오름을 느꼈다. 남자는 부끄러움으로, 여자는 분노로 얼굴이 달아올랐던 것이다.

「할아버지, 저희가 할아버지께 잘못한 거라도 있었나요?」 발랑틴이 물었다. 「그럼 할아버진 저희들을 이젠 좋아하시지 않는군요!」

노인의 시선이 아들에게로 갔다가 며느리를 획 스쳐갔다. 그러더니 이번에는 그 시선이 발랑틴 앞에 와서 애정 어린 부드러운 느낌으로 멎었다.

「그렇다면, 할아버지!」 발랑틴이 다시 말을 이었다. 「할아버지께서 저를 사랑하신다면, 그 사랑을 지금의 이 일과 연결시켜 생각해 주세요. 할아버지께서도 아시다시피, 전 할아버지의 재산은 생각해 본 적도 없잖아요. 그리고 전 어머니께 물려받은 재산만으로도 충분히 부자라던데요. 그러니 말씀을 해보세요」

노인의 활활 타오르는 눈길이 발랑틴의 손을 응시했다.

「제 손 말씀이서요?」 여자가 물었다.

「그렇다」 누아르티에 노인의 대답이었다.

「발랑틴의 손이라니요?」 모두들 한마디씩 그 말을 되풀이해 물었다.

「아! 여러분! 보시다시피, 다 소용없는 일입니다. 불쌍한 제 아버지께선 실성하신 거예요」하고 빌포르가 말했다.

「아!」갑자기 발랑틴이 소리쳤다. 「이제 알겠어요. 제 결혼 얘기군요. 그렇죠? 할아버지?」

「그래, 그래, 그래」노인은 세 번이나 대답했다. 대답을 하느라고 눈시울이 올라갈 때마다, 그 눈에는 불빛이 번뜩였다.

「그 결혼이 마음에 안 드신 거지요?」

「그래」

「이런, 이건 말도 안 되는 일입니다」하고 빌포르가 말했다.

「용서하십시오, 선생님」공증인이 말했다. 「하지만 제겐 이 모든 것이 지극히 논리적이고, 따라서 저는 완전히 이해할 수 있습니다」

「할아버진 제가 프란츠 데피네 씨하고 결혼하는 것이 싫으세요?」

「그래, 싫다」노인의 눈이 대답했다.

「아, 그럼 발랑틴 양이 노인의 뜻에 맞지 않는 결혼을 하기 때문에 재산을 상속하시지 않겠단 말씀이군요?」공증인이 외쳤다.

「그렇소」노인이 대답했다.

「그러니까, 만약 손녀께서 그 결혼을 안하는 경우엔 상속을 하시겠단 말씀이고요?」

「그렇소」

그러자 노인의 주위에는 무거운 침묵이 흘렀다.

공증인들은 서로 무엇인가를 상의하고 있었고, 발랑틴은 두 손을 모으고 고맙다는 듯 미소를 지으며 노인을 바라보고 있었다. 빌포르는 얄팍한 입술을 깨물고 있었고, 빌포르 부인은 기쁨을 참지 못해서 자기도 모르게 얼굴빛이 환해졌다.

「그러나」하고 빌포르가 이 침묵을 깨뜨렸다.

「제 생각엔 이 결혼을 위해 의견을 말할 수 있는 사람은 나뿐인 것 같소. 난 내 딸의 결혼에 간섭할 수 있는 유일한 사람으로서, 내 딸이 프란츠 디피네 씨와 결혼할 것을 원하며, 따라서 저애는 결혼을 해야 할 것입니다」

발랑틴은 눈물을 글썽이며 의자에 주저앉았다.

「선생님」공증인이 노인을 향해서 말했다. 「발랑틴 양이 프란츠 씨와 결혼할 경우엔 그 재산을 어떻게 하실 생각이십니까?」

「어떻든 그것을 처리하실 거죠?」

「그렇지」노인이 대답했다.

「가족 중 한 사람한테 주실 건가요?」

「아니야」

「그럼 가난한 사람들에게 주실 건가요?」

「그렇소」

「그렇지만」하고 공증인이 말했다. 「가족들을 전혀 무시하는 것은 법으로 금지되어 있다는 것을 알고 계십니까?」

「알지」

「그럼, 법이 허락하는 대로 재산의 일부만은 가족을 위해서 남기실 생각은 없습니까?」

노인은 아무 대답도 안했다.

「그럼 역시 재산 전부를 가난한 사람들을 위해서만 쓰시려고요?」

「그렇소」

「하지만 당신이 돌아가신 뒤에, 가족들이 유언에 불복하면요?」

「안 되지」

「아버진 저를 잘 알고 계십니다」 빌포르 씨가 말했다. 「아버지는 제가 이 유언을 그대로 지킬 거라는 걸 알고 계십니다. 더군다나 제 입장으로서는 가난한 사람들을 위해서 쓰는 것에 반대할 수 없다는 것도 알고 계시니까요」

누아르티에 노인의 눈이 승리의 뜻으로 빛났다.

「그럼, 선생님께선 어떻게 하시겠습니까?」 공증인이 빌포르에게 물었다.

「난 아무 할말 없소. 이건 아버지가 직접 내리신 결단이니까. 그리고 저는 아버지께서 이 결심을 절대로 굽히지 않으시리라는 것도 알고 있죠. 그러니까 전 단념하겠습니다. 이 90만 프랑은 우리 집에서 나가는 돈이오. 그 돈은 병원에 쓰이겠지요. 그러나 제가 노인의 망령에 지는 건 아니오. 전, 제 소신대로 할 생각이니까」

그러고 나서, 빌포르는 노인이 마음대로 유언을 할 수 있도록 내버려두고, 아내와 함께 밖으로 나갔다.

그날로 유언서가 작성되었다. 곧 입회인들이 불려와 노인에 의해서 유언이 승인되고, 모두가 보는 앞에서 봉인된 후에 이 집안의 공증인인 데샹 씨 집에 보관되었다.

신호기

자기들의 거처로 돌아온 빌포르 부부는, 몬테크리스토 백작이 방금 전에 찾아와서 객실에서 기다리고 있다는 말을 들었다. 부인은 곧장 객실로 들어가기에는 아직도 흥분이 가라앉지 않기 때문에 우선 침실로 들어가기로 했다. 그러나 훨씬 침착한 검사는 곧장 객실로 들어갔다.

그러나 그도 자기 감정을 잘 억제하며 얼굴 표정을 태연하게 하노라고 했지만, 그래도 얼굴 위에 떠도는 어두운 그림자는 끝내 감출 수가 없었다. 얼굴에 미소를 활짝 띤 백작은, 곧 빌포르의 침울하고 생각에 잠긴 표정을 눈치 챘다.

일단 인사말이 끝나자 백작은 이렇게 말했다.「오! 이런! 웬일이십니까? 빌포르 씨! 무슨 중대한 기소장이라도 작성하시는 데, 제가 와서 방해한 건 아닙니까?」

빌포르는 억지로 웃어 보였다.

「아닙니다, 백작」하고 그는 대답했다. 「피해자는 바로 접니다. 패소(敗訴)한 것도 저이고, 우연과 고집, 그리고 광기 같은 것 때문에 논고를 망친 것도 접니다」

「무슨 말씀이신지요?」 백작은 짐짓 신기하다는 듯이 물었다. 「정말 무언가 좋지 않은 일이 생기신 모양이군요」

「아뇨」하고 빌포르는 침착하게 말했다. 하지만 그 얼굴은 지극히 침통해 보였다. 「뭐, 얘기할 만한 거리도 못 됩니다. 아무것도 아닙니다. 그저 사소한 금전적인 손실일 뿐입니다」

「하긴」 백작이 대답했다. 「금전상의 손실이라면야, 당신같이 재산도 많고 높은 지성을 가진 분에게는 정말 아무것도 아니겠죠」

「그러니까」하고 빌포르가 말했다. 「금전 문제에 제가 속이 상한 건 아닙니다. 사실, 90만 프랑쯤 되면 다소 약이 오르거나 아니면 적어도 억울할 만한 돈이긴 하죠. 하지만 제가 마음이 상한 건, 무엇보다도 운명이라고 할까요, 우연이라고 할까요, 또는 숙명이라고 할까요…… 뭐라고 말해야 좋을지는 몰라도, 아무튼 그런 힘에 제가 얻어맞았다는 것이고, 어린애가 돼버린 노인의 노망 때문에 행운에의 희망이 뒤집어지고, 또 어쩌면 내 딸의 장래까지도 무너지게 될지 모른다는 사실 때문입니다」

「아니, 그건 또 무슨 말씀이십니까?」 백작이 외쳤다. 「90만이라고 그러셨죠? 그렇다면 정말 당신 말씀마따나, 지성이 높은 사람이라도 약이 오를 만한 액수지요. 그런데, 누구 때문에 그렇게 되셨나요?」

「제 아버님 때문이죠. 아버님 얘기는 전에 말씀드린 일이 있었죠?」

「아, 그럼 누아르티에 씨 말인가요! 하지만 그때 당신은 누아르티에 씨께선 전신 불수가 되어 모든 기능이 완전히 마비되어 버렸다고 하셨던 것 같은데요」

「네, 육체적인 기능은 그렇죠. 몸을 움직이시지도 못하고, 말도 못하시죠. 그러면서도 글쎄, 생각을 한다든가, 무엇인가를 바란다든가, 또 이렇게 행동으로 나타낼 순 있단 말씀입니다. 지금도 막 아버님께 갔다 오는 길이지만, 지금 아버님은 공증인 두 사람을 앞에 놓고 유언을 하고 계시죠」

「아니, 그럼 말씀을 하시나요?」

「말씀은 못해도, 말하는 사람보다 더 잘 하는 셈이지요. 상대방에게 자기 뜻을 다 이해시키시니까요」

「아니, 어떻게요?」

「눈으로 하시지요. 눈은 여전히 살아 움직이니까요. 그 눈으로 이렇게 사람도 죽이실 수 있답니다」

「여보」 하고 방금 방안으로 들어온 빌포르 부인이 남편에게 말했다. 「당신은 문제를 너무 확대해서 생각하시는 게 아니에요?」

「오, 부인」 하고 백작은 허리를 굽히며 말했다.

빌포르 부인은 매우 우아한 미소를 지으며 백작에게 답례를 했다.

「누아르티에 씨가 도대체 어떻게 되신 거지요?」 백작이 물었다. 「이유 없이 무슨 역정이라도 나셨나요?」

「이유 없다! 바로 그겁니다」 하고 검사는 어깨를 으쓱하며 말을 이었다. 「순전히 노인네 망령이지요!」

「그럼, 생각을 돌리시게 할 방법이 없었나요?」

「왜 없었겠어요」 빌포르 부인이 말했다. 「저 양반이 하려고만 했다면, 발랑틴에게 불리한 그 유언서를 유리하게 번복시킬 수도 있었지요」

백작은 이들 부부가 무엇인가 말을 돌려가면서 얘기하기 시작하는 것을 보자, 일부러 다른 생각을 하는 체하고, 에두아르가 새장 물통에 잉크를 붓는 모양을 감탄의 표정으로 주의 깊게 보고 있었다.

「이봐요」 하고 빌포르는 아내에게 말했다. 「당신도 알다시피, 난 집에서 가장 행세를 하고 싶지 않은 사람이고, 또 이 세상의 운명이 내가 머리를 한번 끄덕한다고 해서 그걸로 결정지어지는 것이라고는 생각해 본 일이 없단 말이오. 그러나 이번 일은, 내 결정을 집안에서 존중해 주어야만 했던 거요. 그래서 노인의 망령이나 아이들의 변덕 같은 것 때문에, 내가 몇 해 전부터 마음속에 결정해 놓은 계획이 뒤집혀서는 안 되는 거요. 당신도 알고 있듯이, 데피네 남작은 내 친구요. 그러니 그 사람의 아들과 내 딸이 혼인하는 거야 더 이상 바랄 나위가 없지 않느냐 말이오」

「당신은」 부인이 말했다.

「발랑틴이 아버님하고 같은 생각인 줄 아세요? ……사실 그 애는 이 결혼을 반대해 왔어요. 그러니, 조금 전에 우리가 본 일이나 들은 일들이 다, 두 사람이 같이 짜놓은 계획을 실행만 한 것일지도 모르잖아요?」

「이봐요」 빌포르가 말했다. 「그런 일로 90만 프랑이라는 재산을 포기할 리는 없지 않아?」

「그앤 이 세상이라도 포기할 수 있는 애예요. 작년엔 수도원으로 들어가려고까지 했잖아요」

「그런 건 아무래도 괜찮아」 빌포르가 말했다. 「어떻든, 이 결혼을 성사시키고 말 테니까, 두고 보시오!」

「아버님의 뜻을 거역하고 말이에요?」 부인은 다른 쪽에서 공격해 왔다. 「그렇게 되면 큰일 날걸요」

몬테크리스토 백작은 얘기를 전혀 듣지 않는 척했지만, 실은 그들 사이에 오가는 말은 단 한마디도 놓치지 않았다.

「여보」 빌포르가 다시 말했다. 「난 늘 아버님의 뜻을 존경해 왔다고 말할 수 있어. 그건, 내가 자식이라는 본능적인 정이 있는 데다가, 또 아버지가 정신적으로 우월하다는 사실을 항상 인정하고 있었기 때문이지. 다시 말하면, 아버지란 존재는 우리를 태어나게 해준 인물이면서 또 우리의 스승이기도 한, 신성한 존재란 말이야. 그러나 오늘에 와선, 자식이 아버지를 증오했다는 대단찮은 과거의 기억 때문에 그 아들까지도 증오하려는 노인에 대해서는, 나는 그 존재의 이성을 인정할 수 없다는 생각이 드는구려. 내가 아버지의 노망에 따라 행동한다면 그건 웃음거리밖엔 안 될 테니까. 난 앞으로도 아버지에 대한 존경만은 계속 유지할 거요. 그러니까 아버지가 내게 내린 금전상의 처분은 아무 소리 않고 받아야지. 그러나 내가 결정한 일만은 조금도 굽힐 수 없소. 그리고 어느 쪽이 정말 타당한가에 대해선 세상이 가려줄 테지. 그러니까 난 내 딸을 프란츠 데피네 남작에게 시집을 보내겠소. 내 눈에는 이 결혼이 더할 나위 없이 좋은 연분이니까. 그리고 뭣보다도 난 내 딸을 내가 좋아하는 남자에게 줄 생각이고」

「뭐라고요?」 검사로부터 줄기차게 눈으로 동의를 해달라는 청을 받은 백작이 말했다. 「누아르티에 씨께선, 따님이 데피네 남작과 결혼하면 상속을 해주지 않겠다고 그러셨다고요?」

「그렇죠! 그게 이유라는군요」 빌포르는 어깨를 으쓱해 보이면서 말했다.

「적어도 표면상의 이유는 그렇지요」 부인이 말했다.

「그게 바로 진짜 이유라오. 난 아버지라는 분을 잘 아니까」

「그게 믿어지세요?」 부인이 말했다. 「그렇다면 한가지 물어보겠어요. 아버지께서 데피네 남작을 싫어하시는 이유는 뭐죠?」

「정말 그렇군요」 하고 백작이 말했다. 「프란츠 데피네 남작이라면, 저도 만나본 일이 있어요. 케넬 장군의 아드님 아니신가요? 샤를 10세 때 남작이 된 분이죠?」

「그렇지요」 빌포르가 말했다.

「그 청년 아주 훌륭해 보이던데요」

「그러니까 제 말은, 그건 구실에 지나지 않다는 거예요」 빌포르 부인이 말했다. 「노인네들은 자기가 좋아하는 것에 대해서는 아주 폭군이거든요. 그러니까, 결국 아버님도 손녀를 시집보내고 싶지 않으신 거예요」

「하지만 노인께서 프란츠 데피네 남작을 증오하시는 이유 같은 게 있지 않을까요?」

「그런 거야 알 길이 있나요?」

「혹, 무슨 정치적 반감 같은 거라도 없을까요?」

「하긴, 제 아버님과 데피네 씨의 아버지는 파란 많은 시기를 같이 겪은 분들이죠. 저야 그런 세상이 끝나갈 무렵밖에는 보지 못했지만 말입니다」 하고 빌포르가 말했다.

「아버님께서는 보나파르트 파가 아니셨던가요?」 백작이 물었다. 「전에 그런 얘길 하셨던 걸로 기억하고 있는데요」

「제 아버님은 무엇보다도 우선 자코뱅 당원이었지요」 하고 빌포르는 흥분한 나머지, 저도 모르게 신중성을 잃고 말을 이었다. 「그러니까, 나폴레옹한테서 얻어 입은 원로원의 제복은 다만 아버지의 모습만을 바꿔놓았을 뿐, 아버지라는 인간이 몽땅 바뀌었던 것은 아니죠. 그리고 아버지가 음모에 가담했다고 하더라도 그것은 나폴레옹을 위해서 그런 것이 아니라, 순전히 부르봉 왕가에 반기를 들기 위해서였습니다. 아버님은 굉장히 무서운 생각을 하고 있었으니까요. 그러니까 아버님께선 지금까지 늘 실현 불가능한 꿈 같은 것을 위해서 싸우신 게 아니라, 늘 실현 가능성이 있는 것을 위해서만 싸워온 분입니다. 그리고 그것을 성공시키기 위해서는 어떤 수단이라도 가리지 않는다는 무서운 산악당(山岳黨, 지롱드 당과 손을 잡았던 프랑스 혁명기의 과격파. 후에 지롱드당과 분열하여 비교적 온건한 공화주의를 신봉했음──옮긴이)의 이론을 실행해 왔습니다」

「그래서 그러시는군요!」 하고 백작이 말했다. 「바로 그 점이죠. 부친께서 데피네 씨와 정치적으로 충돌했던 것 말입니다. 데피네 장군은 나폴레옹 군대에 복무하고는 있었지만, 마음속으로는 왕당파에 동조했던 게 아닐까요? 그리고 참, 장군은 동지를 만나기 위해 나폴레옹 클럽에 불려갔다가 돌아오는 길에 암살당하지 않았던가요?」

빌포르는 거의 공포에 가까운 기색으로 백작을 바라보았다.

「왜요? 제가 착각했나요?」 백작이 물었다.

「아닙니다」 빌포르 부인이 말했다. 「그게 사실입니다. 실은 백작께서 지금 말씀하신 바로 그 사건 때문에, 남편은 딸아이를 그리로 시집보내려는 생각을 하신 거예요. 아버지들끼리의 증오를 자식들의 사랑으로 없애버리자는 거죠」

「참 좋은 생각이십니다!」 백작이 말했다. 「자비가 넘치는 생각이십니다. 그 생각엔 세상 사람들도 모두 격찬을 할 겁니다. 발랑틴 드 빌포르 양이 프란츠 데피네 부인이라고 불리게 된다면, 그야말로 참 아름다운 일이 아니겠습니까?」

빌포르는 섬뜩해서, 백작이 과연 어떤 저의에서 그런 말을 입 밖에 냈는지 그 속마음을 꿰뚫어 보기라도 하려는 듯 그를 쳐다보았다.

그러나 백작은 여느 때와 조금도 다름없는 상냥한 미소를 띠고 있었다. 그리고 이번에야말로, 검사는 그 예리한 시선이 무색할 정도로 백작의 표정에서 아무것도 포착할 수가 없었다.

「그렇기 때문에」 하고 빌포르는 말을 이었다. 「발랑틴으로서는 할아버지의 재산을 놓치는 것이 퍽 불행한 일이지만, 그것 때문에 결혼을 안할 수는 없다고 저는 생각합니다. 그리고 또 데피네 군도 이러한 금전상의 손실 때문에 물러서지는 않을 거고요. 아마 제가 그에게 약속을 지키기 위해서 이렇게 재산까지 희생하고 나선 것을 높이 사주겠지요. 그리고 또 발랑틴을 몹시 사랑하는 외조부 생메랑 후작 부부가 관리하고 있는 그애 어머니의 유산을 상속받으면, 그것으로도 충분히 부자가 된다는 점도 생각하고 있을 테고요」

「그 생메랑 후작 부부도, 마치 발랑틴이 할아버지를 간호하드리듯이 받들고 시중들어 드려야 할 분들이지요」하고 빌포르 부인이 말했다.

「게다가 그분들이 이제 한 달만 있으면 파리엘 으시거든요. 발랑틴도 이번에 이렇게 할아버지한테 모욕을 당했으니, 앞으로는 그전처럼 할아버지 옆에서 썩을 필요도 없게 되었지요」

백작은, 부인이 자존심이 상하고 이해 관계가 전멸된 사실 때문에 들쭉날쭉한 어조로 이야기하는 것을 재미있는 듯이 듣고 있었다.

「하지만」하고 백작은 잠시 침묵한 뒤에 입을 열었다. 「이제부터 제가 할말에 대해서 미리 용서를 빌겠습니다만, 누아르티에 씨께서 발랑틴 양이 자기가 미워하는 사람의 아들과 결혼을 하기 때문에 재산을 상속하지 않으시겠다면, 저 귀여운 에두아르한테까지 안 주실 이유는 없지 않을까요?」

「그렇죠?」빌포르 부인이 무어라고 설명하기 어려운 이상한 어조로 소리쳤다. 「글쎄, 그게 부당하지 않습니까? 말도 안 되는 일이죠? 에두아르도 발랑틴과 똑같은 손자인데 말예요. 그런데 글쎄, 발랑틴이 프란츠와 결혼을 안한다면 재산을 모두 발랑틴에게 주겠다는 거예요. 그러니, 에두아르는 명색만 이 집 식구지 뭡니까. 게다가 발랑틴은 정말로 할아버지의 유산을 못 받게 된다 치더라도, 에두아르보다는 돈이 세 배나 많단 말씀입니다」

이야기가 적중한 것을 보고, 백작은 부인의 얘기를 듣기만 할 뿐 아무 대꾸도 하지 않았다.

「자」하고 빌포르가 말했다. 「이런 시시한 집안 얘기는 이제 그만두십시다, 백작. 우리 집 재산은 앞으로는 가난한 사람들의 주머니를 두둑하게 해주겠지요. 사실 오늘의 진짜 부자들은 그들인데 말입니다. 제 아버님은 이렇다 할 이유도 없이, 저에게서 정당한 희망을 거두어 갈 모양입니다. 하지만 저는, 이성이 있고 인정도 있는 인간으로 행동할 생각입니다. 다시 말하면, 제 자신은 아무리 궁핍한 생활을 감수하게 되더라도, 프란츠 데피네 군에게 그 금액에 해당하는 한 해 수입을 약속해 놓았으니, 꼭 줄 생각입니다」

「하지만」 빌포르 부인은, 마음속으로 끊임없이 속삭이고 있는 그 유일한 생각으로 다시 되돌아오며 말했다. 「그보다는, 이번의 이 사건을 데피네 씨에게 털어놓고 얘길 하는 편이 낫지 않을까요? 그래서 그쪽에서 먼저 약속을 취소하고 물러나게 하는 게 어떨까요?」

「그렇게 되면 큰일이지!」 빌포르가 말했다.

「큰일이라니요?」 백작이 물었다.

「물론 큰일이지요」 빌포르는 다시 침착한 태도로 말했다. 「파혼이란 건, 그게 금전적 이유 때문이라 해도, 나이 어린 처녀에겐 큰 오점이 되니까요. 게다가 내가 지워버리려고 하던 옛날 그 소문이 되살아날 테고요. 아니, 큰일은 안 일어날 겁니다. 데피네 군이 정말 훌륭한 청년이라면, 발랑틴이 유산을 물려받지 못하게 됐다는 사실을 알고 전보다도 더 태도가 확실해질지도 모르지요. 그렇지 않으면, 순전히 돈만을 탐낸 것이 될 테니까요. 그런 일은 절대로 없을 겁니다」

「저도 빌포르 씨 말씀에 동감입니다」 백작은 빌포르 부인을 똑바로 쳐다보며 말했다. 「만약 제가 그분에게 충고를 드릴 수 있을 정도의 친한 사이라면, 이 일이 다시는 흔들리지 않도록 단단히 마음을 정하라고 권고하고 싶습니다만. 데피네 씨가 쉬 돌아올 것 같다는 얘길 들었으니 말입니다. 어떻게든지 빌포르 씨의 체면이 설 수 있도록 제가 도와드려야겠는데」

빌포르는 눈에 보이게 기분이 좋아져서 일어섰다. 한편 빌포르 부인은 약간 낯빛이 변했다.

「고맙습니다」하고 빌프르가 말했다. 「이야말로 제가 바라던 것이니, 당신과 같은 조언자의 의견을 참고로 할까 합니다」 이렇게 말하면서 그는 백작 쪽으로 손을 내밀었다. 「그럼, 우리 모두 오늘 일은 전혀 없었던 것으로 생각하기로 합시다. 우리의 계획은 조금도 변한 것이 없는 겁니다」

「빌포르 씨」하고 백작이 말했다. 「세상이란 지극히 공평치 못하지만, 당신의 결심에는 분명히 만족하리라 믿습니다. 친구분들도 그걸 자랑스럽게 생각할 테고요. 그리고 데피네 씨로서도, 설마 그렇게야 안 되겠지만, 혹시 발랑틴 양과 진짜로 지참금 없이 결혼하게 되더라도, 약속을 지키고 의무를 다하기 위해서 이러한 희생을 기꺼이 감수할 줄 아는 분들의 가족의 일원이 되는 것을 퍽 좋아할겁니다」

이렇게 말하면서 백작은 자리에서 일어나 떠날 채비를 했다.

「가시려고요?」 빌포르 부인이 말했다.

「가봐야겠습니다. 오늘은 다만 이번 토요일의 약속을 잊지 마시라고 들렀을 뿐입니다」

「저희가 잊어버릴 줄 아셨어요?」

「부인께선 아주 친절하시지만, 주인께선 중요하고 또 시급한 용무들이 있으실 테니까요」

「저이도 약속하셨는걸요」하고 부인은 말했다.「지금 보셨다시피, 모든 걸 다 잃어버리게 되는데도 약속은 지키는 분인데, 하물며 만사가 다 잘돼 가는 판에 약속을 어기실라고요」

「그럼」하고 빌포르가 물었다.「모임은 샹젤리제의 저택에서인가요?」

「아닙니다」백작이 말했다.「와주시겠다니 기쁘게 생각합니다만, 실은 시골 별장에서 모입니다」

「시골이라고요?」

「네」

「시골이라니 어딘데요? 파리에서 멀지는 않겠지요?」

「바로 근교입니다. 문밖으로 나가서 한 반 시간쯤 가면 되는 곳입니다. 오퇴유지요」

「오퇴유!」빌포르가 소리쳤다.「아 참, 집사람한테서 오퇴유에 사신다는 얘길 들었습니다. 바로 거기서 집사람이 도움을 받았었다고요. 그런데, 오퇴유의 어디쯤입니까?」

「퐁텐 가지요」

「퐁텐 가라!」빌포르가 목멘소리로 말을 이었다.「몇 번지지요?」

「28번지입니다」

「아니, 그럼」하고 빌포르가 소리쳤다.「생메랑 후작 집을 산 게 바로 당신이었던가요?」

「생메랑 후작 댁이라뇨?」백작이 물었다.「그럼, 그 집이 생메랑 후작 댁이었던가요?」

「네, 그래요」하고 빌포르 부인이 대답했다.「그런데 백작께선 이런 생각이 안 드세요?」

「무슨 생각 말씀입니까?」

「그 집이 퍽 아름답다고 느껴지시지 않으세요?」

「아주 멋이 있다고 생각합니다」

「그런데 이 양반은 전혀 그 집에서 살 생각을 안하셨답니다」

「그래요?」하고 백작이 말했다.「그렇다면 그건 정말 이상한 편견이신데요. 전 도무지 이해가 안 가는군요」

「전 오퇴유가 싫습니다」검사는 애써 자신을 억누르면서 말했다.

「그렇지만」백작은 걱정스러운 듯이 말했다.「그렇다고 해서 안 오시지는 않으시겠지요?」

「무슨 말씀을…… 되도록이면…… 아니, 어떻게든지 가도록 하겠습니다」하고 빌포르가 웅얼웅얼 대답했다.

「오!」하고 백작이 말했다.「나중에 다른 말씀 하시면 안 됩니다. 토요일 여섯시에 기다리겠습니다. 만약 안 오시는 날엔, 글쎄, 뭐라고 말씀드리면 좋을까요? 이십 년째 사람이 살지 않은 그 집에 무엇인가 불길한 내력이나 피를 흘린 전설이라도 있다고 생각하겠습니다」

「가지요. 백작, 가겠습니다」빌포르가 다급하게 대답했다.

「감사합니다」백작이 말했다.「그럼, 전 가보겠습니다」

「참, 가보셔야 한다고 그러셨죠」빌포르 부인이 말했다.「그리고 참, 왜 가셔야 하는지도 말씀하려고 하셨는데, 얘기가 그만 다른 데로 빠졌지요」

「그랬습니다, 부인」백작이 말했다.「과연 제가 어딜 가는지 말씀드려도 괜찮을지 모르겠습니다」

「어머! 말씀해 보세요」

「네, 할 일 없는 사람 같지만, 지금까지 종종 한참씩 생각하던 일을 보러 갈까 합니다」

「그게 무언데요?」

「신호기입니다. 아이고, 이 소릴 그만 해버렸군요」

「신호기라고요?」 빌포르 부인이 물었다.

「네, 그렇습니다. 신호기 말입니다. 저는 가끔 길 끝이나 언덕 위에, 아주 맑은 날이면 커다란 딱정벌레의 다리처럼 시커멓게 구부린 팔을 올리고 있는 것을 보았습니다. 그런데, 그걸 보면 늘 마음이 이상해지는 거예요. 왜냐하면, 제겐 그러한 괴상한 신호가 정확하게 공중을 날아가서, 어느 책상 앞에 앉아 있는 사람의 알지도 못할 의사를, 삼백 리나 떨어져 있는 곳에 역시 또 어떤 다른 테이블 앞에 앉아 있는 저쪽 사람에게 전하면서 전능한 인간의 의지력을 검은 구름이고 푸른 하늘 위로 나타내는구나 하는 생각이 들기 때문입니다. 그럴 때면 전, 정령이라든가 요정이라든가 지정(地精)이라든가 신통력까지를 생각하게 됩니다. 그러곤 혼자 웃지요. 그런데 그 허연 배를 하고, 시커멓고 가느다란 다리를 한 큰 벌레를 좀더 가까이 가서 보고 싶다는 생각은 해본 적이 없었지요. 그건, 그런 돌로 만들어진 벌레의 날개 밑에서 점잔을 빼고, 유식한 것을 코에 건, 학문과 요술 내지는 마술로 꽉찬 인간이라는 이름의 조그만 정령을 발견하게 되는 것이 두려웠기 때문입니다. 그런데 어느 날, 이러한 신호기를 움직이고 있는 인간이란, 일년에 1,200프랑의 급료를 받고 일하는 가련한 인간으로서, 그 인간은 하늘을 쳐다보는 천문학자나 물을 들여다보는 낚시꾼이나 또는 멍하니 경치나 바라보는 그런 사람들과는 달리, 제자리에서 사오 리나 떨어진 곳에 있는 똑같이 허연 배에 시커먼 다리를 한 통신의 상대를 하루 종일 바라보며 살고 있는 사나이라는 것을 알았지요. 그러자 저는, 그러한 인간 번데기에게 좀더 가까이 가서, 자기의 껍질 속에서 또 다른 번데기를 향해 몇 가닥의 실을 계속적으로 뽑아내고 있는 꼴을 한번 직접 보고 싶은 충동을 느꼈지요」

「그래, 거길 가보시려고요?」

「그렇습니다」

「어느 신호기엘요? 내무성의 것인가요? 천문대의 것인가요?」

「아니죠. 그런 델 가면, 알고 싶지도 않은 것들을 가르쳐주려고 애쓰는 사람들, 그리고 이쪽 기분은 아랑곳하지도 않고 자기네들도 모르는 신비스러운 것들을 설명해 주겠다는 사람들이 많을 테니까요. 그런 건 질색입니다. 저로서는, 벌레라는 환상만을 가지고 싶은 겁니다. 인간에 대한 환상을 잃어버린 것만으로도 충분하니까요. 그래서 내무성의 신호기나 천문대의 신호기엔 가지 않을 생각입니다. 제가 가보고 싶은 곳은 벌판 한가운데에 있는 신호기입니다. 그곳에 가서, 그 신호기 속에서 화석이 되어가고 있는 순수한 인간을 만나보고 싶은 겁니다」

「보통 사람과는 퍽 다른 생각을 하시는 분이시군요」 하고 빌포르가 말했다.

「어느 쪽으로 가보는 게 좋겠습니까?」

「지금 가장 신호기가 많이 사용되고 있는 선이 좋겠지요」

「그렇군요! 그럼, 스페인 선이 되겠지요?」

「그렇지요. 그러시다면 대신의 소개장을 가지고 가셔서 설명이라도 들으실까요?」

「아닙니다」 백작이 대답했다. 「아까도 말씀드렸지만, 전 아무것도 알고 싶지 않습니다. 오히려 만약 무엇인가를 알게 되면 그땐 이미 신호기가 없어지고, 단지 〈테레 그라펜〉(멀리 쓰다라는 뜻의 그리스어——옮긴이)이라는 두 자의 그리스어가 되고 마니까요. 그게 바로 뒤샤텔 씨나 몽탈리베 씨로부터 바욘 지사에게 보내는 신호이지요. 제가 원하는 것은, 저 시커먼 다리를 한 벌레, 그리고 무엇인가 무시무시한 기분을 느끼게 하는 말을 언제까지나 순수하고 감탄할 만한 것으로 보관하고 싶은 것입니다」

「자, 그럼, 어서 가보셔야겠습니다. 두어 시간만 있으면 밤이 될 테니까요. 그럼, 아무것도 안 뵈게 될 겁니다」

「아 참, 이거 야단났는데, 그럼, 어디가 제일 가까울까요?」

「바욘 가도에서요?」

「네, 바욘으로 갑니다」

「그렇다면 샤티옹의 신호기겠지요」

「샤티옹 다음은 어디죠?」

「몽레리라고 생각되는데요」

「고맙습니다. 그럼, 안녕히 계십시오. 토요일에 만나거든, 가서 본 인상을 말씀 드리죠」

문 앞에서 백작은 두 사람의 공증인과 마주쳤다. 두 사람은 방금 발랑틴을 상속인에서 제외하는 수속을 끝내고, 자기들로서는 굉장히 자랑스러운 일을 끝냈다며 기분 좋게 물러가는 길이었다.

복숭아를 갉아먹는
들쥐로부터 정원사를 구해 내는 법

    백작은, 그가 말한 대로 그날 저녁이 아니라 그 이튿날 아침에 앙페르 문을 지나 오를레앙 가도로 나섰다. 그리고 마침 백작이 마을 앞에 도달했을 때, 신호기가 그 비쩍 마른 긴 팔을 움직였음에도 불구하고 그 앞에서는 멈추지 않고, 그대로 지나쳐 몽레리 탑에 도착했다. 몽레리 탑은 세상이 다 아는 것처럼 같은 이름으로 불리는 벌판의 제일 높은 곳에 서 있었다.
    백작은 언덕 아래에서 차에서 내려, 넓이가 두 자 가량 되는 구부러진 오솔길을 따라 산을 오르기 시작했다. 산꼭대기에 오르자, 백작은 분홍 꽃, 하얀 꽃에 이어 새파란 열매들이 늘어져 있는 어느 울타리 앞에 서게 되었다.
    백작은 이 작은 울 안으로 통하는 입구를 찾았다. 입구는 곧 눈에 띄었다. 그것은 조그만 나무 문인데, 버들가지로 된 문돌

쩌귀를 돌리게 되어 있었고, 못에다 끈을 매어서 잠그게 되어 있었다.

　백작은 이내 이 문을 여닫는 방법을 생각해 냈다. 그는 문을 열었다. 문을 열고 보니, 길이 20자, 폭 12자 가량의 자그마한 뜰이 나타났다. 그 뜰 한쪽은, 지금 문이라고 말한 묘한 장치가 되어 있는 울타리로 둘러싸여 있었고, 다른 한쪽엔 송악이 잔뜩 끼고 계란풀과 꽃무가 산만하게 피어 있는 낡은 탑이 있었다.

　마치 손자들로부터 생일 잔치를 받고 있는 할머니처럼, 그 탑은 주름살투성이인 데다가 꽃으로 둘러싸여 있었다. 그래서, 벽에도 귀가 있다는 옛날 속담대로 그 무시무시한 귀와 입이 그 탑에 있다 하더라도, 그가 본 참극 같은 것을 이야기하는 성싶지도 않았다.

　이 정원은 붉은 모래가 깔린 정원 길을 따라서 돌게 되어 있었다. 그리고 현대의 루벤스라고 불리는 들라크루아(19세기 프랑스의 유명한 낭만파 화가――옮긴이)의 눈을 즐겁게 해줄 듯한 색조를 띤, 수년 묵은 고목이 정원가에 서 있었다. 정원 길은 8자 모양으로 되어 있어서, 겨우 30자밖에 안 되는 뜰 안에서 60자쯤 되는 정원처럼 산책할 수 있도록 되어 있었다. 로마의 훌륭한 정원사들이 밝고 싱싱한 여신이라고 할 만한 초목도, 여태까지 이 조그만 정원에서만큼 정성껏 순수하게 가꾸어지진 않았을 것이다.

　이 화단을 이루고 있는 스무 그루의 장미 가운데, 파리가 앉았던 흔적이 있는 잎을 가진 것은 하나도 없었고, 습지에서 자라는 식물을 황폐시키고 좀먹는 청목, 진디가 붙어 있는 줄기 하나 보이지 않았다. 그렇다고 해서, 이 정원에 습기가 없는 것은 아니었다. 그을음처럼 시커먼 땅과 불투명한 나뭇잎들만 보아도 충분히 알 수 있었다. 그리고 자연적인 습기가 없다 하더라도 인공적인 습기가 곧 찼을 것이다. 정원 한쪽 모퉁이에 물이 가득 괸 물통이 묻혀 있었기 때문이다. 통 속 양쪽 모퉁이의 그 푸르죽죽한 수면 위에는 개구리와 두꺼비가 계속 등을 지고 앉아 있었다. 성미가 서로 맞지 않는 모양이었다.

게다가 정원 길은 풀 한 포기 없이 깨끗했고, 화단에서도 잡초 하나 찾아볼 수 없었다. 어떤 알뜰한 가정 주부도 도기 화분에 심어진 제라늄, 선인장, 석남들을 아직 눈에 띄지 않은 이 집 주인보다 잘 보살펴 주진 못했을 것이다.

몬테크리스토 백작은 문의 끈을 다시 못에 꽂아 문을 닫은 다음, 걸음을 멈추었다. 그리고 정원을 한번 휘 둘러보았다.

「신호수는, 아마」 하고 그는 중얼거렸다. 「고정적으로 해마다 정원사를 불러오는 모양이로군. 그렇지 않으면 자기가 몸소 원예 일을 돌보는 거겠지」

갑자기 그는 나뭇잎을 실은 손수레 뒤에 무엇인가가 웅크리고 있는 것을 보았다. 상대방은 깜짝 놀란 듯이 소리를 지르며 벌떡 일어섰다. 백작은 쉰 살 가량의 호인으로 보이는 사나이와 마주 서게 되었다. 그 사람은 딸기를 주워 포도 이파리 위에 늘어놓고 있는 참이었다.

포도 이파리가 열두어 장, 딸기도 거의 같았다.

사나이는 일어서다가, 딸기며 포도 이파리며 접시를 몽땅 떨어뜨릴 뻔했다.

「딸기를 따십니까?」 하고 백작이 웃으면서 물었다.

「용서하십시오」하고 상대방은 손을 모자에 갖다 대며 말했다. 「자리를 비워서 죄송합니다. 하지만, 지금 막 내려온 길입니다」

「일을 방해할 생각은 없소」 백작이 말했다. 「아직 딸 게 더 있거든 계속해서 따시오」

「아직 열 개가 남았습니다」 사나이가 말했다. 「여기 열 개가 있으니까요. 작년에 비해 다섯 개가 늘어서 스물한 개가 열렸습니다. 하지만 그도 그럴 것이, 올 봄은 따뜻했거든요. 딸기엔 무엇보다도 햇빛이 제일 필요하지 않습니까. 그래서 작년엔 열 여섯 개였는데, 올핸 벌써 열한 개를 따고도 열둘, 열셋, 열넷, 열다섯, 열여섯, 열일곱, 열여덟이라. 아니, 이게 웬일이야? 두 개가 없어졌으니! 어저께도 있었는데. 선생님, 어제도 분명 두 개가 더 있었거든요. 제가 세어보았는데 말입니다. 시몽 할멈 아들이 훔쳐갔구나, 오늘 아침에 여기를 빙빙 돌더니. 아니, 이런 고약한 놈이 있나! 정원 안에 있는 걸 훔쳐가다니! 그 녀석, 어떻게 될지도 모르고 있겠지」

「정말」하고 백작이 말했다. 「그것 참, 이상한데요. 하! 그걸 훔쳐간 사람이 아직 젊고 또 한창 먹을 때가 되어놔서 그런 거니 봐주셔야겠소」

「그야 그렇지요」 정원사가 말했다. 「하지만 기분 나쁜 건 마찬가집니다. 그런데 죄송합니다. 이렇게 여기 서서 기다리시게 한 분이 혹시 제 상관님은 아니신지요?」

이렇게 말하며 정원사는 백작의 얼굴과 그 푸른 옷을 불안한 눈으로 쳐다보았다.

「안심하십시오」 백작은 여느 때와 같은 그 미소로 대답했다.

그의 미소는 그가 마음 먹기만 하면 무섭기도 되고, 상냥하게 도 되지만, 이번엔 그 상냥한 빛만이 떠올랐다.

「저는 감찰 나온 상관은 아니올시다. 난 그저 지나가던 여행자인데, 호기심이 나서 들어왔을 뿐입니다. 그래서 오히려 이쪽에서 노인의 시간을 방해한 것을 사과하려던 참인걸요」

「뭐, 제 시간 같은 거은 귀중할 게 있겠습니까?」 사람 좋게 생긴 그 사나이는 쓸쓸하게 웃으며 대답했다.

「하지만 이것도 나라의 시간이니 함부로 낭비해선 안 되겠지요. 아까, 한 시간 동안 쉬어도 좋다는 신호를 받았습니다. (이렇게 말하며 그는 해시계 쪽을 흘끗 보았다. 몽레르 탑 정원에는 이렇게 모든 게 다 있어서 해시계까지도 있었다.) 그리고 아직도 십 분이나 시간이 더 있었지요. 그런데다 딸기도 익었겠다, 그리고 하루만 더 있어도……. 그런데 선생님, 혹 들쥐가 딸기를 따먹었다고는 생각할 수 없을까요?」

「글쎄요, 그렇진 않을듯요. 그건 생각도 못할 일인데요」 백작은 정색하고 대답했다.

「들쥐가 꾄다는 건 큰일입니다. 우린 로마 사람들같이 그놈을 꿀에 재어서 먹진 않으니 말입니다」

「아니! 로마 사람들은 그걸 먹었습니까?」 정원사가 물었다. 「그 사람들은 들쥐를 먹었단 말씀입니까?」

「저도 페트로니우스(로마의 역사가——옮긴이)의 책에서 읽었죠」 백작이 대답했다.

「그게 정말인가요? 〈들쥐처럼 살찐다〉는 말이 있긴 하지만, 그리 좋진 않은데요. 그런데 선생님, 사실 들쥐가 살이 찌는 건 하나도 이상한 게 아닙니다. 낮에는 줄곧 잠만 자다가, 밤에야 일어나가지곤, 밤새도록 갚으니까요. 작년엔 살구가 넷 있었는데, 그중 하나는 들쥐가 먹어버렸지요. 유도(油桃)도 하나 있었습니다. 그건 하나밖에 없었지요. 사실 유도는 굉장히 귀한 과일이 아닙니까. 그런데 벽 쪽으로 난 것 중 반을 그놈들이 먹어버렸지요. 맛도 굉장히 좋은 유도였는데……. 그것보다 더 맛있는 건 못 먹어보았으니까요」

「그걸 먹었다고요?」백작이 물었다.

「반 남아 있던 걸 먹었습니다. 맛이 기가 막히더군요. 그런데 참, 그 들쥐란 놈들은 나쁜 열매는 먹지 않더군요. 시몽 할멈 아들도 꼭 그래요. 그 녀석도 좋지 않은 딸기는 안 따갔거든요. 그렇지만 올해는」하고 정원사는 말을 이었다.「그런 일은 없을 걸요. 열매가 익을 만하면, 밤을 새어가면서라도 제가 망을 볼 테니까요」

백작은 그 정도면 그 사람을 충분히 알 수 있었다. 어떤 사람에게든, 마음 밑바닥에서 그를 갉아먹는 도락이라는 게 있다. 마치 과일에게는 그 과일을 파먹는 벌레가 있듯이, 이 신호수에게는 정원을 가꾸는 일이 바로 그 도락이었다. 백작은 햇빛을 받지 못하게 포도 송이를 가리고 있는 잎사귀들을 따기 시작했다. 이렇게 함으로써 그는 정원사의 마음을 샀다.

「신호기를 보러 오셨습니까?」하고 사나이는 말했다.

「예, 그렇습니다. 법에 저촉되지 않는다면 말입니다」

「저촉되다니요? 아니올시다」하고 사나이는 대답했다.

「뭐 위험할 것도 없겠다, 또 다른 사람들은 아무도 우리가 하는 말을 알아듣지도 못하고 또 알아들을 수도 없을 테니까요」

「하긴」하고 백작이 말했다.

「신호수들 자신도 모르는 신호를 그저 자꾸 되풀이만 한다더군요」

「그렇습니다. 그리고 전 오히려 그게 더 마음 편해서 좋은걸요」 신호수는 웃으면서 대답했다.

「왜 그 편이 더 좋죠?」

「그야, 이쪽에서 책임질 일이 없으니까요. 전 기계 이상의 아무것도 아닙니다. 그러니 제가 움직이고만 있으면, 그 이상 남들이 제게 더 할말은 없거든요」

〈이것 참〉 하고 백작은 속으로 생각했다. 〈이렇게 되면, 아무 야심도 없는 사람한테 우연히 걸려든 셈인데, 낭패로구나.〉

「선생」 정원사는 해시계를 흘긋 쳐다보며 말했다. 「십분도 거의 다 갔는데요. 이젠 제자리로 돌아가야겠어요. 그런데 선생께서도 저하고 같이 올라가 보시겠습니까」

「따라 올라가 보지요」

백작은 세 층으로 된 탑 속으로 들어갔다. 맨 아리층에는 삽이며 쇠스랑, 물뿌리개 같은 농기구들이 벽에 기대 서 있었다. 이것들이 실내 장식의 전부였다.

둘째 층은, 신호수가 늘 쓰는 방, 아니 방이라기보다는 침실에 가까웠다. 그곳에는 몇 가지 초라한 가구들이 있었다. 침대 하나, 테이블 하나, 의자 둘, 돌로 된 물통 하나, 그리고 천장에는 건초 몇 개가 매달려 있었다. 백작은 그것이 종자로 쓰기 위해서 말려 둔 완두콩과 스페인 강낭콩이라는 것을 알 수 있었다. 그 식물 하나하나에는, 마치 식물원의 식물 기사가 붙인 것처럼 면밀하게 패가 붙어 있었다.

「신호술을 배우려면 시간이 많이 걸릴까요?」

「배우는 데는 오래 걸리지 않습니다. 견습 기간이 길지요」
「급료는 얼마나 받나요?」
「1,000프랑입니다」
「대단친 않군요」
「네, 하지만 보시다시피, 이렇게 여기 매달려 사니까요」
백작은 방안을 둘러보았다.
「이 방에 미련을 안 가졌으면 좋겠는데」하고 백작은 중얼거렸다.
3층으로 올라갔다. 그곳이 신호실이었다. 백작은 쇠로 된 두 개의 핸들을 번갈아 바라보았다. 그 핸들로 신호수는 기계를 움직이는 것이다.
「아주 재미있는 기계입니다」백작이 말했다.「그러나 한참 이러고 있노라면, 생활이 다소 무미건조한 것같이 생각되지 않을까요?」
「예, 그렇습니다. 처음엔 계속해서 보기만 하니까 고개가 다 굳어지지요. 그러나 일이 년 지나면, 익숙해지니까요. 게다가 휴식 시간이나 휴일도 있어서요」
「휴일이?」
「예, 그렇습니다」
「어떤 때가 휴일입니까?」
「안개가 끼는 날입니다」
「아, 그렇군요!」
「그런 날은 제겐 명절입니다. 그런 날엔 정원으로 내려가서 나무를 심고, 깎아주기도 하고, 다듬어주기도 하고, 벌레도 잡아주다 보면, 시간이 금세 지나가지요」

「영감은 언제부터 여기 계셨소?」

「십 년째입니다. 거기다가 견습 기간이 오 년이니까, 합해서 십오 년입니다」

「연세는?」

「쉰다섯입니다」

「은급이 붙으려면 얼마나 더 근무해야 하나요?」

「총 이십오 년 있어야 한답니다」

「은급은 얼마나 되는데요?」

「100에퀴지요」

「지독하군!」 하고 백작은 중얼거렸다.

「네?」 신호수가 물었다.

「아, 참 재미있다고 그랬습니다」

「뭐가요?」

「영감님께서 보여주신 게 말입니다……. 그런데 신호 자체의 의미 같은 건 전혀 모르신단 말씀인가요?」

「전혀요」

「알려고도 안해 보셨고요?」

「알려고도 안했지요. 그건 알아서 뭘 합니까?」

「하지만 영감님한테 직접 보내는 신호도 있을 거 아닙니까?」

「예」

「그건 아시겠죠?」

「그야 밤낮 똑같은 거니까요」

「무슨 말씀인가요?」

「〈이상 없음…… 한 시간의 여유 있음……〉이라든가 아니면 〈그럼, 내일〉 같은 거지요」

「아주 간단한 것들이로군요」 하고 백작이 말했다. 「그런데 저것 보세요. 저쪽 신호가 움직이고 있는 게 아닙니까?」

「아, 그렇군요. 고맙습니다」

「저건 무슨 신호인가요? 저것도 영감께서 아실 만한 신호입니까?」

「예, 준비됐느냐는 신호예요」

「그럼, 이쪽에서도 대답을 해주나요?」

「네, 오른쪽 신호기로는 준비 완료를 알리고, 또 동시에 왼쪽 신호기로는 준비하라는 신호를 보냅니다」

「거 참, 묘하게 되어 있군요」 백작이 말했다.

「자, 이제 보십시오」 사나이는 신이 나서 말했다. 「오 분만 있으면, 저쪽에서 무슨 신호가 올 테니까요」

「그럼, 아직도 오 분은 남아 있군요」 하고 백작이 말했다. 「오 분이면 충분하지. 그런데 영감님께 뭐 하나 물어보고 싶은 게 있는데, 괜찮겠습니까?」

「네, 물어보십시오」

「영감님께서는 정원 꾸미기를 좋아하십니까?」

「좋아하다마다요」

「그럼, 20자밖에 안 되는 땅보다는 2에이커쯤 되는 토지를 가지시는 게 더 나으시겠군요」

「그만한 땅만 있다면, 내 지상의 낙원을 만들겠습니다」

「1,000프랑 수입으로는 살기가 좀 어려우실 텐데요?」

「어렵지요. 그러나 어떻게든 살기는 합니다」

「그렇겠지요. 그러니, 정원이란 게 이 정도밖에 안 되지요」

「그건 그래요. 정원이 좁아요」

「그런데다, 들쥐까지 우글거려서 정원을 몽땅 갉아먹으니」

「글쎄, 그게 큰 재난이랍니다」

「그런데 참, 만약에 오른쪽 신호기가 움직이려고 할 때, 불행히도 영감께서 한눈을 팔게 될 경우엔 어떻게 될까요?」

「그걸 못 보게 되겠지요」

「그럼, 어떻게 되지요?」

「같은 신호를 다시 보니지 못하고 말겠지요」

「그렇게 되면 그 다음엔?」

「태만해서 신호를 보내지 않았다는 이유로, 벌금을 물게 됩니다」

「얼마나요?」

「100프랑입니다」

「수입의 1할이라, 그건 적지 않은데요!」

「오!」 하고 신호수가 말했다.

「여태까지 그런 일이 있었습니까?」 하고 백작이 물었다.

「예, 딱 한 번 있었습니다. 마침 개암나므를 접붙이고 있다가 그만」

「그래요? 그럼, 만약에 영감께서 신호를 바꾸거나, 다른 신호를 보내게 될 경우엔 어떻게 되나요?」

「그렇게 되면, 얘긴 달라집니다. 파면당하고 은급까지 없어지거든요」

「300프랑의?」

「예, 100에퀴짜리지요. 그러니까 그런 짓은 절대로 안하게 되겠지요」

「그런데 급료의 십오 년분이 생긴다면 어떻게 하시겠습니까? 그건 좀 생각해 볼 일이 아닐까요? 안 그렇습니까?」
「그럼, 만 5,000프랑이란 말씀이지요?」
「그렇죠」
「괜히 놀려보시는 거겠지요」
「천만에!」
「아니 그럼, 저를 유혹해 보시려는 겁니까?」
「그렇소, 만 5,000프랑! 알겠습니까?」
「잠깐만, 오른쪽 신호기를 좀 보아야겠습니다」
「아니, 그걸 보지 말고 이걸 좀 보시오」
「그게 뭡니까?」
「이 종이 쪽지가 뭔지 모르시오?」
「그건 지폐가 아닙니까?」
「그렇소, 이게 열다섯 장 있소」
「그게 누구 겁니까?」
「원하신다면 드릴 수도 있지요」
「저한테요?」 신호수는 기가 막힌 듯이 소리쳤다.
「그렇지요. 전부 드리는 겁니다」
「선생님, 저 오른쪽 신호수가 신호를 하는데요」
「내버려두시오」
「방해하시지 마십시오. 이러다간 벌금입니다」
「벌금이야 100프랑 아니오? 만 5,000프랑을 받는 편이 나을 텐데요」
「오른쪽 신호수가 재촉합니다. 신호를 또 보내왔어요」
「내버려두시오. 그리고 어서 이걸 받으시오」

백작은 지폐 뭉치를 신호수의 손에 쥐어주었다.

「그리고」 하고 백작이 또 갈했다. 「이게 다가 아니오, 만 5,000프랑으로는 충분히 살 수가 없을 테니」

「하지만, 제겐 직업이 있는데요」

「아니, 직업은 잃어버리게 될 거요. 왜냐하면 저쪽 신호와 다른 신호를 보내게 될 테니까」

「아니 그럼, 절더러 뭘 하라는 말씀입니까?」

「어린애 장난 같은 거 하나만」

「하지만, 저에게 강제로 그런 일을 시키지 않는 이상……」

「실은 강제로라도 그 일을 시킬 생각이오」

백작은 이렇게 말하며 주머니에서 다른 지폐 뭉치 하나를 더 꺼냈다.

「여기 만 프랑이 또 따로 있소」 하고 그는 말했다.

「영감님 주머니의 만 5,000프랑하고 합하면 도합 2만 5,000프랑이오. 그중 5,000프랑으로는, 아담한 집 한 채와 2에이커짜리 정원을 사는 거요. 나머지 2만 프랑으로는, 해마다 1,000프랑의 이자 수입을 얻을 수 있단 말이오」

「2에이커짜리 정원이오?」

「그리고 매년 1,000프랑이오」

「맙소사!」

「자, 어서 받아요」

이렇게 말하며 백작은 만 프랑을 신호수의 손에 쥐어주었다.

「도대체 뭘 하는 건데요?」

「어려운 일은 아니오」

「글쎄, 무언데요?」

복숭아를 갉아먹는 들쥐로부터 정원사를 구해 내는 법

「이 신호를 되풀이하는 거요」

백작은 주머니에서 종이 한 장을 꺼냈다. 그 종이에는 세 개의 신호와 그것을 보내는 순서가 기록되어 있었다.

「자, 별로 긴 것도 아니오」

「하긴 그렇군요. 하지만……」

「이것만 하면, 유도든 뭐든 다 손에 넣을 수 있단 말이오」

이 한마디가 결정적이었다. 사나이는 시뻘겋게 열이 올라서 구슬땀을 뚝뚝 흘리며, 오른쪽 신호수의 무서운 연락 중단의 신호에도 불구하고 백작이 지시한 세 가지 신호를 차례차례 보냈다. 오른쪽 신호수는 이 갑작스런 변화가 왜 일어났는지 전혀 몰랐기 때문에, 이쪽 신호수가 미쳐버린 줄로 알고 있었다. 한편, 왼쪽 신호수는 같은 신호를 충실하게 되풀이했다. 그리고 그것은 정확하게 내무성으로 접수되었다.

「자, 이제 당신은 부자가 됐소」 백작이 말했다.

「그렇죠」 하고 신호수가 대답했다. 「하지만, 대관절 어떻게 되는 걸까요?」

「자」 하고 백작은 말했다. 「난 영감님이 후회하게 하고 싶진 않단 말이오. 자, 내 말을 믿으시오. 내 맹세하거니와, 영감께선 누구한테도 잘못한 게 없어요. 오직 하느님의 뜻을 받들었을 뿐이오」

신호수는 지폐 뭉치를 들여다보았다. 그리고 그것을 만지작거리다가 세어보았다. 그의 얼굴빛이 붉으락푸르락해졌다. 이윽고 그는 물을 마시려고 자기 방으로 달려갔다. 그러나 물 있는 곳에 채 가기도 전에, 마른 강낭콩이 깔린 한가운데에서 기절하고 말았다.

신호 통신이 내무성에 도착하고 나서 오 분쯤 흘렀을 무렵, 드브레는 마차에 말을 매어 당글라르 집으로 달렸다.

「당글라르 씨께선 스페인 공채를 가지고 계시죠?」 하고 그는 당글라르 부인에게 물었다.

「그래요. 600만 프랑이나 있어요」

「그걸, 값은 얼마를 받든지 간에 팔아버려야 해요」

「그건 왜요?」

「돈 카를로스가 부르주에서 도망갔어요. 그래서 스페인으로 돌아왔단 말씀입니다」

「아니, 그걸 어떻게 아셨어요?」

「원, 부인도!」 드브레는 어깨를 으쓱하며 말했다. 「제가 모르는 정보가 어디 있습니까?」

당글라르 남작 부인은 두 번 묻지 않고 남편에게로 바로 달려갔다. 남작은 또 남작대로 중개인한테 달려가 값은 얼마가 되어도 좋으니, 공채를 모조리 팔아달라고 말했다.

당글라르 남작이 공채를 판다는 것을 알자, 스페인 공채의 값은 대번에 뚝 떨어졌다. 당글라르는 이번 공채에서 50만 프랑을 손해 봤다. 그러나 다 팔기는 하였다.

그날 저녁 석간 《메사제》에는 다음과 같은 기사가 났다.

신호 통신

돈 카를로스 왕은 부르주에서 감시의 눈을 피해 달아나서, 카탈로니아 국경을 거쳐 스페인으로 귀국하였다. 바르셀로나는 왕을 위해 봉기하였다.

그날 밤엔 공채를 판 당글라르의 선견에 대한 평판이 자자했다. 이렇게 큰 변동이 있는데도 불구하고 50만 프랑의 손해밖에 안 본 그의 행운이 놀랍다는 얘기들이었다.

한편 공채를 그대로 가지고 있는 사람들이나 당글라르의 공채를 산 사람들은 파산이라도 한 듯 아주 고통스러운 밤을 보냈다.

그런데 이튿날《모니퇴르》에는 또 다음과 같은 기사가 났다.

돈 카를로스가 탈출해 바르셀로나에서 반란을 일으켰다는 어제의《메사제》보도는 사실 무근의 오보이다. 돈 카를로스는 부르주를 떠나지 않았으며, 스페인 반도 역시 지극히 평온하다.
짙은 안개 때문에 신호를 잘못 수신한 데서 비롯된 오보이다.

떨어졌던 공채 값은 배로 뛰어올랐다.

이로 말미암아 당글라르는 돈을 손해 보고 투자의 기회까지 놓쳐, 결국 100만 프랑의 손해를 입었다.

「됐어!」하고 백작은, 당글라르가 큰 손해를 보았다는 주식시장의 기이한 급전환의 소식을 들었을 때 자기 집에 와 있던 모렐에게 이렇게 말했다. 「그리고 난 2만 5,000프랑으로 10만 프랑에 필적할 만한 것을 발견했오」

「뭘 발견하셨습니까?」막시밀리앙이 물었다.

「복숭아를 갉아먹는 들쥐한테서 정원사를 구해 내는 방법이오」

유령

얼른 보아서는, 그리고 바깥에서 보아서는, 오퇴유의 집에는 호화로운 구석이 전혀 없어서, 사치스러운 몬테크리스토 백작의 집이라고 생각되지 않을 정도였다. 그러나 이렇게 외관이 평범해 보이는 것도, 실은 집의 외양은 조금도 변화시키지 말라는 주인의 명령이 있었기 때문이었다. 그것은 집 안을 보면 이내 알 수 있는 일이었다. 사실, 문만 척 열면 집의 모양이 대번에 달라진다.

베르투치오는 실내 장식의 취미나 장식 속도라는 면에서 항상 그 사람답지 않은 놀라운 솜씨를 보여 왔다. 마치 예전에 앙탱 공작이 루이 14세의 눈에 거슬리던 가로수 길을 단 하룻밤 사이에 걷어치워 버렸듯이, 단 사흘 동안 베르투치오는 완전히 벌거벗었던 정원에 나무를 가득 심어놓았던 것이다. 그리고 커다란 뿌리째 함께 실려 온 훌륭한 포플러며 단풍 나무들이 저택의 정면에 그림자를 드리우게 되었다. 반쯤 풀잎으로 덮인 포석이 있던 집 전면에는 지금은 잔디밭이 쭉 펼쳐져 있었다. 그날 아침에 깔린 그 잔디밭도 넓은 카펫을 이루고 있었다. 그리고 그 위에는 방금 뿌려진 물방울들이 방울방울 빛나고 있었다.

그러나 이러한 명령도 모두 백작이 내린 것이었다. 백작 자신이 베르투치오에게 정원에 심을 나무의 수, 장소, 그리고 포석을 빼고 깔 잔디밭의 모양과 넓이까지 일일이 지시되어 있는 설계도를 내줬던 것이다. 이렇게 꾸미고 보니, 집이 전혀 다른 집 같이 되었다. 베르투치오 자신도 집이 이렇게 온통 푸른 빛으로 싸여버리면, 먼젓번 집 모양은 도저히 알아볼 수 없다고 했다.

베르투치오는 자기가 이 집에 있는 한, 정원을 달리 꾸며보고 싶었지만, 백작은 그가 손가락 하나 대어서는 안 된다는 강경한 명령을 내렸던 것이다. 베르투치오는 그 대신 현관, 층계, 벽난로 위에 꽃을 잔뜩 늘어놓았다.

베르투치오의 능란한 솜씨와 주인의 뛰어난 머리 덕분에, 전자는 주인의 뜻을 받는 입장이요, 후자는 사람을 부리는 입장에 있었던 만큼, 스무 해 동안 사람이 살지 않아 어제까지만 해도 음산하고 싸늘했던, 다시 말해 마치 세월의 냄새라고나 할 수 있는 김빠진 냄새만 자욱했던 이 집에 단 하루 사이에 생명이 돌고, 주인이 좋아하는 향기가 가득 찼다. 그래서 일상생활의 즐거운 분위기까지 풍기게 되었다. 그리하여 백작이 이 집에 들어서면, 곧 손에는 책과 무기를 쥘 수 있었고, 벽을 보면 그가 좋아하는 그림들이 눈에 뜨이게 되었다. 현관에는 정답게 달려드는 개들이 있었고, 즐겁게 지저귀는 새들이 있었다. 그리고 『잠자는 숲 속의 미녀』에 나오는 궁궐처럼 오랫동안 긴 잠에 잠겨 있던 이 집 전체가 이제 눈을 떠서, 생기가 돌고 노래도 하고 활짝 핀 것 같았다. 이 집이야말로, 갑자기 재난을 만나 떠나지 않을 수 없었지만 저도 모르게 영혼의 한 부분을 남겨놓고 나오게 된, 옛날부터 좋아하던 그런 집 같았다. 하인들이 이 아름다운 궁정 안을 유쾌하게 왔다갔다하고 있었다. 그중의 일부는 주방 담당자들인데, 마치 오래전부터 이 집에서 살아온 사람처럼 바로 어제 수리한 계단들을 부지런히 익숙하게 오르내리고 있었다. 또다른 패들은 마차 창고 담당이었다. 그런데 번호까지 붙은 정비된 마차들은 한 오십 년 전부터 마차 창고 안에 있었던 것처럼 보였다. 마구간에선 시렁에 매어놓은 말들이 마부들과 얘기를 주고받고 있었다. 마부들이 말을 대하는 태도 역시, 다른 하인들이 주인을 대하는 태도만큼이나 정중하였다.

서재에는 양쪽 벽에 서 있는 두 개의 책장에 약 2,000권의 책이 줄지어 있었다. 책장의 한 면 전체는 현대 소설로 가득 차 있었고, 최근에 출판된 책들이 벌써 금빛과 붉은 빛의 장정을 과시하면서 적절한 자리에 꽂혀 있었다.

집의 반대쪽, 다시 말하면 도서실과 마주 보는 곳에는 온실이 있었다. 온실의 커다란 일본제 도자기 꽃병에는 진기한 꽃들이 꽂혀 있었다.

그리고 눈과 도를 동시에 즐겁게 해주는 온실 한가운데에는 당구대가 있었는데, 그 위에는 약 한 시간 전까지 당구를 치던 사람이 있었던 것처럼 당구대 카펫 위에 당구공들이 제멋대로 뒹굴고 있었다.

그런데 베르투치오도 손을 대지 못한 방이 딱 하나 있었다. 이층 왼쪽 한 모서리에 자리 잡고 있는 그 방은, 올라갈 때에는 커다란 층계로 올라가야 하지만, 내려올 때에는 비상 계단으로 해서 내려와야만 하게 되어 있기 때문에, 하인들은 호기심을 가지고 그 방 앞을 지나다녔고 베르투치오는 그럴 때마다 겁을 집어먹었다.

백작은 다섯시 정각에 알리를 데리고 이 오퇴유의 저택에 도착했다. 베르투치오는 불안하고도 초조한 마음으로 주인이 오기를 기다리고 있었다. 그는 주인이 혹시 눈살을 찌푸리지나 않을까 걱정하면서도, 한편으로는 칭찬이 나오지 않을까 하는 기대를 품고 있었다.

마차를 타고 온 백작은 뜰에 내리더니, 집 전체를 휘 돌아보고 나서, 좋다 나쁘다 말 한마디 없이 정원을 한 바퀴 돌았다.

그러곤 바로, 잠긴 방 맞은편에 있는 침실로 들어가 조그만 자단 가구의 서랍으로 손을 뻗었다.

그것은 그가 처음으로 이 집에 왔을 때 이미 보아두었던 것이다.

「여긴 장갑 정도밖에 안 들어가겠는걸」하고 그는 말했다.

「사실 그렇습니다, 각하」베르투치오는 신이 나서 말했다. 「열어 보십시오, 그 속에 장갑이 있을 테니」

백작은 다른 가구들 속에도 자기가 예측한 물건들, 향수며 담배며 보석들이 들어 있는 것을 발견했다.

「됐어!」하고 그는 말했다.

베르투치오는 만족해서 밖으로 나갔다. 백작이 그의 주위

사람들에게 미치는 영향은 그처럼 크고 강하고 직접적이었던 것이다.

여섯시 정각에, 말발굽 소리가 문밖에서 들려왔다. 그것은 메데아를 타고 온 알제리아 기병 대위 막시밀리앙 모렐이었다.

백작은 미소를 띠며 입구의 계단에서 그를 기다리고 있었다.

「제가 제일 먼저 왔지요?」하고 모렐이 소리쳤다.「사실은, 딴 분들이 오시기 전에 잠깐 저 혼자 택작을 뵈려고 일부러 이렇게 일찍 온 겁니다. 쥘리와 엠마뉘엘이 안부 전해 달라더군요. 어이구! 집이 굉장히 좋군요! 그런데 제가 타고 온 말을 하인들에게 좀 돌봐달랬으면 좋겠는데요」

「염려 마십시오, 다들 잘 알고 있으니까요」

「그 녀석 몸을 짚으로 비벼주어야 하기 때문에 그래요. 굉장히 빨리 달려왔거든요. 마치 질풍처럼요」

「그랬겠지요, 5,000프랑짜리 말이니까」백작은 마치 아버지가 자식에게 말하는 듯한 어조로 이야기했다.

「그게 억울하신 모양이죠?」모렐은 예의 그 담박한 미소를 띠우며 물었다.

「내가요? 농담이겠죠」백작이 대답했다.「난 다만. 혹시 말이 좋지 않은 건 아닌가 걱정했을 뿐입니다」

「너무 좋습니다. 프랑스에서도 말 잘 타기로 이름난 샤토 르노와 내무성의 아라비아 말을 타고 오는 드브레 씨가 다 제 뒤로 처졌죠. 자, 보시다시피 그분들 이렇게 한참 걸리지 않습니까. 게다가 그 뒤로는 또 당글라르 남작 부인의 마차가 시속 2.4킬로미터로 따라오고 있는걸요」

「그럼, 그분들이 모두 당신 뒤에 오는군요?」백작이 물었다.

「그렇죠. 아, 저기 오는군요」

정말 바로 그때, 열을 뿜는 말에 끌려오는 마차 한 대와 숨을 헐떡거리는 말 두 필이 집 철문 앞에 와서 닿았다. 문이 열렸다. 그러자 곧 마차는 마당에서 원을 그리며 두 사람이 서 있는 층계 앞에 와서 멎었다. 그뒤로 두 사람의 기수가 도착했다.

드브레는 곧 말에서 내리더니, 마차 문 앞으로 갔다. 그는 남작 부인에게 손을 내밀었다. 부인은 마차에서 내리면서 그에게 어떤 몸짓을 했는데, 다른 사람들은 그것을 전혀 알아채지 못했다. 그러나 백작의 눈만은 그것을 놓치지 않고 있었다.

백작은 무엇 하나 놓치지 않았다. 백작은, 남작 부인의 이러한 몸짓과 함께, 역시 다른 사람의 눈에는 뜨이지 않았지만 하얀 종이 한 장이 퍼뜩 빛나면서 아주 능숙하게 부인의 손에서 비서의 손으로 미끄러지듯 슬쩍 건네어지는 것도 보았다.

부인의 뒤를 따라, 이번엔 당글라르 씨가 마차에서 내렸다. 그는 마차가 아니라 무덤에서 나온 사람처럼 새파랗게 질려 있었다.

당글라르 부인은 마치 무엇을 탐색하기라도 하는 듯, 재빠르게 주위를 싹 둘러보았다. 그것을 놓치지 않고 본 것 역시 백작 한 사람뿐이었다. 부인은 단 한 번의 시선으로 안뜰과 주랑과 집의 전면 전체의 모습을 보았던 것이다. 그리고 만약 얼굴빛이 잘 변하는 여자였더라면 얼굴 위에 나타내고야 말았을 가벼운 놀라움의 빛을 감추고 층계 위를 올라가며, 모렐에게 이렇게 말했다.

「만약 당신이 제 친구라면, 제게 그 말을 팔지 않겠느냐고 물어볼 수 있을 텐데……」

모렐은 약간 웃어 보였으나, 그 얼굴은 사뭇 울상이었다. 그리고 이 난처한 입장을 구해 달라고 부탁이라도 하는 듯이 백작 쪽을 쳐다보았다.

백작도 그 뜻을 알아채고,

「오! 부인」하고 말했다.「어째서 그 말씀을 제게는 하시지 않습니까?」

「백작께는 원한다는 얘기는 아무것도 못하겠어요. 뭐든지 당장 주시니까 말이에요. 그래서 모렐 씨에게 부탁해 본 거지요」

「그런데 불행히도」하고 백작은 말을 이었다.「전, 모렐 씨가 그 말을 양보할 수 없다는 것을 알고 있습니다. 모렐 씨는 명예를 걸고 그 말을 지키지 않으면 안 되게 되어 있거든요」

「그건 왜죠?」

「모렐 씨는, 메데아를 육 개월 내에 훌륭하게 길들여 놓겠다는 내기를 했습니다. 그러니 부인, 만약 모렐 씨가 그 말을 그 육 개월이 채 가기도 전에 남의 손에 넘겨버리면, 내기에서 지게 됩니다. 또 그뿐 아니라 남들은 그가 이길 자신이 없어서 그랬다고 할 게 아닙니까. 물론 여자의 기분을 만족시켜 주기 위해 그것을 포기한다는 것은, 제 생각엔 역시 세상에서 가장 신성한 일 중의 하나인 것 같지만, 그래도 그런 소문이 난다는 것은 알제리아 기병 대위에게는 참기 어려운 일이 아니겠습니까?」

「네, 실은 그래서……」하고 막시밀리앙 모렐은 백작에게 고맙다는 미소를 보내며 부인에게 말했다.

「게다가 말이야」하고 당글라르는 우둔하게 씩 웃는 것으로는 잘 가려지지 않는, 퉁명스러운 어조로 아내에게 말했다.
「말은 그만하면 충분히 가지고 있지 않아?」

당글라르 부인은 여느 때 같으면 그런 비난을 받고 가만히 있을 리가 없었지만, 이번만은 놀랍게도 전혀 못 들은 체하고 아무 대꾸도 하지 않았다.

백작은 이 여자로서는 전혀 어울리지 않게 겸손을 뺀 이 침묵을 보고 빙그레 웃으면서, 여자에게 두 개의 커다란 중국 도자기를 보여주었다. 도자기에는 해초들이 꾸불꾸불 얽혀 있었는데, 그 크기라든가 자라난 솜씨가 자연의 힘이 아니면 상상도 할 수 없으리만큼 풍요하고 싱싱했다.

당글라르 부인은 눈이 휘둥그레져서 말했다.

「아유! 튈르리 궁전의 마로니에를 갖다 심어도 되겠네요! 어떻게 이렇게 큰 도자기를 구울 수가 있었을까요?」

「아, 부인, 그건」 하고 백작이 대답했다. 「요즘 조그만 동상이나 얇은 유리 그릇 같은 거나 만드는 사람들한테 말해 가지곤 안 되지요. 이건 옛날 겁니다. 말하자면 대지와 바다의 정령이 만들어낸 것 같다고나 할까요」

「어떻게 만들었을까요? 그리고 도대체 이게 어느 시대 걸까요?」

「저도 모릅니다. 그저, 옛날의 어느 중국 황제가 이걸 굽기 위해서, 일부러 아주 큰 화덕을 하나 만들게 하고, 거기에서 이와 똑같은 화병 열두 개를 구워 냈다는 얘기만 들었죠. 그 중 두 개는 가마의 열로 깨지고, 나머지 열 개를 해저(海底) 삼백 발 밑에 가라앉혔답니다. 바다는 왕의 뜻을 알고, 도자기에다 해초와 산호를 꼬아넣고 조개를 박아놓았던 것입니다. 이렇게 하여, 도자기는 깊고 깊은 바다 밑에서, 이백 년이란 세월을 잠들어 있었다는군요. 왜냐하면 이런 시험을 생각해 냈던 그 황제가 혁명 중에 밀려나고, 그후엔 다만 도자기를 구웠다는 사실과, 그것을 바다 밑에 넣어두었다는 기록밖엔 남지 않았기 때문입니다 이백 년 후에 그 기록이 발견되어, 도자기들을 꺼낼 생각을 했다는군요. 수많은 잠수부들이 그걸 꺼내기 위해서 특별히 만든 기계를 가지고, 도자기를 가라앉혔다는 만(灣)으로 갔습니다. 하지만 열 개 중에서 세 개밖엔 찾아내지 못했습니다. 나머진 모두 파도에 밀려 어디론가 없어져버리기도 하고, 또 깨져버렸던 것입니다. 저는 이 항아리를 참 좋아합니다. 저는 잠수부들이 아니면 볼 수 없는 이상하고도 무시무시한, 그리고 신비스러운 괴물들이 때때로 그 음산하면서도 차가운 눈으로 뚫어지게 들여다보거나, 또는 물고기들이 적의 추격을 피해서 피난을 와 잠을 자고 있으려니 하고 상상하곤 합니다」

그러는 동안, 골동품에는 취미가 없는 당글라르는 아름다운 오렌지 나무에서 꽃을 하나씩 하나씩 따 버리고 있었다. 오렌지꽃을 다 따고 나자, 이번에는 선인장에 손을 댔다. 그러나 선인장은 오렌지처럼 잘 따지질 않고, 오히려 손만 콕 찔렸다.

그러자 그는 움찔 놀라며, 마치 꿈에서 깨어난 듯이 이맛살을 찌푸렸다.

「당글라르 씨」 백작이 웃으면서 말했다. 「남작께선 그림을 좋아하셔서 훌륭한 그림들도 많이 가지고 계시니, 제가 가지고 있는 거야 뭐 보여드릴 만한 것도 없지만, 여기 호베마가 두 장, 포터가 한 장. 미에리스가 한 장, 제라르 도가 두 장, 라파엘로가 한 장, 반 다이크가 한 장, 수르바란 한 장, 그리고 무릴리오가 서너 장 있습니다. 그러니 그쯤이면 보실 가치는 있으실 것 같습니다만」

「아, 여기 호베마 그림이 있군요. 이건 나도 아는 그림인데」 하고 드브레가 말했다.

「아, 그렇군요!」

「그런데, 이건 분명히 미술관으로 팔러 왔던 것인데」

「하지만 미술관엔 없지요?」 백작이 불쑥 말했다.

「없습니다. 사지 않았으니까요」

「왜죠?」 샤토 르노가 물었다.

「자넨 프랑스 정부가 그렇게 부잔 줄 아나?」

「무슨 소리야!」 샤토 르노가 말했다.

「그런 소린 벌써 팔 년째 밤낮 하고 있지만, 그래도 난 아직 그 말이 귀에 썩 안 들어오는데」

「알 날이 올 걸세」 드브레의 말이었다.

「난 그렇게 생각 안하는데」 샤토 르노가 대답했다.

「바르톨로메오 카발칸티 소령, 안드레아 카발칸티 자작께서 오셨습니다!」 하고 바티스탱이 알려왔다.

방금 재단사의 손에서 쏙 빼낸 새까만 새틴 칼라에 싹 깎은 수염과 반백의 콧수염, 침착한 눈에 세 개의 훈장과 십자 훈장 다섯 개를 단 소령 제복은 한마디로 말해서 어디 한군데 나무랄 데 없는 완벽한 노군인의 복장이었다. 우리가 이미 잘 알고 있는 온후한 아버지 카발칸티는 이러한 복장으로 나타났다.

그 옆에는 번쩍번쩍하는 새 옷을 입은 안드레아 카발칸티 자작이 입가에 미소를 띠며 다가오고 있었다.

이 역시 앞서 온 그 공손한 아들이었다.

청년 셋은 그대로 얘기를 주고받았다. 세 사람의 눈은 아버지 카발칸티에서 그의 아들로 옮아갔다. 그리고 자연 아들에게 시선을 오래 주고 그를 자세히 관찰하기 시작했다.

「카발칸티라!」드브레가 입을 열었다.

「이름 있는 성(姓)인데」모렐이 말했다.

「그럼요」샤토 르노가 대꾸했다.「이탈리아 사람들은 이름들은 모두 굉장한데, 옷 입는 건 영 말이 아닌걸」

「자넨 너무 까다로워」하고 드브레가 샤토 르노에게 말했다.「저 옷들은 그래 봬도 굉장히 잘 만든 옷들이야. 아주 새 것이고」

「내 비위에 안 맞는 건, 바로 그 점이야. 마치 오늘 생전 처음 옷을 입은 사람 같지 않아?」

「도대체 어떤 분들입니까?」당글라르가 백작에게 물었다.

「아까 들으신 대로 카발칸티 부자지요」

「네, 이름만은 들었습니다만」

「아, 당신은 이탈리아 귀족들은 잘 모르시는군요. 카발칸티는 왕가의 혈통입니다」

「재산도 있나요?」

「굉장하지요」

「그래, 어떤 일을 하시나요?」

「암만 써도 다 쓸 수가 없어 곤란할 지경입니다. 그런데 그저께 제게 와서는, 당신 은행에 대한 신용장을 가지고 있다고 하더군요. 그래, 당신을 생각해서 저분들을 초대한 겁니다. 소개해 드리지요」

「본토박이 프랑스 말을 꽤 하는 것 같던데요」하고 당글라르가 말했다.

「아들은 남프랑스에서 교육을 받았으니까요. 마르세유나 그 근방 어디서였을 겁니다. 그 청년은 지금 아주 열중해 있을 겁니다」

「뭣에요?」 남작 부인이 물었다.

「프랑스 여자들한테 말입니다. 꼭 파리에서 프랑스 여자하고 결혼하고 싶답니다」

「그건 참 좋은 생각이로군요!」 당글라르는 어깨를 으쓱해 보이며 말했다.

당글라르 부인은 이상한 표정을 지으며 남편을 쳐다보았다. 이 역시 다른 때 같았으면 험악한 말이 나올 징조였겠지만, 이번에도 또 한번 부인은 입을 다물었다.

「남작께선 오늘 기분이 좋지 않아 보이는데」하고 백작은 부인에게 물었다. 「혹시 누가 대신(大臣)이라도 하라고 한 겁니까?」

「아니에요. 아직 그렇진 않습니다. 아마 손해를 보고 주식을 팔아서 어떻게 해야 할지를 모르고 있는 것 같아요」

「빌포르 씨 부처십니다!」 하고 바티스탱이 소리쳤다.

과연 그 두 사람이 들어왔다. 빌포르 씨는 자기 감정을 억누르고는 있었지만, 그래도 깜짝 놀란 듯한 기색은 감추지 못했다. 빌포르의 손을 잡은 백작은 그 손이 떨리는 것을 느꼈다.

〈확실히 감정을 감출 수 있는 건 여자들뿐이군.〉 당글라르 부인이 빌포르에게 미소를 지어 보이며, 빌포르 부인에게 키스하는 것을 보고 이렇게 생각했다.

우선 한 차례 인사가 끝났을 때, 백작은 그때까지 부엌에서 일하고 있던 베르투치오가 지금 사람들이 있는 방 옆의 작은 살롱으로 들어가는 것을 보았다.

백작은 그의 곁으로 갔다.

「왜 그래, 베르투치오?」하고 그는 물었다.

「손님수를 아직 말씀 안 해 주셨기에」

「아 참, 그렇군」

「몇 분이나 되시는지요?」

「자네가 세어보지」

「이젠 모두 오신 겁니까?」

「그래」

베르투치오는 빠끔히 열린 문틈으로 들여다보았다.

백작은 그를 보고 있었다.

「오, 오!」하고 베르투치오가 외쳤다.

「왜 그래?」백작이 물었다.

「저 여자예요…… 저 여잡니다」

「누구 말야?」

「흰 옷에 다이아몬드를 잔뜩 단 여자 말이에요. ……저 금발의 여자 말씀입니다」

「당글라르 부인 말인가?」

「이름은 모르겠습니다만, 바로 그 여자입니다. 각하, 그 여자예요」

「그 여자라니?」

「후원에 있던 여자 말씀이에요! 임신해서…… 상대방을 기다리며…… 왔다갔다하던 여자 말씀이에요!…… 기다리면서……」

 베르투치오는 입도 다물지 못한 채 새파랗게 질려서, 머리 끝이 곤두섰다.

「기다리다니, 누구를?」

 베르투치오는 대답을 못하고 손가락으로 빌포르를 가리켰다. 그것은 흡사 맥베스가 반코(셰익스피어의 『맥베스』에 나오는 인물──옮긴이)를 가리키는 몸짓과도 같았다.

「오!…… 오!…… 보이십니까?」 하고 그는 중얼중얼 말했다.

「뭐가? 아니면 누구 말인가?」

「저 사람 말입니다」

「저 사람이라니?…… 빌포르 검사 말야? 응, 물론 보이지」

「결국 제가 저 사람을 죽이지는 못했군요」

「무슨 소릴 하는 거야? 자네 미쳤나?」 하고 백작은 말했다.

「아니, 그래, 저 사람은 죽지 않았단 말씀입니까?」

「그게 무슨 소리야? 죽긴, 저기 저렇게 살아 있잖아? 자넨 아마 자네 나라 사람들의 관습대로 여섯번째와 일곱번째 갈비뼈 사이를 치지 못하고, 분명히 그보다 좀 위나 아니면 아래를 쳤을 거야. 게다가 저런 사법관 친구들이란 워낙 만만치 않은 인간들이니까. 그렇지 않으면, 자네가 한 얘기가 정말이 아니라 상상력으로 빚어낸 꿈이나 머릿속의 환각이었겠지. 복수만 생각하고 잠을 자서, 그 생각에 위가 짓눌려 악몽을 꾸었겠지. 그저 그뿐이었을 거야. 자, 어서 정신을 차리고, 손님 수를 세어보지. 빌포르 부처 두 사람에 당글라르 부처까지 해서 넷, 샤토 르노 씨, 드브레 씨, 막시밀리앙 모렐, 그러니까 일곱에다가 바르톨로메오 카발칸티까지 여덟」

「여덟」하고 베르투치오가 되뇌었다.

「잠깐, 잠깐! 왜 이렇게 급히 가려고만 서두나. 손님 한 분은 빼먹고 말야. 몸을 좀 의쪽으로 기울여 봐. ……자, 저기 안드레아 카발칸티 씨가 있지 않아? 무릴리오의 성모상을 보고 있는 검은 양복 입은 청년 말이야. 응, 이쪽으로 돌아서는군」

이번에는 베르투치오가 하마터면 소리를 지를 뻔했다. 그러나 백작과 눈이 마주치자, 그만 입술 속으로 삼켜버렸다.

「베네데토!」그는 낮은 소리로 중얼거렸다.「아니, 이럴 수가!」

「자, 여섯시 반을 치는군, 베르투치오」백작은 엄격한 어조로 말했다.「여섯시 반에 식사를 할 수 있도록 하라고 일러두었지. 난 기다리는 건 좋아하지 않는다는 걸 알고 있을 텐데」

백작은 손님들이 기다리고 있는 객실로 돌아왔다. 그리고 베르투치오는 쓰러질 듯 벽에 몸을 기대며 식당으로 갔다.

오 분 후에 객실문 두 개가 열렸다. 베르트치오가 나타났다. 샹티의 바텔과도 같은 필사의 비장한 용기로 그는 말했다.

「식사 준비가 다 되었습니다」

백작은 빌포르 부인에게 팔을 내밀었다.

「빌포르 씨께선」하고 그는 말했다.「당글라르 남작 부인을 부축해 주시지요」

빌포르는 백작의 말을 따랐다. 그리고 일동은 식당으로 건너갔다.

만찬

　식당으로 가면서 손님들은 분명 똑같은 기분에 사로잡혔던 것이다. 그들은 한결같이 그 어떤 기이한 힘에 의해서 이 집으로 오게 됐는지를 머릿속으로 상상하고 있었다. 그러나 이곳에 와서 놀라기도 하고 불안하기조차도 했지만, 안 왔더라면 좋았을 것이라고 생각하는 사람은 없었다.
　그러나 아직 오래되지 않은 교제, 백작의 고립된 이상한 생활, 짐작도 못할 정도의 거의 꾸며낸 이야기 같은 막대한 재산 등을 생각할 때, 남자들은 그를 조심스레 대해야 한다고 생각했고, 여자들은 손님을 맞을 여자가 없는 이런 집에 드나들어서는 안 될 텐데라고 생각하고 있었다. 그러면서도, 남자들은 조심성을 잃고 여자들은 자신들이 지켜야 할 예의에서 벗어난 채, 오직 강한 호기심에만 끌려 이성을 잃어버리고 말았다.

카발칸티 부자까지도, 아버지는 어색해하고 아들은 들까불기만 하지만, 무슨 이유로 이 집엘 이렇게 오게 되었는지는 모르면서, 처음 보는 이 사람들과 함께 만나게 된 일을 그리 이상하게조차 생각지 않는 눈치였다.

당글라르 부인은, 빌포르 씨가 백작의 권유대로 자기의 팔을 잡으러 오는 것을 보고 움찔했다. 빌포르 씨 역시 자기의 팔 위에 남작 부인의 팔이 닿는 것을 느끼자, 금테 안경 밑으로 자기도 모르게 자신의 눈이 떨리고 있는 것을 느꼈다.

백작은 이러한 두 사람의 동요를 어느 하나도 놓치지 않고 다 보았다. 그리고 이렇게 단순히 사람의 짝을 지어놓은 것만으로도 충분히 흥미로울 수 있었다.

빌포르 씨의 오른쪽에는 당글라르 부인이, 그리고 왼쪽에는 막시밀리앙 모렐이 앉게 되었다.

백작은 빌포르 부인과 당글라르 남작 사이에 자리를 잡았다.

그리고 카발칸티 부자 사이에는 드브레가, 빌포르 부인과 모렐 사이에는 샤토 르노가 자리를 잡았다.

식사는 기막혔다. 백작은 파리식 메뉴를 완전히 뒤바꾸어, 손님들의 식욕보다는 차라리 호기심을 끄는 식단을 마련했던 것이다. 동양식 성찬이었다. 그러나 동양식이라고는 하지만, 그것은 어디까지나 아라비아 선녀들의 성찬이라고 말할 수 있는 것이었다.

세계 각처에서 유럽이라는 이 화수분 속으로 가져올 수 있는, 형태나 맛이 조금도 변하지 않은 싱싱한 과일들이 중국 꽃병과 일본제 접시 위에 피라미드 형으로 쌓여 있었다. 반짝반짝하는 아름다운 날갯죽지가 그대로 달린 진기한 새들, 은반

위에 놓인 거대한 물고기, 보기만 해도 맛있을 것같이 보이는 묘한 병에 든 다도해, 중앙 아시아, 남아프리카 산(産)의 여러 가지 술이, 옛날 아피키우스(로마 시대의 유명한 미식가——옮긴이)가 자기 손님들과 즐긴 대향연에서처럼, 지금 이 파리 손님들 앞으로 하나씩 하나씩 나오고 있었다. 이렇게 클레오파트라처럼 진주를 먹거나 로렌초 디 메디치처럼 황금의 용액 같은 것을 마시면, 하루 저녁에 손님 열 사람만 초대해도 1,000루이는 금세 없어지리라는 것을 손님들은 알고 있었다.

 백작은 손님들이 모두 놀라는 것을 보고, 껄껄대며 큰소리로 웃기 시작했다.

 「여러분들은 이 점을 인정하시겠지요. 즉, 재산이 어느 단계에 이르게 되면, 그땐 필요로 하는 것이 단지 낭비뿐이라는 것을 말입니다. 부인들께서도 아시겠지만, 감격이라는 것도 어느 정도까지 가고 보면, 더 이상 바랄 것이라곤 아무것도 없다는 것을 말입니다. 이런 이치를 따지고 보면, 대체 놀라울 게 무엇이겠습니까? 우리가 이해할 수 없는 것, 그것만이 놀라움이 될 뿐입니다. 과연 정말 손에 쥐고 싶은 부(富)란 도대체 어떤 것일까요? 그것은 우리가 손에 잡을 수 없는 것, 바로 그것입니다. 그래서 저는 이해할 수 없는 것을 보는 것, 제 손에 들어올 수 없는 것을 손에 넣는 것을 제 일생 동안의 목적으로 삼고 있습니다. 이런 목적을 달성하는 데 있어서 저는 돈과 의지라는 두 가지 방법을 가지고 있습니다. 저는 한 가지 상상을 추구하는 데 있어선, 여러분과 똑같은 열성으로 임합니다. 예를 들면, 당글라르 씨가 새로운 철도 노선을 만들어보려고 생각할 때의 열성, 빌포르 씨가 한 인간에게 사형을 선고

하려고 할 때의 열성, 드브레 씨가 하나의 왕국을 평정시키려고 할 때의 열성, 샤토 르노 씨가 한 여자의 마음을 사로잡으려고 할 때의 열성, 그리고 모렐 씨가 아무도 타지 못하는 말을 타고 싶어할 때의 열성. 저는 그 열성에 필적할 만한 정열을 가지고 있습니다. 이를테면, 여기 있는 이 물고기 두 마리를 보십시오. 하나는 상트페테르부르크에서 오십 리 떨어진 곳에서, 그리고 또 하나는 나폴리에서 오 리 떨어진 곳에서 태어난 놈입니다. 그런 것들을 같이 식탁 위에 모아놓는다는 것도 재미있지 않습니까?」

「그런데 이 생선들은 무슨 생선들이죠?」 당글라르가 물었다.

「여기 러시아이서 살아보신 샤토 르노 씨가 계시니 이 생선 이름을 아실 테고, 또 저 생선 이름은 이탈리아 분인 카발칸티 씨가 말씀해 주실 겁니다」 하고 백작은 대답했다.

「이건」 하고 샤토 르노가 말했다.

「철갑상어 같은데요」

「그렇습니다」

「그럼, 이건」 이번에는 카발칸티 소령이 말했다. 「내 눈이 틀림이 없다면, 칠성장어일니다」

「맞습니다. 그럼, 이번엔 당글라르 씨, 두 분께 이 고기들은 어디서 잡는 거냐고 물어보실까요?」

「그런데」 샤토 르노가 말했다. 「철갑상어는 볼가 강에서만 잡을 수 있을 텐데요」

「이렇게 큰 칠성장어라면」 하고 이번에는 카발칸티가 말했다. 「푸사로 호수에만 있는 줄 아는데요」

「그렇습니다. 하나는 볼가 강에서, 또 하나는 푸사로에서 온 것입니다」

「그럴 수가!」 손님들은 일제히 소리쳤다.

「바로 그겁니다. 제가 흥미를 느낄 수 있는 건 이런 것이지요」 백작이 말했다. 「저는 네로 같은 사람이지요. cupitor impossibilium(〈불가능한 것을 원하는 사람〉이라는 뜻 —— 옮긴이)입니다. 그리고 여러분이 지금 흥미를 갖는 점 또한 이런 것입니다. 그래서 사실은 농어나 연어만도 못할지 모를 이 고기가 굉장히 맛이 있는 것같이 생각될 것입니다. 다시 말하면, 손에 넣을 수 없는 것이려니 하던 것이 눈 앞에 있고 보니, 그런 생각이 드는 것이지요」

「그런데, 이것들을 어떤 방법으로 파리에 운반해 오셨나요?」

「아! 그야 아주 간단하지요. 둘 다 통 속에 넣어 왔는데, 하나는 강가의 갈대와 강풀을 넣었고, 다른 하나에는 호수의 동심초와 풀들을 가득 넣었습니다. 그래 가지고 특별화차에 실어 왔습니다. 그래서 철갑상어는 이틀 동안, 칠성장어는 여드레 동안 살아 있었지요. 그래서 요리사가 하나는 우유 속에, 또 하나는 포도주 속에 담가서 잡을 때까지 둘 다 죽지 않고 완전히 살아 있었습니다. 당글라르 씨, 믿어지지 않습니까?」

「글쎄요」 당글라르는 여전히 어색한 웃음을 지으며 대답했다.

「바티스탱!」 하고 백작이 말했다. 「남아 있는 철갑상어하고 칠성장어를 가져오도록 하게. 다른 통에 넣어둔 놈들은 아직 살아 있으니까요」

당글라르는 눈이 휘둥그레졌다. 그리고 손님들은 박수를 보냈다.

하인 네 사람이 해초를 채워놓은 통 두 개를 가져왔다. 각각의 통 속에서는 식탁 위에 나온 것과 똑같은 생선들이 한 마리씩 팔딱팔딱 뛰고 있었다.

「왜 똑같은 걸 두 마리씩?」하고 당글라르가 물었다.

「혹시 하나가 죽을지 몰라서요」백작은 선뜻 이렇게 대답했다.

「정말 대단한 분이십니다」하고 당글라르가 말했다. 「철학자들이 아무리 뭐니 뭐니 해도, 역시 돈이 많다는 건 좋군요」

「머리까지 좋으시니 무얼 더 바라겠어요」당글라르 부인이 말했다.

「아니 부인, 그건 과찬이십니다. 이 방법은 로마 사람들이 잘 쓰던 방법이니까요. 그리고 플리니우스(로마의 유명한 박물학자——옮긴이)의 기록을 보면, 그 사람들은 물루스라는 생선을 노예의 머리에 이게 해서 오스티아에서 로마까지 릴레이식으로 보내왔다더군요. 거기 묘사한 것으로 보아서는 그 생선은 아마 만새기 같아요. 그런데 그걸 산 채로 손에 넣는다는 것이 일종의 사치였고, 또 그놈이 죽는 걸 보는 것도 큰 구경거리였답니다. 왜냐하면 죽으면서 서너 번 색깔이 변하는데 그것이 사라져가는 무지개처럼 프리즘에 비치는 갖가지 색깔을 차례차례로 낸답니다. 그리고 난 다음에야 조리장으로 보낸다는 거예요. 그 죽음의 고통을 지켜보는 것이 중요한 것이었죠. 살아 있는 것을 보지 않는다면, 죽고 난 다음에는 가치가 없다는 거지요」

「허!」하고 드브레가 말했다. 「하지만 오스티아에서 로마까지는 칠팔 리 밖엔 안 될걸요」

「그렇습니다」 하고 백작이 말했다. 「그러나 루쿨루스(로마의 장군. 사치스러운 미식가로 이름이 났음—옮긴이)보다 1,800년 늦게 태어난 사람이 그보다 더 심하게 해야지, 그렇게 하지 않으면 무슨 재미가 있겠습니까?」

카발칸티 부자는 눈이 커다래졌다. 그러나 아무 소리도 해서는 안 된다는 생각쯤은 할 수 있었다.

「그저 모든 게 놀랍습니다」 샤토 르노가 말했다. 「무엇보다도 제가 감탄한 것은, 솔직히 말해서 어느 틈에 이렇게 굉장한 준비를 하셨는가 하는 점입니다. 백작께서 이 집을 사신 게 겨우 오륙 일밖엔 안 되지 않습니까?」

「거의 그렇지요」 백작이 대답했다.

「그런데 그 일 주일 사이에 집이 이렇게 몰라보게 변하다니요! 제 기억이 확실하다면 아마 이 집의 입구는 다른 데 있었지요. 앞뜰에는 포석만 깔려 있고 다른 건 아무것도 없었는데, 어느새 잔디가 깔리고 주위에는 백년은 됐음직한 고목들이 삥 둘러서 있으니 말입니다」

「그야, 그건 제가 나무와 그늘을 좋아하니까 그런 거지요」 백작이 말했다.

「정말」 하고 이번에는 빌포르 부인이 말했다. 「전에는 한길로 난 문으로 들어왔는데요. 그리고 제가 기적적으로 백작에게 구출되던 날도, 지금 생각해 보니 한길 쪽으로 들어왔었는데요」

「그렇습니다, 부인」 백작이 대답했다. 「그랬는데, 철문을 통해서 불로뉴 숲을 내다볼 수 있도록 하고 싶어져서요」

「그래서 나흘 사이에 바꾸셨습니까?」 막시밀리앙이 말했다. 「그건 참 놀라운데요!」

「정말 그렇군요」 샤토 르노가 말했다. 「헌 집을 아주 새 집으로 만들어놓으시다니! 기적적인데요! 이 집은 굉장히 낡았었거든요. 사뭇 음침할 정도였으니까요. 지금도 생각나지만, 이삼 년 전에 생메랑 씨께서 이 집을 내놓으셨을 때 어머니가 가보라고 하셔서 와본 일이 있습니다」

「생메랑 씨요?」 빌포르 부인이 물었다. 「그럼, 백작께서 사시기 전에 이 집은 생메랑 씨 것이었나요?」

「예, 그런 것 같습니다」

「그런 것 같다니요? 그럼, 이게 누구의 집인지도 모르고 사셨단 말씀인가요?」

「전 모르죠. 그런 사소한 일은 모두 제 집사가 알아서 처리하는 거니까요」

「정말 이 집에 사람이 간 산 게 벌써 십년은 됐을 겁니다」 샤토 르노가 말했다. 「사실 철문들도 다 잠기고 문도 꽉 닫혀 있고 뜰에는 풀 한 포기 없어서, 보기에도 퍽 쓸쓸했었지요. 그러니, 이 집이 검사 장인의 집만 아니었더라면 무슨 끔찍한 범죄라도 있었던 흉가라고 소문이 났었을 겁니다」

빌포르는, 그때까지 자기 앞에 나온 그렇게 희한한 포도주잔이 서너 개씩 있었는데도 손 하나 대지 않더니, 불현듯 잔 하나를 들어 그 안에 들어 있던 술을 단숨에 죽 마셔버렸다.

백작은 잠시 동안 잠자코 있었다. 그러더가 샤토 르노의 말이 빚어낸 침묵을 깨뜨리며,

「거 참, 이상한데요, 남작」 하고 당글라르 남작에게 말했

다.「제가 이 집에 처음 들어왔을 때도 그와 똑같은 생각을 했습니다. 그땐 집이 하도 음산해서, 만약 제 집사가 사놓지만 않았더라면 안 샀을 거예요. 아무래도 집사란 놈이 공증인한테서 돈이라도 받아먹고 이 집을 산 것 같아요」

「글쎄, 그랬는지도 모르죠」 빌포르는 억지로 웃어보이며 말했다. 「하지만 전 그런 부정은 안 저질렀습니다. 생메랑 후작은 손녀의 지참금 중 일부인 이 집을 팔아버리려고 했었지요. 사람이 살지 않고 그대로 삼사 년만 더 내버려두면, 집이 다 망가지고 말 테니까요」

이번에는 막시밀리앙의 얼굴빛이 변했다. 「더군다나」 하고 백작은 말을 이었다. 「방 하나는 그래요. 겉으로 보기엔 다른 방들과 조금도 다를 게 없는 붉은 다마스크 커튼이 쳐진 평범한 방인데, 웬일인지 퍽 드라마틱해 보였어요」

「그건 또 왜요?」 드브레가 물었다. 「왜 드라마틱해 보이죠?」

「직감적으로 느껴지는 것을 설명할 수가 있을까요?」 하고 백작이 말했다. 「왜 그런지는 몰라도 퍽 쓸쓸해지는 장소가 있잖아요? 그저 어떤 추억에 얽혀서라고 할까 아니면 현재 우리가 있는 시간이나 장소와는 아무 관계도 없는 어떤 다른 시간이나 장소로 우리를 몰아가는 관념의 장난 같은 것 때문이겠지요. 그만큼 그 방은 제게 강주 후작 부인(루이 14세 때 실존했던 여성으로 남편의 형제에게 독살당했다——옮긴이)의 방이나 데스데모나(셰익스피어의 『오셀로』의 여주인공. 남편의 손에 죽는다——옮긴이)의 방을 연상케 합니다. 자, 그럼 식사도 끝났으니, 그 방을 보여 드리지요. 그 다음에 후원으로 내려가 커피를 드십시다. 식사가 끝나면 눈을 즐겁게 해야 하니까요」

 백작은 이렇게 말하며, 눈으로 손님들 의향을 물었다. 빌포르 부인이 자리에서 일어났다. 백작도 일어섰다. 그러자 모두들 그들이 하는 대로 따라 일어섰다.

 빌포르와 당글라르 부인은 마치 못이 박힌 듯이 제자리에서 잠시 움직이지 못했다. 그들은 싸늘하게 말없이 얼어붙은 듯이 서로 눈길을 마주쳤다.

「들으셨어요?」 당글라르 부인이 물었다.

「따라가야 해」 빌포르는 부인에게 팔을 내밀며 이렇게 대답했다.

 사람들은 호기심에 이끌려 집안 여기저기에 흩어져 있었다. 왜냐하면 백작이 지금 말한 그 방뿐 아니라, 궁전으로 변한 이 집의 다른 곳도 구경하게 될 수 있으리라고 생각했기 때문이다. 그리하여 저마다 문이 열려 있는 곳이면 아무데고 다 뛰어들어가 보았다. 백작은 뒤에 처진 두 사람을 기다렸다. 그리고 그 두 사람까지 다 나오자, 빙그레 웃으며 계단 문을 닫았다. 그 웃음을 손님들이 깨달았더라면, 그들은 지금 보러 가는 방에서 느낄 수 있는 공포와는 또다른 공포로 몸을 떨었을 것이다.

 그들은 방들을 두루 돌아다니기 시작했다. 동양풍으로 꾸며 놓은 여러 방들. 방안에는 침대 대신에 소파와 쿠션들이, 그리고 옷장 대신에는 파이프와 무기들이 장식되어 있을 뿐이었다. 옛날 거장들의 유명한 그림들이 벽에 죽 걸려 있는 살롱, 환상적인 구도 위에 기발한 배색을 한 눈부신 중국 천으로 꾸민 부인실, 이러한 방들을 거쳐 마지막으로 문제의 그 방에 다다랐다.

그것은 아주 평범한 방이었다. 다만 날이 어두워졌는데도 불이 켜져 있지 않다는 점, 그리고 다른 방들은 모조리 새로 단장되었는데 그 방만은 오래된 채로 고풍을 그대로 지니고 있다는 점 말고는, 이렇다 할 아무 특징이 없는 방이었다.

그러나 이 두 가지만으로도 그 방은 불길한 느낌을 충분히 뿜어내고 있었다.

「아유!」 하고 빌포르 부인이 소리쳤다. 「정말 무시무시하군요」

당글라르 부인이 무슨 말을 한두 마디 중얼거렸지만, 들리지는 않았다.

여러 가지 의견들이 오갔지만, 붉은 다마스크 커튼을 친 이 방은 정말 기분 나쁜 생각이 든다는 것이 중론이었다.

「그렇지요?」 하고 백작은 말했다. 「이 침대의 위치를 좀 보십시오. 이상하게 놓여 있지요? 그리고 커튼은 또 얼마나 음침한지, 색깔이 꼭 핏빛 같지 않습니까! 게다가 습기 때문에 빛이 바랜 이 파스텔 초상화 두 장은, 창백한 입술과 무시무시한 눈으로 꼭 〈난 보았다!〉 하고 말하는 것 같지 않아요?」

빌포르는 새파랗게 질려 있었다. 당글라르 부인은 벽난로 옆에 놓인 소파에 털썩 주저앉고 말았다.

「오!」 하고 빌포르 부인이 당글라르 부인에게 웃으면서 말했다. 「부인은 어쩌면 살인이라도 났을지 모르는 그 의자에 그렇게 앉으실 용기가 있으세요?」

당글라르 부인이 그 소리에 벌떡 일어섰다.

「게다가」 하고 백작이 말했다. 「그뿐인 줄 아십니까?」

「그럼, 뭐가 또 있습니까?」 드브레가 물었다. 그도 당글라르 부인의 동요를 눈치 챌 수 있었다.

「그밖에 또 어떤 것이 있지요?」 당글라르가 물었다.

「저에겐 아직은 뭐 별로 대단하게 생각되는 것이 없으니 말입니다. 카발칸티 씨는 어떻게 생각하시나요?」

「오!」 하고 카발칸티는 말했다. 「저희 나라엔 우골리노 다 피사(피사 시의 폭군. 결국 반대파에 잡혀 자식들과 함께 탑에 유폐되어 죽었다――옮긴이)의 탑이라는 것이 있고, 페라라에는 타소(잔혹하기로 이름난 16세기 이탈리아의 유명한 시인――옮긴이)의 감옥이 있으며, 리미니엔 프란체스카와 파올로의 방(단테 『신곡』 중의 유명한 한 구절. 프란체스카와 파올로와의 비련이 싹텄다는 방――옮긴이)이라는 것이 있지요」

「그렇지요. 그러나 당신네 나라에는 이런 비밀 계단은 없을 겁니다」 하며, 백작은 커튼 뒤에 숨겨진 작은 문을 열어보였다. 「이걸 좀 보십시오. 그리고 감상 좀 말씀해 보실까요?」

「정말 기분 나쁜 나선형 계단이로군요!」 샤토 르노가 웃으면서 말했다.

「전 키오스의 포도주를 마셔서 기분이 이상해졌는지는 몰라도, 어쩐지 이 집은 전체가 어둠침침해 보이는군요」

막시밀리앙 모렐은, 발랑틴의 지참금 얘기가 나온 이후로는 시무룩해져서 한마디도 하지 않았다.

「어떻습니까?」 하고 백작은 말을 이었다. 「오셀로라든가 강주 사제(앞에 나온 강주 후작 부인을 독살한 시동생――옮긴이) 같은 사내가, 곧 소낙비라도 몰아칠 듯한 캄캄한 밤에, 무엇인가 불길한 짐을 안고 하느님의 눈이나 사람의 눈을 피해서, 이 계단을 하나씩 하나씩 내려오는 모습 같은 게 상상이 안 되십니까?」

당글라르 부인은 빌포르의 팔에 매달린 채 반은 혼이 나간 듯한 모습이었다. 빌포르 역시 벽에 몸을 기대지 않고서는 서 있을 수가 없었다.

「아니, 부인!」 드브레가 소리쳤다. 「왜 그러십니까! 얼굴빛이 나빠 보이는군요」

「예」 하고 빌포르 부인이 말했다. 「그건 백작께서 저희들을 무서워 못 견디게 만드시려고 그런 무시무시한 얘기를 해주셨으니까 그렇죠」

「그래」 빌포르가 말했다. 「정말 백작 말씀은 부인들이 무서워할 만합니다」

「왜 그러세요?」 드브레가 당글라르 부인에게 나지막한 소리로 물었다.

「아무것도 아니에요」 당글라르 부인이 겨우 대답했다. 「그저 바람이 쐬고 싶을 뿐이에요」

「그럼 후원으로 내려가 보실까요?」 드브레는 부인에게 팔을 내밀고 비상 층계 쪽으로 가며 말했다.

「아니에요」 당글라르 부인이 말했다. 「그냥 여기 있는 게 좋겠어요」

「부인, 정말」 하고 백작이 물었다. 「그 얘기가 그렇게 무서우십니까?」

「아뇨」 하고 당글라르 부인이 대답했다. 「그렇지만, 꼭 그런 일이 정말로 있었던 것같이 생생하게 말씀하셔서」

「아, 그랬던가요?」 하고 백작은 웃으면서 대답하였다. 「하지만 그건 순전히 상상해서 만들어낸 얘깁니다. 반대로 이 방을 선량하고 정숙한 어머니의 방이라고도 생각할 수도 있지 않습니까? 새빨간 커튼을 내린 침대는, 여신 루키나(출산의 여신 ――옮긴이)가 찾아온 곳이라고 치고, 그리고 이 이상한 계단은 회복하기 위해 잠자는 산모를 깨우게 될까 봐 의사나 간호사라든가, 또는 잠든 아기를 몸소 안은 아기 아버지가 조용히 살짝 드나들던 계단이라고도 생각해 볼 수 있지 않습니까?」

이번에는 당글라르 부인은 그 부드러운 묘사에 다음을 가라앉히기는커녕, 신음 소리를 내더니 완전히 정신을 잃고 말았다.

「당글라르 부인이 편치 않으신 모양이니」 하고 빌포르는 중얼거렸다. 「마차로 옮기는 게 좋을 것 같습니다」

「원 저런!」 하고 백작은 말했다. 「내가 약병을 잊어버리고 왔군!」

「제가 가져왔습니다」 빌포르 부인이 말했다.

부인은 빨간 액체가 가득 든 약병을 백작에게 내주었다. 그것은 백작이 에두아르에게 먹여서 효과를 보았던 그 약과 같은 것이었다.

「아!」 백작은 빌포르 부인의 손에서 약병을 받아 들면서 말했다.

「네, 그래요」 하고 부인이 나직하게 말했다. 「백작께서 처방해 주신 대로 해보았지요」

「그래, 성공하셨습니까?」

「그런 것 같은데요」

당글라르 부인은 옆방으로 옮겨졌다. 백작은 부인의 입술에 빨간 물약을 한 방울 떨어뜨렸다. 부인은 다시 정신이 들었다.

「오!」하고 부인은 말했다.「아주 무서운 꿈을 꾸었군요!」

빌포르는 꿈을 꾼 것이 아니라는 사실을 부인이 깨닫게 하기 위해 그녀의 팔목을 꽉 잡았다.

모두들 당글라르 씨를 찾았다. 그러나 시적인 감상에는 전혀 둔한 그는 후원으로 내려가 카발칸티 소령과 리보르노, 피렌체 간의 철도에 대한 계획을 이야기하고 있었다.

백작은 미안해하는 것 같았다. 그는 당글라르 부인의 팔을 잡고 후원으로 나갔다. 당글라르 씨는 카발칸티 부자 사이에 끼어서 커피를 마시고 있었다.

「정말 그렇게까지」하고 백작은 여자에게 말했다.「제 얘기가 무서우셨습니까?」

「아닙니다. 하지만 아시겠지요? 얘기란 듣는 사람의 기분에 따라서 여러 가지 방향으로 들린다는 걸 말이에요」

빌포르는 억지로 웃음을 띠며,「그렇지요」하고 그는 말했다.「조그만 상상이라든가 꿈같은 얘기로도 그만……」

「아니」하고 백작은 말했다.「믿으시건 안 믿으시건 간에, 저는 꼭 이 집에서 어떤 범죄가 일어났었다고 믿고 있습니다」

「조심하셔야 합니다」빌포르 부인이 말했다.「여기 검사가 계시니 말씀이에요」

「정말 그렇군요」백작이 말했다.「그러니 오히려 잘됐습니다. 제가 고발을 하겠습니다」

「고발이라니요?」빌포르의 말이었다.

「네, 증인들을 앞에 놓고 말입니다」

「그거 아주 재미있는데요」하고 드브레가 말했다.「만약에 정말로 범죄가 일어났었다면, 어디 한번 파헤쳐 보아야겠군요」

「범죄가 있었습니다」 백작이 말했다. 「모두들 이리로 오십시오, 빌포르 씨도. 고발이 법적 효력을 가지려면 빌포르 씨에게 고발을 해야 할 테니까요」

백작은 빌포르의 팔을 잡았다. 그리고 자기 팔 밑에 당글라르 부인의 팔을 끼고 빌포르를 그늘이 가장 짙은 그 플라타너스 밑으로 데리고 갔다.

다른 손님들도 그뒤를 따라 나섰다.

「자」 하고 백작이 말했다. 「바로 여깁니다. (그는 발로 땅을 굴렀다.) 이미 고목이 다 된 이 나무들을 다시 살려보려고 땅을 파고 비료를 묻도록 했지요. 그런데 인부들이 땅을 파다가 금고라고 할까, 아구튼 금고의 철판을 발견했습니다. 그런데 그 철판 속에서 갓난애의 뼈가 나오질 않았겠습니까. 그것만은 환상이 아니란 말씀입니다」

백작은 당글라르 부인의 팔이 뻣뻣하게 얼어붙고 빌포르의 팔목이 떨리는 것을 느꼈다.

「갓난애라고요?」 드브레가 말했다. 「저런! 그건 심상치 않은데요」

「그것 봐!」 샤토 르노가 말했다. 「내가 아까 뭐라고 그랬나. 집이라는 것도 사람과 마찬가지로 영혼과 얼굴을 가지고 있어서, 표정에 그 속이 다 나타난다고 하지 않았어! 이 집이 슬퍼 보이는 것도, 뭔가 이 집이 후회하고 있어서 그런 거야. 범죄가 숨겨져 있으니 그럴수 밖에!」

「하지만, 그게 범죄인 줄 누가 압니까」 빌포르가 마지막 힘을 다해서 말했다.

「아니! 그럼 산 채로 어린애가 매장된 것이 범죄가 아니란 말씀인가요?」 백작이 외쳤다. 「그럼, 그런 행위를 검사께선 뭐라고 하시죠?」

「그러나 산 채로 묻었다는 걸 어떻게 아느냐는 말씀이에요」

「죽은 아이라면 왜 여기다 묻었겠습니까? 이 정원은 무덤이 아닌데」

「이 나라에선 영아 살해자를 어떻게 처벌하나요?」하고 카발칸티 소령은 순진하게 물었다.

「오! 두말할 나위 없이 단두대지요」 당글라르가 대답했다.

「단두대라고요」 카발칸티가 말했다.

「저도 그런 줄로 아는데요. ……안 그렇습니까, 빌포르 씨?」 백작이 물었다.

「그렇습니다」 빌포르가 대답했다. 그 어조에는 인간적인 면이라곤 전혀 찾아볼 수 없었다.

백작은 그가 마련한 이 연극을 그들이 더 이상 감당할 수 없으리라는 것을 알았다. 그리고 우선은 그 정도로 해두자는 생각에서 이렇게 말했다.

「아, 참! 커피를 드십시다, 여러분. 커피를 깜빡 잊고 있었군요」

그리고 그는 잔디밭 한가운데에 준비된 테이블로 손님들을 안내했다.

「정말」하고 당글라르 부인은 입을 열었다. 「제가 너무 신경이 약해서 부끄럽습니다. 하지만 얘기가 너무나 무시무시해서, 그만 정신이 다 아찔했었어요. 이젠 저도 의자에 앉겠어요」

그리고 나서 부인은 의자에 앉았다.

백작은 부인에게 허리를 굽힌 후 빌포르 부인에게로 갔다.
「당글라르 부인에겐 아까 그 약을 좀더 드려야 할 것 같아요」
그러나 빌포르 부인이 당글라르 부인에게로 채 가까이 오기도 전에, 검사는 이미 당글라르 부인에게 귓속말 몇 마디를 했다.
「할 얘기가 있소」
「언제요?」
「내일」
「어디서죠?」
「내 사무실에서……. 검사실이면 좋겠소. 거기가 제일 안전하니까」
「그러죠」
바로 그때 빌포르 부인이 가까이 왔다.
「고마워요, 부인」 당글라르 부인이 억지로 미소를 지어보이며 말했다. 「이젠 괜찮은 걸요. 기분이 다 나았어요」

거지

 밤이 깊어갔다. 빌포르 부인은 파리로 돌아가고 싶다고 말했다. 당글라르 부인은 확실히 기분이 좋지 않았지만 차마 그 말은 하지 못했다.
 아내의 요구대로 빌포르가 제일 먼저 돌아가자고 제의했다. 그는 당글라르 부인에게, 자기 아내가 보살펴줄 테니 자신의 마차에 타라고 권했다. 한편 당글라르 씨는 카발칸티 씨와 사업 얘기하는 데 열중해 있었기 때문에, 그날 저녁에 일어난 일에는 관심조차 기울이지 않았다.
 백작은, 빌포르 부인에게 약병을 가져오게 하면서도, 그 사이에 빌포르 씨가 당글라르 부인에게 다가가는 것을 놓치지 않고 보고 있었다. 그리고 마침 유리한 위치에 있었기 때문에, 그는 빌포르 씨가 아주 낮은 소리로 당글라르 부인에게도 들릴락 말락 하게 한 말을 짐작할 수가 있었다.

그는 손님들이 채비하는 대로 내버려두고, 또 모렐과 드브레, 그리고 샤토 르노는 갈을 타고, 부인들은 빌포르 씨의 마차를 타고 떠나는 것을 그대로 보고만 있었다. 당글라르는 카발칸티 소령의 얘기에 점점 더 마음이 끌려서, 그에게 자기 마차를 같이 타고 가자고 말했다.

한편 안드레아 카발칸티는 문 앞에서 기다리고 있는 이륜마차 쪽으로 갔다. 영국식으로 차린 마부가 장홧발 끝으로 서서 말을 지키고 있었다.

안드레아는 식사중에는 별로 말을 하지 않았다. 퍽 영리한 이 청년은 돈 많고 권력 있는 사람들만 모인 가운데에서 서투른 소리나 하게 되면 어쩌나 걱정이 되었던 것이다. 게다가 손님들 중에는 검사도 있다는 것을, 눈을 크게 뜬 그 청년이 허투루 놓쳤을 리가 없었다.

또 그는 당글라르 씨에게 꼭 붙잡혀 있었던 것이다. 목이 뻣뻣한 노소령과 아직도 쭈볏쭈볏해하는 그 아들을 한번 쓱 본 뒤 당글라르는 몬테크리스토 백작의 초대를 받았으니 이들은 분명히 굉장한 부호일 것이고, 그 아비가 하나밖에 없는 아들을 파리 사교계에 내놓기 위해 여기에 온 것이라고 생각했던 것이다. 그래서 그는 형언할 수 없이 즐거운 마음으로, 소령의 손가락에서 번쩍거리고 있는 다이아몬드를 바라보고 있었다. 소령은 조심성이 많고 세상을 잘 아는 사나이였기 때문에, 은행권을 가지고 있다가는 혹시 무슨 일이라도 생기지 않을까 두려워 돈을 당장 물건으로 바꾸어놓았던 것이다. 식사가 끝나자, 사업과 여행 얘기를 핑계삼아 카발칸티 부자에게 그들의 생활 방식을 이것저것 물어보았다. 아버지 카발칸티는 4만 8,000프랑의 보증 수표를, 아들은 해마다 5만 프랑을 당글라르 은행에서 지불받게 되어 있었으므로, 그들 부자 역시 되도록 상냥하고 싹싹하게 이 은행가를 대해 주었다. 그의 하인들과도 악수하려고 할 정도였다. 두 사람은 그 정도로 은행가의 마음을 살 필요가 있다고 생각했던 것이다.

더욱이 어떤 한 가지 점이, 카발칸티에 대한 당글라르의 존경을, 아니 존경이라기보다는 차라리 숭배에 가까운 기분을 한층 더하게 했다. 호라티우스의 nil admirari(〈어떠한 일에도 놀라지 않는다〉는 말——옮긴이)를 신조로 삼고 있었던 카발칸티는 최상품의 칠성장어가 잡히는 호수 이름을 대고 난 뒤, 자신의 지식을 과시한 것에 대해 만족감을 느끼고 있었다. 그래서 자기 몫으로 온 칠성장어를 먹으면서도 말 한마디 하지 않았다. 그것을 본 당글라르는 이런 종류의 사치는 카발칸티 가의 후예에게는 조금도 신기할 것이 못 된다는 결론을 내렸던 것이다. 또 그는, 마치 백작이 푸사로 호수에서 칠성장어를 잡아 오고, 볼가 강에서 철갑상어를 갖다 먹는 것과 마찬가지로, 카발칸티는 루카에서 스위스로부터 송어를 가져오고, 브르타뉴에서 대하(大蝦)를 실어다 먹을 것이라고도 생각했다. 그래서 카발칸티가 한 다음과 같은 말을 아주 정중하게 받아들였다.

「내일 사무적인 일로 댁을 방문하겠습니다」

「기꺼이 기다리겠습니다」

그러고 나서 그는 카발칸티에게 아드님과 따로 가도 괜찮다면, 자기가 프랑스 호텔까지 바래다주겠다고 말했다.

이 말에 카발칸티는, 이미 오래전부터 아들에게 청년다운 생활을 시켜왔으며, 또 자기 말과 마차를 따로 가지고 왔고, 올 때도 같이 오지는 않았으니 따로따로 돌아가도 괜찮다고 대답했다.

이렇게 해서 소령은 당글라르의 마차를 탔다. 그리고 은행가가 그의 옆자리에 앉았다. 은행가는, 카발칸티가 아들에게 해마다 5만 프랑씩 주는 것을 보니, 연 수입이 적어도 5,60만 프랑은 될 거고, 또 그가 질서와 절제를 아는 사람이라고 생각되자 점점 더 그에게 반해 버렸던 것이다. 한편 안드레아는 어디까지나 점잖은 티를 내기 위해서, 우선 마부에게 호통을 쳤다. 현관 앞까지 모시러 오지 않고 문 앞에서 기다리고 있었기 때문에, 자기가 기류 마차를 타기 위해 몸소 30보나 걸어야 했다는 이유에서였다.

마부는 공손히 주인의 꾸지람을 들으며, 발을 구르며 서두르는 말을 달래느라고 왼손으로는 재갈을 붙잡고 오른손으로는 고삐를 안드레아에게 내주었다. 안드레아는 고삐를 잡은 뒤, 가볍게 에나멜 장화를 발판 위에 올려놓았다.

바로 그때, 누군가가 그의 어깨 위에 손을 얹어놓았다. 안드레아는 당글라르나 몬테크리스토 백작이 무엇인가 할말을 잊다가, 막 떠나려는 순간에 그 말을 하러 온 줄 알고 돌아보았다.

그러나 그 손의 주인공은, 당글라르도 백작도 아니었다. 그의 눈앞에 서 있는 것은, 햇볕에 그을고 얼굴 주위 수염이 삥 둘러난 이상한 얼굴이었다. 석류석과 같이 빛나는 눈을 가진 그 얼굴은 비웃는 듯한 웃음을 띠고 있었다 그리고 그 입속에서는 빠진 데 없이 쭉 고르게 놓인 서른두 개의 이가 빛나고 있었다. 그 이들은 마치 이리나 재칼의 이처럼 뾰족하고 굶주린 듯했다.

먼지투성이의 뿌연 머리 위에는 네모진 빨간 수건이 얹혀 있었다. 몹시 더럽고 찢어져 너덜너덜한 작업복이 비쩍 마르고 뼈만 남은 사나이의 몸뚱이를 가리고 있었다. 그의 울퉁불퉁한 뼈들은 마치 해골처럼, 걸어 다닐 때 삐걱삐걱 소리라도 낼 것 같았다. 그래서 안드레아의 어깨 위에 얹혀 있는, 그의 눈에 제일 먼저 들어온 그 손도 무지무지하게 커보였다. 마차 불빛에 비친 그 사나이의 얼굴을 알아보았기 때문인지, 아니면 단지 그 무시무시한 형상에 가슴이 섬뜩해졌기 때문인지는 모르겠지만, 아무튼 안드레아는 몸서리를 치더니 후다닥 뒤로 물러섰다.

「뭐냐?」 하고 안드레아는 물었다.

「미안합니다, 나리」 하고 그 사나이는 머리에 쓴 붉은 수건에 잠깐 손을 갖다 대면서 말했다. 「폐가 되겠지만, 잠깐 드릴 말씀이 있어서요」

「밤에 구걸하는 놈이 어디 있어」 하고 마부는 이 불청객의 손에서 주인을 빼내려고 하며 말했다.

「이 친구야, 난 구걸을 하는 게 아냐」 이상한 사나이는 비꼬는 듯한 웃음을 지으며 마부에게 말했다. 마부는 그 웃는 표정에 가슴이 섬뜩해져서 얼른 뒤로 물러섰다. 「난 지금 나리께 할 얘기가 있어서 그러는 거야. 이 주일 전에 나한테 부탁하신 일이 있거든」

「여봐, 여봐」 하고, 안드레아는 자신의 동요를 마부가 눈치채지 못하게 제법 힘있는 어조로 말했다. 「무슨 일이야? 얼른 말해!」

「저…… 저……」 하고 붉은 수건을 쓴 사나이는 아주 낮은 목소리로 말했다. 「한 가지 부탁할 말이 있어서 그러는 거야. 파리까지 걸어가지 않도록만 해주면 안 될까? 내가 너무 지쳐 있어서 그래. 너처럼 잘 얻어먹지도 못했으니, 이렇게 서 있기도 힘이 들 지경이야」

안드레아는 상대방의 이러한 허물없는 말투에 깜짝 놀랐다.
「그래, 어쩌자는 거야?」 하고 그는 물었다.
「음, 저 근사한 마차에 날 태워서 데려다 달라는 얘기지」
안드레아의 얼굴은 새파랗게 질렸다. 그러나 그는 아무 대답도 하지 않았다.

「그래」 하고, 붉은 수건을 쓴 사나이는 주머니에 손을 지른 채 도전적인 눈으로 안드레아를 쳐다보며 말했다. 「그러려고 온 거야. 알겠나, 베네데트」

베네토라는 이름이 나오자, 안드레아는 여러모로 생각한 끝에 마부에게 가서 이렇게 말했다.

「사실 내가 저 친구한테 심부름을 시켰던 일이 있어서, 지금 그 결과를 보고하러 온 거야. 그러니, 넌 시문(市門)까지 걸어가도록 해라. 거기 가서 마차를 잡아타고 너무 늦지 않게 돌아오도록 해라」

마부는 깜짝 놀라며 물러갔다.
「자, 어두운 데로 가자」 안드레아가 말했다.
「장소는 내가 택할 테니 따라만 와」 하고 붉은 수건의 사나이는 말했다.

사나이는 말의 재갈을 붙잡고, 컴컴한 곳으로 마차를 끌고

거지 413

갔다. 과연 그 장소라면 안드레아가 그 사나이에게 당하는 광경이 누구의 눈에도 뜨이지 않을 수 있었다.

「아, 난」하고 사나이는 계속해 말했다. 「이런 근사한 마차를 타 보고 싶다는 게 아냐. 단지 내가 너무 지쳐서 그러는 거야. 그리고 너하고 일에 관해 할 얘기도 좀 있고」

「자, 어서 타시지」하고 안드레아가 말했다.

낮이 아니어서 유감이었다. 왜냐하면 젊고 고상한 안드레아는 마차를 몰고 그 옆에 부랑배가 수가 놓인 쿠션 위에 당당히 앉아 있는 풍경이야말로 가관이었기 때문이다.

안드레아는 마을을 다 빠져나올 때까지, 말 한마디 않고 말을 몰았다. 사나이는 이런 훌륭한 마차를 타고 산책하는 것이 신이 나는 듯, 싱글싱글하면서도 입은 다물고 있었다.

일단 오퇴유를 벗어나자, 안드레아는 아무도 자기네들을 보지도 듣지도 못할 것이라는 것을 확인하기 위해서인지 주위를 한번 둘러보았다. 그러더니 마차를 멈추고 붉은 수건을 쓴 그 사나이 앞에서 팔짱을 끼었다.

「그런데」하고 그는 말했다. 「왜 귀찮게 구는 거요?」

「그럼, 넌 왜 나를 경계하는 거냐?」

「내가 뭘 경계했다는 거요?」

「뭘 그러느냐고? 그걸 말이라고 묻니? 우리가 바르 교(橋)를 떠날 때, 너는 피에몬테와 토스카나로 간다고 하지 않았어? 그런데 엉뚱하게 파리로 오다니!」

「그래서, 뭐 안 된 거라도 있소?」

「천만에! 오히려 그쪽이 날 더 도와주게 될 것 같아」

「홍!」 안드레아가 말했다. 「그러니까 날 이용해 보겠다는 말씀이시군!」

「그래, 너 말 한번 잘했다」

「하지만, 그건 잘못 생각한 거요. 카드루스 씨. 그러니까 내가 미리 말하지 않았소?」

「여봐, 화 낼 필요는 없어. 그런데 너도 불행이라는 게 어떤 건지를 알아두어야 해. 불행해지면 샘이 생기는 거야. 난 네가 안내자가 돼서 피에몬테나 토스카나를 돌아다닐 걸로만 생각하고 있었거든. 난 너를 친자식처럼 생각하고, 진심으로 동정하고 있지 않았니? 너도 알지, 내가 늘 널 내 자식이라고 부르던 걸 말이다」

「그래? 그래서?」

「가만있어」

「가만있지 않소? 그러니, 어서 할 얘기나 다 해보구려」

「난 네가 마부가 끄는 마차를 타고 새옷을 쏙 빼입고 봉좀 문 앞을 지나가는 것을 대번에 알아보았단 말야. 굉장하던데! 금광이라도 찾아냈나? 아니면 주식 중개인의 주식이라도 샀나?」

「그러니까, 아까 말한 대로 내가 이렇게 돼서 샘이 났단 말이군?」

「아니지, 난 아주 기분이 좋아. 그래서 축하라도 해주려고 했던 거야. 그러나 난 이렇게 옷도 제대로 못 입었으니, 잘못하다간 네 명예를 손상시키게 될까 봐 기회를 봐서 온 거야」

「기회를 봐서 왔다는 게 이 모양이구려」 하고 안드레아가 말했다. 「그래서 나 마부 앞에서 말을 걸어왔구먼!」

「무슨 소리야? 널 붙잡을 수 있을 때 말을 걸어봐야 할 게 아냐? 네 말은 굉장히 빠르고 마차도 가볍겠다. 게다가 넌 뱀장어같이 워낙 미끄러운 놈이니까, 만약 오늘 밤에 널 붙잡지 못했다면, 까딱하단 다신 만날 수 없었을걸」

「자, 보다시피 난 숨어 다니진 않아요」

「넌 행복한 놈이야. 안 그래도 그렇게 말해 주려고 했었어. 난 숨어 다니는 놈이야. 난 네가 나를 알아보지 못할까 봐 걱정했었는데, 네가 날 알아보았던 거지」하고 카드루스는 기분 나쁜 웃음을 띠며 덧붙여 말했다.「넌 정말 착하거든」

「그런데」하고 안드레아가 말하였다.「용건은 뭐요?」

「너, 내게 말을 높이는데, 옛날 친구끼리 그러는 건 좋지 않아, 베네데토. 조심해. 안 그러면 까다로워지는 수가 있어」

이 위협에는 안드레아도 화를 가라앉히지 않을 수 없었다. 위압의 바람이 그 위로 휙 지나갔다.

그는 다시 말을 몰았다.

「카드루스」하고 그는 말했다.「너야말로 옛날 친구를 대하는 태도가 틀려 먹었는걸. 너는 마르세유 태생이고, 난……」

「그래, 어디서 났는지 이제 알았단 말이냐?」

「몰라. 하지만 난 코르시카에서 자랐어. 넌 늙은 데다 고집도 세지만, 난 젊고 굽힐 줄을 모르는 놈이야. 그러니까 우리 같은 사이엔 공갈 같은 건 통하지 않아. 만사를 잘 타협해 보는 게 어때? 넌 평생 가도 운이 나쁜데, 나한테는 운이 트인 게, 그게 내 잘못이야?」

「그럼, 진짜로 수가 생겼단 말이지? 그럼, 마부며 그 옷들도 모두 세낸 게 아니란 말야? 기가 막힌데!」카드루스는 부러운 듯이 눈을 번득이며 말했다.

「홍, 대번에 보고 아셨을 텐데! 그러니까, 날 따라온 게 아냐?」 안드레아는 점점 흥분하기 시작했다. 「만약 내가 너처럼 붉은 수건을 쓰고, 어깨엔 누더기 작업복을 걸치고, 뚫어진 신발을 신고 있었다면, 아마 너도 날 아는 체도 안했을걸」

「너, 날 무시하는데, 그건 안 되지. 이렇게 내가 널 일단 찾아냈으니, 나는 남들처럼 엘뵈프 양복을 입게 되는 거지. 넌 마음이 좋다는 걸 내가 아니까. 옷 두 벌을 가졌다면 하나는 날 주겠지. 난 네가 배고팠을 때 내 수프와 콩을 나누어주었으니까」

「그건 그랬지」 안드레아가 말했다.

「그땐 잘도 먹더니! 지금도 식욕이 그렇게 좋은가?」

「좋지」 안드레아가 웃으면서 대답했다.

「지금 초대받고 나온 공작 집에서도 실컷 먹었겠군」

「공작이 아냐, 그저 백작이지」

「백작이라? 그럼 돈도 많겠네?」

「그래. 하지만 함부로 검벼들 곳은 못 돼. 보통 사람이 아니니까」

「염려 마! 그 백작한테 어쩌자는 게 아냐. 그 친구는 너 혼자서 맡아도 좋아. 그러나」 카드루스는 전에도 그 입술 위를 스쳐간 기분 나쁜 웃음을 지으며 말을 이었다. 「그 대신 뭘 좀 줘야 해」

「뭘?」

「그저 한 달에 100프랑만 있으면……」

「그래서?」

「살긴 하겠는데……」

「100프랑이라고?」

「말을 끝까지 들어봐」

「그럼, 뭘 더 원해?」

「150프랑이면 아주 좋겠는데」

「자, 200프랑」하고 안드레아가 말했다. 그리고 카드루스의 손에 금화 10루이를 쥐어주었다.

「고마워」카드루스가 말했다.

「매달 초하루에 문지기한테 와서 받아 가, 그만큼은 줄 테니」

「여봐, 너 또 날 창피주려고 그러는구나」

「뭐?」

「날 하인과 상대하게 하겠다니 말야. 그건 안 되겠는데. 난 너하고만 상대하겠어」

「그래 좋아! 와서 날 찾아. 매달 초하루에 나한테 돈이 들어오는 한, 너한테도 줄 테니까」

「됐어! 역시 내 눈은 틀림없단 말야. 넌 참 훌륭한 청년이야. 그러니, 너 같은 사람한테 수가 생긴다는 건 순전히 하느님의 은혜지. 자 그럼, 어쩌다가 이렇게 수가 트였는지, 얘기 좀 해보지」

「그건 알아서 뭘 하게?」

「허어! 또 날 경계하는군!」

「그렇진 않아. 그럼, 얘기하지. 아버지를 찾았어」

「진짜 아버지야?」

「흠! 계속 돈을 대주기만 하면 말야」

「그래, 그치를 믿고 숭배한단 말이지. 좋아, 그런데 이름이

뭐래?」

「카발칸티 소령」

「저쪽에서도 네가 마음에 들었나?」

「지금까지는 그런 것 같은데」

「누가 그치를 만나게 해주었지?」

「몬테크리스토 백작」

「지금 갔다 온 그 집 주인?」

「그래」

「그럼, 날 할아버지라그 하고 그 집으로 데려다 주면 안 돼?」

「좋아, 한번 얘기해 보지. 그런데 앞으로 뭘 어쩌려고 그러는 거지?」

「나 말야?」

「응」

「그런 것까지 걱정해 즈니 고마운데」하고 카드루스는 말했다.

「너도 내 일에 관심을 가지고 알아내려고 했으니」하고 안드레아가 말했다. 「나도 네 얘길 들어봐도 되겠지」

「암……. 난 번듯한 집의 방 하나를 빌려서 의젓하게 옷을 입고, 날마다 면도를 하고, 카페에 가서 신문이나 읽을 거야. 저녁에는 오페라 극장에나 가고. 이를테면, 은퇴한 빵집 주인 같이 사는 거지. 그게 내가 원하는 거야」

「좋아! 네가 그 계획을 실행에 옮기고 점잖게만 굴면 만사 잘 되겠지」

「제법 설교조로군!…… 그래, 넌 뭐가 되는 거지?…… 프랑스 귀족이라도 되는 거냐?」

「흥! 알 수 없지」

「카발칸티 소령이라는 자는 귀족이겠지?…… 그러나 불행히도 세습 제도는 이젠 없어져 버렸으니」

「정치적인 얘기는 그만두시지! 자, 카드루스……. 이젠 소원대로 다 된 거고, 여기까지 같이 왔으니 내려서 꺼져버리시지」

「안 되겠어」

「뭐라고? 안 되겠다고?」

「생각을 좀 해보란 말야. 머리엔 붉은 수건을 쓰고, 신발도 맨발이나 다름없고, 여권도 없지. 전부터 갖고 있던 건 별도로 하더라도, 내 주머니에는 나폴레옹 금화 한 닢, 그러니까 꼭 200프랑이 있어. 그러니 시문(市門) 앞에선 틀림없이 붙잡힐 거야. 그렇게 되면 신분을 증명하느라고 난 이 나폴레옹 금화는 너한테서 받았다고 말할 수밖에 없거든. 그렇게 되면 당장 신원 조회다, 조사다 해서 내가 툴롱 감옥을 도망쳐 나왔다는 게 드러날 거란 말야. 그럼, 결국 경찰에서 경찰로 넘어가, 지중해 연안까지 도로 끌려간단 말야. 그렇게 되면, 다시 옛날의 106호 죄수가 되는 거지. 그리고 은퇴한 빵집 주인이라는 꿈은 수포로 돌아가고! 안 그래? 난 그건 싫어. 난 점잖게 파리에 있을 테야」

안드레아는 얼굴을 찌푸렸다. 스스로 생각해 봐도, 자신은 카발칸티 소령의 가짜 아들로서 제법 의지가 강한 사람이었다. 그는 잠깐 차를 멈추고 주위를 한번 휙 살펴보았다. 그러고 나서, 아무렇지도 않게 손을 조끼 주머니에 넣어 포켓용 권총의 방아쇠를 더듬었다.

한편 안드레아의 거동을 놓치지 않고 본 카드루스는, 그 역시 두 손을 등뒤로 돌려, 만일의 경우에 대비해 늘 지니고 다니던 긴 스페인 나이프를 슬그머니 뽑았다.

서로를 잘 아는 두 사람인지라, 그들은 곧 상대방의 속셈을 알아차렸다. 안드레아는 자연스럽게 주머니에서 손을 뽑아 자신의 갈색 수염을 슬슬 문질렀다.

「자, 카드루스」 하고 그는 말했다. 「이제는 잘 살게 되는 거지?」

「할 수 있는 대로 해볼 셈이야」 하고 퐁뒤가르의 여관 주인 카드루스는 칼을 칼집에 꽂으며 말했다.

「자, 그럼 같이 파리로 들어가지. 그런데 어떻게 시문을, 의심을 안 받고 통과한다? 글쎄, 그런 꼴로는 걸어가는 것보다 마차를 탄 게 더 위험하지 않을까?」

「가만있어」 카드루스가 말했다. 「넌 보기만 해」

그는 안드레아의 모자를 벗겨 쓰고, 마차에서 쫓겨난 마부가 제자리에 놓고 간 망토를 집어 자기 어깨에 걸쳤다. 그러고는 마치 주인이 손수 모는 마차를 탄 양반집 하인 같은 포즈를 취했다.

「그럼, 난 모자도 안 쓰고 가란 말인가?」 안드레아가 물었다.

「흥」 카드루스의 말이었다. 「바람이 이렇게 세니, 바람에 날린 줄 알 게 아냐?」

「그래, 가보지」

「뭘 기다리는 거야?」 카드루스가 물었다. 「나 때문이 아니길 바라네」

「쉬!」안드레아가 말했다.

두 사람은 무난히 시문을 통과했다.

첫번째 교차로에서 안드레아는 마차를 멈추었다. 카드루스가 차에서 뛰어내렸다.

「여봐!」안드레아가 말했다.「마부 옷하고 내 모자!」

「허!」카드루스가 대답했다.「내가 감기에 걸렸음 좋겠어?」

「그럼, 난?」

「너야 젊지 않니? 난 이제 다 늙어가지만. 자, 그럼 또 보자, 베네데토!」

이렇게 말하고 골목 안으로 사라졌다.

「제기랄!」안드레아는 한숨을 내쉬며 중얼거렸다.「이 세상에선 완전하게 잘 살 수는 없구나!」

부부 싸움

　세 청년은 루이 15세 광장에서 헤어졌다. 막시밀리앙 모렐은 큰 거리 쪽으로 가고, 샤토 르노는 혁명교(革命橋) 쪽으로, 그리고 드브레는 강기슭을 따라 갔다.
　모렐과 샤토 르노는, 의사당 단상에서 행해지는 정식 연설이나 리슐리외 가의 극장에서 상연되는 점잖은 연극에 나오는 〈단란한 가정〉으로 돌아갔을 것이다. 그러나 드브레는 그렇지 않았다. 루브르 입구까지 오자, 그는 왼쪽으로 말을 돌려 급히 카루젤 광장을 가로질렀다. 이어서 생로슈 가를 지나 미쇼디에르 가로 빠져나온 그는 당글라르 씨 집 앞에 와서 멎었다. 바로 그때, 빌포르 씨의 마차는 포부르생토노레에서 그들 부처를 내려놓은 뒤 당글라르 남작 부인을 그 집에 내려놓고 있었다.
　드브레는 이 집과는 허물없는 사이인 듯이 자기가 먼저 뜰 안으로 들어갔다. 그러고는 하인에게 말고삐를 맡기고 나서, 다시 부인을 맞으러 문 앞으로 나가, 부인을 집안으로 모시려고 팔을 내밀었다.

문이 닫히고 남작 부인과 드브레가 뜰 안으로 들어서자, 드브레는 「에르민, 왜 그래요?」하고 물었다. 「백작이 한 얘긴 만들어낸 건데, 그 얘기에 왜 기분이 나빠진 거죠?」

「오늘 밤엔 몸이 아주 좋지 않았어요」

「하지만 에르민」 드브레가 다시 말을 이었다. 「그건 믿어지지 않는걸. 당신, 백작 집에 도착했을 땐 기분이 보통 좋은 게 아니었거든. 당글라르 씨가 기분이 좋지 않았던 건 사실이야. 하지만, 난 당신이 남편의 기분 같은 건 문제삼지 않는다는 걸 알고 있소. 누군가가 당신한테 어떻게 한 거요. 얘길 해봐요. 누가 당신한테 무례하게 구는 걸, 난 참지 못한다는 걸 알지 않소?」

「그렇지 않아요, 뤼시앵, 정말이에요」 당글라르 부인이 말했다. 「내가 얘기한 그대로예요. 당신 말대로 남편의 기분이 언짢았던 것도 있고 해서, 얘기할 만한 가치도 없다고 생각한 거예요」

분명 당글라르 부인은, 여자들에게 흔히 나타나는, 자기 자신도 깨닫지 못하는 신경질적인 흥분으로부터 영향을 받았거나, 아니면 드브레가 추측한 대로, 누구에게도 말할 수 없는 어떤 남모를 동요를 느끼고 있었음에 틀림없다. 망상이라는 것이 여자들의 생활의 한 요소라는 것을 인정해 온 드브레는, 더 이상 캐묻지 않기로 했다. 그는 다음에 때를 보아서 다시 물어보거나, 아니면 저쪽에서 자발적으로 속을 털어놓으리라고 생각했던 것이다.

부인은 방문 앞에서 코르넬리와 마주쳤다.

코르넬리는 부인이 신용하고 있는 하녀였다.

「아가씨는 뭘 하고 계시냐?」 남작 부인이 물었다.

「저녁 내내 공부를 하시더니, 지금은 누워 계십니다」 하고 코르넬리는 대답했다.

「피아노 소리가 나는 것 같던데?」

「아가씨께서 쉬시는 동안, 루이즈 다르미 양이 치신 거예요」

「그래?」 하고 부인은 대답했다. 「나 옷 좀 갈아입을 테니, 거 들어다오」

그들은 방으로 들어갔다. 드브레는 커다란 소파에 누웠다. 그리고 당글라르 부인은 하녀를 데리고 화장실로 들어갔다.

「뤼시앵 씨」 부인이 화장실 문 너머로 불렀다. 「당신은 외제니가 한번도 말을 걸지 않아 불만이시죠?」

「부인」 하고 뤼시앵은 남작 부인의 강아지와 장난하며 대답했다. 강아지는 뤼시앵이 이 집 사람들과 가깝다는 것을 알고, 늘 그를 보면 기어올랐다. 「그런 불평을 하는 건 저 혼자만이 아니올시다. 언젠가 모르세르도, 따님이 말을 한마디도 걸어오지 않기 때문에 불단이라고 부인한테 얘기하는 것 같던데요」

「그건 그래요. 하지만, 머지않아 모든 게 확 달라질 걸요. 그리고 외제니도 당신 방으로 찾아가게 될 테고」

「제 방엘요?」

「네, 당신 사무실에 말예요」

「왜요?」

「오페라 극장과의 계약을 부탁하러요. 정말 난 그렇게 음악에 미친 아인 처음 봤어요. 사교계의 젊은 여자로선 좀 우스꽝스러울 정도니까요」

드브레는 싱그레 웃었다.

「좋아요」하고 그는 말했다.「당신네 부처의 허락만 있으면 와도 좋습니다. 그럼, 계약을 도와드리죠. 따님같이 재주있는 분이 연주해 준다면, 우리가 능력이 모자라 만족하실 만큼 해 드릴 수는 없지만, 그런 대로 그분의 역량에 알맞은 대우를 해 드리도록 노력해 보겠습니다」

「이젠 가봐라, 코르넬리. 네가 할 일은 이젠 없을 것 같으니」

코르넬리가 나가자 잠시 후에 부인은 아름다운 실내복 차림으로, 화장실을 나와 뤼시앵 곁에 와서 앉았다.

그러고 나서, 부인은 꿈꾸는 듯한 얼굴로 조그만 스패니얼(개의 일종──옮긴이)을 쓰다듬었다.

뤼시앵은 잠시 동안 아무 말 없이 부인을 쳐다보았다.

「자, 에르민」 이윽고 그는 입을 열었다.「솔직하게 말해 봐요. 무언가 기분 나빴던 일이 있었죠?」

「없었다니까요」

대답은 그렇게 하면서도, 부인은 가슴이 답답한 듯 자리에서 일어나 숨을 크게 들이마셨다. 그리고 거울 앞에 가서 얼굴을 비춰보았다.

「오늘 밤엔 내 얼굴이 무서워 보이는데요」 하고 부인은 말했다.

드브레는 미소를 띠며, 부인을 안심시키기 위해 자리에서 일어섰다. 바로 그때 갑자기 문이 홱 열렸다.

당글라르 씨가 나타났던 것이다. 드브레는 다시 주저앉았다.

문 소리에 부인은 홱 돌아섰다. 그리고 남편의 도습에 깜짝 놀랐지만 그 놀라움을 감출 생각조차 하지 않았다.

「봉 수아르(굿 이브닝)」 은행가는 아내에게 말했다. 그리고 이어서 「봉 수아르, 드브레 씨」 하고 말했다.

남작 부인은 남편이 이렇게 갑자기 찾아온 것은, 아마도 낮에 그가 입 밖으로 내뱉었던 난폭한 말에 대해 사과라도 하기 위해서일 거라고 생각했을 것이다.

그래서 부인은 당당한 자세로 남편에게는 대꾸도 않고 뤼시앵 쪽으로 돌아서며,

「자, 어서 제게 책을 읽어주세요」 하고 말했다.

드브레는 처음에는 당글라르가 나타난 데에 다소 불안을 느꼈으나, 부인의 냉정한 터도에 자신도 이니 마음을 가라앉혔다. 그리고 금박을 한 진주 칼(종이 자르는 칼——옮긴이)이 끼여 있는 책 한 권을 집으려고 손을 내미는데, 「잠깐」 하고 은행가가 말했다. 「당신 너두 늦으면 피곤할 텐데. 벌써 열한시요. 그리고 드브레 씨도 집이 멀고」

드브레는 어리둥절했다. 당글라르 씨의 어조가 너무나 침착하고 정중했기 때문이 아니라, 그러한 침착성과 정중한 어조를 통해서 오늘 밤엔 여태까지와는 달리, 아내의 의사에 관계없이, 어떻게 해보겠다는 심사를 드러냈기 때문이다.

부인도 역시 깜짝 놀라서 그 눈에 놀라움의 빛을 역력히 나타냈다. 만약 그녀의 남편이 신문을 들여다보고 그날 주식의

마감 상황 기사를 찾고 있지 않았더라면, 분명히 그도 그런 기색을 알아차렸을 것이다.

그래서 그렇게 오만한 부인의 시선도 허공에 떨어진 채 아무 효과도 거두지 못했다.

「뤼시앵 씨」하고 부인은 입을 열었다. 「분명히 말해 두지만, 난 조금도 잘 생각이 없어요. 게다가 오늘 밤에 당신한테 할 얘기가 있으니, 서서 자는 한이 있더라도 여기서 밤을 새고 내 말을 들어주세요」

「알겠습니다」 드브레는 냉정하게 대답했다.

「드브레 씨」 이번에는 당글라르가 말했다. 「무리를 하면서까지 여자의 바보 같은 얘기를 들을 필요는 없어요. 내일 들어도 되는 거니까. 내겐 오늘 밤이 꼭 필요하오. 내가 맡아야겠소. 미안하지만 중대한 문제가 있어 집사람하고 내가 얘길 좀 해야겠어요」

이번에야말로 얘기가 단도직입적이어서, 뤼시앵도 남작 부인도 아연하지 않을 수 없었다. 이러한 공세에 두 사람은 서로 도움이라도 받으려는 듯이 동시에 눈을 마주 쳐다보았다. 그러나 움직일 수 없는 가장(家長)의 위력 덕분에 남편은 개가를 올렸다.

「하지만 내가 쫓아내려고 한다고는 생각지 말아주십시오」 하고 당글라르는 말을 이었다. 「절대로 그렇진 않습니다. 뜻밖의 일이 생겨서, 오늘 밤에 집사람하고 얘길 좀 해야겠어요. 이런 일은 좀처럼 없는 일이니, 나쁘게 생각지는 마십시오」

드브레는 뭐라고 두어 마디 중얼거린 뒤 인사하고 나서는, 『아탈리』(라신의 비극——옮긴이)에 나오는 나탕처럼 방

모서리에 부딪히며 밖으로 나갔다.

「모를 일이로군!」 그는 방을 나서자, 이렇게 말했다. 「우리 눈에는 그렇게 바보같이 보이는 남편들이, 저렇게 손쉽게 우리보다 우세해지다니!」

뤼시앵이 나가자, 당글라르는 소파의 자기 자리에 앉아 펼쳐져 있는 헌 책을 덮었다. 그러고는 퍽 거만한 포즈를 취한 채, 개와 장난치기 시작했다. 그러나 개는 이 주인과는 드브레와만큼도 정이 들지 않았기 때문에, 오히려 그를 물려고만 했다. 그는 개의 목덜미를 쥐고 방 한쪽 구석에 있는 소파 위로 던져버렸다.

개는 뛰어가면서 소리를 질렀다. 그러나 개는 크션 뒤에 쭈그리고 앉아, 지금껏 당해 본 적 없는 이 난폭한 대우에 간담이 서늘해져서 찍 소리 없이 꼼짝도 못했다.

「여보」 남작 부인은 눈썹 하나 까딱하지 않고 말했다. 「당신 상당히 진보하셨구려. 다른 땐 그저 무례하기만 하더니, 오늘 밤엔 사뭇 난폭하니 말예요」

「오늘 밤엔 기분이 아주 나빠서 그래」 당글라르가 대답했다.

부인은 경멸에 찬 눈으로 남편을 바라보았다. 여느 때 같으면 이러한 시선은 오만한 남편을 격분시켰을 테지만, 오늘 밤은 거의 거들떠보지도 않는 눈치였다.

「그래, 당신이 기분 나쁘니 나더러 어떡하란 말이죠?」 부인은 남편의 냉정한 태도에 약이 올라서 물었다. 「그게 나하고 무슨 상관이냔 말이에요? 당신 기분 나쁜 건 당신 방에다가 가둬두시든지, 당신 사무실에서나 풀어보시지 그래요. 아, 월급

주고 부리는 행원들이 있을 테니 말이에요. 자기 기분은 그 사람들한테나 가서 푸실 일이지」

「아냐」 당글라르가 말했다. 「당신 충고는 글렀어. 그러니 거기엔 따를 수 없소. 내 사무실은, 데무티에 씨 말대로, 내겐 팍톨(리지아의 강으로 거대한 자산을 상징한다 —— 옮긴이)이니까, 그 흐름을 흐려놓거나 조용한 물을 뒤흔들어 놓고 싶진 않아. 행원들은 모두 정직하고 내 재산을 모아주거든. 그런데 비하면, 난 그 사람들이 하는 일에 대한 대가를 형편없이 싸게 쳐주고 있단 말야. 그런데 내가 어찌 그들에게 화를 낼 수 있겠소. 내가 화를 내야 할 사람은 그들이 아니라, 내 집 만찬이나 먹고 내 말들을 부려먹고 내 금고를 부수는 놈들이지」

「도대체 당신 금고를 부수는 사람이 누구죠? 좀더 구체적으로 설명하세요」

「아, 여보, 진정하구려. 내 말을 잘못 알아들었다면, 곧 알 수 있게 해주지」 하고 당글라르는 말을 이었다. 「내 금고를 부수는 자들이란, 단 한 시간 동안 50만 프랑이나 금고 돈을 축낸 놈들이지」

「난 무슨 소린지 모르겠군요」 부인은 목소리가 떨리고 얼굴이 달아 오르는 것을 감추려고 애쓰며, 이렇게 대답했다.

「천만에, 너무 잘 알고 있을걸」 당글라르가 말했다. 「정 그렇게 나온다면, 내 분명히 말해 주지. 난 스페인 공채에서 70만 프랑을 손해 보았어」

「아, 그래요?」 부인은 비웃듯 내뱉었다. 「그런데 그 손해의 책임이 나한테 있단 말이죠?」

「그럼, 아니란 말야?」

「70만 프랑을 잃은 게 내 죄란 말이죠?」

「어쨌든 내 탓은 아니야」

「난 확실히」 부인은 신랄한 어조로 말했다. 「절대로 나한테 돈 얘기 하지 말라고 그랬는데요. 그런 건, 난 내 친정에서도 내 전남편한테서도 배워 보질 못했으니까요」

「그야 그렇겠지」 당글라르가 말했다. 「그 사람들은 돈이라곤 한 푼도 없었으니까」

「더군다나 여기서 아침부터 밤까지 귀에 못이 박히도록 들어온 은행 용어 같은 건 배워본 일이 없어요. 밤낮 세고 또 세고 하는 돈 소리엔 진저리가 나요. 당신 목소리는 더욱 불쾌할 뿐이고요」

「이건 참 이상한데!」 당글라르가 말했다. 「난 당신이 내 일에 지대한 관심을 갖고 있는 줄 알고 있었는데」

「내가요? 누가 그런 바보 같은 소릴 합디까?」

「당신이 그러지, 누가 그래?」

「기가 막혀서!」

「확실히 당신 자신이 그런 거야」

「도대체 내가 언제 그랬는지 얘길 해보시구려」

「그야 간단하지. 지난 2월에 당신은 내게 아이티 주식 얘길 제일 먼저 했단 말야. 당신은 꿈에 배 한 척이 르아브르 항에 들어왔다고 했어. 그리고 그 배가, 무기 연기되어 있던 지불이 시행되리라는 소식을 가져왔다고 그랬었지. 난 당신의 꿈이 꼭 맞는다는 걸 알고 있었으니, 부랴부랴 몰래 아이티 주식을 살 수 있는 대로 다 사 들여서 40만 프랑의 이득을 보았거든. 그래서 그중의 10만 프랑은 신사적으로 당신한테 주었고 당신은 그

돈을 마음대로 다 썼지만, 그건 내가 상관할 바가 아니지. 3월
에는 철도 불하 문제가 있었지. 세 회사가 똑같은 보증을 제시
하며 나섰지. 당신은 늘 투기에는 전혀 문외한이라고 말하면서
어째 그런 방면엔 그렇게 직관이 발달했는지는 모르겠지만 어
쨌든 직관적으로, 철도 불하는 남프랑스 회사라는 데에 낙찰
될 거라고 그랬단 말야. 그래서 난 곧장 그 회사 주식의 삼분
의 이를 신청했지. 그랬더니 정말 그 회사가 낙찰되었거든. 그
리고 당신이 추측한 대로 주가는 세 배나 뛰었고, 그래서 100만
프랑 벌었지. 그중 25만 프랑은 화장품 값으로 쓰라고 당신한
테 주었고. 그런데 그 25만 프랑은 도대체 어디다 썼지? 내가
관여할 문제는 아니겠지만 말야」

「도대체 뭘 어쩌겠다고 이러는 거예요?」 부인은 분노와 초
조에 떨면서 소리쳤다.

「가만있어 봐, 이제 곧 알게 돼」

「그래요?」

「4월엔, 당신은 대신 집 만찬에 초대받아 갔지. 거기서 스
페인 문제가 나왔는데, 당신은 그때 비밀 얘기를 엿들었지. 돈
카롤로스 추방 계획이었지. 그래서 이번에 난 스페인 공채를
샀지. 그런데 그 계획도 들어맞아서 난 샤를 5세가 비다소아
강을 다시 건넜다던 날 60만 프랑을 벌었어. 그 돈에서 또 당신
한테 50만 에퀴(15만 프랑——옮긴이)를 떼주었고. 그것은 물
론 당신 돈이지. 물론 어디다 어떻게 썼는지는 묻지도 않을 거
야. 문제는 올해 당신이 나한테서 받은 돈이 50만 프랑이라는
사실이야」

「그래서, 그게 어쨌단 말이죠?」

「응, 어쨌느냐고? 그 다음부터가 큰일이야」

「아니, 말투가 점점 이상해지는군요. 당신 정말 ……」

「말투 같은 건 문제가 아냐. 난 내가 생각하고 있는 것만 말하면 되니까……. 그 다음 일은 바로 사흘 전이지. 사흘 전, 당신은 드브레 군과 정치 얘기를 하다가 돈 카를로스가 스페인으로 돌아왔다는 심증을 얻었다고 했어. 그래서 난 주식을 전부 팔아버렸지. 그 소문이 나자 공황이 일고, 그래서 이젠 파는 게 아니라 그냥 주는 거나 마찬가지가 됐거든. 그런데 그 다음날, 그 정보가 가짜였다는 게 밝혀졌어. 그래서 난 그 허의 정보 덕분에 70만 프랑을 잃었단 말야」

「그래서요?」

「돈을 벌었을 때, 난 그중의 사분의 일을 당신한테 주었어. 그런데 이번엔, 내가 잃었으니 당신이 나한테 사분의 일을 주어야겠어. 70만 프랑의 사분의 일은 17만 5,000프랑이야」

「당신, 되지도 않는 말을 하시는구려. 그리고, 그 얘기에 드브레 씨는 왜 끌어다 붙이는 거예요?」

「만약 당신한테 내가 말하는 그 17만 5,000프랑이 없을 경우엔, 당신 친구들한테 빌려와도 되겠고, 그리고 드브레 씨는 당신 친구란 말이야」

「아니, 당신!」 부인이 소리쳤다.

「자, 쓸데없이 소리치거나 제스처 쓰는 건 이제 그만두지. 진저리가 나니까. 별로 말하고 싶지는 않지만, 사실 당신 속은 빤히 들여다보인단 말야. 드브레 군은 당신이 준 50만 프랑을 옆에 놓고 웃으면서 속으로 생각하겠지. 세상없이 재주가 좋은 노름꾼도 알아내지 못한 수단을, 다시 말해 노름판에는 끼지도 않고, 이길 때엔 따고 질 때엔 한푼도 잃지 않을 수 있는 수단을 발견했노라고 말야」

부인은 폭발이라도 할 기세였다.

「당신, 사람도 아니구려」하며 부인은 말했다. 「그래 지금 와서 나한테 책망하는 그 일을 당신은 여태까지 모르고 있었다는 거예요?」

「알고 있었다고 말하는 것도 아니고 모르고 있었다고 말하는 것도 아냐. 내가 하고 싶은 얘긴 이 말뿐이야. 당신이 내 아내 노릇을 안하고, 내가 또 당신 남편 구실을 안하고 지낸 지난 사 년 동안 내 일거일동을 지켜보았다면, 내가 한 일들이 늘 합리적이었는지 아니었는지는 당신도 잘 알 거야. 우리 사이에 금이 가기 얼마 전, 당신은 그 이탈리아 극장에서 화려하게 데뷔한 유명한 바리톤 가수한테 음악을 배우고 싶다고 그랬지. 난 나대로 런던에서 평판이 높은 무희에게 춤을 배우고 싶었고. 그래서 우리 둘에게 든 돈이 근 10만 프랑이었지. 난 그때 아무 소리도 안했어. 가정엔 조화란 것이 필요하니까 말야. 남편과 아내가 춤과 음악을 공부하는 데 드는 10만 프랑이 그리 큰 돈은 아냐. 그런데 당신은 갑자기 노래 배우는 데 진력이 나서, 이번엔 대사 비서한테 외교 공부를 하겠다고 했어. 난 그래도 가만 내버려두었어. 난 아무래도 좋았으니까. 어차피 당신의 수업료는 당신 주머니에서 나오거든. 그런데, 이젠 그 돈을 나한테서 뽑아내려 하고 있단 말야. 그리고 그 돈이 자그마치 한달에 70만 프랑이라! 집어치워! 그렇게는 계속 못해! 그 외교관 친구가 거저 가르쳐준다면 몰라도, 그렇지 않으면 다시는 내 집에 발을 못들여 놓게 할 거야! 알겠지?」

「이건 정말 너무해요」 부인은 숨이 막히는 듯이 외쳤다. 「야비한 것도 도가 지나치군요」

「아무튼, 난」 하고 당글라르가 말했다. 「당신이 얌전히 〈여필종부〉의 격언을 따라준 걸 고맙게 생각하오」

「날 모욕하는군요!」

「당신 말이 맞소. 사실을 뚜렷하게 밝혀놓고, 우리 냉정하게 한번 검토해 봅시다. 난 여태까지 당신 재산과 관계있는 게 아니면, 당신 일은 입 밖에 낸 일이 없었소. 당신도 그렇게 하도록 하오. 당신은 내 재산 같은 것엔 아랑곳하지도 않는다고 그랬지? 그럼 좋아. 당신 재산만 가지고 맘대로 해보구려. 내 재산은 불리려고도 줄이려고도 하지 말고. 이번 일단 하더라도 무슨 정치적인 장난인지도 몰라. 대신이란 놈, 내가 반대파니까 화가 나서, 게다가 내가 인기가 올라가고 있는 게 샘이 나서 날 파산시키려고 드브레하고 짜고 한 짓인지도 모르지」

「설마!」

「틀림없이 그래. 여태 그런 일이 있었느냔 말야. 신호가 잘못 전해지는 게 있을 수 있는 일이냐 말야? 거의 불가능한 일이지. 마지막 두 군데가 다 같이 틀린 신호를 보내다니! 이건 분명 날 골탕먹이려고 일부러 한 짓이 틀림없어」

「하지만, 여보」 부인은 아까보다는 겸손하게 말했다. 「당신도 아시다시피, 그 신호수는 파면당하지 않았어요? 그리고 고소까지 당하고, 체포령까지 내렸다고들 그러던데요. 도망을 갔으니 말이지, 안 그랬으면 체포했을 거 아니에요? 도망간 걸로 보아도, 그 사람은 미쳤거나 아니면 일부러 그런 범죄를 저지른 게 틀림없어요. 어쨌든 확실히 그건 신호를 잘못 보낸 거였어요」

「그야 그렇지. 바보 같은 놈들을 웃겨주고, 대신은 하룻밤을 못 자게 하고, 사무관 놈들한테 산더미처럼 많은 서류를 만들게 한 건 사실이야. 덕분에 난 70만 프랑을 날려버리고」

「하지만」 갑자기 부인이 말했다. 「그게 다 드브레 씨 때문이라면, 왜 그 사람한테 직접 말하지 않고 나한테 와서 하시는 거죠? 왜 남자가 나쁘다고 하시면서 그 책임을 여자에게 묻느냔 말예요?」

「내가 드브레를 알고 있기라도 해?」 당글라르가 말했다. 「내가 그자에 대해 알고 싶어하는 줄 알아? 아니 그 작자가 지혜라도 빌려줄 수 있는 그런 인간이라고 내가 생각하는 줄 알아? 그리고 또 내가 그 작자의 말에 따르고? 내가 투기를 하려는 줄 아느냔 말야? 천만에! 그런 짓을 하는 건 당신이지 난 아냐」

「하지만 당신도 그 사람을 이용은 하고 있는 것 같은데요……」

당글라르는 어깨를 으쓱해 보였다.

「여자들은 어쩔 수 없군! 파리에서 소문 안 나게 나쁜 짓 한두 가지쯤은 할 수 있는 천재적인 재주를 스스로 가지고 있다고 생각하니 말야. 당신은 별의별 부정한 짓을 다 해도, 남편인 나한테까지도 안 들킬 거라 생각하는 모양인데, 그런 시시한 일들에 대해서 남편들은 대체로 별로 알고 싶어하지도 않으니까……. 당신은 지금 파리 사교계 여자들이 하는 짓의 반 정도만 겨우 흉내내고 있어. 그러나 내 경우엔 문제가 좀 다르지. 난 계속해서 보아왔으니까. 근 십육 년 전부터 당신은 당신 생각을 나한테 숨겨왔지만, 난 당신의 일거수일투족, 실수 하나하나를 이 눈으로 다 알아보았단 말야. 그런데 당신은 당신 꾀가 척척 들어맞는 줄 알고, 내가 일일이 속아넘어간다고 믿고 있었지만, 그 결과가 어떻게 됐는지 알아? 내가 모르는 체했더니 빌포르로부터 드브레에 이르기까지, 어느 놈 하나 내 앞에서 떠는 늠이 없었지. 내가 당신한테 요구하는 단 한 가지 권리, 즉 이 집의 가장 대접을 해주는 놈이 하나도 없었단 말야. 그리고 지금 내가 당신한테 그놈들 얘기를 해주듯이, 내 얘기를 당신한테 해준 놈도 하나 없었고. 난 당신이 나를 밉살스럽다고 생각하는 건 용서할 수 있어도, 날 바보로 생각하는 건 용서 못하겠어. 그리고 무엇보다도 확실히 말해 둘 것은, 날 파산시키면 안 된다는 얘기야」

빌포르라는 이름이 남편의 입에서 나오기 전까지는, 부인은 제법 침착할 수 있었다. 그러나 그 말이 나오자, 여자는 얼굴빛이 싹 변하더니 용수철 튀듯 벌떡 일어났다. 마치 망령을 떨쳐버리기라도 하려는 듯, 두 팔을 벌렸다. 그러고는 남편 쪽으로 서너 걸음 다가갔다. 남편이 그 사실을 모르고 있는지, 아니면 지금도 늘 하던 그 밉살스러운 술수를 부려 알고 있으면서도 일부러 완전히 털어놓지 않는지를 알아내려는 듯했다.

「빌포르 씨라니요? 무슨 소리죠?」

「응, 그거 이런 거지. 당신의 전남편 나르곤 씨는 철학자도 은행가도 아니었지. 또는 그 둘 다였는지도 몰라. 게다가 상대방이 검사였으니, 어쩔 수가 없었다는 거야. 9월 휴가 이후에 당신이 임신 육 개월이라는 것을 알자 마음이 아파서였는진 몰라도, 아무튼 그래서 죽은 거야. 난 좀 난폭한 사람이야. 그건 나도 알고 있어. 그뿐만 아니라, 자랑스럽게까지 생각하고 있지. 이 난폭한 성격이야말로 내가 장사에서 성공할 수 있었던 하나의 수단이었으니까. 그런데 왜 상대방을 죽일 생각을 않고, 제가 죽어버렸는지 알아? 돈이 없었기 때문이야. 그러나, 난 재산이 있어서 그게 무엇보다도 큰 힘이 되지. 그건 그렇고, 동업자인 드브레 군이 나한테 70만 프랑을 손해 보게 했거든. 그러니 그쪽에서 자기의 책임액을 인수해야 해. 그런다면 앞으로도 계속 일을 같이 해보기로 하지. 그렇지 않다면, 그 17만 5,000프랑으로 그를 파산시켜 버리겠어. 그러면 그는 이제 아주 사라져버리게 되는 거지. 하기야 그 친구, 뉴스가 들어맞을 땐 괜찮은 청년이지. 그러나 그 뉴스가 들어맞지 않을 땐, 그보다 좋은 친구들이 세상에 널렸다는 걸 알아야 해」

  당글라르 부인은 정말 꼼짝도 못했다. 그러나 이 마지막 공격에 대응하기 위해서, 여자는 있는 힘을 다했다. 부인은 의자에 주저앉아 빌포르며, 만찬에서 일어난 일이며, 조용한 가정을 차례차례 뒤집어놓은 이 며칠 사이의 여러 가지 사건들을 생각했다. 당글라르는 아내가 곁에서 기절하려고 해도 쳐다보는 척도 안했다. 그리고 단 한마디도 하지 않고, 자기 방으로 돌아가 버렸다. 반쯤 실신 상태에 있다가 제정신으로 돌아온 부인은, 마치 악몽에서 깨어난 것만 같았다.

결혼 계획

　이러한 일이 있은 그 이튿날이었다. 언제나 드브레가 출근하기 전에 잠깐씩 당글라르 부인을 방문하던 시간인데도 마차는 뜰 안에 보이지 않았다.
　바로 그 시간, 다시 말하면 열두시 반경에, 당글라르 부인은 마차를 타고 밖으로 나갔다.
　당글라르는 커튼 뒤에 숨어서 예상했던 대로 아내가 외출하는 것을 몰래 지켜보고 있었다. 그는 하인에게 아내가 들어오면 곧 바로 알리라고 지시했다. 그러나 두시가 되어도 아내는 돌아오지 않았다.
　두시에 그는 마차를 타고 의회에 나가서, 예산안에 대한 반대 연설을 하겠다는 뜻을 알렸다.
　당글라르는 정오부터 두시 사이에는 서재에 앉아 속속 들어오는 전보를 뜯어가면서, 점점 어두워지는 얼굴로 수없이 계산을 하고 또 했다. 그리고 손님들 중에서는 카발칸티 소령만 만나 보았다. 소령은 여전히 푸른 옷을 입고, 꼿꼿하고 빈틈 없는 자세로 일을 정리하기 위해 그 전날 약속했던 그 시각에 나타났다.

의회에서, 심히 흥분한 듯 어느 때보다도 맹렬하게 내각을 공격한 당글라르는, 의회를 나오자 마차에 타서는 마부에게 샹젤리제 가 30번지로 가라고 일렀다.

몬테크리스토 백작은 집에 있었다. 다만 손님이 있으니, 잠깐만 살롱에서 기다려달라고 전해 왔다.

당글라르가 기다리고 있는 동안에 문이 열리더니 사제복을 입은 사람이 하나 들어왔다. 그 사람은 당글라르처럼 기다리질 않고 이집과는 훨씬 더 스스럼 없는 듯, 그에게 인사한 다음 안으로 들어가 버렸다.

잠시 후에, 조금 전의 그 신부가 들어온 문이 또 한번 열리며, 이번에는 백작이 나타났다.

「미안합니다」 하고 백작은 말했다. 「아까 이리로 지나간 사람이 제 친구 부소니 신부인데, 방금 파리에서 왔군요. 하도 오랜만에 만나서, 오자마자 헤어질 수가 있어야죠. 그래서 기다리시게 했던 겁니다. 용서하십시오」

「원 별말씀을」 당글라르가 말했다. 「그런 일로 뭘 그러십니까? 오히려 제가 때를 잘못 잡아 온 것 같으니, 제가 돌아가겠습니다」

「아니올시다, 염려 마시고 앉으십시오. 아니, 그런데 어째 무슨 일이라도 있으신 것 같은 얼굴이시니 웬일입니까? 이거

야단났습니다. 대재벌이 우울한 얼굴을 하고 계신 걸 보니, 혜성이라도 나타난 모양입니다. 그건 세상에 무슨 큰 불행이라도 예고하는 게 아닙니까?」

「실은」당글라르가 입을 열었다.「며칠째 제가 운이 아주 나쁩니다. 좋지 않은 소리만 들리는군요」

「허어!」백작이 말했다.「가지고 계신 주식 값이 떨어졌습니까?」

「아니, 그건 이제 회복되었습니다. 이번엔 트리에스테에서의 파산 때문예요」

「그게 정말입니까? 혹시 그 파산한 사람이 자코포 만프레디 아닙니까?」

「그렇습니다. 벌써 여러 해 전부터 일년에 8,90만 프랑의 거래를 저하고 해온 사람이지요. 여태껏 계산 착오 한번 내지 않고, 한번도 늦는 일 없이, 지금까지 죽 기분 좋게 지불해 온 사람입니다. ……그래서 100만 프랑을 융통해 줬는데, 그 사람이 갑자기 지불 정지를 내버린 겁니다」

「그게 정말입니까?」

「기가 막힌 재난을 당한 겁니다. 60만 프랑을 꺼내려고 했더니, 지불이 안 된 채 되돌아왔군요. 게다가 전, 이 달 말 파리에 있는 그 사람의 거래인에게서 받게 되어 있는 그 사람 명의의 40만 프랑짜리 어음을 가지고 있지요. 오늘이 30일이라서 돈을 받아가라고 사람을 보냈더니, 글쎄 그 사람도 자취를 감추었더라는군요. 스페인 공채 건에다 이 일까지 겹쳤으니, 이 달엔 정말 운이 나빴어요」

「하지만, 그 스페인 공채 건은 정말 손해를 보신 겁니까?」

결혼 계획 **441**

「예, 70만 프랑이란 돈이 제 금고에서 날아가버렸으니까요」
「남작같이 노련하신 분이 어쩌다가 그런 실수를 하셨을까요?」
「실은 그게 제 처 때문이었죠. 돈 카를로스가 스페인으로 돌아온 꿈을 꾸었다더군요. 그 여잔 꿈을 믿어요. 제깐에 자기 꿈은 일종의 영감이래요. 자기가 꿈에서 본 일은 반드시 현실에서 나타난다는 확신을 가지고 있지요. 그걸 믿고 제가 투기하는 걸 내버려두었습니다. 집사람은 자기 재산도 있고 또 중개인도 알고 있지요. 그래서 한번 투기를 해본 적이 있는데 그때 실패했습니다. 그러니까, 자기 돈으로 해본 것이지, 제 돈으로 한 건 물론 아니지요. 여하튼 70만 프랑이란 돈이 집사람 주머니에서 날아가버리면 남편 되는 사람도 다소 신경은 쓰일게 아닙니까. 그런데 그 사건을 모르고 계셨습니까? 소문이 굉장했는데요」
「예, 물론 얘긴 들었습니다만, 자세한 내용은 모릅니다. 게다가 전 주식에 관해선 전혀 문외한이라서」
「그럼 백작께선 투기를 안하십니까?」
「저요? 웬걸요, 투기 같은 걸 할 겨를이 있어야죠. 수입을 정리하는 데에도 손이 모자라, 집사 말고도 서기 한 사람과 회계 한 사람을 써야 할 판인데요. 그런데, 스페인 주식 말입니다. 부인께서만 돈 카를로스의 귀국을 꿈꾼 건 아니었을 텐데요. 신문 같은 데도 그 일이 보도되지 않았던가요?」
「그렇다면 백작께선 신문을 믿으십니까?」
「아니오. 조금도 믿진 않습니다. 그러나 그《메사제》만은 예외라고 생각합니다. 그 신문만큼은 정확한 보도와 전신 보도만 실으니까요」

「글쎄, 도무지 그게 알 수 없단 말씀입니다」하고 당글라르는 말했다.「그 돈 카를로스의 귀국 기사가 바로 전신 보도를 그대로 옮긴 겁니다」

「그래서」하고 백작은 말했다.「결국 이달에 70만 프랑을 손해 보셨단 말씀이로군요」

「대충 그쯤 되는 게 아니라, 정확한 숫자가 그렇습니다」

「그건, 삼류급의 재산가에게는」하고 백작은 동정 어린 어조로 말했다.「과연 굉장한 타격이겠는데요」

「삼류」당글라르는 약간 모욕감을 느끼며 말했다.「그렇게 말씀하시는 건?」

백작이 말했다.「전 재산에 일류 이류 삼류, 이렇게 세 등급을 매깁니다. 일류 재산이란, 손에 쥐고 있는 보물, 토지, 광산, 또는 프랑스, 오스트리아, 영국 같은 나라에서 들어오는 수입으로 이루어진 재산으로서, 그 보물이나 토지, 광산, 여기저기서 들어오는 수입이 총액 1억 프랑에 달하는 것을 말합니다. 이류 재산이란, 공장이나 회사에 의한 사업, 수입 150만 프랑을 넘지 않는 총독령이나 공영지 같은 데서 생기는 수입으로서, 그 총액이 5,000만 프랑에 달하는 것을 말합니다. 그리고 삼류 재산이란, 복리 계산을 통해 늘어나는 자산을 말합니다. 타인의 의사나 우연한 사건 같은 데 지배당하게 마련이죠. 이를테면 파산에 부닥치면 손해를 입거나, 단 한 장의 전신 보도에도 영향을 받는 그런 정도의 재산이라는 말입니다. 게다가 삼류 재산은, 우연에 의한 투기나 자연력이라고 할 수 있는 불가항력에 비해, 가항력(可抗力)이라고 불러도 좋을 운명의 장난에 지배됩니다. 그리고 총액으로 말할 것 같으면, 현실 자본, 가상 자본 모두 합해서 1,500만 프랑 정도 되는 재산이지요. 남작께선 아마 이 경우에 속하지 않으실까요?」

「과연 그렇습니다!」당글라르가 대답했다.

「그러니, 이런 월말이 여섯 달만 계속되면」백작은 침착하게 말을 이었다.「삼류 부호는 아주 망하게 되는 거죠」

「오!」당글라르는 창백한 미소를 띠며 말했다.「심한 말씀을 하시는군요」

「그럼, 칠 개월이라고 해둡시다」백작은 여전히 같은 어조였다.「남작께선 170만 프랑이 일곱 번 모이면 약 1,200만 프랑이 된다는 걸 생각해 본 일이 있으십니까? 그런 생각은 안했다고요? 하긴 그렇겠지요. 그런 걸 생각하다간 자본을 투자하지 못할 테니까요. 자본가에게 있어서 자본은, 문명인의 피부와도 같은 것입니다. 우리는 모두 어느 정도까지는 호사한 옷을 입고 있습니다. 그것이 우리들의 신용입니다. 그러나 인간이 죽으면 가죽만 남지요. 그와 마찬가지로, 남작께서 사업을 일단 그만두시면 현실의 재산만 남을 겁니다. 이럭저럭 500-600만 프랑은 되겠지요. 왜냐하면, 삼류 재산이란 건 겉에 나타난 재산의 삼분의 일이나 사분의 일밖에 안 되거든요. 마치 기관차가 연기 속에 싸여서 커 보이지만, 사실은 간단한 하나의 기계에 지나지 않는 것과 마찬가지죠. 그런데 남작께선 현실 재산인 500만 프랑 중에서 거의 200만 프랑을 손해 보았단 말씀입니다. 그러니, 그만큼 가상 재산이나 신용도 떨어졌을 겁니다. 다시 말하면, 당글라르 씨께선 피부가 찢어져서 출혈을 하신 셈입니다. 이런 일이 서너 차례 계속되면, 생명을 잃게 되겠지요. 그러니 조심하셔야 합니다. 돈이 필요하시겠지요? 제가 빌려드리면 어떨까요?」

「그건 계산 착오입니다」 당글라르는 침착해 보이려고 필사적인 노력을 하며 소리쳤다.「지금도 다른 데 투기한 것은 성공해서 돈이 들어왔지요. 출혈은 했지만, 다른 것으로 보충되었습니다. 스페인에서도 망하고 트리에스테에서도 실패했지만, 인도 함대는 큰 범선들을 손에 넣었고, 멕시코 원정 때 광산도 발견했을 겁니다」

「거 참 다행이십니다! 하지만, 상처는 남아 있습니다. 어디서든 손해만 보시면 이내 다시 드러날 겁니다」

「염려 없습니다. 틀림없는 길을 걷고 있으니까요」 당글라르는 약장수처럼 판에 박은 광고를 길게 늘어놓았다. 「나를 거꾸러뜨리려면, 정부가 셋쯤은 망해야 할 걸요」

「아, 그렇군요!」

「모든 대지에서 아무런 수확도 거두지 못하게 된다면 몰라도」

「살찐 일곱 마리의 소와 말라빠진 일곱 마리의 소 얘기 기억나시죠?」

「아니면, 파라오(이집트 왕의 칭호──옮긴이) 시대처럼, 바다가 말라 버리지 않는 한 문제 없습니다. 그렇더라도 바다는 몇 개씩 있으니, 대상의 대열처럼 배를 차례차례 갈아타면 되지요」

「그건 참 다행이십니다. 정말 좋으시겠습니다」 하고 백작은 말했다. 「제가 남작을 잘못 보았었군요. 그러니 남작의 재산은 이류는 되시겠습니다」

「그 정도의 자격은 있을 겁니다」 당글라르는 예의 그 미소를 띠며 말했다. 그것을 본 백작은 서투른 화가들이 폐허를 묘사할 때 으레 그리는 허연 달을 연상했다.

「그건 그렇다 치고, 사업 얘기가 나왔으니」 하고 그는 화제를 바꿀 기회가 온 것을 반가워하며 이렇게 말했다.

「카발칸티 씨께는 어떻게 해드리면 좋을까요?」

「당신 앞으로 된 어음을 가지고 있고, 그것이 옳은 것이라고만 생각하시면, 돈을 지불해 드려야겠죠」

「그렇지요! 마침 오늘 아침 부소니 씨 이름으로 된 당신의 일람불(一覽拂)에, 뒷면에 당신 이름이 붙어서 나한테로 돌아온 4만 프랑 어음을 가지고 왔더군요. 물론 저는 즉각 1,000프랑짜리 사십 장을 드렸습니다만」

백작은 동의의 표시로 고개를 끄덕여 보였다.

「게다가」 하고 당글라르는 말을 이었다. 「그분은 아들을 위해서 저의 은행에 계좌를 만들었지요」

「아들에게 한 달에 얼마씩 주는지 알려주실 수 있습니까?」

「한 달에 5,000프랑이오」

「일년에 6만 프랑이라. 그럴 줄 알았습니다」 백작은 어깨를 으쓱하면서 말했다. 「카발칸티란 자들 하나같이 인색한데요. 그래, 그 5,000프랑으로 그 아들이란 사람은 뭘 한답디까?」

「하지만, 그 아들이 저더러 5,000프랑보다 더 많은 돈을 내달라고 하면 어쩌죠?」

「내버려두십시오. 아버지 쪽에선 당신이 마음대로 주었다고 그럴 겁니다. 당신은 이탈리아의 백만장자들을 모르십니다. 그 사람들이야말로 진짜 수전노죠. 그런데 그 사람한테 어음을 낸 사람은 누구죠?」

「아, 그건 피렌체에서도 이름난 펜지 상사지요」

「물론, 당신이 손해를 보시게 될 거라는 말은 아닙니다만, 어쨌든 신용장에 약속된 대로만 하시는 게 좋을 겁니다」

「그럼, 백작께선 카발칸티 씨를 신용하지 않으시는군요?」

「제가요? 전 그 사람 서명만 있으면 1,000만 프랑이라도 내줄 겁니다. 그 사람은 아까 제가 말씀드린 이류 재산가엔 드는 사람이니까요」

「그런데 어쩌면 그렇지도 겉으로는 표가 나지 않을까요? 전 일개 소령밖에 안 되는 줄 알고 있었습니다」

「그 말을 들으면 그분은 영광으로 생각하실 겁니다. 남작 말씀대로 그분이 좀 볼품없긴 하니까요. 저도 그분을 처음 보았을 땐, 곰팡이 슨 견장을 달고 있는 늙은 중위려니 생각했었지요. 이탈리아 사람들이란 게 모두 그렇습니다. 동양의 마술사처럼, 광을 내지 않을 땐 천연 유대인들 같지요」

「젊은이가 좀 낫더군요」 당글라르가 말했다.

「네, 좀 겁이 많지만요. 그러나 어쨌든 그만하면 괜찮은 것 같아요. 그게 사실은 걱정이지만」

「아니, 왜요?」

「왜냐하면, 남작께서 그 청년을 처음으로 제 집에서 만났을 때 그 사람은 사교계에 막 발을 들여놓았거든요. 적어도 얘기가 그런 것 같았어요. 굉장히 엄한 가정 교사와 여행을 다니다가, 파리에는 처음 왔다고 하더군요」

「그런 신분이 높은 이탈리아 사람들은, 늘 그런 사람들끼리만 결혼을 한다지요?」 당글라르는 아무렇지도 않은 듯이 이렇게 물었다. 「그러니까, 피차의 재산을 함께 합치자는 거겠죠?」

「네, 관습상으로는 사실 그렇습니다. 그러나, 카발칸티란 사람들은 뭐든지 남들과는 다르게 하려고 하지요. 색시를 구해 보라고 아들을 프랑스로 보낸 것만 해도 그렇죠」

「그렇게 생각하십니까?」

「틀림없습니다」

「백작께선 그분의 재산 얘길 들으신 일이 있습니까?」

「그게 사실은 문제지요. 어떤 사람들은 카발칸티 씨 재산이 몇백만이라고 말하는가 하면, 또 한쪽에서는 한 푼도 없다는 얘기가 있어요」

「백작께선 어떻게 생각하십니까?」

「남작께서 제 의견을 모두 믿으시면 곤란합니다. 이건 순전히 내 개인의 생각이니까」

「그래도요……」

「제 생각엔 옛날 사법관들이나 용병대장들이란 모두 카발칸티 가도 군대를 지휘했던 일이 있으니 말입니다 주(州)를 몇 개씩은 통치하고 있었으니까요. 그러니, 제 생각엔 그 사람들이 몇백만쯤의 돈은 어느 구석에 파묻어 놓고, 장남한테만 그 장소를 일러주어서, 대대로 장남들만 그걸 알게끔 되어 있을 겁니다. 그 증거로는, 그 친구들은 공화국 시대의 피렌체 금화와 똑같은, 노랗고 까칠까칠한 얼굴들을 하고 있단 말입니다」

「과연 그렇군요」 하고 당글라르가 말했다. 「그래서 그 사람들에게 토지라곤 전혀 없군요」

「토지는 거의 없지요. 저도 카발칸티가 루카에 저택을 가지고 있다는 사실 말고는 아는 게 없으니까요.」

「아! 저택을 가지고 있군요?」 당글라르는 웃으면서 말했다. 「그것만 해도 굉장한 거지요」

「그렇죠. 게다가 그 저택을 대신한테 세놓고, 자기는 작은 집에서 살고 있지요. 전에도 말씀드렸지만 굉장히 굳은 사람입니다」

「표현이 신랄한데요」

「실은 전 그 사람을 잘 모릅니다. 아직 세 번밖엔 만나보지 못했으니까요. 제가 그 사람을 알고 있는 것은 부소니 신부와 그 사람 자신한테서 들은 정도입니다. 오늘 아침에 신부한테서 그 아들에 대한 여러 가지 계획을 들었습니다. 그 사람 얘기로 미루어볼 때 굉장한 자산을 죽은 듯한 이탈리아에서 그대로 썩힐 게 아니라, 프랑스나 영국 같은 데로 옮겨서 몇백만씩 나오도록 이용해 보겠다는 거예요. 그러나 한 가지 말씀드려 둘 것은 저 자신은 부소니 신부를 완전히 신용하고 있지만 책임질 수는 없다는 겁니다」

「그건 상관없습니다. 아무튼 그런 손님을 제게 소개해 주셔서 감사합니다. 제 장부에 중요한 이름을 올려놓게 되었으니까요. 제 출납계도 게가 카발칸티 씨 얘기를 해주었더니 아주 좋아하더군요. 그런데 호기심에 여쭈어보는 건데, 이탈리아 사람들은 자식을 결혼시킬 때 재산도 나누어 주나요?」

「아, 그건 경우에 따라 다르지요. 전 이탈리아 귀족 한 사람을 알고 있었는데, 금광이라고 할 정도로 부자였지요. 토스카나에서도 이름난 귀족이었는데, 자식들이 자기가 골라주는 색시와 결혼을 하면, 몇백만이란 재산을 나누어 주면서도, 아버지 말을 안 듣고 제 맘대로 결혼할 땐 한 달에 30에퀴밖엔 안 주더군요. 그러니 안드레아가 아버지 눈에 드는 색시와 결혼을 하면, 아마 100이나 200-300만 정도는 주겠지요. 게다가 색시가 만약 은행가의 딸이라면, 필경 그 아버지 은행과 거래를 틀 겁니다. 그러나 색시 아버지 마음에 들지 않는 경우엔 다 틀어지는 겁니다. 금고 열쇠를 아버지가 꽉 쥐고 자물쇠를 이중으로 채울테니, 안드레아는 파리 태생의 아들들처럼 노름판에서 카드나 주사위를 속이면서 살아가야겠지요?

「그 청년이라면 바바리아의 왕녀나 페루의 왕녀쯤을 아내로 맞게 되겠지요. 왕가나 막대한 재산가를 원할 테니까요」

「그런데 그렇진 않아요. 이탈리아의 대귀족들은 가끔 당치도 않은 신분의 여자와 결혼하는 수가 가끔 있거든요. 제우스처럼 신분간의 교류를 좋아하는 거지요. 그런데 그런 질문을 하시는 걸 보니, 따님을 그 사람과 혼인시키고 싶은 생각이라도 있으십니까?」

「그렇습니다」 당글라르가 말했다. 「그건 결코 밑지는 장사는 아닐 것 같아서요. 전 원래 투기를 좋아하는 사람이니까요」

「설마 외제니 양은 아니겠죠? 안드레아 군을 알베르 군의 손에 죽도록 놔두시지는 않으실 게 아닙니까?」

「알베르요?」 당글라르는 어깨를 으쓱해 보이며 말했다. 「하긴 그게 걸리긴 합니다만」

「따님과 약혼한 사이인 줄로 알고 있는데요?」

「네, 모르세르 씨와 제가 가끔 약혼 얘기를 해왔습니다만, 모르세르 부인과 알베르 사이엔……」

「설마 그가 좋은 신랑감이 아니란 말씀은 아니겠죠?」

「네, 확실히 내 딸 외제니가 모르세르 가의 색시가 될 만하기는 합니다만」

「외제니 양의 지참금이야 막대하겠지요? 더군다나 앞으로 또 신호수가 미치지만 않는다면」

「아니, 뭐 지참금만의 문제는 아닙니다. 그런데 한 가지 여쭙고 싶은 게 있는데요」

「뭔데요?」

「백작께선 왜 알베르 군과 그 가족은 만찬에 초대하지 않으셨습니까?」

「웬걸요, 초대했지요. 그런데 알베르 군이 어머니와 함께 디에프로 여행하게 되었다더군요. 의사가 어머니한테 해변 휴양을 권했답니다」

「아, 그랬군요」 당글라르는 웃으면서 말했다. 「그 어머니한텐 바다 공기가 좋을 겁니다」

「그건 왜요?」

「젊었을 때 몸에 밴 공기니까요」

백작은 당글라르의 비꼬는 소리를 전혀 눈치 채지 못한 척 흘려버렸다.

「어쨌든 알베르 군이 외제니 양만큼 돈은 없다 하더라도 가문만은 훌륭하다는 건 부인하지 않으시죠?」

「그렇다고 해두지요. 그러나 우리 집안도 훌륭합니다」

「그야 당글라르 남작, 하면 다 통하는 이름이니까요. 작위가 이름을 장식한 줄 알고 있지만, 사실은 이름이 작위를 장식하고 있으니까요. 그러나 남작께선 머리가 좋으시니까, 뿌리 뽑을 수 없는 편견이 오백 년이나 된 귀족 가문을 이십 년밖에 안 된 귀족보다 더 높이 평가한다는 사실을 모르시진 않을 겁니다」

「사실을 말씀드리자면 바로 그 때문입니다」 당글라르는 일부러 비꼬는 듯한 미소를 띠며 말했다. 「그래서 알베르 드 모르세르보다는 안드레아 카발칸티를 택하려는 게 아닙니까」

「하지만 모르세르 가가 카발칸티 가보다 못하지는 않을 것 같은데요?」 백작이 말했다.

「모르세르 가가요?…… 백작」 하고 당글라르가 말했다. 「백작께선 신사지요?」

「그렇다고 생각하는데요」

「게다가 문장(紋章)도 보실 줄 아시지요?」

「네, 조금은」

「그렇다면 제 문장을 좀 봐주십시오. 모르세르 가의 문장보다는 훨씬 더 확고하지 않습니까?」

「어째서요?」

「제가 태어날 때부터 남작은 아니었다 하더라도 적어도 이름만은 원래부터 당글라르입니다」

「그런데?」

「그런데, 그 사람 이름은 모르세르가 아니었거든요」

「아니! 모르세르란 이름이 아니라니요?」

「아니죠. 전혀 다르죠」

「설마!」

「저야 세상이 남작으로 만들어주었습니다. 그러니 전 정정당당한 남작이지요. 그러나 그 사람이야 저 혼자 만들어낸 백작이지요. 그러니, 그 사람은 백작도, 아무것도 아닙니다」

「그럴 수가!」

「백작, 제 얘길 좀 들어보십시오」하고 당글라르는 말을 계속했다.「모르세르는 제 친구입니다. 아니, 그보단 삼십 년이나 된 제 지기(知己)올시다. 저야 아시다시피 작위 같은 건 대수롭게 여기지 않습니다. 저 자신의 본바탕을 늘 잊지 않고 있으니까요」

「굉장히 겸손하시거나, 아니면 굉장히 오만하신 때문이겠죠」백작이 말했다.

「그런데, 제가 서기로 있을 때, 모르세르는 일개 어부에 지나지 않았습니다」

「그때의 이름은?」

「페르낭이었지요」

「그냥 페르낭뿐인가요」

「페르낭 몬데고였지요」

「그게 정말입니까?」

「물론이죠! 종종 생선을 팔러 와서 알게 된 사이지요」

「그런데 그런 사람 집에 왜 따님을 주시려고 하셨습니까?」

「그건 페르낭도 당글라르도 모두 벼락부자가 되어서 귀족도 되고 부호도 되었으니, 꼭 어울리는 짝이니까요. 서로 차이가 있다면, 그쪽엔 어떤 소문이 있지만 이쪽엔 그런 소문이라곤 전혀 없다는 점이지요」

「소문이라니요?」

「아무것도 아닙니다」

「아, 알겠습니다. 페르낭 몬데고라는 이름을 듣고 보니 저도 생각이 나는군요. 그리스에 있을 때 그 이름을 들었던 것

결혼 계획 **453**

같습니다」

「알리 파샤 사건 때였지요?」

「바로 그렇습니다」

「그건 완전히 수수께끼입니다」 당글라르가 말했다. 「그걸 다 알아낼 수만 있다면 무슨 짓이라도 하겠는데」

「그렇게까지 알고 싶으시다면, 그리 어렵진 않습니다」

「아니, 어떻게?」

「그야 남작께선 그리스에 거래하는 분들이 몇 분쯤 계시겠죠?」

「그야 물론이죠!」

「자니나에?」

「어디나 다 있습니다」

「그렇다면 자니나에 있는 분한테 편지를 보내십시오. 그래서 알리 테베린이 몰락했을 때, 페르낭이라는 프랑스 사람이 어떤 일을 했는지 알려달라고 하면 될 게 아닙니까?」

「그렇군요!」 당글라르는 벌떡 일어서며 환성을 올렸다. 「오늘 편지를 쓰겠습니다!」

「그러시죠」

「곧 해보겠습니다」

「그런데 만일 아주 이상한 답이 오는 경우엔……」

「백작께 알려드리죠」

「부탁합니다」

당글라르는 뛰듯이 방을 나갔다. 그리고 한달음에 마차까지 달려갔다.

검사실

부랴부랴 마차를 몰고 돌아오는 은행가는 잠깐 내버려두고, 이제부터는 아침 산책을 나간 그 부인의 뒤를 따라보기로 하자.

앞서 말한 대르 당글라르 부인은 열두시 삼십분이 되자 마차를 불러 밖으로 나갔다.

부인은 마차를 포부르생제르맹 쪽으로 몰아, 마자린 가를 지나서, 퐁뇌프로 가는 길에서 멈췄다. 부인은 거기서 마차를 내려 길을 건넜다. 부인은 아침 외출을 나온 품위 있는 여자답게 아주 간편한 옷차림이었다.

게내고 가에서 부인은 지나가던 마차를 잡아타고 아를레 가로 가도록 일렀다.

마차에 오르자, 부인은 곧 주머니에서 검은 베일을 꺼내서, 쓰고 있던 밀짚 모자에 매었다. 모자를 다시 쓴 부인은 손거울을 들여다보고 하얀 살과 반짝거리는 눈동자밖에 드러나지 않은 것을 보며 마음이 가벼워졌다.

마차는 퐁뇌프를 건너 도피네 광장을 지나 아를레의 재판소 안으로 들어갔다. 마차 삯을 치르자 마차 문이 열렸다. 당글라르 부인은 계단을 가볍게 뛰어올라, 대합실 앞까지 왔다.

재판소에는 사건이 많다. 따라서 바쁜 듯이 움직이는 사람들도 많다. 바쁜 사람들은 여자들에게 눈길조차 주지 않았다. 부인은 변호사들을 기다리고 있는 여남은 명의 다른 여자 손님 중의 한 사람으로밖엔 별다른 주의를 끌지 않으면서 대합실을 지나칠 수 있었다.

빌포르 씨의 응접실은 방문객들로 혼잡스러웠다. 그러나 당글라르 부인은 자기 이름을 댈 필요조차 없었다. 부인이 나타나자마자 수위가 다가와서 검사와 약속한 부인이냐고 물었다. 부인이 그렇다고 대답하자, 수위는 부인을 비밀 복도로 안내해서 검사의 방으로 데려다주었다.

검사는 문을 등지고 의자에 앉아 무언가를 쓰고 있었다. 문이 열리며 수위가 「들어가시지요, 부인」 하는 소리가 나고 다시 문이 닫힐 때까지 까딱도 않더니, 수위의 발소리가 멀어지면서 아주 들리지 않게 되자, 휙 돌아서더니 문에 자물쇠를 채우고 커튼을 내린 후 방을 구석구석 살펴보았다.

아무도 방안을 엿보지도, 엿듣지도 않는다는 것을 확인한 후에야 그는 비로소 안심을 하고, 「감사합니다, 부인. 약속을 지켜주셔서」 하고 말했다.

그러고는 부인에게 의자를 권했다. 부인은 가슴이 너무 세게 뛰고 당장 숨이라도 막힐 것만 같았던 차라, 이내 의자에 앉았다.

검사는 자기드 자리에 앉아, 부인을 마주보기 위해서 의자를 반쯤 돌리며 말했다. 「반갑습니다, 부인. 이렇게 단 둘이 얘기해 보기도 참 오래간만이군요. 그런더 유감스럽게도 상당히 불쾌한 얘기를 드리지 않을 수 없어서」

「그 얘기는 당신보다는 나한테 더 불쾌한 얘기라고 생각이 돼서, 이렇게 부르시자마자 곧 달려온 거예요」

빌포르는 쓴웃음을 지었다.

「사실이지」 하고 그는 당글라르 부인에게라기보다는 자기 자신에게 대답하듯 이렇게 말했다. 「우리가 한 행위가 어떤 일은 화려하게, 또 어떤 일은 어둡게 우리들의 과거에 흔적을 남겼다는 것만은 부인할 수 없습니다. 인생에서 우리들의 발자취는 마치 모래 위로 뱀이 지나간 자취처럼 자리가 남아 있군요! 게다가 대개의 경우 그 자취는 바로 자신이 흘린 눈물 자국이라니 서글픈 일이죠」

「제가 얼마나 불안해하고 있는지 아시겠죠? 제발 더 이상은 걱정이 안 되도록 해주세요. 수많은 죄인들이 떨면서 부끄러워하며 스쳐간 이 방!…… 그리고, 지금은 제가 떨던서 부끄럽게 앉아 있는 이 의자…… 전 까딱하다가는 제가 죄인이고 당신은 무서운 재판관인 양 착각할 것만 같아요」 하고 부인이 말했다.

빌포르는 고개를 끄덕이며 한숨을 쉬었다.

「나도 재판관의 자리가 아니라, 꼭 피고석에 앉은 것 같은 생각이 드오」 하고 그는 말했다.

「당신이?」 부인이 놀라서 물었다.

「그렇소, 내가」

「당신은 자신의 결벽성 때문에 일을 너무 과장되게 생각하시는 것 같군요」 하고 당글라르 부인이 말했다. 부인의 그 아름다운 눈에 환한 빛이 스치고 지나갔다. 「지금 말씀하신 그 과거의 흔적이란 정열적인 젊은이들이면 누구나 다 가지고 있는 게 아닐까요? 정열의 밑바닥이라고 할까, 쾌락 후에는 으레 후회가 따르는 법이니까요. 그래서 불행한 사람들의 영원한 구원의 샘인 복음서에는 우리 불쌍한 여자들을 구원하기 위해서 죄지은 여자나 간음한 여자에게 이런 고마운 비유를 일러주는 거예요. 그래서 전 젊었을 때 맛본 쾌락을 회상하면 하느님께서 그것을 용서해 주실 거라고 생각해요. 왜냐하면 전 그 죗값에 마땅한 고통을 충분히 맛보았으니까요. 하물며 당신이야 남자인데, 뭘 그렇게 두려워하세요? 남자들은 여자들의 경우와는 달라서 세상이 다 용서를 하고, 풍문이 훈장이 되기도 하잖아요?」

「부인, 당신은 내가 어떤 사람인지 잘 알고 있소. 난 위선자는 아니오. 난 적어도 아무 이유 없이 위선적인 행동을 하지는 않는 사람이오. 내 이마가 엄격해 보인다면, 그건 수많은 불행 때문에 구름이 낀 탓이오. 내 가슴이 돌처럼 굳어버린 것도 수없이 받는 타격을 견뎌내기 위한 거요. 나도 젊었을 땐 지금 같지 않았소. 마르세유의 쿠르 가에서 모두 모여 앉아 약혼 피로연을 하던 밤의 나는 결코 이렇진 않았소. 그러나 그뒤로는 나 자신이나 내 주위의 모든 것이 완전히 바뀌어버렸소. 여러 가지 어려운 사건들의 뒤를 쫓는 데 내 삶을 모두 소비해 버렸던 거요. 그리고 갖가지 어려움 속에서 상대방이 의식적으로 그런 것인지, 또는 자기도 모르는 사이에 휩쓸려 들었는지, 또 그것이 자유 의지에 의한 것인지, 또는 우연에 의한 것인지를 알아볼 생각도 못했소. 오직 내 앞길에 방해가 될 만한 사람을 모조리 없애버리는 데 내 생활을 소비했던 거요. 그런데 사람들이 어떻게든 손에 넣으려는 것은 대개 그것을 가지고 있는 상대방도 빼앗기지 않으려고 결사적으로 싸우는 법이오. 그러서 지금까지 사람들이 저지른 나쁜 짓의 대부분은 필연이라는 허울 좋은 가면을 쓰고 있지요. 그런가 하면, 또 흥분했다든가 공포심에서였다든가, 또는 무의식중에 나쁜 짓을 저질렀을 경우에는 나중에 생각해 보면 살짝 피할 수도 있었을 일들이오. 다시 말하면, 당시에는 눈에 아무것도 보이지 않았지만, 시간이 지나면 이렇게 했다면 좋았을 것을 하면서 후회하기도 하고, 간단한 방법이 생각나서, 도대체 그때 왜 그렇게 했을까 하고 후회하는 법이지요. 그런데 그와는 반대로 여자들은 후회로 괴로워하는 예가 거의 없지요. 여자들이란 자기 자신이 결정하는 일이 거의 없기 때문입니다. 말하자면 여자들의 불행이란 대체로 남들 때문에 생기는 것이고, 여자들의 과실이란 것도 실상은 타인의 죄이기 때문입니다」

「어쨌든 설령 제가 죄를 지었다 하더라도, 그리고 그 죄가 나 자신으로부터 나온 것이라 하더라도, 제가 어젯밤에 받은 벌은 너무 가혹하다고 생각지 않으세요?」 하고 부인은 말했다

「정말 안됐습니다!」 빌포르는 여자의 손을 잡으며 말했다 「당신에게는 힘겨운 벌이었지요. 당신은 두 번이나 쓰러질 뻔했으니까. 그러나……」

「네?」

「그러나! 한 가지 해둘 얘기가 있습니다. 제발 정신을 바짝 차리셔야겠소. 아직 그걸로 끝난 게 아니니」

「아니!」 부인은 질겁을 했다. 「끝나질 않았다니, 또 무슨 일이 있을까요?」

「부인, 당신은 과거 일밖엔 생각하지 않습니다. 사실이지, 그 과거도 어둡긴 합니다. 그러나 그보다 더 암담한 미래가 있다는 것을 생각해야 할 겁니다. 미래는 확실히 무섭고 어쩌면 피를 흘려야 할지도 모릅니다」

부인은 빌포르가 침착한 사람이란 것을 알고 있었다. 그러니 빌포르의 이러한 흥분은 부인을 더 무서운 공포에 떨게 했다. 부인은 소리를 지르려고 입을 벌렸으나, 그 소리마저 목구멍에서 꽉 막히고 말았다.

「그 무서운 과거가 어떻게 해서 다시 드러났을까요?」 빌포르가 소리쳤다. 「그것이 여태까지 잠들고 있던 무덤 속이나 우리들의 가슴속 밑바닥에서 유령처럼 되살아나 우리를 질리게 하고, 피가 오르게 했을까요?」

「글쎄요! 우연이겠지요」 부인이 말했다.

「우연이라고요?」 빌포르가 말을 받았다. 「천만에! 우연이란 있을 수 없어요」

「그래도 우연이에요. 치명적인 우연이긴 하지만, 이런 일이 일어난 건 필시 우연일 거예요. 이를테면 몬테크리스토 백작이 그 집을 산 것도 우연이 아니겠어요. 또 그 불쌍한 어린애 시체가 나무 밑에서 나온 것도 우연이 아니고 무엇이겠어요? 아무 죄도 없는 어린 것이 내 속에서 나왔는데도 한 번 쓰다듬어

주지도 못하고, 그저 눈물만 흘려준 어린 것이! 아, 백작이 그 어린 것의 뼈가 꽃 그늘 밑에서 나왔다고 얘길 할 땐 그만 가슴이……」

「그게 그렇질 않다는 겁니다. 부인, 그러니 내가 무서운 얘길 해야겠다는 거죠」 낮은 목소리로 빌포르가 말했다.

「그렇습니다. 사실은 나무 밑에서 어린애 시체 같은 건 나오지도 않았어요. 어린애가 나오지 않았단 말이에요. 그러니 울 필요는 없어요. 가슴 아파할 필요도 없고. 오히려 두려움에 떨어야 할 거예요」

「아니, 그게 무슨 말씀이세요?」 부인은 오들오들 떨며 소리쳤다.

「그러니까 돈테크리스토 백작은 나무 밑을 파헤치긴 했지만, 어린애 시체도, 금고의 철판도 나오지 않았단 말이지요. 나무 밑엔 아무것도 없었으니까!」

「아무것도 없었다니요!」 당글라르 부인은 빌포르의 말을 되뇌었다. 빌포르를 뚫어지게 바라보는 여자의 눈동자는 두려움에 질려 무서우리만큼 퀭하게 열려 있었다. 「아무것도 없었다니!」 부인은 당장이라도 자기에게서 도망치려는 생각을 말이나 어조로 붙잡아 두려는 듯이 같은 말을 되풀이했다.

「그렇다니까요!」 빌포르는 두 손에 얼굴을 파묻으며 말했다. 「그렇다니까요! 정말……」

「그럼, 그 어린 것을 거기에 묻지 않았단 말씀인가요? 그럼 왜 절 속이셨죠? 무슨 이유로? 말씀해 보세요」

「아니, 장소는 거기가 틀림없어요. 그런데 부인, 내 말을 좀 들어보세요. 그러면 지난 이십 년 동안 나의 괴로움을 당신한테는 조금도 내색을 안하고, 혼자 겪어온 것을 오히려 동정하게 될 거요」

「아니! 그게 무슨 말씀이신데요? 어쨌든 어서 말씀이나 해 보세요. 들어봅시다」

「당신도 그 무서운 밤을 기억하고 있을 겁니다. 붉은 다마스크 커튼이 있는 그 방에서 당신은 침대에 누워 숨이 넘어갈 것만 같았소. 그리고, 난 당신 못지않게 숨가쁘게 당신의 해산을 기다리고 있었지요. 마침내 애가 태어나서 내가 받아보니, 고물거리지도 않고 숨도 안 쉬고 울지도 않아서, 우린 어린애가 죽은 줄로만 알았지요」

당글라르 부인은 의자에서 튀어오르려는 듯한 몸짓을 했다.

그러나 빌포르가 부인에게 주의하라고 애원하는 듯이 두 손을 모으며 부인을 말렸다.

「우리는 어린애가 죽은 줄로만 알고 있었지요」 하고 빌포르는 되뇌었다. 「나는 어린 것을 관 대신에 금고 속에 넣어서 뒤뜰로 내려가 구덩이를 파고 얼른 묻어버렸지요. 그리고 막 흙을 다 덮었는데, 그 코르시카 사람의 팔이 불쑥 내 앞에 나타났단 말이오. 그림자 같은 것이 일어난 동시에 번갯불이 번쩍하는 것을 본 것 같았어요. 갑자기 통증이 느껴졌어요. 그래서 소리를 지르려고 했는데, 얼음 같은 전율에 무섭게 떨며, 숨도 쉴 수 없게 되었어요……. 난 죽다시피 해서 그 자리에 쓰러졌소. 죽는 줄만 알았지요. 그날 밤이 되어서야 정신이 들어 계단 앞까지 몸을 끌다시피 하고 갔었죠. 당신 역시 다 죽어가는 몸이었으면서도 그곳까지 마중나와 있던 그 대단한 용기를 잊을 수 없었소. 그 무서운 사건에 관해선 그저 잠자코만 있을 수밖에 없었소. 당신은 유모의 부축을 받고 용감하게 다시 집으로 돌아갔소. 난 그때 받은 상처가 결투에서 맞았다고 거짓말했고. 그래서 걱정하던 것과는 달리, 우리의 비밀은 우리 두 사람 사이에서 끝난 셈이었소. 나는 베르사유로 옮겨졌소. 석 달 동안 나는 생사경을 헤맸소. 그러다가 마침내 다시 살아나니, 남프랑스로 가서 요양해야 한다더군요. 남자 넷이 하루 육 리씩 걸어서, 나를 파리에서 샬롱까지 옮겨갔지요. 내 처는 마차로 내가 탄 들것의 뒤를 따라갔지요. 샬롱에 가자, 이번엔 배를 타고 론 강으로 가서, 물이 흘러가는 대로 천천히 아를까지 내려갔었죠. 아를에서 다시 들것에 실려서 마르세유로 떠났소. 이렇게 해서 회복 기간이 여섯 달이나 걸렸소. 그러니, 당신 소문도 들리지 않고, 그렇다고 내가 감히 알아볼 용기도 없었지요. 파리로 돌아와서야 나르곤 미망인이 된 당신이 당글라르 씨와 결혼했다는 사실을 알았소.

의식을 회복한 후에 내가 늘 생각한 것이 무엇인지 아시겠소? 어린 것의 시체뿐이었소. 그것이 매일 밤 꿈에 땅속에서 튀어나와서는 무덤 위를 떠돌아다니며, 무서운 눈과 몸짓을 하며 내게 덤벼들었소. 그래서, 파리에 돌아오자마자 곧 조사해 보았지요. 우리가 떠나온 후로 그 집에 아무도 들지 않았지만, 얼마 전에 구 년 계약으로 세를 놓게 되었다는 사실을 알았지요. 그래서 세를 들겠다는 사람을 바로 찾아갔소. 가서 내 처의 양친 집이 남의 손에 넘어가는 것을 보고 싶지 않으니, 계약을 파기시켜 주면 손해 배상은 해드리겠다고 그랬지요. 그랬더니 6,000프랑을 요구해 오더군요. 난 1,2만 프랑이라도 줄 생각이었소. 돈을 갖고 갔었기 때문에, 당장 배상금을

검사실 463

내고 계약을 파기시켜 버렸소. 그처럼 바라고 바라던 집이 내 손에 들어오자, 나는 곧 말을 달려 오퇴유로 떠났지요. 가보니 내가 떠나온 후로 누구 하나 들어갔던 흔적이 없습니다.

그때가 저녁 다섯시였소. 나는 그 붉은 방으로 올라가 밤이 오기를 기다렸지요. 그러고 있으니, 그 일년 동안 마음속에서 떠날 줄 모르고 나를 괴롭히던 그 일이, 어느 때보다도 더 무섭게 떠오르더군요.

그 코르시카 사람은 전에 나한테 복수하겠다고 선언하고, 님에서 파리까지 내 뒤를 따라왔었지요. 바로 그가 뒤뜰에 숨어 있다가 칼로 나를 찔렀으니, 내가 구덩이를 파고 어린애를 묻는 모습을 다 보았단 말이오. 그러니, 그 사나이는 당신의 얼굴과 그 일을 다 알았을지도 몰라요. 그리고 언젠가는 그 무서운 비밀을 미끼로 당신을 위협할지도 모르지요. ……내가 그때 칼에 맞아 죽지 않았다는 것을 알면, 그 비밀이야말로 그 사나이에게는 멋있는 복수의 재료가 될 게 아니오. 이런 생각이 들자, 무엇보다도 시급한 것이 어떤 위험을 무릅쓰고라도 그 과거의 흔적을 없애버리지 않으면 안 되었던 거죠. 그러니까 우선 물적 증거를 인멸해야 했지요. 그것이 내 머릿속에서 무서우리만큼 너무나 생생하게 남아 있었으니까요.

내가 그 집의 계약을 파기시키고, 그 집으로 달려가 밤을 기다리고 있었던 이유가 다 그 때문이었소.

밤이 왔지요. 나는 주위가 다 캄캄해질 때까지 기다렸어요. 나는 방안에도 불을 켜지 않았소. 바람에 문들이 덜컹거리는데, 꼭 뒤에 누가 숨어서 들여다보는 것만 같았어요. 나는 수없이 몸서리를 쳤소. 꼭 등뒤의 침대에서 당신의 신음소리가 나는 것만 같았지만, 돌아다볼 용기가 나지 않더군요. 조용한 가운데 가슴만 뛰는데, 어찌나 심하게 뛰는지, 가슴의 상처가 다시 열리는 줄만 알았지요. 이윽고 시골의 여러 가지 소음들이 하나하나 잠들어 버렸지요. 이젠 두려워할 것이 아무것도 없고, 누구 하나 나를 들여다보는 사람도, 내 소리를 들을 사람도 없다고 생각하자, 아래로 내려갈 용기를 냈습니다.

에르민 난 내가 남들만큼은 용기가 있는 사람이라고 생각해요. 그런데, 당신이 금반지에 매달고 싶어했던, 으리 둘이 아끼던 그 계단 열쇠를 가슴에서 꺼내서 그 열쇠로 문을 열었을 때, 창문으로 창백한 달빛이 들어와, 마치 유령 같은 하얗고 긴 줄을 나선형의 계단 의로 흘려보내는 것을 보았을 때는, 나는 쓰러지듯 벽에 몸을 기대고, 하마터면 소리를 지를 뻔했지요. 미칠 것만 같더군요.

이윽고 다시 정신을 차려, 계단을 하나씩 내려갔습니다. 그런데, 무릎이 후들후들 걸리는 것만은 어쩔 수가 없었어요. 나는 난간을 꽉 붙잡았지요. 난간에서 손을 떼기만 하면 굴러 떨어질 것 같았으니까요.

그렇게 해서 아래층 문까지 왔어요. 문밖에 와보니, 삽이 한 자루 벽에 세워져 있더군요. 나는 초롱불을 가지고 내려갔었지요. 잔디밭 한가운데에서 등에 불을 붙이고, 다시 걸어가기 시작했어요.

11월도 다 가서, 정원에서 푸른 빛이라곤 찾아볼 수 없었어요. 나무란 나무들은 모조리 앙상해져서 마치 긴 팔만 남은 해골 같더군요. 내가 걸어갈 때마다 발밑에서는 낙엽과 모래 소리가 요란하더군요.

숨이 막힐 듯이 무서운 나머지, 그 나무 덤불 가까이 가자 주머니에서 권총을 꺼내 탄환을 장전했지요. 나뭇가지 사이로 그 코르시카 놈의 얼굴이 나타날 것만 같아서 말이오.

나는 등불로 숲을 비춰보았소. 물론 텅 비어 있었지요. 이번에는 내 주위를 둘러보았습니다. 아무도 없었어요. 밤의 적막을 깨뜨리는 것은 오직 밤의 유령을 부르기라도 하는 듯이, 음산한 소리로 뻑뻑 우는 올빼미 소리뿐이었어요.

나는 등불을 두 갈래로 난 나뭇가지에 매어놓았소. 그 가지는 일년 전에 구덩이를 파려던 장소에서 표지로 정해 두었던 것이었소.

그곳에는 여름 동안 풀이 무성히 자라나서, 가을이 되어도 누구 하나 풀을 깎아주지 않은 채 그대로 있더군요. 그 가운데서 비교적 풀이 적게 난 장소가 곧 눈에 띄었소. 그 자리가 바로 내가 땅을 파고 다시 흙을 덮은 곳이오. 나는 곧 일을 시작했지요.

결국 일년 전부터 기다리고 기다리던 때가 찾아온 셈이었지요!

그러니, 얼마나 기대를 걸고, 삽 끝에 무엇이 걸리기만 바라며 잔디 하나하나를 세심히 파헤쳐 나갔겠냐 말이오! 그런데, 아무것도 없었소. 나는 구덩이를 지난 번보다 두 배나 더 크게 파보았소. 난 내가 장소를 잘못 짚은 줄로 생각했지요. 그래서 방향을 살펴보았소. 나무들을 쳐다보며 전에 눈여겨 보았던 세세한 면을 다 찾아보았지요. 헐벗은 나뭇가지들 사이로 살을 에는 듯한 찬바람이 불어왔지만, 내 이마에는 구슬땀만 자꾸 흘렀죠. 나는 그때 구덩이를 덮으려고 발로 흙을 다질

때, 단도에 찔렸던 일을 생각해 보았소. 그때 흙을 발로 밟으면서, 내가 흑단 나무를 짚고 있었지요. 바로 등뒤에는 산책할 때 앉아서 쉴 수 있도록 벤치로 사용하던 인조석이 하나 있었지요. 나는 그때 칼을 맞으며 흑단 나무를 짚고 있던 손이 그 차가운 바위의 감촉을 느꼈었으니 확실했습니다. 분명히 이번에도 그 흑단 나무가 옆에 있고, 바위도 등뒤에 있었어요. 나는 그때와 똑같이 쓰러져보았다가 다시 일어나, 땅을 또 파기 시작했소. 구덩이를 더 넓혀보았지요. 그래도 아무것도 없었소! 결국 끝내 아무것도 나타나지 않았단 말이오. 그 금고가 없어진 거요」

「금고가 없어졌다니요?」 당글라르 부인은 겁에 질려 숨도 잘 못 쉬며 중얼거렸다.

「그렇다고 내가 그 정도로 그쳤다고는 생각하지 마시오」하고 빌포르는 말을 이었다.「그렇소. 나는 나무 숲을 모조리 파보았소. 나는 그 코르시카 놈이 금고에 보물이 든 줄 알고 파내서 가져가다가 열어보고 보물이 아니니까 아무 데나 구덩이를 파고 묻어버렸으려니 생각했던 것이오. 그래서, 숲 전체를 다 파보았지만 아무것도 없었어요. 그러다가 이번엔 그놈이 왜 그런 생각을 했으랴 싶더군요. 그냥 가져가다가 보물이 아니니까, 아무 구석에나 던져버렸겠지, 하는 생각이 들었소. 이러한 가정으로 버려진 금고를 찾아내자면, 날이 밝기를 기다려야만 했소. 그래서 다시 탑으로 올라가 아침을 기다렸지요」

「아니, 어쩌면!」

「날이 밝자 다시 아래로 내려갔소. 우선 나무들이 있는 그 장소를 먼저 가보았지요. 혹시 밤에 어두워서 안 보였던 것이 보이지 않을까 해서요. 나는 사방 이십 척의 땅을 두 척 이상의 깊이로 다시 파보았소. 아마 삯을 주고 사람을 사서 판다면, 하루 종일 걸릴 것을 난 한 시간에 다 해냈소. 역시 아무것도 없었소, 아무것도 나오지 않더란 말이오.

그래서 그놈이 어느 구석에 버렸을지 모른다는 생각에 구석구석 찾아보기 시작했소. 필경 그 조그만 출입구로 통하는 길에다 버렸을 거라고 생각했지요. 그러나 마찬가지로 허사였소. 그래, 답답한 마음으로 숲으로 다시 돌아왔지요, 그곳은 이미 아무 희망도 없는 곳이었지만」

「오!」 부인이 소리쳤다. 「그건 정말 미칠 일이었군요」

「한때는 그러길 바라기까지 했소. 그러나 그런 복조차 없더군요. 다시 기운을 내고 정신을 차려 생각해 보았지요. 그 사나이가 어린애 시체는 왜 가져갔을까 하는 생각을 말이오」

「아까 말씀하시기를 증거로 삼기 위해서라고 하시지 않았어요?」 하고 부인이 말했다.

「아닙니다. 이젠 그 정도 때문만은 아닙니다. 일년씩이나 시체를 그대로 가지고 있을 리는 없습니다. 그것을 재판관에게 보이고, 사건을 조사하도록 했겠지요. 그러나 그런 일은 일어나지 않았단 말이오」

「그렇다면……?」 당글라르 부인은 가슴을 두근거리며 물었다.

「그러니, 우리에게 그보다 더 무섭고 치명적이고 위험한 일이 있다는 겁니다. 필경 아이가 살아 있어서, 그놈이 그 아이를 살려냈을 거란 말이오」

당글라르 부인은 무서운 소리를 냈다. 그리고 빌포르의 손을 잡으며, 「어린애가 살아 있다고요?」 하고 외쳤다. 「그럼, 당신은 산 아이를 땅에 묻었단 말인가요? 어린애가 죽었는지 살았는지를 확인해 보지도 않고 매장했다니! 아……」

부인은 벌떡 일어섰다. 그리고 검사 앞으로 와서, 무서운 얼굴로 빌포르의 손목을 꽉 쥐었다.

「그걸 난들 어찌 알겠소? 난 다만 남의 얘길 하듯 그 얘길 했을 뿐이오」 하고 빌포르는 눈을 똑바로 뜨고 말했다. 그 표정은 빌포르처럼 강한 사나이도 이젠 절망과 광기의 한계점까지 다다랐다는 뜻 같았다.

「아! 그 어린 것이, 불쌍한 것이!」 부인은 의자에 털썩 주저앉아 터지는 울음을 수건으로 막으며 소리쳤다.

빌포르는 다시 정신을 차렸다. 그리고 지금 자기에게 몰려온 모성애의 폭풍우를 달래기 위해서는 자신이 느끼고 있는 공포감을 부인에게 전해 주는 길밖에 없다고 생각했다.

「그러니」 하고 이번에는 자기 편에서 일어나 부인에게 다가서며 낮은 목소리로 말했다. 「당신도 알겠지만, 우린 이제 망한 거요. 어린애가 살아 있고, 그걸 알고 있는 사람이 있소. 누군가가 우리의 비밀을 알고 있단 말이오. 게다가 몬테크리스토 백작의 입에서 어린애 시체가 없어진 그 자리에서 어린애를 파냈다는 말을 바로 우리 앞에서 했으니, 그놈이야말로 우리의 비밀을 알고 있는 놈이란 말이오」

「아! 하느님, 정당하신 하느님! 복수의 하느님!」 당글라르 부인은 이렇게 중얼거렸다.

빌포르는 울부짖는 듯한 소리를 낼 뿐이었다.

「하지만, 그애는, 그애는?」 하고 부인은 집요하게 물었다.

「아! 내가 얼마나 그애를 찾았다고요!」 빌포르는 자신의 팔을 뒤틀며 대답했다. 「잠이 오지 않는 긴긴 밤에 나는 그 아이를 얼마나 불러보았는지 모릅니다. 그리고 수백만 사람들에게서 수백만의 비밀을 사서, 내 비밀을 찾아낼 수 있을 만큼 부자가 되기를 바란 적도 있어요. 또 내가 백 번째로 다시 삽을 들던 어느 날인가는 그 코르시카 놈이 도대체 어린애를 어떻게 했을까 하고, 밤낮 혼자 생각하던 일을 마음속에 되새겨보곤 했지요. 도망가는 놈에게 어린애는 방해물일 뿐이오. 그러니 어린애가 살아 있는 것을 보자, 어린애를 강에 던져버렸는지도 모르오」

「그래도, 설마 한들!」 부인은 소리쳤다. 「복수를 하기 위해 사람을 암살할 수는 있었겠지만, 그러나 어린 것을 함부로 물에 던져버리지는 않았을 거예요」

「필경 고아원에라도 데려갔을까요?」 하고 빌포르는 말을 이었다.

「그래요! 그앤 거기 있을 거예요!」 부인이 소리쳤다.

「난 고아원으로 가보았지요. 알아보니 바로 그날 밤, 그러니까 9월 20일 밤에 누가 어린애 하나를 문전에 버렸더라나요. 어린애는 고급 리넨 천에 싸여 있었는데, 그 천이 반은 일부러 찢어놓은 것이더랍니다. 그리고 그 반쪽짜리 천에는 남작의 표장과 H자가 씌어 있더랍니다」

「맞았어요, 맞았어요!」 당글라르 부인이 외쳤다. 「내 리넨 옷감에는 전부 그런 표지가 있었으니까요. 나르곤 씨는 남작이었고, 내 이름이 에르민 Hermine이잖아요? 오! 하느님, 그 아인 죽지 않았군요!」

「죽지 않았었지요」

「그런데 이제 와서 무슨 소리예요? 난 좋아 죽겠어요. 그앤 어디 있죠? 내 아이는 어디 있냐는 말이에요」

빌포르는 어깨를 으쓱해 보였다.

「난들 알겠소?」하고 그는 말했다.「그걸 알고 있었다면, 극작가나 소설가들처럼 이렇게 그 얘기를 장황하게 늘어놓을 리가 있었겠느냐 말요. 유감스럽게도 바로 내가 그걸 모른단 말이오. 여섯 달쯤 전에 어느 부인이 그 천의 나머지 반쪽을 가지고 와서, 아이를 찾아갔다는 겁니다. 그 부인은 법률이 요구하는 모든 증명을 가지고 왔기 때문에, 고아원에선 아이를 내주었다는군요」

「그럼 그 여자를 수소문해 보면 되겠군요. 그 여자를 찾기만 하면」

「내가 어떻게 했는지 아십니까? 나는 범죄 수사를 하는 체하고, 뛰어난 탐정이며 단완 형사들, 경찰이 쓸 수 있는 모든 힘을 빌려서 수사했소. 그래서 여자가 샬롱까지 간 흔적은 찾아냈는데, 샬롱에서 놓치고 말았소」

「놓치다니요?」

「그렇소. 영영 놓치고 말았소」

당글라르 부인은 얘기의 상황이 변하는 대로, 한숨을 쉬었다가 눈물을 흘렸다가 소리도 지르곤 했다.

「그게 얘기의 전부인가요?」여자가 물었다.「거기서 손을 떼고 마셨나요?」

「천만에!」하고 빌포르는 말했다.「계속 찾아보고, 수사와 탐색과 수소문을 그치지 않았지요. 다만 이 이삼 년째는 일단

검사실 471

쉬고 있는 중이지요. 그런데 오늘부터는 어느 때보다도 열심히 집요하게, 다시 일을 시작해 볼 생각이오. 그리고 반드시 성공할 거요. 왜냐하면 일이 이렇게 된 이상 이제는 양심의 문제가 아니라, 무서워졌기 때문이오」

「하지만 몬테크리스토 백작은 아무것도 모르고 있을 거예요. 그렇지 않다면 그 정도까지 우리들과 사귀려 들지 않을 게 아니겠어요?」하고 부인은 말했다.

「오! 인간의 악의란 깊이를 알 수 없는 거요」하고 빌포르는 대답했다.「그것은 하느님의 자비보다도 더 깊고 깊은 것이오. 그 사람이 얘기할 때의 그 눈길을 보지 못했소?」

「못 보았어요」

「그 사람을 유심히 본 적은 있었지요?」

「글쎄요. 그 사람은 이상한 분이긴 해요. 하지만 뭐 그 정도지요. 단 한 가지 마음에 걸렸던 것은 그런 굉장한 성찬을 우리한테 대접을 하면서도 자기 자신은 젓가락 하나 대지 않던 일이에요. 아무것도 먹지 않더군요」

「그렇소. 나도 그걸 눈치 챘소」하고 빌포르가 말했다.

「지금 내가 알고 있는 것을 그때 만약 알았더라면, 나도 음식을 입에 대지 않았을 거요. 우리를 독살하려는 줄 알았을 테니까요」

「하지만 그건 당신 생각이 맞지 않았잖아요?」

「물론이지요. 그러나 그 사람에게는 다른 계획이 있을 거예요. 그래서 내가 당신을 만나려고 했던 거요. 당신에게 얘기해서 세상 사람들을, 특히 그 사람을 경계하도록 주의시키고 싶었던 거요. 그런데……」빌포르는 어느 때보다도 더 부인을 뚫어지게 쳐다보며 말했다. 「우리들의 관계를 누구한테도 말하지 않았겠지요?」

「절대로 아무한테도 안 했어요」

「알아듣겠지요」 빌포르는 부드럽게 다시 물었다. 「내가 아무에게도라는 말은, 이렇게 자꾸 말해서 안됐지만, 이세상의 어느 누구한테도라는 뜻임을 아시겠죠?」

「네, 네, 알고 있고말고요」 부인은 얼굴을 붉히며 말했다. 「절대로 아무한테도 안 했어요. 맹세합니다」

「당신은 저녁이면 그냥 하루에 생긴 일을 쓰는 버릇은 없나요? 일기를 안 쓰시오?」

「안 써요. 제 생활이라는 건 하루 종일 하찮은 일로 지나갈 뿐이에요. 나 자신도 잊어버리고 마는걸요」

「자다가 잠꼬대는 안하시오?」

「전 어린애처럼 잠을 푹 자는걸요. 기억 안 나세요?」

부인의 얼굴은 온통 새빨게졌다. 그리고 빌포르도 얼굴빛이 창백해졌다.

「하긴 그랬소」 그는 들릴락 말락 한 소리로 중얼거렸다.

「그래서요?」

「이젠 내가 할 일이 무엇인지 알았소」 빌포르가 말했다. 「일주일 이내로 몬테크리스토가 어떤 인물인지를 알아내야겠소. 그가 어디서 왔는지, 어디로 갈 것인지, 그리고 우리 앞에서 어린애를 뒤뜰에 묻는 얘기를 왜 했는지 다 알아야겠소」

빌포르는 그 한마디를 힘주어 말했다. 백작이 옆에서 들었더라면, 공포에 몸을 떨기까지 할 정도로 무서운 어조였다.

그리고 나서, 그는 부인이 주저하며 내미는 손에 악수를 하고, 정중하게 부인을 문앞까지 바래다주었다.

　당글라르 부인은 지나가는 마차를 잡아타고 길을 건넜다. 길 건너편에는 그녀의 마차와 마부가 서 있었다. 마부는 주인을 기다리며, 마차 안에서 태평하게 잠을 자고 있었다.

〈3권 끝〉

오증자

서울대 불문과와 같은 과 대학원을 졸업하였다. 서울여대 불문과 교수를 역임하였다.
역서로는 『고도를 기다리며』, 『바다의 침묵』, 『에밀』, 『미라보 다리』, 『우기의 여자』 등이 있다.

몬테크리스토 백작 3

1판 1쇄 펴냄 2002년 3월 25일
1판 28쇄 펴냄 2024년 1월 10일

지은이 알렉상드르 뒤마
옮긴이 오증자
발행인 박근섭, 박상준
펴낸곳 (주)민음사

출판등록 1966. 5. 19. (제16-490호)
서울특별시 강남구 도산대로1길 62(신사동) 강남출판문화센터 5층 (우편번호 06027)
대표전화 02-515-2000 / 팩시밀리 02-515-2007
www.minumsa.com

ⓒ 오증자, 2002. Printed in Seoul, Korea

ISBN 978-89-374-0388-0 04860
ISBN 978-89-374-0385-9 (전5권)

* 잘못 만들어진 책은 구입처에서 교환해 드립니다.